Robyn Young

Robyn Young est née en 1975 à Oxford. Irlandaise et galloise du côté de sa mère, anglaise et écossaise du côté de son père, elle a toujours été fascinée par l'héritage celtique dont elle se sent si proche. Après un voyage en Égypte en 2001, elle se lance dans la rédaction de *L'Âme du Temple* dont les trois premiers tomes – *Le Livre du Cercle*, *La Pierre Noire* et *Requiem* – sont parus au Fleuve Noir. Elle vit aujourd'hui à Brighton.

LA PIERRE NOIRE

DU MÊME AUTEUR
CHEZ POCKET

L'ÂME DU TEMPLE

1. LE LIVRE DU CERCLE
2. LA PIERRE NOIRE
3. REQUIEM

ROBYN YOUNG

L'Âme du Temple

LA PIERRE NOIRE

**

Traduit de l'anglais (Royaume-Uni)
par Maxime Berrée

Fleuve Noir

Titre original :
CRUSADE

First published in Great Britain in 2007
by Hodder & Stoughton
A division of Hodder Headline

Le papier de cet ouvrage est composé de fibres naturelles, renouvelables, recyclables et fabriquées à partir de bois provenant de forêts plantées et cultivées durablement pour la fabrication du papier.

ISBN : 978-2-266-20284-8

REMERCIEMENTS

Une nouvelle fois, je suis redevable à un grand nombre de gens sans qui ce livre n'aurait pu voir le jour – ou alors au détriment de ma santé mentale.

Je remercie mes parents pour leurs encouragements constants et leur soutien inconditionnel. Je vous aime. Merci aussi à Sue et Dave pour leur foyer accueillant et les fêtes auxquelles ils savent toujours trouver des prétextes.

Une pensée émue pour tous les amis avec qui j'ai pu partager cette incroyable aventure. Je voudrais remercier en particulier Jo, Niall, Mark, Bridie, Clare, Liz, Monica, Patrik, Becky et Charley pour leur amitié généreuse et leur aide durant le processus créatif. Chapeau bas également à Ali, qui est une star.

Ma gratitude va à Danny Boyle pour ses excellentes suggestions de lecteur, et je me dois de le créditer aussi pour le fantastique chapitre sur Acre dans son livre, *Blondel's Song*, qui m'a donné un vrai aperçu de la ville. Merci à l'équipe du département des langues de la British Library pour son aide à propos du « code », et à Charles Davies pour avoir contrôlé ce point. Mes sincères remerciements au Docteur Mark

Philpott, du Centre for Medieval & Renaissance Studies et du Keble College à Oxford, pour avoir lu d'un œil expert mon manuscrit. Toutes les erreurs qui y resteraient sont bien sûr de mon fait.

Un énorme merci à mon agent, Rupert Heath, de manière générale parce qu'il est une superstar, et parce qu'il m'évite de me perdre à chaque coin de rue.

Je dois également beaucoup à tous les gens de Hodder & Stoughton, à leur admirable soutien et à leur implication. Un merci particulier à mon éditeur, Nick Sayers, pour la sagesse qu'il distille, et à son assistante, Anne Clarke, qui veille à ce que tout se passe dans la sérénité, ainsi qu'à Emma Knight, Kelly Edgson-Wright, Antonia Lance et Lucy Hale. Il en reste beaucoup d'autres, à l'atelier graphique, aux droits étrangers, au commercial, au marketing et à la presse, et je ne peux pas tous les citer ici, mais leur travail lui aussi est inestimable à mes yeux.

Un gros merci aussi à mes éditeurs américains chez Dutton, notamment Julie Doughty, pour ses remarques pénétrantes.

Pour finir, mais en aucun cas parce qu'il est le dernier dans mon cœur, tout mon amour pour Lee. Sans lui, rien de tout cela n'aurait été possible… ou alors, ça n'aurait pas été aussi amusant.

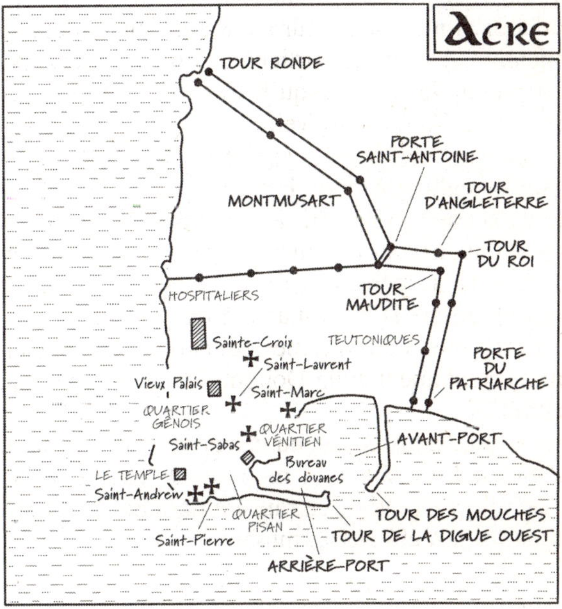
ACRE
TOUR RONDE
PORTE SAINT-ANTOINE
MONTMUSART
TOUR D'ANGLETERRE
TOUR DU ROI
HOSPITALIERS
TOUR MAUDITE
Sainte-Croix
TEUTONIQUES
Saint-Laurent
PORTE DU PATRIARCHE
Vieux Palais
Saint-Marc
QUARTIER GÉNOIS
QUARTIER VÉNITIEN
Saint-Sabas
AVANT-PORT
Bureau des douanes
LE TEMPLE
Saint-Andrew
QUARTIER PISAN
TOUR DES MOUCHES
TOUR DE LA DIGUE OUEST
Saint-Pierre
ARRIÈRE-PORT

La Terre sainte en l'an du Seigneur 1260

PREMIÈRE PARTIE

1

Le quartier vénitien, Acre
royaume de Jérusalem

28 septembre 1274 après J.-C.

Les épées décrivirent un arc de cercle avant de s'entrechoquer, acier contre acier. Le bruit métallique résonna brutalement et se répéta en gagnant en intensité. Les coups se succédaient, portés avec de plus en plus de violence, et leur force menaçait presque d'arracher les armes des mains des combattants. Le soleil rendait brûlants les pavés de la cour couverts d'une fine poussière rouge et frappait durement les crânes des deux hommes qui s'époumonaient à botter et à parer.

Le plus petit des deux suait à grosses gouttes, ses cheveux blancs plaqués sur le front, les lèvres retroussées en une attitude concentrée. Sa chemise trempée lui collait au dos. Ni lui ni son adversaire ne portaient d'armure. Il prenait l'initiative de la plupart des attaques, faisant soudain un pas en avant après des séries de parades circulaires d'une grande rapidité. Mais ses coups commençaient à être désespérés. Il y mettait puissance et précision, mais chacun d'entre eux semblait près d'être le dernier, comme s'il pensait n'avoir plus la force d'en donner d'autres. Il ne pourrait plus tenir bien longtemps à un tel rythme. Il était épuisé et son adversaire, plus grand et plus athlétique que lui, continuait à lui faire barrage avec une facilité déconcertante. Et plus les attaques du petit devenaient désordonnées et vaines, plus le sourire de l'autre s'élargissait. Plutôt qu'un sourire, d'ailleurs, c'était une grimace semblable à celle d'une gueule de requin sur le point de se refermer sur sa proie. Le rictus était un peu forcé, la mâchoire crispée, mais il était clair qu'Angelo Vitturi s'amusait.

Il continua à repousser les attaques suivantes par de brusques parades, puis il commença à s'ennuyer. Il faisait chaud et il sentait une ampoule se former dans le creux de sa paume, là où sa peau frottait sur la poignée en cuir de sa lame effilée, au-dessus du gros morceau de cristal translucide qui faisait office de pommeau. Le petit homme se fendit une fois de plus et Angelo fit un pas de côté, l'attrapa par le poignet et lui tordit brutalement le bras tout en pointant le bout de sa lame contre sa gorge. L'homme poussa un glapissement dû autant à la frustration qu'à la douleur qui lui parcourut le bras.

Le visage d'Angelo, qui transpirait et débordait d'une joie infantile, se figea dans une expression méprisante.

— Va-t'en ! lança-t-il.

Lâchant le poignet de l'homme, il baissa son épée et la reposa contre le muret qui entourait le carré d'herbe.

L'homme aux cheveux blancs se tint là, bouche bée, la sueur lui dégoulinant du nez tandis qu'Angelo s'approchait d'un domestique à l'attitude aussi rigide que les statues qui ornaient la cour du palais. Ce dernier tendit à son maître un plateau en argent sur lequel était posée une coupe de vin mélangé d'eau. Angelo l'avala d'un trait et se retourna vers son adversaire défait :

— Je t'ai dit de partir.

L'homme parut se ressaisir.

— Mon argent, monsieur ?

— Ton argent ?

— Pour la leçon, monsieur, dit l'homme sans oser croiser l'impérieux regard noir d'Angelo.

Celui-ci éclata de rire.

— Et pourquoi devrais-je donc te payer ? Quelles nouvelles techniques m'as-tu apprises aujourd'hui ? Cette leçon m'a-t-elle enseigné quoi que ce soit qui vaille le moindre sequin ?

Il leva un sourcil amusé.

— Pour le divertissement, peut-être ? ironisa-t-il en reposant la coupe sur le plateau. Pars avant que je ne décide de finir le duel. Dans le cas contraire, tu perdrais bien plus que tes émoluments.

Tournant le dos à son instructeur, il prit sur le muret où elle était étalée une cape de velours noir ornée de sable et la jeta sur l'épaule.

Complètement vaincu, l'instructeur s'empara de la sienne et traversa la cour, le visage empourpré.

Angelo attachait la ceinture d'anneaux en argent autour de sa taille lorsqu'une fille apparut sur le seuil d'une des portes du grand bâtiment derrière lui. Comme toutes les esclaves de la maison, elle portait une robe blanche presque transparente nouée à la taille par un galon d'or raide. Une coiffe couvrait ses cheveux. Elle aperçut Angelo et s'approcha, les yeux baissés, en prenant soin de ne rien laisser paraître de son appréhension.

— Maître demande prévenir vous les invités arrivent.

Sa prononciation la rendait difficile à comprendre, elle déformait les mots à force de s'appliquer à reproduire les sonorités de cette langue qui lui était toujours étrangère.

— Il demande vous le rejoindre, monsieur.

D'un coup sec qui fit sursauter la fille, Angelo rengaina son épée dans le fourreau pendu à sa ceinture. Sans prêter aucune attention au mouvement de frayeur qu'elle eut quand il passa devant elle, Angelo se dirigea vers le palais.

Âgé de vingt-huit ans, le fils aîné de Venerio Vitturi était l'héritier de l'affaire familiale établie avant la troisième croisade par son grand-père Vittorio. Angelo était souvent présent sur le marché aux esclaves d'Acre, où il vendait le surplus accumulé par son père avant d'aider à l'expédition du gros de la marchandise à Venise. À l'époque où le commerce était au plus haut, quand les Vénitiens contrôlaient les échanges autour de la mer Noire, la famille Vitturi dominait le commerce des esclaves aux frontières de l'Empire mongol, livrant les plus belles filles aux nobles occidentaux d'Outre-mer et de Venise, et les garçons les plus vaillants à l'armée mamelouke en Égypte. Jusqu'à ce que Gênes, le deuxième des trois États marchands d'Italie, s'empare des routes de la mer Noire. Aujourd'hui, les Vitturi faisaient partie des quelques rares familles vénitiennes à continuer le trafic d'esclaves et ils ne comptaient plus que sur les approvisionnements venus du Nord, par la mer Rouge.

Les filles que le père d'Angelo attachait à son service constituaient le haut du panier. Elles avaient entre six et onze ans. Surtout de petites Mongoles aux yeux en amande et aux cheveux de jais ou des Circassiennes dont le visage juvénile laissait déjà entrevoir les traits typés et élégants caractéristiques de leur race. La famille de Venerio s'était considérablement agrandie ces dernières années et Angelo regardait avec écœurement tous ces petits enfants à la peau brune car aucun n'avait de ressemblance avec sa gironde mère. Même si les filles portant la progéniture de son père demeuraient des esclaves, leurs enfants naissaient citoyens libres, baptisés et éduqués. Angelo pouvait comprendre l'incapacité de son père à résister à la tentation de cette chair jeune et exotique ; lui-même y avait goûté avec plaisir. Mais il n'arrivait pas à accepter que Venerio fasse de ces bâtards nés de femmes d'aussi basse condition des enfants aussi légitimes que lui. Il avait décidé depuis longtemps que les choses changeraient quand il dirigerait les affaires… s'il y avait encore une affaire quand il hériterait. Vu la façon dont s'étaient passées les choses cette dernière année, c'était de moins en moins certain. Il se refusait néanmoins à envisager sérieusement cette hypothèse. Et si tout se déroulait selon son plan, il n'aurait pas à le faire.

Angelo traversa un large couloir décoré de mosaïque bleue et blanche. Lorsqu'il poussa la porte en bois sombre, les quatre hommes assis autour d'une grande table octogonale au milieu de la spacieuse et lumineuse salle de réception levèrent les yeux. Angelo les détailla tout en approchant. Il y avait là l'armurier, Renaud de Tours, un homme aux tempes dégarnies, entre deux âges, qui avait travaillé pour le roi Louis IX et l'élite des chevaliers de France durant les deux croisades malheureuses du souverain. À côté de Renaud, mains jointes posées sur la table, se trouvait Michael Pisani, un Pisan de belle stature, spécialisé dans l'exportation d'épées de Damas, des lames parmi les plus puissantes de ce monde, et qui fournissait lui aussi les nobles d'Occident pour la guerre. Il était particulièrement redouté de ses concurrents car chacun savait qu'il avait à plusieurs reprises usurpé des contrats en envoyant des mercenaires intimider ses rivaux. Le troisième homme, la peau brûlée par le soleil et les cheveux pleins de sable, était Conradt von Bremen, dont la ville d'origine était affiliée à la Ligue hanséatique, la puissante confédération de cités germaniques qui tenait sous sa coupe la mer Baltique. Le commerce de Conradt, florissant grâce à un accord lucratif avec les chevaliers Teutoniques, avait trait à l'élevage de destriers. Les yeux bleus sans relief de l'Allemand et son sourire bonhomme dissimulaient une nature peut-être des plus sombres : la rumeur disait qu'il avait ordonné le meurtre de deux de ses frères pour prendre la direction des affaires familiales. Bien sûr, il pouvait s'agir simplement de médisances colportées par ses concurrents pour le discréditer. Personne n'en était tout à fait certain. L'homme grassouillet qui transpirait, engoncé dans son lourd manteau de brocart bien qu'il souffrît à l'évidence de la chaleur, était Guido Soranzo, un riche constructeur naval. Angelo les connaissait tous – comme la plupart des commerçants d'Acre – car, en dehors de son père, ils étaient les quatre marchands occidentaux les plus influents en Terre sainte.

Angelo s'assit et un cinquième homme arriva de la pièce contiguë, avec à sa suite trois esclaves habillées de robes blanches formant derrière lui comme une queue de comète. Elles amenaient des plateaux d'argent lourds de cruches de vin rosé, de coupes et de plats en étain chargés de grappes de raisin, de figues et d'amandes saupoudrées de sucre blanc.

— Mon fils, le salua Venerio.

Il avait une voix profonde, rocailleuse. Solidement bâti, il se déplaçait avec une agilité acquise tout au long d'années d'entraînement aux armes. Adoubé chevalier par le doge de Venise, et ancien gouverneur de la république, Venerio était un noble de quatrième génération, avec tout l'exercice militaire et l'éducation qu'impliquait ce rang.

— Comment s'est déroulée ta leçon ? demanda-t-il, tandis que les filles se déployaient autour de lui, attendant qu'il s'asseye avant de poser les plats et les boissons sur la table.

— Il me faut un nouvel instructeur.

— Déjà ? C'est le deuxième que tu épuises en autant de jours. Peut-être n'as-tu plus besoin d'entraînement.

— Pas avec les rebuts que j'ai combattus cette semaine, en tout cas.

— Bien, fit Venerio en adressant un large sourire de bienvenue aux hommes assis en silence autour de la table, gardons ces questions pour un moment plus propice. Nous avons des problèmes sérieux à discuter aujourd'hui.

Angelo eut un sourire intérieur en voyant les expressions qui se peignaient sur les visages des marchands. Derrière leur façade soigneusement composée, il détectait de la confusion, de l'impatience et, chez Guido Soranzo du moins, une angoisse mal dissimulée. Aucun d'entre eux ne savait pourquoi ils étaient réunis ici. Mais ils n'allaient pas tarder à le savoir.

Essuyant son front avec un carré de soie fripé qu'il tira de la manche de son manteau de brocart, Guido fut le premier à prendre la parole.

— Et peut-on savoir quels sont ces sérieux problèmes ? demanda-t-il en fixant Venerio d'un regard agressif. Pourquoi nous avoir invités, Vitturi ?

— D'abord, buvons, répondit Venerio en passant au dialecte génois.

Il claqua des doigts et deux esclaves s'approchèrent pour servir le vin.

Mais Guido n'était pas prêt à suivre le rythme de son hôte. Sans se soucier de courtoisie en adoptant le vénitien de Venerio, il poursuivit dans sa langue maternelle :

— Je n'ai aucune envie de boire votre vin alors que je ne sais toujours pas pourquoi je suis ici.

Il fit un large geste de son bras adipeux en désignant la pièce luxueuse.

— M'avez-vous fait venir ici pour pavoiser ?

— Non, ce n'est certes pas un motif aussi futile qui nous réunit, je te l'assure.

Face à la placidité de Venerio, Guido explosa :

— Vous agissez dans ce palais, construit par mes frères, à la manière des barbares qui portent les parures de leur ennemi en trophées.

— Ce n'est pas Venise qui a commencé la guerre, ce n'est pas notre faute si Gênes a été expulsée d'Acre, Guido.

— Le monastère de Saint-Sabas nous appartenait de plein droit ! Nous n'avons fait que protéger notre propriété !

Les mâchoires de Venerio se contractèrent, montrant ainsi pour la première fois son irritation.

— Est-ce donc tout ce que vous avez fait après vous être emparé du monastère ? Quand vous avez pénétré notre quartier, nos maisons, quand vous avez tué les hommes et les femmes sans discernement, quand vous avez brûlé nos bateaux dans le port ? Vous protégiez votre propriété ?

Son visage se détendit et sa voix retrouva son ton habituel.

— Vous avez conservé votre palais, n'est-ce pas, Guido ? Vous avez profité de la guerre autant que moi. À la différence de la majorité des gens, vous avez toujours votre commerce en Acre. En outre, les Génois sont à nouveau autorisés à occuper leur quartier.

— Notre quartier ? Ce que les Vénitiens en ont laissé n'est que ruines !

— Camarades, s'interposa Conradt dans un italien traînant à l'accent prononcé. La guerre de Saint-Sabas s'est achevée il y a près de quatorze ans. Laissons le passé derrière nous ! Votre vin me plaît, Venerio.

Il fit un signe en direction des coupes, les yeux braqués sur Guido.

— Allons-nous nous quereller à propos de vieilles batailles alors que nous sommes assoiffés et sobres ?

— Bien dit, appuya Michael Pisani en levant son verre et en buvant.

Au bout d'un moment, Guido décida de ruminer sa colère en silence. S'emparant de sa coupe, il but son vin d'une traite.

— Messieurs, je vous remercie de votre présence à cette réunion, dit Venerio en se penchant en avant, sa large poitrine tendant son burnous de soie marine, ce long manteau arabe à capuche que portaient nombre de colons. J'imagine que mon invitation a dû vous surprendre. Nous ne sommes pas amis. Et même, lors de tel ou tel conflit, nous avons tous appartenu à des camps opposés. Mais aujourd'hui, peut-être pour la première fois, nous avons quelque chose en commun.

Il s'arrêta pour les regarder l'un après l'autre.

— Nos affaires périclitent, assena-t-il.

La phrase entraîna un long silence.

Michael se rassit dans son siège. Conradt eut un léger sourire, mais ses yeux fixaient Venerio avec fièvre.

Ce fut Renaud qui brisa le silence, d'une voix chantante qui résonna comme le tintement d'une cloche.

— Vous faites erreur, Venerio, mes affaires sont parfaitement sûres, dit-il en se levant. Je vous remercie pour votre hospitalité, mais je crois n'avoir rien d'autre à discuter avec vous.

Il inclina la tête en direction des autres.

— Au revoir, messieurs.

— Quand avez-vous pour la dernière fois fabriqué des armures pour les rois d'Occident, Renaud ? s'enquit Venerio, qui s'était levé et dominait d'une tête le Français. Depuis combien de temps n'avez-vous pas eu d'armée à équiper ? Et vous, Conradt ?

Il s'était tourné vers l'Allemand.

— Combien de chevaux vous ont achetés les Teutoniques cette année ? Quand était-ce, la dernière fois que des rois et des princes se sont battus pour que vous leur envoyiez vos destriers ?

— Ce n'est pas votre problème, murmura Conradt, ravalant son sourire.

Venerio se tourna vers Guido, qui le regardait avec une hostilité manifeste.

— Si j'en crois mes sources, vos chantiers sont inactifs depuis des mois, ici comme au quartier génois de Tyr.

— Je n'arrive pas à croire à ce que j'entends, grogna Guido. Vous avez peut-être volé un palais génois, Venerio, mais je jure devant Dieu que vous ne me prendrez pas mon affaire. Quand bien même je vivrais dans le caniveau vêtu d'une simple chemise, je ne vous la vendrais pas.

— Je n'en veux pas à votre commerce. À aucun d'entre vous. Je suis dans la même situation que vous.

Guido renifla d'un air dubitatif.

— Mon père dit la vérité, confirma Angelo d'un air lugubre, ses yeux noirs posés sur Guido. Si nos profits continuent de baisser au même rythme que depuis deux ans, nous ne pourrons nous permettre de rester dans ce palais. Nous avons déjà dû nous séparer de quatre domestiques. Ces douze derniers mois, nous avons connu une très forte chute de nos revenus. Par le passé, la convention la plus avantageuse de la maison Vitturi était avec les Mamelouks mais, depuis que le sultan Baybars a commencé ses campagnes contre nos forces en Palestine et contre les Mongols en Syrie, ses batailles lui rapportent des esclaves gratuits. Rien qu'avec son attaque sur Antioche, on dit qu'il en a capturé plus de quarante mille. Cela, en plus de la nouvelle trêve, signifie qu'il n'a aucun besoin de nos esclaves pour constituer son armée.

Venerio approuva ces paroles en hochant de la tête.

— Tout au long du siècle, reprit-il, nos affaires, établies par nos aïeux, ont prospéré au point de devenir cinq des entreprises les plus prospères d'Orient. Maintenant, je vois des marchands de sucre, de tissu et d'épices prendre *nos* places, *nos* profits.

Venerio tapait frénétiquement du doigt sur la table tout en prononçant les derniers mots.

Renaud s'était rassis, mais il semblait toujours disposé à partir.

— L'année a été laborieuse pour tout le monde, admit Michael Pisani. J'avoue que les affaires ont souffert. Mais je ne vois pas l'intérêt d'une discussion ouverte à ce propos. Nous n'y pouvons rien.

— Au contraire, répliqua Venerio en se calant au fond de son fauteuil. En unissant nos forces, nous pouvons encore faire tourner la roue. La volonté nécessaire à une nouvelle croisade décline en Occident, et en Orient les Mamelouks sont liés par la trêve. Voilà la vraie raison derrière le ralentissement de nos affaires : le traité de paix signé entre Édouard d'Angleterre et le sultan Baybars il y a deux ans.

Venerio balaya d'un geste ses cheveux poivre et sel, qui étaient aussi apprêtés et élégants que le reste de sa personne.

— Nos affaires ont besoin de la guerre, la paix les ruine.

Guido renifla à nouveau.

— Et que proposez-vous, Venerio ? Que nous mettions fin à la paix ?

— Oui. C'est exactement ce que je propose.

— C'est absurde ! s'exclama Guido.

Les autres étaient trop interloqués pour réagir.

— La guerre est nécessaire pour la bonne marche des affaires, Guido, répondit Venerio d'un ton posé. Il nous faut une guerre pour survivre.

— Ce sont des *accords* qu'il nous faut, le contredit Guido.

— Nous vendons grâce au sang, grâce aux batailles. Ce sont les conflits qui ont rendu riches nos familles. Ne jouons pas les naïfs.

Guido voulut encore lui répondre, mais Michael l'en empêcha.

— Attendez, Guido, dit-il en gardant ses yeux braqués sur Venerio. Laissez-le terminer.

— Il est déjà arrivé par le passé, poursuivit Venerio, que des trêves de ce genre mettent à mal les marchés que nous exploitons, mais cette année a été particulièrement mauvaise. Nous avons cédé beaucoup de routes commerciales et d'avant-postes aux Mamelouks ces dix dernières années. Maintenant qu'il ne nous reste plus que les villes d'Acre, de Tyr et de Tripoli, la rivalité avec nos jeunes concurrents s'est encore accrue.

Michael hocha la tête.

— Et aujourd'hui, on dit le nouveau grand maître des Templiers prêt à mettre en place une flotte en Méditerranée orientale. Si c'est le cas, la situation va encore s'aggraver.

— La flotte n'aura qu'un usage militaire, s'interposa Renaud. C'est ce qui a été prévu au concile de Lyon en mai. D'après ce que j'ai entendu, le grand maître veut empêcher les bateaux marchands de sortir d'Égypte, pour affaiblir la puissance commerciale des Sarrasins. Le pape n'aurait pas approuvé la motion si elle avait été proposée à des fins mercantiles. Les ordres militaires restent le dernier espoir de la papauté pour reprendre Jérusalem et les territoires abandonnés aux Sarrasins. Je doute que le pape voudrait voir les Templiers gâcher leurs précieux talents à se remplir les poches.

— Le Temple se remplit les poches depuis des années, maugréa Conradt. Je ne serais pas surpris qu'ils profitent de cette opportunité.

— Nous ne devrions pas nous concentrer sur ce problème aujourd'hui, coupa Venerio.

— Je doute que vous ayez à vous concentrer dessus tout court, lança Guido d'un ton amer avant de finir d'un trait sa coupe de vin et de la reposer sur la table avec un bruit sec. Venise et le Temple iront main dans la main comme toujours. Mon affaire souffrira plus que les vôtres des accords du grand maître.

— Comment cela serait-il possible, répondit Venerio, alors que les chevaliers de Saint-Jean participent à l'entreprise avec les Templiers ? Pour ce que j'en sais, vous êtes toujours en affaires avec eux. En fait, je m'attends plutôt que vous bénéficiiez de cette situation.

— Nous savons tous comment fonctionne le Temple tout-puissant, cracha Guido en se versant une autre généreuse mesure de vin. Ils contrôleront tout du début à la fin. À mon avis, les Hospitaliers ne feront pas même construire une rame !

— Si c'est le cas, je suppose que vous allez chercher un autre moyen de rétablir vos chantiers ?

Guido lui lança un regard noir, mais garda le silence. Venerio lança un regard à la ronde.

— Avez-vous envie que vos femmes mendient dans la rue de quoi survivre ? interrogea-t-il. Regardez en dehors de vos palais. Des nobles comme vous et moi ont déjà tout perdu. Ils pourrissent dans les caniveaux d'Acre, au milieu du fumier, des mouches et des lépreux. Savez-vous combien de fois j'ai acheté des enfants à des parents incapables de les nourrir et mourant eux-mêmes de faim ? Voulez-vous voir vos propres enfants vendus à un riche émir ?

— C'est très déplaisant, Venerio, dit Renaud en fronçant délicatement les sourcils. Aucun d'entre nous ne veut cela, bien entendu.

— Si nous n'agissons pas, Renaud, nous pourrions avoir à faire face à une telle situation. Nous savons très bien que la seule raison pour laquelle les Sarrasins ont respecté la trêve, c'est parce qu'ils ont été contraints de concentrer leurs efforts sur les Mongols. Dès qu'ils le pourront, les Mamelouks se retourneront contre nous et nous détruiront. J'ai assez longtemps travaillé avec eux pour savoir qu'ils nous haïssent, qu'ils veulent nous voir partir. Tant que ce jour n'est pas arrivé, et je vous promets qu'il finira par arriver, rien ne nous force à rester assis là à attendre le désastre, à voir notre fortune se dissiper. Nous devons faire quelque chose dès aujourd'hui, selon *nos* termes, avant de tout perdre.

Conradt s'empara d'une grappe de raisin sur un plateau et fit rouler un fruit dans sa bouche.

— Votre proposition mc laisse perplexe, Venerio. Comment comptez-vous briser la trêve établie entre nos forces et les Sarrasins ? demanda-t-il en recrachant les pépins. Les troupes chrétiennes sont peu nombreuses et divisées. Le trône est disputé. Et à moins que nous ne lancions une invasion à grande échelle de l'Égypte, je ne vois pas ce qui déciderait les Sarrasins à lancer une sérieuse attaque.

— Ce que je propose amènera le conflit en Palestine, repartit immédiatement Venerio, ça ne fait aucun doute. Aux yeux des musulmans, ce sera une proclamation de guerre beaucoup plus forte que tous les assauts que nous pourrions lancer contre leurs villes. Ils se dresseront par milliers contre nos forces. Certes, il va nous falloir une puissance militaire pour accomplir nos desseins. Mais pas une armée, juste un petit groupe de soldats.

— Et de quel arbre allez-vous les faire tomber, Venerio ? s'enquit Guido d'une voix acerbe.

— Nous pensons avoir le soutien du Temple, répondit Angelo. Le grand maître n'a pas fait mystère de sa volonté de reprendre les territoires laissés aux Sarrasins. D'après ce qu'on nous a dit, il a l'intention de venir à Acre occuper son poste d'ici un an. Nous croyons qu'il se laissera persuader de nous aider. Nous avons confiance, il verra moins le risque que les avantages qu'il peut tirer de l'opération.

Guido maugréa, mais détourna les yeux de ceux d'Angelo, qui continuait à le fixer.

Michael semblait se livrer à des réflexions.

— Mais si nous parvenons à engendrer une guerre, nous ne pouvons être certains de la terminer. Nous ne pourrons vaincre les Sarrasins. Ce serait fini avant même d'avoir commencé.

— Même si nos forces étaient défaites par les Sarrasins, nous ne serions pas perdus pour autant, Michael, répliqua Venerio. En effet, nous aurions avantage à ce que l'Occident soit repoussé en dehors de ces côtes. S'ils gagnent, les Mamelouks chasseront nos concurrents, ce qui nous laissera libres de dominer le commerce entre l'Orient et nos terres natales. Nous n'avons pas besoin de conserver une base ici pour gagner de l'argent avec les Sarrasins. Ils auront d'autres batailles à livrer. Contre les Mongols, par exemple. Ils continueront à s'équiper pour la guerre.

Venerio s'interrompit pour laisser ses paroles pénétrer les esprits de ses convives. Michael et Conradt étaient pensifs.

— En définitive, peu importe qui gagne, des chrétiens ou des Sarrasins. Dans les deux cas, nos revenus monteraient en flèche.

— Mais que voulez-vous que nous fassions, *exactement* ? demanda Renaud. Quelle est votre idée ?

Venerio sourit. Il avait toute leur attention, il le sentait au ton de leurs voix, à l'expression de leurs visages. Même Guido écoutait, désormais. Il leva sa coupe.

— Messieurs, nous allons changer le monde.

2

Le quartier génois, Acre

13 janvier 1276 après J.-C.

— Dis-le-moi, Marco ! Qu'est-ce que tu vas faire ?

— Laisse-moi, Luca, dit Marco à voix basse en essayant de dégager son bras qu'agrippait le garçon.

— Je suis ton frère ! Dis-le-moi !

Il y eut une toux étouffée dans la pièce d'à côté et une voix incertaine se fit entendre de l'autre côté de la toile à sac qui pendait dans l'encadrement de la porte.

— Marco ? C'est toi ?

— Oui, maman, répondit celui-ci en continuant à lutter avec son petit frère tout en s'efforçant de faire le moins de bruit possible.

— Où étais-tu passé ?

— Au travail, maman.

Il entendit un soupir de satisfaction.

— Tu es un bon garçon, Marco.

Les mots, prononcés en frissonnant, s'achevèrent en une abrupte quinte de toux, une série de spasmes violents entrecoupés d'inspirations sifflantes qui firent tressaillir les deux frères.

Les grands yeux effrayés de Luca se tournèrent vers l'autre pièce.

— Vas-y, le pressa Marco dans un murmure. Va lui apporter de l'eau. Elle a besoin de toi !

Luca eut l'air de céder, mais la crise se calma bientôt et ils n'entendirent plus que la respiration hachée de leur mère. Ragaillardi, il regarda son frère droit dans les yeux.

— Je le dirai à papa.

Les yeux de Marco se réduisirent à deux fentes. Il dégagea la main de Luca de son bras, ce qui fit reculer d'un pas le garçon.

— Eh bien, dis-lui ! lança-t-il d'un air bravache. Mais tu sais qu'il sera trop saoul pour t'écouter.

Marco se tut, ses yeux s'étaient posés sur l'objet pour lequel ils avaient lutté et qu'il tenait toujours d'une main ferme. La pointe mortellement aiguisée de la dague était dirigée vers le visage de son frère. Puis sa main aux jointures blanchies d'avoir trop serré se détendit peu à peu et baissa l'arme.

— C'est Sclavo, c'est ça ? demanda Luca d'une petite voix. Tu travailles encore pour lui. Tu avais promis. Tu m'avais dit que tu ne le referais plus. Tu m'avais *juré*.

— Qu'est-ce que je peux faire d'autre ? marmonna Marco d'un ton rogue. Nous sommes des Génois. Tu sais ce que ça veut dire dans cette ville ? Ça veut dire que nous ne comptons pas. Les Vénitiens, les Pisans et les autres nous ont tout pris. Sclavo est le seul à me donner du travail.

— Papa a dit que nous allions nous installer à Tyr. Il recommencera à travailler et nous l'aiderons et maman ira mieux.

— Il dit ça depuis des années, dit Marco avec rancœur, mais il ne le fera jamais.

— Peut-être que si. Tu ne sais pas.

— Je n'arrive pas à croire que tu sois encore capable d'avoir foi en lui, répondit Marco en s'efforçant de modérer le ton de sa voix. Il se moque de tout depuis qu'il a perdu son affaire.

— Ce n'était pas sa faute, c'est à cause de la guerre.

— Tu es trop jeune, tu ne sais pas de quoi tu parles, rétorqua Marco avec agacement. J'avais six ans quand la guerre de Saint-Sabas s'est terminée. Papa aurait pu abandonner la boulangerie et fuir à Tyr avec les autres. Tout recommencer. Mais il était trop fier, trop buté pour laisser les Vénitiens gagner, et il est resté. J'ai regardé les Génois quitter le quartier, toutes les familles qui achetaient leur pain chez papa ont disparu. À la fin, il ne pouvait plus se permettre d'acheter de la farine ou de faire moudre son grain.

Les yeux de Marco brillaient d'une lueur farouche. Luca le regardait en silence et l'angoisse montait en lui en voyant son frère en proie à une telle détresse.

— Peut-être que ça va s'arranger, les Génois commencent à revenir.

— Il faudra des années pour reconstruire tout ce que nous avions. Et, de toute façon, papa ne se préoccupe plus de ses affaires. Il ne s'intéresse plus à rien d'autre qu'à son vin et à ses putes.

Luca se boucha les oreilles avec les mains, mais Marco, lâchant la dague, l'attrapa par les poignets, le tira près de la fenêtre, loin de l'encadrement de la porte d'où leur parvenait la respiration lourde de leur mère, maintenant endormie.

— Où crois-tu que va l'argent de la famille qui vit en dessous de chez nous ? demanda Marco. Papa a loué notre maison pour continuer à fréquenter les tavernes ! Quand donc ouvriras-tu les yeux, Luca ? Il n'y a que toi et moi et maman, maintenant. Nous devons nous entraider !

— Sclavo est méchant, pleurnicha Luca. Tu reviens avec du sang sur tes vêtements. Et j'ai vu comment les gens te regardent. Ils ont peur. Ils disent que tu fais de vilaines choses.

— Je n'ai pas d'autre choix, Luca. Qui te nourrira ? Qui achètera à maman les potions dont elle a besoin ?

Marco attrapa le menton de son frère entre le pouce et l'index. Puis, après avoir léché le bout de son doigt, il nettoya la crasse sur la joue de Luca.

— C'est la dernière fois que je travaille pour Sclavo, je te le promets.

— Tu me l'avais déjà dit avant.

— Cette fois, c'est différent. Sclavo va me payer assez pour que nous n'ayons plus à nous soucier de rien cette année. Je pourrai chercher autre chose, sur le port ou à collecter de l'engrais, n'importe quoi.

Luca regarda la dague qui traînait au sol, le scintillement terne de sa lame.

— Tu vas faire du mal à quelqu'un, murmura-t-il.

La mâchoire de Marco se contracta.

— Si je ne le fais pas, maman ne passera pas l'hiver. Il faut que tu me laisses y aller, Luca. Et tu ne dois pas en parler à papa. Est-ce que tu peux faire ça pour moi ?

Voyant que Luca hésitait, Marco ajouta :

— Pour maman ?

Luca eut un petit geste d'assentiment de la tête et Marco lui adressa un sourire qui se voulait rassurant. Lâchant son frère, il traversa la pièce et récupéra la dague. Puis il prit un sac en toile qu'on eût dit déchiré et y fourra la dague, entre une couverture rêche et un quignon de pain dur.

— Tu pars longtemps ? demanda Luca en le regardant faire un nœud au sac.

Un courant d'air frais venu de la fenêtre lui arriva dans le dos et le fit frissonner.

— Et si maman a une autre crise ?

Marco s'interrompit pour jeter un coup d'œil à son frère.

— Je vais au port. Je ne sais pas combien de temps je devrai attendre ce bateau. Peut-être quelques jours, peut-être plus longtemps.

Pour la première fois, sa voix trahissait quelque peu sa nervosité.

— Il ne devrait pas tarder à arriver, c'est tout ce que je sais.

— Quel bateau ?

— Tu sais où se trouve la potion de maman. Si elle tombe vraiment malade, tu la lui donnes.

Marco s'approcha de son frère.

— Dis-lui que je suis parti travailler. Si papa demande, dis-lui la même chose.

Il donna à Luca une brève accolade avant de sortir, le sac jeté par-dessus l'épaule.

Resté seul, Luca se glissa dans la chambre de sa mère. Allongée sur un matelas de paille qui emplissait presque toute la pièce, avec une couverture miteuse tirée jusqu'au visage, celle-ci semblait aussi fragile qu'un oiseau blessé. Luca s'agenouilla et posa la main sur son front. Ni trop chaud ni trop froid. Il embrassa sa joue aussi douce qu'un parchemin, puis partit en fermant doucement la porte derrière lui.

Le Temple, Acre, 17 janvier 1276 après J.-C.

Will Campbell posa ses mains sur le rebord de l'étroite fenêtre et regarda au-dehors. Devant lui s'étendait à perte de vue un panorama vertigineux. Tout en bas, les vagues venaient se fracasser contre les rochers, à la base de la tour du Trésor qui saillait de la courtine de la commanderie. Will sentait la pierre vibrer sous le déferlement des flots. Le vent qui venait de la Méditerranée était glacial et il était content de porter un épais manteau par-dessus sa chemise et son surcot, avec la croix rouge écarlate évasée pareille à du sang sur le blanc du tissu. Il se rappelait le froid bien plus mordant des hivers en Écosse, à Londres et à Paris, où il avait passé son adolescence, mais, après huit années en Terre sainte, il s'était accoutumé à la chaleur du climat et la chute subite des températures l'avait surpris.

L'hiver avait été rude. D'après certains, c'était le plus froid depuis quarante ans. Les vents du nord arrivaient par la mer et s'engouffraient dans le dédale de pierre des églises, des palais, des commerces et des mosquées de la capitale des croisés, balayant les détritus, soulevant les capuches et arrachant les bonnets. Ce jour-là, la glace, que d'ordinaire les riches nobles se faisaient rapporter moyennant finance des hauteurs du mont Carmel durant l'été, tombait naturellement des corniches et des linteaux, et les enfants des rues la suçaient. Dans l'avant-port, les galères s'élevaient et retombaient au gré des vagues qui longeaient le brise-lames et crachaient dans les airs des gerbes d'écume en s'écrasant contre la base de la tour des Mouches, postée en sentinelle à l'extrémité de la digue est. Depuis plusieurs semaines, aucun bateau ne s'était aventuré hors du port et aucun n'y était entré. Les chevaliers du Temple veillaient constamment sur les murs de la commanderie du côté de la mer, observant avec lassitude l'horizon noir et maudissant le mauvais temps. Ils espéraient à chaque instant apercevoir la silhouette tant attendue du vaisseau qui amènerait leur grand maître sur ces rivages, pour la première fois depuis son élection deux ans plus tôt. Parmi les centaines de chevaliers, de prêtres, de sergents et de domestiques qui habitaient la commanderie, aucun n'échappait à cette fiévreuse impatience.

La porte s'ouvrit et un homme entra, rejoignant les neuf déjà présents dans la salle. Will se retourna en entendant une toux râpeuse familière et il vit Everard de Troyes clopiner jusqu'à un tabouret inoccupé près du feu. Le visage ridé du vieux prêtre, avec l'hideuse cicatrice qui sillonnait sa joue de la lèvre au front, affichait une pâleur qui contrastait avec sa robe noire. Il portait une paire de lunettes haut sur le nez, avec les verres qui touchaient presque ses yeux parcourus de veines. De fragiles mèches de cheveux blancs sortaient de sa cagoule et flottaient autour de son visage.

— Je vous prie de m'excuser pour mon retard, dit-il d'une voix qui, bien que frêle, attira l'attention de tous les hommes présents dans la pièce. Mais marcher jusqu'ici est presque au-dessus de mes forces.

Il s'assit lourdement sur le tabouret et fronça les sourcils en regardant l'homme râblé aux cheveux noirs qui lui faisait face.

— Je ne vois pas pourquoi nous devons toujours nous retrouver dans vos quartiers, maître sénéchal. Dans ma jeunesse, je parcourais cent pas avec autant d'aisance qu'une chèvre dans les montagnes, mais aujourd'hui et par un temps pareil, ils me rappellent que j'ai de nombreux hivers derrière moi.

— Frère Everard, répondit froidement le sénéchal, nous nous sommes mis d'accord sur le fait que c'est le lieu le plus approprié pour les assemblées plénières de notre Cercle. Ici au moins, je peux prétendre que nous nous rencontrons pour discuter des affaires du Temple. Je doute qu'une telle explication convaincrait d'éventuels curieux si nous nous retrouvions dans votre cellule. Nous sommes trop nombreux pour que nos réunions passent inaperçues. Il nous faut faire attention à ne pas éveiller de soupçons.

— À l'exception du maréchal, vous êtes pour le moment l'officier du Temple le plus gradé en Outre-mer, maître sénéchal. Je ne vois pas qui vous demanderait de rendre des comptes.

Voyant le sénéchal froncer les sourcils, Everard ajouta en maugréant :

— Mais vous avez raison, nous devons agir avec prudence.

— Il nous faut même redoubler de prudence à l'heure où le grand maître arrive, précisa le sénéchal en regardant à la ronde d'un air menaçant. La liberté que nous avons eue ces deux dernières années sera fortement limitée. Certains d'entre vous n'ont pas encore enduré le calvaire que nous connaissons : vivre et travailler aux côtés d'un grand maître à qui nous avons fait allégeance, le duper et même saper son autorité chaque jour. En rejoignant le Cercle, vous avez prononcé de nouveaux vœux, et ces vœux vont à l'encontre de ceux que vous avez prononcés lors de votre initiation. Lorsqu'il sera là, vous comprendrez toute la difficulté de votre tâche.

Le sénéchal marqua une courte pause.

— Mais vous apprendrez à la surmonter, poursuivit-il avec emphase en plongeant son regard dans les yeux de ses hommes. L'Anima Templi doit rester secret à tout prix. Nous avons failli être exposés il y a sept ans par ceux qui, par ignorance ou malfaisance, souhaitaient nous détruire. La moindre erreur peut nous coûter la vie.

Il jeta un coup d'œil à Everard, qui venait de tousser en comprenant qu'il faisait référence au *Livre du Graal*.

— N'oubliez jamais, continua-t-il en faisant mine de ne pas s'être aperçu du malaise d'Everard, que notre but a beau être louable, l'Église n'hésiterait pas à nous brûler si elle découvrait à quoi nous travaillons. Et s'il était révélé que nous utilisons les coffres du Temple pour atteindre notre but, les hommes de notre propre Ordre, nos frères d'armes, aideraient à monter le bûcher.

Will regarda les hommes. Ils écoutaient le sénéchal avec attention. Celui-ci était deux fois plus âgé qu'eux et quatre fois plus imposant. Le jeune prêtre portugais qui avait rejoint l'Anima Templi quelques années après Will, les trois chevaliers récemment admis et le sergent, qui avait à peine vingt ans, tous semblaient hypnotisés par ses paroles. Même les deux chevaliers plus expérimentés qui travaillaient avec le sénéchal depuis des années paraissaient captivés. Si Everard était la tête de l'Anima Templi, le sénéchal en était la colonne vertébrale.

C'était la première fois depuis des mois qu'ils se réunissaient tous les dix ensemble. Il ne manquait que deux membres du groupe : les chevaliers basés à Paris et Londres, qui protégeaient leurs intérêts là-bas. Comme les apôtres du Christ, ces douze hommes formaient l'Anima Templi : l'Âme du Temple.

Le discours du sénéchal n'avait pas particulièrement soulevé d'émotion chez Will. Il avait du mal à s'entendre avec l'homme autoritaire qui, en dehors de leur Cercle, était chargé de l'administration générale du

Temple en Orient, et en particulier des procédures judiciaires à l'encontre des chevaliers de l'Ordre. Le sénéchal ne lui avait jamais pardonné sa rébellion cinq ans plus tôt, et il avait fait savoir à chacun qu'il regrettait toujours que Will n'ait pas été condamné à la prison à vie pour sa trahison. Il faut admettre que c'était un grave détournement des ressources de l'Anima Templi, qu'elle avait coûté la vie à un homme et failli détruire toute chance de paix entre musulmans et chrétiens. Mais Will avait le sentiment de s'être assez excusé et d'avoir largement prouvé sa loyauté à la cause de l'Anima Templi depuis lors. S'il avait été capable de remonter le temps et d'annuler l'accord passé avec l'ordre des Assassins pour le meurtre du sultan Baybars, il l'aurait fait sans regret. Mais c'était impossible, et il ne pouvait qu'espérer que le sénéchal et les autres membres de l'Anima Templi finiraient par lui pardonner. Il ne voulait pas continuer à payer toute sa vie pour cette erreur.

— Pour le moment, ouvrons la réunion, conclut le sénéchal en jetant un regard en direction d'Everard, plongé dans la contemplation du feu de cheminée.

— Bien sûr, dit le prêtre, semblant revenir à la vie.

Ses yeux pâles papillotèrent à la recherche de Will.

— Frère Campbell est revenu ce matin même avec des nouvelles d'Égypte, je suggère donc qu'il commence.

Will se leva tandis que chacun se tournait vers lui. Il plongea ses yeux dans ceux du sénéchal, qui ne cilla pas et lui adressa un regard hostile en retour.

— Il y a quelques mois, frère Everard m'a demandé d'organiser un rendez-vous avec notre allié dans le camp mamelouk, l'émir Kalawun, afin de connaître les plans des Mamelouks pour l'année à venir. Il y a douze jours, j'ai rencontré un homme envoyé par Kalawun à la frontière du désert du Sinaï.

— Pardonnez mon interruption, frère Campbell, intervint timidement l'un des jeunes chevaliers, mais puis-je vous demander pourquoi vous n'avez pas parlé à l'émir en personne ?

— L'émir considère qu'il est trop dangereux pour lui de rencontrer l'un d'entre nous, répondit Everard avant Will. C'est à cette condition qu'il a accepté de travailler avec nous quand James Campbell lui a proposé au tout début de nous aider.

Le prêtre ne s'aperçut pas du tic nerveux qui agita la joue de Will à la mention de son père.

— C'est une disposition raisonnable et prudente, reprit Everard. En tant que lieutenant en chef de Baybars, Kalawun ne peut se permettre de voyager sans que ce soit remarqué, et il aurait du mal à justifier ses absences. Il utilise le même domestique comme intermédiaire depuis que nous sommes alliés. Si notre confiance mutuelle avait dû s'effriter, cela serait déjà le cas.

Puis il fit signe à Will de continuer.

— Le camp mamelouk est plutôt tranquille depuis que le sultan Baybars a signé le traité de paix de dix ans avec le prince Édouard. Ces derniers mois, le principal centre d'intérêt, ce sont les préparatifs concernant le mariage à venir du fils de Baybars et de la fille de Kalawun. Cette alliance, ajouta Will à l'intention des nouveaux membres, permettra à Kalawun de se rapprocher un peu plus de l'héritier du trône, sur qui il exerce depuis longtemps son influence. D'après ce qu'on m'a dit, Baybars n'a pas de plan pour attaquer nos positions dans l'immédiat. Pour l'heure, il se concentre davantage sur les Mongols. De récents rapports indiquent qu'ils empiètent sur les territoires mamelouks au nord.

Les chevaliers et les sergents les plus jeunes hochaient la tête d'un air satisfait.

— Les nouvelles sont bonnes, frères, dit Everard en se tournant vers l'assemblée, mais nous ne devons pas oublier à quel point l'équilibre des forces actuelles est précaire. De nombreuses trêves ont déjà été signées entre musulmans et chrétiens au fil des ans. Et nombre d'entre elles furent brisées. Que l'attention de Baybars soit détournée pourrait nous sembler une bénédiction, mais toute guerre nuit à notre cause et nous ne pouvons nous féliciter que son regard se pose sur une autre race. La paix, mes frères, est notre but. La paix entre toutes les nations, la paix entre tous les peuples. Souvenez-vous de ça.

Everard fixait les hommes de son regard las.

— Frère Everard a raison, intervint Velasco, le prêtre portugais, petit homme nerveux qui avait l'habitude de lever le sourcil quand il parlait comme s'il était constamment surpris des mots sortant de sa bouche. Et nous ne devrions pas nous concentrer sur les seuls musulmans. Si la paix que nous avons contribué à instaurer doit perdurer, nos propres forces doivent aussi être éclairées.

En entendant ce dernier mot, Will plissa le front. Il le mettait mal à l'aise. Il était tout acquis à la cause de l'Anima Templi, mais ses concepts les plus idéalistes, ou du moins le langage dans lequel ils étaient exprimés, avaient du mal à passer, comme un repas copieux qu'il aurait de la peine à digérer.

Peut-être parce que toute sa vie on lui avait appris à haïr les gens mêmes avec lesquels il formait aujourd'hui des alliances, quand il ne devenait pas leur ami. Les Sarrasins et les juifs étaient des ennemis de Dieu qu'il fallait maudire et combattre, voilà ce que lui avaient enseigné l'Église et l'Ordre. Il n'adhérait plus à cette doctrine, pas plus qu'il ne voyait l'intérêt de réclamer

Jérusalem ou de combattre les prétendus Infidèles. Il avait fait l'expérience de l'horreur du champ de bataille et pouvait témoigner que les soldats morts dans les deux camps l'étaient de façon indigne et absurde ; il avait aussi perdu son père dans un de ces conflits. Il savait que ces routes ne conduisaient pas vers un monde meilleur. Mais ils étaient nombreux à penser comme lui, les Occidentaux installés en Outre-mer, la terre au-delà de la mer. En Acre, dans cette ville où des gens de tant de races vivaient et travaillaient ensemble, la paix n'était pas seulement un idéal : c'était une nécessité. De temps à autre, Will avait le sentiment que leur univers familier fonctionnait en telle adéquation avec leur conviction qu'il avait envie de le crier tout haut. Il haïssait le secret. Mais il savait que la survie du Cercle était en jeu. Le monde pouvait donner l'impression d'aller dans la même direction, mais, en creusant un peu, les vieilles haines et les hostilités latentes resurgiraient, comme des tourbillons invisibles sous la surface. Même en Acre, la capitale du péché, comme le pape à Rome l'avait déclaré. Le secret autour de l'Anima Templi était le bouclier qui le protégeait des autres forces en conflit.

Will fut tiré de ses réflexions par Everard, qui l'observait. Le visage du prêtre était inexpressif. Will détourna le regard, mal à l'aise devant l'intensité de son regard. Il avait l'impression qu'Everard arrivait à lire dans son esprit.

— Nous avons gagné la moitié de cette bataille, disait l'un des jeunes chevaliers en réponse aux commentaires de Velasco. Tant que l'Église ne reconnaîtra pas qu'elle a besoin d'une réforme et qu'elle doit mettre un terme à la corruption qui fait rage à tous les niveaux de la hiérarchie, elle aura bien du mal à persuader les rois, sans parler du peuple, que le chemin de l'absolution passe par une croisade. Elle utilise ces guerres à ses propres fins depuis trop longtemps. Ses motivations sont devenues transparentes. Les citoyens de l'Ouest n'ont aucune envie de s'embarquer pour le difficile voyage jusqu'ici, de risquer leur vie et de se faire embrocher à l'épée maintenant qu'il a été révélé que ceux qui l'y incitent ne le font que pour s'enrichir.

Un chevalier anglais plus âgé, du nom de Thomas, secoua la tête en entendant le discours passionné du jeune homme.

— Il reste beaucoup de chrétiens en Occident qui débarrasseraient volontiers Jérusalem des musulmans s'ils en avaient la possiblité. Ils croient toujours que les musulmans et les juifs sont des blasphémateurs, des adorateurs de faux dieux dont la présence pollue la Ville sainte. Ils croient toujours qu'eux, et *seulement* eux, suivent le bon chemin. Ne sois pas si certain que l'envie d'une croisade n'existe plus. Ce n'est pas le cas.

— Mais, au concile de Lyon, répliqua le jeune chevalier, aucun des grands rois n'a répondu à l'appel du pape à prendre la Croix. La plupart d'entre eux n'étaient même pas présents.

— À l'heure actuelle, les dirigeants occidentaux sont trop embourbés dans leurs propres luttes intestines pour s'engager dans une croisade, répondit Thomas. Mais il suffit d'un seul chef pour unir une force déterminée derrière lui, et alors les hommes afflueront ici dans l'espoir de libérer la Ville sainte. C'est ce que souhaitent les hommes de notre propre Ordre. Frère Everard a raison. La paix que nous avons contribué à créer à l'intérieur du royaume est fragile, c'est un fait. Une secousse dans un sens ou dans l'autre et elle s'écroule.

— Et je crains que le grand maître soit justement ce genre de chef, dit le sénéchal en frappant dans ses mains. Il n'a pas fait mystère de sa volonté de reconquérir les territoires volés par Baybars en ayant recours à l'armée. À Lyon, il s'est fait l'avocat d'une nouvelle croisade. Il pourrait s'avérer être l'une des pires menaces à laquelle nous ayons eu affaire depuis la signature du traité.

Thomas et l'autre chevalier vétéran approuvaient de la tête.

— Si c'est le cas, nous devrons faire tout ce qui est en notre pouvoir pour le voir emprunter d'autres moyens d'action, dit Velasco, le sourcil arqué sous la frange. Nous ne pouvons offrir à Baybars une raison d'attaquer alors que nous sommes aussi faibles. Ses forces nous submergeraient. Et Acre…

Regardant Everard en prononçant ces mots, Velasco parut hésiter mais il poursuivit néanmoins :

— … notre *Camelot*, périrait, en même temps que tous les citoyens habitant dans son enceinte et l'espoir de réconciliation entre les chrétiens, les musulmans et les juifs. Cet espoir que nos prédécesseurs cultivent depuis presque un siècle. Tant que Baybars ne sera pas mort et que l'Égypte et la Syrie ne seront pas contrôlées par quelqu'un avec qui nous pourrons nous allier, nous ne serons pas en sécurité.

Everard eut un petit sourire à la mention de Camelot, le nom qu'il utilisait pour la ville, mais il s'évanouit dans l'instant.

— Des difficultés nous attendent, dit-il d'un ton bourru, mais il y en aura toujours. Ce n'est pas une tâche évidente, avec une solution évidente, dans laquelle nous sommes engagés. Rien de ce qui a de la valeur en ce monde ne s'obtient facilement. Le processus est long, mais nous faisons des progrès. Malgré nos motifs d'inquiétude, nous ne devons pas le perdre de vue. Nous avons désormais en Égypte un allié puissant, qui aura de l'influence sur le prochain sultan, et en Acre nous avons noué des alliances avec ceux qui croient en notre cause. C'est nous, par l'intermédiaire de notre Gardien, qui avons amené la paix en Outre-mer. Et tant que la paix se maintient, tant que les enfants de Dieu vivent en harmonie, nous triomphons.

Will s'adossa au mur pendant que les hommes s'imprégnaient du discours d'Everard. Il pouvait voir les mots du prêtre les remplir d'espoir et de conviction et il fut surpris de constater à quel point le vieillard était capable de partager son enthousiasme. Il connaissait Everard depuis trop longtemps pour être encore intimidé ou effrayé par lui ; le prêtre l'avait fouetté, insulté, consolé et éduqué ; il le savait capable du meilleur comme du pire. Mais, de temps à autre, quelque chose, une étincelle de génie dans le ton rude de sa voix, suffisait à le faire revenir à dix-neuf ans, au Temple de Paris, quand Everard lui avait pour la première fois parlé de l'Anima Templi.

Il savait que le souvenir avait dû enjoliver ce moment, le rendre plus grandiose, plus intemporel qu'il n'était en réalité. Mais il se rappelait avoir été hypnotisé, comme par un charme, lorsque le prêtre lui avait révélé comment le Cercle s'était formé au lendemain de la guerre contre les musulmans qui avait presque anéanti les forces chrétiennes en Terre sainte, une guerre menée à cause d'un ancien grand maître du Temple. Il se rappelait avec quelle attention il avait écouté Everard lui expliquer comment le mandat initial de l'Anima Templi était de protéger le Temple et ses vastes ressources économiques et militaires contre le mauvais usage que pourraient en faire ses dirigeants. Comment, au fil du temps, à mesure que d'autres membres étaient admis, de hauts officiers et des hommes lettrés qui avaient amené avec eux leurs propres idéaux, cette mission s'était élargie pour devenir la préservation de la paix en Outre-mer et entre les fois chrétienne, juive et musulmane.

À l'époque, Will avait vivement protesté contre cette idée en disant qu'elles étaient irréconciliables, qu'il ne pourrait jamais y avoir qu'un seul vrai Dieu pour chacune d'entre elles et qu'aucune ne s'inclinerait devant l'autre. Même quand Everard lui avait expliqué que l'Anima Templi ne proposait pas de modifier les croyances pour les ajuster les unes aux autres, mais de parvenir à une trêve mutuelle qui permettrait aux hommes de toutes religions de coexister, Will n'avait pas pu croire qu'une telle chose fût possible. Mais, dans les années qui avaient suivi, il avait vu de ses propres yeux comment des gens aux croyances différentes pouvaient vivre les uns avec les autres, profitant des échanges commerciaux et du partage des connaissances.

Tout en écoutant Everard discuter d'un traité que Velasco et lui avaient rédigé, soulignant les points communs entre les trois religions, Will se demandait si lui-même saurait un jour partager son propre enthousiasme. Serait-il capable d'émouvoir les hommes au point qu'ils soient prêts à donner leur vie pour une cause qu'il défendrait, comme le prêtre avait ému son père, comme il l'avait ému lui-même ? Soudain, il se demanda ce qu'ils deviendraient quand Everard mourrait. Il aurait bientôt quatre-vingt-dix ans et Will n'avait jamais connu quelqu'un d'aussi vieux. Il lui arrivait de penser que seule son absolue détermination de voir accomplie la mission de l'Anima Templi faisait encore tenir le vieil homme, qu'elle lui faisait office de tendons et de muscles maintenant que la chair était défaite. Les yeux de Will se portèrent sur le sénéchal, qui abordait maintenant la question de savoir à qui pourrait être distribué le traité. Il serait sans doute élu à leur tête à la mort d'Everard. Et Will savait que, ce jour venu, sa place dans le Cercle qu'il avait aidé à reconstruire, et pour lequel son père s'était sacrifié, ne tiendrait qu'à un fil.

La réunion dura encore une heure, jusqu'à ce que le sénéchal y mît un terme. Will remarqua qu'Everard n'arrêtait pas de le regarder et semblait gagné par une impatience grandissante. Lorsqu'ils se séparèrent, après s'être mis d'accord pour une prochaine réunion quand le grand maître serait arrivé, le prêtre le rattrapa dans l'escalier.

— William, je dois te parler.

— Que se passe-t-il ?

— Pas ici, répondit Everard à voix basse. Viens dans mes quartiers.

3

La citadelle, Le Caire

17 janvier 1276 après J.-C.

La bête marchait de long en large, faisant rouler d'avant en arrière les blocs de muscles à la saillie de ses pattes puissantes. De temps à autre, ses lèvres s'ourlaient pour révéler des rangées de dents semblables à des défenses et elle poussait un grognement, une rumeur sourde qu'on aurait pu croire venue des entrailles de la terre, comme une falaise s'écroulant. Ses yeux d'un jaune liquide taché de noir fixaient à travers les barreaux la cohue fourmillante et jacassante. Des confins de sa prison, l'instinct hurlait contre l'incarcération, lui intimant de bondir et d'attaquer.

De l'autre côté de la Grande Salle, Kalawun al-Alfi, commandant des troupes syriennes, regardait le lion arpenter sa cage. Il était magnifique. Tout en puissance et en rage. Plus tard, ils traîneraient sa cage à l'extérieur des murs de la ville, là où se trouvait la fanfare de trompettes et de timbales, et ils libéreraient le fauve. L'espace d'un instant, il serait grandiose. Puis ils le chasseraient. Mais aujourd'hui, ce ne serait qu'un spectacle. Le privilège reviendrait au marié d'assener le coup fatal et Kalawun savait que l'excitation habituelle de la chasse en serait ternie. Il aimait traquer sa proie, il aimait la concurrence qui régnait pour tuer l'animal. Aujourd'hui, le vainqueur ne serait pas auréolé de gloire. Et la mort du lion n'aurait rien de noble.

Kalawun but une gorgée d'un sirupeux jus de fruits tout en regardant la masse des officiers royaux, des gouverneurs et des soldats qui remplissaient la salle et dont les voix couvraient les notes légères jouées à la harpe et à la cithare par les musiciens. Ses yeux dérivèrent vers ses deux fils, as-Salih Ali et al-Ashraf Khalil, tous deux nés de sa seconde femme et dotés de la même chevelure noire et de la même physionomie que lui. Khalil, son plus jeune enfant, âgé de douze ans, tirait sans cesse sur le col raide de la robe bleue que les domestiques l'avaient gentiment obligé à mettre ce matin. Kalawun se sourit à lui-même, puis son regard fut attiré par un groupe de jeunes gens partiellement cachés par l'un des piliers de marbre noir et blanc qui flanquaient la pièce. L'un d'entre eux était Baraka Khan, héritier du trône d'Égypte et, depuis aujourd'hui, son gendre. Curieux de savoir ce qui attirait leur attention, Kalawun monta quelques marches de l'estrade qui se trouvait derrière lui et sur laquelle était dressé le trône du sultan, avec ses accoudoirs ornés de têtes de lions sculptées en or.

Les jeunes gens entouraient un esclave un peu plus jeune qu'eux, environ seize ans, et l'avaient acculé le dos au mur. Il détournait la tête du groupe et ses yeux fixaient un point à l'horizon. Son visage était paralysé en un masque sur lequel ne pouvait se lire aucune expression et seule cette posture figée, bizarre, révélait sa détresse. Baraka parlait avec animation aux autres et un large sourire fendait son visage encadré par des boucles noires. Kalawun plissa le front et tendit le cou pour observer par-dessus la foule.

Le commandant d'un des régiments mamelouks, enveloppé d'une cape jaune, le héla.

— Émir, c'était une somptueuse cérémonie. Vous devez être ravi.

Kalawun hocha la tête d'un air distrait.

— Aussi ravi qu'un père peut l'être, émir Mahmud.

Mahmud se rapprocha et vint se placer face à Kalawun.

— Maintenant que les festivités sont passées, peut-être pouvons-nous commencer à discuter de nos plans pour l'année à venir. Je me demandais si vous aviez parlé au sultan. Peut-être savez-vous ce qu'il a en tête ?

Kalawun nota le regard de prédateur du jeune commandant.

— Non, Mahmud. Ces derniers temps, mes pensées étaient ailleurs, répondit-il en désignant la salle d'un geste vague.

— Je comprends, dit Mahmud en mettant la main sur le cœur avec un air peu sincère, mais désormais vous serez moins préoccupé. Je pense que nous devrions parler au sultan, arranger un conseil et…

— Excusez-moi, le coupa Kalawun en descendant de l'estrade et en laissant Mahmud derrière lui.

Deux des jeunes gens avec Baraka s'étaient légèrement écartés. Dans l'intervalle qu'ils avaient laissé, Kalawun avait aperçu son gendre qui tenait l'esclave par la tunique. Il la soulevait pour montrer les cicatrices de sa castration aux autres garçons. Quelques-uns de ses amis riaient avec Baraka, les autres regardaient avec effroi et fascination les traces de la mutilation. Quant à l'esclave, il avait les yeux fermés.

Pour des hommes comme Kalawun, le terme de guerrier esclave n'était pas un simple mot. Bien des années plus tôt, avec nombre d'autres Mamelouks, dont Baybars, il avait été capturé par des marchands d'esclaves après les invasions des Mongols contre les Turcs kiptchaks autour de la mer Noire. Vendus par milliers sur le marché à des officiers de l'armée égyptienne, on les avait emmenés en tant que prisonniers au Caire, transformés en musulmans dévots et les anciens sultans ayyoubides d'Égypte les avaient constitués en corps d'élite. La dynastie ayyoubide s'était achevée vingt-six ans plus tôt, quand les guerriers esclaves s'étaient retournés contre leurs maîtres et avaient pris le contrôle de l'Égypte.

Les plus jeunes se rappelaient la séparation d'avec leurs parents et leurs proches. Au fil du temps, endurcis par l'entraînement rigoureux et consolés par la camaraderie des casernes, ces souvenirs s'étaient néanmoins estompés. Lorsqu'ils furent libérés, au moment où on les fit soldats et officiers de l'armée mamelouke, peu d'entre eux désertèrent pour retrouver leurs familles. Kalawun avait vingt ans quand il fut capturé, ce qui était vieux pour un esclave. Il se souvenait de sa femme et de son enfant, le temps ne parvenait pas à les effacer complètement. Même maintenant, âgé de cinquante-quatre ans, avec trois femmes, trois enfants et un autre à venir, il lui arrivait de se demander si sa première famille avait survécu à l'attaque mongole et s'était installée quelque part, ne sachant pas que lui-même était encore en vie, qu'il était maintenant l'un des hommes les plus puissants d'Orient. Né dans un monde que les guerriers esclaves dirigeaient et où ils habitaient de grands palais luxueux, Baraka ne savait pas quelles chaînes ses aïeux avaient dû briser pour qu'il en soit ainsi.

Des généraux et des officiers passaient près du groupe de sadiques sans intervenir. Les esclaves du palais qui, à la différence des soldats, étaient soumis à la castration afin de protéger le harem et de s'assurer de leur docilité, s'élevaient parfois de leur basse condition pour occuper des postes à responsabilités sous l'autorité de leurs maîtres. Ils pouvaient même être envoyés comme ambassadeurs auprès de dignitaires étrangers ou entraîner les nouvelles recrues de l'armée. Mais la plupart d'entre eux, bien qu'ils fussent en général mieux traités qu'en Occident, constituaient l'invisible et silencieuse race qui grouillait dans les couloirs et les salles de réception de toutes les maisons cairotes bien tenues. Baraka était prince, l'eunuque, un simple corps anonyme. Cependant, Kalawun n'était pas disposé à laisser passer une telle cruauté.

Après avoir tendu sa coupe à un domestique, il commença à se frayer un chemin à travers la foule. Il était encore loin de son but quand Nasir, l'un des officiers de son propre régiment, les Mansuriyya, vint le saluer.

Ce grand homme à l'air solennel, un Syrien au teint brun, inclina la tête avec respect tout en s'approchant de son commandant.

— Émir, c'était vraiment une très belle céré…

— Une très belle cérémonie, je sais, fit Kalawun en se forçant à sourire.

Nasir le regarda d'un air perplexe, puis il lui rendit son sourire, qui éclaira son visage par ailleurs inexpressif.

— Je suis désolé, émir, je dois faire partie de tous ceux qui vous parlent aujourd'hui sans rien vous dire.

— Comme le veut la tradition lors d'un mariage, répondit Kalawun en reportant son regard sur les jeunes gens.

Au même moment, Baraka lâchait l'esclave, reculait et tournait la tête. Ses yeux croisèrent ceux de Kalawun et, l'espace d'un instant, en réalisant que celui-ci avait assisté à toute la scène, une expression de honte fugace traversa le visage du prince. Puis, aussi vite qu'elle était apparue, celle-ci s'en alla, remplacée par un air de défi hautain. Baraka hocha cérémonieusement la tête à l'intention de Kalawun et s'éloigna avec ses amis en laissant l'esclave recroquevillé contre le mur, à deux pas de la cage du lion.

— Émir ? l'interrogea Nasir en observant le visage de son commandant, qui paraissait inquiet.

Il suivit le regard de Kalawun et vit Baraka rire avec un groupe de garçons.

— Il fera un bon fils, crut-il bon de commenter.

— Mais fera-t-il un bon mari ? murmura Kalawun en regardant Nasir. Et un bon sultan ? J'ai parfois l'impression qu'il n'a rien retenu de tout ce que j'ai essayé de lui apprendre.

— Vous l'avez guidé du mieux que vous pouviez, émir. J'ai vu avec quelle patience vous l'instruisiez, comme s'il était de votre propre chair. Vous lui avez apporté davantage que son propre père, ajouta Nasir en baissant la voix.

— Le sultan Baybars n'a pas eu le temps de le former, répondit Kalawun.

Mais ils savaient tous deux que ce n'était pas vrai.

Baybars n'avait prêté aucune attention au garçon dans ses premières années, il disait que sa place était au harem avec sa mère tant qu'il n'aurait pas l'âge de s'entraîner à devenir un guerrier. Quand il fut assez vieux, il le mit entre les mains d'un tuteur et, un temps, se prit d'un réel intérêt pour son aîné, éprouvant même du plaisir à passer du temps avec lui. Mais Omar, son camarade, celui qui ressemblait le plus à un ami, était mort sous les coups d'un Assassin qui lui étaient destinés et, après sa mort, Baybars ne s'était plus intéressé à rien.

Nasir secoua la tête.

— Quand même, j'ai toujours été surpris de voir à quel point vous vous étiez investi dans son éducation.

— Je veux qu'il soit capable de conduire son peuple.

— Il le sera. Il est peut-être devenu un homme aujourd'hui, mais son cœur est toujours celui d'un garçon, et les garçons de son âge se croient parfois meilleurs que leurs maîtres. Ça nous est tous arrivé.

Kalawun posa la main sur l'épaule de Nasir.

— Tu as raison. Simplement, j'ai parfois l'impression de modeler une argile déjà cuite. Vois-tu, je m'inquiète qu'il soit…

Il ne prononça pas la fin de sa phrase, une voix de jeune fille l'appelait.

— Papa !

Kalawun se retourna et vit Aisha, sa fille de quatorze ans, se faufiler vers lui à travers la cohue. Son hijab brodé d'or était dangereusement près de glisser et de dévoiler ses longs cheveux noirs. Sur ses épaules, les griffes s'enfonçant dans le tissu de sa robe sombre, était juché un singe minuscule aux pupilles orange. Il portait un collier incrusté de pierres précieuses, d'où partait une laisse en cuir qu'Aisha s'était enroulée autour de l'index. Dans sa main restée libre, elle tenait une poignée de dattes.

— Regardez, père ! dit-elle en lançant l'un des fruits.

Le singe tendit les bras et le rattrapa puis, avec de petits mouvements brusques, il le porta à sa bouche et commença à mordre dedans tout en lançant autour de lui des regards méfiants.

— Je vois que tu l'as entraîné, dit Kalawun en prenant le visage de sa fille dans ses grandes mains calleuses et en l'embrassant sur le front.

Puis il tira sur son hijab afin de le rabattre sur les cheveux visibles, ce qui lui fit froncer les sourcils.

— Tu ne le quittes pas d'une semelle. Si j'avais su qu'un cadeau comme celui-ci l'occuperait autant, ajouta-t-il en souriant à Nasir, je le lui aurais offert il y a des années.

— Je ne sais toujours pas quel nom lui donner, dit Aisha sans tenir compte du commentaire.

— Je croyais que tu l'avais appelé Fakir.

Aisha fit rouler ses grands yeux au ciel.

— C'était la semaine dernière, mais je n'aime plus du tout ce nom. Je te l'ai déjà dit.

Kalawun caressa la joue de sa fille.

— Je ne crois pas que ce soit le bon moment pour t'en inquiéter. La journée a été longue et tu dois te préparer pour la nuit qui approche.

Son sourire s'évanouit en la voyant s'éloigner en haussant les épaules, visiblement mal à l'aise.

Kalawun sentit une boule dans sa gorge à l'idée qu'il avait risqué le bonheur de sa fille pour assurer sa position auprès de Baraka. Elle le vivait comme un sacrifice. Il supposait que la plupart des pères donnant leur fille à marier ressentaient une émotion similaire, mais cette pensée ne parvenait pas à le réconforter. Il lui avait acheté le singe pour soulager sa conscience. Et cela avait marché quelques jours, à voir les heures délicieuses qu'elle passait avec la créature. Mais, après la scène avec l'esclave dont il avait été le témoin, son trouble était revenu.

— Tu es une femme maintenant, Aisha, dit-il d'une voix qu'il voulait ferme. Tu dois te présenter humblement au monde, obéir à ton mari et le soutenir. Tu ne peux plus courir librement à travers les couloirs du palais, jouer avec les domestiques ou patauger dans les bassins. C'est fini. Tu es une femme. Tu comprends ?

— Oui, père, murmura Aisha.

— Pars, maintenant. Va attendre ton mari.

Kalawun était lié par le devoir et la tradition mais une partie de lui, celle qui en avait fait un père dévoué, se réjouissait secrètement que la lueur de défi n'ait pas quitté les yeux de sa fille tandis qu'elle s'éloignait.

Kalawun entendit des portes s'ouvrir. Quatre guerriers en manteau doré du régiment bahrite, les gardes royaux, pénétrèrent dans la salle. Derrière eux, légèrement plus grand que ses soldats, se trouvait Baybars Bundukdari, l'Arbalète, sultan d'Égypte et de Syrie, dont l'épée avait mis fin dans un bain de sang à la dynastie ayyoubide pour initier le règne des Mamelouks. Il portait une lourde cape en soie dorée doublée de fourrure, sur laquelle étaient brodées des inscriptions du Coran. Des bandes de tissu noir cousues sur ses avant-bras affichaient son rang et son titre. Son visage hâlé était de marbre et ses yeux, avec le défaut de la pupille gauche, une sorte de point blanc incrusté qui transformait chacun de ses regards en coup de poignard, étaient aussi bleus et insondables que le Nil lui-même. À côté de Baybars marchaient trois généraux, dont Mahmud, et un homme portant le manteau violet des messagers royaux, ces hommes qui relayaient à cheval les informations à travers l'empire. Le manteau du messager était couvert de poussière et l'inquiétude se lisait sur son visage. Il avait l'air d'avoir parcouru un long chemin. Baybars lui dit quelque chose et il s'inclina avant de disparaître. Les yeux du sultan scrutèrent la foule et vinrent se poser sur Kalawun. Il lui adressa un signe de tête autoritaire. Kalawun salua Nasir et suivit Baybars, qui ressortait de la salle.

Tous ensemble, les généraux et le sultan se dirigèrent vers le deuxième étage, plus tranquille, abandonnant les bruits de la musique et de la foule derrière eux. Là, les Bahrites ouvrirent deux portes décorées de panneaux d'ivoire donnant sur une grande terrasse. Les gardes restèrent à la porte tandis que Baybars et les généraux avançaient sous le soleil. La journée était fraîche, un vent puissant faisait claquer leurs manteaux. Le ciel de l'après-midi était d'un grand bleu, sans une trace de brume, et au loin, au sud-ouest de la cité, ils pouvaient voir les grandes pyramides dresser leur silhouette majestueuse dans le désert. Construite par Saladin, la citadelle était située à l'endroit le plus haut de la ville, juste en contrebas des collines de Muqatan, et la vue de la terrasse était spectaculaire.

En dessous d'eux s'étalait Le Caire, dont le nom arabe, al-Qâhira, signifiait la Victorieuse. Des minarets s'élevaient en spirale dans le ciel au milieu des dômes des mosquées et des palais, dont les ornements de verre et de nacre scintillaient au soleil. Niché entre ces somptueux édifices, un amas de maisons et de commerces formait un réseau complexe de ruelles étroites, de souks couverts et de lieux si sombres et à l'air si confiné qu'ils donnaient l'impression de traverser des grottes.

Les marchés aux chameaux et aux chevaux, les madrasas et les mausolées se disputaient l'espace de cette arène bondée, où les secteurs réservés aux Grecs, aux Noirs, aux Turcs et autres s'entassaient autour des quartiers les plus récents de la ville, au nord, établis par l'ancienne dynastie fatimide. La mosquée al-Azhar, avec son université adjacente, avait été bâtie là trois siècles plus tôt et elle était désormais le plus important centre d'étude du monde islamique. Une partie du bâtiment était toujours entourée d'échafaudages, à cause des réparations que Baybars avait ordonnées des années plus tôt. Le calcaire blanc friable utilisé pour refaire les côtés avait été emprunté aux pyramides et aux nombreux châteaux des croisés en Palestine que le sultan avait démolis au cours de ses seize ans de règne. Le vieux Caire, Fustât Misr, se trouvait au sud de la citadelle, de l'autre côté d'une île sur le Nil. Sur cette île, l'ancien maître ayyoubide des Mamelouks avait érigé un palais dont Baybars avait attribué les tours à Kalawun et au régiment Mansuriyya pour leur servir de quartiers. Entre la ville sans cesse balayée par le sable et les étendues hostiles du désert coulait le Nil, l'artère vitale de la ville.

Baybars se tourna vers Kalawun en souriant, mais ses yeux vitreux ne reflétaient pas la même aménité.

— Nous sommes camarades depuis plus de la moitié de nos vies, mon frère, dit-il en embrassant le commandant sur les joues. Maintenant, nous sommes de la même famille.

— C'est un honneur que je chéris, sultan, répondit Kalawun.

— Cependant, maintenant que le mariage de nos enfants est terminé, nous devons nous occuper des affaires de ce monde.

Les manières de Baybars redevinrent en un instant celles d'un homme de décision, d'un chef à l'autorité incontestable.

— Un messager vient d'arriver avec des nouvelles des territoires du Nord. L'Ilkhan a rassemblé une armée. Les Mongols approchent.

— Combien d'hommes dans cette armée ? s'enquit Kalawun.

Les paroles du sultan avaient réveillé en lui la même appréhension qu'il ressentait chaque fois qu'il apprenait que leur calme était sur le point d'être bouleversé, que la guerre et la mort le rattrapaient.

— Trente mille, des Mongols de la garnison de l'Ilkhan en Anatolie et des soldats seldjoukides sous le commandement de leur Pervaneh.

— Sait-on vers où ils se dirigent ? demanda Kalawun, surpris que le Pervaneh seldjoukide mène ses hommes au combat aux côtés des Mongols.

Il se disait que le Pervaneh, qui agissait en tant que régent pour l'enfant sultan du royaume seldjoukide d'Anatolie, n'appréciait pas du tout l'occupation par les Mongols de ses territoires. Ses relations avec son souverain Abaqa, l'Ilkhan de Perse et arrière-petit-fils de Gengis Khan, étaient prétendument tendues.

— L'une de nos patrouilles à la frontière de l'Euphrate a capturé un éclaireur mongol. Ils ont pu lui soutirer des informations. Les Mongols ont l'intention d'attaquer al-Bireh.

Kalawun s'aperçut en regardant les autres émirs qu'ils étaient déjà au courant.

— Savons-nous quand est prévu l'assaut, seigneur ?

— Bientôt. C'est tout ce qu'ils ont pu vérifier. Mais cela fait déjà cinq semaines que notre garnison d'al-Bireh a reçu cette information. Il est possible que l'attaque ait déjà eu lieu. Le messager est passé par Alep. Mon général sur place a envoyé sept cents hommes pour aider à tenir la ville. Il devait aussi lever une armée de Bédouins. Mais nous savons tous que les mercenaires sont souvent imprévisibles, ajouta Baybars.

— Dans ce cas, nous devons nous dépêcher d'agir.

Baybars fit signe à l'un des émirs, un homme au teint mat du même âge que lui.

— L'émir Ishandiyar emmènera son régiment jusqu'à al-Bireh, avec deux autres commandants. Ils partiront demain. Si les Mongols n'ont pas encore attaqué, les troupes resteront pour fortifier la ville. S'ils ont attaqué… Ishandiyar s'occupera d'eux.

— En allant vite, nous pourrons être à Alep en trente-six jours, dit Ishandiyar. Nous nous y pourvoirons en ravitaillement et prendrons avec nous toutes les forces auxiliaires disponibles avant de continuer vers al-Bireh. Ce n'est qu'à deux jours de marche de là.

— Il ne nous reste qu'à espérer que nous aurons assez de temps, répondit Kalawun. La ville ne contiendra pas indéfiniment une force déterminée. Les Mongols ont déjà réussi à la prendre par le passé.

Les autres généraux hochèrent la tête en signe d'approbation. La ville d'al-Bireh était en première ligne sur la frontière de l'Euphrate. Si les Mongols s'en emparaient, ils pourraient s'en servir comme d'un point d'entrée pour lancer d'autres attaques sur les territoires mamelouks en Syrie. Cinq ans plus tôt, sous les ordres d'Abaqa, les Mongols avaient traversé l'Euphrate pour fondre sur Alep, mais ils n'avaient causé que peu de dégâts. Les Mamelouks avaient eu de la chance. Avec une plus grande armée, l'attaque aurait été victorieuse. Les cadavres des quatre-vingt mille musulmans enterrés sous la poussière de Bagdad pouvaient en témoigner.

— Je compte sur vous, dit Baybars en regardant Ishandiyar.

— Je ne vous décevrai pas, seigneur.

— Je l'espère. Je ne veux pas que les Mongols détiennent une position grâce à laquelle ils pourraient menacer mes arrières alors que je continue mes campagnes dans le Nord. Abaqa n'est pas un imbécile. Il a conscience que mon expédition en Cilicie l'année dernière n'est qu'un prélude avant l'invasion de l'Anatolie. Il sait que je cherche à étendre mon empire. Et avec les Seldjoukides qui ne cessent de contester sa suprématie, sa situation est précaire. Je savais qu'il finirait par montrer ses griffes. Mais s'il prend al-Bireh, mes plans d'expansion en Anatolie seront sérieusement compromis.

— Sultan, le coupa vivement Mahmud, vous ne nous avez pas fait part de ces plans. Avant que le messager ne nous apprenne ces nouvelles, je souhaitais d'ailleurs vous demander si nous pourrions évoquer votre stratégie pour l'année à venir. Comme vous le savez, le débat est animé pour savoir sur quels ennemis nous devons nous concentrer en premier.

— Oui, émir Mahmud, je sais bien ce qui se passe dans ma propre cour, dit Baybars en affichant un sourire sans joie. Mais peut-être voudriez-vous m'en informer plus avant ?

Il s'approcha du bord de la terrasse et s'appuya contre le parapet.

Nullement décontenancé, Mahmud répondit :

— Seigneur, de tous les sultans d'Égypte qui ont fait campagne contre les Francs, vous êtes celui qui a amené le plus de victoires à notre peuple. Alors qu'ils avaient un grand empire, les chrétiens ne détiennent plus que quelques villes disséminées sur la côte palestinienne. Vous avez détruit les châteaux de leurs chevaliers, expulsé leurs barons grassouillets des villes qui appartiennent de plein droit aux musulmans, vous nous avez rendu les mosquées qu'ils avaient transformées en églises et égorgé les Infidèles par milliers.

La voix de Mahmud s'était faite de plus en plus passionnée à mesure qu'il parlait, mais Baybars n'en paraissait pas le moins du monde flatté ou impressionné.

— Où voulez-vous en venir ?

— Certains à la cour pensent qu'il est temps de finir ce que vous avez commencé en proclamant le djihad contre les chrétiens, il y a seize ans. Ils pensent qu'il est temps d'en finir avec les Francs en Acre et à Tripoli, ainsi que dans toutes les forteresses qu'ils possèdent encore, qu'il est temps de les éradiquer de nos terres.

— *Ils ?* demanda Baybars d'un ton sec.

— J'admets nourrir moi aussi cet espoir, seigneur. Mais je ne suis pas le seul.

Le quatrième émir, un vétéran mamelouk du nom de Yusuf, qui avait gardé le silence jusque-là, opinait en écoutant les propos de Mahmud. Ishandiyar semblait pensif.

— Vous êtes tous d'accord ? leur demanda Baybars.

— La trêve signée avec les Francs n'était que temporaire, répondit Yusuf de sa voix éraillée. Vous l'avez dit vous-même, seigneur. Nos espions en Acre nous rapportent que leur pape a tenu un conseil avec les rois d'Occident pour discuter d'une nouvelle croisade. Pourquoi leur donner le temps de l'organiser ? Je dis que nous devons mettre un terme à tout cela dès maintenant.

— Je conseillerai plutôt la prudence, prononça lentement Ishandiyar. Occupons-nous d'abord des Mongols à al-Bireh avant de prévoir d'autres actions. Peut-être devrons-nous employer toutes nos ressources pour mater les Mongols.

— Je suis d'accord, répondit Mahmud en voyant Baybars hocher la tête, que nous devons assurer la sauvegarde de la ville. Mais si nous vainquons, prenons au moins le temps de parler de nos problèmes avec les Francs avant de lancer une campagne contre les Mongols en Anatolie.

— Qu'en dites-vous, émir Kalawun ? demanda Ishandiyar.

— J'ai déjà fait part au sultan de mes sentiments à ce sujet, répondit celui-ci.

Mahmud s'offusqua de ses paroles mais il fit mine de l'ignorer.

— Pourriez-vous les partager avec nous, croassa Yusuf en regardant Baybars, qui fit signe à Kalawun de poursuivre.

— Je crois, comme Ishandiyar, que nous devons commencer par sécuriser les frontières nord contre les attaques mongoles. Seule une poignée de chefs ont participé au conseil que vous évoquiez. Je ne vois pas quelle grande offensive pourrait être lancée d'Occident dans un futur proche. D'après ce que je sais, ils sont trop occupés à se battre entre eux. Les Mongols nous menacent directement, alors qu'en l'état, les Francs ne peuvent rien contre nous.

La mâchoire crispée, Mahmud s'agitait, les yeux perdus par-dessus la ville.

Baybars resta un instant silencieux avant de reprendre la parole, étudiant un à un le visage de ses hommes :

— Khadir m'a dit que les signes étaient favorables à une guerre contre les chrétiens.

Aucun d'entre eux ne parut ravi qu'il fasse mention de son devin.

— Mais je suis enclin à faire face aux Mongols le plus rapidement possible. Quoi qu'il en soit, dit-il en jetant un coup d'œil à Mahmud, je ne prendrai aucune décision définitive avant d'avoir parlé avec l'ensemble des généraux. J'organiserai un conseil.

— Seigneur, l'appela Mahmud alors qu'il commençait à rentrer, avec tout le respect que j'ai pour vous, ne faites pas attendre trop longtemps les généraux. L'impatience monte dans les rangs.

Il pâlit soudain devant le regard braqué sur lui, mais décida de continuer.

— Depuis la trêve que vous avez signée il y a quatre ans, vous avez découvert deux conspirations pour vous renverser et survécu à un attentat fomenté par l'un de vos propres émirs. Vos hommes ne veulent plus de cette… (Il toussa)… de cette *paix* avec les Infidèles.

— La paix, émir Mahmud ? répéta Baybars d'une voix grave. Croyez-vous que je désire faire la paix avec ces cochons de chrétiens ? Croyez-vous que c'est ce que je cherchais en détruisant leurs villes, en réduisant en cendres leurs forteresses, en marchant sur les os de leurs soldats ? La paix ?

— Seigneur, je voulais juste…

— Oui, j'ai dû faire face à des rebelles et à des meurtriers. Mais aucun ne voulait se débarrasser de moi pour continuer ma noble guerre contre les Francs. Ils se sont dressés par convoitise, pour prendre ma position. Ceux qui me connaissent bien, Mahmud, ceux qui me sont *loyaux*, sans conditions, savent que s'il y a un homme dans tout l'Orient qui méprise les chrétiens, c'est moi. Mais je ne me précipiterai pas aveuglément sur eux au risque de mettre mon empire en danger, tout ça pour satisfaire quelques jeunes gens au sang bouillonnant. Le moment venu, je les écraserai. Mais pas avant d'être prêt.

— Écraser qui, père ?

Baraka Khan se tenait sur le seuil, la main levée devant les yeux pour se protéger du soleil.

— Que veux-tu ? lui demanda Baybars.

— Vous semblez discuter d'importants sujets. J'aimerais me joindre à vous.

— Tu n'as rien à ajouter au débat qui pourrait nous aider, répondit abruptement Baybars. Et je n'ai ni le temps ni l'envie de me plier à tes souhaits. Quand je voudrai t'impliquer dans mes affaires, je te le ferai savoir, Baraka.

Baybars n'avait mis aucune malice dans son ton, mais la brusquerie de ses paroles fit rougir Baraka en un clin d'œil.

Le jeune homme eut un moment l'air de vouloir répondre, mais il finit par se retourner et s'en aller de la terrasse.

— Nous reparlerons de tout cela lors d'un conseil, dit Baybars aux généraux, comme si rien ne s'était passé. Vous pouvez disposer.

Les généraux saluèrent et se retirèrent, Mahmud avec l'air irrité et piqué au vif, Ishandiyar pressé de réunir ses hommes et de se préparer à faire route vers al-Bireh. Kalawun s'attarda.

— Tu veux me dire quelque chose ? lui demanda Baybars.

— Y a-t-il une raison de ne pas faire participer Baraka à nos discussions, seigneur ? Il ne peut pas apprendre s'il n'assiste pas à ce genre de débat.

— Ses tuteurs lui enseignent bien assez de choses et je sais que je peux compter sur toi pour continuer à l'entraîner à l'art de la guerre.

— Votre manque d'affection le peine. Il pense que vous ne le trouvez pas digne d'être votre fils.

— C'est sa mère qui lui a inoculé ce poison, répondit durement Baybars. Tout ce temps passé au harem l'a ramolli. Je dois me montrer sévère avec lui, sinon il ne s'assiéra jamais sur ce trône, sans même parler de devenir un chef assez fort pour son peuple.

Sur ces paroles, Baybars s'en alla.

Kalawun resta seul à contempler la vue. De l'une des tours de la citadelle, un groupe de pigeons que les Mamelouks utilisaient pour transmettre les messages prit son envol. La réunion impromptue ne lui avait pas laissé le temps de préparer ses arguments et il devrait maintenant se faire entendre lors d'un conseil de guerre. La paix qu'il avait contribué à installer entre son peuple et les Francs semblait se fissurer peu à peu. Combien de temps encore il pourrait tenir le lion à l'écart des chrétiens, il l'ignorait.

4

Le Temple, Acre

17 janvier 1276 après J.-C.

Intrigué, Will suivit Everard en bas de la tour puis dans la cour où s'entassait le sable de la plage ramené par le vent. En Occident, les commanderies de l'Ordre ressemblaient davantage à des manoirs avec domaine, elles n'étaient en général pas fortifiées, mais en Acre les quartiers généraux du Temple étaient une forteresse imprenable. Entourée de hautes murailles épaisses par endroits de près de dix mètres, elle était perchée comme un immense rocher au-dessus de la mer du côté ouest du port. Aux angles, se dressaient des tours massives, dont les plus larges, orientées vers l'intérieur de la ville, enjambaient la porte principale et étaient encore surélevées par quatre tourets, décorés chacun d'une statue de lion à taille réelle et en or. La tour du Trésor, la plus ancienne partie de la commanderie, avait été construite par le sultan égyptien Saladin cent ans plus tôt.

L'intérieur de la commanderie constituait une ville miniature, avec ses jardins et ses vergers près des quartiers des domestiques, les appartements destinés aux chevaliers et aux sergents, la salle de réception, des ateliers, une infirmerie, un terrain d'entraînement, des écuries, une belle église et un palais pour le grand maître et son personnel. À la différence de la plupart des autres commanderies, le Temple d'Acre bénéficiait aussi de commodités car il était relié au système d'égouts de la ville, qui évacuaient les eaux usées dans la mer. Au milieu de cette inextricable galerie d'eau souterraine qui parcourait la ville, l'un des tunnels menait tout droit de la commanderie jusqu'au port, ce qui permettait aux chevaliers de transporter des cargaisons directement depuis les bateaux jusqu'au Temple et pouvait à l'occasion permettre de s'échapper.

Pour Will, la forteresse était un foyer : elle lui était familière, quotidienne. Mais les yeux des chevaliers et des sergents qui débarquaient des royaumes de l'Ouest et pénétraient dans son enceinte pour la première fois lui rappelaient chaque fois à quel point la commanderie était somptueuse.

Everard luttant pour ouvrir la lourde porte des quartiers des chevaliers, Will voulut l'aider. Mais le prêtre le repoussa avec irritation et réussit finalement à l'ouvrir tout seul. Will le suivit jusqu'à sa cellule, au deuxième étage, avec, devant lui, la respiration bruyante d'Everard.

— Vous devriez demander au sénéchal de vous donner une autre cellule, suggéra Will tandis qu'ils entraient.

— J'aime la vue.

Will se garda de répondre et préféra orienter la discussion vers le seul sujet qui l'intéressât.

— De quoi voulez-vous me parler ? demanda-t-il en enlevant d'un tabouret près de la table de travail une pile de livres reliés en vélin et en s'asseyant.

Sur le banc, où d'ordinaire le prêtre travaillait à ses traductions, était ouvert un grand livre qui laissait voir de délicates lignes de calligraphie arabe. Par-dessus se trouvait un parchemin adouci à la pierre ponce, et sur lequel Everard rédigeait le texte en latin. Nombreux étaient les gens en Outre-mer à utiliser désormais du papier, mais Everard préférait toujours les peaux et il insistait pour se fournir en parchemin fabriqué par le même artisan local.

Le prêtre n'avait pas répondu à Will et s'occupait de se verser un verre de vin. La main abîmée, à laquelle manquaient deux doigts perdus trente-deux ans plus tôt lorsque les forces musulmanes avaient repris Jérusalem, tremblait. Everard buvait tellement, ces derniers temps, que certains chevaliers commençaient à rire de lui en disant qu'il devait avoir du bourgogne à la place du sang. Will attendit qu'il eût bu quelques gorgées avant de répéter la question.

— Je voulais te parler ce matin, quand tu es revenu, répondit Everard. Mais je préférais attendre que la réunion soit passée.

Enroulant les doigts de sa bonne main autour du pied de la coupe, il s'assit sur un siège près de la fenêtre.

— Depuis trois ans qu'il est retourné en Angleterre et a été fait roi, Édouard m'a écrit trois fois pour requérir des fonds de nos coffres. Il m'a dit avoir besoin d'argent pour l'aider à établir sa position en tant que Gardien de notre Cercle ; à financer le voyage d'émissaires auprès des Mongols et d'autres races en vue d'assurer de futures alliances ; à graisser la patte à des informateurs afin d'être au courant de tout ce qui pourrait avoir un effet sur nous. La première fois, je l'ai payé. Le montant ne me paraissait pas extravagant et je n'avais aucune raison de douter de ses intentions. Mais l'année dernière, quand Matthew, notre frère de Londres, nous a rendu visite, il m'a dit qu'Édouard avait rencontré le pape pour discuter de l'éventualité d'une nouvelle croisade, après le concile de Lyon.

Will opina.

— J'en ai entendu parler, moi aussi. Le pape a l'air très déterminé. Par chance, ils n'étaient pas trop nombreux à faire le déplacement jusqu'à Lyon, sinon nous serions maculés de sang à l'heure actuelle.

— Ce n'est pas le pape qui a organisé la réunion, dit sobrement Everard. C'est Édouard.

Surpris, Will fronça les sourcils mais attendit en silence que le prêtre continuât.

— Il semble qu'il voulait s'excuser d'avoir manqué le conseil en faisant savoir au pape qu'il ferait son affaire personnelle de mener une nouvelle croisade en Orient. Il lui a dit qu'il prendrait la Croix dès qu'il aurait maîtrisé son propre royaume.

— Ça n'a aucun sens. C'est Édouard qui a signé le traité avec Baybars. Pourquoi trahirait-il sa parole ?

— Peut-être parce qu'il n'a jamais eu l'intention de la tenir.

Everard termina son vin et se leva pour s'en resservir. Mais Will était déjà debout et lui prenait la coupe des mains. Il versa le vin et la tendit au prêtre.

— J'admets n'avoir jamais été à l'aise à l'idée qu'Édouard soit notre Gardien, mais de là à croire qu'il briserait un serment de cette façon…

— Tu ne te sens pas à l'aise avec lui ? fit Everard, étonné. Tu ne m'en as jamais parlé.

Will garda le silence un instant.

— Ce n'est pas quelque chose que j'aurais pu exprimer avec des mots. C'est juste que je ne lui fais pas confiance. Même s'il n'a jamais donné des raisons de douter de lui. Frère Matthew pourrait-il avoir eu des informations erronées ?

— Quand il est reparti en Angleterre, je lui ai demandé d'enquêter là-dessus. Je lui ai aussi parlé de la deuxième demande d'argent qu'Édouard m'avait adressée et l'ai prié de vérifier si le roi avait envoyé ces fameux émissaires. Avant même qu'il ait pu me renseigner, Édouard m'envoyait une troisième requête en m'interrogeant sur mon absence de réponse à sa précédente sollicitation. Cette fois, la somme était encore plus importante.

— L'avez-vous versée ?

— Non. Voici la lettre que frère Matthew m'a envoyée peu après.

Everard tendait un rouleau à Will. Il craquait et était couvert de taches, comme s'il avait été lu et relu.

Lorsqu'il eut fini de lire, Will leva les yeux.

— Comment ont réagi les autres quand vous le leur avez montré ?

— Je ne l'ai montré à personne, tu es le premier.

Will reposa les yeux sur le parchemin.

— Quand l'avez-vous reçu ?

— Il y a quelques mois.

— Pourquoi n'en avoir parlé à personne ? demanda Will, incrédule.

Il devait lutter pour ne pas s'emporter.

— C'est la preuve que le roi d'Angleterre, notre Gardien, travaille contre nous ! J'aurais tendance à penser que c'est une affaire plus urgente à soumettre en conseil qu'un traité rédigé en commun avec Velasco !

— Ce n'est pas une preuve, répondit Everard avec calme. Matthew le dit lui-même, il ne peut pas le prouver. Ce ne sont que des spéculations.

Will relut la lettre.

— Il dit savoir qu'Édouard a l'intention d'attaquer le pays de Galles, il pense qu'il veut utiliser l'argent demandé pour financer les débuts de sa campagne. Il me semble que cela nous fait assez de certitudes, conclut-il en relevant la tête.

— Il est certain pour l'attaque, mais pas que ce soit notre argent qui la finance.

— Est-ce que cela compte vraiment de savoir à quoi servira l'argent ? s'exclama Will en secouant la tête. Édouard veut attaquer un autre pays. L'homme que vous avez désigné…

Will s'interrompit.

— Le Gardien d'un groupe dont le seul but est la paix est sur le point de déclencher une guerre, et pas seulement dans son propre royaume, à ce qu'il paraît. Matthew dit que le peuple d'Angleterre le surnomme le *Roi croisé*. Ils pensent qu'il délivrera Jérusalem.

— Il ne peut pas avoir de tels plans dans l'immédiat, argumenta Everard, pas s'il veut attaquer le pays de Galles.

— Mais s'il a déjà rencontré le pape pour en discuter, il me semble évident que c'est ce qu'il a l'intention de faire à l'avenir, répliqua Will en repliant le rouleau et le rangeant dans son fourreau. À vrai dire, je ne suis qu'à moitié surpris.

La lèvre d'Everard se releva en un rictus.

— Eh bien, je suis content que tu aies vu venir cette trahison ! Peut-être, dans ta gracieuse bonté, aurais-tu pu informer avant aujourd'hui les simples mortels que nous sommes de ta divine prescience ?

— Qu'a-t-il fait depuis trois ans que vous l'avez désigné, Everard ? Depuis qu'il a signé le traité avec Baybars, qu'a-t-il fait concrètement en tant que Gardien de notre Cercle ? Pour autant que je sache, il n'a rien fait pour nous aider à maintenir la paix, à réconcilier les croyants ou à ouvrir les voies du commerce et de la communication entre l'Orient et l'Occident.

— Cela ne le concerne en rien, rectifia Everard. Lorsque l'homme qui a fondé notre Cercle, le grand maître Robert de Sablé, a choisi Richard Cœur de Lion pour être notre premier Gardien, c'est parce qu'il voulait qu'un homme de confiance en dehors du Temple puisse trancher les conflits au sein de l'Anima Templi et apporter son soutien financier et militaire.

— Quelle que soit sa mission auprès de nous, je ne crois pas qu'elle consiste à nous voler de l'argent pour une guerre, riposta Will.

Everard scruta le fond de sa coupe.

— Frère Thomas nous expliquait comment un seul homme fort serait capable d'unifier une force derrière lui pour lancer une nouvelle croisade. Le roi Édouard pourrait bien être cet homme. Il est jeune, populaire et puissant. Il sait conduire les hommes et leur inspirer le courage. Ce sont ces qualités qui m'ont impressionné en lui. Je pensais que son charisme serait un atout. Richard Cœur de Lion était son grand-oncle, pour l'amour du Christ ! Comment ai-je pu faire entrer le renard dans le poulailler ? Comment ai-je pu être si naïf ? Si stupide ?

Everard avait murmuré ces derniers mots d'une voix à peine audible en secouant la tête.

— Pourquoi n'en avez-vous pas parlé aux autres ? Au moins au sénéchal ?

Tout en posant cette question, Will ressentit une pointe de joie à l'idée qu'Everard avait davantage confiance en lui que dans le sénéchal.

— C'est ma faute si nous avons failli disparaître il y a sept ans. J'ai du mal à m'imaginer leur avouer que nous pourrions avoir à affronter une menace encore plus terrible, toujours à cause de moi.

— Vous n'êtes pas responsable de ce qui s'est passé avec *Le Livre du Graal*.

— Quand le grand maître Armand de Périgord est mort, j'aurais dû brûler ce livre maudit, pas le laisser traîner là où les chevaliers de Saint-Jean risquaient de le voler. Bien entendu, c'est ma faute. Si tu n'avais pas récupéré ce livre pour moi, l'Anima Templi aurait été détruit, et peut-être même le Temple avec lui. Et ils le savent tous, marmonna Everard. J'ai vu le regard que m'a lancé le sénéchal pendant la réunion.

— Pourquoi m'en parler ?

Everard arqua un sourcil.

— Toi aussi, tu as fait des erreurs, William. J'ai pensé que tu pourrais comprendre. Après tout, en utilisant l'argent de l'Anima Templi pour faire tuer le sultan Baybars, tu as failli provoquer une guerre.

Les joues de Will rosirent de colère et de honte. Il se leva, indigné.

— J'ai été puni pour cette erreur, Everard, bien puni. Vous savez pourquoi j'avais payé les Assassins, pourquoi je voulais voir Baybars mort. Non, ça ne m'a pas ramené mon père ; oui, c'était une erreur absurde. Mais combien de fois encore devrai-je faire pénitence avant que vous me pardonniez ? J'en ai assez qu'on me le rappelle sans cesse.

Everard leva la main en un geste apaisant.

— Je suis désolé. Assieds-toi, je t'en prie. J'ai confiance en toi, William. C'est pour cela que c'est à toi que je parle en premier de cette affaire.

Will n'avait jamais entendu Everard lui dire une chose pareille. Il avait envie qu'on lui fasse confiance. Après la mort de son père, Everard était le seul capable de restaurer sa fierté, une fierté après laquelle il courait depuis la mort de sa sœur, Mary, lorsqu'il était encore un enfant. C'était un accident, mais le chagrin avait séparé sa famille et creusé un fossé entre son père et lui. C'est pour cette raison que James s'était engagé dans le Temple en prononçant les derniers vœux des chevaliers, abandonnant la mère de Will et ses trois autres sœurs dans un couvent près d'Édimbourg.

— Que pouvons-nous faire ? murmura Will en se rasseyant.

— Nous devons agir avec une extrême prudence. Le pape Grégoire est un ami proche d'Édouard. Nous risquons de nous exposer si nous provoquons la colère du roi. Il pourrait dénoncer notre Cercle au pape et je n'ai pas besoin de te dire ce qui en découlerait.

Will ne répondit pas. Il savait très bien à quelles conséquences ils étaient exposés si l'existence de l'Anima Templi était révélée. C'est cela qui lui permettait de vivre dans le secret, de supporter le poids du silence.

Les fondements de la société reposaient sur l'Église. Toute menace pesant sur cet édifice pouvait faire s'écrouler la structure entière, ce qui expliquait pourquoi l'Église traitait l'hérésie avec autant de sérieux. Will savait qu'il n'y avait pas que les juifs et les musulmans à avoir subi son courroux sous la forme d'une croisade. Everard lui avait parlé des cathares, ces hommes et ces femmes du sud de la France que les soldats de l'Église avaient égorgés par milliers parce qu'ils s'opposaient à la doctrine orthodoxe et prêchaient des idéaux qui allaient à l'encontre de ceux du Vatican. La réconciliation prônée par l'Anima Templi relevait elle aussi de l'anathème, de l'hérésie. Si leurs objectifs étaient dévoilés, l'Église les détruirait et peut-être le Temple avec si elle estimait que la corruption avait gangrené ses rangs. Ce n'était pas une simple affaire religieuse ; c'était aussi une question de géographie. L'Église ainsi que de nombreuses personnes en Occident voulaient libérer Jérusalem de ceux qu'elle accusait d'être des non-croyants, et c'est ce souhait qui avait conduit le pape Urbain II à prêcher la première croisade deux cents ans plus tôt. Si musulmans et juifs formaient une alliance, la Chrétienté serait obligée de renoncer à son envie de diriger Jérusalem. En outre, comme Everard l'avait dit par le passé, il n'y aurait de place en Terre sainte que pour une seule croyance tant que les hommes n'embrasseraient pas les idéaux de l'Anima Templi.

Everard s'affaissa soudain, manifestement épuisé.

— Je n'arrive pas à croire que, à peine achevée la reconstruction de notre Cercle après le schisme qui a failli le détruire, nous devions déjà affronter une autre menace. Comme si, à chaque génération, un obstacle devait se dresser sur notre chemin : Armand de Périgord, les chevaliers de Saint-Jean, et maintenant notre propre Gardien.

— Peut-être sommes-nous destinés à combattre ces menaces, dit Will après un instant de réflexion. L'Anima Templi est née dans le sang et les conflits. C'est pour cela que Robert de Sablé l'a créée. Quand le grand maître Gérard de Ridefort a provoqué la bataille d'Hattin à des fins personnelles, Sablé a su que le Temple était devenu trop puissant. En tant qu'Ordre, nous sommes au-dessus des lois séculières. Nous faisons les rois et les déposons. Nous ne répondons de nos actes que devant le pape et le simple fait de nous agacer constitue une offense suffisante pour être excommunié. Nous faisons du commerce entre l'Orient et l'Occident, construisons des châteaux et des flottes, nous achetons des domaines et même des villes. Vous m'avez dit un jour que le Temple est le glaive de Dieu et le grand maître la main qui le brandit. Sablé a créé l'Anima Templi pour contrôler ce pouvoir, pour que ce glaive ne s'abatte pas sur n'importe qui, n'importe comment. Peut-être Dieu teste-t-il chaque génération afin de vérifier que nous ne faiblissons pas, que nous sommes toujours capables de le maîtriser.

Everard pouffa doucement, mais sans moquerie aucune.

— Je ne t'ai pas souvent entendu parler de manière aussi poétique, William.

Will lui retourna son sourire, puis il soupira.

— Écoutez, ne payez pas Édouard tant que nous ne sommes pas absolument certains qu'il ne souhaite pas partir en croisade. Nous ne voudrions pas financer cette folie. Écrivez-lui que vous ne disposez pas des fonds à l'heure actuelle. Le temps que la lettre lui parvienne et qu'il nous réponde, nous en saurons peut-être davantage.

— Comment le pourrions-nous alors qu'il se trouve là-bas, en Angleterre ? maugréa Everard d'une voix lasse. J'imagine que frère Matthew pourrait essayer de se rapprocher de lui.

— Pourquoi utiliser Matthew alors que nous avons déjà un allié dans l'entourage d'Édouard ?

Everard fronça les sourcils, circonspect.

— De qui parles…

Il s'interrompit, comprenant tout à coup où Will voulait en venir.

— Non, fit-il avec véhémence. Je n'impliquerai pas ce… *traître* dans cette histoire.

— Garin a payé cher sa faute, il a passé quatre ans dans nos cellules, Everard. Et s'il a trahi, ce n'était pas par choix. Rook l'a obligé à voler *Le Livre du Graal.* Ce n'était pas sa faute.

— Que tu puisses pardonner ce qu'a fait ce mécréant m'étonne.

Le prêtre fixait sur Will un regard provocateur.

— Il n'y a pas si longtemps, assena-t-il, tu voulais le voir pendu.

Will essaya de ne pas mordre à l'hameçon, mais à ces paroles, des réminiscences enfouies au fond de son esprit remontèrent à la surface. Everard avait raison : il n'y a pas si longtemps, il avait souhaité la mort de son ancien meilleur ami.

Lorsqu'il avait rejoint le Temple de Londres à l'âge de onze ans, Garin de Lyons avait été désigné pour être son partenaire d'entraînement. Pendant deux ans, ils avaient été inséparables, partageant tout, les triomphes comme les tourments. Will souffrait du départ de son père pour la Terre sainte, Garin du traitement abusif de son oncle. Puis, lors d'une mission d'escorte des joyaux de la couronne d'Angleterre en France, tout avait changé. Des mercenaires avaient attaqué leur compagnie et le maître de Will était mort, ainsi que l'oncle de Garin. À Paris, Everard prit Will comme apprenti tandis que Garin retournait seul à Londres. Leur amitié disparut. Des années plus tard, lorsqu'ils se retrouvèrent, ce fut en ennemis, Garin étant impliqué dans un complot visant à dérober *Le Livre du Graal.* Pour finir, il fut jeté au cachot, mais bien qu'il eût payé pour ses crimes envers le Cercle, Will avait été profondément blessé par sa trahison, et la cicatrice n'était toujours pas tout à fait fermée.

Pour autant, il fallait enterrer le passé. Il avait pardonné à Garin ce qui s'était passé à Paris. Ignorant le regard entendu d'Everard, il estima qu'il n'y avait aucune raison de s'éterniser là-dessus, c'était de l'histoire ancienne.

— Garin est au courant pour le Cercle et il sait qu'Édouard est notre Gardien. Il peut nous aider. Ne l'avez-vous pas relâché dans l'espoir qu'il se montre utile ?

— Si Édouard n'a rien fait pour aider l'Anima Templi, Lyons non plus, bougonna le prêtre.

— Donnez-lui-en l'occasion. Je vais lui écrire et lui demander de nous aider avec Édouard. Sans évoquer nos soupçons, juste pour tâter le terrain.

Alors qu'Everard réfléchissait à la décision à prendre, une cloche commença à sonner.

— Ça ne peut pas être déjà les vêpres, si ? demanda le prêtre en plissant le front.

— Non, ce ne sont pas les vêpres, fit Will en se levant.

Entendant des voix et des bruits de pas dans le couloir, il ouvrit la porte et vit plusieurs chevaliers hâter le pas. D'autres portes s'ouvraient dans un brouhaha général.

— Qu'est-ce qui se passe ? lança Will à l'un des chevaliers qui passait.

— On a aperçu le bateau du grand maître dans la baie, répondit l'homme, dont les yeux brillaient d'excitation. Il est enfin arrivé !

La citadelle, Le Caire,
17 janvier 1276 après J.-C.

Baraka Khan s'adossa au mur de marbre froid du couloir et s'essuya le nez avec la manche de sa robe de cérémonie. Il entendait la musique et les rires qui continuaient sans lui dans la Grande Salle, comme si personne ne remarquait son absence. Il savait qu'Aisha se rendrait bientôt dans la chambre prête à accueillir leur nuit de noces. La simple idée de rentrer dans cet endroit le rendait malade. Même si elle était sa promise depuis cinq ans, il n'avait jamais pu s'y faire. Alors qu'elle lui échauffait les sens lorsqu'ils étaient des enfants, elle l'ignorait depuis le début de leur adolescence. Aisha rendait Baraka mal à l'aise avec sa vivacité d'esprit, sa féminité, ses gloussements nerveux et ses regards méprisants. Il se sentait pataud à ses côtés, incapable de parler normalement, et malgré les fanfaronnades devant ses amis, il se sentait terrifié à l'idée de passer une nuit avec elle.

Les mots de son père résonnaient encore dans son esprit, et il s'y glissait une cruauté blessante qui n'était pas présente lorsque celui-ci les avait prononcés, mais qui s'insinuait maintenant dans le souvenir qu'il en garderait. Toute la journée, il s'était senti puissant. Il attirait l'attention de tous et leurs flatteries l'avaient réconforté. Pour la première fois de sa vie, il s'était senti le fils d'un souverain, s'était pris pour un homme. Mais en quelques mots, son père avait balayé tout cela, et maintenant, il se sentait comme un enfant qu'on vient de gronder.

Voyant un domestique qui passait par là avec un plateau de fruits pelés, Baraka fit mine de faire les cent pas dans le couloir. Il avait envie de marteler le mur de ses poings mais il craignait de se faire mal, et, à la place, il entreprit de lui mettre des claques avec ses paumes.

— Qu'y a-t-il, mon prince ?

Baraka se retourna en entendant la voix chuintante l'interpeller. Derrière lui se tenait un vieil homme courbé et noueux. Ses cheveux étaient si emmêlés qu'ils formaient des rouleaux touffus qui cascadaient le long de son dos comme de gros vers. Sa peau ridée, desséchée, était noire de trop de soleil et de crasse, et ses yeux blancs atteints par la cataracte semblaient presque dépourvus de pupilles. Il portait une robe grise élimée et la poussière incrustait ses pieds nus.

— Où étais-tu ? l'interrogea Baraka. Tu avais dit que tu assisterais à la cérémonie, dit-il en croisant les bras. Mon père est mécontent, Khadir. Il voulait que tu nous fasses part des bons augures pour le mariage.

Khadir grimaça un sourire, exhibant les quelques chicots brun-marron qui lui restaient. Il tendit une poupée en tissu qu'il écrasait dans sa main.

— Regarde, susurra-t-il furtivement, je lui ai donné un cœur.

Baraka regarda avec un dégoût croissant Khadir ouvrir le dos de la répugnante poupée, qu'il avait coupé et recousu à gros points. Une odeur fétide s'en dégagea et Baraka entrevit un petit morceau de chair placé à l'intérieur du bourrage en tissu. Il avait l'air visqueux et la couleur d'un foie, peut-être le cœur d'un lapin ou d'une autre vermine. Révulsé, Baraka recula d'un pas.

Khadir gloussa et entreprit de relacer le dos de la poupée en serrant les points.

— Il lui faut un cœur pour sentir, un cœur pour sentir, chanta-t-il d'une voix mélodieuse.

— Pourquoi emmènes-tu partout avec toi cette poupée idiote ? demanda Baraka. Tu l'as depuis que nous avons pris Antioche…

— C'est un cadeau de ton père, expliqua Khadir, qui fronçait les sourcils en s'appliquant à caler la poupée derrière la ceinture en cuir qu'il portait autour de ses hanches squelettiques et à laquelle pendait, de l'autre côté, une dague dont la poignée dorée était ornée d'un gros rubis éclatant. Délaisserais-tu les choses qu'il te donne ?

— Mon père ne me donne rien, répliqua Baraka avec humeur.

— Ça viendra, fit Khadir, attentif au garçon maintenant que la poupée était rangée en sécurité.

— Non, c'est faux. J'ai voulu me joindre à l'une de ses discussions, comme tu m'avais dit de le faire, dit Baraka à voix basse au moment où deux courtisans passaient à côté d'eux.

Le jeune homme sentait son visage s'empourprer.

— Mais lui… il m'a rabroué comme si je n'étais personne ! dit-il en baissant la tête. Comme si j'étais un stupide enfant ! J'ai quinze ans, Khadir. J'ai une femme. Je ne suis *pas* un enfant !

— Non, bien sûr, répondit Khadir d'une voix douce. Tu n'es plus un enfant.

— Il ne m'intégrera jamais au milieu de ses hommes de confiance.

La bouche du devin se fendit d'un grand rictus.

— Qu'y a-t-il de drôle ? demanda Baraka d'une voix sèche.

Le sourire de Khadir disparut, ses yeux blancs se rétrécissant jusqu'à devenir deux fentes. Comme une bougie qui s'éteint.

— Le changement est proche. Je le vois qui se profile, à l'horizon, comme des nuages qui grossissent avant la tempête. Bientôt, la guerre sera de retour.

Baraka secoua la tête, ignorant le frisson que les brusques changements d'attitude de Khadir faisaient parcourir le long de sa colonne vertébrale.

— Et en quoi cela va-t-il m'aider ?

Khadir sautilla comme un petit garçon, toute solennité disparue.

— Parce que c'est *toi* qui vas la déclencher.

— De quoi parles-tu ?

Baraka avait répondu d'une voix acerbe, mais la prédiction l'intriguait.

— La destinée de ton père n'est pas encore tout à fait accomplie, celle que je lui ai annoncée avant qu'il ne tue le sultan Qutuz et qu'il ne s'empare du trône. Des nations vont s'écrouler, murmura Khadir, des rois vont périr. Et il les surpassera tous, il marchera sur un pont de crânes au-dessus d'un fleuve de sang. La destinée de ton père est de chasser les chrétiens de ces terres. C'est pour ça qu'il est né. Mais j'ai peur que d'autres, à la cour, ne le persuadent du contraire.

Dans les yeux de Khadir fut soudain visible une angoisse palpable.

— Depuis la mort d'Omar, il a perdu son chemin. Nous devons le remettre sur la bonne voie, poursuivit Khadir en approchant de Baraka et en le prenant par le bras. Ensemble, nous allons l'aider. Et quand il verra ce que tu as fait pour lui, il te considérera tel que tu es : un homme et un futur sultan.

Tout en parlant, il s'était mis à serrer le bras de Baraka de manière convulsive.

— Alors, tu t'assiéras à sa droite jusqu'au jour où tu prendras le trône. Et ce jour-là, Khadir utilisera ses dons pour te prédire ton avenir.

— Je ne comprends pas, fit Baraka, l'air perplexe.

— Tu finiras par comprendre, répondit Khadir.

5

Le débarcadère, Acre

17 janvier 1276 après J.-C.

— Vous le voyez ? Est-ce que quelqu'un arrive à le voir ?

Tandis que la galère approchait du débarcadère, les hommes, à l'arrière de la centaine de chevaliers, tendaient le cou, essayant de voir par-dessus les crânes de leurs frères l'éminent passager qu'amenait le vaisseau.

Robert de Paris leva les yeux au ciel à l'intention de Will, qui sourit. Robert se rapprocha du chevalier qui venait de parler.

— Tu le verras bien assez tôt, frère Albert, lui murmura-t-il dans le creux de l'oreille. Mais tu devrais espérer que lui ne te voie pas.

— Qu'est-ce que tu veux dire ? demanda Albert en le regardant d'un air méfiant.

Le sourire espiègle et les yeux verts rieurs de Robert ne laissaient rien paraître qu'un sérieux convaincant.

— Ton surcot, frère, susurra-t-il à voix basse.

Albert regarda son habit avec circonspection, puis maugréa en remarquant les taches brunes sur le tissu blanc.

— Le dîner d'hier soir ? s'enquit Robert avec sympathie.

— Je ne m'en étais pas aperçu, fit Albert en léchant son pouce et en frottant vigoureusement les marques. Merci, frère, merci beaucoup.

Robert se redressa tandis qu'Albert jurait et s'énervait. Will se mordait l'intérieur des joues pour ne pas éclater de rire.

— À voir la manière dont ils se comportent, on finirait par croire que c'est Dieu lui-même qui arrive par ce bateau, dit Robert d'un ton moqueur.

Mais il avait parlé tout bas, juste assez fort pour que Will l'entende.

— Cela fait près de deux ans que nous n'avons pas eu de maître auprès de nous, répondit Will. Tu ne peux pas nier que ça ait remonté le moral à tout le monde.

— Mais ont-ils besoin de faire autant d'histoires ?

Robert, qui était toujours impeccablement soigné, observa ses compagnons avec dédain.

— On croirait que le grand maître n'a jamais vu de poussière de sa vie. Je veux dire : regarde-toi.

Il désignait Will en disant cela.

— Tu ne t'es pas peigné les cheveux depuis des semaines et ton manteau est plus noir que la gueule d'un loup, mais crois-tu qu'il y prêtera attention tant que tu es un bon soldat ?

Will jeta un coup d'œil à sa tenue lorsque Robert eut détourné les yeux.

Alors qu'il était un enfant dégingandé, il avait acquis une autre stature par la suite et maintenant, à vingt-neuf ans, sa poitrine était plus large, ses bras et ses épaules plus musculeux, et il se déplaçait avec plus d'aisance et de confiance, comme s'il avait fini par rattraper son squelette. Comme tous les chevaliers du Temple, se raser la barbe lui était interdit, mais il la taillait aussi court que possible. Après un mois sur la route, cependant, elle était broussailleuse. Ses cheveux faisaient sans doute un peu débraillé, avec les mèches noires qui lui tombaient dans les yeux et s'entortillaient autour de ses oreilles. Et Robert avait raison : sa cape était crasseuse. Will voulut frotter une trace poussiéreuse mais il se retint en apercevant le sourire matois de son ami. Croisant les bras, il décida d'observer le port.

Il était animé comme toujours, mais ce n'était en rien comparable à la cohue de Pâques, quand les bateaux, à l'abri dans les ports de la Méditerranée, de l'Adriatique et de l'Atlantique, faisaient route vers l'Orient, chargés de pèlerins, de soldats et de cargaisons de vin et de laine. Les chevaliers se tenaient en formation serrée sur le débarcadère, juste en face d'une large jetée en pierre qui s'enfonçait dans l'eau et où les plus petits bateaux faisaient descendre les passagers et déchargeaient leur cargaison. L'arrière-port d'Acre était protégé par une lourde chaîne en acier attachée entre une tour à l'extrémité de la digue ouest et la tour de la Chaîne sur le port. En cas d'approche de vaisseaux ennemis, cette chaîne suspendue à travers les eaux était levée pour leur barrer l'entrée. L'arrière-port était toujours envahi par les bateaux des marchands et des pêcheurs, les bateaux de plus grande taille mouillant dans l'avant-port, abrités simplement par la digue est presque effondrée. Là-bas, près de la tour des Mouches élevée au bout de cette digue, le navire de guerre templier d'où la galère était partie brinquebalait au gré de la houle. On avait baissé sa grand-voile blanche avec la croix rouge, mais la bannière noir et blanc du Temple s'agitait follement en haut du mât.

Le maréchal Peter de Sevrey, chef militaire le plus haut gradé, qui avait remplacé le grand maître en son absence, attendait à l'avant de la compagnie de chevaliers. Il était plongé dans une discussion avec l'un des officiers des douanes et Theobald Gaudin, le grand commandeur du Temple. Le sénéchal était également présent. Will discernait sa silhouette raide, guindée. Derrière les bâtiments des douanes qui dominaient les quais, les murs de la ville s'étiraient à droite et à gauche et les massives portes en acier qui menaient à l'intérieur de la cité étaient ouvertes sur le marché pisan en pleine activité. Une multitude de sons et de parfums leur arrivaient de celui-ci et venaient se mêler aux cris des pêcheurs remontant des filets pleins de poissons sur le port et à la forte odeur de la poix préparée par un réparateur de bateaux. Avec le navire templier au large dans la baie et les chevaliers en formation majestueuse, une petite foule s'était agglutinée, venue du marché.

Alors que ses yeux vagabondaient en observant les curieux, l'attention de Will fut attirée par une fillette. Indifférente à la galère en approche, elle jouait avec une balle, s'amusant à la jeter en l'air et à la rattraper. Elle marchait d'un pas lent en direction des chevaliers. Le souffle coupé, Will se détourna brusquement.

— Qu'est-ce qu'il y a ? demanda Robert.

— Rien.

Will jeta un coup d'œil furtif par-dessus son épaule pour voir où elle se trouvait. Son cœur se décrocha. La fille regardait droit vers lui. Son regard s'éclaira et elle eut un grand sourire.

— Wiiiiill ! hurla-t-elle en sautillant, les jupons de sa robe jaune traînant sur le pavé humide et couvert d'écailles de poissons.

— Qu'est-ce que c'est que ça ? lui demanda *sotto voce* Robert.

— Couvre-moi, répondit Will à la hâte avant de briser la formation pour aller à sa rencontre.

— Elle doit être perdue, entendit-il Robert expliquer gaiement aux chevaliers les plus proches. Ne vous inquiétez pas, il va l'aider à retrouver ses parents. Toujours le bon Samaritain, Will.

La fille sautait de joie, ce qui avait pour effet de rabattre ses cheveux indociles sur ses yeux. Elle les ramena en arrière d'un mouvement de tête nonchalant et sourit.

— Où tu étais ? J'ai pas vu toi depuis des semaines !

Son accent chantant d'Italie donnait à son anglais une forme peu familière.

— Qu'est-ce que tu fais là, Catarina ? demanda Will en la dirigeant à l'écart des chevaliers.

Il lança un regard inquiet du côté du maréchal et du grand commandeur mais ils parlaient encore avec l'officier des douanes et ne s'étaient pas aperçus de sa sortie du rang. Will conduisit Catarina derrière une pile de caisses destinées à une galère marchande. Les hommes d'équipage faisaient des allers et retours sur la passerelle.

— Tu es venue toute seule ?

Catarina fronça les sourcils et Will dut répéter la question.

— Ma sœur, répondit Catarina après un instant. Moi ici avec Elisabetta.

Elle gloussa puis se lança dans un déluge de propos en italien dont Will ne comprit pas un mot.

— Va retrouver Elisabetta, lui dit Will. Je dois y retourner.

Il montrait du doigt les chevaliers.

Catarina fit la moue et lança la balle en l'air, qu'elle rattrapa adroitement.

— Toi viens pas à ma maison ? Elwen pas travailler aujourd'hui.

Will secoua la tête.

— Je ne peux pas. Pas maintenant.

Il se pencha pour se mettre au niveau de Catarina.

— Est-ce qu'Elwen sera à la maison demain ?

Catarina hocha la tête.

— La nuit, précisa-t-elle avec un sourire espiègle. Toi l'embratzer ?

Elle secoua la tête, mécontente de sa prononciation :

— *L'embrasser ?*

Will rit avec embarras.

— Elwen t'a appris un nouveau mot, n'est-ce pas ? Peu importe, ajouta-t-il en voyant que Catarina ne comprenait pas sa réflexion. Dis à Elwen que je viendrai demain après les vêpres. Tu comprends ? Après les vêpres.

— Je dirai elle, affirma Catarina d'une voix solennelle. Je vais maintenant.

Elle agita la main à peu près vers le mur de la ville.

Will aperçut une jeune fille gracieuse aux cheveux de jais parler avec une femme près des portes. C'était Elisabetta, la fille aînée du marchand de soie vénitien Andreas di Paolo.

— N'en parle pas à ta sœur, rappela-t-il à Catarina. Ni à ton père.

Il resta un moment à regarder Catarina s'éloigner.

— Excusez-moi, monsieur.

L'un des matelots voulait accéder à une pile de caisses. En voyant la cape blanche ornée de la croix rouge, il salua Will avec un mélange de respect et de crainte.

— Désolé, fit Will en reculant.

Le matelot parut surpris qu'il s'excuse, mais il prit une caisse dans la pile, la hissa sur son épaule et remonta la passerelle.

Will ne laissait pas d'être interloqué par la déférence avec laquelle on le traitait, en raison de son statut. À l'intérieur, il restait lui-même, la personne qu'il avait toujours été, et il oubliait parfois qu'aux yeux des autres, il faisait partie d'une noble élite – les guerriers du Christ – qui vivait au-dessus des lois séculières et des désirs des mortels, gardait les trésors des rois et ne répondait de ses actes qu'au pape. Mais ce qu'ils ne savaient pas, c'est que, derrière cette façade immaculée symbolisée par la cape blanche, il était sur certains points aussi décevant et faible que le reste de l'humanité. Dans les histoires de cœur, par exemple. Will regarda Catarina passer les portes et disparaître.

Il était sur le point de rejoindre la compagnie lorsqu'il s'aperçut que le maréchal était tourné dans sa direction. Tout en poussant un juron, Will se baissa pour se cacher derrière les caisses. Entre les chevaliers et lui se trouvaient quelques pêcheurs, les hommes qui chargeaient le bateau marchand et un jeune homme qui regardait la galère s'approcher. Ni les uns ni les autres ne le dissimuleraient, surtout avec son vêtement reconnaissable entre mille. Will essaya de réfléchir à une excuse appropriée pour être sorti du rang. Il jeta un coup d'œil à Robert, qui lui lançait de grands signes de la main. La galère avait atteint le débarcadère.

Deux rameurs descendirent à quai pour la maintenir tandis qu'un homme proche de la quarantaine en sautait avec agilité, refusant leurs mains tendues pour l'aider. Par-dessous sa cape blanche, il portait un surcot et une ceinture à laquelle pendait une épée à la lame immense dans un fourreau aux ornements compliqués. Il avait noué ses longs cheveux noirs en queue-de-cheval, et une barbe noire lui mangeait les joues. Will était trop loin pour distinguer nettement son visage, mais la croix sur sa cape, dont les contours avaient été brodés d'or, soulignait son statut élevé. C'était Guillaume de Beaujeu, grand maître du Temple.

Lié par sa naissance à la maison royale de France, Guillaume était membre de l'Ordre depuis qu'il avait treize ans. Durant la dernière décennie, il avait été maître du royaume de Sicile sur lequel régnait son cousin, Charles d'Anjou, frère du précédent monarque français Louis IX. Le gouvernement d'Acre attendait l'arrivée de Guillaume avec des sentiments partagés car, bien que fin stratège militaire et chef dynamique, il était aussi l'un des plus fervents soutiens de Charles. Et la dernière chose dont la ville avait besoin, divisée comme elle l'était par les anciennes guerres intestines, c'était l'intrusion de l'ambitieux roi de Sicile dont les visées actuelles sur le trône de Jérusalem réveillaient déjà d'anciennes plaies.

Le jeune homme sur le mur du quai se déplaça et vint cacher le grand maître à la vue de Will. Quatre chevaliers sortaient des caisses de la galère. Sentant une présence à ses côtés, Will regarda derrière lui. Un petit garçon se tenait sur sa droite, à quelques mètres à peine, visiblement subjugué par le grand maître. Maintenant que Guillaume de Beaujeu attirait l'attention de tous, Will décida qu'il pouvait tenter de reprendre sa place et il était sur le point de s'élancer quand il remarqua le visage livide du garçon. C'était un masque de terreur. Ses yeux arrondis ne cillaient pas. Il avait les poings crispés et son corps tremblait comme une feuille. Interloqué, Will ne bougea pas. Il regarda dans la même direction que le garçon en se demandant ce qui pouvait le terrifier à ce point. Mais il n'y avait que le grand maître, qui remontait maintenant la jetée en compagnie de Peter de Sevrey, deux ou trois pêcheurs et un jeune homme.

Puis il comprit.

Le jeune homme tenait son bras droit serré contre lui, tout raide, et sa main était recouverte par la manche de son manteau râpeux. Mais quelque chose de dur et d'argenté dépassait de la manche.

Will sentit tous ses muscles se contracter en même temps que son instinct hurlait en lui. La position de l'homme à l'endroit où la jetée rejoignait le mur du quai, entre la compagnie de chevaliers et le grand maître ; l'impression qu'il donnait de ne rien avoir à faire là ; l'objet caché dans sa main ; la terreur du garçon : tout clochait. Il absorba toutes ces informations en une fraction de seconde, puis il bondit de derrière la pile de caisses en appelant le maréchal. Les cris de l'équipage du bateau marchand couvraient ses avertissements. Will commença à courir au moment où la main du jeune homme, sortant de la manche, révélait une dague. Le grand maître était déjà presque arrivé au mur.

Will sut qu'il n'en réchapperait pas. Tous les regards étaient tournés vers Guillaume de Beaujeu, excepté celui de Robert qui voyait avec stupéfaction Will courir à travers le quai en hurlant. Tirant son fauchon de son fourreau, Will fit la seule chose qu'il pouvait. Il s'arrêta pour viser et lança l'arme sur le jeune homme qui s'élançait. Il entendit un cri aigu derrière lui tandis que la courte lame partait de ses mains et parcourait les premiers mètres.

Cinq mètres plus loin, l'arme s'écrasa contre le mur, juste derrière les talons du jeune homme. Will l'avait manqué. L'homme leva son bras et la lame argentée de la dague fendit l'air. Mais le fauchon avait attiré l'attention des chevaliers, qui avaient désormais compris le danger. Le visage du grand maître se figea quand il vit le jeune homme se jeter sur lui. Il posa la main sur la poignée de son épée.

Deux secondes plus tard, à quelques pas du grand maître, le jeune homme fut arrêté par le maréchal d'un coup puissant porté en s'avançant à sa rencontre. Entre la force du maréchal et la vitesse à laquelle il s'empala sur la lame recourbée, le jeune homme fut presque découpé en deux.

Les chevaliers hurlaient, tiraient leur lame, scrutaient les quais à la recherche de complices. Le maréchal retira sa lame de l'abdomen du jeune homme qui s'écroula sur le quai comme une poupée désarticulée. Des cris d'horreur leur parvinrent de la foule de curieux amassés dans le port lorsqu'il tomba au sol, le sang et les intestins jaillissant de son ventre déchiré. Les gardes du grand maître avaient lâché les caisses pour courir à son secours et le grand commandeur aboyait des ordres dans tous les sens. Avant même que le jeune homme ait fini d'agoniser, le grand maître était dirigé à la hâte à travers le port, vers l'entrée du tunnel souterrain des chevaliers.

— Je veux qu'on interroge les témoins ! cria Peter de Sevrey en se penchant pour fouiller le manteau défraîchi du jeune homme qui s'étalait autour de lui, trempé par le sang.

En quelques instants, tandis que les chevaliers entreprenaient d'interroger les personnes présentes, les quais furent en proie au chaos. Certains, ne souhaitant pas être impliqués, essayaient de partir. D'autres, au contraire, tentaient de se rapprocher pour entrevoir le cadavre. Ce fut bientôt la cohue aux portes de la ville. L'équipage du bateau marchand s'était arrêté de travailler pour observer le remue-ménage et les officiers des douanes arrivaient en courant.

Will se tourna vers le garçon près de la pile de caisses. Son regard était toujours fixé sur le jeune homme, mais il n'avait plus l'air terrifié. Des larmes roulaient le long de ses joues, traçant des sillons à travers la poussière. Il leva les yeux et tressaillit en voyant que Will l'observait, puis il décampa. Tout en lui hurlant de s'arrêter, Will se lança à sa poursuite, mais le garçon plongea au milieu de la foule surexcitée. Derrière lui, Will se fraya un chemin dans la foule frénétique où se répandait la rumeur d'une attaque contre le grand maître et de la mort d'un homme sur le quai. Il voulut aller sur le marché mais cette fois son manteau blanc ne suffit pas à lui ouvrir le chemin : l'endroit était si bondé que, même s'ils le voulaient, les gens ne pouvaient pas s'écarter pour le laisser passer. Le temps que Will se faufile jusque-là, le garçon avait disparu.

6

Le Temple, Acre

17 janvier 1276 après J.-C.

La nuit approchait lorsque Will revint à la commanderie. Le vent étirait les nuages et le ciel était visible par endroits, bleu pâle à l'est, bronze et vermillon à l'ouest. Will passa les portes et pénétra dans la cour principale formant un quart de cercle. On n'y parlait que de l'attaque. Les chevaliers s'étaient réunis à côté du bâtiment de l'administration derrière lequel se dressait le palais du grand maître, avec ses tours blanches. Ils affectaient de parler calmement mais les mots se bousculaient, ceux qui étaient présents sur le quai décrivant la scène aux camarades absents. Les sergents, et en particulier les plus jeunes, s'agitaient devant la Grande Salle, avec force éclats de voix. Alors que Will traversait la cour, un chevalier s'approcha d'eux pour leur ordonner de retourner à leurs devoirs. Sur ce, le groupe se sépara et les sergents se dépêchèrent d'aller voir les chevaux, préparer le dîner dans les cuisines ou allumer les cierges de la chapelle pour l'office des vêpres.

Will aperçut les cheveux argentés et la silhouette svelte de Theobald Gaudin dans le groupe devant le bâtiment de l'administration et il s'avança vers lui. Quand il était sur le quai pour récupérer son fauchon, le maréchal et le grand commandeur étaient partis et il n'avait parlé à personne du garçon. Avant d'avoir pu rejoindre Theobald, cependant, il vit Simon Tanner et sa silhouette trapue, pareille à une barrique, courir dans sa direction.

Le visage large et carré, avec son nez légèrement bulbeux et les joues couperosées, était tendu par l'inquiétude.

— Will ? fit-il en ahanant. Tu vas bien ? Qu'est-ce qui est arrivé ?

— Je vais bien.

Soudain, le grand commandeur sortit du bâtiment de l'administration.

— Simon, je dois…

— Tout le monde parle de toi, le coupa ce dernier.

— Ah bon ? fit Will, surpris.

Simon passa la main dans ses cheveux châtains et indisciplinés, ce qui en délogea quelques fétus de paille.

— J'ai cru que tu avais été blessé en essayant de protéger le grand maître. Ce que j'ai appris était assez confus.

— Depuis le temps, tu devrais savoir qu'il ne faut pas prêter attention aux ragots qui circulent dans les écuries.

— Je n'ai pas pu m'en empêcher. Je me faisais du souci.

— Ce n'était pas la peine, répondit Will d'une voix un peu abrupte.

Simon était l'un de ses meilleurs amis depuis leur enfance à la commanderie de Londres mais, même au bout de dix-huit ans, l'inquiétude presque maternelle du palefrenier à son égard le rendait toujours mal à l'aise. Il n'aurait pas su dire pourquoi. Peut-être parce que ça lui rappelait la manière dont Elwen se faisait parfois du souci pour lui – et que cela lui donnait un côté féminin qui ne seyait guère à un homme de trente ans. Mais il est vrai que Simon était garçon d'écurie, pas guerrier. Il n'avait pas été endurci par l'entraînement, on ne lui avait pas appris à tenir ses émotions à distance dans la brutale réalité de la guerre.

— Tu sais bien que je suis aussi stupide qu'un balai, marmonna Simon.

Puis il sourit et reprit son attitude habituelle, débonnaire.

— Plus stupide, repartit Will en lui retournant son sourire.

— Frère Campbell, lança une voix austère dans leur dos.

C'était Peter de Sevrey.

— Sire maréchal, le salua Will en inclinant la tête.

Simon s'inclina lui aussi avec respect.

— Venez-vous juste de rentrer, Campbell ?

— Oui, sire. J'allais justement faire mon rapport au grand commandeur Gaudin sur les événements du port.

— Vous ferez votre rapport au grand maître en personne, répliqua le maréchal. Il veut vous voir dans ses quartiers.

— Maintenant, sire ?

Sevrey, un homme aux lèvres pincées dont le long visage cireux restait pâle même durant les torrides mois d'été, lui adressa un timide et bref sourire.

— Vous lui avez sauvé la vie, frère. Je suppose qu'il veut vous faire part de sa gratitude.

Tout en suivant le maréchal, Will fit un rapide signe de tête à Simon.

Celui-ci comprit et se dirigea vers les écuries en sachant qu'ils finiraient leur conversation plus tard.

Le palais du grand maître était le plus vaste des bâtiments de la commanderie, ses tours l'emportant même sur l'élégante flèche de la chapelle de quelques mètres. Will n'était jamais entré à l'intérieur, bien qu'il passât l'entrée chaque jour pour aller des quartiers des chevaliers à la Grande Salle.

Les portes renforcées de rivets en fer menaient à travers le porche jusqu'à un corridor glacial en pierre. Il n'y avait aucune fenêtre, et même en plein jour l'endroit aurait été plongé dans l'obscurité s'il n'y avait eu, accrochées par intervalles le long du passage, des torches éclairant le chemin à suivre. Le maréchal leur fit emprunter un escalier étroit en spirale. Will gravit les marches à sa suite et ils débouchèrent dans une pièce où travaillaient des officiers du Temple, certains plongés dans un conciliabule, d'autres entrant ou sortant d'un air décidé par les portes le long d'un couloir. L'une des portes à l'autre extrémité était plus large que les autres. Le maréchal alla droit vers elle et, en s'approchant, Will entendit une voix d'homme en sortir. C'était une voix profonde et sonore, pleine de confiance et de force.

— Je vous remercie pour votre sollicitude, mais je vous assure que ma personne va parfaitement bien. Je n'ai besoin ni de vos pilules ni de vos remontants.

— Cependant, maître, fit une voix contenue, vous avez reçu un choc. Laissez-moi au moins vous faire porter une coupe de vin par un sergent. Un bon rouge vous remettra de la couleur aux joues.

— J'ai participé à plus de batailles que je n'ai vu d'étés, j'ai été capturé et fait prisonnier par les Sarrasins, j'ai survécu à la torture et à la maladie. Si la lame de mon assaillant m'avait transpercé la chair, j'aurais eu besoin de vos services, mais il en faut davantage que la vision d'un couteau de cuisine entre les mains d'un jeune homme en colère pour m'effaroucher, maître infirmier.

Will arriva à la porte avec le maréchal. Guillaume se tenait au milieu d'une pièce immense meublée avec soin. Une table et un fauteuil matelassé étaient installés en dessous d'une étroite fenêtre en ogive donnant sur la cour, maintenant plongée dans le noir. Un petit tapis en soie était étalé devant un âtre massif. Les flammes léchaient la cheminée noircie de suie et, de temps à autre, une bourrasque ronronnait en s'engouffrant dans le conduit. De chaque côté de l'âtre étaient disposés deux divans drapés de couvertures brodées, et aux murs étaient accrochées des tapisseries représentant le Calvaire du Christ, sa montée vers le Golgotha. Face au grand maître se tenait un petit homme aux cheveux blancs, le médecin-chef du Temple.

Guillaume de Beaujeu tourna la tête dans leur direction quand le maréchal toqua à la porte.

— Ah, maréchal de Sevrey, fit-il. Entrez. Et cet homme, je suppose, est celui à qui je dois la vie ?

Will s'inclina en avançant et Guillaume tendit la main. Will la saisit et le grand maître lui serra la main à la manière des guerriers : une étreinte du poignet que Will avait curieusement toujours trouvée plus intime que l'habituelle poignée de main. Relevant les yeux, il vit que le grand maître avait l'air beaucoup plus jeune qu'il ne l'avait d'abord pensé, la trentaine peut-être, ou trente-cinq ans au plus, alors qu'il avait entendu un chevalier dire qu'il avait dépassé la quarantaine. Malgré l'insistance de l'infirmier, ses joues ne semblaient pas manquer de couleur. En fait, il avait l'air en pleine possession de ses moyens. Hâlé, robuste, la dureté de ses traits anguleux était compensée par un sourire avenant. Will comprit en cet instant qu'ils se ressemblaient, une révélation qui frappa le grand maître au même moment.

— Nous pourrions être frères, non ? dit Guillaume avec un petit rire, en reculant d'un pas. Et on m'a dit que nous partagions aussi le même nom.

Il fit un signe de tête au maréchal :

— Vous pouvez nous laisser.

Le maréchal s'inclina et le grand maître se tourna vers l'infirmier.

— Je boirai du vin pendant le souper si cela peut vous rassurer.

L'infirmier comprit au ton employé qu'il pouvait s'en aller.

— Comme vous voudrez, maître, concéda-t-il en quittant la pièce avec le maréchal.

— On aurait pu croire qu'ils seraient contents que j'eusse survécu à l'attaque, dit Guillaume à Will. Pourtant, je n'ai jamais vu des visages aussi compassés.

— Ils sont simplement inquiets, maître, dit Will, qui ne savait trop que répondre.

Il y avait quelque chose chez le grand maître qui le déconcertait, une sorte d'énergie, comme s'il était habité par une force mal dissimulée derrière son masque impavide.

— En tout cas, pour ma part, je vous suis profondément reconnaissant pour ce que vous avez fait. Je vous suis redevable, William Campbell.

— Ce n'était rien, maître.

— Vous avez tort. Si vous n'aviez pas été là, je serais sans doute mort à l'heure qu'il est.

Guillaume étudia Will un instant avant de continuer.

— Mais je n'arrête pas de me demander comment, dit-il en s'appuyant contre la table et en croisant les bras, parmi cent vingt chevaliers, vous avez été le seul à voir le danger ?

Will détourna les yeux. Dans l'excitation, il avait oublié qu'il avait déserté les rangs sans permission et sans raison valable. Il chercha une réponse, mais seul le visage de Catarina lui vint à l'esprit. Il décida qu'une approximation valait mieux qu'un mensonge complet.

— J'aidais une jeune fille, sire. Elle avait perdu ses parents dans la foule, elle s'affolait. Je les ai trouvés et c'est en revenant que j'ai vu l'homme prêt à vous attaquer. Je suis désolé d'être sorti du rang, ajouta-t-il après un court moment.

— Je vois, dit le grand maître.

L'expression sur son visage était indéchiffrable.

— Qu'est-ce qui vous a alerté chez cet homme ? Que faisait-il qui a attiré votre attention ?

— Rien, au départ. C'est un garçon qui m'a signalé le danger.

— Comment ça ?

Will expliqua ce qu'il avait vu et comment il avait poursuivi le garçon.

Le grand maître réfléchit quelques instants.

— Qu'en déduisez-vous ? Qui était ce garçon, d'après vous ?

— Quelqu'un de la famille de l'assassin, peut-être ? Ils avaient trop de différence d'âge pour être camarades. Je suis presque certain qu'il connaissait votre agresseur. Je dirais qu'il avait l'air de savoir ce qui allait se passer. Comme je vous l'ai dit, il était terrifié.

— Le reconnaîtriez-vous si vous le retrouviez ?

— Oui.

— Bien, fit Guillaume.

Il inspira profondément, décroisa les bras et se jucha sur un coin de la table, son manteau se déployant autour de lui.

— Parlez-moi de l'ambiance qui règne ici, William.

Will fut interloqué par la tournure que prenait la conversation.

— Pardon, maître ?

— Je dois connaître cet endroit si je veux le commander comme il se doit. J'ai passé la moitié de ma vie dans cette commanderie, mais dans la position que j'occupe, la perspective est quelque peu différente de celle à laquelle j'étais habitué et cela fait longtemps que je suis parti de Terre sainte. Le grand commandeur Gaudin et le maréchal de Sevrey m'ont envoyé des rapports en France et en Sicile, mais eux aussi voient les choses d'en haut. Pour obtenir un tableau général, j'ai besoin de parler avec les hommes dans leurs quartiers, les soldats en première ligne. Je veux savoir comment ils se sentent. Comment vous vous sentez, William ? ajouta le grand maître en le regardant droit dans les yeux.

Will resta un instant silencieux, le temps de réfléchir à une réponse appropriée. Bien sûr, il connaissait la réponse, mais il n'était pas sûr de vouloir la donner.

— Eh bien, commença lentement Will, nous sommes ravis de votre arrivée. Votre absence a beaucoup pesé, mais le moral est bon. La paix tient.

— Ah oui, la paix ! dit Guillaume en fixant Will d'un regard perçant et en lui adressant un petit sourire. Votre rapport est… disons, plus ensoleillé que ceux que j'ai reçus auparavant. Ne vous inquiétez pas des conséquences de ce que vous pourriez me dire. Je sais que les hommes sont découragés. Je n'ai eu qu'à les regarder dans les yeux en entrant ici pour le voir. C'est *à cause* de la paix qu'ils sont démobilisés.

Will voulut intervenir mais le grand maître ne lui en laissa pas le temps.

— Combien de villes et de forteresses les Sarrasins nous ont-ils volées ces dernières années ? Presque trente. Combien d'hommes ont-ils tués ? Eh bien, termina-t-il calmement, on n'a même pas pu en tenir le compte !

— C'est vrai, concéda Will, nous avons connu beaucoup d'épreuves pendant les guerres, mais…

— Et vous, William ? Avez-vous perdu un être cher ? Des camarades ? Des maîtres ?

Will hésita, mais le grand maître le regardait avec intensité.

— J'ai perdu mon père.

— Comment ?

— À Safed.

Le visage du grand maître exprima la compassion.

— J'étais en Acre quand ce massacre a eu lieu. J'ai été profondément bouleversé par le courage dont nos hommes ont fait preuve en choisissant la mort plutôt que de se convertir à la foi des Sarrasins. J'ai aussi entendu parler de la barbarie de Baybars, qui a profané leurs cadavres. Ça m'a rendu malade. Et vous, vous devez vivre avec cette blessure désormais. Comme vous devez mépriser ses assassins !

Will ressentit une douleur et se rendit compte qu'il avait tellement serré les poings que ses ongles s'enfonçaient dans sa paume.

— Autrefois, oui, dit-il en luttant pour conserver une voix mesurée. Mais plus maintenant. J'ai pardonné au sultan quand il m'a permis d'enterrer mon père.

Mais en prononçant ces mots, sa mémoire s'embrasa.

Après avoir convoyé le traité de paix du prince Édouard à Césarée, Will s'était rendu à Safed avec deux guerriers bahrites à qui le sultan avait donné ordre de l'escorter. L'énorme forteresse, qui dominait la Galilée depuis sa situation au-dessus du Jourdain, était presque entièrement détruite, ses flancs noircis par les feux grégeois, couverts d'huile, défoncés par les obus lancés contre les murailles depuis les engins de siège. Un escadron de Mamelouks occupait la place forte, des oies et des poules couraient à côté de l'enceinte extérieure, près des enfants des soldats et de leurs femmes qui s'ébattaient sur le sol poussiéreux. Bien qu'habité, l'endroit donnait une impression de désolation. Trop grands pour être remplis par une simple centaine d'hommes, ses rues et ses passages vides renvoyaient en écho le moindre son. Will avait senti la tristesse qui sourdait de la ville, comme l'eau stagnante après un orage, dans les cours désertes et à l'intérieur de la chapelle où une statue de saint Georges, le patron du Temple, avait été renversée de son socle et fracassée avec une arme émoussée. Sur l'un des murs, près de la barbacane, il trouva quelques mots latins gribouillés à l'aide d'une substance noirâtre qui ressemblait à de la poix.

Non nobis, Domine, non nobis, sed nomini tuo da gloriam. Non pour nous, Seigneur, non pour nous, mais pour la gloire de Ton nom.

Le psaume que les chevaliers récitaient avant de partir à la bataille. Will avait passé la main sur les lettres noires en se demandant qui les avait écrites. Était-ce avant de quitter la forteresse, quand les hommes étaient sortis avec la promesse d'amnistie de Baybars, ignorants de l'exécution qui les attendait ? Ou était-ce plus ancien ? Avaient-ils vu ces inscriptions en passant la porte, avaient-ils trouvé du réconfort dans ces mots familiers ?

En trébuchant sur le sol rocailleux à la base de la colline de Safed, la vision des quatre-vingts têtes embrochées sur des piques le choqua plus que tout ce qu'il avait pu imaginer. Il était tombé à genoux et était resté là un long moment, à les regarder, avant de se sentir capable de se relever et de faire ce pour quoi il était venu. Après avoir passé six ans exposées aux éléments, il ne restait plus d'elles presque que des crânes, avec très peu de peau ou d'indications pour déterminer de qui il s'agissait et à quoi ils ressemblaient lorsqu'ils étaient en vie. Certaines étaient tombées de leur pique ou avaient glissé, les pointes en acier ressortant de manière révulsante par l'orbite. Et il en manquait deux. Will avait été mortifié d'apprendre que les cadavres des chevaliers avaient été brûlés après l'exécution, que seules leurs têtes demeuraient en ce monde. Mais il avait toujours le sentiment que s'il pouvait enterrer ne serait-ce qu'une partie du corps de son père, alors tous deux pourraient être en paix.

Son inspection ne lui avait néanmoins pas permis d'identifier la tête de son père, et quand il eut observé à deux reprises toute la rangée, il abandonna. Sous l'œil des guerriers bahrites qui le regardaient faire en silence, il était retourné à la forteresse et avait pris une pelle dans l'un des enclos à animaux. Sans que personne ne vienne le déranger et, après tout, le sultan lui-même lui avait permis d'être là, il avait passé tout cet après-midi brûlant à creuser une fosse pour tous les crânes, jusqu'à ce que la sueur, la soif et la douleur dans ses bras le fassent délirer. Enfin, tandis que le soleil se couchait au loin derrière les montagnes roses, laissant dans l'ombre l'immense plaine et sa rivière avec l'odeur de l'herbe chaude et le bourdonnement des moustiques, il avait jeté la dernière pelletée de terre dans la fosse. Puis il s'était lourdement assis sur le talus ainsi formé, trop fatigué pour penser à réciter une prière.

Will releva les yeux vers le grand maître.

— Ma haine des assassins de mon père a presque failli me consumer. Si je m'y étais abandonné, je me serais perdu dans les ténèbres. Je devais pardonner.

— Je comprends, dit Guillaume. Mais ça ne change pas le simple fait que cette paix nous paralyse. Baybars et son peuple veulent nous voir partir. La paix ne durera pas. Je peux l'affirmer aussi certainement que le soleil se lèvera demain. Nous devons faire face à la menace de notre propre extinction.

Sa voix était calme, sincère.

— Si nous n'agissons pas, poursuivit-il, ce sera la fin des Terres saintes chrétiennes. Votre père et tous les braves avant lui seront morts pour rien. Je sais que ce n'est pas ça que vous voulez.

— Non, maître, murmura Will.

Que pouvait-il dire d'autre ? Le grand maître s'attendait qu'il détestât les Sarrasins, il s'attendait à le voir prêt à combattre pour les possessions du Temple et pour le rêve de la Chrétienté. C'était une vision partagée par la plupart des bons chrétiens, des bons rois.

Depuis deux siècles, ils venaient ici, ceux que les musulmans appelaient *al-Firinjah* : les Francs. Après avoir envahi les grandes villes d'Antioche, Tripoli et Jérusalem, après les avoir vidées dans un grand bain de sang des musulmans, des juifs et des chrétiens indigènes qui les habitaient, les premiers croisés s'y étaient installés et avaient établi quatre États latins. Là, ils avaient donné naissance à des générations qui ne devaient jamais connaître les collines d'Angleterre ou les forêts verdoyantes de France et d'Allemagne, grandissant au milieu des panoramas intemporels et infinis des déserts de Syrie et de Palestine.

Les croisades s'étaient élancées les unes après les autres d'Occident, constituées d'hommes et de femmes attirés par les richesses des opulentes villes d'Orient et par les promesses d'absolution. Mais au fil du temps, leur nombre avait diminué. Affaiblis, les Francs s'étaient fatigués de la lutte constante pour défendre Jérusalem contre les Infidèles. La ville dont les cloches avaient appelé tant de gens à se précipiter vers ses murs appartenait de nouveau aux musulmans depuis trente-deux ans. Des quatre États latins établis par les premiers croisés, seuls le comté de Tripoli et le royaume de Jérusalem, dont Acre était maintenant la capitale, demeuraient aux mains des chrétiens. Le comté d'Édesse avait disparu et il ne restait plus qu'un port de l'ancienne principauté d'Antioche. Les bateaux qui pénétraient dans le port d'Acre étaient pour la plupart à moitié vides, il n'y avait plus à leur bord que des mercenaires et des groupes clairsemés de pèlerins, des hommes qui fuyaient la pauvreté et les punitions pour leurs crimes, des hommes aspirant à une nouvelle vie.

Will savait que le grand maître avait raison. Les hommes étaient abattus, amers d'avoir tant perdu durant les campagnes de Baybars. Malgré les efforts de l'Anima Templi pour maintenir la paix, les Templiers regardaient comme tout le monde l'horizon en espérant y voir des vaisseaux royaux annonçant une nouvelle croisade et la restitution de Jérusalem aux chrétiens. Car, année après année, les Francs étaient de plus en plus repoussés vers la mer, les Mamelouks gagnaient inexorablement du terrain et nul ne savait combien de temps ils pourraient encore rester, à vaciller ainsi le long du rivage bleu et vert de la Méditerranée.

Tandis que le grand maître entreprenait de lui expliquer comment il comptait restaurer leur position en Terre sainte, Will se souvint des mots du sénéchal, de leur lourdeur et de leur gravité. *Il pourrait être l'une des pires menaces à laquelle nous ayons eu affaire depuis la signature du traité.*

— Nous devons unifier les territoires que Baybars nous a laissés. Nous sommes divisés, incapables de mettre nos ressources en commun, affaiblis. Acre est…

Guillaume chercha l'expression appropriée :

— … un gros ver qui se tortille au bout de l'hameçon.

Son regard se porta sur Will, qui commençait à avoir l'impression de ne pas même exister ; il lui semblait que le grand maître s'adressait à un auditoire invisible et plus large.

— Pour la plupart, nous sommes trop préoccupés par nos propres convulsions internes pour remarquer le prédateur qui s'approche, tapi, prêt à ouvrir grande la gueule et à mordre… une dernière fois.

Guillaume serrait les poings en disant ces mots. Puis il se leva et approcha une bougie et un cierge près de l'âtre.

— Il nous faut travailler tous ensemble pour espérer survivre au péril qui reviendra inévitablement sur notre chemin.

Il se pencha pour tendre le cierge vers les flammes.

— Sur ce plan, le couronnement de mon cousin devrait nous favoriser. Je suis certain que, le moment venu, il nous aidera à nous unir.

Pendant que le grand maître allumait la bougie, Will réalisa que la nuit était tombée au cours de leur conversation. Bientôt les cloches sonneraient les vêpres, les appelant à la chapelle.

— Est-ce que cela aura vraiment lieu, maître ? Charles d'Anjou va-t-il prendre le trône ?

— C'est mon espoir, oui. Au concile de Lyon, le pape Grégoire s'est entendu avec Maria d'Antioche pour qu'elle vende ses droits sur la couronne de Jérusalem à Charles. Quand la vente sera conclue, ce qui devrait être le cas dans l'année, il pourra faire valoir ses prétentions et faire détrôner le roi Hugues. Alors nous serons à nouveau gouvernés par un roi *capable*.

Will perçut sans ambiguïté le dédain dans la voix de Guillaume. Il avait beaucoup entendu parler de ce sujet depuis que la nouvelle des événements de Lyon avait atteint Acre. L'actuel roi de Jérusalem était Hugues III, par ailleurs roi de Chypre. Le poste en lui-même était obsolète puisque les musulmans avaient pris la ville, mais le titre existait encore et conférait à celui qui le portait autorité sur Acre et ce qui restait des terres franques en Outre-mer. Plutôt que de rester à Chypre et de laisser le contrôle d'Acre à un régent, comme nombre de ses prédécesseurs, Hugues avait décidé d'exercer son autorité. L'ingérence du jeune roi soulevait de plus en plus de plaintes : le gouvernement d'Acre, composé de maîtres chevaliers, de nobles et de marchands, ainsi que la cour des bourgeois et la haute cour, étaient parvenus à résister pendant des dizaines d'années au pouvoir royal et s'étaient accoutumés à leur autonomie. La cousine d'Hugues, Maria, princesse de la cité vaincue d'Antioche, s'opposait aussi à lui. Elle pensait avoir un droit plus légitime au trône. Ces conflits avaient divisé l'Outre-mer et les juristes d'Acre, conscients du danger qu'un schisme aurait engendré, avaient décrété que le trône revenait à Hugues. Will comprenait leur décision :

le jeune roi de Chypre faisait un candidat plus sûr qu'une vieille princesse non mariée, mais, d'après ce qui se disait, Maria s'était rendue au concile de Lyon pour se plaindre et le pape l'avait convaincue de vendre ses droits à Charles d'Anjou.

Will avait entendu le sénéchal faire remarquer que Hugues n'impressionnait pas favorablement le pape Grégoire et que celui-ci souhaitait un dirigeant à poigne pour le royaume de Jérusalem. Mais il ne voyait pas comment Charles, le puissant roi de Sicile, pourrait unifier leurs forces. Hugues n'abandonnerait sans doute pas son trône sans combattre et, avec le grand maître et Anjou dressés contre lui, les vieilles lignes de fracture ressortiraient : le Temple et les Vénitiens se plaçant sous la bannière de Charles, les Hospitaliers et les Génois sous celle de Hugues. Will avait la nette impression que si les choses continuaient comme le grand maître l'espérait, le sang n'en finirait plus de couler.

— Cela étant, reprit soudain Guillaume en s'apercevant qu'il en avait peut-être trop dit, tout le monde devrait être présent pour discuter de ces sujets.

Il se leva.

— Je t'ai convoqué pour te remercier, et au lieu de ça je t'assomme sous un déluge de mots, dit-il avec un geste d'excuse et un sourire charmant à Will. Le voyage a été long. Je suis resté seul avec mes pensées pendant tout ce temps. Pardonne-moi.

— Il n'y a rien à pardonner, maître.

— Il reste une dernière chose, fit le grand maître en croisant les mains dans son dos. J'aimerais que tu découvres qui voulait ma mort. Mon assaillant n'était pas un tueur expérimenté, j'en suis certain, et comme je ne vois pas pour quelle raison un jeune paysan me voudrait du mal, il est plus que probable qu'il agissait sur les ordres de quelqu'un. Le maréchal de Sevrey, qui a fouillé le corps, pense qu'il était italien. C'est le seul indice que nous pouvons suivre, en plus du garçon que vous avez poursuivi. Mais je veux que vous vous en occupiez.

— Peut-être que le maréchal ou le grand commandeur, avança Will, seraient plus aptes à mener à bien cette tâche.

— Vous êtes le seul à avoir eu conscience qu'une agression se préparait, et vous êtes aussi le seul à avoir vu le garçon. Je ne vois personne de plus approprié.

Dehors, un carillon se mit à retentir, les informant que l'heure des vêpres était venue. Le grand maître ne détacha pas ses yeux de Will.

Ce dernier sentit son estomac se nouer. Il avait déjà plus qu'assez de travail à accomplir pour l'Anima Templi. Mais le grand maître attendait sa réponse.

— Oui, maître, bien entendu.

Plus tard dans la soirée, Guillaume s'assit à sa table de travail, dans ses appartements. Face à lui, il plaça un livre de prières qu'il venait de sortir de sa malle de voyage, relié en cuir et fermé par un verrou doré couvert d'ornementations.

Il resta un moment sans l'ouvrir, à caresser simplement la couverture en suivant les craquèlements du cuir. Il était fatigué et avait mal à la tête. Comme il n'était pas souvent malade, cette douleur inhabituelle le déconcentrait. Après l'office du soir, dans la chapelle, il avait fait un discours que les hommes avaient chaleureusement accueilli. Ils étaient contents de pouvoir le saluer. Ensuite, il avait partagé le repas avec eux dans la Grande Salle, et il aurait voulu discuter avec ses officiers avant de se retirer mais la migraine l'en avait empêché. De toute façon, il venait d'arriver. Les affaires en cours pouvaient attendre le lendemain.

Il ouvrit le livre à une page dont le coin était corné.

Notre Père qui êtes aux cieux, que votre Nom soit sanctifié, que votre Règne vienne, que votre Volonté soit faite sur la terre comme au ciel... Donnez-nous aujourd'hui le pain de ce jour. Pardonnez-nous nos offenses, comme nous pardonnons aussi à ceux qui nous ont offensés. Et ne nous soumettez pas à la tentation mais délivrez-nous...

Des coups secs se firent entendre à la porte. Elle s'ouvrit et l'un des gardes personnels de Guillaume entra, un Sicilien aux courts cheveux gris-blanc qui donnaient à son visage tanné un air encore plus sombre.

— De quoi s'agit-il, Zaccaria ?

— Désolé de vous déranger, maître, mais il y a un homme à la porte qui demande à vous parler. Il jure qu'il vous connaît.

— A-t-il donné son nom ?

— Angelo.

Le visage de Guillaume fut agité d'un tic nerveux presque imperceptible, mais Zaccaria, qui avait travaillé sous ses ordres en Sicile pendant cinq ans, remarqua que quelque chose n'allait pas.

— Maître ?

Guillaume fit un signe au chevalier.

— Amène-le-moi.

Quand Zaccaria fut parti, Guillaume acheva le Pater Noster puis referma le livre de prières. Alors qu'il le rangeait dans la malle, on frappa à nouveau à la porte et, cette fois, un homme accompagnait Zaccaria. D'un signe de tête, Guillaume donna congé à ce dernier. Le chevalier quitta la pièce en refermant la porte derrière lui, laissant les deux hommes en tête à tête dans le réclusoir.

— Maître, salua Angelo Vitturi en conservant sur son beau visage hâlé une expression d'impassible arrogance. Je n'étais pas sûr que vous receviez des visiteurs, après votre accueil malheureux sur les quais.

— J'avais oublié que les nouvelles voyagent vite dans cette ville, commenta Guillaume d'un air las.

— Et c'est une bonne chose, car cela nous a tenus au courant de votre arrivée.

— Je suis certain que notre discussion aurait pu attendre un jour ou deux, répondit Guillaume en se dirigeant vers une table où un domestique avait déposé une carafe de vin.

— En fait, non. Je pars pour l'Égypte.

Angelo secoua la tête en refusant la coupe que lui tendait Guillaume.

— Je dois rencontrer le contact dont je vous ai parlé lorsque nous nous sommes vus en France.

— Ainsi, il a accepté de vous aider ? demanda Guillaume en buvant une gorgée de vin. J'avoue que je suis surpris. Je n'aurais pas cru que vous pourriez retourner l'un des leurs aussi facilement.

— Il se soucie peu de la situation dans laquelle il se met. Ce n'était pas si difficile.

— Que voulez-vous exactement, Vitturi ?

Angelo fronça les sourcils en entendant le ton abrupt qu'adoptait le grand maître pour s'adresser à lui.

— Nous voulions nous assurer que vous étiez prêt et que rien n'a changé. Votre état d'esprit, par exemple ? s'enquit-il en haussant à peine les épaules.

Guillaume sourit, comme si le jeu l'amusait.

— À votre place, je serais prudent. J'éviterais de mettre en doute ma parole. Elle est précieuse. Ne la traitez pas à la légère.

Angelo remarqua la menace voilée derrière le sourire, mais elle ne le déconcerta pas.

— Mon père et moi sommes juste inquiets, nous voulons que tout se déroule le mieux du monde. Nous n'avons qu'une occasion. Avez-vous pensé à quelqu'un pour réaliser ce vol ?

— Je n'y penserai qu'après avoir établi ma position ici et noué des relations de confiance avec des hommes. D'après ce que vous m'aviez dit, je pensais avoir le temps. N'est-ce plus le cas ?

— Le vol en lui-même n'aura pas lieu avant un moment. Vous avez encore du temps.

Guillaume regarda le Vénitien dans les yeux, c'était le regard noir d'un prédateur. Puis il porta la main à son front, son mal de tête lui embrouillait l'esprit.

— Alors nous avons fini pour ce soir. Je tiendrai mes promesses, Vitturi, si vous tenez les vôtres.

Angelo s'inclina rapidement et sortit. Dans le couloir, Zaccaria l'attendait pour l'escorter jusqu'à la porte.

Guillaume s'approcha de la fenêtre. Il avait détesté le jeune homme à leur première rencontre et la deuxième n'avait rien changé à son sentiment. Il était en colère de travailler avec ces marchands, sa fierté lui reprochant cette alliance car il était clair qu'ils cherchaient avant tout à utiliser ses ressources. Il pensait que leur plan pouvait fonctionner là où tout le reste avait échoué. Mais c'était un jeu dangereux et, une fois de plus, Guillaume ressentait le poids écrasant du doute. Il le repoussa. Il avait de puissants alliés : le roi Édouard, le roi Charles, le pape Grégoire. Ils ne laisseraient pas tomber la Terre sainte. Le temps venu, ils soulèveraient les peuples d'Occident. De cela, il était sûr.

Guillaume regarda au-delà des murs de la cour, le scintillement des milliers de torches disséminées à travers la ville et qui l'illuminaient comme une pluie d'étoiles tombées du paradis. Si tout se passait comme prévu, ils entreraient bientôt en guerre contre les musulmans.

— Nous faisons ce que nous avons à faire, dit-il tout bas.

Puis, d'une voix presque inaudible :

— Dieu, pardonnez-moi.

7

Al-Bireh, nord de la Syrie

26 février 1276 après J.-C.

Un mugissement traversa les airs, déchirant l'aube tranquille. Des nuées d'oiseaux s'élevèrent des bosquets près de la rivière et montèrent en flèche dans le ciel, tandis que soixante-dix catapultes alignées en formation autour d'al-Bireh tiraient l'une après l'autre. D'énormes boulets tournoyaient depuis les engins de siège jusqu'aux murs de la ville, où ils s'écrasaient au milieu de la poussière et des débris. Dès que la charge était projetée, l'un des Chinois rompus à la manœuvre des catapultes tirait sur le cordage attaché à un long bras pivotant sur le croisillon de l'armature. Ses camarades plaçaient alors une nouvelle pierre dans la poche en cuir. De temps à autre, le ciel s'illuminait : les Chinois substituaient aux pierres des barriques de poix enflammée qui zébraient de vapeur noirâtre le bleu pâle du petit matin avant d'exploser derrière les fortifications.

Grâce à la couverture prodiguée par le bombardement constant, trois tours monstrueuses avançaient vers la ville, non sans difficulté. Au sein de leurs structures en bois branlantes, montées sur des plates-formes à roues, quatre étages communiquaient par des escaliers intérieurs, et sur chacun d'eux étaient postés des archers seldjoukides accroupis devant de petites ouvertures, prêts à tirer. À l'étage supérieur de chaque tour, coincés sous un lourd panneau en bois, se trouvaient dix guerriers mongols. Ils portaient une armure de bataille lamellaire, et au poing des massues et des épées. Derrière les tours de siège, des lignes d'infanterie marchaient en formation, les lances pointées vers le haut. L'armure de ces hommes, faite de peaux de vache vernies, était plus légère. À leurs épaules pendaient des boucliers, et des épées étaient attachées à leurs hanches. Alors qu'ils leur allaient parfaitement trois semaines plus tôt, les vêtements semblaient désormais trop grands, mal taillés. Une maladie causant de violents vomissements et des diarrhées avait ravagé l'armée ces derniers jours, tuant plusieurs centaines d'hommes. Mais ils étaient tout de même là, opiniâtres, déterminés, les capes et les turbans des Seldjoukides et les couleurs criardes des tenues irakiennes se mariant aux armures brunes des Mongols.

Peu après le début du fracas de pierre et de feu, on entendit les premiers cris en haut des murailles. Les soldats mamelouks recevaient des éclats d'obus ou se faisaient écraser par les boulets qui parvenaient à traverser les remparts. Les archers mamelouks ripostèrent à l'ennemi par des salves de flèches qui s'envolaient tel un linceul blanc obscurcissant le ciel avant de retomber en parabole mortelle sur les troupes, frappant les boucliers, la boue et les hommes. Dans la ville elle-même, les citoyens se regroupaient nerveusement dans les mosquées, les hommes priaient et les femmes essayaient de calmer les enfants qui sentaient la terreur tenailler leurs parents, et à chaque nouveau boulet les hurlements reprenaient de plus belle.

La garnison mamelouke que Baybars avait installée à demeure à al-Bireh, à la suite d'une attaque mongole onze ans plus tôt, n'était pas étrangère aux sièges. Baybars avait récupéré la ville aux forces mongoles qui l'occupaient juste après son accession au trône et les Mamelouks avaient été en guerre perpétuelle pour sa possession depuis lors. Mais, cette fois, c'était différent. Les Mongols connaissaient les points faibles et ils concentraient tous leurs efforts sur eux. Même avec les troupes venues en renfort d'Alep deux semaines plus tôt, l'assaut serait rude.

Des soldats mamelouks armaient les mandjaniks et les arradas. Les engins de siège avaient été montés sur les plates-formes des tours arc-boutées aux murailles et ils lançaient pierres et javelots sur les troupes en approche. L'un des javelots envoyé par un arrada et long d'un mètre s'enfonça dans une ligne de Mongols qui portaient une échelle. Le premier homme n'eut même pas le temps de le voir arriver. L'arme plongea en lui, traversant son armure et son corps d'un seul coup comme s'il avait été constitué d'eau plutôt que de chair et d'os. Le choc le souleva de terre et l'entraîna en arrière, le javelot poursuivant sa trajectoire mortelle vers trois hommes qu'il empala comme des cochons sur une broche. Quatre soldats sortirent des lignes d'infanterie qui attendaient hors de portée des flèches et se précipitèrent pour ramasser l'échelle et continuer à avancer. Au fur et à mesure que les hommes tombaient, d'autres prenaient leur place sur le sol jonché de cadavres.

Les pierres que les mandjaniks mamelouks lançaient sur les tours de siège avaient un effet moins dévastateur que les javelots, les structures en bois étant protégées par un bouclier de toile, de paille et de sacs. Néanmoins, elles brinquebalaient dangereusement à chaque projectile qui les frappait. Une lourde pluie transformait par endroits la plaine en un bourbier vaseux, compliquant encore la tâche des hommes qui manœuvraient les tours. Leurs pieds glissaient, la boue maculait leurs jambes, et ils grimaçaient de douleur tout en bandant leurs muscles. Malgré la douleur, ils traînaient lentement mais sûrement les tours de siège vers al-Bireh.

Ishandiyar était à moins d'un kilomètre lorsque la première tour de siège atteignit les murailles. À travers le nuage de fumée et de poussière qui s'élevait devant la ville, il aperçut vaguement le panneau de la tour se rabattre sur le mur. Des hommes en surgirent et se mélangèrent aux lignes mameloukes qui attendaient sur les remparts. Un instant plus tard, deux échelles étaient hissées contre les murs. De sa position au bord de l'Euphrate, un peu en surplomb, Ishandiyar vit les guerriers mongols commencer à les escalader. Un fût de poix partit d'une catapulte et s'écrasa contre une tour d'angle, l'embrasant sur-le-champ. Des hommes tombèrent des murailles tels des phénix, les cheveux et les vêtements en feu. Leurs cris lui parvinrent, puis un épais voile de fumée se déroula qui lui boucha la vue.

Ishandiyar se tourna vers les deux généraux à ses côtés.

— Dites aux hommes de se tenir prêts.

— Ne devrions-nous pas attendre un peu avant de nous révéler aux ennemis ? demanda l'un des émirs.

— Nous ne pourrons pas rester cachés bien longtemps.

Ishandiyar fit un geste pour désigner la rivière. Sur plusieurs kilomètres, les talus des berges les avaient dissimulés et il avait envoyé des soldats tuer tous les éclaireurs mongols qui se présenteraient par là, afin que nul ne soit prévenu de leur présence. Mais devant eux les berges n'avaient plus de relief, et dans cent ou deux cents mètres, l'armée mongole serait en mesure de les voir. Ishandiyar baissa les yeux vers les troupes ennemies qui s'étiraient en contrebas. On eût dit qu'une forêt, avec ses couleurs brillantes, avait poussé dans le désert. Une forêt hérissée de flèches et de lances… En attendant, les hommes calmaient les chevaux, buvaient l'eau de leur gourde ou resserraient leur armure. En plus de son propre régiment de quatre cents hommes, il y avait les régiments de deux émirs et les forces auxiliaires qu'ils avaient réunies à Alep. En tout, vingt mille soldats. Mais cela ne faisait que deux Mamelouks contre trois Mongols.

— Si nous agissons maintenant, pendant qu'ils sont occupés par les fortifications, nous bénéficierons d'un léger effet de surprise. Et de toute façon, nous ne pouvons pas attendre.

— Je suis d'accord, l'approuva le second général.

— Je vais conduire une charge contre les troupes amassées au pied des murailles. Vous concentrerez vos hommes sur les soldats à l'arrière des lignes de siège, et sur leurs engins. Qu'Allah soit avec vous, conclut-il d'une voix déterminée.

Les émirs tournèrent bride en soulevant de la poussière et galopèrent le long de la rive, dépassant l'infanterie, la cavalerie, les hommes des tribus bédouines et ceux qui portaient les pots de naphte tout en aboyant des ordres. Leurs surcots de soie claquaient au vent derrière eux, révélant par-dessous des cottes de mailles scintillantes. Ishandiyar éperonna son cheval pour rejoindre les officiers de son régiment. Il leur transmit brièvement ses consignes, et tout fut prêt en un rien de temps. Dans les lignes, les hommes se mirent en position, l'infanterie se déplaçant pour laisser passer les cavaliers, tandis que le fracas des projectiles et les cris continuaient à se faire entendre depuis les murailles.

Ishandiyar leva son sabre.

— *Allahu Akbar !*

Ses officiers et ses hommes reprirent son cri et d'un seul mouvement la cavalerie d'élite mamelouke lança ses chevaux dans la pente sablonneuse, comme une vague s'écrasant sur un rivage.

Un moment après leur apparition, les cornes sonnèrent l'alarme depuis le camp mongol qui s'étirait le long de la plaine, entre la ville et la rivière. Les cavaliers mongols, qui observaient la bataille depuis les lignes arrière, se ruèrent sur leurs montures en attrapant au passage leurs lances et leurs casques tandis que le nuage de poussière soulevé par la charge mamelouke n'en finissait plus de s'étendre et d'épaissir l'air au-dessus de la plaine.

Les autres tours de siège avaient désormais rejoint les murs. Les guerriers jaillissaient des toits en faisant tourbillonner massues et épées. Six échelles étaient alignées et les archers seldjoukides à l'intérieur des tours tiraient sur les Mamelouks qui essayaient de les faire tomber des remparts. Des guerriers mongols montaient par l'intérieur des tours pour rallier leurs camarades qui combattaient férocement sur les murailles pour perforer les lignes mameloukes. Les hommes poussaient, grognaient et s'injuriaient tout en se battant dans l'espace restreint, les yeux remplis de poussière et de sueur, les pieds butant contre des cadavres ou trébuchant sur des gravats.

De tous les hommes d'Ishandiyar, les Bédouins furent les premiers à arriver au camp mongol. Leurs capes et leurs keffiehs flottaient autour d'eux telles des ombres folles, et ils se démenaient sous les ordres de leurs cheikhs comme un essaim de guêpes. Les arcs, les mains et les frondes maniaient sans discontinuer flèches, couteaux et pierres, et plusieurs catapultes se turent lorsque les Chinois qui les manœuvraient furent blessés. Les Bédouins avaient inquiété Ishandiyar ; il les avait connus lorsqu'ils avaient déserté l'ennemi pour faire allégeance en échange d'une partie du butin. Mais en voyant leur raid éclair sur le camp, il s'estimait heureux de les avoir avec lui. C'étaient des combattants intelligents et rapides avec leurs chevaux légers. Et pour le moment, les Mongols subissaient de plein fouet leur puissance et leur talent. Les blessés et les malades ne pouvaient espérer aucune pitié, les Bédouins jetaient en hurlant des brandons enflammés dans les tentes, qui s'embrasaient comme du papier. Avec la maladie qui les rongeait, la plupart des hommes étaient tout simplement trop faibles pour résister. Malgré les cris de ralliement de leurs commandants, ceux qui en étaient capables se mirent à fuir.

Ishandiyar aperçut une ligne de cavalerie lourde mongole approcher sur sa droite et, en criant à ses hommes de le suivre, il se jeta sur les soldats entassés au pied des murailles tandis que le flanc droit de son régiment allait à la rencontre de la cavalerie. La masse d'hommes devant lui se réorganisa tant bien que mal et resserra ses lignes tandis qu'il s'avançait, les boucliers et les lances levés en l'air. Poussée par les Mamelouks en haut des remparts, l'une des échelles retomba. Les hommes cramponnés aux barreaux hurlèrent en plongeant vers le sol. D'autres préférèrent sauter, mais ils furent écrasés un instant plus tard par leurs camarades lorsque l'échelle heurta le sol.

Ishandiyar se lança dans la mêlée et imprima un grand mouvement circulaire à son épée tout en se jetant dans la première ligne d'infanterie, tuant tous ceux qui se présentaient à lui. Un homme bondit vers lui et s'agrippa au cou de son cheval. Sous la couche de poussière et de boue, son visage était déformé par la rage. En poussant un grognement, il tenta de frapper le commandant de sa dague. Ishandiyar lui mit un coup de pied en pleine mâchoire, ce qui fit basculer sa tête vers l'arrière, puis il fit tourner son cheval. La bête, bien entraînée, envoya l'homme valdinguer au sol, puis elle rua et, en retombant, écrasa son crâne sous ses sabots.

En quelques secondes, la cavalerie mamelouke faucha les hommes entassés au pied des murs comme une faux dans un champ de blé. Mais l'étroitesse de l'endroit le rendit rapidement périlleux. Le sol vaseux, jonché de cadavres et de pierres, faisait trébucher hommes et chevaux. Certains Mamelouks étaient tirés de leurs montures et massacrés par les guerriers mongols, d'autres se faisaient transpercer le cou par des flèches seldjoukides, ou c'étaient les chevaux qui les jetaient à bas en se cabrant à cause d'une lame égarée. L'odeur du sang emplissait l'air et le sol marécageux se teintait de rouge à mesure que les hommes se déchiquetaient, se démembraient et se massacraient les uns les autres.

Ishandiyar parvint à rester en selle, parant et frappant sans relâche. Le visage concentré, il grognait sous l'effort, la fatigue de la longue marche et de cette charge féroce s'accumulant. Il transperça un homme puis se tourna pour en affronter un autre. Deux autres échelles montaient contre le mur et les boulets ne tombaient plus. Pour autant, le champ de bataille était un chaos. Ishandiyar n'avait aucune idée de ce qui se passait dans le reste de la ville. Une épaisse fumée s'élevait du camp mongol, mais les ennemis s'étaient regroupés et venaient aider leurs camarades. Ses soldats étaient décimés. Il les entendait mourir autour de lui. La panique le gagna. Mais il la força à refluer. Sa conviction se transmit à ses bras et il démolit les Mongols autour de lui. S'il devait mourir aujourd'hui, qu'il en soit ainsi. Il affronterait la mort en guerrier et en musulman. Il l'affronterait en homme.

Pendant quelques instants, pris par son engagement dans le combat, Ishandiyar n'entendit pas les cornes, et quand il les entendit, il ne discerna pas tout de suite d'où elles sonnaient. Puis il vit l'un de ses officiers lever un sabre au ciel avec l'air de jubiler. Se tournant, Ishandiyar vit des Mamelouks cavaler sur la plaine par centaines. Il pensa une seconde qu'il s'agissait de ses propres troupes, puis il réalisa qu'ils n'étaient pas vêtus aux couleurs des régiments qu'il avait menés jusqu'ici. Ils portaient la tenue du régiment de l'émir d'Alep. Les portes d'al-Bireh s'étaient ouvertes. La garnison de la ville leur venait en aide.

Et en quelques instants, le cours de la bataille changea.

Les renforts provoquèrent la débâcle des Mongols. Leur camp était en feu, leurs forces divisées. Certains d'entre eux, coincés au milieu de la bataille ou entourés par les Mamelouks, combattirent jusqu'à la mort. Mais la plupart d'entre eux s'enfuirent, courant se réfugier vers la rivière qu'ils traversaient à la nage, les flèches des Mamelouks à leurs trousses criblant l'eau autour d'eux. Quelques-uns lancèrent aussi leurs chevaux en direction du gué par lequel ils étaient arrivés. Après un siège qui avait duré près de deux semaines, et dont l'issue victorieuse semblait assurée, les Mongols et leurs alliés seldjoukides étaient repoussés de l'autre côté de l'Euphrate avec une force diminuée, affaiblie, laissant derrière elle nombre de morts et de blessés.

Ishandiyar retrouva l'un de ses officiers quand la bataille fut terminée et que les dernières poches de résistance furent détruites. Un médecin avait soigné en vitesse une blessure au couteau qu'il avait reçue à la jambe, et qui le brûlait. Il prit sa gourde, avala une gorgée, se rinça la bouche et recracha un mélange de sang et d'eau sur le sol.

— Emmenez-le à Alep, dit-il à l'officier en lui tendant un rouleau. Donnez-le à l'émir et dites-lui de le faire envoyer par les chevaux de poste au sultan Baybars. Cette nouvelle ravira Le Caire.

L'officier salua et partit sur-le-champ.

Les blessés étaient transportés à l'intérieur de la ville. Ishandiyar se dirigea en boitant vers les portes, et il grimaça lorsque son poids se porta sur sa jambe blessée. La bataille les avait vus triompher. Ils avaient écrasé les Mongols. Mais il était temps maintenant de compter les morts.

La citadelle, Le Caire,
1er mars 1276 après J.-C.

Baybars observait depuis l'estrade l'assemblée de généraux assis au sol, jambes croisées, à même les tapis et les coussins. Leurs voix graves bourdonnaient sourdement à ses oreilles. Résistant à l'envie pressante de bâiller, il se redressa sur le trône et agrippa les têtes de lion qui ornaient ses bras, métal solide et froid sous ses mains.

— Assez, Mahmud ! Je pense que nous connaissons tous ta position sur ce point maintenant.

Mahmud s'inclina, mais son visage reflétait clairement son irritation face à cette brusque remontrance.

— Émir Kalawun, dit Baybars, vous restez bien tranquille. Qu'en dites-vous ?

Kalawun sentit l'attention de la quinzaine d'hommes réunis dans la salle du trône se tourner vers lui. Il prit la coupe posée devant lui et but une gorgée de cordial, afin de se donner un moment pour rassembler ses pensées. Les plus jeunes, comme Mahmud, donnaient des signes d'impatience. Le conseil de guerre avait été animé, la tension planait depuis le début, les arguments se contrariaient sans résultat pendant plus d'une heure. Quand il fut prêt, Kalawun reposa la coupe sur la table basse posée au milieu des tapis et croisa le regard attentif de Baybars.

— Comme je l'ai déjà déclaré, seigneur, je ne vois pas l'intérêt de gâcher nos précieuses ressources à attaquer un peuple qui ne constitue pas une menace à l'heure actuelle.

— Qui ne constitue pas une menace ? s'exclama d'une voix hautaine un jeune homme proche de Mahmud. Jusqu'à la prochaine croisade qu'ils lanceront, vous voulez dire ? Chaque jour où nous les laissons en paix leur permet de se renforcer, leurs rois en Occident construisent des bateaux et réunissent des troupes pour nous attaquer. Nous ne pouvons pas leur donner cette possibilité !

— Notre économie est florissante grâce aux échanges avec l'Occident, répondit Kalawun. Et rien ne prouve qu'une croisade puisse avoir lieu dans un avenir proche. En fait, les rapports que nous recevons indiquent plutôt un manque d'enthousiasme à continuer la guerre.

— Même si nous détruisons les bases franques, les marchands n'arrêteront pas de venir. Ils ont besoin de nous. Les laisser occuper nos terres n'est pas nécessaire pour gagner de l'argent avec eux. Pourquoi leur faire bénéficier d'une ouverture pour attaquer, que ce soit dans une semaine ou dans dix ans ?

Le jeune général regarda l'assemblée à la ronde, en quête de soutien. Certains hochaient la tête.

— Chaque jour que les Francs passent sur ces rivages est une insulte.

— Seul un idiot part en guerre pour une insulte, riposta Kalawun d'une voix calme.

Piqué par le commentaire, le général eut un petit rire.

— Peut-être que tu as l'apparence d'un musulman, mais à l'intérieur tu as de plus en plus l'air d'un chrétien !

Cette déclaration fut suivie par une explosion de voix emportées dans la salle.

— Silence ! aboya Baybars, les yeux brillant de colère. Excusez-vous auprès de l'émir Kalawun, ordonna-t-il au général. C'est un général honorable et un musulman aussi dévot que moi. L'insulter, c'est m'insulter.

— Pardonne-moi, émir, murmura le général à l'intention de Kalawun. Ma langue a parlé trop vite.

— Pour qu'il soit efficace, tout effort de guerre doit se concentrer sur un seul ennemi à la fois, intervint un général plus âgé, venant à la rescousse de Kalawun. Les Mongols sont agressifs. En conséquence, je suis d'accord avec l'émir Kalawun. Ce que nous devons faire est évident.

— Nous faisons face à la situation à al-Bireh, fit Mahmud sans pouvoir se retenir. Ce n'est pas la première fois que les Mongols attaquent une de nos positions et je doute que ce soit la dernière.

Voyant que Baybars ne répondait rien, il s'enhardit :

— Que nos forces en Syrie s'affairent à contenir les Mongols sur l'autre rive de l'Euphrate, tandis que nos forces ici s'occupent des Francs. Alors, une fois que nous aurons repris toute la Palestine et détruit les derniers vestiges de la mainmise des Infidèles, nous pourrons marcher comme une seule immense et puissante armée en Anatolie. Nous pourrons battre les Mongols si nous sommes unis, sans craindre d'invasion franque par l'arrière. Mais nous ne pourrons jamais les battre si nous sommes divisés.

Il parlait avec passion et Kalawun nota avec inquiétude que le jeune homme se révélait un orateur convaincant.

— Tournons-nous contre les Mongols quand nous serons à égalité, continuait-il. D'abord, commençons par renvoyer chez eux les Francs et remettre la Palestine aux mains des justes. Les Mongols sont une distraction, ne nous laissons pas divertir.

— Une distraction ? le reprit Kalawun. Est-ce comme cela que tu parles d'une armée qui a détruit des nations et éradiqué des tribus entières ? Qui possède aujourd'hui la moitié du monde et contrôle les routes menant à l'Est.

Kalawun entendit les murmures approbateurs de quelques-uns des généraux, mais la plupart faisaient grise mine. Le visage de Kalawun se durcit en constatant leur réticence.

— Je n'ai pas conduit mon régiment en Cilicie il y a dix ans, je n'ai pas vu mes hommes se traîner sur des kilomètres de désert et des cols de montagne avant de mourir au fil des épées arméniennes, je n'ai pas fait tout ça pour que nous laissions aujourd'hui les territoires pris au cours de cette bataille à la portée des Mongols. Ils n'attaquent peut-être qu'une ville aujourd'hui, mais si nous leur donnons un pouce de territoire, les Mongols nous balaieront avec toute la puissance qu'ils peuvent réunir. Et tout ce que nous avons construit depuis Ayn Djalut n'aura servi à rien.

Baybars tressaillit en entendant le nom d'Ayn Djalut.

C'est là que les Mongols avaient subi la première défaite que le monde ait connue. C'était son œuvre. Ce jour-là, le triomphe avait été total. Les Mongols avaient été châtiés de l'attaque contre sa tribu, et de sa déchéance dans l'esclavage. Cette victoire annonçait la fin d'une ancienne vie, commencée dans les chaînes, et le début de son ascension vers le pouvoir. Le souvenir le rajeunit de quelques années. Il se sentait pétiller, anticipant sur la suite avec une assurance grandissante. Depuis si longtemps, les Francs lui étaient un liquide amer dans la bouche. Il n'avait pas le cœur d'en avaler les dernières gouttes maintenant, pas au moment où l'attendait dehors une force qui le faisait vibrer tout entier d'un cri de guerre strident et plein de jeunesse. Les Francs étaient enfermés dans des villes imprenables. Les Mongols attendaient au bord de son empire, ils le défiaient. Il désirait ressentir une nouvelle fois la sensation de l'épée dans sa main, le souffle chaud du désert sur son visage.

— J'ai pris ma décision, dit-il en interrompant les murmures entre ses hommes.

Les généraux se turent. Kalawun n'exprimait rien d'autre que la placidité, mais son cœur battait à tout rompre.

— Nous marcherons sur l'Anatolie.

Mahmud et quelques-uns de ses jeunes camarades parurent furieux, mais ils prirent garde de contenir leur émotion. Kalawun sentit une vague de soulagement l'envahir, mais elle reflua immédiatement. L'issue était quand même la guerre. Avant de mourir et d'abandonner son royaume à son fils, Baybars allait créer une autre tempête. Kalawun ne pouvait rien y faire. Et même s'il l'avait pu, il ne l'aurait pas fait. Il voulait la paix, mais les Mongols ne l'entendaient pas ainsi. Il lui fallait protéger son peuple.

— Je vais profiter de notre trêve avec les Francs pour me concentrer sur les Mongols, reprit Baybars. Je ne crois pas qu'ils la briseront. Ils craignent trop de perdre les territoires qu'il leur reste pour entreprendre un combat qu'ils savent impossible à gagner. Quand nous aurons pris l'Anatolie et que les Mongols auront fui, je m'occuperai des Francs. Quand j'aurai appris ce qui s'est passé à al-Bireh, conclut-il en se levant, je vous convoquerai pour discuter de notre stratégie.

Les généraux se retirèrent de la salle du trône en parlant à voix basse, et Kalawun s'arrangea pour sortir sans être interpellé. Il avait eu assez de débats pour la journée. Il passa par un couloir voûté où l'air entrant par les fenêtres agitait les feuilles des plantes ornementales dans un bruissement estival. Il arrivait presque au bout quand une silhouette grise se mit en travers de son chemin. Kalawun fronça les sourcils de dégoût en voyant Khadir lui grimacer un sourire.

— Émir Kalawun, salua le devin en s'inclinant exagérément.

— Qu'est-ce que tu veux ?

— Savoir ce qu'a décidé le conseil de guerre, répondit Khadir.

— Demande à ton maître, répliqua Kalawun en continuant son chemin.

Les yeux de Khadir s'étrécirent jusqu'à n'être plus que des fentes. Il décida de suivre Kalawun, en trottinant pour s'adapter au rythme des grandes enjambées de l'émir.

— Où donc, Kalawun, diriges-tu mon maître ?

— Je le dirige ?

Khadir s'avança devant lui. Kalawun voulut le contourner mais le devin fit un pas de côté pour l'empêcher de passer. Il gloussa.

— Tu vois comme nous dansons, dit-il en tournoyant gracieusement sur lui-même. C'est comme ça que tu as dansé devant le conseil ? Comme ça que tu as dansé devant mon maître pour l'étourdir et lui faire perdre la bonne direction ?

— Tu espionnais encore ?

Khadir sourit, et Kalawun se rappela qu'il avait fait bloquer le passage derrière le mur longeant la salle du trône. Il avait déjà vu Khadir s'y couler auparavant.

— Si tu sais comment s'est terminé le conseil de guerre, tu n'as aucun besoin de moi pour te le dire.

Il s'avança et Khadir sautilla prestement pour lui dégager le chemin.

— Je veux comprendre pourquoi tu détournes ses yeux des chrétiens, émir.

— C'est le sultan qui a décidé d'attaquer les Mongols.

— Non ! cracha Khadir avec un air soudain furieux. Ce n'est pas lui. Tu lui parles à l'oreille depuis des mois. Ne combats pas les Francs ! Ne combats pas les Francs !

— Je n'ai pas à t'expliquer mes raisons.

— Les trêves sont faites pour êtres brisées, émir. Il y a des hommes à l'ouest qui nous menacent : le roi de Sicile et Édouard d'Angleterre. Les Templiers ont un nouveau maître, et il est fort. Si l'un de ces hommes se dresse contre nous, ils seront des légions à le suivre. Nous savons tous les deux que notre maître a changé après la mort d'Omar.

Il fit mine de fermer son poing en voulant se saisir de l'air.

— Parti ! Comme ça ! Et avec lui, la destinée de notre maître. J'ai vu, Kalawun. J'ai *vu* comment nous perdrons cette terre.

Kalawun s'arrêta. Les yeux du vieil homme étaient exorbités.

— Oui, murmura Khadir en voyant le visage de Kalawun s'infléchir légèrement. Nous devons le sauver, toi et moi.

— Je ne changerai pas d'avis, Khadir, répondit Kalawun en secouant la tête. Je ne convaincrai pas Baybars d'attaquer les Francs alors que je ne crois pas à l'utilité de le faire.

— Pas ça, fit Khadir avec irritation, pas ça.

— Alors que me demandes-tu ?

— Pour que notre maître retrouve son ancienne gloire, il doit se venger par le sang de ceux qui l'ont détourné de son chemin, expliqua Khadir, le visage déformé par la haine. Les *Haschischins* ont payé, oui, ils ont payé. Mais pas ceux qui les ont engagés.

Tout en parlant des Assassins, la secte dont il avait été exclu, il hochait vigoureusement la tête et caressait d'un air absent la dague à poignée dorée qui pendait à sa ceinture.

— Nos sources pensent que l'assassinat a été commandité par des Francs.

Il siffla en voyant l'air perplexe de Kalawun.

— Nous devons trouver les Francs qui voulaient la mort de notre maître ! Il ne pourra retrouver son vrai chemin et battre les chrétiens que lorsque la vengeance aura été assouvie.

— Le passé est mort, Khadir, fit Kalawun en secouant la tête. Laisse-le reposer. Ce que tu proposes est insensé. Il faudrait des mois pour découvrir qui avait fait appel aux Assassins. Et même, il se pourrait que ces efforts soient vains.

— Nos troupes contrôlent maintenant les forteresses de cette secte. Interroger les Assassins ne posera aucun problème. Envoie Nasir. C'est un Syrien. Il connaît la région où ils résident.

— Non, dit Kalawun en s'éloignant.

— Je sais ce que tu fais avec Baraka, lança Khadir dans son dos.

Kalawun se retourna en prenant soin de masquer l'inquiétude que ces mots avaient fait naître en lui.

— Qu'est-ce que tu veux dire ?

— Ton influence sur ce garçon est chaque jour plus forte. Tu l'as marié à ta propre fille ! Seul un aveugle ou un homme qui te fait pleinement confiance ne verrait pas que tu essaies de gagner son approbation dans un but précis, poursuivit Khadir en se rapprochant de Kalawun. Tu ne l'aimes pas, je le vois. Et pourtant tu passes tes journées à lui donner des leçons et à l'entraîner. Ses tuteurs sont là pour ça.

— Est-ce une mauvaise chose de m'intéresser à mon propre gendre ?

Le visage du devin se tordit de mépris.

— Bah ! Tu vas bien au-delà des devoirs d'un père ou d'un ami. Tu veux asseoir ton pouvoir sur le trône, Kalawun. Je le *vois*.

Kalawun éclata de rire.

— Mais bien sûr que c'est ce que je veux.

Khadir tourna la tête et le regarda de biais, d'un air à la fois soupçonneux et troublé.

— Tout homme proche d'un trône cherche à vivre dans sa lumière, dit Kalawun. Je ne nie pas ce que tu avances, mais aucun général, aucune femme ni même aucun conseiller ne le ferait s'il disait la vérité. Je ne veux pas le trône pour moi-même. Je cherche à assurer la position de mes maîtres afin qu'ils puissent en retour me rendre des faveurs.

Le visage de Kalawun se figea soudain.

— Avant de jouer à tes petits jeux avec moi, Khadir, je te suggère de regarder ton propre avenir, car il ne sera ni très long ni très heureux si tu mets ma patience à l'épreuve.

Puis il s'en alla, avec, planté dans le dos comme une dague, le regard du devin.

Le soir approchait au Caire. Les ténèbres s'insinuaient entre les immeubles que le soleil couchant teignait d'orange tandis qu'Angelo se rendait à son lieu de rendez-vous. Au pied de la citadelle, les arbres du verger se balançaient tel un pendule au gré de la brise chargée des odeurs de fumée, de fumier et de nourriture de la ville dévalant la colline en contrebas. Derrière les murs, le Nil traçait son cours d'un noir de jais contre les ombres douces du désert. Angelo, qui avait laissé son cheval à l'écurie, resserra sa cape autour de lui.

Au fil des ans, il était venu au Caire en de nombreuses occasions pour y traiter des affaires avec les Mamelouks, apportant des cages de garçons pour leur armée en échange de sacs remplis d'or sarrasin. Mais l'affaire d'aujourd'hui était plus délicate et il avait fait attention de rester caché dans son logis jusqu'à ce que l'heure soit venue. Il avait joint son contact en payant un gamin des rues pour délivrer un message à la citadelle, et il lui avait répondu de le retrouver à cet endroit.

Angelo s'immobilisa. À l'autre bout du verger se trouvait un ancien réservoir au rebord écroulé. Là, dissimulé dans l'ombre projetée par l'enchevêtrement d'arbres, quelqu'un attendait.

— Vous l'avez ? dit Angelo en arabe tout en approchant.

L'homme portait une longue cape noire et un keffieh couvrait son visage. Seuls ses yeux étaient visibles lorsqu'il se leva. Il passa une main sous sa cape et en tira un étui en argent orné d'un liseré avec des motifs de fleurs de lotus.

Angelo s'en saisit. Il souleva le rabat et sortit le rouleau, qu'il déploya. Il jeta un coup d'œil au document, puis à l'homme qui le lui avait donné.

— Ça dit exactement ce que j'avais demandé ?

— Oui.

— Je présume que seul Kaysan sera capable de le lire ? demanda Angelo en rangeant l'étui dans le sac pendu à sa ceinture. Si ça tombe entre de mauvaises mains, ce serait mauvais pour nous tous.

— Pouvez-vous le lire ? répondit abruptement l'homme.

Angelo ignora son ton brusque.

— Et votre frère fera ce que vous demandez ? Il emmènera nos hommes à La Mecque le moment venu ?

— Oui.

Angelo plongea son regard dans celui de l'homme.

— Rappelez-vous ce qui est en jeu. Si vous me trahissez, si *quoi que ce soit* dans cette lettre met mes plans à mal, je ferai en sorte que votre frère et vous en souffriez les conséquences. Vous m'êtes redevable. Ne l'oubliez pas !

— Comment pourrais-je l'oublier ? murmura l'homme.

Alors qu'Angelo partait, l'homme lui lança :

— Et vous me donnerez ce que j'ai demandé ?

Angelo regarda en arrière.

— Quand nous aurons la Pierre, vous aurez tout ce que vous voudrez.

L'homme le regarda s'éloigner.

— Ça aura été long à venir, souffla-t-il entre ses dents.

8

Le quartier vénitien, Acre

12 mars 1276 après J.-C.

La porte s'ouvrit en grinçant trop fort. Will jeta un coup d'œil à travers la galerie vers le hall d'entrée désert. Des voix affaiblies lui parvenaient de la cuisine tandis qu'Elwen pénétrait dans le réclusoir et le faisait entrer à sa suite.

Le soleil illuminait la pièce, avec ses murs blanchis à la chaux et plusieurs miroirs ovales aux cadres argentés qui reflétaient la lumière aux quatre coins. Dans la pièce principale, une table et un banc étaient disposés près de l'âtre. La table débordait de papiers et une robe de soie bleue et un bonnet étaient accrochés à une perche à côté. En apercevant la robe, Will crut un instant que quelqu'un se tenait là et son estomac, déjà noué par l'anxiété, se retourna. Une porte menait à une autre pièce, occupée par un lit. La couverture du lit était d'un tissu et d'une conception extravagants : du damas prune tissé de fils d'or. Dans le reste de la chambre, les étoffes étaient tout aussi somptueuses : les draperies aux fenêtres, les coussins sur les sofas, une tenture fixée à côté de l'âtre, tout prêtait un air majestueux et sensuel aux deux pièces qui sans cela auraient paru toutes simples. Will sentit une délicate odeur de fleurs et remarqua une coupelle remplie de pétales séchés sur la table à côté du sofa. C'était sans doute la femme d'Andreas qui l'avait posée là. En dehors des papiers en désordre sur la table, l'endroit était tenu avec un soin tout féminin, un ordre délicat qui était bien moins austère que la netteté militaire à laquelle il était habitué. Il se souvint de sa mère arrangeant les fleurs dans la cuisine de son enfance en Écosse, sa petite sœur Ysenda accrochée à ses basques.

Elwen se dirigea vers le fauteuil près de la fenêtre. Elle se retourna en constatant que Will ne la suivait pas.

— Qu'est-ce qu'il y a ?

— On ne peut pas aller dans ta chambre ?

— À moins que tu veuilles la partager avec une domestique malade.

Ôtant la coiffe blanche qui couvrait ses cheveux, Elwen libéra une masse de boucles blondes et cuivrées. Puis elle s'assit et se pencha pour enlever ses chaussures, ce qui fit descendre le décolleté de la robe et offrit à Will une vue plongeante sur la peau pâle blottie entre ses seins. Le teint hâlé et couverte de taches de rousseur l'été, elle était aussi blanche que du marbre pendant l'hiver.

— Ne t'inquiète pas, le rassura-t-elle avec un sourire tout en croisant ses longues jambes sous elle.

— Andreas est au magasin ?

Elwen fit rouler ses yeux et tapota le coussin à côté d'elle.

— Et Besina et les filles sont au marché ?

— Tu le sais bien, dit Elwen en l'étudiant d'un air perplexe. Pourquoi t'intéresses-tu tant à eux, soudainement ? C'est à cause de la pièce ? demanda-t-elle en regardant autour d'elle. Tu es déjà venu ici, pourtant.

— Et j'étais déjà inquiet, répondit Will d'un air entendu.

S'approchant d'elle, il déboutonna la cape noire qui dissimulait son surcot blanc et la posa sur un siège avant de s'asseoir à côté d'elle, remarquant la blancheur absolue de sa robe dans la lumière du soleil.

— C'est risqué, fit-il.

— C'est risqué depuis que nous avons seize ans, Will… Qu'est-ce qui ne va pas ?

— Rien. Juré, ajouta-t-il en voyant qu'elle le regardait toujours d'un air soupçonneux, ses yeux vert pâle légèrement plissés.

Il avait envie de tendre la main et d'adoucir ses traits du bout des doigts. Sur eux, il voyait le temps passer.

— C'est juste que, depuis l'arrivée du grand maître, nous faisons tous bien attention à suivre la Règle. Tout le monde veut lui faire bonne impression, fit Will en grimaçant. Tu devrais voir les soupers que les cuisiniers préparent. Du sanglier sauvage cuit avec des pommes, du riz safrané, des douceurs au sucre et au miel.

— Je croyais que tu voyais plus grand, répondit sèchement Elwen tout en continuant à sourire. Alors, il te tient occupé ?

— Plutôt, oui. C'est pour ça que je ne suis pas passé depuis un moment. Je n'en ai pas eu le temps.

— En fait, moi non plus, dit Elwen en lissant avec un soin affecté sa robe. On m'a confié un nouveau travail plus intéressant.

— Un nouveau travail ?

— Depuis que le doge de Venise est devenu l'un des patrons d'Andreas, la demande pour sa soie s'est accrue et Tusco passe la majorité de son temps au magasin à Venise ou à organiser les transports. Andreas entraîne Niccolò à prendre en charge les navires.

En dehors de Catarina, dont il avait fait la connaissance par accident, Will n'avait jamais rencontré les fils d'Andreas, ni le reste de la famille dont il avait tant entendu parler. Il savait néanmoins que Niccolò s'intéressait à Elwen. Elle lui avait dit une fois, en riant, que le jeune Vénitien était venu une fois dans sa chambre en secret, avec des fleurs, la demander en mariage. Will savait pourquoi elle le lui avait raconté : pour lui rappeler qu'elle était désirable et qu'elle n'était pas encore à lui. Et ça avait marché. Désormais, dès qu'elle mentionnait Niccolò, il sentait le dard de la jalousie se planter en lui, et il lui arrivait d'être démangé longtemps après la piqûre initiale.

— Ce qui veut dire qu'Andreas a moins de monde pour le seconder au magasin, poursuivit Elwen. Il a besoin de quelqu'un pour l'aider à tenir les comptes, et les affaires n'intéressent pas Elisabetta et Donata. D'autant qu'il a déjà un prétendant en vue pour Elisabetta et que Donata aura bientôt quatorze ans.

Elwen s'interrompit un instant, un léger sourire aux lèvres.

— Il m'a dit qu'il me considérait de la famille et je suis déjà si impliquée dans les affaires que le choix lui a paru naturel.

— J'en suis ravi pour toi.

Will savait qu'elle travaillait dur pour le Vénitien. Lorsqu'elle était au palais du roi à Paris, où elle servait comme dame de compagnie de la reine, Elwen n'avait pas eu à se soucier de sa situation de demoiselle ; elle avait un toit et on la payait bien. Mais ce filet de protection lui avait été retiré, elle était indépendante et sa position était bien plus délicate. Peu de corporations encourageaient la présence des femmes, en dehors de la manufacture de tissu, de la brasserie et de petits métiers manuels tels que lingère ou bonne. Ce nouveau travail démontrait qu'elle était devenue irremplaçable à Andreas et à la marche de ses affaires ; ce qui confortait sa place. Sans lui, son existence en Acre aurait pu être difficile. Avec toutes les femmes qui voulaient échapper à la prison du mariage forcé et venaient en Orient en quête de liberté et d'indépendance, il n'y avait rien d'étonnant à ce qu'on comptât en ville une prostituée pour cinq hommes.

— Merci, fit Elwen en triturant le bonnet sur ses genoux. Mais ça signifie que je vais devoir travailler encore plus dur. Nous aurons moins de temps pour nous voir.

Elle le fixait.

— Ça m'est égal, tant que tu es heureuse.

Elle leva les sourcils et détourna les yeux. Will se mordit les lèvres en se demandant ce qu'il venait de dire. Il soupira profondément.

— D'ailleurs, moi aussi je suis monté en grade depuis que nous nous sommes vus. Le grand maître m'a fait commandeur.

Elwen se tourna vers lui.

— Commandeur ?

— Je suis aussi surpris que toi. Il m'a convoqué il y a deux semaines pour que je lui fasse mon rapport sur mes découvertes concernant l'attaque. Et il me l'a annoncé à la fin de notre entrevue.

— Ton rapport devait être bon, dit Elwen avec une pointe de sarcasme dans la voix. Tu as trouvé qui voulait le tuer ?

— Pas encore. Tout ce que nous savons, c'est que l'assaillant est italien. J'ai donc discuté avec les consuls de Venise, Pise et Gênes pour leur demander de mener leur propre enquête. Le consul vénitien m'a davantage aidé que les autres, mais même lui n'a rien trouvé sur notre homme, dit Will en haussant les épaules avec lassitude. Le problème, c'est qu'ils se méfient tous des hommes qui ne viennent pas de leur quartier. Nous vivons peut-être dans la même ville, mais avec les murs que nous bâtissons pour nous séparer les uns des autres, nous pourrions aussi bien vivre dans des pays étrangers. J'ai proposé au grand maître d'offrir une récompense pour toute information qui mènerait à la découverte de l'identité de son agresseur. Il a accepté. Nous avons envoyé des hérauts à travers la ville.

— J'ai entendu Niccolò en parler l'autre jour.

— Bien, fit Will, satisfait. Au moins, le message est passé.

Il se gratta la barbe, une habitude qu'il avait prise depuis quelque temps lorsqu'il était préoccupé.

— J'espère que quelqu'un se présentera bientôt. Je n'ai pas d'autre idée et je ne veux pas que le grand maître pense qu'il a commis une erreur en me promouvant.

Elwen saisit sa main et la retira de son menton.

— Arrête de te gratter comme ça, dit-elle doucement en secouant la tête. Tu as fait de ton mieux et il t'a récompensé. Cesse de te flageller, Will. Chaque fois qu'il t'arrive quelque chose de bien, tu te demandes quand on va te le retirer.

Tandis qu'il la regardait, Elwen devina ses pensées. Le jour où il avait été fait chevalier, il avait perdu son père, et elle-même. Tout en se maudissant, elle poursuivit :

— Tu ne peux pas tout réussir à la perfection. Tu essaies toujours de faire plaisir à tout le monde et c'est louable, mais tu dois aussi apprendre à te détendre.

— Écoute, répondit Will en lui serrant la main, je suis venu pour te voir, pas pour parler de mes frustrations. On peut recommencer depuis le début ?

Leurs deux mains étaient maintenant nouées. Elwen s'approcha de lui.

— On ne recommence rien du tout.

Will ferma les yeux tandis qu'elle se penchait pour l'embrasser. Il sentit ses lèvres effleurer les siennes avec une douceur telle que c'en était douloureux. Puis leurs bouches se collèrent l'une à l'autre. Il passa le bras autour de sa taille et la guida sur lui jusqu'à ce qu'elle l'enjambe, sa robe blanche remontant pour dévoiler ses cuisses. Mon Dieu, que de temps s'était écoulé depuis la dernière fois où ils s'étaient vus ! Ils s'écartèrent et Elwen planta ses yeux dans les siens, ses doigts traçant des sillons dans ses cheveux, sur sa nuque, jusqu'à son cou où palpitait une veine bleue.

— Tu m'as manqué, murmura-t-elle, puis elle l'embrassa pour qu'il ne voie pas les larmes qui lui venaient.

Les mains de Will remontèrent le long de ses cuisses pour lui étreindre à nouveau les hanches, mais Elwen saisit l'une d'elles et la pressa contre ses cuisses, sous les plis de sa robe. Ils sentirent les battements de leurs cœurs s'accélérer. Will caressa le creux de ses reins en l'écrasant contre lui tandis qu'elle se cabrait et l'embrassait dans le cou. Sa peau était brûlante. Étourdi de plaisir, il ouvrit à demi les yeux. Par-dessus l'épaule d'Elwen, il aperçut quelqu'un qui les épiait par la porte entrebâillée. Ce fut comme si on lui jetait une bassine d'eau glacée à la figure.

— Jésus !

— Quoi ? fit Elwen en se relevant soudain.

Elwen prit la chaîne et en ouvrit le fermoir. Will resta immobile pendant qu'elle se dressait sur la pointe des pieds pour le lui attacher. Le disque en métal était froid contre son cou.

— C'est pour te rappeler qu'il est toujours là pour veiller sur toi. Ce n'est qu'une babiole.

Pour Will, la douceur du cadeau était teintée d'amertume et de culpabilité. Ce n'était pas qu'une babiole. Elwen en connaissait la signification. Il lui avait raconté qu'il avait trouvé la statue du saint patron du Temple brisée dans la chapelle de Safed et qu'elle avait fini par symboliser pour lui l'enterrement de son père ; quelque chose de cassé, mais aussi d'achevé. Il aurait voulu avoir quelque chose à lui offrir en retour, autre chose que sa manière frénétique de faire l'amour lorsqu'ils en avaient l'occasion. Mais il avait peur qu'elle ne le prît comme une rétribution.

— Merci, murmura-t-il.

Elle baisa doucement ses lèvres, la passion ayant reflué et cédé la place à la tendresse. Will la serra brièvement contre lui.

— Ce sera mieux la prochaine fois, dit-il en la quittant. Je te le promets.

Quand il fut parti, il emprunta la rue des négociants en vin qui menait aux portes du quartier. La rue était à peine assez large pour qu'il passe, envahie comme elle l'était par des marchands, des hommes dirigeant avec impatience des ânes qui brayaient et des charrettes à bras remplies de barriques et de nourriture. Des femmes édentées et des enfants au visage couvert de crasse tendaient leur main au flot infini des passants et des hommes assemblés sur le seuil des boutiques, discutant les marchandises, les prix et leurs arrangements. Pendus à des cordes de chanvre tendues entre les maisons comme des bannières de fête, des vêtements séchaient tandis que quelques cochons fouissaient les détritus et les excréments dont la rue était parsemée. L'odeur rassurante du pain frais venant d'un four banal se mélangeait au parfum écœurant du haschich et aux arômes puissants du vin. Will avait l'impression de traverser un océan de sons et d'odeurs tout à la fois engageants, délétères et repoussants.

Tout en marchant, il passa mentalement en revue les affaires dont il devait s'occuper dans l'après-midi. En un sens, c'était une bénédiction que son entrevue avec Elwen ait été écourtée. Avant les vêpres, il devait vérifier auprès des hérauts que la nouvelle de la récompense avait été répandue dans tous les quartiers. Il lui faudrait ensuite faire son rapport au maréchal et au grand commandeur, après quoi il essaierait de voir Everard. Les affaires dont le grand maître l'avait chargé l'avaient empêché de parler au prêtre depuis plusieurs jours. La dernière fois qu'il l'avait vu, Everard était rongé par ses inquiétudes au sujet du roi Édouard. Will ne lui avait pas été d'un grand secours, sauf en lui annonçant qu'il avait bien écrit à Garin. Il n'y avait pas grand-chose de plus à faire. Il faudrait des mois pour que la lettre parvienne en Angleterre.

Will atteignait le bout de la rue lorsqu'il sentit une pression sur sa cape. Il fit volte-face, persuadé d'avoir affaire à un vide-gousset, mais sa main empoigna un petit garçon. Celui-ci poussa un cri en sentant la main de Will agripper sa tunique élimée et le soulever de terre. Will allait le relâcher quand il réalisa avec stupeur qu'il le connaissait.

— Tu étais sur les quais, grogna-t-il en le tenant fermement. Le jour où le grand maître a été attaqué.

Will ignora les exclamations d'énervement et les grognements de tous ceux qui devaient maintenant les contourner pour avancer. Quelqu'un lui dit de laisser cet enfant tranquille, mais sans prendre la peine de s'arrêter.

— Lâchez-moi, cria le garçon dans un latin approximatif. Vous me faites mal !

— C'est hors de question. Tu vas encore t'enfuir.

— Non ! Je veux parler avec vous ! Ça fait des heures que je vous suis.

Will le fixa un instant avant de le reposer et de le tirer par le bras hors de la foule. Juste avant les portes, il s'engouffra dans une allée étroite. Elle était déserte.

— Qu'est-ce que tu faisais sur les quais, ce jour-là ? demanda Will en tournant le garçon face à lui.

Sa tête se pencha avec un air lamentable. Will l'étudia. Il était squelettique et il avait des poches sous les yeux. Il paraissait affamé et ses vêtements effilochés semblaient ne tenir ensemble que par miracle : une bonne rafale de vent et il se retrouverait tout nu.

— Quel est ton nom ? dit-il plus doucement.

— Luca, répondit le garçon en reniflant et s'essuyant le nez du revers de la main.

— Pourquoi me suivais-tu, Luca ?

— J'étais devant le Temple, ce matin. Je voulais entrer, mais je vous ai vu. Alors, je vous ai suivi. Quand vous êtes entré dans cette maison, j'ai attendu. Je…

Luca blêmit mais il poursuivit quand même.

— Je voulais vous dire quelque chose.

— Sur l'homme qui a essayé de tuer le grand maître ?

— Ce n'était pas sa faute, fit Luca en levant les yeux. Il n'avait pas le choix.

Ses yeux étaient pleins de larmes.

— Qui n'avait pas le choix ?

— Mon frère, Marco. Il voulait s'occuper de ma mère et de moi. Mais maintenant il est mort et Sclavo n'a pas payé et ma mère va encore plus mal qu'avant. Je lui ai dit qu'il est parti chercher du travail. Je ne peux pas lui dire qu'il est mort.

— Qui est Sclavo ? demanda Will, tout ouïe.

— Il est méchant, fit Luca avec l'air d'être en colère. Je voudrais qu'il soit mort lui aussi, pour ce qu'il a fait.

— Ce Sclavo a payé ton frère pour attaquer le grand maître.

Luca hocha la tête.

— Pourquoi voulais-tu venir à la commanderie nous en parler ? demanda Will en devinant la réponse.

— J'ai entendu parler de la récompense, avoua Luca à voix basse.

À travers ses larmes, Will sentait aussi de la méfiance.

— Je dois acheter des potions à ma mère.

— Je comprends, fit Will en observant quelques instants le garçon. Comment connais-tu le latin ?

— C'est Marco qui m'a appris, marmonna Luca. Il m'a dit que je devais apprendre pour avoir un meilleur travail que lui, peut-être devenir clerc ou quelqu'un d'important.

Will lui sourit, puis hocha la tête.

— Je te donnerai la récompense si tu me dis où trouver Sclavo.

— Oh ! dit Luca, visiblement stupéfait par la facilité avec laquelle s'était conclue la transaction. Il habite le quartier génois, dans la vieille partie. Il a une taverne là-bas. Tout le monde l'appelle le Sarrasin.

9

La citadelle, Le Caire

12 mars 1276 après J.-C.

Baraka grimpa sur les blocs de pierre tombés à terre et pénétra dans la pièce la plus basse de la tour. Son nez le démangeait à cause des couches de poussière en suspension dans l'air. La veille, un tremblement de terre avait provoqué l'effondrement de la partie supérieure de la tour d'angle, que les maçons trouvaient déjà fragile. Des gravats avaient dévalé les escaliers depuis tout en haut pour se répandre au sol, bloquant l'ouverture de l'autre côté. Le séisme avait causé peu d'autres dommages à la citadelle, en dehors de quelques maisons à Fostat, qui s'étaient écroulées en tuant au moins cinquante personnes. Les maçons viendraient plus tard dans la journée pour constater les dégâts et commencer les réparations. Baraka scruta la pièce vide, puis regarda en direction du passage voûté en partie obstrué par lequel il était arrivé. Il menait à un autre, plus étroit, qui coupait à travers la muraille extérieure, perforée de meurtrières. Le passage était noyé dans une obscurité que ses yeux ne parvenaient pas à percer. Entendant crier à l'extérieur, Baraka revint prudemment à l'entrée de la tour et jeta un œil dehors, la lumière du soleil l'éblouissant.

Près de la tour du côté opposé de la muraille, derrière une rangée d'arbres, deux gardes mamelouks tiraient un homme sur la terre broussailleuse. Il hurlait et se débattait, ce qui lui valut un coup de poing dans les côtes de la part d'un des soldats. Après quoi il s'affala dans leurs bras et ils le traînèrent jusqu'à une large grille en bois fixée au sol. Deux autres gardes mamelouks qui se trouvaient là se penchèrent et tirèrent sur une corde attachée à la grille. Celle-ci s'ouvrit dans un grincement, révélant des ténèbres impénétrables. L'homme se réveilla soudain, horrifié, et hurla à l'intention de ses gardes, la tête rejetée en arrière :

— Je suis innocent ! *Innocent !*

Les deux gardes qui le tenaient le jetèrent sans plus de cérémonie dans le trou où il disparut, son cri s'évanouissant comme un écho. Les deux autres Mamelouks relâchèrent la chaîne et la grille retomba lourdement.

Dans l'ombre fraîche de la tour, Baraka frissonna. Avant, il lui arrivait de faire de mauvais rêves à propos des oubliettes de la citadelle. La grille s'ouvrait et il était incapable de s'arrêter, il s'approchait de plus en plus, jusqu'à ce que la terre se dérobât sous ses pieds et qu'il tombât, sans fin. L'un de ses amis, au courant de sa peur, avait pris un malin plaisir à lui décrire les conditions de vie à l'intérieur de la prison, une caverne taillée dans la roche qui descendait à vingt mètres de profondeur. C'était un endroit effrayant, peuplé de fous et d'assassins, de voleurs et de violeurs. Ils s'agitaient dans les ténèbres, assaillant bave aux lèvres les jeunes et les faibles jetés dans leur repaire de boue et de crasse inimaginables, où les chauves-souris pendaient du plafond en grappes traversées de convulsions. L'ami de

Baraka avait fait allusion à un garçon emprisonné pour avoir volé du pain, et qui avait été dévoré vivant par ces captifs faméliques.

Baraka fut soudain tiré de sa sombre rêverie par un bruit dans son dos. Khadir se glissait dans la pièce en sautant furtivement par-dessus les pierres. Baraka croisa les bras, son surcot émeraude et jais – assorti à son turban – épousant les formes de sa poitrine.

— Je finissais par croire que tu ne viendrais plus.

— Pardonne-moi, maître, dit Khadir d'une voix obséquieuse, mes jambes ne me portent pas aussi vite que les tiennes.

— J'attends depuis une éternité.

— Il n'y a que quelques minutes que nous sommes convenus de nous retrouver ici.

— Je ne te parle pas de ça, le coupa Baraka. J'attends depuis une éternité que tu m'expliques ton plan. Ça fait presque deux mois. Tu as dit que tu savais comment faire en sorte que mon père me prenne en considération. Tu as dit qu'il faudrait que je déclenche une guerre.

— Ah, oui ! fit Khadir en hochant la tête d'un air solennel. Mais nous devons encore attendre quelqu'un.

Baraka toussa tandis que Khadir dissimulait un sourire. Le jeune homme commença à faire les cent pas et jura en trébuchant sur des décombres. Un instant plus tard, un homme apparut dans le passage voûté. Baraka le fixa d'un air alarmé, la culpabilité lui faisant monter le rouge aux joues, son esprit, à la recherche d'une explication valable à sa présence dans cette tour déserte avec le devin, était paralysé.

— Émir Mahmud, bredouilla-t-il lorsque le jeune général s'avança.

— Maintenant, nous pouvons commencer, fit Khadir, et Baraka réalisa que c'était lui que le devin attendait.

— Je ne peux pas rester longtemps, dit Mahmud en jetant un coup d'œil au-dehors pour vérifier qu'il n'y avait personne dans la cour.

— Qu'est-ce qui se passe ? demanda Baraka, que la présence du puissant général rendait nerveux.

Mahmud regarda vers Khadir.

— Vous ne lui avez pas expliqué ?

Khadir était plus petit que le général d'une cinquantaine de centimètres, mais Mahmud recula d'un pas lorsque le vieillard s'approcha de lui.

— Je voulais être certain d'avoir votre soutien avant de le faire devant le garçon.

Baraka était irrité d'entendre parler de lui comme s'il n'était pas là, mais il retint sa langue, impatient de savoir ce que les deux hommes voulaient dire.

— L'émir Mahmud a accepté de nous prêter assistance, dit Khadir en se tournant vers Baraka. Lui aussi voit bien que notre maître ne sait plus après quoi il court.

— Je vous aiderai, dit Mahmud à Baraka, mais mon rôle dans cette affaire doit rester secret. Vous comprenez ?

— Bien entendu, il comprend, siffla Khadir, ce n'est pas un enfant. Un jour, il sera ton sultan !

Les joues de Baraka rosirent à nouveau, mais de fierté cette fois. Enhardi, il planta ses yeux dans ceux de Mahmud.

— Ce que veut dire Khadir, je pense, c'est que je mérite un peu plus de respect, émir.

— Mes excuses les plus sincères, mon prince, murmura Mahmud en jetant un regard noir à Khadir.

— Ton impudence est pardonnée, dit Baraka, cette soudaine autorité lui procurant un frisson de plaisir.

Il aurait voulu en dire plus, peut-être faire s'agenouiller devant lui le général, mais Khadir reprit la parole avant qu'il en ait le temps.

— En Palestine, près de la cité d'Acre, il y a un village, mon prince, dit le devin. Un repaire d'espions francs. Ils pistent nos soldats et rapportent leurs mouvements aux chefs des Infidèles en Acre.

Baraka haussa les épaules avec indifférence.

— Ça arrive tout le temps. Nous-mêmes avons des espions et des émissaires en Acre qui nous font part des actions des chrétiens, n'est-ce pas ?

— C'est vrai, fit Khadir en hochant respectueusement la tête. Nous en avons.

— Votre père nous a fait un rapport à ce sujet, fit Mahmud en interrompant Khadir. Mais il refuse de s'en occuper, il dit qu'il veut se concentrer sur ses plans pour l'Anatolie avant de s'attaquer aux chrétiens. En signant le traité de paix, nous avons accepté que les Francs conservent les quelques possessions qu'il leur reste. Ce village fait partie de cet accord. L'attaquer constituerait une déclaration de guerre.

Le visage de Mahmud se tordit d'impatience face à l'expression vide de Baraka.

— Si leur village est mis à sac, les Francs seront obligés de riposter.

— Pas simplement mis à sac, le corrigea Khadir, il faudra plus pour embraser les chrétiens d'une sainte rage. Ce doit être un *massacre*.

Le dernier mot, Khadir le prononça avec tendresse, comme s'il s'était agi du nom de sa bien-aimée.

— Leurs hommes doivent être mis en pièces, les femmes souillées et les enfants réduits en esclavage. Nous devons les *provoquer*.

Baraka eut enfin l'air de comprendre, puis il secoua la tête.

— Quoi que nous fassions, les chrétiens ne nous attaqueront pas. Ils en sont incapables. Leurs forces sont insignifiantes comparées aux nôtres. Même si vous décidiez mon père à détruire le village, ça ne déclencherait aucune guerre.

— Ton intelligence m'éblouit, fit Khadir en lui adressant un rictus qui se voulait un sourire. Mais nous ne voulons pas qu'ils nous attaquent. Nous voulons qu'ils réagissent en proportion. Œil pour œil, glousse-t-il. C'est ce qu'ils voudront faire.

— Ils se tourneront sans doute vers nos émissaires en Acre, expliqua Mahmud à Baraka. À l'abri dans leur forteresse, là où nous ne pouvons pas les atteindre. Ils demanderont à Baybars une compensation, vraisemblablement qu'on relâche des prisonniers chrétiens, peut-être même qu'on leur rende certains territoires, en se servant de nos émissaires comme otages. Le sultan refusera et les chrétiens, avec leur arrogance et leur rage, tueront sans doute nos hommes.

— Comment pouvez-vous être sûr que mon père refusera ?

— Il a rarement accédé à leurs requêtes par le passé, répondit Mahmud avant que Khadir ait eu le temps de répondre. Et il y sera d'autant moins enclin que l'attaque sur le village ne sera pas de son fait. Car ce n'est pas lui qui donnera l'ordre. Il s'est déjà très bien fait comprendre, il ne fera pas une chose pareille. Il faut l'arranger pour lui.

— Mais seul mon père, ou l'un de ses émirs, peut…

Baraka fronça les sourcils en scrutant Mahmud.

— Vous allez ordonner l'attaque ?

— Non, répondit vivement Mahmud. Comme je l'ai dit, mon rôle doit rester secret.

— Nos soldats doivent penser que l'ordre vient de Baybars. Un message sera envoyé en son nom, avec son sceau apposé. Vous en faites votre affaire ? demanda Khadir à Mahmud.

— Ce sera fait ce soir.

Khadir frappa de joie dans ses mains.

— Nous allons armer l'arbalétrier, dit-il en se tournant vers Baraka. Et c'est *toi* qui placeras le carreau.

— Comment cela ?

— Quand le sultan apprendra qu'un ordre a été donné en son nom et en utilisant son sceau, il fera mener une enquête, expliqua Mahmud avec calme. On ne doit pas découvrir que Khadir ou moi-même sommes impliqués. Selon toute probabilité, nous serions emprisonnés ou exécutés.

— Tu dois lui dire que c'est toi, fit Khadir en le regardant.

Le simple fait d'y penser remplit Baraka de terreur.

— Je ne peux pas ! Ça le mettra dans une telle *colère* !

— Tu lui expliqueras tes raisons, insista Khadir d'une voix caressante. Tu lui diras comment tu as étudié la situation, tout ce que tu sais sur ses victoires contre les Francs. Tu lui raconteras que tu as entendu les rapports sur les espions et que tu as voulu l'aider. D'autres affaires l'occupaient et ton seul but était de l'aider, de lui montrer que tu n'es plus un petit garçon.

— Je ne peux pas, répéta Baraka, les yeux tournés vers l'entrée de la tour, regardant, au-delà de la rangée d'arbres, la grille du donjon. *Je ne peux pas.*

— Alors il ne te prendra jamais au sérieux ! glapit Khadir, ce qui fit sursauter Baraka, avant de reprendre sur un ton adouci : Je l'ai *vu*. Si tu ne fais pas ce que je te propose, il ne te fera jamais confiance et quand tu deviendras sultan, personne ne te respectera, personne ne te suivra.

Baraka essaya d'avaler sa salive mais il avait la bouche sèche. Ces mots ressemblaient tellement à ceux qui se bousculaient dans son esprit, causant son tourment…

— Je…

— Vous êtes son héritier, intervint Mahmud d'un ton ferme. Vous seul pouvez endurer son courroux sans risquer de punition. Quand les chrétiens riposteront à notre attaque après que Baybars aura rejeté leurs demandes, le sultan sera obligé de réagir. Les autres généraux et moi-même nous en assurerons. Tant que les Francs ne nous causent aucun mal, votre père peut les oublier mais, une fois l'équilibre rompu, son gouvernement ne pourra plus brandir l'excuse de l'absence de menace des Francs pour nous calmer. Vous voyez certainement qu'il n'y a pas de meilleur moyen ? Khadir m'a dit que vous compreniez notre besoin de chasser les Infidèles de nos terres.

Mahmud avait prononcé ces dernières phrases d'une voix insidieuse. Baraka regardait les deux hommes et leurs yeux, sombres et clairs, qui le sondaient. Il avait l'impression de rapetisser sous leurs regards d'adultes, il sentit sa nouvelle autorité lui échapper. Nous savions que tu n'aurais pas le courage d'agir, disaient ces visages. Après tout, tu n'es qu'un enfant.

— Je le comprends, répondit-il sans réfléchir, s'agrippant à son reste de prestige et désireux d'avoir leurs faveurs. Très bien, je le ferai.

Mahmud le scruta un instant puis hocha la tête, l'air satisfait, avant de se tourner vers Khadir :

— Je vais préparer l'ordre d'attaquer.

Tandis que Mahmud sortait par le passage voûté, Khadir sourit à Baraka.

— Tu t'es trouvé un allié aujourd'hui. Un allié puissant. Mais tu dois tenir ta langue jusqu'à ce que l'heure soit venue.

— Comment saurai-je que c'est le cas ?

— Quand nous serons en guerre avec les chrétiens, répondit Khadir en gloussant.

Puis il reprit un air solennel.

— Je te guiderai. Pour le moment, nous devons attendre et voir quels fruits *tous* nos petits arbres vont porter.

Baraka fronça les sourcils et Khadir lui sourit, un doigt sur les lèvres.

— Tout, absolument tout, vient à point…

Aisha traversait les couloirs comme un fantôme, inclinant sa tête au point de presque toucher du menton sa modeste robe tandis qu'elle passait devant les gardes mamelouks et leurs capes brillantes, les administrateurs, les généraux et les esclaves. Elle tenait un seau en bois et plaçait subrepticement sa paume dessus chaque fois que le tas de linge qu'il contenait commençait à s'agiter. Quelques gardes la suivirent du regard, mais aucun ne l'interpella pour lui demander ce qu'elle fabriquait et elle put se rendre sans encombre dans une partie plus calme de la citadelle.

Là, la solitude était un baume après le vacarme constant du harem. Empruntant des passages coupant à travers les murs extérieurs entre deux tours, Aisha parvint à un petit réduit, un ancien poste de garde ou une réserve de nourriture désaffectée, avait-elle pensé en le découvrant. Agenouillée dans la pénombre, elle posa le seau à terre et déplia lentement les linges. Un petit museau brun tout renfrogné lui jeta un regard accusateur en s'extrayant des draps.

— Je suis désolée, murmura-t-elle en laissant le singe grimper sur son bras et se percher sur son épaule.

Puis il poussa quelques cris et elle lui donna une figue pour le calmer. Elle s'assit dos au mur et se détendit en regardant le singe manger. Elle ne lui avait toujours pas donné de nom. Ce qui l'avait contrariée un temps, comme si ça signifiait qu'il ne lui appartenait pas ou qu'elle ne le connaissait pas vraiment. Mais maintenant, elle aimait qu'il n'eût pas de nom. Ça lui donnait une autonomie. Il s'appartenait à lui-même et n'avait pas besoin de marque de propriété. Le singe émit un petit bruit, comme un gazouillement, et elle lui caressa la tête. Le séisme l'avait angoissé. Au grand dégoût de Nizam, sa belle-mère, Aisha l'avait gardé au lit avec elle la veille au soir.

— Tu partages le lit avec mon fils, lui avait reproché Nizam en voyant le singe sortir de sous les draps le matin, pas avec de la *vermine* !

Quand elle était entrée pour la première fois au harem royal après son mariage avec Baraka, abandonnant sa mère et le harem tranquille qui appartenait à son père, Aisha avait été pleine de reconnaissance pour Nizam. C'était la mère de Baraka, une femme impérieuse aux formes sculpturales et dotée d'une élégante crinière noire et d'un regard farouche. Elle dirigeait le harem et avait pris Aisha sous son aile dans ce palais où vivaient ensemble plus de cent femmes, certaines au titre d'épouse ou de concubine, mais la plupart comme esclaves. C'était un lieu plein de rumeurs et d'intrigues perverses, le règne des cliques et de la discorde où, Aisha l'avait appris à travers les commérages des filles

les plus jeunes, le meurtre n'était pas rare. Les quatre femmes du sultan avaient leurs goûteuses personnelles pour les défendre contre le poison. Baybars n'était pas un sultan particulièrement porté sur l'amour et nombre de ces filles, cadeaux de divers princes et généraux désireux de l'impressionner ou de lui plaire, n'avaient même jamais vu son lit. La concurrence pour son affection était brutale entre ses épouses et celles qui voulaient obtenir un meilleur statut, devenir peut-être l'une des favorites, voire une épouse au cas où l'une des quatre viendrait à mourir.

Au début, avec sa position enviable de femme du futur sultan – celui-ci étant trop jeune pour disposer de son propre harem –, Aisha inspirait aux jeunes femmes de la suspicion et de l'antipathie. C'est elle qui portait les plus belles robes fabriquées par les esclaves, comme Nizam en avait décidé. Deux eunuques noirs étaient chargés de satisfaire ses besoins quotidiens ; ils l'escortaient aux bains communs, lui apportaient de la nourriture, des boissons et des friandises lorsqu'elle en exprimait le désir. Chaque jour, elle était baignée et massée par des femmes esclaves, Nizam l'avait ordonné, et la pilosité qui, à son grand embarras, avait commencé à se manifester était supprimée dans la douleur, avec des pinces à épiler, de même qu'on lui ponçait la peau jusqu'à ce qu'elle luise. Les premiers temps, toute cette attention la gênait. Elle éclatait d'un rire inextinguible durant les massages et protestait vertement durant les longues séances d'épilation. Mais elle avait fini tout simplement par s'en lasser et, désormais, c'était un vrai calvaire.

Nizam avait pris l'habitude de surveiller sa toilette, disant aux esclaves d'utiliser plus de savon, ce qui lui piquait les yeux, et de lui brosser les cheveux jusqu'à ce qu'elle ait le cuir chevelu à vif. Depuis son mariage, Aisha n'était allée qu'une fois dans le lit de Baraka et elle avait conscience que Nizam la tenait pour responsable de ce que son *cher* petit garçon ne l'ait pas rappelée. Le seul bienfait qu'elle tirait de n'être plus la favorite de Nizam, c'est que quelques-unes des autres filles étaient moins froides avec elle. Seules ces amitiés naissantes, son singe et certaines de ses leçons, à savoir la poésie et la danse – elle haïssait la broderie –, l'empêchaient de sombrer dans le désespoir. Sans compter les balades qu'elle s'autorisait quand Nizam était occupée, car elle pouvait s'échapper par une grille mal fixée dans l'un des bâtiments où elle prenait ses bains.

Parfois, elle pensait qu'elle pourrait s'aventurer plus loin : quitter la citadelle, aller en ville. Mais elle aurait des ennuis si elle se faisait prendre et la disgrâce qui tomberait sur son père serait telle qu'elle ne s'y risquait pas. Elle était aussi terrifiée par le chef des eunuques, un Nubien colossal à la peau d'ébène chargé de punir les filles, en les fouettant ou en les exécutant, en fonction de la gravité de leur crime. La plupart des hommes esclaves étaient lents et stupides, la castration rendait leur voix aussi aiguë que celle des filles, leurs torses étaient imberbes et leurs corps étaient mous et léthargiques. Aisha les trouvait à la fois très intrigants et viscéralement repoussants. Ce n'étaient ni des hommes ni des femmes. D'une certaine façon, ce n'étaient même pas des êtres humains, juste des objets qu'on avait fabriqués, à partir de beurre ou de savon, quelque chose de souple et malléable qui se pliait à ce qu'on lui disait. Le chef des eunuques était d'une autre matière. Peut-être sa position lui donnait-elle davantage l'occasion d'exercer son esprit ou bien sa castration était-elle différente, Aisha ne savait pas. Mais il était aussi vif et dangereux qu'un serpent, et le malheur frappait inévitablement les filles qui attiraient sa colère ou l'insultaient.

Aisha reposa sa tête contre le mur, savourant le sentiment de liberté que lui procurait le silence. Au début, elle avait été soulagée que Baraka ne la rappelle pas dans sa chambre, mais depuis quelque temps il lui arrivait de se demander pourquoi il ne la faisait pas venir. Il fallait convenir que la nuit de noces avait été un supplice qu'aucun des deux n'avait envie de revivre, mais elle ne croyait pas que ce fût sa faute.

Elle s'était présentée à lui vêtue d'une robe en soie des plus simples, le visage fardé, le cou et les poignets couverts de bijoux et d'or, un puissant parfum la suivant partout. Nizam et les autres femmes lui avaient expliqué ce qu'elle devait faire, et bien qu'elle eût le cœur battant et les mains tremblantes, elle essaya. Après qu'elle était entrée, Baraka resta assis pendant ce qui lui parut une éternité, sans dire un mot, le visage pâle et l'air maussade. Ils s'installèrent côte à côte au bord du lit sur lequel étaient répandus des pétales, dans un silence si insupportable qu'Aisha, au désespoir, finit par se tourner vers lui et l'embrasser. Leurs dents s'entrechoquèrent quand ils ouvrirent la bouche et elle dut refouler l'envie de rire qui lui vint instantanément. La sensation de sa langue dans sa bouche était étrange, comme un poisson visqueux se trémoussant de manière désagréable. Il y eut un bref moment de tâtonnement inepte de sa part jusqu'à ce que, frustrée par sa maladresse, elle s'allongeât sur le lit en l'attirant. Il resta ainsi, étendu sur elle, pendant plusieurs longues minutes avant de rouler sur le côté et de quitter la chambre à grandes enjambées en claquant la porte derrière lui.

Aisha soupira et ouvrit les yeux en se demandant si elle ne devrait pas envoyer un message à Baraka. Ils pourraient parler. Nizam ne saurait pas qu'ils ne feraient que parler ; elle serait ravie et cesserait de l'accabler. Peut-être Baraka désirait-il davantage une amie qu'une épouse ? Si ça signifiait qu'elle aurait régulièrement le loisir d'échapper au harem sans craindre de se faire attraper, elle pourrait se forcer à l'apprécier. Elle se raidit en entendant des bruits de pas dans l'obscurité. Elle serra la laisse du singe et se fit toute petite, les genoux remontés contre le menton. Les bruits de pas s'accentuèrent. Glacée, Aisha essaya de ne faire qu'un avec les ténèbres tandis qu'une grande silhouette passait non loin d'elle revêtue d'un uniforme de commandant. Elle reconnut l'homme : elle l'avait vu le jour de son mariage. Elle relâcha sa prise sur la laisse du singe lorsqu'il se fut éloigné. Cependant, alors qu'elle était sur le point de partir, elle entendit un autre bruit, plus léger. Elle avait à peine eu le temps de le remarquer que déjà un autre homme traversait la pièce. Celui-là, elle le connaissait de nom, et de réputation. Elle cessa de respirer tandis que Khadir sortait du réduit, les yeux scintillant dans la lumière bleu-vert venue d'une ouverture plus loin dans le mur.

Elle attendit encore quelques instants, puis elle se leva et récupéra le seau. Ce couloir était toujours désert et elle ignorait pourquoi les deux hommes en arrivaient, mais de toute évidence elle ne pouvait y rester, c'était trop risqué. Elle allait sortir quand elle entendit encore quelqu'un d'autre arriver, cette fois d'une démarche lourde, pesante. Elle se colla au mur du réduit mais, dans la manœuvre, coinça la queue du singe. Celui-ci poussa un petit cri perçant. Les pas s'arrêtèrent. Aisha demeurait aussi immobile qu'une statue, la laisse du singe maintenue d'une main ferme tandis que celui-ci lui lacérait l'épaule. Les pas s'avancèrent, lentement.

Elle aurait voulu courir, mais était trop effrayée pour bouger. Aisha s'attendait à voir le chef des eunuques, Baybars ou Nizam, si bien qu'en apercevant Baraka elle poussa un petit soupir de soulagement. Pour sa part, le prince semblait encore plus terrifié qu'elle, ses yeux sombres étaient grands ouverts sous sa frange de boucles épaisses. Pendant quelques secondes, ils se fixèrent en silence. Puis Aisha parvint à lui adresser un sourire.

— Bonjour.

Les yeux de Baraka, soupçonneux, se rétrécirent.

— Qu'est-ce que tu fais ici ?

— Je me promenais. Ta mère sait que je suis là, ajouta-t-elle, après quoi elle se maudit d'être si stupide.

Il n'aurait qu'à demander à Nizam pour découvrir qu'elle mentait. Il avait l'air encore plus soupçonneux maintenant. Elle commença à se sentir énervée rien qu'à voir son air troublé.

— Et toi, qu'est-ce que tu fais là ? rétorqua-t-elle.

— Rien qui te concerne.

Aisha perçut une certaine crainte dans sa voix.

— Tu étais avec Khadir ? demanda-t-elle, intriguée par sa propre inquiétude.

— Pourquoi ? Qu'est-ce que tu as entendu ? s'énerva-t-il en approchant d'elle.

— Quoi ?…

Baraka l'attrapa par le bras.

— Qu'est-ce que tu as entendu ?

— Lâche-moi !

Aisha se débattait pour se libérer, il lui faisait mal. Le singe poussa un hurlement et sauta de son épaule, et la laisse lui échappa des doigts.

— Je n'ai rien entendu ! cria-t-elle à Baraka tandis que le singe partait du réduit en courant le long du couloir. Laisse-moi !

Baraka la maintint encore quelques secondes, pinçant cruellement sa peau entre ses doigts, puis il la relâcha et se détourna.

Aisha le fixa des yeux en se massant le bras, qui arborerait des marques le lendemain.

— Idiot de garçon, dit-elle entre ses dents.

Baraka pivota d'un coup et lui envoya une gifle en plein visage, en y mettant toute sa force.

Le choc projeta Aisha contre le mur, où elle demeura, incapable de réagir autrement qu'en se frottant la joue et en le fixant, les yeux pleins de larmes impossibles à arrêter. Le petit sourire qui retroussait le coin de la bouche de Baraka la blessa davantage encore que la gifle, elle eut l'impression qu'il retournait un couteau à l'intérieur de la plaie. Baraka sortit en l'abandonnant là, dans le réduit.

Kalawun traversait les couloirs du palais en examinant les documents qu'il tenait à la main.

— Émir Kamal, interpella-t-il un homme qu'il croisait, avez-vous vu le sultan cet après-midi ?

— Il visite la mosquée al-Azhar, répondit le général. Il avait peur que le séisme d'hier ne l'ait endommagée.

— Alors je le verrai à son retour. Merci.

Tandis que l'émir s'éloignait, Kalawun s'arrêta au beau milieu du couloir pour regarder l'un des documents. Les éclaireurs en Cilicie venaient d'envoyer un rapport dont il avait hâte de discuter avec Baybars. L'activité à la frontière allait dans le bon sens. Ces nouvelles arrivaient au bon moment. L'équilibre du pouvoir au sein de la cour était toujours instable depuis cet orageux conseil de guerre. Plus vite la campagne d'Anatolie serait mise en œuvre, plus les généraux réfractaires seraient contraints de s'aligner. Mais si Baybars était à la mosquée, son absence pouvait durer.

Tout récemment, il semblait être devenu obsédé par les réparations. Kalawun croyait savoir pourquoi. Reconstruire la mosquée était simple. Pierre après pierre, jusqu'à ce que la structure soit achevée. Construire un territoire était plus compliqué. Ce n'étaient que des points sur la carte, des frontières perpétuellement mouvantes. La mosquée s'élevait. Baybars pouvait la regarder chaque matin en appréciant sa contribution. Mais ses fréquentes visites avaient attiré l'attention. La semaine précédente, un opposant à la majorité sunnite, un musulman chiite, l'avait attaqué. L'homme lui avait jeté des pierres en criant le nom d'Ali avant de se perdre dans la foule. Baybars n'avait pas été blessé et on n'avait pas tardé à rattraper son agresseur, qui avait été crucifié. Mais cet épisode avait perturbé le sultan. Il s'en était défendu, cependant Kalawun le connaissait depuis trop longtemps pour ne pas s'en apercevoir. Les attaques contre sa personne et son statut s'étaient multipliées ces derniers mois, et il était peu probable que celle-ci soit la dernière.

Kalawun était sur le point de se rendre aux quartiers des administrateurs quand une silhouette grise vola vers lui à travers le couloir. Il grogna de surprise en recevant Aisha dans ses bras. Elle tremblait, le corps parcouru de sanglots. Sa surprise se mua en inquiétude. Il la prit par les épaules et la fit reculer pour mieux la voir. Elle avait les yeux rougis et gonflés. Des mèches de cheveux sortaient librement de son hijab et tombaient sur son visage couvert de larmes. Kalawun fronça les sourcils et les mit de côté pour observer la marque écarlate sur sa joue.

— Qu'est-ce que c'est ? demanda-t-il. Aisha ? Parle-moi. Qu'est-ce qui t'est arrivé ?

Son ton ferme parut la rasséréner.

— Je l'ai p… perdu, p… père, bafouilla-t-elle.

— Perdu qui ?

— Mon singe. Il s'est enfui.

— Nizam est-elle au courant que tu es sortie du harem ?

Aisha évita son regard et Kalawun poussa un profond soupir.

— Tu ne dois pas sortir sans autorisation, Aisha. Combien de fois dois-je te le dire ?

Il l'attira dans une pièce vide à proximité, puis se tourna vers elle l'air furieux mais son expression s'adoucit en voyant les larmes perler au coin de ses yeux. Il caressa la marque rouge imprimée sur sa joue.

— Qu'est-ce qui s'est passé ?

— Baraka, cria-t-elle, il m'a giflée !

— Quoi ? s'exclama Kalawun, avec l'impression soudaine d'être frappé par quelque chose de lourd, de métallique et froid.

— Il était dans l'un des couloirs près du coin nord des murs. Ceux près de la tour effondrée.

— Vous y étiez ensemble ?

Aisha secoua la tête.

— Il y était avec Khadir, je crois. Il y avait aussi un officier. Je pensais que c'était désert, dit-elle en levant vers lui des yeux honteux. J'y étais allée pour jouer.

Kalawun s'abstint de tout commentaire. Il chercha rapidement les raisons possibles à la présence conjointe de Khadir et Baraka. Pour autant qu'il sache, ils parlaient rarement ensemble. Les menaces et insinuations de Khadir, l'autre semaine, lui revinrent en mémoire et il n'en fut pas rassuré.

— Cet officier ? Le connais-tu ?

— Il portait une cape jaune. Je vous ai vus ensemble à mon mariage, avant que je vienne te parler.

— Mahmud, songea soudain Kalawun d'un air pensif, viens. Je vais te raccompagner au harem et tu présenteras tes excuses à Nizam.

Sans laisser le temps à Aisha de protester, il ajouta :

— Ensuite, je demanderai à mes hommes de chercher Fakir pour toi.

Il vit dans les yeux de sa fille un intense sentiment de gratitude.

— Merci, père, dit-elle sans se soucier de lui rappeler que le singe ne s'appelait plus comme ça maintenant.

Et, en fin de compte, il n'y eut pas besoin d'organiser des recherches car, en arrivant au harem, ils trouvèrent le singe assis sur le lit d'Aisha, ce qui eut le don d'énerver Nizam.

Laissant sa fille, Kalawun revint vers le palais, l'esprit occupé par l'image de sa joue rougie. Il s'obligea à se concentrer pour réfléchir aux raisons que Baraka, Khadir et Mahmud pouvaient avoir de se réunir dans une partie vide du palais. Mais il fut incapable de se l'expliquer et n'aima pas le sentiment de malaise qui s'ensuivit.

— Émir Kalawun.

Kalawun vit Baybars qui traversait la cour, suivi par deux Bahrites. Il hésita un moment à évoquer tout cela avec le sultan, mais une petite voix l'en dissuada. Il valait mieux ne rien dire pour le moment.

— Seigneur, je vous cherchais. J'ai reçu des rapports de Cilicie, nous devrions nous pencher dessus.

Baybars hocha la tête.

— Voyons ça tout de suite, dit-il en ôtant ses gants en chevreau. Mais d'abord, une chose, Kalawun. Je voulais t'en parler hier, mais le tremblement de terre me l'a sorti de l'esprit. J'ai parlé avec Khadir et il m'a suggéré d'envoyer quelqu'un interroger les Assassins, maintenant qu'ils sont sous mon contrôle, afin de découvrir qui les avait payés pour me tuer.

— Seigneur, répondit Kalawun, furieux que Khadir ait passé outre ses conseils, est-ce bien sage ? Je crois que nous avons d'autres problèmes à résoudre. Devons-nous utiliser des hommes et gaspiller des ressources pour ce qui pourrait se révéler une enquête sans résultat ?

— Khadir pense que Nasir serait parfait pour cette mission.

Kalawun perçut dans le ton de Baybars que sa décision était déjà prise.

— Je suppose que tu peux t'en passer ? lui demanda Baybars.

— Seigneur, fit Kalawun en hochant la tête, soumis.

Baybars l'étudia un moment.

— Je ne te le demanderais pas si je ne pensais pas que c'est nécessaire, dit-il en détournant les yeux. J'ai toujours eu trop de mal à accepter la mort d'Omar pour vouloir en connaître le fin mot. J'ai assouvi ma vengeance en prenant sous mon joug les Assassins et leur territoire. Je croyais que ça suffirait.

Son regard se reporta sur Kalawun, ses yeux bleus étaient aussi entiers et intransigeants que le ciel du désert.

— Mais les mots de Khadir ont réveillé en moi le désir enfoui depuis longtemps. Je veux savoir qui est responsable, Kalawun. Dis à Nasir de me trouver des noms, dit-il avec un sourire glacial. Maintenant, discutons de ces rapports.

Kalawun marcha en silence aux côtés de Baybars, l'esprit aiguillonné par la colère. Khadir était une vipère pis encore que ce qu'il croyait. Il n'avait jamais fait confiance au devin. Mais le vieillard s'ingérait de plus en plus dans les affaires du sultan. Et Kalawun se demanda, une fois de plus, d'où venait son intérêt pour Baraka.

Plus tard dans la soirée, Kalawun quitta la citadelle et retourna sur l'île de Rhoda, où il vivait avec sa famille et son régiment. Durant son entretien avec Baybars, son esprit avait été trop préoccupé par les détails de la campagne pour penser à quoi que ce soit d'autre. Mais en revenant vers l'île, ses pensées se tournèrent à nouveau vers la joue rougie de sa fille et le sourire sournois de Khadir.

Il emprunta le pont pour franchir le Nil, l'eau dérivant lentement sous ses pieds. En atteignant l'autre rive, il éperonna sa monture pour grimper à vive allure le chemin bordé d'arbres qui menait au palais. L'imposant édifice élevait sa masse sombre sur le ciel pourpre, les tours où logeaient les soldats Mansuriyya pointant comme des cornes sur une tête. En le voyant approcher, les gardes postés à l'entrée se redressèrent. Parvenu dans la première cour, Kalawun descendit de selle. Un domestique s'empressa de mener le cheval aux écuries.

Kalawun entendit le carillon sonner avant même d'entrer dans la cour intérieure, le son traversant les passages voûtés jusqu'à lui. Dehors, deux jeunes gens se battaient. Autour d'eux, d'autres garçons de neuf à seize ans formaient un cercle. Tous portaient des vestes en cuir par-dessus leurs courtes tuniques en laine, ainsi que des tahfifas, ces élégants turbans enroulés autour de la tête. Leurs visages prouvaient leurs diverses origines, mais la majorité d'entre eux étaient des Turcs au teint vermeil. Parmi eux se dressait la grande silhouette élancée de Nasir. Il portait la cape bleue en soie des Mansuriyya, des bandes de tissu sur son bras indiquant son nom et son rang. Les jeunes garçons autour de lui étaient les derniers esclaves achetés pour le régiment, même s'ils s'entraînaient depuis déjà deux ans. Avec la destruction de nombreuses forteresses chrétiennes, les Mamelouks s'étaient retrouvés avec un surplus d'esclaves et la paix qui avait suivi n'avait pas diminué cette réserve. Plus on les prenait jeunes, mieux cela valait. Les garçons étaient plus faciles à entraîner que des hommes brisés arrachés à leurs familles après un siège. Impressionnables, ils se soumettaient rapidement à la sévérité du régime militaire et se convertissaient sans rechigner à l'islam ; on pouvait les modeler à volonté.

À cause des murs qui l'entouraient et empêchaient le soleil d'entrer, il faisait froid dans la cour. Les fenêtres et les chemins d'accès ressemblaient à des centaines d'yeux braqués sur les deux garçons en train de se battre. On entendit un grand *bam* quand l'un d'eux frappa au beau milieu du bouclier en bois poli, grand et rond, celui de l'infanterie, que tendait à bout de bras son adversaire.

— Halte !

Les deux garçons s'arrêtèrent, pantelants, et Nasir s'approcha.

— C'était un bon contre, Shiban, dit-il au garçon dont le bouclier arborait maintenant une nouvelle bosse.

Il tourna la tête et vit Kalawun approcher. Il s'inclina devant son supérieur et jeta un ordre sec aux garçons, qui l'imitèrent, têtes fléchies à l'unisson. Puis il désigna deux d'entre eux.

— Commencez les étirements, lança-t-il.

Et il rejoignit Kalawun, posté à quelque distance de là.

— Émir.

Kalawun s'obligea à sourire à l'officier.

— Comment se déroule leur entraînement ? Ils ont l'air de plus en plus forts.

— Les plus jeunes progressent, dit-il à voix basse en les observant, mais les autres sont turbulents. Il y en a un qui a presque dix-sept ans. Je crois qu'il vaudrait mieux le faire entrer au régiment. À mon avis, il est prêt.

Kalawun hocha la tête.

— Très bien. Je vais arranger ça.

Il se tut. Le silence était peuplé des bruits que faisaient les deux garçons se préparant au combat.

— J'ai besoin que tu fasses quelque chose pour moi, Nasir.

Il lui expliqua l'ordre donné par Baybars. Quand il eut terminé, Nasir garda un moment le silence.

— Puis-je savoir pourquoi on m'a choisi pour cette mission, émir ? demanda-t-il en secouant la tête, sourcils froncés. Pourquoi n'avoir pas pris plutôt l'un des Bahrites ?

— C'est Baybars qui l'a demandé. Tu connais la région où vivent les Assassins.

Nasir détourna les yeux. Kalawun aperçut dans ses yeux une violence qu'il n'avait pas vue depuis longtemps.

— Et eux, émir ? demanda Nasir en montrant les garçons. Je les ai achetés, je les entraîne. Ils sont habitués à moi, à mes méthodes.

— Un autre officier continuera ton travail pendant que tu seras parti. Je suis désolé, Nasir, ajouta-t-il après un moment. Si je le pouvais, j'enverrais quelqu'un d'autre. Je sais que ce sera dur pour toi de retourner là-bas.

Le regard de Nasir revint sur lui.

— C'est le passé, émir, fit-il avec un léger sourire mais les yeux toujours durs. Je remplirai mes devoirs.

Kalawun posa une main sur l'épaule de son officier.

— Je le sais, mon ami.

10

Le quartier génois, Acre

12 mars 1276 après J.-C.

Le soleil commençait à plonger à l'ouest tandis que Will menait son cheval à travers les rues encombrées du quartier génois. Au sommet de plusieurs palais, des magasins et des échoppes, des drapeaux de San Marco, le saint patron de Venise, flottaient encore. Les Génois revenaient peut-être peu à peu dans le quartier de leur défaite, mais il semblait que Venise n'était pas pressée de desserrer son étreinte. À ses côtés trottait Robert, et ils étaient suivis par quatre Templiers. C'était la première fois que Will avait d'autres chevaliers sous ses ordres et il s'était senti légèrement intimidé lorsqu'il avait dû leur demander de le suivre en ville.

— Je suppose que tu veux que je t'appelle sire, s'était plaint Robert. Peut-être auras-tu une autre promotion si ce Sclavo est bel et bien l'organisateur de l'attentat ? À ce rythme, tu seras grand commandeur l'année prochaine.

Les autres étaient tous, eux aussi, des chevaliers expérimentés avec qui Will s'entraînait depuis des années, mais ils acceptaient son autorité sans discuter et, quand ils entrèrent dans le vieux quartier, il se sentait plus sûr de lui.

— Comment allons-nous trouver la taverne ? C'est un vrai dédale, ici.

Will jeta un coup d'œil à Robert.

— Le gamin m'a dit que c'était derrière la savonnerie.

— Le Sarrasin ? dit Robert, pensif. C'est vrai ?

Will ne répondit pas. Il observait les rues devant lui en essayant de se repérer. Il était rarement passé dans ce quartier et les allées sinueuses avaient de quoi le rendre confus. Il aperçut la flèche de l'église San Lorenzo, qui s'élançait majestueusement par-dessus le désordre des toits, et désigna une étroite ruelle qui partait de la rue principale au milieu d'un fouillis d'échoppes.

— Je pense qu'elle va nous mener à l'église. De là, nous devrions pouvoir trouver le marché. La savonnerie se trouve à proximité.

Plus ils avançaient, plus la ruelle rétrécissait. Pendant presque tout le chemin, Will n'avait entendu parler que le dialecte vénitien autour de lui, mais tandis qu'ils longeaient le grand atelier abandonné qui avait abrité par le passé la savonnerie génoise, les accents commencèrent à changer. Dans cette partie ancienne du quartier, un secteur à l'abandon, étaient restés les Génois qui n'avaient pas les moyens de fuir en exode à Tyr avec leurs compatriotes. Ici, les enfants déambulaient dans la rue pieds nus et à moitié dévêtus. Les allées dégoulinaient d'eaux sales jetées le matin par les fenêtres, les rats y fourmillaient et les ordures s'entassaient, avec leur odeur puante qui attirait les mouches. Des visages méfiants s'encadraient dans les portes entrebâillées sur le passage des chevaliers, des familles entières vivaient ensemble dans des pièces prévues pour deux personnes.

C'était un endroit infernal et Will fut content, après quelques erreurs de direction, de tomber sur la taverne.

Le Sarrasin formait un angle avec une rue plus large près des murs, c'était un grand bâtiment en pierre enjambant la rue qui ressemblait davantage à un atelier qu'à une auberge. Il n'y avait aucune enseigne, ni sur la porte ni au-dessus, et c'est en demandant à un passant qu'ils le trouvèrent.

Will revint avec les chevaliers à une allée latérale un peu plus haut.

— Essayons de nous faire discrets, dit-il en tendant les rênes de sa monture à l'un des hommes. Attendez-moi ici.

Il prit dans sa sacoche la cape noire qu'il avait portée chez Elwen et l'enfila par-dessus son manteau. Elle était grande et couvrait à la fois son surcot et son manteau, mais même ainsi il avait toujours l'air déplacé par rapport aux miséreux affamés du quartier.

— Tu y vas tout seul ? demanda Robert en l'attrapant par le bras.

Will se tourna vers lui.

— J'y vais en reconnaissance. J'aurai sans doute plus de chances de dénicher Sclavo tout seul que si nous y allons l'épée à la main. Je reviendrai si je le trouve et nous irons l'arrêter tous ensemble.

Il partit dans la ruelle en laissant chevaliers et chevaux derrière lui. Le crépuscule tombait, enveloppant la ville d'une pénombre blafarde. Il avait presque atteint l'entrée de la taverne lorsqu'il entendit de bruyantes acclamations s'élever de quelque part derrière le bâtiment. Will regarda alentour mais la façade en pierre ne trahissait aucun signe de vie, n'offrant aucun indice sur ce qui pouvait bien se passer.

La porte était gondolée et il dut la pousser avec l'épaule. Elle s'ouvrit à moitié puis se coinça sur le plancher. Un souffle chaud d'air confiné lui tomba dessus lorsqu'il entra. La pièce était plongée dans le noir, emplie d'un voile de fumée provenant d'un feu près de s'éteindre. Quelque chose frotta contre sa jambe et il vit un chien hirsute fuir la queue basse vers le fond de la pièce. Le plafond était bas et parcouru de poutres biscornues. En passant entre les deux rangées de bancs et de tables alignées dans la longueur, il vit des formes affalées autour du morne rougeoiement des lampes à huile. Le sol collait sous ses semelles et l'odeur de vieille bière lui envahissait les narines. À travers les portes du fond lui parvint, assourdi, un vacarme. Il y arrivait lorsqu'elles s'ouvrirent et que déferlèrent sur lui lumière et bruit. Deux hommes passèrent en vacillant à côté de lui, une chope à la main, et, en s'avançant, Will se trouva soudain au bord d'une foule compacte, un mur d'hommes.

La taverne donnait à l'arrière sur une grande cour entourée de bâtiments délabrés, une grange aux allures de caverne et le mur qui séparait le quartier génois de l'enceinte majestueuse des chevaliers de Saint-Jean. Des torches étaient allumées tout autour de l'arc de cercle formé par les hommes, éclairant les fûts entassés, les caisses et les visages des hommes alignés en cercle, avec un grand espace vide au milieu. Quelques hommes jetèrent un rapide coup d'œil à Will tandis qu'il fermait les portes de la taverne et se glissait parmi eux, tenant sa cape fermée, mais l'attention générale était tournée sur l'espace vide devant eux, et Will ne fut pas long à constater que l'espace en question n'était pas vide du tout.

En son centre se trouvaient deux hommes. Tous deux, à en juger par leur apparence, étaient arabes, sauf qu'ils ne portaient pas les robes ou les turbans habituels de leur peuple, mais les courtes tuniques et les braies communes des paysans occidentaux, de même qu'ils étaient rasés et avaient les cheveux mal peignés. L'un était plus grand et massif que l'autre, et il avait un visage sinistre à la lumière des torches, qui repoussait le bleu profond de ce début de soirée. Il portait un sabre cabossé dans la main gauche alors que la droite pendait mollement le long de ses hanches. Tandis qu'il arpentait le cercle, Will aperçut une cicatrice horrible qui courait sur son avant-bras, du coude au poignet. La chair cicatrisée était rose et blanc, le bras déformé ne pouvait plus remplir aucune fonction. Il marchait d'un pas mesuré, agrippant fermement son arme. Son adversaire, plus petit, impressionnait moins. Il tenait son épée droit devant lui, le corps immobile, rivé par la tension. Quand l'homme à la cicatrice avança, il recula, la sueur sur son visage brillant à la lumière des torches. Will avait entendu parler de ces combats, mais il se demandait ce que faisait cet Arabe terrifié dans le cercle lorsque, soudain, il s'élança vers les spectateurs. Ceux-ci reculèrent comme une vague, mais des hommes à la musculature impressionnante lui firent face en brandissant d'un air menaçant massues et épées et le forcèrent à retourner combattre sous le déluge d'invectives que lui hurlait la foule impitoyable. Will comprit alors à quoi il assistait et le nom de la taverne prit soudain tout son sens.

Le plus petit cria quelque chose en arabe, une prière se dit Will, puis il se jeta sur son opposant, l'épée tendue devant lui comme une lance. Épouvanté, Will anticipait ce qui allait suivre. L'autre évita la charge malhabile d'un pas sur le côté en ramenant son sabre en arc de cercle. La lame s'enfonça dans l'arrière de la tête de l'homme avec un bruit horrible. Puis il la libéra et le petit Arabe s'écroula sans provoquer d'enthousiasme particulier dans le public.

Révolté par ce spectacle, Will vit encore trois hommes armés, des Italiens d'après leur allure, s'avancer en faisant signe au vainqueur de poser son sabre à terre. Il fit ce qu'on lui disait avec la docilité résignée des esclaves et ils l'emmenèrent dans la grange tandis que deux hommes ramassaient le cadavre, laissant une grande mare de sang dans la poussière. Dans la cour, l'argent circulait de mains en mains. Will profita de cette occasion pour se frayer un chemin dans la cohue. Il y avait quatre autres hommes armés devant la grange où l'on avait emmené l'Arabe. Dans ce qui avait été auparavant des stalles pour chevaux, fermées maintenant par de lourdes grilles en bois, Will aperçut un groupe clairsemé de ce qui ne pouvait être que des prisonniers. Il y avait là des Arabes, quelques Mongols et sans doute des Circassiens. Les gardes ouvrirent l'une des grilles et sortirent un garçon efflanqué qui n'avait sans doute pas plus de seize ans. Will en avait assez vu.

Il se tourna vers un homme derrière lui qui tenait une chope dans une main et une bourse dans l'autre. D'après la coupe de ses vêtements, Will devina que c'était un marchand, et pas des plus opulents.

— Connaissez-vous Sclavo ? demanda-t-il en latin.

L'homme se concentra sur lui avec difficulté, puis il tendit sa chope en direction de la grange.

— Là-bas, articula-t-il d'une voix indistincte.

En suivant du regard la direction approximative de son geste, Will tomba sur un groupe d'hommes assis sur des bancs à l'écart de la foule. L'un d'eux, au centre, était mieux habillé que les autres, un manteau de soie verte flottant autour de lui sans parvenir à dissimuler sa silhouette squelettique. Il avait des cheveux fins et ternes, une barbe mal taillée, et son visage crevassé portait les traces d'une ancienne maladie. À ses pieds étaient couchés deux énormes chiens. L'un des hommes armés marcha jusqu'à lui, se pencha et lui dit quelque chose à l'oreille, et les deux molosses levèrent la tête en grognant.

— Celui en vert ? demanda Will à l'ivrogne.

Le marchand hocha la tête en chancelant.

— C'est lui.

Will commença à traverser la foule en sens inverse tandis qu'un des hommes de Sclavo poussait le garçon décharné dans la cour en lui enfonçant une épée dans les reins.

— Qu'est-ce que tu racontes ? s'exclama Robert, l'air écœuré, lorsqu'il fut revenu dans l'allée et qu'il eut raconté aux chevaliers ce qu'il venait de voir. Ce sont vraiment des animaux !

L'un des autres chevaliers, Paul, un homme stoïque d'environ quarante ans, haussa les épaules.

— Ce n'est pas notre problème, intervint-il en se tournant vers Will. Si vous voulez mon opinion, commandeur, je crois que nous devrions nous concentrer sur la raison de notre venue.

— Je suis d'accord, répondit Will.

Il allait poursuivre mais Robert protesta :

— Il y a plus de cent hommes là-dedans, dont au moins neuf gardes armés. Il nous faudrait des renforts pour nous occuper de ce qui s'y déroule. Et même si j'ai autant envie que vous d'intervenir, ce n'est pas notre quartier. Quand nous aurons capturé Sclavo, nous ferons un rapport au conseil génois. C'est à lui d'y mettre fin.

— S'il fait quoi que ce soit…, dit un autre chevalier, qui s'appelait Laurent. Si Sclavo les a achetés, il peut faire ce qu'il veut de ses esclaves. Personne n'y changera rien.

— Sauf si le Temple fait pression sur le consul, fit Will d'une voix ferme en regardant Robert. Et je m'assurerai que ce soit le cas. Si Baybars apprenait cette atrocité, il demanderait une compensation. La paix est déjà assez fragile sans des chiens comme Sclavo pour la déstabiliser.

Robert opina après un moment.

— Comment procédons-nous ? demanda-t-il finalement.

— D'après ce que j'ai vu, à part la taverne elle-même, le seul moyen de sortir de la cour est de passer par une allée, du côté gauche, qui part entre une grange et le mur. Laurent et toi couvrirez cette allée au cas où Sclavo essaierait de s'enfuir.

Will décrivit le propriétaire du Sarrasin.

— Manteau vert, le visage plein de cicatrices, répéta Robert en hochant la tête. Avec ça, nous devrions le reconnaître.

— Je passerai avec les autres par la taverne.

— Est-ce que nous nous déguisons ?

Will ôta sa cape noire et la fourra dans son sac.

— Non. Je veux qu'ils sachent qui nous sommes.

Robert grogna d'un air féroce.

— Ça devrait les emplir de la crainte de Dieu.

— Exactement. La plupart d'entre eux sont de petits commerçants et des artisans. Je doute qu'ils nous posent un problème.

— Et les gardes ? demanda Paul.

— Ils ont l'air de canailles, pas de guerriers, et leurs armes sont assez simples. La mort pour quiconque blesse un Templier. Ils le savent aussi bien que nous. Je pense que nous pourrons les maîtriser.

Une fois réglés tous les détails, Will laissa Robert et Laurent se poster au bout de l'allée, avant de mener les trois autres chevaliers dans la taverne. Il s'inquiétait de laisser leurs montures sans surveillance, mais il avait besoin de tous les hommes avec lui. Tout ce qui comptait, c'était d'arrêter Sclavo.

Il enfonça la porte du Sarrasin et pénétra dans l'obscurité épaisse de la pièce, entendant une fois de plus des acclamations.

— Il a des chiens, murmura-t-il aux chevaliers.

Paul hocha la tête et saisit la poignée de son épée.

Les quelques occupants de la pièce étaient trop saouls ou trop surpris pour réagir à l'irruption de quatre chevaliers dans leur environnement, même quand ceux-ci enfoncèrent les portes de la cour.

Pendant quelques secondes, les hommes dans la cour, dont l'attention était concentrée sur ce qui se déroulait dans le cercle qu'ils formaient, ne remarquèrent pas ce qui se passait. Puis, tandis que Will et les chevaliers commençaient à s'enfoncer, ils réalisèrent peu à peu qu'il arrivait quelque chose d'inhabituel. L'arrivée des chevaliers provoqua alors un mouvement de foule. Ceux qui étaient le plus proches des portes les virent en premier. Les regards jusqu'alors braqués sur le combat se tournèrent vers eux, craintifs, car Will et les chevaliers avaient tiré leur épée. Les hommes au premier rang du combat crièrent en sentant qu'on les poussait dans le dos, là où le garçon déjà connu de Will était embarqué dans un combat à mort avec un jeune Mongol. Un cri retentit. *Des Templiers !* Les hommes se bousculèrent pour sortir au plus vite, la plupart cherchant sans réfléchir à atteindre les portes et devant contourner les chevaliers. Le combat au centre de la cour continuait, mais les gardes armés s'étaient tournés pour voir d'où venait l'agitation.

— Hé ! lança l'un d'eux en se faufilant dans leur direction. Qu'est-ce qui se passe ici ?

En voyant Will s'extraire de la foule, suivi par Paul et les autres, le garde s'arrêta net.

— Qu'est-ce que vous voulez ?

Sa phrase resta plus ou moins suspendue en l'air, Paul lui ayant assené un coup de coude sauvage en plein visage. Voyant leur camarade à terre, du sang coulant de son nez brisé, les hommes reculèrent.

Mais le désordre avait attiré l'attention de Sclavo qui traversait la cour avec d'autres gardes et ses deux chiens qui tiraient sur leur laisse en aboyant avec férocité. Le combat avait cessé, les deux garçons regardant autour d'eux avec une expression de stupeur craintive.

— Que signifie tout cela ? demanda Sclavo d'une voix rêche, âpre comme du papier sablé.

Il examinait les chevaliers avec un air de défiance, décidé à leur tenir tête. Cinq de ses gardes se postèrent autour de lui, formant un cercle protecteur.

— C'est un établissement privé. En dehors de la juridiction du Temple.

— Pas ce soir, Sclavo, répondit froidement Will. Nous sommes ici pour vous arrêter.

Certains hommes fuyaient la cour en suivant l'allée près de la grange.

Les yeux de Will scrutèrent les gardes autour de leur gringalet de maître.

— Vous feriez mieux de trouver quelqu'un d'autre à servir. À moins que vous n'ayez l'intention de nous combattre ?

Sa voix possédait une autorité naturelle, mais les mots résonnaient encore plus fortement venant d'un homme en manteau blanc. Deux des gardes baissèrent leur arme et s'éloignèrent.

Sclavo se tourna vers eux.

— Restez où vous êtes, bande de rats ! leur hurla-t-il, puis son regard revint se porter sur Will. M'arrêter pour quoi ? Quelles charges retenez-vous contre moi ?

Ses chiens tiraient avec insistance sur leur laisse et Will se demandait comment il avait la force de les retenir.

— Vous êtes dans ma propriété, continua Sclavo. Tout m'appartient ici. Même eux, ajouta-t-il en désignant d'un geste du menton les deux garçons.

— Votre établissement ne nous intéresse pas, répondit Will. Nous venons vous arrêter pour la tentative d'assassinat contre le grand maître du Temple. Voilà l'accusation portée contre vous.

Les yeux de Sclavo s'agrandirent. L'instant d'après, il lâchait les chiens et prenait la fuite. Ce fut alors le signal de filer aux derniers clients, d'où s'ensuivit une débandade. L'un des molosses sauta sur Will, qui se défendit d'un coup de fauchon. La lame lui ouvrit le flanc droit et le chien retomba à terre, prostré et frémissant.

— Attrapez Sclavo ! cria-t-il à deux des chevaliers au milieu de la cohue.

Trois des gardes qui protégeaient Sclavo s'étaient enfuis mais il en restait encore deux. Paul avança vers le premier mais celui-ci laissa tomber sa massue et se mit à courir. Will approcha de l'autre, un colosse italien qui brandissait une énorme lame, s'attendant qu'il suive cet exemple, mais il déchanta en le voyant venir à sa rencontre.

Will se plaça en position de combat, mais il avait à peine eu le temps de bloquer ses appuis que déjà l'Italien allongeait son épée. Le coup fut terrible. L'homme était bien entraîné et, malgré sa taille, il se déplaçait rapidement. Will était lui-même un combattant véloce, mais il portait une cotte de mailles et le poids supplémentaire le gênait. De son côté, l'Italien ne portait qu'un mantel en cuir et un pantalon de laine. La témérité suicidaire de l'homme était troublante : il n'avait aucune raison de combattre. Mais peut-être était-il mû par autre chose que le devoir. À en juger par son regard farouche, il semblait désirer ce combat. Will se concentra sur son adversaire en faisant abstraction de tout ce qui l'entourait. Il n'était pas en très bonne forme. Il avait passé tellement de temps à traquer ceux qui avaient ourdi la tentative d'assassinat du grand maître qu'il en avait délaissé son entraînement habituel. Mais l'épée dans sa main trouva vite son rythme familier et il botta et para bientôt au milieu de la cour couverte de sang.

Les deux garçons étaient partis, ils avaient disparu avec les spectateurs, et les prisonniers encore dans la grange faisaient trembler leurs cages en implorant les chevaliers dans diverses langues pour qu'ils les libèrent. Will dérapa dans la poussière, son opposant s'avança et l'attaqua en pleine poitrine. La cotte de mailles détourna le coup et la lame ne réussit qu'à taillader son surcot. Ce fut quand même un choc et Will, poussé par la frayeur, se remit en ordre de combat. Le visage de l'homme s'altéra quelque peu, montrant soudain des signes d'inquiétude. Leurs épées s'entrechoquèrent, rebondirent et revinrent se river l'une à l'autre. Will le poussa sans ménagement vers une pile de caisses pour gêner ses mouvements. L'Italien essaya de l'en empêcher, mais sans succès. Sa peur était maintenant visible. L'épée de Will tournoyait dans sa main. Il grimaçait, ses yeux verts brillant à la lumière des torches, le cœur battant à tout rompre.

— *Pax !* hurla soudain l'homme. *Pax !*

Il esquiva l'épée de Will et jeta la sienne au sol en levant les bras en l'air.

— *Pax !*

Will parvint à arrêter son épée à quelques centimètres du flanc de l'homme. Sa respiration était hachée et de la sueur perlait sur son avant-bras.

— Will !

Will tourna la tête et vit Robert et Laurent traverser la cour avec Paul et les autres. Ils tiraient entre eux un Sclavo au visage tuméfié. Celui de Robert était lui aussi contusionné et son regard avait une lueur assassine. Il était sur le point de dire quelque chose, mais soudain il eut une expression alarmée.

Au même moment, Will sentit un mouvement derrière lui. Il pivota. L'Italien avait réussi à attraper son épée et allait le transpercer. Il eut tout juste le temps de placer son fauchon en protection et les lames se heurtèrent en crissant. Il dévia alors le coup sur le côté, ce qui laissa les défenses de son adversaire grandes ouvertes, et ramena le fauchon dans un mouvement circulaire qui frappa l'homme à l'épaule. La lame s'enfonça dans la chair jusqu'à ce qu'un os l'arrête. L'Italien hurla et son arme tomba de sa main désormais inutile, puisqu'il avait les nerfs sectionnés. Will poussa du pied l'épée et chancela pendant que ses camarades arrivaient en courant.

— Mon Dieu ! s'exclama Robert en voyant l'homme qui gémissait. Je t'ai distrait.

— Je vais bien, fit Will, pantelant, tout en regardant Sclavo contempler, bouche bée, son garde blessé. L'essentiel, c'est que vous l'ayez attrapé.

— Il a fallu se battre, répondit Robert d'une voix dure.

Il passa avec précaution sa langue à l'intérieur de sa joue meurtrie.

— Je crois que cette charogne m'a cassé une dent.

Les yeux de Sclavo se portèrent sur Will.

— Vous avez le mauvais homme, lança-t-il.

— Nous verrons ça au Temple. Ouvrez les cages, dit Will en se tournant vers Paul. Dis aux prisonniers qu'ils sont libres. Robert, Laurent et moi allons ramener Sclavo au Temple. Les autres, je veux que vous vous rendiez chez le consul de Gênes pour lui expliquer ce qui vient de se passer. Je parlerai moi-même au grand maître pour voir si nous pouvons faire fermer cet endroit demain.

— Ça ne devrait pas être trop difficile, intervint Robert en lançant un regard noir à Sclavo.

— J'ai engagé l'homme qui a agressé votre grand maître pour le compte de quelqu'un d'autre, grogna Sclavo. Si vous m'accordez la clémence, je vous dirai tout.

— Ramenons-le, dit Will à Robert.

— C'est ma dernière offre, cria Sclavo.

Son visage exprimait la terreur, mais il paraissait déterminé.

— Je vous dis ici et maintenant qui voulait sa mort si vous m'épargnez.

Will hésita. Ce n'était pas à lui de prendre la décision, mais au grand maître ou au sénéchal. En revanche, sa mission consistait à découvrir qui voulait assassiner le grand maître et si ce n'était pas Sclavo, alors son travail n'était pas terminé.

— Qui était-ce ? demanda-t-il finalement.

— Jurez que vous m'épargnerez, exigea Sclavo.

— Je le jure, fit Will. Maintenant, dites-moi.

— Un marchand génois, répondit instantanément Sclavo, il s'appelle Guido Soranzo.

Le Temple, Acre, 12 mars 1276 après J.-C.

Angelo s'efforça de faire taire son animosité lorsque la porte du réclusoir s'ouvrit pour révéler l'impérieuse silhouette de Guillaume de Beaujeu. En tant que fils aîné et favori de son père, il se trouvait rarement en position subalterne et il avait du mal à s'y plier, en particulier quand il était en colère. Il s'inclina néanmoins devant le grand maître.

— Merci, Zaccaria, dit Guillaume en ignorant Angelo et en hochant la tête à l'intention du Sicilien.

Zaccaria inclina la tête avant de se poster à l'écart, un peu plus loin dans le couloir. Laissant la porte ouverte, Guillaume entra dans la pièce. La mâchoire crispée, Angelo le suivit à l'intérieur.

— Maître, dit-il en repoussant la porte, je suis quelque peu surpris que vous m'ayez fait venir, alors que nous nous étions mis d'accord sur le fait que c'est moi qui vous contacterais, et seulement en cas d'absolue nécessité.

Il faisait une chaleur étouffante dans le réclusoir, un feu brûlait dans l'âtre et des bougies illuminaient la scène d'une lumière diffuse.

— J'avais l'intention de venir vous voir plus tard dans la semaine. J'ai le message du Caire que vos chevaliers doivent porter. Mais ils ne m'ont pas laissé le prendre, poursuivit-il d'une voix plus dure en oubliant ses manières courtoises. Ils ont insisté pour que je vienne ici, sur vos ordres. Il faudra que je revienne plus tard avec le rouleau et chaque rencontre nous fait courir des risques. Maître ? demanda-t-il, ses yeux noirs jetant des éclairs à Guillaume de Beaujeu qui se versait un verre de vin. Notre sécurité compte-t-elle si peu pour vous ?

— Pourquoi Guido Soranzo voudrait-il ma mort ? demanda Guillaume en retour, d'une voix calme, en se tournant vers Angelo son verre à la main.

Angelo fixa le grand maître.

— Où avez-vous entendu cela ?

— Ici même, il y a une heure, de l'homme que Guido a engagé pour trouver quelqu'un prêt à me tuer.

Guillaume but une gorgée de vin.

— Un de mes chevaliers l'a arrêté plus tôt dans la soirée. Je l'ai interrogé moi-même et il ne fait aucun doute qu'il dit la vérité. Je suppose que vous n'êtes au courant de rien ?

Le grand maître examina Angelo d'un air placide. Pour la première fois, celui-ci sentit l'inquiétude le gagner.

— Non, maître, dit-il vivement. Je n'ai aucune idée de ce qui pourrait pousser Guido à commettre une chose pareille.

Il secouait la tête en réfléchissant à toute allure.

— Il a bien fait comprendre qu'il ne collaborerait pas de gaieté de cœur quand mon père lui a exposé ses intentions, mais depuis il a fait preuve de bonne volonté. Ses affaires devraient bénéficier autant que les nôtres de cette stratégie. Je ne vois pas pourquoi il voudrait supprimer notre meilleure chance de réussir.

Angelo avait posé la main sur l'avant-bras de Guillaume en prononçant cette dernière phrase.

— Ses affaires ? s'étonna Guillaume d'une voix qui ne dissimulait pas son irritation. Je ne fais pas tout cela dans le but d'arranger vos *affaires*, Vitturi. Souvenez-vous-en.

Il finit son vin et s'écarta du Vénitien.

— Bien entendu, maître, bien entendu, tenta de le calmer Angelo d'une voix faussement grave. J'essayais juste de deviner les mobiles qu'il pourrait avoir.

Il regarda un moment Guillaume arpenter la pièce.

— Le plus important, désormais, est de savoir quels dégâts il a pu faire. Nous devons découvrir si Soranzo nous a trahis. S'il a dévoilé nos plans.

— Que suggérez-vous ? demanda le grand maître.

— Je vais sur-le-champ me rendre chez lui pour lui parler.

Guillaume s'immobilisa. Il perdait à nouveau son sang-froid et regardait Angelo d'un air sarcastique.

— Vous espérez qu'il vous livre cette information comme ça ? Non, je ne crois pas. Et il a des gardes personnels, non ? S'il est responsable de la tentative d'assassinat, il sait qu'il risque la mort. Je doute que vous puissiez l'interroger avec une épée à travers la gorge.

Angelo se redressa.

— Dans ce cas, laissez-moi emmener une compagnie de chevaliers et je le ferai arrêter.

— Un marchand dirigeant une compagnie de Templiers ?

Guillaume alla vers la porte.

— Je les enverrai moi-même.

— Je connais Guido, maître, lança Angelo dans son dos. Il ne parlera pas à vos chevaliers. Nous ne sommes pas comme vous. Nous échangeons de l'argent, des marchandises, pas des coups d'épée. Je le comprends. Je peux le faire parler.

Guillaume s'était arrêté à la porte.

— Il n'y a pas que vous à être affecté par sa trahison, renchérit Angelo. D'ailleurs, si nous sommes exposés, de nous tous, c'est vous qui avez le moins à perdre. C'est mon père et moi qui sommes venus vous trouver avec ce plan. Laissez-moi m'occuper de Soranzo à ma façon.

— Aucun Templier ne se laissera diriger par vous, dit Guillaume en se retournant.

— Ils le feront si vous le leur ordonnez, répliqua Angelo. Dites-leur que je suis un ancien associé de Soranzo et que vous m'envoyez pour l'interroger. Donnez à l'un de vos hommes la responsabilité de l'expédition, mais laissez-moi l'interroger. Vous savez que j'ai raison, ajouta-t-il.

Un éclair traversa les yeux de Guillaume et Angelo pensa qu'il était allé trop loin. Il cherchait une manière de se rétracter lorsque Guillaume ouvrit la porte.

— Maître, dit Angelo d'une voix où perçait l'effroi.

— Zaccaria.

Des bruits de pas se firent entendre.

— Oui, sire ?

— Réunissez les autres. Et trouvez le commandeur Campbell. Il escortera Angelo Vitturi à la maison de Soranzo.

Angelo se sentit triompher. Mais, l'instant d'après, la rage le submergea. Cela faisait des mois qu'il était obligé de subir les commentaires désobligeants et le tempérament infect de Guido Soranzo, et il apparaissait aujourd'hui qu'il conspirait contre eux depuis le début. Il ignorait les dégâts qu'il avait causés à leur plan pour initier une guerre et, incidemment, pour sauver les affaires des Vitturi. Mais il était certain d'une chose : Guido allait payer. Et il paierait cher.

11

Le quartier génois, Acre

12 mars 1276 après J.-C.

— Gardez les portes. Ne laissez passer personne.

— Oui, sire.

Guido Soranzo regarda les gardes traverser le couloir, l'épée à la main, mais il ne se sentit pas rassuré pour autant. Il sursauta quand une main se posa sur son épaule. Sa femme se tenait derrière lui, l'air confuse et inquiète. Elle portait une robe richement brodée par-dessus une tenue de nuit en soie qui flottait autour de ses formes généreuses.

— Que se passe-t-il, Guido ? Ma servante vient de me réveiller en me disant que tu veux que nous partions.

Guido l'empoigna fermement, ce qui lui coupa le souffle.

— Va réveiller les enfants et emballe autant d'affaires que possible. Ne prends que des choses que nous pourrons emmener au port.

Il regarda le large couloir, ses tapisseries ornées, ses statues en grandeur réelle, la lumière des torches qui jouait sur les surfaces marbrées.

— Nous allons devoir laisser le reste.

— Guido, tu me fais peur.

— Est-ce que tu me fais confiance ? lui demanda-t-il d'une voix angoissée.

Elle hocha la tête d'un mouvement hésitant.

— Alors fais-le pour moi. Je t'expliquerai tout plus tard, mais il faut que nous montions dans un bateau le plus vite possible. Je veux partir pour Gênes cette nuit.

Désemparée, mais obéissante, sa femme se laissa pousser dans la direction de la chambre des enfants. Quand elle fut partie, Guido se précipita vers son cabinet de travail. Arrivé là, il alla directement à un coffre situé derrière la table. Il s'interrompit un instant avant de l'atteindre, ses yeux s'étant posés sur une balle en cuir par terre. Une seconde, il se sentit irrité : combien de fois avait-il dit à son fils de ne pas jouer là ? Puis la réalité refit surface et il dut refouler une envie de pleurer. Il les avait tous mis en péril. Et pourquoi ? Plus d'argent ? Non, se dit-il, furieux, ce n'était pas pour l'argent. Il l'avait fait parce que c'était la seule chose à faire. Il fallait arrêter le grand maître et les autres : ils s'apprêtaient à tout détruire. Mais, tout au fond de lui, une petite voix triste n'était pas d'accord.

Il était aux vêpres à l'église San Lorenzo quand il avait appris la descente au Sarrasin. D'après ce que les gens disaient, les Templiers avaient arrêté son propriétaire et libéré les esclaves musulmans. Incapable de glaner des informations précises au milieu de ces rumeurs, Guido avait quitté sa place et était sorti de l'église. Des dizaines de questions tourbillonnaient dans sa tête et il s'était rendu à la hâte jusqu'à la taverne, en glissant dans les rues fangeuses, son pantalon de velours bientôt couvert de boue et d'excréments. Un groupe d'enfants en haillons l'avait suivi, d'abord en réclamant l'aumône, puis en pourchassant pour rire cet homme pantelant et suant dont ils se moquaient. Le temps qu'il arrive au Sarrasin, Guido était trempé de sueur et avait le souffle coupé. En voyant un Templier sortir de la taverne avec plusieurs hommes aux couleurs de la garde génoise, il avait décidé de ne pas s'approcher davantage. Il ne lui avait pas fallu longtemps pour trouver quelqu'un qui sache ce qui venait de se passer : la nouvelle circulait dans tout le quartier. Pour une poignée de pièces, les informateurs s'étaient battus pour raconter comment les Templiers avaient arrêté Sclavo pour la tentative de meurtre sur le grand maître.

Après avoir appris cela, Guido était reparti chez lui comme s'il avait le diable à ses trousses. Sauf qu'il avait approché le palais avec une grande prudence, craignant de le voir grouiller de Templiers. Au départ, la peur qu'il éprouvait pour sa survie personnelle avait été plus forte que son inquiétude pour sa famille et il avait pensé quelques instants à fuir vers les quais. Mais, écœuré par sa propre lâcheté et motivé par un sentiment de culpabilité, il s'était peu à peu empli du désir de les défendre et avait avancé d'un pas déterminé, prêt à combattre.

En cet instant, tandis qu'il ouvrait le coffre pour y prendre une dague en argent, il réalisa à quel point il tremblait. Tenir une arme dans ses mains ne devrait-il pas l'aider à surmonter son impuissance frustrante ? Par les fenêtres lui parvint un bruit de sabots perturbant cette nuit tranquille. Guido serra dans sa main potelée la poignée de la dague. Un de ses gardes lança un avertissement, puis il entendit un cri d'agonie. Et les portes du palais s'ouvrirent dans un fracas retentissant.

Le Temple, Acre, 12 mars 1276 après J.-C.

Le roi Hugues III de Chypre se rassit sur sa confortable selle, tête haute, tandis qu'il dirigeait sa jument blanche rue Sainte-Anne, dépassant le couvent du même nom dont le haut clocher disparaissait dans l'obscurité. Le quartier était plongé dans le silence, la plupart des habitants étant rentrés chez eux passer la nuit. Hugues et son entourage, composé de gardes royaux, de son conseiller solennel, Guy, se déplaçaient dans un halo de lumière orangée provenant par les torches que tenaient trois des gardes. Les flammes illuminaient les murailles extérieures du Temple qui s'élevaient sur leur droite, avec des plantes grimpantes accrochées aux pierres et de petits lézards noirs qui détalaient quand la lumière passait sur eux. Au bout de quelques mètres, ils aperçurent l'énorme tour qui surplombait les portes du Temple avec, au-dessus de ses tourets, les quatre lions d'or se dessinant dans la nuit. Les portes étaient fermées.

Hugues surprit son conseiller en train de le regarder.

— Qu'y a-t-il, Guy ?

Ce dernier semblait hésiter à parler, mais il se lança :

— Êtes-vous certain de vouloir le faire maintenant, seigneur ? Ne vaudrait-il pas mieux attendre demain ?

— Si je viens le matin, il sera à la chapelle, il mangera, il assistera à une réunion du chapitre ou participera à telle ou telle autre activité qu'il ne pourra interrompre, *à son grand regret*, fit Hugues d'une voix ironique. À cette heure de la nuit, je le défie de trouver pareille excuse.

Guy acquiesça, mais sans avoir l'air convaincu.

— J'y vais seul.

— Seigneur…

Hugues leva sa main gantée.

— Je désire lui parler en privé, d'homme à homme. Peut-être me montrera-t-il le respect qu'il m'a toujours refusé.

La compagnie atteignit les portes et Hugues sauta de selle avec agilité en maintenant la cape dorée ceinte élégamment autour de sa taille. L'un des gardes prit les rênes de la jument, un autre mit pied à terre et s'approcha de la porte découpée dans le lourd battant en bois décoré de barreaux d'acier enchevêtrés. Il frappa du poing tandis que Hugues retirait ses gants et passait la main dans ses boucles noires. Son visage au teint mat était tendu.

Ils entendirent un verrou tourner de l'autre côté, puis virent la lumière d'une torche, et un homme apparut, vêtu de la tunique noire des sergents du Temple. Il portait un casque et une petite épée nouée à la ceinture.

— Oui ?

— Monseigneur Hugues III, roi de Chypre et de Jérusalem, demande une audience auprès de Guillaume de Beaujeu.

Le garde avait parlé d'une voix forte, en s'appliquant à bien articuler, comme s'il s'adressait à un public nombreux. Le sergent eut l'air un peu surpris.

— Je crains que le grand maître de Beaujeu ne reçoive plus de visiteurs.

— Alors, il me le dira lui-même, intervint Hugues en s'avançant pour que le sergent puisse le voir.

— Votre Majesté…

Peu à l'aise, il s'inclina par réflexe.

— On m'a donné l'ordre le plus strict de ne pas…

— Je suis roi, dit Hugues avec patience, comme si le sergent ne lui avait pas adressé la parole. À vrai dire, je suis le roi de toute cette région.

Il ramena sa main gracile dans son dos.

— C'est mon privilège d'aller partout où je le souhaite. Votre grand maître sait que je veux lui parler.

Il commençait à perdre le flegme dont il voulait faire preuve.

— Trois fois je l'ai invité à venir me voir, et trois fois il a refusé. Vous me laisserez entrer ou je jure que maître de Beaujeu connaîtra ma colère !

Il dit ces derniers mots avec une telle véhémence que le sergent recula d'un pas.

— Je vais le lui dire, Majesté, mais je ne peux vous garantir une réponse favorable, dit-il en ouvrant grande la porte. Faites entrer vos hommes. Vous pouvez attendre dans le poste de garde si vous le désirez. Il y a du feu.

Hugues se détendit quelque peu.

— Merci, dit-il cordialement en passant la porte avec les hommes de sa suite menant un à un les chevaux.

Le sergent échangea quelques brèves paroles avec ses camarades du poste, puis il traversa la cour vers le palais du grand maître. La compagnie royale s'installa comme elle le pouvait dans l'inconfortable office au pied de la tour, sous les yeux des sergents du Temple. Hugues resta sur le seuil, à regarder d'un air maussade la grande cour bordée de bâtiments impressionnants. Il était outré par ces hautes murailles qui l'empêchaient d'entrer à sa guise ; outré aussi que ces Templiers y soient intouchables, enfermés comme ils l'étaient dans leur sanctuaire privé. Le reste de la ville n'était pas sans clivages, mais du moins son autorité n'était-elle pas sans cesse remise en question dans les autres quartiers. Les gens l'y écoutaient, le traitaient comme un roi. Ici, on lui donnait l'impression qu'il s'imposait, et qu'il devrait s'en excuser. Et il haïssait ce sentiment. Haussant les épaules, il s'obligea à se tenir droit. Il se moquait de savoir pour qui les chevaliers se prenaient, ou s'ils avaient les faveurs du pape à Rome. Peut-être ne pouvait-il pas les toucher ici, mais à Chypre leurs domaines n'étaient pas des forteresses aussi imprenables. Il avait du pouvoir sur eux. Et s'ils le poussaient dans ses retranchements, Dieu sait qu'il l'utiliserait. Cette pensée l'emplit d'une confiance renouvelée et, quand le sergent revint lui annoncer que le grand maître le recevrait brièvement, il se sentit sûr de son fait.

Cinq minutes plus tard, il pénétrait dans le réclusoir du grand maître. Guillaume se détourna de la fenêtre quand le sergent ouvrit la porte. Son visage était à peine visible dans l'obscurité, et son expression indéchiffrable. Les deux hommes se firent face d'un côté à l'autre de la pièce. Hugues était plus petit, svelte plutôt que musclé et, à vingt-six ans, il était plus jeune que Guillaume de quatorze ans. Mais il garda son maintien en présence du grand maître. Il y eut un long moment de silence pendant lequel ni l'un ni l'autre ne fit le moindre mouvement, chacun d'eux attendant que l'autre s'inclinât en premier.

Finalement, Hugues serra ses mains dans son dos.

— Je suis heureux que vous ayez accepté de me voir, maître de Beaujeu.

— On dirait que je n'avais guère le choix, répondit Guillaume. Il est tard, seigneur. Qu'y a-t-il de si important qui mérite que nous nous rencontrions à cette heure ?

— Ce n'est pas encore l'heure des complies, rétorqua Hugues, irrité par l'aplomb de Guillaume. Et il m'a semblé qu'il n'y avait pas de meilleure heure pour vous voir, puisque je vous ai fait appeler à d'autres heures de la journée et qu'on m'a répondu que vous étiez occupé à une chose ou à une autre.

Ses yeux fixaient le grand maître avec un éclat brillant.

— J'aimerais savoir quelles affaires vous ont empêché de vous adresser à moi depuis votre arrivée sur mes terres. Il est de coutume pour les dignitaires de rendre hommage à leur roi. Ou n'êtes-vous pas au courant de cet usage ?

Guillaume plissa les yeux mais le ton de sa voix, lorsqu'il prit la parole, ne laissait rien deviner de ses émotions.

— J'ai rendu hommage à mon roi. En Sicile.

Hugues crut que cette remarque allait le faire exploser, mais par un effort herculéen il réussit à maîtriser sa fureur. Le conseil de Guy, un peu plus tôt, lui revint à l'esprit : Vous devez mettre le grand maître de votre côté. Je crains que ce ne soit le meilleur moyen d'éloigner Charles d'Anjou de votre trône.

— Charles est sans doute votre roi en Sicile, maître de Beaujeu, dit Hugues d'une voix contrite. Mais en Outre-mer, je suis souverain. La Haute Cour en a décidé ainsi. D'après la loi, c'est moi, et non Maria, qui suis le plus légitime à Jérusalem. La question a été tranchée.

— Pas en ce qui concerne le pape. Pas en ce qui me concerne.

— Pourquoi disputer mon droit ? Parce que Charles est votre cousin ? insinua Hugues. Je vous croyais au-dessus des mesquineries du népotisme.

— Ça n'a rien à voir avec le sang, c'est une question de pouvoir, répliqua Guillaume. Charles a le pouvoir de lever des armées et de diriger une croisade. Il a le pouvoir de retourner la mer qui menace de nous submerger. Vous n'avez pas fait la démonstration de votre empressement à reprendre nos territoires perdus. Vous avez préféré vous soumettre aux exigences de Baybars sur Beyrouth plutôt que de risquer votre position. J'ai même entendu dire que vous lui payez un tribut maintenant. Vingt mille dinars par an ?

Sans laisser à Hugues le temps de répondre, Guillaume reprit :

— Le pape est au courant, c'est pourquoi il a conseillé à Maria de vendre ses droits à Charles.

Il n'y avait aucune malice dans sa voix, ses propos étaient directs, clairs.

— Vous devriez vous retirer, Hugues, laisser Charles faire pour nous tout ce que vous ne ferez pas.

— Vous êtes fou ! cracha Hugues. Est-ce que *vous* vous retireriez si je vous le demandais ?

— Si c'était pour le bien de l'Outre-mer, alors oui, répondit Guillaume d'une voix profonde. Je ferais n'importe quoi pour nous ramener la terre de Dieu.

Hugues secoua la tête, inflexible.

— Vous croyez que Charles se soucie de ce qui se passe ici ? Son frère est mort en envahissant Tunis, sur son conseil, au lieu de venir en Palestine où nous avions besoin de lui.

— Le roi Louis est mort de la fièvre.

— Le roi Charles ne s'est jamais sali les mains. Il s'intéresse plus à ajouter Byzance à son empire qu'à reconquérir des territoires en Outre-mer. Vous devrez vous débrouiller quand vous compterez sur lui.

Hugues porta la main à sa poitrine.

— Moi, je combattrai à vos côtés si vous me rendez hommage, dit-il d'une voix adoucie. Soyez avec moi et nous reprendrons la Terre sainte ensemble. Parlez au pape, aidez-moi à empêcher la vente de ces droits et laissons Charles nous aider quand il en aura envie.

Hugues tendit au grand maître sa main couverte de bagues pour qu'il l'embrasse.

— Jurez maintenant.

Guillaume observa un long moment le roi.

— Vous ne vous préoccupez que de votre trône, laissa-t-il enfin tomber. Pas de la Terre sainte.

La main tendue de Hugues oscilla, puis retomba. Cette fois, rien ne pouvait plus apaiser sa rage.

— Comment osez-vous ! s'énerva-t-il. Vous êtes idiot, Beaujeu. Un satané idiot ! Je conserverai mon trône avec ou sans votre aide et quand Charles sera obligé de rentrer en Sicile la queue entre les jambes, ne venez pas chercher de l'aide ou de l'amitié de mon côté. Vous et moi, nous sommes maintenant des ennemis.

Cette dernière phrase, prononcée avec emphase, fut accompagnée d'un doigt vengeur pointé sur Guillaume.

Revenu aux portes, Hugues ne prit pas la peine de récupérer son cheval. Il passa devant ses hommes qui attendaient et sortit de la commanderie avant que les sergents n'aient pu lui ouvrir les portes. Guy se dépêcha de le suivre après avoir ordonné aux gardes de leur amener leurs montures.

— Monseigneur !

Hugues s'immobilisa brusquement et pivota. Guy tressaillit en constatant la violence de son regard.

— Monseigneur ? répéta-t-il timidement.

— Je veux que vous écriviez au roi Édouard d'Angleterre.

— Je l'ai déjà fait il y a plusieurs mois.

Guy s'exprimait d'une toute petite voix.

— Eh bien écrivez-lui encore, riposta Hugues. Pourquoi n'a-t-il pas répondu, pour l'amour de Dieu ?

— Je suppose que la réunion ne s'est pas bien déroulée ?

— Le roi Édouard est le neveu de Charles d'Anjou, et un proche ami du pape, fit Hugues en ignorant la question. Peut-être aurons-nous plus de chance avec lui.

Il était sur le point de repartir, mais il se retourna à nouveau, le poing fermé.

— Nous devons faire quelque chose, Guy. Je ne vais pas laisser ce trône à ce bâtard et à ces rois de pacotille !

Le quartier génois, Acre,
12 mars 1276 après J.-C.

Will attrapa Angelo par le bras tandis que le garde s'écroulait sur le sol devant les portes en se tenant la poitrine.

— Qu'est-ce que vous faites, par tous les diables ! Nous sommes ici pour arrêter Soranzo, pas pour tuer des hommes.

Angelo se défit de l'étreinte de Will pendant que les quatre chevaliers siciliens menés par Zaccaria rassemblaient les trois autres gardes.

— Il brandissait une épée, répondit froidement Angelo. Qu'est-ce que j'étais censé faire ? Hein, monsieur le chevalier ? ajouta-t-il d'un air moqueur.

Will observa la blessure du garde. Elle était superficielle, mais il savait qu'elle lui faisait mal quand même.

— Il ira bien, dit-il aux autres gardes.

En se redressant, il fit signe à l'un d'entre eux.

— Aidez-le à se lever.

L'homme, que Zaccaria avait désarmé, s'avança prudemment et prit par les épaules le garde qui geignait à leurs pieds.

Angelo se dirigea vers la maison qui s'élevait devant eux. Des torches flambaient aux fenêtres de l'étage et Will aperçut une ombre passer fugitivement.

— J'y vais en premier.

Angelo hésita, puis il fit un geste accompagné d'un sourire hostile.

— Je vous en prie.

Quand il arriva à proximité de la porte, Will entendit un bébé crier à l'étage. Les gardes semblaient les attendre : les portes du palais étaient barrées et ils avaient tiré leurs épées.

Lorsqu'ils étaient revenus à la commanderie avec Sclavo, le grand maître avait paru indécis, préférant attendre au lieu de l'envoyer arrêter Soranzo sur-le-champ. Après avoir interrogé Sclavo, il avait remercié Will. Celui-ci, avant de quitter les cachots, avait évoqué la question de la récompense, sans mentionner le fait que Luca était le frère de son agresseur. Le grand maître, distrait, lui avait répondu que les fonds seraient prêts dès le lendemain matin. Prévoyant d'envoyer Simon livrer l'argent à Luca, Will était retourné à ses quartiers où il avait entrepris de lire une traduction à laquelle Everard lui avait demandé de jeter un œil il y avait des semaines de cela, mais on l'avait convoqué dans la cour. L'y attendaient les quatre gardes personnels de Beaujeu et un homme à peu près du même âge que lui avec leurs chevaux. Zaccaria lui avait présenté l'étranger, en lui expliquant qu'il était chargé de l'escorter au palais génois, où le Vénitien interrogerait Guido Soranzo, dont il était un ancien associé. Ce qui avait eu le don d'intriguer Will. Pour que le grand maître fasse appel à un associé de Soranzo, il fallait d'abord qu'il connaisse le Génois, chose qu'il n'avait pas indiquée quand Will lui avait fait son rapport.

Son étonnement initial avait entre-temps cédé la place au malaise. Il n'arrivait pas à comprendre pourquoi le grand maître envoyait un marchand interroger Soranzo, quelles qu'aient été leurs relations par le passé, alors qu'il pouvait tranquillement demander l'aide d'Angelo une fois le Génois enfermé dans une de leurs cellules. Will ne faisait en aucun cas confiance au Vénitien. Il y avait quelque chose de personnel dans cette mission. Quelque chose qu'il ignorait.

En ouvrant les portes du palais, son sens du danger sonna l'alarme dans son esprit, pas seulement à cause de la maison plongée dans le noir, mais aussi en raison du Vénitien en cape noire derrière lui qui avait mis à terre ce garde avant même que Will n'ait eu le temps de s'emparer de son épée.

Au-delà de la porte, un couloir s'étirait dans l'obscurité, en dehors d'une lueur vacillante éclairant faiblement le sol à quelques pas sur sa droite. Agrippant son fauchon, Will entra. Ses bottes faisaient un bruit sourd sur le carrelage. Entendant le plancher grincer à l'étage, il leva la tête et se dirigea vers l'escalier.

— Commandeur Campbell.

Will se retourna pour savoir ce que voulait Zaccaria. Les yeux du Sicilien scintillaient dans la pénombre.

— Que devons-nous faire des gardes ?

Will regarda derrière lui. Francesco et Alessandro, deux chevaliers siciliens, pointaient leurs épées vers les gardes du palais, le blessé tenant un chiffon couvert de sang contre son torse. Il s'aperçut qu'il serait stupide de faire rentrer les gardes : ils pourraient donner l'alerte dans toute la maison. Il se maudit de n'avoir pas réfléchi à la question et le regard placide de Zaccaria le mit mal à l'aise. Alors qu'il avait dix ans de plus que lui, le Sicilien était moins gradé, mais il était probablement plus proche du grand maître que quiconque et il ne manquerait pas de lui faire un rapport complet sur son commandement dès leur retour. Will était habitué à s'occuper de lui-même. Il n'avait jamais réalisé à quel point tout devenait plus compliqué quand il fallait aussi prendre en main un groupe d'hommes.

— Restez ici avec les gardes, murmura-t-il à Alessandro et Francesco. Restez vigilants au cas où Soranzo essaierait de fuir.

Pendant qu'ils se mettaient en position, Will grimpa les escaliers, Zaccaria, Angelo et Carlo, le quatrième Sicilien, juste derrière lui.

En haut s'ouvrait un large couloir éclairé par des torches aux flammes erratiques. Il y avait quatre portes du côté droit et trois du côté gauche, plus une tout au bout. Elles étaient toutes fermées. Will avança avec prudence vers la première mais il s'arrêta car il venait d'entendre à nouveau le bébé crier. C'était assourdi, mais suffisant pour savoir que ça venait de plus loin dans le couloir, peut-être la deuxième porte à droite. Il se tourna vers Zaccaria et lui fit signe. Le Sicilien hocha la tête et ils approchèrent ensemble de la porte, les armes prêtes. Quand Will ouvrit d'un coup sec la porte, des cris retentirent à l'intérieur de la chambre, où une douzaine de personnes s'abritaient derrière deux gardes terrifiés. Il y avait là trois hommes ressemblant à des domestiques, quatre femmes, six enfants et, subissant l'étreinte étouffante d'une femme replète vêtue d'une robe brodée, un bébé. Les deux gardes avaient tiré leur épée, mais ils ne bougeaient pas.

— Tout va bien, leur dit Will. Nous n'avons pas l'intention de vous faire du mal.

— Qu'est-ce que vous voulez ? demanda la femme dodue d'une voix rendue perçante par la peur.

— Nous voulons parler à Guido Soranzo, répondit Will, qui baissa son arme tout en regardant du coin de l'œil les gardes pour éviter un geste malencontreux.

— Il n'est pas ici, repartit-elle, mais ses yeux se détournèrent de Will en parlant et il sut qu'elle mentait.

Will était sur le point de lui redemander où était son mari quand la voix d'Angelo se fit entendre derrière lui.

— Où est Guido ? Dis-le-moi avant que je t'arrache la langue.

La femme sursauta et l'un des enfants s'accrocha à sa robe en commençant à pleurer. Will allait ordonner à Angelo de sortir mais son attention fut attirée par un vacarme au fond du couloir. Angelo se mit à courir.

— Surveillez-les ! fit Will à Zaccaria en se lançant à sa poursuite.

— Aidez-moi ! fit une voix étranglée à l'intérieur de la chambre.

— Ouvre la porte, Guido, cria Angelo.

Tout en jurant, il recula de quelques pas et se jeta de tout son poids contre la porte. Le loquet se brisa et la porte s'ouvrit. Angelo entra en agitant devant lui sa longue épée au pommeau en cristal.

En entrant, Will crut d'abord que la pièce, une chambre à coucher, était vide, et il fut surpris d'entendre un autre hurlement, jusqu'à ce qu'il comprenne qu'il venait de la fenêtre. Sous le rebord se trouvait une boîte ouverte, avec des bijoux brillants répandus sur le sol. Sur le rebord lui-même, deux mains potelées se cramponnaient désespérément à la pierre lisse. Lâchant son épée, Will courut jusqu'à la fenêtre et parvint tout juste à attraper l'une d'elles au moment où elles commençaient à glisser.

— Dieu du ciel, sauvez-moi ! geignit une voix en contrebas.

— Aidez-moi, fit Will, le souffle court, à Angelo, sentant que la main en sueur était en train de lui échapper.

Après avoir rengainé son épée, Angelo vint à sa rescousse. À eux deux, ils réussirent à hisser un homme pantelant et transpirant, qui s'affala à leurs pieds.

Par la fenêtre, Angelo jeta un regard méprisant à la cour pavée, deux étages plus bas.

— Est-ce que tu t'es soudain imaginé que tu savais voler, Guido ?

Il donna un coup de pied au marchand.

— Debout.

— S'il te plaît, Angelo, le supplia Guido en levant les mains et en fixant de ses yeux pleins de larmes le jeune Vénitien. S'il te plaît, ne fais pas de mal à ma famille.

— Personne ne sera blessé si vous nous dites ce que nous voulons savoir, dit Will en ramassant son fauchon.

Angelo passa devant Will.

— À partir de maintenant, je m'en occupe, commandeur Campbell.

— Je suis responsable, répondit Will qui détestait de plus en plus l'arrogance du Vénitien.

— Votre grand maître vous a chargé de m'accompagner ici pour que je puisse interroger cet homme, répliqua Angelo d'une voix tendue. Vous avez joué votre rôle. Laissez-moi jouer le mien, maintenant.

Will entendit un toussotement poli à l'entrée de la chambre et il vit Zaccaria qui se tenait sur le seuil.

— Puis-je vous dire un mot, commandeur ?

Une fois Will sorti, Zaccaria tira la porte derrière eux.

— Le grand maître nous a informés que Vitturi a toute autorité dans cette maison, commandeur. Nous devons exécuter ses ordres.

Will ne perçut pas de critique dans les paroles du Sicilien, seulement de la franchise.

— C'est un roquet.

La voix d'Angelo s'élevait derrière la porte.

— Réponds-moi, espèce de misérable !

Zaccaria fixa la porte.

— C'est bien possible. Mais ce n'est pas à nous d'en décider. Nous ne faisons qu'obéir. N'est-ce pas, commandeur ?

Au bout d'un moment, Will finit par acquiescer.

— La famille est-elle en sécurité ?

Il pouvait voir Carlo qui se tenait toujours devant la porte où femmes et enfants étaient regroupés.

— Nous avons désarmé les gardes et les avons calmés autant que possible.

— Rejoins tes camarades et attendez-moi, lui ordonna Will.

Zaccaria sembla vouloir dire quelque chose, mais il se ravisa et inclina la tête.

— Oui, commandeur.

Will resta devant la chambre à attendre. Les minutes s'égrenèrent, seuls les pleurs du bébé et les cris d'Angelo de l'autre côté de la porte brisant le silence de la nuit. Le Vénitien parlait à voix basse et Will n'entendait que des fragments de la conversation.

— L'as-tu dit à quelqu'un d'autre ?

La question fut répétée plusieurs fois. Il entendit aussi la voix de Guido.

— C'était le marché ! Je le jure ! Je voulais le marché du transport ! C'est tout !

En réponse se fit entendre un sifflement.

Will voulait s'approcher, mais Zaccaria l'observait, et même s'il était l'officier le plus haut gradé, il savait que Guillaume apprendrait toute interruption du travail en cours. Il ne goûtait pas du tout l'éventualité de perdre le grade de commandeur dont on venait à peine de le gratifier. Il entendit d'autres cris, puis un hurlement discordant, suivi d'un cri plus intense.

La porte s'ouvrit d'un coup sec et Angelo apparut, la main sur sa joue où une estafilade était visible. La lame de son épée était pleine de sang. Plus loin, Will put voir Guido, allongé sur le sol, le poing serré et le visage tordu de douleur.

— Cette ordure avait une dague, dit Angelo en passant à côté de Will et en remontant le couloir pour se rendre dans la chambre où la famille de Guido attendait.

On entendit un gémissement et Angelo en sortit en tirant un garçon par le bras.

— Qu'est-ce que vous faites ? demanda Will tandis qu'Angelo traînait le garçon dans le couloir.

— Je lui ai expliqué quelles seraient les conséquences s'il ne parlait pas.

— Non, dit Will d'une voix résolue en se plantant devant le Vénitien. Je ne vous laisserai pas blesser un enfant pour faire parler Soranzo. Je me fiche des ordres donnés par le grand maître.

— Laissez-moi passer, commandeur, grogna Angelo en poussant le garçon devant lui.

Au même moment, les deux gardes désarmés se précipitèrent en dehors de la chambre où était regroupé le reste de la famille. Plusieurs domestiques se ruèrent pour les aider et Zaccaria cria quelque chose à Will. Jurant, celui-ci accourut pour aider ses hommes, laissant Angelo emmener le garçon dans la chambre où Guido était toujours prostré sur le sol. Will se baissa pour passer entre Zaccaria et le garde que le Sicilien maintenait au mur. Il y eut un hurlement dans le couloir. Will pivota et vit Angelo enfoncer sa lame dans le corps de Guido.

— Non ! cria-t-il en courant vers la chambre.

Le hurlement continuait, une note stridente pareille à une trompette sonnant l'alarme. Will crut qu'il venait de Guido, jusqu'à ce qu'il entre et voie le garçon, qui avait été jeté à terre et regardait son père, les yeux révulsés. Le hurlement sortait de sa bouche.

Angelo se tourna vers Will.

— C'est fini. J'ai eu ce que je voulais.

Will voulut se pencher vers l'enfant mais Angelo l'attrapa par le bras.

— J'ai dit que c'était fini, commandeur.

Zaccaria cria à nouveau. La femme de Guido, en entendant le hurlement, s'était jetée sur le Sicilien. C'était une femme forte et le chevalier, qui tenait toujours le garde contre le mur, n'avait pas pu la maîtriser.

Will dégagea son bras et se rendit auprès de Guido tandis que sa femme courait dans le couloir.

— Mon mari ! cria-t-elle. Mon Dieu, *qu'avez-vous fait !*

Elle se précipita sur Angelo mais celui-ci la saisit par les poignets, qu'il tourna avec adresse pour lui tordre sans remords les bras dans le dos.

Will s'accroupit à côté de Guido. Il avait un trou net et ensanglanté dans la poitrine. Will était sur le point de se lever quand le marchand ouvrit les yeux. Il gargouilla et du sang coula sur son menton. Il grognait, les yeux grands ouverts. Non, il ne grognait pas, réalisa Will. Les cris de sa femme et les jurons d'Angelo se répondaient en écho dans la chambre, couvrant ses paroles. Will approcha son oreille.

— Ton grand maître et toi, vous brûlerez, articula péniblement Guido. La Pierre noire provoquera votre chute, non votre salut. Je le jure. *Je le jure !*

Il inspira une dernière fois puis s'effondra, immobile.

Will se remit sur ses talons tandis que la femme de Guido se résignait à la prise d'Angelo et se mettait à sangloter. Le Vénitien la relâcha et elle glissa sur le sol.

— Commandeur Campbell, amenez-moi jusqu'au grand maître. J'ai l'information que je suis venu chercher. Nous en avons fini ici.

Ignorant Angelo, Will s'approcha de la femme de Guido et l'aida à se remettre debout. Son visage s'affaissa en voyant le cadavre de son mari.

— Je suis désolé, lui dit Will d'une voix apaisante. Ça n'était pas censé se passer comme ça.

Elle fit une grimace et lui cracha au visage. Puis elle se jeta sur le corps de son mari et prit sa tête entre ses mains.

Tandis que Will essuyait le crachat de sa joue, il croisa les yeux noirs d'Angelo Vitturi. Le Vénitien le fixa un moment avant de quitter la chambre. Will le laissa prendre de l'avance, puis il sortit à son tour en laissant la famille Soranzo à son cadavre et à sa douleur. Il retrouva l'air nocturne avec un sentiment d'hébétude, les derniers mots de Guido se répétant dans sa tête.

La Pierre noire provoquera votre chute, non votre salut.

12

Le quartier vénitien, Acre

16 mars 1276 après J.-C.

Le magasin situé rue de la Soie était frais et sombre. Il le restait toujours, même dans la fournaise de l'été, volet fermé devant la fenêtre pour empêcher les rouleaux de tissu de déteindre à la lumière. Elwen s'emplit de l'odeur familière de la pièce. Le magasin en avait une particulièrement riche, presque suave. Des centaines de rouleaux de tissu étaient alignés sur les étagères, prêts pour le transport jusqu'à Venise et, de là, vers toutes les villes d'Occident. Elwen arpenta les rayons en comptant les rouleaux, une dernière vérification avant les préparatifs de l'expédition. Elle caressa du plat de la main un rouleau luxueux de samit, l'un des favoris de son ancienne maîtresse, la reine de France, qui avait été pendant des années l'une des meilleures clientes d'Andreas. Elwen regarda derrière elle en entendant celui-ci marmonner. Il fouillait dans une pile de documents qu'elle avait rangés plus tôt sur l'établi.

— Où est le registre des marchandises ?

Elwen alla droit vers une étagère derrière l'établi, se hissa sur la pointe des pieds et en tira un ouvrage épais relié en cuir. Andreas le récupéra en souriant. C'était un homme rondouillard et corpulent, large d'épaules, avec de grandes mains et un long visage encadré par des cheveux de la même couleur que du métal dépoli.

— Je ne sais pas comment je faisais avant que tu ne sois là, lui dit-il en humectant son pouce pour feuilleter les pages.

Les premières pages étaient couvertes de son écriture négligée, les dernières par des rangées de chiffres bien ordonnées, tracées avec soin par Elwen. Du doigt, il passa en revue les chiffres de la dernière page.

— Tu as vérifié que chaque rouleau est enregistré ?

— Deux fois.

Andreas hocha la tête, ravi.

— J'emmènerai ça à Niccolò pour qu'il puisse surveiller le chargement du bateau demain, annonça-t-il en fermant le livre. Nous devrions bien nous en tirer avec cette cargaison.

En le voyant glisser le livre dans son sac et se mettre à siffler un air, Elwen eut un léger sourire. Elle aimait le voir heureux, elle aimait savoir que tout allait bien pour sa famille et pour lui.

Andreas était marchand depuis vingt-cinq ans. Il lui avait expliqué à quel point il avait été difficile de bâtir des affaires en s'installant face à des familles vénitiennes déjà établies et puissantes. Son père lui avait appris la comptabilité, s'attendant à ce qu'il suive son exemple, mais Andreas s'était révélé un élève peu motivé, captivé uniquement par les récits des royaumes lointains que lui racontaient les marchands dont son père tenait les livres. Il écoutait avec une avidité effrayée ces histoires d'esclaves plongeant au large des côtes arabes à la recherche de perles, et ressortant des eaux bleues frémissantes avec des poignées de coquilles grises pour acheter leur liberté. Il s'accrochait à chaque mot tandis qu'ils évoquaient pour lui les bêtes étranges, les montagnes bleutées et les lunes rousses au-dessus du désert, ou qu'ils lui susurraient des contes à propos de femmes parfumées au teint d'ébène.

Pendant des années, Elwen avait aussi voulu voyager, ne trouvant le repos nulle part, ni dans la masure de Powys, avec ses deux pièces qu'elle partageait avec sa mère muette, ni dans les couloirs sombres et pleins d'échos du palais royal à Paris. Une fois, elle avait demandé à Andreas s'il trouvait la réalité aussi belle que le rêve.

— Plus belle, avait-il répondu. Car dans mes rêves je n'avais pas une femme et des enfants aussi beaux.

Elwen avait hoché la tête en gardant le silence. Sa propre réalité était un peu différente de ce qu'elle avait imaginé.

Andreas posa le sac sur la table.

— Je sais que nous avons dû beaucoup nous agiter dernièrement et que je ne t'ai pas montré comment tenir le registre, comme je te l'avais promis.

Il leva la main pour empêcher Elwen de l'interrompre.

— Mais j'ai besoin que tu fasses quelque chose pour moi. La foire du printemps de Kaboul, je veux que tu y ailles à ma place. Niccolò part pour Venise, le marché d'Orient arrive bientôt, et avec Besina prête à accoucher, je ne peux tout simplement pas partir, même une seule journée.

Il sourit en voyant l'expression d'Elwen.

— Tu es étonnée ?

— Je n'ai jamais acheté.

— Mais si, bien sûr que tu as déjà acheté.

— Avec vous, corrigea-t-elle.

Andreas secoua la tête.

— Tu ne connais pas tes propres talents, Elwen. Je t'ai observée, dit-il en tapant le coin de son œil avec son majeur. Je vois que tu sais y faire.

Il la regarda froncer les sourcils, évaluant la situation d'un air songeur. Il n'avait pas pris cette décision à la légère, et elle ne l'accepterait pas non plus sans y réfléchir sérieusement.

Elwen avait l'esprit vif et l'envie d'apprendre, mais ce n'était pas ce qui enrichissait un marchand. Il fallait savoir charmer, négocier, vendre, et elle avait un don naturel pour tout cela. Les fournisseurs locaux du marché d'Acre l'adoraient. Quand il l'y avait emmenée la première fois pour lui montrer comment estimer la qualité d'une étoffe, Andreas avait été surpris de voir les prix dégringoler quand elle essayait, avec un petit rire embarrassé, de poser des questions aux vendeurs en maniant les quelques mots d'arabe qu'elle connaissait. Plus tard, quand elle lui avait appris qu'on l'avait souvent envoyée sur les marchés de Paris pour y acheter des articles de luxe destinés à la reine, Andreas avait entraperçu une possibilité.

— Est-ce sûr ? lui demanda Elwen. Les routes ?

— Je ne t'y enverrais pas si ce n'était pas le cas, répondit Andreas. Le traité signé avec le sultan Baybars nous autorise le passage sur les chemins de pèlerinage de Palestine. Kaboul est à un peu moins d'une journée de cheval d'ici, Giorgio et Taqsu t'accompagneront.

Ces hommes constituaient l'escorte d'Andreas, ils conduisaient son chariot lorsqu'il se rendait chez des fournisseurs acheter de la soie. Giorgio était un soldat vénitien à la retraite, ancien membre de la garde de la ville, et Taqsu était un ancien esclave bédouin qu'Andreas avait acheté sur le marché d'Acre une quinzaine d'années plus tôt. Il avait affranchi le jeune Bédouin dès le lendemain et lui avait proposé un salaire. Taqsu ne l'avait jamais quitté depuis, et il lui servait à la fois de guide et d'interprète. Elwen connaissait les deux hommes et elle les appréciait.

— Tu pourras emmener Catarina, ajouta Andreas en voyant qu'elle était sur le point d'accepter. Besina a besoin de se reposer. En plus, elle m'accompagne tous les ans et elle serait déçue de ne pas y aller cette fois.

— D'accord, fit Elwen avec un grand sourire. Merci.

Puis elle montra les étagères :

— Tout est prêt. Est-ce que vous avez besoin de moi pour autre chose ?

— Nous avons fini de travailler pour aujourd'hui. Mais il faut que je te parle d'une dernière chose.

Andreas s'appuya sur l'établi.

— Cet homme que tu vois, Elwen. Qui est-ce ?

Cette question la secoua autant que si Andreas l'avait giflée en pleine figure. Il n'était plus temps de dissimuler sa culpabilité ou ses craintes ; elles s'affichaient sur ses joues qui avaient rougi instantanément et dans ses yeux verts grands ouverts.

— Catarina m'en a parlé, dit-il.

Elwen pencha la tête.

— Andreas, je suis désolée. Je…

— Ça n'est pas un problème. En fait, j'en suis même ravi.

— Ravi ?

— Tu es une très belle femme, Elwen. Mais tu as presque trente ans. Tu as toujours été toute seule. Besina m'a épousé quand elle avait quatorze ans et elle a amené la joie dans ma vie. Au moins, je sais maintenant pourquoi tu refuses les avances de Niccolò, ajouta-t-il.

Elwen rougit davantage encore.

— Ce n'est pas que je ne veux pas…

Elle s'interrompit, cherchant les mots en italien. Parfois, ils lui venaient facilement et coulaient comme de source, à d'autres moments, en particulier quand elle était nerveuse, son débit était lent et haché.

— Tu n'as pas à m'expliquer. En revanche, j'ai besoin de savoir si tu continueras à travailler pour moi lorsque tu seras mariée. Ton mari le permettra-t-il ?

Les yeux d'Elwen étaient rivés au sol.

— Il est chevalier du Temple, Andreas.

Andreas parut choqué.

— Un Templier ? Catarina ne me l'avait pas dit.

Il poussa un long soupir.

— Je ne suis plus si ravi que cela. Ce n'est pas une vie. Vivre dans le péché, dans le secret ? Ne veux-tu pas avoir d'enfants ? Et une famille ? Je pense à toi comme à l'une de mes filles, Elwen, dit-il d'une voix plus douce. Je veux que tu sois heureuse. Si cet homme ne peut t'offrir cela, alors je prie pour que quelqu'un d'autre le fasse.

— Je ne peux pas contrôler mes sentiments, répondit Elwen, les yeux brûlants. J'aimerais en être capable, mais je l'aime depuis que nous sommes enfants. Nous avons grandi ensemble en France. Nous étions fiancés, alors.

— Avant qu'il devienne chevalier ?

— Il m'a demandé de l'épouser le jour où il a prononcé ses vœux. Je sais, dit-elle dans la foulée devant son expression incrédule. Nous allions nous marier en secret.

— Et qu'est-ce qui s'est passé ?

Elle soupira.

— C'est une longue histoire. Disons qu'il a été trahi par un ami et qu'il a fait quelque chose qui m'a profondément blessée. Ce n'était pas vraiment sa faute, mais nous avons rompu ce jour-là et il est venu ici, en Acre, pendant que je restais à Paris.

— Et maintenant, vous êtes revenus à votre point de départ ?

Elwen poussa un rire sans joie.

— Sauf que j'ai plus de rides.

— Quittera-t-il l'Ordre pour toi ?

Elwen garda le silence un instant.

— Non, dit-elle enfin. J'ai cru un temps qu'il le ferait, mais plus maintenant. Il est devenu commandeur. Il a attendu si longtemps pour devenir chevalier. C'est ce qu'il a toujours voulu. Je crois…

Elle fronça les sourcils.

— Je crois que lui ôter son manteau reviendrait à lui arracher une partie de lui-même. S'il n'était plus chevalier, ce ne serait plus Will. Si je l'aime, je dois tout aimer de lui, non ? Je veux qu'il soit heureux. Est-ce mal ?

— Mais qu'est-ce que tu deviens, dans tout ça ?

Elwen passa la main dans ses cheveux, les ébouriffant quelque peu. Andreas était songeur.

— J'ai entendu parler d'hommes rejoignant le Temple avec leurs femmes.

— Seulement s'ils sont déjà mariés, le corrigea Elwen. Ils peuvent rejoindre l'Ordre, mais ils ne portent pas le manteau blanc et, s'ils prononcent le vœu de chasteté, ils ne peuvent plus partager le lit de leur femme. Si l'un de ses maîtres apprenait mes rencontres avec Will, on lui retirerait son manteau et il serait exclu. Et de toute façon, ajouta-t-elle, je n'ai aucune envie d'entrer au Temple. Devenir nonne dans un monastère ne ressemble pas à la vie que je veux mener.

— Et lui ne veut pas d'une vie séculière. Que vas-tu faire ?

Elwen tordit ses cheveux, l'air absent.

— Je ne sais pas, Andreas, répondit-elle en fermant les yeux. Je ne sais vraiment pas.

Le Temple, Acre, 16 mars 1276 après J.-C.

— Tu as vu Elwen ces derniers temps ?

— Parle moins fort, répondit Will à voix basse en se levant du banc où il était assis.

La tête de Simon apparut derrière le cheval dont il était en train de s'occuper.

— Désolé, dit-il tout en continuant à brosser les flancs de la bête. Personne ne peut nous entendre ici.

Will regarda alentour les voûtes en pierre des écuries. Les stalles, à cet endroit, accueillaient des destriers : les chevaux de guerre massifs que montaient les chevaliers pendant les combats, et qui portaient comme eux des armures durant les charges. Les palefrois et les chevaux de bât, utilisés par les sergents ou pour les courts déplacements, logeaient dans une écurie adjacente.

— Quand même, répondit-il à Simon en souriant, je préfère ne pas en parler. C'est toi que je suis venu voir. Je n'ai pas eu beaucoup de temps pour les amis, dernièrement. Maintenant que j'ai une minute, je n'ai pas envie de la passer à parler de moi.

— J'aurais préféré, pourtant. Ce n'est pas comme si j'avais grand-chose à raconter, coincé ici toute la journée.

Il se redressa et s'essuya le front avec le bras, avec pour résultat d'étaler la crasse sur ses sourcils.

— Quoique j'aie parlé avec Everard hier.

— Ah ?

— Il avait l'air fâché. Plus que d'habitude, je veux dire.

— Qu'est-ce qu'il t'a dit ?

— Rien de précis, il m'a juste demandé si nous nous étions vus récemment. Il voulait savoir où tu étais.

Will fronça les sourcils.

— Il n'est pas venu me voir.

— Tu connais Everard. J'imagine qu'il voulait que je te le dise, tu sais, histoire de ne pas avoir à te convoquer. Il préfère que tu ailles le voir de toi-même.

Will se gratta le menton d'un air absent. Sa barbe lui écorchait le bout des doigts.

— Je n'ai pas eu le temps de lui rendre visite, pas depuis que nous avons découvert qui était derrière l'agression du grand maître.

— Ah bon ? fit Simon en dressant la tête. Et pourtant tu traînes ici, alors que tu ne veux parler de rien ?

Will ne répondit pas. C'était vrai : il évitait le prêtre. Everard voudrait savoir ce qui s'était passé chez Guido Soranzo, il serait au courant des rumeurs, il aurait même peut-être appris, de la bouche du sénéchal, qu'un homme nommé Sclavo était détenu au cachot pour ses liens avec l'attentat contre le grand maître. Will n'avait jamais été doué pour mentir au prêtre. Everard saurait qu'il lui cachait quelque chose.

Depuis qu'il était revenu de chez Guido, Will avait pensé à plusieurs reprises aller trouver le prêtre pour tout lui raconter : à propos de Sclavo, de la décision du grand maître d'envoyer un étranger au Temple interroger le suspect, et des dernières paroles de Guido. Mais son inquiétude pour le vieillard l'en empêchait. Everard était frêle, souffrant, et il croulait déjà sous le fardeau du possible double jeu d'Édouard. L'idée que le grand maître pourrait être impliqué dans quelque chose de compromettant serait capable de le pousser au fond du précipice. Avant de parler à Everard, il voulait en savoir davantage.

Il s'était creusé la tête à rechercher le sens que pouvait cacher la malédiction prononcée par Guido, mais il n'en tirait rien. Il n'avait jamais entendu parler d'une pierre noire, pas plus qu'il n'arrivait à comprendre pourquoi le grand maître brûlerait à cause d'elle. Il n'y avait qu'une seule personne, en dehors d'Everard, à qui il aurait pu en parler : Elias, un vieux rabbin qui tenait une librairie dans le quartier juif. Elias connaissait l'existence de l'Anima Templi et il les avait aidés à trouver des traités très rares en vue de les traduire. Ils avaient même à l'occasion utilisé son magasin pour diffuser les connaissances qu'ils jugeaient importantes. Il faisait commerce de livres sur tous les sujets, de l'histoire à la médecine, de l'astrologie à la magie étrange pratiquée par les hommes tatoués du désert. Il n'était ignorant dans presque aucun domaine. Will devait simplement trouver un moyen de lui poser la question sans que ça revienne aux oreilles du prêtre.

— Je suis sûr que je verrai Everard au souper, dit-il à Simon qui haussa les épaules.

— Sire Campbell.

Will se retourna et vit Zaccaria à l'entrée de l'écurie. Le Sicilien lui faisait signe.

— Le grand maître de Beaujeu désire vous voir dans ses quartiers.

Quand Will entra dans le réclusoir du grand maître, Guillaume était assis à sa table de travail. La lumière du soleil projetait un grand carré éblouissant sur les papiers dispersés devant lui. Il tenait une plume à la main.

— Commandeur, le salua-t-il sans relever la tête. Fermez la porte derrière vous.

Il plongea la plume dans un flacon d'encre et continua à rédiger sa lettre tout en poussant des petits soupirs.

— Vous vouliez me voir, maître.

Après trois lignes supplémentaires, Guillaume posa sa plume.

— Vous avez agi comme il fallait l'autre nuit, dit-il finalement en se renfonçant dans son fauteuil. Je n'ai pas eu l'occasion de vous remercier depuis que vous m'avez rendu votre rapport. Une fois de plus, je suis votre obligé. Grâce à vous, l'homme qui souhaitait ma mort a dû répondre de ses actes.

Will voulut s'abstenir de répondre, mais il réalisa qu'il n'y tenait plus.

— J'aurais préféré que Guido Soranzo réponde de ses actes dans nos cachots, maître, plutôt que dans sa maison, devant ses propres enfants.

Guillaume observa Will un moment en ne laissant rien paraître de ses pensées.

— Il est vrai que le procès n'a pas été des plus ordinaires. Mais Angelo Vitturi m'a informé qu'il n'avait pas eu le choix. Soranzo l'a attaqué. Il l'a tué en se défendant.

— Je crois que nous aurions pu l'éviter en arrêtant Soranzo et en l'amenant ici pour l'interroger.

— En agissant ainsi, nous aurions laissé à Soranzo une chance de relever sa garde. Vitturi avait davantage de chances d'obtenir des réponses dans une situation où il était vulnérable.

Le grand maître parlait d'un ton patient, mais Will y percevait des intonations qui lui suggéraient qu'il était en terrain dangereux.

— Et avez-vous eu les réponses à vos questions, maître ?

Will savait qu'il en faisait trop mais il n'avait pas pu s'en empêcher. Il s'aperçut qu'il était en colère contre le grand maître, qu'il lui en voulait de l'avoir envoyé en mission avec l'imprévisible Angelo sans aucune explication valable, et qu'il éprouvait désormais pour lui une défiance ambiguë.

Les manières de Guillaume changèrent soudain, il devint plus léger.

— Il semble que Soranzo voulait monnayer ma mort en échange d'un contrat.

— Un marché ?

— Au concile de Lyon, j'ai obtenu l'approbation papale pour la construction d'une flotte qui desservirait la mer Méditerranée. Sa mise en œuvre a déjà débuté en France. Soranzo était constructeur naval et ses affaires périclitaient. Si j'étais mort, la construction de cette flotte serait revenue aux chevaliers de Saint-Jean, avec qui Soranzo avait conclu un accord.

— Oh ! fit Will d'un air surpris.

Guillaume éclata de rire. Les rides de son front disparurent et son visage rajeunit instantanément de quelques années.

— On dirait que vous êtes déçu. Vous attendiez-vous que cet homme ait des motivations plus dignes pour justifier ses actes, William ? Quelque chose de plus distingué, de plus noble ?

— Non, s'empressa de répondre Will.

— Pour vous dire la vérité, j'ai moi-même été déçu, l'apaisa le grand maître, son sourire évanoui. Jusqu'où l'homme est prêt à s'abaisser pour tirer profit d'un cadavre…

Will ne répondit pas. Avait-il tort ? Le grand maître ne savait-il rien de plus que cela ? Il avait l'air si sincère. En même temps que ses pensées se formaient, Will désira soudain que ce fût vrai. Il voulait croire Guillaume. Il y avait une franchise rassurante chez le grand maître, quelque chose de solide, de fiable.

— Enfin, reprit Guillaume en se levant et en se dirigeant vers une armoire, c'est fini. Peut-être pouvons-nous maintenant retourner à nos devoirs.

Ouvrant les battants, il se pencha et en sortit un long tube. Pendant qu'il revenait à sa table de travail, Will reconnut un étui à rouleau, délicatement filigrané d'argent.

— J'ai une nouvelle mission pour vous.

Will saisit l'étui que lui tendait Guillaume.

— J'ai besoin que vous ameniez ceci à un certain Kaysan. C'est l'un de nos espions. Ce rouleau contient des informations très sensibles à propos de nos ennemis sarrasins que nous lui demandons de confirmer.

Guillaume revint à sa chaise.

— Kaysan appartient à un groupe de mercenaires chiites qui œuvrent sur les routes de pèlerinage qui vont de la Syrie ou de l'Irak vers l'Arabie. Ils sont payés pour protéger les commerçants et les pèlerins en route pour La Mecque des tribus du désert qui attaquent leurs caravanes et exigent des taxes illégales. Kaysan habite le village d'al-Ula, à trois jours au nord de Médine, la ville sainte des Sarrasins où se trouve le tombeau de leurs prophètes. Vous vous y rendrez avec Zaccaria, Carlo et Alessandro. Francesco est malade. Quel est le nom de votre ami ? Celui qui vous a aidé à capturer Sclavo ?

— Robert de Paris ?

— Emmenez-le aussi, répondit Guillaume en hochant la tête. Comme je vous l'ai dit, Kaysan travaille sur les chemins de pèlerinage. Il est souvent en déplacement, vous devrez peut-être attendre un moment avant qu'il revienne à son village. Les chrétiens de Syrie font du commerce sur ces routes, vous voyagerez donc sous le déguisement de marchands. L'un des guides du Temple vous conduira. Al-Ula est le dernier village arabe où les chrétiens peuvent pénétrer. Au-delà, seuls les Sarrasins peuvent emprunter les routes de Médine et de La Mecque. Donnez le nom de Kaysan en arrivant sur place. Les gens le connaissent. Vous partez demain.

Will sentit l'étui argenté lui brûler la main.

— Des informations sensibles, maître ?

— Des informations très sensibles ! souligna Guillaume avec emphase. Soyez sur vos gardes, William. Cette route est semée de périls. Faites en sorte que ce rouleau soit en sécurité.

— Oui, maître.

Guillaume reprit sa plume. Mais en voyant que Will ne partait pas, il leva des yeux étonnés.

— Y a-t-il autre chose ?

Will secoua la tête. S'il existait des réponses à ses questions, ce n'était pas ici qu'il les trouverait.

— Non, maître.

13

Les quais, Acre

15 avril 1276 après J.-C.

Près du rivage, les oiseaux tourbillonnaient en poussant des cris, leur vol en spirale se découpant dans le demi-jour de l'aurore. Les premiers rayons du soleil resplendissaient à l'est, nimbant d'une lumière mordorée les clochers, les dômes et les tours qui s'élevaient au-dessus des murs d'Acre. Debout sur le pont, Garin porta la main devant ses yeux pour se protéger de l'éblouissement.

Acre.

Il avait passé presque cinq ans de sa vie dans cet endroit, pourtant il lui était aussi inconnu que n'importe quelle ville étrangère. Il n'était pas étonnant qu'il ne reconnût rien. Quand il était venu pour la première fois en Terre sainte, on l'avait affecté à Jaffa et Antioche. Après la chute de ces deux places fortes devant l'armée de Baybars, il était revenu en Acre, où il n'avait passé que deux semaines avant de se retrouver enfermé dans les cachots du Temple pendant quatre ans. Ses souvenirs de la ville consistaient en un mélange de bruits et d'odeurs, les pâles fantômes qui l'accompagnaient dans sa prison : la vibration des vagues, les embruns de la mer et les cris des oiseaux. Depuis qu'il était monté à bord de ce vaisseau, six mois plus tôt à Londres, il attendait qu'Acre apparaisse à l'horizon avec l'hostilité latente d'un homme s'apprêtant à affronter un vieil ennemi. La légère excitation qu'il ressentait en voyant la ville s'approcher le surprenait. Peut-être était-il seulement content de voir la terre ferme après avoir passé autant de temps en mer, à moins que ce ne fût la perspective de liberté que la ville lui offrait. Quoi qu'il en soit, il était de plus en plus agité quand ils parvinrent à l'entrée du port.

Il attrapa son sac posé dans un coin du pont où il s'était tenu pendant tout ce voyage. Les autres messagers du roi avaient des robes de fonction et traversaient sur des bateaux majestueux, mais le roi Édouard avait fait valoir que sa mission exigeait de la discrétion. Ainsi ne portait-il pas des vêtements en velours, mais une chemise et des braies en simple coton, ainsi qu'un manteau de laine en mauvais état. Le vaisseau à bord duquel il avait voyagé transportait de la laine et son équipage se constituait de gaillards londoniens. Au départ, Garin s'était ennuyé à mourir. Mais au large des côtes françaises, il avait découvert que son vil entourage prodiguait certaines distractions grâce auxquelles il put passer le temps, à savoir boire et jouer.

Dès que la passerelle fut jetée sur le quai, les matelots commencèrent à décharger les marchandises. Le capitaine descendit à terre et traversa les quais pour se rendre à la maison des douanes. Garin jeta un coup d'œil aux membres de l'équipage, mais ils étaient occupés par la cargaison et, de toute façon, il n'avait rien à leur dire. Le soleil dans les yeux et les exclamations des pêcheurs dans les oreilles, il emprunta la passerelle jusqu'aux quais où régnait l'agitation. La solidité du pavé sous ses pieds, après un si long voyage en mer, lui fit un choc, et il fut envahi par une sensation de vertige qui le fit vaciller. Après quelques pas incertains, il s'aperçut néanmoins qu'il arrivait à marcher à peu près droit en se concentrant sur un élément immobile. Le regard fixé bien droit sur les grilles en acier massif de la ville, Garin lança le sac sur son épaule et se mit en route.

Ayant dépassé les tours circulaires des bâtiments où l'on faisait du sucre et les innombrables échoppes et tavernes alignées près des quais, il pénétra vraiment dans la ville. Les marchands avaient déjà commencé leur boniment au marché pisan, recouvert d'une canopée géante de lourdes tentures rouges et bleues, suspendues là afin de protéger les vendeurs de l'insolation. L'estomac creux de Garin émit un gargouillis en voyant un homme au teint hâlé vidant un panier de grenades sur un étal près de fruits jaune-vert incurvés dont il se souvint qu'on les appelait des pommes du Paradis. Garin ouvrit son sac et en tira une bourse en cuir pleine de pièces. Il approcha de l'homme et désigna les grenades en levant deux doigts.

L'homme grimaça un sourire qui dévoila des chicots noirâtres et saisit deux fruits.

— Vous venez d'arriver ? demanda-t-il avec un fort accent français en regardant du côté des quais.

Garin acquiesça en tendant l'argent.

— Bienvenue au Paradis, dit l'homme en lui donnant les fruits avec un gloussement.

Garin s'éloigna en fourrant la bourse et l'une des grenades dans son sac. Tirant une fine dague d'un étui accroché à sa ceinture, il découpa le fruit, révélant sa chair sombre et généreuse en pépins. Il regarda alentour tout en dégustant la grenade et en essayant d'affermir ses appuis. Il savait que le Temple était à sa gauche, il voyait ses murs d'enceinte un peu plus loin, mais il n'était pas encore prêt à y aller. Il avait d'autres affaires à régler avant.

Garin n'avait jamais eu l'opportunité d'explorer la ville, mais il savait à peu près quelle direction il devait prendre. Il quitta le marché pisan et suivit une allée vers le nord. Il n'avait pas encore beaucoup progressé quand il entendit crier son nom. Derrière lui se trouvaient deux hommes trapus dotés d'une musculature impressionnante. L'un était chauve, avec le crâne qui pelait à cause des brûlures du soleil, l'autre avait une touffe épaisse qui lui couvrait une partie du visage.

— Tu as pris quelque chose qui ne t'appartient pas, de Lyons, dit le chauve d'une voix bourrue.

Il transpirait et avait le souffle court comme s'il venait de courir. Garin soupira d'un air las.

— Je l'ai gagné, Walter.

— Tu as triché, répondit Walter en pointant un doigt accusateur sur Garin. Tu perds pendant des mois. Et tout à coup, la dernière nuit à bord, tu gagnes tout ? Tu avais tout prévu depuis le début.

— La partie était intéressante, fit Garin de sa voix toujours lasse, mais il s'était débarrassé de la grenade et avait passé le pouce dans sa ceinture, près de la dague.

— Rends-le-nous, nabot, grogna le compagnon chevelu de Walter.

Le visage de Garin exprima soudain une colère contenue.

— Nabot ? répéta-t-il avec un petit rire narquois. Tu crois m'intimider avec des insultes, John ?

Son sourire avait disparu. Il jeta son sac à terre et avança vers eux.

— Il fut un temps où j'aurais pu vous faire pendre, noyer et écarteler pour m'avoir parlé sur ce ton. Cette époque est révolue, je ne porte plus le manteau. Mais je n'ai rien oublié de ce qu'on m'a enseigné.

Walter repoussa John.

— Il est à moi.

Garin continuait de marcher à pas très lents, presque sans avancer, et Walter vint vers lui, les poings levés. Le matelot donna le premier coup de poing, que Garin esquiva en se baissant avec agilité avant de le contrer d'un coup de coude en pleine mâchoire. Sa tête partit en arrière et il poussa un cri de douleur, vacillant et crachant du sang car il s'était mordu la langue.

— *Fumier*, grogna-t-il en revenant à l'attaque.

Garin feinta à gauche le deuxième coup de poing et contourna à nouveau la défense brouillonne de Walter. Cette fois, il le frappa à l'œil et y gagna une douleur aiguë dans les articulations, le signe d'un coup bien porté. Walter tituba en se tenant le visage, et John s'avança à son tour. Garin leva les poings, mais il ne s'attendait pas à une charge aussi foudroyante de la part d'un homme aussi costaud et il dut reculer pour tenter de bloquer ou d'éviter un déluge de coups rapides comme l'éclair. Mais l'un d'entre eux le toucha et il sentit son nez craquer sous le choc du poing de John. Un sang épais, acide, remplit immédiatement le fond de sa gorge et des larmes l'aveuglèrent tandis que la douleur hurlait en lui. Crachant au sol pour se dégager la gorge, il s'avança, aiguillonné par la rage. Ignorant les coups qui pleuvaient sur lui, Garin réussit à attraper les cheveux de John et il tira d'un coup sec vers le bas en levant le genou. Le nez de John se brisa et sa lèvre inférieure éclata contre ses dents.

Garin le releva sans ménagement avant de le laisser s'écrouler au sol, où sa tête cogna durement. Il ne s'en remit pas. Essuyant le sang qui lui coulait sur le visage, Garin enjamba John et retourna vers Walter qui regardait, médusé, son camarade à terre. En voyant Garin sortir sa dague, le matelot recula de quelques pas, puis il se retourna et partit en courant.

Garin le regarda s'en aller, après quoi il rengaina la dague et se pencha sur John pour inspecter sa ceinture. Une petite bourse y pendait derrière une flasque en cuir. Il fit couler dans sa gorge une rasade de son mauvais vin et grimaça. Puis il se rinça la bouche avant de recracher le tout en jetant la flasque sur John, toujours inconscient.

Des types comme ceux-là ne se rendaient pas compte. Ils le regardaient et tout ce qu'ils voyaient, c'était un homme près de la trentaine, apparemment sans métier ni statut, un homme agréable, affable, brave, dont ils pouvaient se moquer ou tirer quelques pièces ; peut-être une sorte d'érudit. Pas un homme dont il fallait se méfier, capable de tricher aux dés ou de leur voler leur femme, et encore moins de leur trancher la gorge au beau milieu de la nuit. Ils n'avaient pas remarqué les cicatrices, qu'il prenait soin de cacher sous ses cheveux blonds tombant comme un rideau et sous sa barbe foncée. Ils n'avaient pas remarqué sa façon de se déplacer, fluide, vive, comme il l'avait appris en s'entraînant à l'épée, ou sa manière de dormir en ne leur tournant jamais le dos. Non. Ils ne s'étaient pas rendu compte de tout cela.

Attrapant son sac, Garin quitta l'allée et remonta la rue des Trois-Mages en direction du palais royal d'Acre.

Kaboul, royaume de Jérusalem,
15 avril 1276 après J.-C.

Elwen posa délicatement le tissu sur le revers de sa main pour en inspecter la trame.

— Il est magnifique, dit-elle en relevant les yeux sur le vendeur.

— Je fais bon prix, annonça l'Arabe en souriant.

Un homme entre deux âges, à côté, montra du doigt un rouleau de samit chatoyant en demandant son prix, et le vendeur alla lui répondre. Elwen sentit quelqu'un qui la poussait dans le dos et elle se tourna : une femme qui essayait de se frayer un chemin lui adressa un sourire d'excuse. Bien qu'il eût commencé dès l'aube, le marché était toujours plein de monde. La foule se pressait, les vendeurs criaient leurs prix, les acheteurs se penchaient sur les marchandises éparpillées sur les étals pour négocier. La foire du printemps de Kaboul abritait surtout des vendeurs de tissu, mais il y avait aussi quelques marchands d'épices, de teintures et d'encens. Une odeur de viande grillée au poivre flottait dans l'air brûlant, et la mélodie envoûtante d'une lyre voguait au-dessus du vacarme de la cohue. Dans l'ombre d'une église en pierre, le plus grand bâtiment du village, le joueur de lyre attirait un public nombreux en chantant des airs dans une langue qu'Elwen n'avait pas su identifier.

— Est-ce le dernier, mademoiselle ?

Elwen se tourna vers Giorgio. Il avait pris un coup de soleil sur le visage, son nez était rubicond.

— Taqsu a presque fini de charger le chariot.

— Je vais peut-être acheter quelques-unes de ces étoffes, répondit Elwen en tâtant du bout des doigts le tissu. Je crois qu'Andreas va l'adorer.

Elle le montra au Vénitien.

— Qu'est-ce que vous en dites ?

Giorgio leva les mains au ciel en signe d'impuissance.

— Mademoiselle, le peu que je connais à propos des tissus pourrait tenir sur une tête d'épingle. Tout ce que je peux dire, c'est qu'Andreas vous fait assez confiance pour vous laisser le remplacer ici, donc je suppose que vous pouvez vous en remettre à vous-même pour prendre une décision.

Elwen lui retourna son sourire.

— Vous avez raison.

Elle regarda par-dessus la foule en direction des chariots et des charrettes. Escortes et guides de toutes les nationalités entassaient des marchandises dans de grands sacs en cuir attachés aux chameaux. Il y avait des revendeurs de Damas, Mossoul, et même d'Arabie. La guerre de Baybars contre les Francs, qui avait duré douze ans, avait peu ou prou réduit à néant les positions chrétiennes en Palestine et en Syrie, ne leur laissant que quelques villes le long de la côte et une poignée de villages en Galilée, habités par des chrétiens indigènes. Les marchands locaux avaient désormais moins d'occasions de vendre leurs produits aux négociants occidentaux, ce qui avait rendu les foires comme celle-ci, ainsi que les marchés d'Acre, de Tripoli ou de Tyr encore plus attractifs. Il y avait beaucoup d'Occidentaux ici, autant que d'Arabes.

— Catarina est avec Taqsu ? demanda-t-elle à Giorgio.

— Oui, elle l'aide à charger les dernières marchandises.

— Laissez-moi finir ici et je vous rejoins.

Giorgio s'en alla et Elwen se tourna vers le vendeur pour lui rendre l'échantillon.

— À combien est le mètre ?

Elle s'était sentie nerveuse en arrivant ce matin, après avoir voyagé toute la nuit depuis Acre. Elle manquait d'assurance et elle avait peur de décevoir Andreas. Mais après son premier achat, sa confiance en elle-même avait augmenté. Grâce aussi à Taqsu sur qui elle pouvait compter pour faire l'interprète. Et maintenant, elle prenait plaisir à négocier avec le vendeur. Ils étaient en train de se mettre d'accord sur le prix lorsqu'elle sentit qu'on tirait sur sa manche. Catarina se trouvait à côté d'elle, elle était agitée et avait l'air d'avoir chaud.

— Je croyais que tu aidais Taqsu ? dit-elle à la fillette en lui ramenant ses cheveux noirs en arrière.

— Je m'ennuie, lui répondit Catarina avec un soupir appuyé. Quand est-ce qu'on part ?

— Bientôt. J'ai presque fini. Pourquoi est-ce que tu ne m'attends pas au chariot ?

— Est-ce que je peux aller écouter le musicien ?

Elwen jeta un coup d'œil au joueur de lyre. L'église était assez loin et la foule était toujours dense.

— Il vaut mieux que tu restes avec moi.

— Vous avez l'argent ? demanda le vendeur qui attendait.

— Mon père me laisserait y aller, dit Catarina avec une moue boudeuse.

— Très bien, répondit distraitement Elwen en ouvrant sa bourse. Mais reste près de l'église, là où je peux te voir.

Catarina fit un grand sourire et s'éloigna.

— Votre fille ? Très belle.

Elwen rit.

— Oh ! Ce n'est pas ma fille.

Le vendeur prit l'argent et entreprit de plier le tissu. Le sourire d'Elwen avait disparu. Les paroles qu'elle venait de prononcer étaient chargées d'une émotion inattendue et elle fut soudain sur le point de pleurer. En colère contre elle-même, elle repoussa les larmes.

Depuis plusieurs semaines, un sentiment de tristesse diffuse lui pesait. Elle s'était même mise à penser à son père et à sa mère, des fantômes qu'elle convoquait rarement. Son père était mort peu après sa naissance et cela faisait des années qu'elle n'avait pas revu sa mère. À Paris, Elwen lui avait écrit à chaque saison qui passait, mais elle n'avait jamais reçu de réponse. Elle ne savait même pas si elle était encore en vie. La douleur qu'elle éprouvait n'était pas tant pour cette perte en elle-même que pour quelque chose qu'elle n'avait jamais connu : une famille. C'est la discussion avec Andreas qui l'avait remuée de cette façon. Maintenant qu'il était au courant de sa relation avec Will, Andreas amenait le sujet à tout moment pendant le travail, en lui disant qu'elle devrait trouver un mari capable de s'occuper vraiment d'elle. Elwen savait qu'il ne désirait que son bonheur, mais le fait de lui rappeler sans cesse ce qui lui manquait ne faisait que la déprimer davantage.

Le vendeur lui tendit le ballot de tissu.

— Merci, fit Elwen.

À ce moment, elle sentit sous ses pieds une faible secousse. Puis de plus en plus forte. Le vendeur regardait autour de lui et tout le monde faisait de même, les conversations interrompues. Elwen entendit un Français demander :

— C'est un tremblement de terre ?

Personne ne lui répondit. L'étal devant lui s'était mis à tressauter, une tasse chinoise que le vendeur avait remplie de thé tintait et le liquide noirâtre débordait.

— Catarina ! appela Elwen, le regard tourné vers l'église, où le musicien s'était arrêté de jouer.

Elle aperçut la chevelure noire de Catarina, puis un hurlement déchira l'air. Une femme courait à travers le marché en criant. Elwen ne comprit pas ce qu'elle disait, mais sa terreur était visible dans sa voix et sur son visage. D'autres reprirent avec elle son cri d'alarme. Soudain, le marché fut livré au chaos. Les gens commencèrent à courir en se précipitant les uns dans les autres ou en se cognant dans les étals.

— Catarina ! cria Elwen, ce qui fit se retourner les gens autour d'elle.

Elle se hissa sur la pointe des pieds pour voir pardessus le tumulte, mais un homme ventripotent lui rentra dedans et elle retomba la hanche contre l'étal. Le vendeur ramassait avec frénésie ses ballots de tissu.

— *Catarina !*

Il y avait une masse de gens entre l'église et elle, tous courant pour retrouver leur chariot ou leur cheval en agrippant leur bourse ou en traînant un enfant par le bras. Une femme âgée tomba et disparut sous la marée humaine. Le grondement était de plus en plus fort.

— Qu'est-ce qui se passe ? demanda un homme désorienté en latin.

Elwen lâcha le tissu et essaya de se frayer un chemin dans la cohue, mais elle sentit une main lui agripper le bras. Giorgio était derrière elle.

— Les Mamelouks, lui dit-il dans le vacarme. Nous devons y aller. Maintenant.

Elwen le fixa un instant. Ce qu'il venait de dire flottait à la surface de son esprit, refusant d'y pénétrer.

— Taqsu est avec le chariot. Allons-y !

Tandis que Giorgio l'attirait, Elwen revint à la réalité.

— Catarina ! Il faut que j'aille la chercher ! cria-t-elle en essayant de se dégager.

Elle entendait de plus en plus de hurlements. La foule se déversait en permanence de la grande rue qui menait derrière l'église et qui débouchait sur le marché. Derrière eux apparurent des cavaliers. Elwen s'immobilisa en les apercevant. Certains brandissaient des épées, d'autres des arcs. Les lames et les flèches brillaient en une aura menaçante dans la lumière du soleil. Ces hommes hurlaient avec férocité en chargeant les visiteurs en fuite dans un fracas d'acier, de brides cliquetantes et de sabots pilonnant le sol. Elwen reconnut les deux mots qu'ils scandaient. *Allahu Akbar !* Alors son corps expulsa la tension en lâchant un hurlement terrifié tandis que l'épée d'un Mamelouk s'abattait sur l'un des hommes qui couraient, lui tranchant la tête dans une gerbe de sang qui éclaboussa ceux qui se trouvaient à côté. Un petit garçon se baissa, les bras en l'air. Puis Elwen sentit Giorgio l'attraper et elle bougea enfin.

Tandis que le Vénitien la menait à travers un océan de visages épouvantés, Elwen hurla le nom de Catarina jusqu'à ce que sa gorge la brûle, espérant contre tout espoir que la fillette entendrait son nom et parviendrait à courir jusqu'à elle. La foule les empêchait de revenir jusqu'aux chariots. Et, de toute façon, les escortes et les guides, incapables de passer avec les chevaux, sautaient à terre pour fuir. Une rangée de maisons en brique et une grange leur faisaient face. Les gens couraient dans le passage entre les deux. Elwen entendit quelqu'un derrière elle émettre un gargouillis bizarre et hideux, puis Giorgio se jeta au sol et elle tomba avec lui. Quelqu'un trébucha sur ses jambes, s'écroula à moitié sur elle, puis roula de côté. Elwen resta allongée quelques secondes, le souffle coupé, puis elle releva la tête.

— Giorgio !

Elle le prit par le bras avant de voir quelque chose qui dépassait de son dos. La flèche, profondément fichée, n'avait fait jaillir que peu de sang. Elle poussa un cri en sentant siffler quelque chose tout près de son visage. Puis elle entendit un *tomp*, au moment où la flèche perça le côté de la grange. Elwen se jeta en avant en s'écorchant les genoux et les mains et en s'arrachant un ongle, ce dont elle n'eut même pas conscience. Elle haletait de peur, tout son corps tremblait en anticipant la flèche qui lui percerait le dos. Rampant, elle chercha tête baissée l'entrée de la grange au milieu de la paille et de la poussière, jusqu'à ce qu'elle soit dans le noir et qu'il y ait une échelle devant elle, dont elle saisit les barreaux pour se hisser. Elle perdit une chaussure, déchira sa robe, mais continua d'avancer. Elle finit par arriver en haut, dans le grenier à foin, chaud et accueillant. Elle entendit un cri plus bas, suivi par des bruits de sabots. Elle resta allongée tandis qu'un jeune homme courait droit dans la grange avec un cavalier mamelouk derrière lui. L'homme s'effondra, transpercé d'un coup de sabre. Elwen ferma les yeux et se renfonça dans le foin.

Elle n'aurait su dire combien de temps elle resta là, les yeux clos, les cris au-dehors résonnant dans ses oreilles. Au bout d'un moment ils devinrent moins fréquents, jusqu'à ce qu'il n'y ait plus que le piétinement des chevaux et les voix des Mamelouks, qui s'interpellaient en arabe. Un moment, les voix semblèrent toutes proches et elle entendit quelqu'un bouger en bas, mais il ressortit peu de temps après.

Elwen finit par ouvrir les yeux et lever la tête. Elle se sentait épuisée, faible, et son corps était courbatu. Sa peau était brûlante et trempée de sueur, mais elle frissonnait de froid. Elle s'appuya sur ses paumes et regarda en bas. À la vue du corps de l'homme étendu au sol, elle s'empressa de détourner les yeux. Autour de lui, le sang formait une tache rouge dans laquelle se reflétait la lumière du soleil. Quelqu'un cria au-dehors. Elwen se baissa, le cœur battant, mais personne ne vint. Elle rampa jusqu'au bord du grenier et se décida à descendre l'échelle. Elle manquait à tel point d'énergie que ses mains peinaient à s'agripper aux barreaux. À mi-chemin, elle s'arrêta un moment et se contenta de rester là, mollement suspendue, avant de continuer.

En bas, elle longea les murs du grenier. En parvenant à l'entrée, elle s'accroupit en faisant attention de rester invisible. Elle entendait le bourdonnement des mouches autour du cadavre et sentit la bile lui remonter dans la gorge. Fermant les yeux et inspirant par petites saccades, elle réussit à la refouler. Plusieurs cris retentirent et elle ouvrit les yeux d'un seul coup. Risquant un regard à l'extérieur, elle vit trois Mamelouks tirer deux femmes et un garçon d'une maison en brique. L'un des soldats avait attrapé le garçon et le tirait sur la place du marché, les deux autres poussaient les femmes dans le dos pour les faire avancer. En tendant le cou, Elwen avait vu la place derrière une rangée de chariots dont certains avaient été retournés, les chevaux gisant morts à côté. Elle aperçut des gens, pour la plupart des femmes et des enfants, assis par terre. Debout près d'eux, des soldats mamelouks les surveillaient. Les autres s'activaient ici et là sur leurs chevaux. C'est de là que venaient la plupart des bruits. On regroupait les survivants. Elwen réalisa, horrifiée, qu'ils allaient être faits prisonniers. Une fillette cria quelque part et Elwen se colla au mur tandis qu'un soldat passait à côté d'elle en traînant un homme blessé, en qui elle reconnut le joueur de lyre. Il se débattait, mais un deuxième soldat arriva et le frappa violemment à la tête. Elle entendit à nouveau un cri, et juste après un Mamelouk entra dans son champ de vision, tenant fermement la fille qui ruait et donnait des coups de pied. Elwen se glaça quand elle rejeta sa tête en arrière en dévoilant son visage. C'était Catarina. Un petit cri d'effroi contenu lui échappa quand Catarina hurla son nom. Mais elle comprit au bout d'une seconde que celle-ci ne l'avait pas vue : elle l'appelait juste à l'aide. En un instant, la terreur d'Elwen disparut, cédant la place à un profond sentiment de responsabilité. Son esprit s'éclaircit et son regard affûté se concentra sur une flèche à côté de la grange, à côté du corps de Giorgio. Elle sentait dans sa poitrine son pouls régulier lorsqu'elle commença à ramper dans sa direction.

Al-Ula, Arabie, 15 avril 1276 après J.-C.

En entrant dans la palmeraie, Will chassa la grosse abeille qui vrombissait autour de sa tête. Les rayons du soleil passaient à travers les branches, frappant durement sur les crânes. Il s'enfonça un peu plus, le feuillage desséché craquant sous ses pieds, jusqu'à ne plus entendre les bruits du village derrière lui. Il avait dit aux autres qu'il allait chercher de l'eau. C'était en partie vrai, ou, en tout cas, il avait amené des gourdes à cet effet, mais l'eau était le cadet de ses soucis. Coincé entre sa ceinture et son dos, dissimulé par sa chemise, se trouvait l'étui argenté que Guillaume lui avait confié. Il lui brûlait les doigts depuis qu'il avait quitté Acre et l'urgence de le remettre n'en était que plus grande maintenant. Kaysan, d'après ce qu'on leur avait dit, reviendrait d'un jour à l'autre.

Ayant trouvé un rocher couvert d'herbe entre deux palmiers, Will posa les gourdes et sortit l'étui. Le métal était chaud d'avoir été collé à sa peau. S'asseyant, il le tourna et le retourna dans ses mains. Le grand maître ne lui avait pas dit de ne pas l'ouvrir, il n'en avait pas besoin ; c'était implicite. On lui avait donné ordre de livrer le rouleau, son contenu ne le concernait pas. S'il le lisait et que Guillaume le découvrait, il risquait l'exclusion, peut-être même le cachot.

Au-dessus de lui, le vent agitait les frondes des palmiers, aussi acérées que des lames. Tout dans ce pays était rude : les terres vides et sablonneuses où l'on devait puiser l'eau en creusant profondément dans la rocaille ; le soleil sauvage, aveuglant ; les nuits glacées où les étoiles brillaient dans l'obscurité, tranchantes et brillantes comme des diamants. Depuis vingt-six jours que Will voyageait dans ce paysage, les plaines poussiéreuses de Palestine lui paraissaient une oasis verdoyante en comparaison. Quand ils avaient laissé derrière eux la dernière ville de Syrie, leur guide, un Arabe tranquille qui travaillait pour le Temple depuis dix-neuf ans, lui avait raconté que les musulmans croyaient qu'en pénétrant dans le Hedjaz, on se perdait, et qu'en le quittant, on renaissait. Will comprenait pourquoi. La région était la plus désolée qu'il eût jamais connue et sa traversée avait été fort éprouvante pour ses camarades et pour lui-même, leurs conversations se tarissant en même temps que leurs gourdes, au point de chevaucher toute la journée sans prononcer une seule parole.

D'Acre, ils avaient traversé la Galilée, en passant près de Safed et de ses souvenirs douloureux, puis ils avaient franchi le Jourdain au gué de Jacob. Là, ils avaient pénétré dans le district de Hauran et rejoint la route des pèlerins qui partait de Damas et menait en Arabie. La route était passante. Ce n'était pas encore le mois du hadj, le grand pèlerinage annuel vers La Mecque, mais nombre de musulmans, leur avait expliqué le guide, accomplissaient quelque chose qu'ils appelaient le oumrah : un rite plus personnel, qu'il était possible d'entreprendre à n'importe quel moment. Outre les pèlerins, qui voyageaient pour la plupart en caravane avec des chameaux qui portaient les provisions et l'eau, il y avait des marchands qui vendaient du lait et des fruits aux croyants assoiffés. Guillaume avait raison : Will et les chevaliers n'avaient pas paru déplacés, vêtus en simples habits de commerçants, leurs armes cachées dans les sacs. Mais la route était aussi fréquentée par des voyageurs moins paisibles. Les bandits à cheval de tribus rivales écumaient la région, attirés par les richesses des pèlerins comme des abeilles par le miel, et la raison pour laquelle des hommes comme Kaysan pouvaient vendre leurs services de protection devint rapidement claire. Durant leur chemin vers le sud, Will et ses compagnons avaient été arrêtés pas moins de cinq fois par des groupes d'hommes portant arcs ou couteaux, qui exigeaient une taxe. Ces hommes, qui prenaient tout le monde pour cible, sans distinguer les chiites des sunnites ou des chrétiens, reculaient lorsque les chevaliers tiraient leurs épées. Malgré tout, ils en avaient plus qu'assez de rester constamment en alerte tandis qu'ils chevauchaient à travers des passes rocheuses, ignorant derrière quel accident du terrain pouvaient s'abriter des archers capables de tirer d'abord, et de demander l'argent ensuite.

Finalement, après un périple de presque 1 300 kilomètres, ils avaient atteint al-Ula, et le petit village verdoyant, avec ses sources d'eau fraîche et sa palmeraie, leur avait fait l'effet d'un paradis. Les maisons étaient construites en pierre et en boue séchée, et il y avait même des auberges. Ils s'étaient rendus dans la plus grande d'entre elles. Le propriétaire les avait regardés d'un air soupçonneux quand Will avait demandé s'il savait où trouver Kaysan. Il voulait savoir pourquoi il ne les avait jamais vus si, comme ils le prétendaient, ils colportaient des marchandises sur les routes. Mais il avait fini par leur dire que Kaysan devait rentrer dans les jours à venir.

— Mais il ne travaillera pas pour vous, avait-il ajouté tandis que Will le remerciait. Kaysan ne travaille que pour les chiites. Pas pour les sunnites. Surtout pas pour les chrétiens.

Ensuite, il les avait emmenés jusqu'à un abri érigé sur le toit de l'auberge, fait de frondes de palmiers tressées, avec des nattes en jonc en guise de lit. C'était quatre jours plus tôt.

Will passait sa main sur l'étui, caressant du doigt les motifs en argent dont il était décoré. Rien ne l'empêchait de regarder dedans : le grand maître ne le découvrirait jamais. Mais il hésitait tout de même, son éducation à obéir arrêtant sa main. Durant le voyage, il avait demandé à Robert s'il trouvait la mission inhabituelle. Le chevalier l'avait regardé d'un air perplexe en lui demandant ce qu'il voulait dire par là. Aucun de leurs camarades ne posait de questions sur la mission. Pourquoi l'auraient-ils fait ? Le grand maître commandait et ils obéissaient. Mais il ne leur avait pas donné de raison de douter de ses mobiles, ce n'était pas leur esprit qui ressassait sans cesse les dernières paroles de Guido Soranzo. Will plongea résolument la main dans l'étui et en tira le rouleau de parchemin. La lumière joua sur le papier tandis qu'il l'ouvrait. Lorsque ses yeux se posèrent sur le texte, il poussa un bref soupir d'agacement. Il ne reconnaissait aucune des langues qu'il pratiquait : ce n'était ni du latin, ni du français ou du grec. Ça ressemblait un peu à de l'arabe, mais il eut vite fait de s'apercevoir que ce n'était pas ça non plus. Il le scruta encore quelques secondes, puis il le roula, irrité, avant de le remettre dans l'étui.

Il revenait par le même chemin à travers les arbres quand il entendit des cris. Au bout d'un moment, il reconnut la voix de Robert. Le chevalier avait l'air affolé. Glissant l'étui dans son dos, Will se mit à courir. En atteignant l'orée de la palmeraie, il s'arrêta net. Il y avait là Robert, Zaccaria et les autres. Douze hommes en robe noire cachant leurs visages derrière des keffiehs les faisaient sortir de l'auberge avec leur guide, qui avait l'air terrifié. Huit d'entre eux pointaient des arbalètes vers les chevaliers, les autres tenaient des épées. Les suivait le propriétaire, visiblement satisfait de lui-même. Will s'accroupit dans la broussaille.

— Ce sont des espions occidentaux, dit en arabe le propriétaire à l'un des hommes en robe noire, le plus grand et le plus élancé d'entre eux, qui portait un bandeau rouge au bras. J'ai fouillé leurs affaires pendant qu'ils dormaient. Ils n'ont rien à vendre, seulement des armes. Ce ne sont pas des marchands. Je ne sais pas ce qu'ils vous veulent, mais j'ai pensé que vous voudriez être averti.

— Vous avez eu raison, dit l'homme d'une voix monocorde et froide. Emmenez-les, ordonna-t-il à ses compagnons.

Robert voulut protester quand l'un des hommes le poussa, mais la pointe d'une épée dans son dos le réduisit au silence. Will regardait ses camarades partir lorsqu'il entendit des feuilles sèches craquer derrière lui. Il pivota et se retrouva nez à nez avec un carreau d'arbalète. L'homme qui tenait l'arme arborait, lui aussi, une robe noire et un keffieh. Will aperçut ses yeux marron tandis que, d'un signe de tête, il lui faisait signe de se lever.

14

Kaboul, royaume de Jérusalem

15 avril 1276 après J.-C.

La main d'Elwen se referma sur la flèche. Après l'obscurité de la grange, le soleil l'aveuglait et lui brûlait les yeux. Plus loin, lui tournant le dos, le soldat mamelouk luttait avec Catarina. Les deux soldats qui traînaient le joueur de lyre avaient dépassé les chariots et arrivaient sur la place du marché. À gauche et à droite, les rues étaient vides. Recroquevillée au sol, Elwen tenait la flèche serrée dans son poing. Elle était de la longueur de son bras, avec des plumes grises et blanches, sans doute d'aigle. La pointe en était aiguisée. La peur avait de nouveau accéléré son pouls. Elle ne pouvait plus bouger. Son instinct lui hurlait de retourner à l'abri, de se réfugier dans les ténèbres de la grange. Elle se raidit en entendant le Mamelouk pousser un cri. Catarina le mordait. Il dégagea sa main de sa bouche, le sang coulait. Tout en l'abreuvant d'insultes, il lui balança le revers de sa main dans la figure. Catarina tomba et Elwen se mit à courir.

Un cri s'échappa de ses lèvres au moment où elle plongea la flèche dans sa nuque, l'enfonçant aussi fort qu'elle pouvait. Dans son cri se mêlaient la terreur, la rage et le dégoût. La pointe d'acier pénétra dans la chair, puis dans les muscles. Du sang jaillit instantanément. Le soldat hurla de douleur et de surprise. Il pivota pour lui faire face et l'attrapa par la gorge. Le souffle coupé, Elwen essaya de lui faire lâcher prise. Elle étouffait et la panique la gagnait. Le soldat continuait à serrer. Il crachait du sang par la bouche, et respirait avec de grands bruits rauques. Son étreinte commença à se relâcher, et Elwen reprit suffisamment ses esprits pour lui envoyer un coup de genou dans l'entrejambe. Le soldat se plia en deux et tomba à terre, la flèche sortant toujours de son cou. Elwen se précipita vers Catarina pour la relever. Soutenant la fillette par les épaules, elle remonta la rue en courant. Elles n'avaient guère parcouru de distance lorsqu'elles entendirent le galop d'un cheval derrière une rangée de maisons, venant dans leur direction. Elwen se jeta dans l'entrée d'une maison en attirant Catarina près d'elle, juste à temps pour voir deux soldats passer devant elles. Dans la pénombre, il y avait une vague odeur de sang. Elwen redressa Catarina, qui tremblait de tout son être, et la serra contre elle. Les lèvres de Catarina étaient mouchetées du sang du Mamelouk qu'elle avait mordu. Sa robe était trempée dans son dos et Elwen s'aperçut que la fillette s'était fait dessus. Elle avança à pas prudents dans la pièce. Au sol, derrière une table, un homme gisait face contre terre. On lui avait tranché la gorge. Elwen caressa doucement les cheveux de Catarina en lui maintenant la tête pour qu'elle ne voie pas ce spectacle, tout en se dirigeant vers une fenêtre obstruée par une toile tendue qui frémissait sous la brise. Elle entendait, venant du dehors, des pleurs et des gémissements incohérents, des cris de colère, des ordres lancés d'une voix bourrue. Elle tâcha de maîtriser sa respiration. Comme elle devait se concentrer sur autre chose que sa propre peur, elle se sentait bizarrement calme. Elle était responsable de Catarina. La fillette avait besoin d'elle. Elle dégagea un peu la toile et sentit le bras de Catarina lui serrer le cou quand un cri retentit au-dehors.

La petite fenêtre donnait sur la place du marché de Kaboul, où il semblait que tous les gens encore en vie étaient désormais regroupés, certains assis, d'autres à genoux, et d'autres encore gisant blessés à terre. Elwen ne voyait que des femmes dans ce groupe et elle se demanda ce qu'il était advenu de tous les hommes. En déplaçant son regard vers l'église, elle réalisa qu'ils formaient un groupe séparé, d'une centaine d'hommes, tous alignés, à genoux et tournant le dos aux femmes. Certains d'entre eux étaient des Occidentaux venus pour le marché, mais il y avait aussi des marchands et quelques habitants du village. Sur la place, à pied ou à cheval, les Mamelouks attendaient, épées et arcs dirigés vers leurs prisonniers. Il y eut un autre cri et Elwen vit deux soldats sortir un petit garçon du groupe des femmes. Il n'avait sans doute pas plus de dix ans. Une femme, sans doute sa mère, implorait les Mamelouks de le laisser tranquille, mais ceux-ci continuaient à le tirer par le bras. Elwen détourna les yeux quand l'un d'eux frappa la femme au visage avec la poignée de son épée. Quand elle osa regarder à nouveau, le garçon n'était plus là. La femme était au sol.

Elwen observa les hommes, mais elle ne reconnut pas Taqsu. La place du marché était jonchée de cadavres, c'est là que, dans les premières minutes, avait eu lieu le plus gros du carnage. Peut-être Taqsu était-il mort, peut-être avait-il réussi à fuir. Mais ce n'était pas le moment de penser à lui. Près de l'église, un Mamelouk à cheval leva le bras en l'air et une ligne de soldats s'avança vers les hommes agenouillés. Ce Mamelouk avait l'air mieux habillé que les autres. Une longue cotte de mailles scintillait sous sa cape en soie couleur jade et des plumes dorées s'élevaient au-dessus du casque qu'il portait, et qui était percé de petites fentes pour les yeux et la bouche. Le silence se fit un moment, rompu seulement par les sanglots et les gémissements, puis les premiers Mamelouks arrivèrent près des hommes. Avant que la foule en état de choc ait eu le temps de réaliser ce qui se passait, l'un des Mamelouks attrapa un jeune homme par les cheveux, lui tira la tête en arrière et lui trancha la gorge avec son épée. Elwen tressaillit et lâcha la toile. Elle ne vit plus rien mais, à ses oreilles, retentissaient les hurlements qui déchiraient l'air, et la boucherie commença.

— Qu'est-ce qui se passe ?

Elwen regarda Catarina, qui venait de lui murmurer ces mots dans le cou.

— Nous devons partir, dit-elle d'un ton calme en quittant la fenêtre et en passant près du cadavre.

Près de la porte, elle posa la main sur l'épaule de Catarina.

— Je voudrais que tu restes ici le temps que je trouve de la nourriture.

Les yeux de Catarina s'ouvrirent et Elwen put y lire le désarroi et la peur.

— Je n'ai pas faim.

— Oui, mais plus tard tu voudras manger. Est-ce que tu peux faire ce que je te demande, pour me montrer que tu es une gentille fille ? lui demanda Elwen à voix basse.

Au bout d'un moment, Catarina acquiesça et laissa Elwen l'installer avec douceur face au mur, afin qu'elle ne voie pas le cadavre.

Elwen inspecta la pièce du regard en essayant d'ignorer les cris qui lui parvenaient et qui s'insinuaient, quoi qu'elle fasse, dans son esprit, la mettant au supplice. Elle aperçut un quignon de pain sur la table et quatre oranges dans un plat. Elle ne voyait pas d'eau, mais Acre n'était pas à plus d'un jour ou deux de marche, et elle pensa que le fruit suffirait à calmer leur soif. Elle était sur le point de rejoindre Catarina lorsqu'elle se rappela qu'elle n'avait toujours qu'une seule chaussure. Elle avait perdu l'autre dans la grange. Se penchant, elle ôta à l'homme au sol l'une des siennes. Elle était bien trop grande pour elle et elle dut rouler des bandes de tissu arraché à sa robe pour en rembourrer le fond. Ses mains tremblaient à nouveau. Puis elle déchira un dernier morceau, dont elle se servit pour enrouler les oranges et le pain avant d'aller retrouver Catarina.

— Viens, lui dit-elle d'une voix qu'elle voulait rassurante.

Catarina secoua la tête.

— Il faut que nous partions, Catarina, tant que les soldats sont occupés à…

Elwen s'interrompit, essayant d'avaler la boule dans sa gorge.

— Tant que les soldats sont occupés, laissa-t-elle tomber, sans plus d'explication.

Avec Catarina qui lui tenait la main et marchait en boitant, Elwen sortit de la maison. Elles restèrent près des maisons et des bâtiments et parvinrent à se glisser furtivement jusqu'à la route qui sortait du village. Derrière elles, les bruits de l'exécution les accompagnaient, rapaces tourbillonnant dans l'air en une terrible spirale, insufflant la peur dans la moindre partie de leurs corps.

Pendant que les Mamelouks commençaient l'exécution, leur commandant, un homme d'une quarantaine d'années qui s'appelait Usamah, regardait ce qui se déroulait dans l'étroit champ de vision dont il disposait par la fente de son casque. C'était un travail sanglant. Des hommes essayaient de s'enfuir et récoltaient en retour une flèche de la part des archers postés à quelque distance de là. Il n'y avait pas moyen d'échapper à la mort. Elle était inévitable pour chacun de ces hommes et de ces enfants. Ceux qui en avaient conscience restaient simplement agenouillés, en silence, d'autres priaient tandis que les lames des Mamelouks s'abattaient sur eux, tranchant les cous comme on débite un arbre à la hache. Certaines femmes tentaient de venir en aide à leurs maris et à leurs fils en se jetant sur les soldats. Mais les Mamelouks les repoussaient.

Derrière son casque, le visage d'Usamah était sinistre. Il patrouillait la région depuis six ans et on ne lui avait jamais demandé de faire une chose pareille. En tant que guerrier esclave, il avait vu son lot de batailles, mais envoyer des hommes au combat contre des ennemis n'avait rien à voir avec les faire massacrer des hommes inoffensifs, des femmes et des enfants. Il avait vu un de ses soldats, frais émoulu des camps d'entraînement, s'éloigner du massacre pour vomir. Les autres ne laissaient rien paraître de leurs émotions, exécutant ses ordres sans mot dire.

Il avait été surpris de recevoir un rouleau du Caire deux semaines plus tôt. Kaboul avait été cédé aux Francs à la signature de la paix, et était sous la protection de ce traité. Il était au courant de rumeurs concernant des espions dans le village, mais quand même, les ordres du Caire étaient on ne peut plus agressifs, lui intimant de ne laisser aucun homme ou garçon en vie. L'instruction stipulait de lancer l'attaque pendant la foire du printemps, sans doute pour faire le plus de morts possible. Usamah avait supposé que le sultan voulait faire un exemple. Il n'aimait pas cela, mais il n'était pas question pour lui de discuter un ordre émanant de Baybars en personne. Ce n'était pas à lui de décider.

Al-Ula, Arabie, 15 avril 1276 après J.-C.

— Je croyais que ce Kaysan était l'un des nôtres ? fit Robert à voix basse en s'approchant de la porte de leur cellule afin de tester la solidité des poteaux de bois fixés ensemble pour former la cage.

Les poteaux ployèrent, mais ils ne se démonteraient pas aussi facilement que ça.

Will releva le nez de la botte de foin sur laquelle il était assis depuis que les hommes en robe noire les avaient enfermés dans cette espèce d'enclos pour animaux, plusieurs heures plus tôt. Ça empestait le fumier et la paille.

— C'est l'un de nos espions. Ça ne signifie pas pour autant que c'est un ami.

— Mais on aurait pu penser qu'il nous attendrait, ou du moins qu'il ne serait pas étonné de voir un groupe d'Occidentaux débarquer pour le voir…

Will observa Zaccaria, qui se tenait au fond de la cage avec Alessandro, Carlo et leur guide, d'une grande nervosité. Zaccaria avait l'air aussi calme que d'habitude. Il croisa le regard de Will.

— Je ne peux rien dire de plus. Je n'ai jamais travaillé avec cet homme, ni avec aucun espion de la région.

Au ton employé par le Sicilien, Will se demanda s'il ne trouvait pas la mission un peu étrange. Mais avant qu'il ait eu le temps de réfléchir à une manière neutre de poser la question, il entendit des voix dans la cour. Des voix colériques.

Robert s'écarta de l'entrée et quelqu'un apparut. C'était l'homme à la bande rouge sur le bras. Il avait ôté son keffieh, révélant ainsi son visage. Il avait environ quarante-cinq ans, la peau brunie par le soleil, avec une barbe noire et des yeux sombres qui donnaient à son regard un éclat intense. Une vieille cicatrice parcourait son menton.

— D'où est-ce que ça sort ? demanda-t-il à Will, en arabe.

Il désignait l'étui argenté qu'il tenait dans la main.

Will comprit ce qu'il lui demandait, mais quelque chose le retint de répondre. Il présumait qu'il s'agissait de Kaysan d'après ce qu'avait dit le propriétaire de l'auberge quand ils avaient été arrêtés. Mais il voulait s'en assurer avant de divulguer quoi que ce soit. Will se leva et s'approcha de la porte.

— Nous sommes venus trouver Kaysan, dit-il lentement, en latin.

Puis, en montrant l'étui du doigt :

— C'est pour lui.

Il scruta Will un instant, les yeux plissés.

— Je suis Kaysan, répondit-il enfin dans un latin hésitant. Où vous avoir eu ça ? demanda-t-il à nouveau d'une voix dure.

— C'est le grand maître de l'ordre du Temple qui me l'a confié. Il nous a dit de vous le remettre.

— Templiers, hmm ? le questionna Kaysan.

Will confirma d'un hochement de tête. Un autre homme approcha et Kaysan se retourna.

— Qu'y a-t-il ? demanda-t-il en repassant à sa langue maternelle.

— Les autres sont inquiets, Kaysan. Ils veulent savoir qui sont ces gens. Et ce que dit le rouleau.

— Je suis en train de les interroger, répliqua Kaysan. Ce sont des Templiers.

— Alors notre ami de l'auberge avait raison, dit l'homme, le regard tourné vers Will, qui fronçait les sourcils d'un air tendu pour faire croire qu'il ne comprenait pas la conversation.

— Ce sont des espions.

— Non.

— Comment peux-tu en être sûr ?

— Grâce à ceci, répondit Kaysan en lui montrant le rouleau. Je sais qui l'a rédigé.

Il jeta un coup d'œil à Will, puis s'éloigna de la cage de quelques pas. Son camarade le suivit. Ils se mirent à parler à voix basse. Will fit mine de regarder alentour, mais en se rapprochant de la porte pour essayer d'entendre ce qu'ils se disaient.

Robert vint le rejoindre.

— Qu'est-ce qui se passe ? Tu comprends ce qu'ils racontent ?

Will hocha légèrement la tête. Le chevalier eut l'air confus, puis il sembla comprendre. Tandis que Robert reculait, Will entendit le camarade de Kaysan prononcer deux mots en arabe sur un ton de stupéfaction incrédule. Deux mots qui vinrent jusqu'à lui.

— Al-Hajar al-Aswad ?

Will tourna la tête dans leur direction, oubliant de cacher qu'il comprenait leur langue. Mais Kaysan et l'autre homme étaient trop pris par leur conversation pour le remarquer. Ils baissèrent à nouveau la voix, leurs propos semblaient avoir un caractère urgent. Will s'efforça d'entendre.

— Ils sont fous, explosa le camarade de Kaysan.

Il poursuivit par une salve de mots rapides, dont Will ne comprit que quelques-uns : mort, enfer, destruction.

Kaysan dit quelque chose à propos d'une récompense, puis il porta les yeux sur Will. Ce dernier eut l'impression que son regard glacial abritait soudain une subtile note d'espoir. Au bout d'un moment, il partit avec son camarade.

— Alors ? fit Robert en regardant Will. Qu'est-ce qu'ils disaient ?

— Je ne sais pas. Je n'ai pu entendre que quelques mots mais ça n'avait pas vraiment de sens.

Robert se tourna vers le guide d'un air maussade.

— Et vous ? Avez-vous compris ce qu'ils racontaient.

— Désolé, sire, répondit le guide en se levant, j'étais trop loin.

Puis il se rassit et Robert poussa un juron.

— Nous pourrions sans doute défoncer la porte si nous y mettions tout notre poids, sire Campbell.

La proposition venait d'Alessandro. Will remarqua avec irritation qu'il regardait à moitié du côté de Zaccaria en disant cela, comme si c'était au Sicilien qu'il s'adressait.

— Non, répondit-il au chevalier. Je ne crois pas qu'ils veulent nous faire du mal.

— Mais ça n'a aucun sens. On nous a dit que le rouleau contient des informations que Kaysan doit vérifier. Pourquoi est-ce qu'il ne se contente pas de faire ce qu'il a à faire et de nous laisser partir ?

— Le grand maître savait ce qu'il faisait quand il nous a envoyés ici, répliqua Will. Nous attendons jusqu'à ce que la mission soit achevée.

— Ou jusqu'à ce qu'on nous transforme en nourriture pour les chameaux, marmonna Alessandro.

Zaccaria tourna ses yeux bleus vers le chevalier.

— Notre commandeur a raison, frère. Nous ferions mieux d'attendre.

Sa voix était calme, mais implacable. Remis à sa place, Alessandro inclina la tête.

Les chevaliers attendirent. Les minutes devinrent des heures tandis que le soleil traçait son chemin dans le ciel. Ils étaient fatigués, assoiffés et inquiets quand, pour finir, trois heures plus tard, Kaysan revint. Avec lui se trouvaient cinq de ses compagnons en robe noire, tous armés d'arbalètes. Les chevaliers se levèrent, les traits tendus.

Kaysan souleva le madrier qui bloquait la porte de la cage et ouvrit.

— Dehors, leur ordonna-t-il.

Les chevaliers sortirent à la file, suivis par leur guide, les arbalètes pointées sur eux. Kaysan s'approcha de Will en lui tendant l'étui argenté.

— Pour votre grand maître.

Escortés par les hommes en robe noire, les chevaliers traversèrent la cour. Devant la maison en argile, où des enfants squelettiques jouaient dans la poussière, les attendaient leurs chevaux. Un soleil rouge flottait bas au-dessus de l'horizon, et les insectes vibrionnaient dans l'air brûlant. Will rangea l'étui dans la sacoche accrochée à sa selle, passa le pied dans l'étrier et monta en selle. Kaysan pointait du doigt une piste bordée de palmiers.

— Prenez ce chemin.

D'un coup sec des talons, Will lança sa monture dans cette direction, suivi par tous les autres. Pendant que le soleil se couchait derrière les collines rocailleuses en balayant la plaine d'ombres rosâtres, il se cala confortablement dans le rythme du cheval. Quand la nuit serait tombée et qu'ils s'arrêteraient pour se reposer, il ouvrirait le rouleau. En chemin, il essaya de rassembler les quelques fragments de la conversation entre Kaysan et son compagnon qu'il avait pu capter. La plupart d'entre eux ne signifiaient rien hors de leur contexte, mais les deux mots que le compagnon de Kaysan avait prononcés d'un air stupéfait ne cessaient de lui revenir à l'esprit.

« Al-Hajar al-Aswad. »

La Pierre noire.

Le palais royal, Acre, 15 avril 1276 après J.-C.

Il y avait une odeur entêtante d'encens dans la pièce. Écœurante et puissante, elle rappela à Garin sa mère. Quand il était encore un enfant, lorsqu'il lui arrivait d'être de bonne humeur, c'est-à-dire rarement, elle jouait parfois à un jeu avec lui, où il devait deviner les noms des épices qu'elle conservait dans une boîte fermée à clé. Les yeux clos, il inspira l'encens.

— Bois de santal, murmura-t-il, puis il ouvrit les yeux en entendant un verrou tourner.

Un domestique vêtu d'une tunique brodée apparut. Du point de vue vestimentaire, il aurait pu regarder Garin de haut, celui-ci portant toujours sa cape élimée et sa chemise couverte de sang.

— Son Altesse Royale, le roi de Jérusalem et de Chypre, vous accorde une audience.

— Il est temps, fit Garin d'un air tendu.

Sa voix était un peu nasillarde depuis le coup de poing qu'il avait reçu durant son combat avec les matelots.

— J'attends ici depuis presque neuf heures.

Sans répondre, le domestique ouvrit une porte donnant sur un couloir. Garin refréna son irritation et le suivit.

Il n'avait pratiquement rien vu du palais quand il était passé ce matin par la grille, la lettre avec le sceau du roi Édouard III lui garantissant d'être reçu. De l'extérieur, il avait l'air semblable à n'importe quel château occidental : de hautes murailles flanquées de tours et une multitude de gardes. À l'intérieur, néanmoins, il était assez différent. Garin se souvenait que le Temple d'Acre était grandiose, mais austère, l'ordre militaire et les fortifications étant plus importantes aux yeux des chevaliers que le confort. Alors que ce palais ajoutait au grandiose de son aspect extérieur et de ses dimensions le raffinement de son aménagement intérieur. Les vastes corridors étaient couverts de mosaïques complexes, les fenêtres étaient pourvues de vitres et des tapisseries luxueuses pendaient sur les murs enduits de crépi ou de chaux. L'endroit n'aurait pu être plus différent des quartiers de Garin dans la tour de Londres : une chambre sombre et humide dans laquelle il faisait toujours froid, avec une paillasse pour lit et une ouverture dans le mur qui donnait sur l'endroit de la Tamise où la Tour déversait ses ordures.

Édouard avait tenu sa promesse, en partie, en offrant à sa mère un domaine. Il n'était guère plus grand que celui où avait vécu lady Cecilia à Rochester, mais il était plus près de Londres et un peu moins humide. Les autres promesses qu'il lui avait faites alors qu'il commençait tout juste à le servir – un titre de noblesse, de l'or, un grand manoir –, peu à peu il n'en avait plus été question, Édouard rappelant sans cesse que c'était à lui qu'il devait d'être sorti de prison. Et cela après que Garin eut trahi sa parole, tué Rook, son homme de main, et abandonné la recherche du *Livre du Graal* de l'Anima Templi, qu'Édouard désirait afin de les faire chanter et de leur soutirer l'argent nécessaire à l'extension de son royaume.

Peu après son retour en Angleterre, Garin avait réalisé qu'il avait échangé sa prison pour une autre. Il n'avait pas de chaînes de fer, pas de murs ni de barreaux pour le retenir. Édouard était trop malin pour ça. Dans son enthousiasme à faire plaisir à sa mère, malade d'amertume, il n'avait pas pris le temps de réfléchir au fait qu'il les mettait tous deux dans une position de vulnérabilité en permettant à Édouard de la loger dans un domaine appartenant à la couronne. Désormais, ce dernier n'avait qu'à menacer de l'expulser, et Garin était forcé d'obéir. Ses devoirs étaient simples. Il était les yeux et les poings d'Édouard. Il faisait chanter les barons récalcitrants pour qu'ils se soumettent aux lois impopulaires que le roi souhaitait faire passer au Parlement, il extorquait de l'argent aux magnats, convoyait des informations sensibles à travers le royaume et espionnait l'équipe qui entourait le roi. En tuant Rook, Garin avait endossé la fonction d'homme de main d'Édouard. Et, ce faisant, il était devenu l'homme qu'il méprisait le plus au monde. Parfois, dans les heures pâles, sépulcrales, d'avant l'aube, quand il s'abrutissait de vin pour sombrer dans un demi-sommeil, le dégoût de lui-même l'envahissait, le laissant tremblant et le visage dévasté, la sueur dégoulinant de tout son corps et trempant les draps.

Garin suivit le domestique jusqu'à une salle spacieuse, où des piliers de marbre s'élevaient jusqu'à une voûte peinte. À l'extrémité de la pièce, des marches recouvertes d'un tapis rouge montaient vers un trône au dossier immense et aux pieds en forme de griffes. Le soleil inondait la pièce de sa lumière cuivrée à travers une fenêtre voûtée. Assis sur le trône le regardait d'un air hautain un jeune homme d'à peu près son âge, qui portait un burnous de soie jaune. Un vieil homme se tenait près de lui, avec des cheveux blancs coupés court et une expression solennelle sur le visage. Sur les côtés de la pièce, des esclaves étaient figés dans une attitude d'attention extrême.

— Garin de Lyons, monseigneur, annonça le domestique en s'inclinant.

Garin approcha du trône.

— Seigneur Hugues, dit-il en s'inclinant à son tour. Mon maître, le roi Édouard d'Angleterre, vous salue.

Hugues étudia Garin, le coude appuyé sur le bras du trône, le visage calé dans sa main couverte de bagues.

— Les salutations sont toujours les bienvenues. Mais je m'attendais à quelque chose d'un peu plus utile.

Le roi leva la main et Garin vit qu'il tenait la lettre qu'il avait remise aux gardes, reconnaissable au sceau d'Édouard.

— Peut-être pouvez-vous m'expliquer ce que votre maître a derrière la tête, car en dehors de quelques plaisanteries il ne me dit rien du tout. Il ne mentionne pas une fois l'aide que je lui ai demandée. Pas une fois, non, il ne parle de me soutenir en regard de la position dans laquelle je me trouve. Et pourtant il vous envoie, il vous fait faire tout ce chemin avec un bout de parchemin ? Je dois dire que je suis mystifié, termina Hugues en reposant la lettre sur ses genoux.

— Mon maître Édouard souhaitait que je vous fasse part de ses termes directement, plutôt qu'à travers une note impersonnelle.

— Ses termes ? l'interrogea Hugues avec un regain d'attention.

— Mon maître exprime son plus profond regret pour votre situation actuelle et croit pouvoir vous porter assistance. Comme vous le savez, il est un ami proche et un confident du pape Grégoire, ainsi que le neveu du roi de Sicile, Charles d'Anjou.

— Bien entendu que je le sais, s'énerva Hugues. C'est pour cela que je lui ai demandé de l'aide ! J'ai besoin qu'il aille voir le pape et qu'il annule cette vente ridicule des droits de ma cousine Maria à d'Anjou.

— Ce n'est pas en son pouvoir, répondit avec prudence Garin. Mon maître a lui-même à faire face à des difficultés, puisqu'il affronte en ce moment des rebelles aux frontières de son royaume. Pour qu'il puisse agir favorablement à votre endroit, il aura besoin de certaines faveurs en retour.

— Quel type de faveurs ?

C'était l'homme aux cheveux blancs qui était intervenu.

— La paix, Guy, dit Hugues en lui jetant un bref coup d'œil. Je suis sûr que nous pouvons rendre service au roi Édouard, s'il nous aide à conserver le trône. Que désire-t-il au juste ?

— Une contrepartie financière et votre assurance, Majesté, qu'il pourra utiliser Chypre comme point d'appui pour lancer une nouvelle croisade.

— Édouard a l'intention de reprendre la Croix ?

— L'heure venue, oui.

Hugues se renfonça sur son trône.

— Pour la contrepartie, de quel montant parlons-nous ?

— Nous en débattrons tous deux, Votre Majesté. Mais pour commencer, j'apprécierais un bon repas et un endroit où me nettoyer.

— Certes, le toisa Hugues d'une voix méprisante, vous avez l'air de vous être battu.

— Un simple malentendu.

Les yeux de Hugues se tournèrent vers Guy, puis revinrent se poser sur Garin.

— Et si je lui accorde cette contrepartie, Édouard accédera à ma requête ?

— J'ai d'autres affaires à traiter en ville. Quand j'en aurai terminé et que nous aurons trouvé un accord, je retournerai voir sire Édouard en toute hâte et il s'efforcera de vous satisfaire. Entre-temps, Votre Majesté, je suppose que je peux compter sur votre hospitalité durant mon séjour ici ?

— Vous présumez beaucoup, rétorqua Hugues.

Garin allait reprendre la parole mais Hugues agita sa main d'un air irrité.

— Oui, oui, vous aurez une chambre. Mais nous reparlerons de tout ça demain, à la première heure.

Hugues claqua des doigts et le domestique qui avait introduit Garin s'avança.

— Emmenez notre invité à ses quartiers.

Guy attendait que Garin fût sorti avec le domestique.

— Monseigneur, tout cela ne me réjouit guère.

Hugues se massait délicatement le front.

— Nous avons des centaines de chambres, Guy. Le loger ne nous pose aucun problème.

— Ce n'est pas son logement qui me gêne, monseigneur, mais les exigences que le roi Édouard vous impose avant même d'avoir accepté de vous aider ou prouvé qu'il est en mesure de le faire. Et il envoie une espèce de roturier pour traiter avec le roi de Jérusalem ? C'est une insulte, monseigneur.

Hugues secoua la tête, le regard sombre.

— Qui que ce soit, ce n'est pas un roturier. À sa manière de parler, on sent qu'il a reçu une éducation. Et son maintien est celui d'un noble. À moins que la contrepartie financière demandée par Édouard ne soit inacceptable, j'ai l'intention de le payer. C'est mon meilleur espoir de mettre mon trône à l'abri de ce rapace de Charles d'Anjou. Personne d'autre ne peut intervenir dans cette affaire.

— Il y a bien quelqu'un, monseigneur..., marmonna Guy.

— Non, dit Hugues d'une voix morne.

— Nous devrions envisager cette possibilité, monseigneur.

— Je ne demanderai pas l'aide des Sarrasins, répliqua Hugues. C'est inconcevable !

— Ils sont déjà intervenus dans les affaires d'État des chrétiens.

— Je le sais bien, Guy, dit Hugues en se levant de son trône. Si Baybars ne s'était pas mêlé de ce qui ne le concernait pas, j'aurais encore Beyrouth !

Hugues passa ses mains dans son dos et contempla le ciel strié d'or et de pourpre par la grande fenêtre.

Oh oui ! il ne se souvenait que trop bien de la manière dont Baybars avait nui à ses intérêts. Trois ans plus tôt, le fief de Beyrouth était passé aux mains de la fille de son ancien seigneur. Veuve, celle-ci s'était remariée à un noble anglais en lui offrant en dot son fief qui, selon les termes de la loi féodale, appartenait de plein droit à Hugues. Ce noble anglais était lui aussi décédé l'année suivante. Se sachant sur le point de mourir et craignant que Hugues ne cherchât à prendre le contrôle du territoire de son épouse, l'Anglais avait placé sa femme et Beyrouth sous la protection de Baybars. Quand Hugues avait envoyé des hommes pour ramener de force la veuve à Chypre, afin de la marier à un de ses vassaux, le sultan était intervenu. Selon la Haute Cour d'Acre, l'accord du noble avec Baybars prévalait, et, en l'absence de soutien, Hugues n'avait eu d'autre choix que de renvoyer la veuve à Beyrouth. Il avait perdu le fief et elle par la même occasion. Les Sarrasins étaient peut-être les ennemis de Dieu, mais il semblait à Hugues que les traités des juristes chrétiens avaient plus de valeur que Sa volonté dans certains domaines.

Hugues se tourna vers Guy.

— Je déteste Baybars et je ne lui fais aucune confiance, au même titre que Charles d'Anjou. Je refuse de ramper devant lui pour obtenir son aide.

— Mais il est en bons termes avec Anjou, monseigneur. Ils ont déjà négocié par le passé. Anjou a servi d'intermédiaire lors du traité signé entre Édouard et Baybars. En lui mettant la pression, Baybars pourrait l'inciter à renoncer à ses prétentions au trône. Vous payez un tribut au sultan. Je doute qu'il veuille s'en passer.

La mâchoire de Hugues se contracta.

— Ne parlons plus de ça, Guy. Je suis fatigué. Nous verrons ce que dira l'homme d'Édouard demain. J'espère que nous n'aurons pas à attendre son aide trop longtemps.

Garin ne put s'empêcher de sourire en entrant à la suite du domestique dans sa chambre. Une grande fenêtre offrait une vue superbe sur Acre, avec, face à elle, un fauteuil rembourré à l'air accueillant. Au fond de la chambre était placé le lit le plus large et le plus somptueux qu'il eût jamais vu. D'un baldaquin étaient suspendus des voiles diaphanes qui faisaient le tour de quatre montants en bois finement sculptés. Le matelas lui-même était presque certainement rempli de plumes, non de paille, et garni d'oreillers en soie aussi doux que des nuages. Le mobilier était élégant et la décoration comportait des tentures de Damas, un petit tapis à même le carrelage et deux brasiers pleins de charbon.

— Vous pourrez vous laver ici, dit le domestique en indiquant une bassine et un broc de porcelaine. Je vous réserverai les bains demain, si vous le désirez. Je vous ferai monter votre repas d'ici un moment.

— Attendez, l'appela Garin alors qu'il se dirigeait vers la porte. Commencez par m'apporter du vin.

Le domestique, apparemment l'un des valets personnels de Hugues, parut recevoir cet ordre comme un affront. Mais il se força à saluer Garin.

— Bien entendu.

La porte fermée, Garin jeta son sac sur le lit et alla jusqu'à la fenêtre. Il secoua la tête avec un rictus tout en regardant le panorama autour de la ville. Il était à des milliers de kilomètres de son maître, des nuits glacées, des couloirs traversés de courants d'air et de la bière éventée. Il avait deux entreprises simples à mener à bien, aucune des deux ne requérant beaucoup de temps, et toute une ville s'offrait à lui ; une ville dont il n'avait jamais pu jouir des délices. Ce n'était plus la ville d'Acre contre laquelle il éprouvait toujours du ressentiment. Cette chambre, cette vue, ce sentiment de liberté et d'excitation qui montait peu à peu en lui, voilà ce qu'il attendait.

15

Le marché vénitien, Acre

14 mai 1276 après J.-C.

— J'aurais dû être là.

Elwen pouvait lire l'angoisse sur le visage de Will. En dépit de sa lassitude, elle ressentit une certaine satisfaction ; il réalisait qu'il avait été près de la perdre ; maintenant, il savait à quel point il tenait à elle. Il portait déjà assez de culpabilité comme ça ; elle ne voulait pas alourdir encore son fardeau.

— Je m'occupe très bien de moi toute seule, l'assura-t-elle. Et c'est ce que j'ai fait.

Elle haussa les épaules comme pour congédier le problème.

— C'est arrivé il y a un mois. J'aurai bientôt oublié.

Tandis qu'elle se tournait vers les pains disposés sur l'étal devant eux, Will l'observa. Elle ne le trompait pas. Elle était pâle et avait les traits tirés, comme si elle n'avait pas dormi ou mangé convenablement depuis des semaines. Autour d'eux, le marché vénitien était animé, les vendeurs criaient, les pièces changeaient de main contre des pâtisseries, des bijoux, des dagues ou des bourses, protégés du soleil par l'immense canopée. Il était impossible de parler dans ce tumulte et malgré la cape noire qu'il portait par-dessus son surcot, Will était sur les nerfs à l'idée que quelqu'un du Temple le voie avec Elwen. Prenant sa main dans la sienne, il l'emmena à l'écart de l'échoppe du boulanger.

— Will, protesta-t-elle en se dégageant, il faut que j'achète du pain et…

— Et tu l'achèteras, la coupa-t-il.

Fendant la foule, il l'attira dans une rue retirée où des plantes grimpaient entre des rangées de maisons à deux étages. Les arbres fruitiers des jardins du marché étaient couverts de feuilles roses et brunes qui cascadaient autour des deux amoureux. Ayant trouvé un coin d'herbe loin des hommes qui s'occupaient du jardin, ils s'assirent.

Elwen remonta ses genoux contre sa poitrine, étalant autour d'elle les plis de sa robe vert émeraude, nouée à la taille par une ceinture dorée. Elle serra les bras au-dessus de ses genoux et poussa un long soupir.

— À vrai dire, je suis contente d'être partie de la maison.

Elle posa la tête sur ses bras et regarda Will de côté.

— L'ambiance est tendue. Andreas s'en veut, Catarina ne dort pas, et quand elle y arrive, elle fait des cauchemars et nous réveille en criant, et avec Besina debout presque tout le temps pour s'occuper du bébé, personne n'a jamais la paix. Et je n'arrive pas à me sortir de la tête l'impression que c'est ma faute.

— Comment peux-tu penser une chose pareille ? Tu ne pouvais pas empêcher l'attaque, bien entendu que tu n'y es pour rien.

Will tourna le regard vers le jardin et plissa les yeux à cause du soleil. Si l'attaque de Kaboul était la faute de quelqu'un, c'était la sienne. Il n'en avait pas entendu parler avant qu'elle se produise. S'il avait été plus concentré sur sa tâche au service de l'Anima Templi au lieu de chercher l'agresseur du grand maître, peut-être en aurait-il été autrement. L'information aurait peut-être filtré et il aurait pu faire quelque chose, avertir le village ou envoyer un message à Kalawun pour qu'il empêche ce massacre. N'importe quoi. N'étant rentré que la veille, il n'avait pas encore digéré la nouvelle. Il remerciait seulement Dieu qu'Elwen ait eu autant de chance. Elle pourrait aussi bien reposer dans une fosse commune, ou être en prison ou dans un harem en Égypte. Will ferma les yeux et essaya de chasser ces pensées.

— Ce n'est pas ta faute, répéta-t-il.

— Peut-être que si j'avais gardé Catarina avec moi… dit-elle le front plissé. Elle a dû avoir si peur.

— Tu l'as sauvée. C'est tout ce qui compte.

— J'aurais aimé pouvoir en sauver plus. Toutes ces fillettes enlevées à leur famille. Réduites en esclavage. Je n'arrive pas à le comprendre. Dès que j'essaie d'y réfléchir, ça me dépasse. Je me sens si…

Elle cherchait le mot.

— Coupable, termina Will.

Elwen tourna aussitôt la tête vers lui.

— Pourquoi est-ce que tu dis ça ?

Elle hésita un instant.

— Tu as raison. C'est exactement ce que je ressens.

— J'éprouvais la même chose, lui expliqua Will. Après Antioche. Des milliers de gens étaient morts durant le siège et des dizaines de milliers avaient été faits prisonniers. Pendant des mois, je me suis demandé pourquoi j'avais été épargné, et pourquoi pas eux. J'avais l'impression que je ne méritais pas d'être vivant et libre, que d'une certaine manière j'avais triché avec la mort alors que tous les autres avaient accepté leur destin. Mais ils n'avaient rien accepté du tout. Ils n'avaient juste pas eu autant de chance que moi.

— Seules sept personnes ont réchappé de l'attaque de Kaboul, dont Catarina et moi. On devait être des centaines.

Une larme coula sur la joue d'Elwen et Will posa sa main sur la sienne.

— Ça ira mieux, je te le promets.

Elle essuya sa larme.

— Le pire a été de devoir tout raconter dans le détail à la Haute Cour quand je suis revenue. J'ai dû tout revivre devant ces juristes et ces nobles, qui avaient l'air de ne se soucier que de leur traité, qui venait d'être rompu, sans un mot pour toutes ces vies perdues, pour toutes ces familles détruites. Au moins, Andreas est venu avec moi. S'il n'avait pas été là, je ne crois pas que j'aurais pu le faire.

— Qu'a décidé la Haute Cour ? demanda Will d'un air désinvolte pour masquer la gravité de sa question.

En effet, la situation était instable. Si le gouvernement d'Acre décidait de chercher une revanche, comme il se pourrait après une attaque infâme comme celle-ci, il fallait prendre des mesures pour empêcher que l'entreprise ne dégénère.

— Ils ont envoyé des chevaliers à Kaboul pour chercher d'éventuels survivants, et pour enterrer les morts. D'après ce que j'ai entendu, ils s'apprêtaient à passer Acre au peigne fin, à la recherche de n'importe quel Arabe capable de leur expliquer ce qui s'était passé, ils ont dit qu'ils devaient aussi interroger les espions. Andreas pense qu'ils vont contacter Baybars pour demander un dédommagement.

Elle jeta un coup d'œil aux jardiniers.

— Il a découvert pour nous.

Occupé à réfléchir à la réaction de la Haute Cour, Will ne comprit pas cette phrase.

— Andreas, reprit Elwen après quelques secondes en voyant qu'il ne comprenait pas. Il sait pour nous. Catarina le lui a dit.

— Mon Dieu ! fit Will en se redressant.

— Ne panique pas, lui dit-elle d'un ton sec, il n'en parlera pas au Temple.

— Ce n'est pas ce que je voulais dire. Je pensais à toi… à ta situation.

— Ça ne dérange pas Andreas. Il préférerait simplement que je me marie, tant que je continue à travailler pour lui.

— Que tu te maries ?

— Oui, Will, répliqua Elwen en percevant son ton alarmé, que je me marie. C'est ce que font les gens normaux quand ils s'aiment. Ils se protègent l'un l'autre, ils fondent une famille, c'est ce qu'ils font.

— Pas les chevaliers, répondit Will avec calme.

— Pourquoi ne pourrait-on pas se marier en secret ? demanda-t-elle d'une voix implorante qu'elle détestait, mais n'arrivait pas à contrôler. Tu m'as demandé un jour de devenir ta femme et j'ai accepté.

Will sentit la frustration l'envahir. Oui, il lui avait demandé d'être sa femme. Mais il avait l'impression que c'était dans une autre vie ; tous deux se tenaient dans un petit couloir glacial du palais du roi de France et il s'accrochait à elle comme s'il se noyait. Quelques heures plus tôt, il avait appris l'exécution de son père à Safed. Il était bouleversé par le chagrin, l'esprit et le corps enfiévrés, et les mots lui étaient venus sans réfléchir. Mais tout avait changé ce soir-là, dans un bordel parisien, et il s'était passé des choses qu'il n'était plus possible d'effacer, ni d'oublier. L'amour, alors, avait été vaincu par son besoin de revanche, et ce feu avait consumé tous ses plans, et les siens à elle aussi. Comment pouvaient-ils revenir en arrière ? Tout avait été de travers après cette demande en mariage, faite dans l'urgence, et il ne souhaitait pas refaire la même erreur. Cela avait été trop rapide, trop soudain. S'il devait à nouveau lui demander sa main, ce serait pour les bonnes raisons, au bon moment. Avec les incertitudes à propos du grand maître qui le tourmentaient, comment aurait-il pu s'engager avec elle de tout son cœur ? Il avait prêté serment à l'Anima Templi d'œuvrer pour la paix et de garder le Temple contre ses ennemis à l'intérieur et à l'extérieur. En toute conscience, il ne pouvait se consacrer à autre chose alors que le danger couvait. Pour le moment, son devoir passait devant ses besoins, ou ceux d'Elwen.

Will se tourna vers Elwen et lui parla doucement, mais avec détermination. Il ne voulait pas la blesser, mais elle devait écouter.

— Si nous nous mariions, cela ne changerait rien, pas vraiment.

— C'est un serment, Will, répondit Elwen en détournant les yeux car elle se sentait près de pleurer. C'est la preuve que tu m'aimes autant que le manteau que tu portes. Et peut-être que je ne me sentirais pas si vide chaque fois que tu quittes mon lit, comme si j'étais une femme à qui tu mentais, comme si j'étais une vulgaire…

Elle n'acheva pas sa phrase, ses mots tombant dans le silence.

— Tu n'es pas n'importe quelle femme, dit Will d'une voix que l'émotion rendait bourrue. Tu le sais. Tu le sais *forcément*. Je n'ai jamais été avec personne d'autre que toi.

Posant ses mains à plat sur l'herbe, Elwen se releva.

— Eh bien, ce n'est pas tout à fait exact, n'est-ce pas ?

Will se leva, pris de colère.

— Ce qui s'est passé à Paris n'est pas ma faute.

Il soupira en la voyant lui tourner le dos.

— Elwen, je t'aime. Mais je dois m'occuper de certaines choses au Temple, des choses importantes. Everard fait semblant de ne pas être au courant de notre relation tant que je fais mon travail, mais je ne peux pas m'engager davantage avec toi que je ne le suis déjà.

— Peut-être que si tu m'expliquais de quelles choses importantes tu t'occupes, je comprendrais. Mais tu ne le fais jamais, Will. Tu ne me fais pas confiance.

— Ça n'a rien à voir.

— Je sais que tu fais des choses pour Everard qui vont au-delà de ce que le Temple attend de toi.

Elwen leva un sourcil dans une mimique qui montrait son inquiétude.

— Tu oublies que c'est moi qui ai volé *Le Livre du Graal* pour Everard. Je ne sais pas pourquoi il le voulait, il ne me l'a jamais expliqué. Mais il est clair qu'il y avait quelque chose d'inhabituel. Pourquoi un prêtre du Temple demanderait-il à une femme de voler un livre hérétique sous le nez des inquisiteurs ? Tu es toujours pris par des activités dont tu ne me dis rien. Tu ne sais pas ce que c'est d'ignorer pendant des semaines où se trouve la personne dont tu es la plus proche, sans savoir si elle a des problèmes ou si elle est en bonne santé.

— Je ne peux pas te dire ce que je fais.

— Je sais garder un secret.

Will leva les yeux au ciel.

— Ce n'est pas mon secret, je ne peux pas le divulguer.

Pendant un long moment, ils ne dirent pas un mot, tous deux luttant contre leurs émotions, contre ce torrent d'amour, de haine, de frustration et de peur. Finalement, Elwen hocha la tête, comme si Will avait répondu à l'une de ses questions.

— Je dois y aller, dit-elle d'une voix lasse.

— Je vais te raccompagner.

— Non.

Will l'attrapa par le bras tandis qu'elle s'éloignait.

— J'en ai envie.

Elwen scruta ses yeux.

— Très bien.

Ils marchèrent ensemble à travers les jardins, les feuilles à terre et les pétales fanés voletant autour d'eux.

Quand ils arrivèrent à la maison d'Andreas, ils trouvèrent Simon qui les y attendait, l'air agité. Il était en sueur et ses cheveux étaient plaqués sur son front. Il tenait à la main une poignée de gravier et, tandis qu'ils approchaient, il tendit le bras en arrière comme pour la lancer, le regard braqué sur les fenêtres à l'étage.

— Simon ? l'appela Will.

— Loué soit le Seigneur, dit le palefrenier en jetant le gravier au sol et en venant les retrouver.

— Qu'est-ce que tu fais ici ? s'enquit Will. Je t'avais dit de ne jamais venir sauf en cas d'urgence.

— C'est une urgence, répondit Simon. Il faut que tu viennes à la commanderie. Maintenant.

— Qu'est-ce qui se passe ? demanda Elwen en regardant Simon avec curiosité.

Il la salua d'un léger signe de tête auquel elle répondit par un sourire tout aussi léger, leur rivalité et leur empathie communes étant beaucoup plus profondes que Will n'aurait jamais pu l'imaginer.

— C'est Everard, fit Simon.

— Qu'est-ce qu'il a ?

Simon inspira.

— Il est en train de mourir.

— Vas-y, dit Elwen, quand Will se tourna vers elle.

Il n'avait pas besoin d'encouragement supplémentaire. Avec Simon pantelant qui luttait pour rester dans sa foulée, Will se mit à courir. Il ôta sa cape en arrivant sur le marché, afin que les gens voient qui il était et qu'ils s'écartent de son chemin. Mais, même ainsi, traverser la foule n'était pas une mince affaire. S'aidant de ses mains et de ses coudes pour se frayer un passage, ignorant les jurons marmonnés par ceux qu'il bousculait, Will avait presque atteint l'autre côté quand un homme aux cheveux blonds vint lui barrer la route.

— Will Campbell ? dit l'homme avec un rire de surprise.

Will se concentra sur son visage et éprouva un choc en le reconnaissant.

— Garin ?

Garin tendit la main et serra celle de Will avec une poigne ferme tandis que Simon arrivait en ahanant.

— Comment vas-tu ?

— Je suis…

Will secoua la tête.

— Qu'est-ce que tu fais ici ? As-tu reçu ma lettre ?

— Quelle lettre ?

— De Lyons.

Garin regarda derrière Will et aperçut Simon qui le dévisageait.

— Ah, Simon Tanner ! dit-il avec un petit sourire. Comme c'est bon de te revoir.

— Un sentiment que je ne partage pas.

Le sourire de Garin s'évanouit, puis il tourna les yeux vers Will.

— Je ne vois pas de quelle lettre tu parles. Quand l'as-tu envoyée ?

— Il y a quelques mois. Écoute, je…

— Ah ! ceci explique cela. J'avais déjà quitté Londres. Qu'est-ce qu'elle disait ?

— Il faut que je te parle. J'en ai envie, ajouta Will avec un sourire. Mais pour le moment, je dois sur-le-champ me rendre à la commanderie.

— J'ai moi aussi besoin de te parler. C'est l'une des raisons de ma venue.

— Vous pourrez parler au *commandeur* Campbell quand il aura réglé des affaires plus importantes, grogna Simon.

— Commandeur ? murmura Garin, ses yeux bleus toujours sur Will.

L'espace d'une seconde, une lueur d'amertume et de jalousie se lut sur son visage. Mais elle reflua tellement vite que Will, qui s'était tourné vers Simon pour lui jeter un regard de reproche, ne la remarqua pas.

— Où loges-tu ? lui demanda Will.

— Au palais royal. Je suis ici pour m'occuper des affaires du roi Édouard.

— Alors je te ferai porter un message dès que j'aurai un moment.

Garin posa la main sur l'épaule de Will.

— Ça fait plaisir de te revoir, Campbell.

Will acquiesça.

— Moi aussi, ça me fait plaisir que tu sois ici.

Garin resta un moment à regarder Will et Simon se dépêcher à travers la foule. La première rencontre ne s'était pas déroulée tout à fait comme il l'avait espéré, mais au moins il avait établi le contact.

Après avoir découvert, par l'entremise d'un domestique au service du Temple, que le chevalier était parti en mission pour le grand maître, Garin s'était tourné les pouces pendant presque un mois. Hugues et son gêneur de conseiller étaient devenus de plus en plus impatients, Hugues ayant refusé d'accéder à la requête d'Édouard en protestant contre la somme trop élevée qu'on exigeait de lui, mais permettant tout de même à Garin de demeurer au palais. Malgré tout, il ne voulait pas se mettre à dos le seul en qui il plaçât encore un peu d'espoir. Le domestique du Temple, fidèle à sa parole, était venu un soir annoncer à Garin que Will était rentré. Il avait passé toute la matinée du lendemain dans une taverne en face des portes du Temple et avait été récompensé de sa patience lorsqu'il avait vu Will en sortir après l'office de none. Ayant pensé qu'il devrait attendre plus longtemps avant que le chevalier ne quitte la commanderie, il était content. Mais la raison pour laquelle Will était appelé en dehors de la forteresse, aussi rapidement après son retour de voyage, avait été immédiatement évidente quand il s'était présenté à la porte d'une maison du quartier vénitien et que celle-ci s'était ouverte sur Elwen.

Garin avait espionné le couple à bonne distance tandis qu'ils flânaient au marché, puis dans les jardins. Il avait assisté à leur conversation, ce qui lui avait donné une sorte de satisfaction perverse, comme si le fait de savoir quelque chose qu'ils ignoraient le rendait plus fort qu'eux. Mais en observant ce vieux lien d'affection qui les liait, sa suffisance s'était progressivement muée en détachement. Il s'était senti loin, indifférent au monde et à tous ceux qui le peuplaient.

Ainsi, Will était commandeur ? Eh bien, le chevalier aurait encore plus de facilité à le faire entrer dans la commanderie, à l'intérieur du Temple dont il avait été banni. Ensuite, Garin n'aurait qu'à trouver Everard et à soutirer de l'argent au vieillard et sa mission serait terminée. Acre commençait à perdre de son attrait.

Le Temple, Acre, 14 mai 1276 après J.-C.

Will entra dans la pièce sans frapper. Ses poumons étaient en feu et il pouvait à peine parler. Tandis que ses yeux s'accoutumaient à la pénombre, il vit Everard, penché sur sa table de travail. Will fut surpris de ne voir personne d'autre dans la chambre : il s'attendait qu'il y eût des médecins, peut-être un autre prêtre. Il alla jusqu'à Everard.

— Qu'est-ce qui ne va pas ?

Le visage d'Everard était livide, sillonné de rides profondes. La peau de ses joues s'affaissait, tirant ses traits creux et rendant la cicatrice qui courait de sa lèvre à son front encore plus proéminente. Il avait l'air frêle, certes, mais pas plus que d'habitude. Il tenait dans sa main encore valide une plume, qui volait sur les pages d'un grand livre relié que Will reconnut comme étant la chronique que le prêtre avait entamée l'année précédente.

— J'ai le sentiment qu'il me faut consigner la preuve de mon existence, avait-il dit à Will, avant de retomber dans l'anonymat. Les autres ont des enfants. Moi, ce sont les mots.

Debout près de lui, Will le regardait.

— Pardon ? répondit Everard avec son filet de voix.

Will attendit quelques secondes que sa respiration se calme.

— Simon m'a dit que vous étiez mourant.

— Nous sommes tous mourants, répliqua sèchement Everard en posant sa plume et en se levant avec raideur. Peu à peu, chaque jour.

Will regarda le prêtre claudiquer jusqu'à l'armoire, dans laquelle il rangea le volume.

— Vous avez menti à Simon, murmura-t-il. Vous m'avez roulé.

Everard lui jeta un regard froid en retournant à la table.

— Au moins, tu es venu sans tarder, constata-t-il en s'asseyant. Maintenant, je sais que je peux toujours attirer ton attention, et même éveiller ton intérêt.

— Comment avez-vous pu faire ça ? s'insurgea Will. Pourquoi ?

— Je mourrai bientôt, William, répondit abruptement Everard. Est-ce que tu seras prêt ? Je dois dire que depuis quelques mois je n'en suis pas sûr. Je dois transmettre l'héritage de Robert de Sablé. C'est le devoir de notre Cercle. Et, la dernière fois que j'ai vérifié, tu en faisais toujours partie.

— Comme j'en ferai aussi partie à l'avenir. Si le sénéchal ne s'y oppose pas.

Les yeux d'Everard se réduisirent à de simples fentes.

— La question de mon successeur n'a pas encore été tranchée. Ne fais pas de suppositions trop hâtives.

— Qu'est-ce que vous voulez, Everard ? Je n'ai pas de temps pour tout cela.

— Ah, c'est sûr ! s'exclama Everard. On dirait bien, en effet, que tu as peu de temps à m'accorder. Soit tu es en mission pour le grand maître, soit tu es avec elle.

Le prêtre avait prononcé ces derniers mots d'une voix dure, tranchante. Will évita le regard accusateur qu'il lui lançait.

— J'ai peut-être prêté serment à l'Anima Templi, Everard, mais ça ne signifie pas que je ne suis plus lié à la Règle du Temple. Si le grand maître m'ordonne de faire quelque chose, je peux difficilement refuser.

— Il y a une différence entre obéir aux ordres et se laisser distraire par ces ordres. Maintenant que Beaujeu t'a fait commandeur, il semble que tu fasses peu de cas de tes autres engagements. Même quand tu es là, tu évites les membres du Cercle. Le sénéchal pense que tu deviens à nouveau déloyal et indigne de confiance. D'autres sont d'accord avec lui.

— Vous parlez de moi dans mon dos ?

— Tu ne peux pas leur reprocher leur méfiance. Tu nous as déjà trahis par le passé.

Will fixa le prêtre, puis il détourna la tête.

— Je n'en finirai jamais de payer pour cette erreur, n'est-ce pas ? Combien de fois devrai-je vous dire que je suis désolé ? J'ai essayé de faire tuer Baybars, oui. Mais j'avais des raisons.

Il pivota pour faire face à Everard :

— Comme vous le savez, d'ailleurs, puisque c'est vous qui avez envoyé mon père à la mort !

Everard se leva et planta son doigt dans la poitrine de Will.

— Ton père est mort en servant *loyalement* l'Anima Templi. Si tu veux poursuivre son travail, comme tu n'arrêtes pas de le prétendre, tu devrais l'imiter.

— Vous voulez m'ôter la vie, Everard ? Verser mon sang ? Combien de sacrifices faudra-t-il encore pour votre paix ? Mon père et Hasan ne suffisent pas ?

Les paroles de Will semblèrent résonner durant les quelques secondes de silence qui s'ensuivirent.

— Ma paix ? reprit finalement Everard.

— Ce n'est pas ce que je voulais dire, marmonna Will.

Il alla prendre un tabouret et s'assit face au prêtre.

— Je suis loyal envers vous, Everard. Je sais que j'aurais dû trouver plus de temps pour vous voir et je suis désolé de ne pas l'avoir fait, mais je ne crois pas que vous ayez conscience de toutes les missions que le grand maître de Beaujeu me confie.

— Et Elwen ? Le fait que je t'accorde une certaine liberté, au-delà de celle que t'autorise le Temple lui-même, ne signifie pas que ma mansuétude te soit garantie. N'en crois rien. Tu aurais dû venir me voir tout de suite quand tu es revenu d'Arabie. Que tu voies le grand maître d'abord, je peux l'accepter. Mais que tu ailles voir Elwen avant d'avoir eu la décence de m'annoncer ton retour, c'est tout simplement inacceptable.

— Elle était à Kaboul, annonça Will d'une voix calme.

Everard garda le silence un instant.

— Je l'ignorais. Est-elle blessée ?

Will secoua la tête, à la fois surpris et heureux que le prêtre le lui demande.

— Le Cercle va-t-il intervenir ? D'après ce qu'elle m'a dit, on dirait que la Haute Cour va exiger un dédommagement.

— Nous avons déjà débattu du meilleur moyen d'intervenir, répondit Everard. Mais avant d'en discuter avec toi, j'ai besoin de savoir si tu es avec moi, William, avec *nous*, si ton cœur est toujours investi. Parce que si ce n'est pas le cas…

Everard laissa sa phrase en suspens.

— Je le suis.

Will vit dans les yeux du prêtre qu'il avait envie de le croire, mais qu'il ne se départait pas totalement de sa méfiance. Il hésita un moment, puis plongea la main dans le sac qui pendait à sa ceinture, à côté du fauchon, d'où il sortit un bout de papier.

— Tenez.

— Qu'est-ce que c'est ? fit Everard en le prenant.

— Je n'en sais trop rien.

Will avait copié le rouleau que Kaysan lui avait remis, quand il s'était rendu compte, après l'avoir ouvert dans le désert, qu'il ne pouvait pas le lire. La veille, en revenant, il avait donné l'original au grand maître. Il avait gardé la copie dans son sac en partant voir Elwen, avec l'intention de rendre visite à Elias, le rabbin, pour voir si le vieillard connaissait la langue dans laquelle il était rédigé.

Everard déplia le papier et allongea les bras pour le lire.

— Est-ce que vous comprenez de quoi ça parle ? demanda Will en se penchant dessus.

— Qu'est-ce que c'est ?

— Un mystère que j'essaie de résoudre, sans succès. Pensez-vous être capable de le déchiffrer ?

Everard reporta son attention sur le document.

— Peut-être, mais…

— Est-ce que vous avez confiance en moi ? l'interrompit Will. Vraiment confiance ?

Everard le regarda d'un air incrédule.

— Tu me fatigues, William, et tu me pousses chaque jour un peu plus dans la tombe.

Puis il secoua la tête.

— Oui, je te fais confiance. Même si parfois je m'interroge sur ton discernement.

— Alors aidez-moi à déchiffrer ce papier et nous aurons peut-être tous les deux des réponses à nos questions.

16

La citadelle, Le Caire

25 mai 1276 après J.-C.

Aisha s'immergea à nouveau dans l'eau, la laissant recouvrir son visage. Le bout de ses doigts était tout fripé et spongieux, comme la peau de fruits blets. Les bains, qui tout à l'heure resplendissaient dans la lumière de fin d'après-midi qui se déversait par les hautes fenêtres, étaient maintenant frais et sombres. La plupart des femmes étaient parties ; il n'en restait que quelques-unes sur les bords du bassin et elles se séchaient avec les serviettes de lin parfumées.

— Tu vas manquer la salat si tu restes dans l'eau trop longtemps, l'avertit une femme.

Aisha sourit avec nonchalance.

— Il reste encore une heure avant la prière. J'ai assez de temps.

Quelques minutes plus tard, les dernières femmes partirent, la laissant toute seule dans les bains avec ses deux esclaves.

— Laissez-moi, leur ordonna Aisha.

Elle les regarda s'en aller, puis elle sortit de l'eau et prit une serviette. Elle devait se dépêcher ou elle allait le manquer.

Le silence qui régnait dans les bains était sinistre. L'eau de la piscine fonçait en même temps que la lumière diminuait, et son apparence lisse n'était troublée que par les gouttes d'humidité qui tombaient du plafond et ridaient sa surface. L'air était saturé de fumée et de parfum et de restes de fruits. Après s'être séchée, Aisha enfila sa robe, passa pour la forme un peigne en ivoire dans ses cheveux et enroula son hijab jaune pâle autour de sa tête. Agissant rapidement, elle tira un fauteuil jusqu'à la fenêtre. Il était lourd, en bois, et ses pieds grinçaient sur le carrelage. Elle s'arrêta pour reprendre sa respiration, environnée par un silence pesant, puis elle grimpa avec agilité sur le dos du fauteuil en s'agrippant au rebord de la fenêtre pour assurer son équilibre.

La grille en fer était censée tenir en place mais Aisha, en escaladant pour permettre à son singe de regarder par l'ouverture, avait découvert que ses fixations rouillées étaient prêtes à céder. Elle se demanda si les autres femmes étaient au courant ; s'il arrivait que, comme elle, certaines d'entre elles s'échappent du harem pour explorer le monde extérieur.

Il y avait presque deux mois, alors qu'elle était assise sur le rebord de la fenêtre, juste avant les prières du soir, elle avait vu Baraka traverser les jardins derrière le harem. Il marchait rapidement, en restant près des buissons d'hibiscus et des palmiers qui bordaient les allées, où des canaux d'irrigation sinuaient jusqu'au carré noir d'un bassin, au cœur du jardin. Elle était stupéfaite de le voir. Quand il était enfant, Baraka avait vécu avec sa mère dans l'enceinte du harem. Mais maintenant qu'il était un homme, il lui était interdit d'y entrer sans être annoncé : ce privilège, en dehors des eunuques, n'appartenait qu'à Baybars. S'il voulait la voir, ou voir sa mère, Baraka devait se présenter à l'entrée du palais et les faire appeler. Aisha l'avait regardé jusqu'à ce qu'il sorte de son champ de vision en disparaissant derrière des arbres fruitiers qui s'étendaient jusqu'au potager des cuisines.

Baraka avait été plus présent dans ses pensées que d'habitude depuis qu'elle l'avait rencontré dans le couloir. La réaction de son père, quand elle lui avait révélé que Khadir, Mahmud et lui s'étaient retrouvés dans cette partie déserte du palais, l'avait intriguée. Elle l'avait senti inquiet : trop, peut-être, par rapport à ce qui aurait été normal pour un incident de ce genre. Sans compter la frayeur évidente de Baraka quand il l'avait trouvée là. Elle avait envoyé plusieurs messages à son mari, pour lui dire qu'elle devait lui parler. Au début, Nizam avait été ravie des efforts qu'elle faisait, mais l'absence de réponse de Baraka n'avait fait qu'envenimer encore la situation, comme si son manque de réaction était la faute d'Aisha.

Les semaines suivantes au harem avaient été des plus pénibles. Puis, presque un mois plus tard, elle avait à nouveau espionné Baraka. Intriguée par sa présence dans cet endroit interdit, elle voulait savoir ce qu'il y fabriquait, surtout en s'apercevant qu'il était revenu exactement le même jour, à la même heure, juste avant les prières. Les jours suivants, elle avait continué de surveiller depuis les bains et, une semaine plus tard, alors que le soleil se couchait derrière les murs de la citadelle, Baraka s'était faufilé dans le jardin.

Cette fois, elle était prête.

Tout en tendant l'oreille au cas où elle entendrait la porte des bains s'ouvrir, Aisha se dépêcha de défaire la grille par le bas, mais sans l'ôter complètement. Et maintenant, restait le plus compliqué. Une femme plus grosse n'aurait pas pu la suivre, mais Aisha était fine et souple et elle réussit à s'installer de biais sur le rebord de la fenêtre, après quoi, les genoux remontés contre sa poitrine, elle tira la grille à elle. Les barreaux étaient lourds et elle dut bander tous ses muscles pour la maintenir tandis qu'elle glissait ses jambes dans l'ouverture. Le bas de la grille était maintenant appuyé sur ses cuisses et ses pieds nus pendaient au-dessus d'un buisson d'hibiscus situé au-dessous de la fenêtre. Centimètre par centimètre, elle se retourna et glissa le reste de son corps avant de sauter dans le buisson, la grille se rabattant avec un bruit sourd au-dessus d'elle. Des gouttes de sueur perlaient sur son front et sa lèvre supérieure tandis qu'elle se cachait dans la broussaille. La terre était boueuse et l'odeur des fleurs entêtante.

Ce serait bientôt l'heure. Les jardins étaient fermés d'un côté par un mur couvert de plantes grimpantes et de l'autre par les bains. On n'y accédait que par le potager ou par une porte du harem toujours sous bonne garde. Aisha comprit comment Baraka y entrait quand elle le vit, quelques minutes plus tard, passer par-dessus le mur en s'aidant des branches d'un grand palmier. Dissimulée par la végétation, elle l'observa traverser le jardin. Puis, discrètement, elle se dépêcha de rejoindre l'une des allées de l'autre côté. Quand elle arriva aux arbres fruitiers qui bordaient le potager, elle s'accroupit. Baraka se dirigeait vers la porte des cuisines. Aisha se recroquevilla en le voyant inspecter les environs. Puis il frappa deux coups secs. La porte s'ouvrit et un eunuque apparut. Baraka prononça des mots que Aisha n'entendit pas, puis il plongea la main dans sa tunique en soie. Il donna quelque chose à l'eunuque et celui-ci disparut en refermant la porte derrière lui. Baraka se retourna et regarda le potager. À travers le feuillage, Aisha l'observait : il semblait nerveux, et méfiant. Il s'écoula quelque temps encore avant que la porte ne s'ouvrît à nouveau. Cette fois, il y avait une fille avec l'eunuque. Aisha la reconnut, c'était l'une des esclaves du harem, une fille maigrichonne d'environ dix-neuf ans qui avait été capturée au cours d'une attaque sur un village chrétien. Elle était blanche comme un linge, avec de pâles cheveux blonds. Baraka fit un signe de la main et la fille avança devant lui, tête basse, dans le potager.

Le cœur battant à tout rompre, Aisha les suivit en gardant ses distances et ils arrivèrent à la réserve des fruits au fond des jardins. Baraka ouvrit la porte, mais la fille recula. Il la prit par le bras et la força à entrer en claquant la porte derrière eux. Incapable de repousser son abjecte impulsion, Aisha s'approcha de la réserve, désirant voir à l'intérieur et craignant ce qui s'y déroulait. Il y avait de petites fentes dans les parois de la réserve, mais trop hautes pour qu'elle puisse se poster face à elles. En faisant le tour, elle trouva un seau en bois à l'arrière. Elle le retourna, grimpa dessus et colla son œil contre un des trous. Une toile d'araignée se trouvait juste en face et la pièce était plongée dans le noir. Mais elle entendit la voix de Baraka. Se hissant sur la pointe des pieds, elle parvint à distinguer la silhouette de Baraka. La fille se tenait face à lui.

— Fais-le, disait Baraka.

Aisha entendit un sanglot et elle comprit que la fille pleurait.

— Fais-le ! répéta Baraka, implacable. Ou tu seras punie.

Sa voix tremblait, mais Aisha n'aurait su dire si c'était de nervosité ou d'excitation.

Lentement, la fille s'agenouilla devant lui, puis ses épaules commencèrent un léger va-et-vient saccadé, comme si elle essayait de retenir ses larmes. Baraka s'agrippa à une étagère tandis qu'elle lui soulevait sa tunique. Sa tête et ses épaules empêchaient Aisha de voir, mais ce qu'elle faisait n'était que trop évident. Baraka ferma les yeux, le visage tendu.

Aisha perdit l'équilibre et se reçut sur l'allée pavée. Puis, le corps tremblant de dégoût et de rage, elle s'enfuit en courant.

La citadelle, Le Caire, 26 mai après J.-C.

Le sang coulait, épais, de la bouche du lion tandis qu'il marchait de long en large, les pattes liées à son poteau, en dodelinant de la tête. Un nuage de mouches, attirées par la blessure qui saignait sur son flanc, tourbillonnait autour de lui. De temps à autre, les domestiques les chassaient du revers de la main, mais elles revenaient sans cesse le harceler de leurs vrombissements paresseux.

Tenant les rênes d'une seule main, Kalawun s'étira sur sa selle. Il sentait les muscles de sa monture rouler entre ses jambes tandis qu'ils remontaient le chemin sablonneux vers la citadelle. À sa suite se trouvait un groupe de courtisans, dont ses fils, Ali et Khalil, et à l'arrière l'escorte et les domestiques ainsi que le lion.

— Vous n'avez pas dit un mot depuis que nous avons quitté la plaine, dit Kalawun en jetant un œil à Baraka, qui chevauchait à ses côtés sur un hongre noir comme le jais. Tout va bien ?

— Non, marmonna Baraka sans le regarder.

— C'était une belle chasse.

Baraka fit une moue boudeuse.

— Non. Vous y étiez en premier. C'est vous qui auriez dû le tuer. Mais vous me l'avez laissé. Je n'ai pas besoin de votre aide. Je peux très bien me débrouiller tout seul.

Kalawun garda le silence un moment.

— Je suis désolé, mon prince. Vous avez raison.

Le silence retomba entre eux, rompu par la seule conversation des courtisans derrière eux, et un éclat de rire d'Ali réagissant à quelque chose d'amusant que lui avait dit son cadet. Le sourire de Kalawun s'évanouit. Le bref plaisir qu'il avait pris à cette chasse s'était envolé pour de bon. En essayant de faire plaisir à Baraka, il n'avait réussi qu'à se l'aliéner davantage. Rien ne se déroulait comme prévu.

Les deux derniers mois, il avait été occupé à l'organisation de la future campagne en Anatolie, en particulier durant les semaines où Baybars avait été absent parce qu'il marchait sur Karak, une place forte où on lui avait rapporté une rébellion de la garnison mamelouke. Quand Baybars était revenu quelques jours plus tard, les chevaux des officiers bahrites traînaient les cadavres des meneurs derrière eux. Les rebelles avaient été bannis du royaume et une nouvelle compagnie les remplaçait. Baybars était fou de rage. Les seules bonnes nouvelles du mois qui venait de s'écouler avaient été celles de la victoire d'Ishandiyar à al-Bireh. Baybars avait organisé une soirée de fête et ils avaient joué au polo pour célébrer leurs succès sur l'Ilkhan et les Mongols. En écoutant le récit des aventures syriennes d'Ishandiyar, Kalawun s'était demandé comment se déroulait la traque aux Assassins de Nadir. Il était habitué à la compagnie de son officier et elle lui manquait.

Depuis que Aisha lui avait parlé de la rencontre entre Baraka, Khadir et Mahmud, Kalawun ruminait à propos du jeune homme, qui semblait de plus en plus renfermé et versatile. Il n'arrivait pas à décider que faire. La chasse de ce matin avait été sa première réelle occasion de parler avec le prince, mais Baraka était d'humeur maussade, pensive, et tous ses efforts pour discuter avec lui avaient été vains.

Devant eux, un serpent émergea des buissons, son corps visqueux scintillant tandis qu'il progressait sur le sable en sinuant. Le cheval de Kalawun s'ébroua et il se mit au pas d'une pression des genoux pour laisser le serpent passer.

— Avez-vous vu Aisha récemment ? demanda Kalawun à Baraka d'une voix badine, tandis qu'ils continuaient à grimper la colline et rejoignaient le chemin vers la citadelle, dont l'émir remarqua qu'il était marqué de nombreuses traces de sabots et de sillons de roues.

Baraka lui jeta un coup d'œil.

— Je ne désire pas en parler.

— Ma fille ne vous plaît-elle pas, Baraka ?

Baraka grommela quelque chose entre ses dents, mais Kalawun ne l'entendit pas.

— Nous avons tous des devoirs envers nos femmes, poursuivit-il doucement. C'est notre position qui l'exige. Quand vous serez sultan, il vous faudra un héritier. Je sais que votre mère s'inquiète à ce sujet. Aimeriez-vous en discuter ?

— J'ai dit non.

— Très bien. Je veux juste que vous sachiez que je suis là. J'aimerais savoir que vous viendriez me voir si vous en aviez besoin. Même si, bien sûr, vous avez vos amis, ainsi que votre père et Khadir.

Baraka tourna la tête vers lui d'un mouvement trop rapide. Dans ses yeux transparaissait la suspicion.

— Khadir ? C'est le compagnon de mon père. Qu'est-ce qui vous fait croire que je lui parlerais ?

— Je sais qu'il vous apprécie, répondit prudemment Kalawun.

Baraka continua de le fixer un instant, puis ses yeux se portèrent à nouveau sur la route. Il paraissait troublé. Devant eux, les murs blancs de la citadelle se découpaient sur le ciel turquoise. Des enfants dépenaillés qui jouaient sur le bas-côté se mirent à courir en criant autour de l'impressionnante procession. Baraka les ignora, mais Kalawun porta la main à sa bourse et en sortit une poignée de pièces, qu'il jeta aux enfants. Ils se ruèrent dessus avec des cris de ravissement.

— Pourquoi leur donnez-vous de l'argent ? demanda Baraka d'un air morose, lorsqu'ils se furent éloignés.

— Ils sont pauvres, ce n'est pas mon cas. Ne feriez-vous pas de même pour vos sujets ?

— Ce ne sont pas mes sujets.

— Ils le seront un jour. Les enfants que nous venons de voir seront peut-être des adultes quand vous arriverez au pouvoir. Ne serait-il pas préférable qu'ils se rappellent votre bienveillance, votre charité ?

— Mon père ne jette pas de pièces aux paysans, pourtant ils l'admirent. Ils le craignent. Les gens respectent la force, pas la commisération.

— Vous n'êtes pas votre père, Baraka.

— Non, fit le prince à voix basse. Je ne suis pas mon père.

— En outre, renchérit Kalawun, qui souhaitait poursuivre la conversation, le sultan Baybars aide son peuple d'une autre manière. Il leur construit des écoles et des hôpitaux, des lieux de culte, des citernes pour…

Entendant des cris un peu plus loin, il s'interrompit. Ils prirent un virage et la porte al-Mudarraj s'éleva devant eux. La herse de la citadelle était levée et il y avait une foule compacte de chariots, de chevaux et de gens.

Tandis que Baraka et Kalawun approchaient, ils virent que la queue était immobile, l'accès bloqué. Aux cris précédents se mêlèrent ceux d'enfants en pleurs. Kalawun fronça les sourcils en voyant les rangées de femmes et de leurs filles au milieu des chariots. Les traits tirés par la fatigue et le choc, elles formaient un groupe désordonné. Des soldats mamelouks, à cheval ou à pied, les tenaient sous bonne garde. Les cris venaient de plus loin à l'intérieur de la citadelle.

— Qu'est-ce qui se passe, père ?

Kalawun se retourna et vit Khalil et Ali qui tendaient le cou pour voir la scène. Il leva le bras pour leur faire signe d'attendre avec le reste de la troupe de chasse.

— Attendez ici, mon prince, dit-il à Baraka.

Les Mamelouks qui surveillaient les femmes et leurs filles se dérangèrent pour laisser Kalawun franchir la porte. En pénétrant dans la cour, il aperçut Baybars. Le sultan rabrouait un soldat en robe couleur jade, qui tenait un camail sous son bras. Le visage de Baybars semblait déverser des foudres sur lui. Dès qu'il vit Kalawun, il marcha dans sa direction en laissant le soldat qu'il accablait derrière lui. Kalawun le reconnaissait, c'était un émir du nom d'Usamah.

— Est-ce que tu es au courant de ça ? lui demanda sèchement Baybars.

Kalawun mit pied à terre.

— De quoi, seigneur ?

Baybars faisait les cent pas comme un lion acculé chez qui se mêlent vigilance et courroux. Kalawun regarda Usamah, qui s'avança prudemment en voyant que Baybars ne répondait pas.

— Émir Kalawun, nous arrivons de Palestine après l'assaut donné sur Kaboul, pour livrer les prisonniers que nous y avons faits.

— Quel assaut ? l'interrogea Kalawun, surpris. Qui vous a donné cet ordre ?

Baybars se tourna vers Usamah.

— Si vous dites encore une fois que l'ordre venait de moi, émir, je vous fait étriper sur place.

Malgré son teint hâlé, Usamah était d'une pâleur cadavérique, mais il répondit.

— Il semble que l'ordre que nous avons reçu ne venait pas du sultan Baybars, expliqua-t-il à Kalawun. Pourtant, il portait bien son sceau.

Il fouilla dans sa robe et en sortit le rouleau, que Kalawun vérifia.

— Il a raison.

— Je n'ai pas envoyé cet ordre, Kalawun, trancha Baybars.

Kalawun regarda les femmes et les enfants terrifiés. Il supposait que peu d'entre eux, voire aucun, ne comprenaient ce qui se racontait. Pour ce qu'ils en savaient, Baybars et Usamah pouvaient très bien discuter de la meilleure manière de les tuer.

— On dirait que quelqu'un a utilisé votre nom pour exécuter sa sale besogne, seigneur.

— C'est moi.

Kalawun, Baybars et Usamah se tournèrent. Baraka était descendu de cheval et s'était avancé dans la cour.

— Qu'est-ce que tu viens de dire ? fit Baybars d'une voix presque inaudible.

Baraka voulut répéter ses paroles, mais sa voix se brisa avant de franchir ses lèvres. Il se racla la gorge, redressa les épaules et planta ses yeux dans ceux de son père.

— J'ai voulu vous aider, père. J'ai entendu des rapports faisant état d'espions dans ce village et je savais que vous étiez trop occupé à organiser la campagne pour vous en charger, j'ai donc pris la liberté d'envoyer l'ordre en votre nom.

Usamah paraissait stupéfait. Kalawun offrait un visage de pierre, mais on voyait qu'il réfléchissait à toute vitesse. Baybars se détourna de son fils.

— Je pensais vous faire plaisir, poursuivit Baraka en s'approchant timidement de lui. Je voulais aider.

Sa voix s'affaiblissait, il donnait de plus en plus l'impression de supplier.

— Je l'ai fait pour vous, père.

Baybars pivota. S'approchant du jeune homme, il saisit sa tunique à pleines mains et la déchira en le soulevant. Levant le bras, il le frappa du revers de la main en plein visage, brutalement. Puis, une deuxième fois, le poing fermé. Baraka cria tout en essayant de bloquer les coups et de se dégager. Mais Baybars refusait de relâcher sa prise. Au troisième coup, le sang commença à couler du nez de Baraka et une entaille s'ouvrit au-dessus de son œil droit à cause des bagues du sultan.

— Seigneur !

En le tenant par le bras, Kalawun réussit à empêcher Baybars de continuer à le frapper.

— Laisse-moi ! cracha Baybars.

Ses yeux bleus lançaient des éclairs.

— Je ne crois pas que votre fils soit seul responsable, dit Kalawun en lui maintenant toujours le bras.

Il regarda Baraka, dont le visage était couvert de sang et de morve.

— Est-ce que j'ai raison ?

Mais le garçon ferma ses yeux en poussant un sanglot.

— Réponds-lui, sale morpion ! aboya Baybars. Ou par Allah je t'achève !

— *Seigneur !*

Un homme en cape grise venait d'arriver par une des portes du palais. C'était Khadir. Il se jeta aux pieds de Baybars en regardant d'un air consterné le tableau.

— C'est votre fils, seigneur ! plaida le devin. Votre héritier !

— Reste en dehors de ça, dit Baybars d'une voix implacable.

Kalawun vit le regard implorant et plein d'espoir que Baraka jetait au devin, et il comprit tout.

— C'était toi, n'est-ce pas ?

Ignorant Kalawun, Khadir rampa et posa sa main squelettique sur la botte de Baybars.

— Laisse ton fils en paix, maître, dit-il. Qu'a-t-il fait qui te déplaise ?

Baybars ne l'écoutait pas.

— Qu'as-tu dit, Kalawun ? demanda-t-il, l'air effaré.

— C'est toi qui as tout organisé, Khadir, n'est-ce pas ? fit Kalawun en baissant les yeux sur le devin allongé par terre. Et tu as fait en sorte que Baraka t'aide.

Khadir cracha à ses pieds et, au même moment, Baybars faisait pivoter Baraka pour le mettre face à lui. Ce dernier marmonnait des paroles inintelligibles.

— *Est-ce que c'est vrai ?*

— Oui ! gémit Baraka. Ce n'était pas ma faute !

Il hurlait maintenant et on n'entendait plus que lui dans le silence qui s'était abattu sur la cour.

— C'était Khadir, père ! Khadir et Mahmud ! Ils m'ont obligé !

Baybars relâcha soudain son fils, comme s'il s'apercevait qu'il tenait quelque chose de dégoûtant. Baraka tomba à terre en pleurant, maculant le sable de sang. Il regarda son père d'un air éberlué, puis les Mamelouks qui observaient sans mot dire. Enfin, il se releva et s'enfuit.

On entendit le bruit de l'acier frottant contre le cuir quand Baybars tira un de ses sabres de son fourreau. Khadir poussa un cri perçant et s'aplatit un peu plus encore devant le sultan qui levait sa lame au-dessus de lui.

— Ne frappe pas le messager d'Allah !

Ses paroles retinrent le bras de Baybars.

— Si tu me tues, maître, c'est toi que tu assassines, souffla Khadir. Nos destins sont liés.

La respiration lourde, le sultan laissa son bras retomber avant de donner un coup de pied au devin.

— File hors de ma vue. Nous en reparlerons.

Tandis que Khadir se recroquevillait dans le sable, Baybars se tourna vers deux soldats bahrites qui se trouvaient là.

— Allez me chercher l'émir Mahmud, aboya-t-il.

Puis il pivota vers les hommes qui attendaient près des chariots.

— Quelqu'un d'autre a-t-il l'intention de me trahir ? hurla-t-il. Non ? Personne ?

Les gardes baissaient la tête pour ne pas affronter sa fureur. Soudain, les épaules de Baybars s'affaissèrent et il lâcha son sabre.

— Ils sont tous contre moi, Kalawun. Tous autant qu'ils sont.

— Non, seigneur, dit Kalawun en s'approchant de lui. Ce ne sont que quelques pommes pourries qui gâtent les autres.

Baybars leva les yeux sur lui.

— Qu'est-ce que je vais faire ? Le traité est rompu. Les Francs vont demander un dédommagement pour cet acte de guerre.

Il leva les yeux vers le ciel.

— Tous mes plans pour l'Anatolie seront ruinés si je dois m'occuper d'eux. Je n'aurai peut-être jamais de meilleure occasion. L'Ilkhan Abaqa m'attaquera une nouvelle fois. Je dois être prêt, Kalawun, *il le faut* !

— Et vous le serez, dit posément Kalawun. Tout n'est pas perdu. Envoyez vos excuses aux chrétiens. Envoyez-les aujourd'hui, en expliquant ce qui s'est passé. Dites-leur que vous avez été trahi mais que vous avez châtié sévèrement les auteurs du massacre. Et envoyez-leur une compensation. Un dinar par sujet tué à Kaboul. Sortez vingt chrétiens des cachots et renvoyez-les en Acre avec ces femmes, continua-t-il en désignant les prisonnières. Nous devrions pouvoir éviter qu'une crise ne se déclenche.

Au bout d'un moment, Baybars acquiesça.

— Assurez-vous de tout cela, dit-il, les lèvres pincées.

Tandis que Kalawun se dirigeait vers les chariots en ordonnant aux hommes d'apporter aux prisonnières des fruits et de l'eau, Khadir s'accroupit dans la poussière et le regarda faire. Dans ses pupilles blanches brûlait la haine.

Baraka courait à travers les couloirs du palais en éclaboussant les murs de son sang. Son visage lui semblait tout engourdi, mais une sensation de battement sourd grossissait, indiquant que la douleur n'allait pas tarder à se réveiller. Bientôt, elle ferait rage en lui. Au commencement, il avait voulu se rendre chez sa mère, mais l'idée que les gardes du harem le voient dans cet état l'avait arrêté. Sous le coup de l'humiliation, pleurnichant, il prit le chemin de ses quartiers, l'esprit obnubilé par l'image des soldats, de Kalawun et de son père le regardant, gisant au sol, effrayé et battu.

Il arrivait à sa chambre et allait en ouvrir la porte quand apparut quelqu'un, enveloppé dans une robe et un voile noirs. Baraka s'immobilisa, tandis que Aisha ôtait le voile de son visage. Quand elle parla, sa voix était glaciale.

— Je t'ai vu.

Baraka entendit à peine ce qu'elle venait de lui dire.

— Tu as dit à ton père que tu m'avais vu ce jour-là, dans la tour, n'est-ce pas ?

En plus d'être étouffée par le sang qu'il avait dans la bouche et son nez cassé, sa voix tremblait.

— C'est pour ça qu'il n'arrêtait pas de me poser ces questions. C'est pour ça qu'il savait pour Khadir.

— Oui, je t'ai vu ! répéta Aisha, mais en criant cette fois, ce qui le fit tressaillir. Je t'ai vu avec cette *esclave* ! La nuit dernière !

Baraka la regarda, horrifié, puis il tendit la main vers la porte en cherchant à tâtons la poignée. Aisha se jeta sur lui les mains en avant, en se servant de ses ongles comme de griffes.

— Je le dirai à tout le monde ! Je leur dirai que tu ne peux même pas coucher avec *ta femme* ! Que tu dois voler une des esclaves de ton père pour le faire !

Elle le frappa au visage.

— Tu as laissé ta mère croire que c'était ma faute ! Que je ne suis pas assez bien pour toi !

Baraka hurla lorsqu'elle lui griffa sa lèvre déjà meurtrie.

— C'est toi qui ne vaux rien ! C'est *toi* !

Baraka la bouscula, puis il ouvrit la porte, se précipita à l'intérieur et la claqua violemment. Mais il entendit encore Aisha, de l'autre côté, qui le maudissait, quand il s'écroula sur le sol.

17

Le quartier pisan, Acre

26 mai 1276 après J.-C.

La taverne était crasseuse et il y faisait chaud. Des mouches circulaient paresseusement au-dessus des tables poisseuses où les paysans s'abritaient du soleil de midi. Deux d'entre eux se levèrent et partirent, laissant un bref courant d'air entrer par la porte, et Will se rassit, renonçant à chercher de la fraîcheur. Chaque année, il oubliait à quel point les étés étaient durs à supporter en Acre. Et chaque année, devoir s'en souvenir était désagréable. La puanteur du fumier, humain et animal, qui empestait l'air toute la journée ; la manière dont même le lin le plus fin devenait intolérable ; les relents de sueur corrompant tous les arômes dans les marchés bondés.

— Voilà, dit Garin en posant une coupe de vin ébréchée devant Will.

Il s'assit, but une gorgée dans sa propre coupe et fit une grimace. Ses cheveux s'étaient éclaircis avec le soleil et sa peau était hâlée. Il donnait une réelle impression de santé, à l'exception des poches qu'il avait sous les yeux. Will jalousa sa chemise légère en coton. Elle avait l'air extraordinairement agréable en comparaison de sa propre chemise, de son surcot et du manteau qu'il était obligé de porter. Il se demanda si Garin regrettait parfois de ne plus être chevalier. Il but une gorgée et vit que Garin l'observait aussi. Le vin était acide.

— Eh bien ! fit Garin avec un demi-sourire, nous nous retrouvons enfin.

— Je suis désolé, je ne pouvais pas te voir plus tôt.

— Je suppose que tu dois être très occupé, maintenant que tu es commandeur.

Will hocha la tête sans se donner la peine de répondre. Il n'avait pas envie de faire les frais de la conversation. Au début, lorsqu'il avait croisé Garin au marché, une partie de lui avait été heureuse de revoir son vieux camarade. Il s'était imaginé leurs discussions, à évoquer le bon vieux temps et leurs anciens maîtres au Temple de Londres. Mais maintenant qu'il était assis face à lui dans cette taverne étouffante, il réalisait qu'il n'y avait plus rien entre eux, en dehors d'une vague gêne liée à du ressentiment qui n'avait plus d'objet.

C'était différent à l'époque où Garin était enchaîné dans les cachots du Temple, où Will lui procurait de petits réconforts et lui apportait des nouvelles du monde extérieur. Will s'était senti capable de lui pardonner, parce que, chaque fois qu'il le voyait, il avait la preuve qu'il payait pour sa trahison. Mais à le voir assis ici, sirotant son vin, la peau brunie, en bonne santé et sûr de lui, Will sentit une vieille rancœur refaire surface. L'image d'une autre taverne fit irruption dans son esprit. Il était attaché à un lit, on venait de le battre comme plâtre et son visage était couvert de contusions. Garin se tenait au-dessus de lui et le forçait à avaler un liquide épais et infect. Peu après, d'autres souvenirs remontèrent à la surface : une fille aux boucles blondes s'activant sur lui ; une paillasse souillée ; la voix d'Elwen, bouleversée.

— Alors, dit Garin pour mettre fin au silence, comment va Elwen ? Je suppose qu'elle est encore ici avec toi ?

La mâchoire de Will se contracta tandis qu'il fixait Garin.

— Elle va bien. Et comment ça se passe en Angleterre ? Comment va ta mère ?

Garin parut surpris par sa question, surpris et ravi.

— Elle est de plus en plus frêle. Mais toujours la langue bien pendue.

Il frottait du pouce un bout de saleté sur sa coupe.

— Je ne la vois pas autant que je le devrais. Le roi Édouard me donne beaucoup de travail.

— Qu'est-ce que tu fais pour lui ?

Garin leva les yeux en percevant dans sa voix une réelle curiosité.

— Je m'occupe de petites choses. Je délivre des messages, grogna-t-il. Rien de passionnant. À propos, tu ne m'as toujours pas dit ce qu'il y avait dans cette lettre.

— Everard s'inquiétait des demandes de fonds d'Édouard. J'espérais avoir ton opinion sur la question.

Garin se pencha en avant.

— Bien. C'est de ça que je voulais te parler, moi aussi. Parle en premier, dit-il en tendant la main vers Will.

— Ces fonds. Everard veut être certain qu'ils sont utilisés comme le roi Édouard affirme qu'ils le sont. Il a entendu dire qu'Édouard prévoit une guerre contre le pays de Galles, auquel cas il pourrait utiliser les ressources de l'Anima Templi pour l'expansion de son propre royaume.

Garin était surpris.

— Vous êtes bien informés. Très peu de gens connaissent ces plans.

— Nous avons des alliés à Londres.

Garin prit son temps avant de répondre et, quand il le fit, ce fut d'une voix délibérément lente.

— Vous avez raison.

Will se redressa, avec un air de triomphe sur le visage.

— Édouard réfléchit à une expédition militaire au pays de Galles. Mais il n'a pas l'intention d'exploiter l'argent de l'Anima Templi dans ce but. Il n'en a pas besoin. Il peut compter sur beaucoup d'autres ressources. C'est en partie pour ça que je suis ici, pour rendre visite au roi Hugues.

— Alors pourquoi a-t-il besoin d'argent ?

— Pour une nouvelle mission de paix jusqu'à Abaqa, l'Ilkhan de Perse. Il veut envoyer des émissaires pour rétablir le contact avec les Mongols de la garnison de l'Ilkhan en Anatolie et pour s'assurer que l'alliance qu'il a formée avec eux il y a quatre ans tient toujours. Édouard pense que si chacun des camps est aussi fort que l'autre, les Mongols et nous faisant front commun contre les Mamelouks, alors personne ne lancera d'attaque. Il pense que c'est le meilleur moyen de maintenir la paix qu'il a conclue avec Baybars.

— Mais il veut attaquer le pays de Galles.

— On lui a forcé la main. Llewelyn, le prince des territoires du nord de Gwynedd, est une épine dans le pied anglais depuis quelque temps. Cela fait des années que les gens du cru font des incursions sur le territoire anglais : ils pillent les réserves, enlèvent des enfants, violent des femmes, et Llewelyn ne fait rien pour les en empêcher. Au contraire, il les encourage chaudement. Aujourd'hui, Édouard a le sentiment que la coupe est pleine. Il doit faire face à ces barbares une fois pour toutes.

Will écoutait en silence. Garin ressemblait à n'importe lequel des orateurs d'Édouard. Il semblait sincère, mais il n'y avait aucune émotion dans ses yeux et Will savait que ce n'étaient que des mots. C'est ce qu'Édouard voulait qu'il dise. Quant à savoir s'il y avait là-dedans une parcelle de vérité… Grâce à toutes ses années en Terre sainte, Will était bien placé pour savoir que lorsqu'un dirigeant souhaitait envahir un autre royaume pour agrandir son territoire ou augmenter sa puissance, il faisait d'abord courir des rumeurs censées justifier cette action. Si la nation qu'il avait l'intention d'envahir était ressentie comme une menace, la populace serait bien moins susceptible de protester contre cette décision. Ce n'était qu'un des passages obligés pour partir en guerre, aussi nécessaire et banal que les armes utilisées au combat.

— Et sa rencontre avec le pape Grégoire ? demanda-t-il. Everard a aussi entendu dire que le roi s'apprête à lancer une croisade.

Cette fois, si Garin était surpris qu'ils soient au courant, il n'en montra rien.

— Bien entendu. Édouard devait faire croire au pape qu'il a l'intention de prendre la Croix. Grégoire est l'un de ses amis et un fervent partisan d'une nouvelle croisade. Le pape était fort mécontent qu'Édouard n'ait pas assisté au concile de Lyon, et il a dû s'en expliquer. Édouard essayait simplement de l'apaiser.

Will était loin d'être convaincu, mais voyant qu'il n'obtiendrait pas davantage d'informations, il changea de sujet.

— De quoi voulais-tu me parler ? demanda-t-il.

— Édouard veut que je discute avec Everard en personne à propos des fonds qu'il lui a demandés. S'il doit entreprendre cette mission auprès de l'Ilkhan, il en aura besoin aussitôt que possible. Il est évident que les membres du Cercle ne peuvent quitter le Temple pour un voyage comme celui-ci et Édouard a déjà noué une relation avec Abaqa. Il dit que, après tout, c'est pour cela que vous l'avez désigné, pour qu'il puisse contribuer à la paix.

Cette explication semblait raisonnable, mais Will ne parvenait pourtant pas à se défaire de sa méfiance.

— J'en parlerai à Everard, mais je ne peux pas te garantir qu'il accédera à la requête d'Édouard. L'Anima Templi a beaucoup de projets en cours. Nous ne pouvons pas les financer tous en même temps. Notre trésorerie n'est pas illimitée et nous devons faire attention à la quantité d'or que nous prélevons dans les coffres du Temple.

— Je comprends, fit Garin en hochant la tête. Mais si je pouvais parler à Everard, ou au moins avoir une réponse le plus rapidement possible, je t'en serais reconnaissant. Je ne peux pas rester ici encore longtemps. L'hospitalité de mon hôte royal ne se prolongera pas indéfiniment.

— Je parlerai à Everard dès ce soir. Retrouvons-nous ici demain à la même heure, quelle que soit la réponse.

Will se leva. Il n'avait presque pas touché à son vin.

— Je dois hélas partir. Il me faut m'occuper de certaines choses.

— À demain, alors.

Garin regarda Will s'en aller. Quelques paysans levèrent la tête sur son passage et lui jetèrent un regard empreint de respect. Avant, les gens le regardaient de cette façon, lui aussi. Maintenant, il était un visage de plus dans la foule anonyme. Il s'empara de la coupe de Will et la vida d'une traite, puis il sortit dans le brasier blanc de l'après-midi.

Les murs poussiéreux des échoppes, des maisons et des églises se succédaient autour de lui tandis qu'il arpentait les étroites ruelles du marché, se déplaçant dans la molle cohue des marchands, des mules et des charrettes. Après avoir traversé la place du marché, il pénétra dans la rue couverte : un passage voûté en pierre avec des ouvertures cintrées sur toute la longueur, où les marchands présentaient ce qu'ils souhaitaient vendre. Ces ouvertures donnaient à l'intérieur des boutiques, réduits inconfortables où l'on trouvait à peu près tout, de la porcelaine au poison. Tout en s'enfonçant dans la rue, Garin gardait sa main sur sa bourse, à proximité de sa dague. Il dépassa un groupe d'hommes buvant du thé épicé, puis une femme qui le salua, ombre vaporeuse dans son drapé de soie, l'invitant dans les ténèbres enfumées d'un lieu de péché où flottait une odeur de cannelle.

Garin était fasciné par la rapidité avec laquelle on passait ici du statut d'étranger à celui d'habitué. Il était venu pour la première fois dans la rue couverte il y avait à peine une quinzaine de jours, mais il y était déjà revenu cinq fois entre-temps. Les mêmes hommes jouaient aux échecs, la même femme le saluait. La même odeur d'orange et de citron l'accueillit quand il passa devant le vendeur de fruits avant d'arriver au magasin où un Arabe le reçut avec un sourire.

Garin hocha la tête en retour, mais sans sourire.

— Qannob.

Mais l'Arabe avait déjà disparu dans la boutique, sachant ce qu'il voulait. Il réapparut à travers le rideau et tendit à Garin un petit tas de feuilles vert sombre, enroulées dans une ficelle.

— Vous dormez bien maintenant ? demanda-t-il en prenant les pièces que lui tendait Garin.

— Mieux.

— Vous reviendrez bientôt, lança l'Arabe à qui Garin avait déjà tourné le dos.

Quand il arriva au palais royal, il se rendit directement dans sa chambre. Les rideaux étaient tendus pour empêcher la chaleur d'entrer, de sorte que la pièce était fraîche. Il avait dit aux domestiques de ne pas pénétrer dans sa chambre, son lit était donc défait, avec les draps de soie encore froissés et humides de la sueur de sa dernière nuit agitée. Les coussins étaient éparpillés au sol, près d'une table basse sur laquelle trônaient une paire de pinces en acier et un encensoir en terre glaise noirci de cendres. Des coupes en argile vides, hier remplies de vin, s'accumulaient en une morne congrégation au pied de son lit.

Après avoir tiré le verrou derrière lui, il ôta ses bottes et marcha pieds nus jusqu'à la table, où il sortit l'herbe de sa poche. Il prit les pinces et les fourra dans les cendres blanches de charbon au fond du brasier. La couche supérieure s'effrita et laissa entrevoir un faible rougeoiement. Garin s'empara avec précaution d'un des bouts de charbon incandescents. Puis il le posa dans le creux de l'encensoir, s'assit jambes croisées sur les coussins et défit le petit paquet. L'odeur puissante et délicate qui s'en échappa le remplit d'un frisson d'excitation. Il préleva du bout des doigts une petite partie des têtes de fleurs séchées, porta les mains jusqu'à l'encensoir et, en se penchant, les y déposa.

Le chanvre, cultivé pour sa tige, était utilisé à travers tout l'Orient et l'Occident pour fabriquer de la corde, de la ficelle, du papier et du tissu. Mais les feuilles, la résine et les fleurs avaient une autre utilité : comme médecine, comme encens, et comme drogue. Il y avait des années de cela, à Paris, Garin avait passé plusieurs mois en compagnie de la maîtresse d'un bordel du Quartier latin. Adela était guérisseuse et elle lui avait parlé des gens qui mangeaient les feuilles de chanvre, dont ils tiraient des rêves merveilleux et des visions fabuleuses, elle lui avait expliqué qu'elles rendaient les hommes plus virils et calmaient les esprits les plus enfiévrés. Garin n'avait jamais eu l'occasion d'essayer jusqu'ici, mais dix-sept jours plus tôt, en cherchant sur le marché pisan une potion capable de l'aider à s'endormir durant ces nuits brûlantes, on l'avait envoyé au magasin de l'Arabe. Le sultan Baybars avait banni l'usage de plantes aux musulmans, mais les mystiques soufis continuaient d'en ingérer lors de leurs cérémonies religieuses. Maintenant, les hommes qui le cultivaient étaient forcés de le vendre aux Occidentaux et autres non-croyants.

Le premier jour, on avait donné à Garin des espèces de boulettes marron, avec une délicieuse odeur de miel, de muscade et de quelque chose d'indéfinissable. Il en avait mangé une et attendu l'effet produit. Puis il mangea le reste mais rien ne se produisit, et il fut déçu. Une heure plus tard, il était allongé face contre terre sur le tapis et était secoué par un rire incontrôlable, si violent qu'il avait de la peine à respirer. Il était resté là pendant peut-être trente minutes, à penser qu'il allait sûrement mourir et que c'était comique, avant de s'effondrer dans un sommeil comme il n'en avait jamais connu. Quatre jours plus tard, il était retourné au magasin. Il avait expliqué à l'Arabe que les boulettes étaient trop puissantes et lui avait demandé quelque chose de plus subtil, qui l'aiderait seulement à s'endormir, et celui-ci lui avait vendu l'encensoir et le mélange de fleurs séchées en lui expliquant comment s'en servir.

Les feuilles entrèrent en contact avec le charbon et prirent instantanément feu, les graines craquant sous l'effet de la chaleur. Un panache de fumée bleuâtre s'éleva dans l'air. Garin se pencha au-dessus de la table, comme un prêtre sur son autel, et il aspira la fumée par la bouche en ouvrant grands ses poumons. Les premières fois, ça l'avait horriblement fait tousser, mais il s'était vite habitué et il savait désormais ce qu'il était capable d'absorber. Il prenait de profondes inspirations tandis que la chambre se remplissait de l'odeur de la plante et sa vision se troubla. Il suffisait d'un peu d'herbe et il retrouverait un calme comme il n'en connaissait jamais avec le vin. Il avait l'impression qu'on le caressait. Un peu plus et il trouverait le sommeil.

Tandis que les dernières feuilles se consumaient en ne laissant que des cendres derrière elles, Garin s'allongea sur les coussins, les yeux mi-clos. Il s'était trouvé à cours de qannob ces deux derniers jours et il avait mal dormi. La rencontre avec Will l'avait encore un peu plus tendu. La réserve de Will à son égard lui avait donné envie de se jeter à travers la table pour lui donner un coup de poing et il lui avait fallu déployer un effort surhumain pour afficher un sourire agréable et stupide tandis que son ancien ami l'interrogeait.

Garin se souvint de Will au Nouveau Temple, un garçon au nez qui coulait constamment, qui pleurait sans cesse parce que son père l'accusait de la mort de sa sœur, et cette image le rasséréna. Will maniait bien l'épée, mais il faisait un mauvais sergent. Il transgressait la Règle presque tous les jours, mais parvenait chaque fois à s'en sortir. De fait, quand Will se conduisait mal, c'était souvent lui, Garin, qui recevait les blâmes et les corrections, une situation qui s'était reproduite quand il avait sauvé *Le Livre du Graal* d'Everard et y avait gagné quatre ans dans un cachot. Alors qu'on avait pardonné à Will, qui avait pourtant trahi le Cercle en essayant de faire assassiner Baybars. Garin commença à s'apitoyer sur son sort. Maintenant, Will était membre de la confrérie secrète dont il aurait dû faire partie, et il avait été promu commandeur. Peu importe qu'il fasse des erreurs, il tirait toujours son épingle du jeu. Mais ce que Garin n'arrivait pas à digérer, c'est qu'au bout du compte Will n'était qu'un roturier, issu d'une généalogie de barbares, quel que soit le vêtement qu'il portait pour déguiser ce fait. Son père était peut-être un Templier, mais sa mère était à peine plus qu'une paysanne et son grand-père un négociant en vin ! Penser à cela rendait Garin ivre de fureur. Il était un Lyons, le dernier d'une noble lignée qui remontait à l'époque glorieuse de l'empereur Charlemagne. Son père et ses frères étaient morts en combattant pour Louis IX, le futur Saint Louis, et son oncle appartenait à l'Anima Templi. Aujourd'hui, il n'était plus personne. Pis, on le considérait comme un chien : Édouard, Will, Everard, tous pensaient qu'ils pouvaient lui donner des ordres selon leur bon vouloir.

Ce qu'ils semblaient oublier, c'est qu'il était le seul homme entre l'Anima Templi et son Gardien : le seul qui fût au courant des secrets et des faiblesses des deux camps. Cela lui conférait un pouvoir. Il fallait juste réfléchir à la bonne manière de s'en servir. Will avait eu l'air de croire aux réponses qu'il lui avait fournies. Quel idiot ! Garin ferma les yeux, sa main retombant mollement sur ses genoux.

Le bruit de quelqu'un qui tambourinait sur sa porte le réveilla en sursaut et il se leva d'un bond. Quand il eut déverrouillé et ouvert, il tressaillit en voyant le roi Hugues qui lui jetait un regard furieux.

— Votre Majesté, le salua Garin en retrouvant assez de sang-froid pour masquer sa surprise.

Hugues avança pour forcer Garin à le laisser entrer. Le roi observa d'un œil inquisiteur la chambre emplie de fumée.

— J'ai vu des porcs vivre plus convenablement, fit-il remarquer en enjambant les bottes de Garin, qui traînaient au sol. Dites-moi, le roi Édouard vous laisse-t-il traiter son château de la sorte ?

Mais il n'attendait pas de réponse et reprit aussitôt la parole :

— Vous deviez venir me voir cet après-midi, Lyons. Pourquoi avez-vous négligé notre entrevue ?

— Je suis désolé, Votre Majesté. Je me suis endormi.

— Sans doute les effets de l'alcool, marmonna Hugues d'un air bilieux en posant les yeux sur les coupes de vin au pied du lit. Je présume que vous avez fait brûler de l'encens pour couvrir la pestilence, ajouta-t-il en reniflant. Les domestiques l'ont senti dans tout le couloir.

— Pourquoi désiriez-vous me voir, Votre Majesté ? demanda vivement Garin. Si vous me laissez un moment pour m'habiller, je vous suivrai dans la salle du trône. Ce sera un endroit sûrement plus approprié pour discuter de la situation.

— Laissez-moi juger de l'endroit le plus approprié pour parler de mes affaires, le rabroua Hugues en se tournant vers lui. Nous parlerons ici. Et maintenant. Je suis à bout de patience, je n'attendrai pas plus longtemps. Vous aviez dit que vous deviez régler des affaires ici, puis que vous repartiriez sur-le-champ en Angleterre. Édouard doit intervenir avant qu'Anjou n'achète les droits sur mon trône à ma vieille bique de cousine, Maria, ou je perdrai ma couronne !

— J'aurai bientôt conclu mes autres affaires, Votre Majesté, répondit Garin. Mais, avant de partir, j'ai besoin de votre accord. Avez-vous signé le document ?

— Non, répliqua Hugues. Je vous l'ai dit, Édouard est trop exigeant. Il pourra se servir de Chypre comme d'une base pour lancer sa nouvelle croisade, mais je ne lui paierai pas le montant qu'il demande. Pour une simple conversation avec le pape ?

Hugues secoua la tête d'un air inflexible.

— C'est excessif. Et comment puis-je être sûr qu'Édouard parviendra à ses fins ?

— S'il ne le peut pas, Votre Majesté, alors personne ne le peut. Mais je suis persuadé qu'Édouard pourra vous aider dans cette histoire.

— Non, répéta Hugues. Non, c'est trop.

Garin acquiesça.

— Dans ce cas, je partirai aujourd'hui.

— Comment cela ? Vous ne parlerez pas à Édouard ?

— Je lui parlerai, bien entendu, et je lui répéterai ce que vous venez de me dire. Mais comme je vous l'ai expliqué, Édouard a ses propres difficultés. Pour qu'il prenne le temps de vous aider, il lui faut une compensation adéquate.

Hugues se détourna et resta figé un moment.

— Je le paierais si j'étais certain que cela serve à quelque chose.

Garin fit une moue qui indiquait qu'il comprenait.

— C'est un risque. Mais que pouvez-vous faire d'autre, Votre Majesté ? Combien vaut votre trône à vos yeux ? Jusqu'où êtes-vous prêt à aller pour le protéger de vos ennemis ?

Lorsqu'il se retourna, les yeux de Hugues exprimaient la détermination.

— Je signerai le document, dit-il entre ses dents. Ce seront *mes* héritiers, *mes* fils, qui dirigeront l'Outre-mer, pas ceux de Charles d'Anjou. Je vais donner à Édouard ce qu'il veut.

— Très bien, j'en ai presque fini ici, dit Garin en souriant au milieu de la chambre pleine de fumée.

Le quartier juif, Acre, 26 mai 1276 après J.-C.

Une rangée de clochettes dorées accrochées à un clou derrière la porte carillonnèrent quand Will franchit le seuil de la librairie. L'intérieur du magasin offrait un répit bienvenu après la chaleur des rues. De la route de Pise au quartier juif, il y avait une bonne distance, et la sueur dégoulinait dans son dos, sous son épaisse couche de vêtements.

Au son des clochettes, un homme arriva par la porte du fond. Les murs du magasin étaient entièrement occupés par les livres. Des ouvrages de toutes tailles garnissaient les étagères, ils recouvraient aussi le comptoir et s'élevaient du sol carrelé en piles chancelantes. L'homme avait près de soixante-dix ans. Il était petit, voûté, avait la peau tannée, des cheveux gris-noir et une barbe drue. Il lançait à Will un regard en coin.

— Sire William. Je me demandais quand vous reviendriez me voir.

— Comment allez-vous, Elias ?

Elias gloussa et fit un grand geste de la main.

— Je laisse les plaisanteries aux jeunes, William, et à ceux qui ont du temps à perdre. Je sais ce qui vous amène.

Avant que Will n'ait eu le temps de répondre, il alla au comptoir et se pencha pour ramasser un gros volume noir, relié d'un cuir rouge défraîchi.

— Tenez, dit-il en le tendant avec une grimace.

Will s'empara du livre. Il semblait ancien, sa reliure était abîmée. À l'intérieur, la plupart des pages étaient couvertes d'une écriture latine pâlissante.

— C'est un voyageur de Rome qui l'a écrit il y a des années, fit Elias en se penchant par-dessus l'épaule de Will. Ne vous attendez pas à un chef-d'œuvre, c'est un simple traité évoquant sans aucune rigueur les coutumes syriennes. Mais vous y trouverez ce que vous cherchez. Puis-je ? dit-il en tendant la main.

Will lui rendit le livre et le regarda feuilleter les pages en plissant les yeux pour parcourir le texte dans la pénombre.

— Ah, nous y voilà ! Ceci devrait vous aider.

Sur la page qu'Elias venait d'ouvrir se trouvaient deux blocs de texte, un de chaque côté. Le premier était en latin et l'autre dans une langue qui ressemblait à de l'arabe, mais qui n'en était pas. Will la reconnut. C'était la même que dans le rouleau.

— C'est ça, dit-il d'une voix excitée.

Elias hocha la tête.

— Everard avait presque raison. C'est du syriaque, sous une forme plutôt jacobite que nestorianique. Mais tous deux sont assez similaires et la confusion est compréhensible.

— La langue des chrétiens de Syrie, dit Will en le regardant.

— Oui, bien qu'elle dérive de l'araméen, la langue ancienne de mon peuple. Le dialecte s'est séparé en deux branches au moment du schisme au sein de l'Église chrétienne orientale. Deux sectes se sont alors constituées, sous l'influence de Nestor de Perse et de Jacob d'Édesse.

Will acquiesça.

— D'où leurs noms respectifs.

— Il m'a fallu un peu de temps pour trouver ça mais, comme vous pouvez le voir, le copiste a transcrit un simple poème du jacobite au latin.

Elias se pencha et tourna la page pour Will.

— Il note aussi les lettres de l'alphabet jacobite et leur équivalent latin, quand il existe. Il n'y a pas de chiffres en syriaque, donc là où vous avez des chiffres dans le rouleau, ils désignent des lettres auxquelles sont attribuées des valeurs numériques.

Will leva les yeux du livre.

— Merci.

Elias lui sourit.

— Ah, oui, dit-il soudain en retournant au comptoir et en attrapant un bout de papier sous une pile de livres. Vous le voulez sûrement.

Le papier contenait quelques lignes copiées sur le rouleau. Will l'avait donné à Elias pour qu'il puisse comparer avec ses livres après qu'Everard eut identifié la langue dans laquelle elles étaient écrites.

— Qu'est-ce qui vous excite autant, Everard et vous ? demanda Elias en regardant Will glisser le papier dans le livre pour marquer la page.

Will hésita, ce qui fit rire Elias.

— Peut-être ne devrais-je pas demander, n'est-ce pas ? Ainsi vous n'auriez pas à trahir des confidences et je n'en dormirais que mieux la nuit, commenta-t-il en souriant. Dites au vieux démon de me rendre visite bientôt. J'ai plein de nouveaux livres qui l'intéresseront, j'en suis sûr, et qui pourraient aider votre cause. *Notre* cause, ajouta-t-il après une seconde, d'une voix sincère et tranquille. Dites-lui, William, qu'il me reste une bouteille de gascogne dans ma cave et que j'aurai besoin d'une bonne compagnie avec qui la partager.

Will lui sourit en retour.

— Je n'y manquerai pas.

Le Temple, Acre, 26 mai 1276 après J.-C.

— C'est fini ?

Sans lever les yeux, Everard fronça les sourcils et remonta ses lunettes.

— Si tu arrêtes de m'interrompre, ce sera bientôt le cas. Raconte-moi ce que Lyons t'a dit, marmonna-t-il tout en transcrivant une autre ligne de texte en contrôlant à la fois avec le poème et l'alphabet, et en le traduisant avec difficulté en latin.

— Je vous l'ai déjà dit, répondit Will avec impatience.

Il se sentait sur les nerfs, incapable de rester assis ou de tenir en place. Everard ne savait pas d'où venait le rouleau et il ne savait pas exactement comment il le lui expliquerait quand son contenu, quel qu'il soit, leur serait révélé.

— Eh bien redis-le-moi.

Will tenta de se calmer et s'assit au bord du lit d'Everard. Il lui répéta en vitesse les propos de Garin.

— Et tu ne le crois pas ?

— Je ne crois pas Édouard. Mais je ne sais pas avec certitude si Garin pensait dire la vérité ou s'il la dissimulait pour le compte d'Édouard.

Everard poussa un profond soupir.

— Nous revenons donc au point de départ, dit-il en regardant Will. À moins qu'il ne dise la vérité et que nos soupçons ne reposent sur rien de réel.

Will secoua la tête.

— C'est possible, bien sûr, mais je n'en suis vraiment pas convaincu.

— Pourquoi as-tu dit à Lyons que tu lui donnerais une réponse aussi rapide ? demanda Everard d'un air irrité. Je dois réfléchir à toutes les conséquences avant d'agir à ce sujet.

Will ne lui expliqua pas qu'il voulait en terminer le plus vite possible avec Garin.

— Pour être honnête, je pensais que votre réponse serait la même. Nous ne pouvons nous permettre d'envoyer ces fonds à Édouard en ce moment. Il n'y a pas besoin d'en dire plus.

— Et s'il se venge en allant voir le pape Grégoire pour lui révéler nos secrets ? Que ferons-nous ?

— Il ne peut pas faire ça sans s'impliquer lui-même. Édouard est notre Gardien. Lui aussi peut être accusé d'hérésie.

Everard fit un signe de dénégation de la tête.

— Édouard pourrait très bien prétendre avoir rejoint notre organisation pour nous espionner et apprendre nos secrets afin de précipiter notre chute.

Will poussa un soupir las.

— Alors, il n'aura jamais son argent. Vous ne pouvez pas le lui donner, Everard, fit-il en se levant. Si vous le faites, nous pourrions aussi bien financer les guerres d'Édouard pour les dix années à venir.

Everard acquiesça au bout d'un moment.

— Tu as raison, je le sais bien. J'aimerais ne pas nous avoir mis dans cette position. Dis à Lyons d'expliquer à

Édouard que nous regrettons de ne pouvoir lui venir en aide à présent, mais que nous reconsidérerons la situation le moment venu.

Il se rassit en brandissant le parchemin sur lequel brillait l'encre noire encore fraîche.

— Quoi ?

Will alla jusqu'à lui et prit délicatement le parchemin pour que l'encre ne bave pas. Des yeux, il parcourut le texte en latin. Everard avait raison. C'était une série arbitraire de lettres et de mots auxquels il semblait impossible d'attribuer une signification.

— Elias m'a dit que l'alphabet syriaque ne comportait pas de chiffres. N'est-il pas possible que vous ayez mis des lettres là où le rouleau indique des nombres ?

Everard secoua la tête.

— Même si c'était le cas, le reste des mots n'aurait pas pour autant de sens. Je ne discerne aucune structure, numérique ou pas. J'admets que par endroits le rouleau est dur à déchiffrer et que certains des mots ne peuvent pas être transcrits littéralement en latin. Mais même ainsi, nous devrions en comprendre l'essentiel. La seule chose que ça m'évoque, c'est un code.

— Quel genre de code ?

— Sans autre information sur ce rouleau, par exemple d'où il vient, je ne peux pas le deviner.

Leurs regards se croisèrent.

— Très bien, fit Will calmement.

Il s'assit et lui raconta tout, à commencer par la décision du grand maître d'envoyer Angelo interroger Soranzo, décision qui avait abouti au meurtre du marchand génois. Il lui parla aussi des derniers mots de Soranzo.

— La Pierre noire ? réagit vivement Everard.

— C'est ce qu'il a dit. La Pierre noire provoquera votre chute, non votre salut.

— Continue, le pressa le prêtre. Raconte-moi la suite.

Quand Will eut fini de lui expliquer ses aventures avec Kaysan et les mercenaires chiites en Arabie, le visage d'Everard était sinistre. Il ne dit rien, mais il reprit le rouleau et saisit sa plume. En repartant de la deuxième moitié du rouleau, il commença à écrire de nouvelles lignes de texte.

— Qu'est-ce que vous faites ?

— J'ai déjà vu ça une fois ou deux. Un message dans une langue est écrit avec un autre alphabet pour le camoufler. Pour celui qui le regarde, le message semble écrit en syriaque. Mais il n'en est rien.

— Et ce serait quoi ? demanda Will en observant le prêtre qui continuait à écrire.

— Si ce Kaysan est chiite, le plus probable est que le message est en arabe.

Quand il eut fini la première ligne, Everard hocha la tête. En utilisant l'alphabet syriaque du livre d'Elias et sa propre connaissance de l'arabe, il pouvait convertir les lettres.

— Oui, dit-il, triomphal, viens voir. Notre ami chiite s'est servi de l'écriture jacobite pour encoder un message en arabe. À chaque lettre en arabe correspond une autre en syriaque. Traduit littéralement, ça ne signifie rien, mais intervertis la lettre en arabe et tu as ton message.

— Ça a l'air assez simple, s'enthousiasma Will en regardant le texte arabe couler de droite à gauche sur la page.

Everard donnait l'impression que c'était facile.

— Non, non, fit Everard, de toute évidence ravi de lui-même malgré son inquiétude. C'est un camouflage plutôt intelligent. Il faut savoir qui a écrit ce message ou à qui il est destiné, ou encore quel langage ils utilisent, pour casser le code. La lettre pourrait tomber dans les mains de n'importe qui : comment saurait-il dans quelle langue intervertir le texte pour en comprendre le sens ? Faire porter ce message *sensible*, comme l'a qualifié le grand maître, par une compagnie d'illettrés n'est pas un mauvais calcul. Après tout, nous sommes minoritaires. La plupart des hommes dans cette commanderie ne sont même pas capables d'écrire leur propre nom et je suppose que le grand maître ne pensait pas que quiconque oserait le lire, ni même penserait à le faire. Ta méfiance est un grand atout, William. Ne laisse jamais personne te dire le contraire.

Il reporta son attention sur le parchemin.

— Pour autant, toutes les lettres de cet alphabet ne correspondent pas exactement. Mais nous devrions obtenir une interprétation assez précise.

Will alla jusqu'à la fenêtre et observa l'animation de la cour en essayant de contenir son impatience, tandis qu'Everard poursuivait sa tâche, la plume grattant férocement le parchemin. Au bout d'un moment, le grattement cessa.

— Mon Dieu !

Will se retourna.

— Qu'y a-t-il ? Everard ?

Le prêtre ne répondit pas, et Will lui arracha le parchemin des mains pour le lire en traduisant lentement de l'arabe. Comme Everard le lui avait dit, certaines lettres avaient été perdues dans la traduction, mais c'était tout de même compréhensible. Son esprit remplissait les blancs au fur et à mesure.

Cela faisait si longtemps que je n'avais pas eu de vos nouvelles, mon frère, que j'avais fini par craindre que vous ne soyez plus de ce monde. Le Sinaï qui nous sépare pourrait aussi bien courir jusqu'au bout du monde, car vous êtes à la fois si loin et si près de moi, pris au piège de leur Babylone. Lire vos mots a apporté la joie dans mon âme et calmé un cœur empli de craintes. Mais c'est assez sur ce sujet. Mes hommes sont agités. Certains d'entre eux ne sont pas d'accord avec ce plan et je dois renvoyer les chevaliers qui ont apporté ce message loin d'ici en toute hâte. Ce sont mes hommes et ils me suivront, mais c'est beaucoup leur demander : à moi aussi, mon frère, vous demandez beaucoup. En vérité, j'ai peur. Mais je le ferai, afin que vous échappiez à vos liens et que vous me reveniez.

L'année prochaine, la semaine précédant le premier jour de mouharram, nous attendrons les chevaliers de l'Ouest à al-Ula. Dis-leur de venir à la mosquée et de prononcer mon nom. Nous emmènerons les chrétiens sur les routes interdites jusqu'à la Ville sacrée. Nous les aiderons à entrer dans le lieu saint. Mais pas un de mes hommes ne touchera à la Pierre. Pas même moi. Les chevaliers de l'Ouest devront le faire tout seuls.

Je sais, mon frère, que la récompense sera aussi grande que tu le dis, car quand ce sera fait, les membres de nos familles, si vertueux soient-ils, nous répudieront autant que nos ennemis. Et nous n'aurons plus de foyer sur ces terres. Je prie seulement pour que Dieu nous pardonne, en sachant qu'aucune volonté de mal agir contre son Temple n'existe dans nos cœurs et que c'est par amour que nous agissons.

Will leva les yeux vers Everard.

— Je ne comprends pas ce que ça signifie.

— Ils ont l'intention de voler la Pierre noire.

Will ne répondit pas et le prêtre soupira.

— C'est un bloc de pierre d'à peu près cette taille, dit-il en écartant ses mains d'environ trente centimètres. Ramené du paradis par l'ange Gabriel, d'après les textes. Tu as entendu parler de la Ka'ba ?

— Le lieu de pèlerinage des musulmans à La Mecque ?

Everard hocha la tête.

— La Ka'ba, qui signifie *cube*, est un temple. Les musulmans croient qu'elle a été construite brique par brique par Abraham avec l'aide de son fils, Ismaël, en hommage à Dieu. D'autres pensent que c'était un lieu de culte pour les tribus arabes qui existaient avant la naissance de l'islam. Certains prétendent qu'en unifiant les tribus sous un seul Dieu, Mahomet a détruit les idoles qui se trouvaient à l'intérieur de la Ka'ba pour offrir ce temple à Allah. Le seul objet que le Prophète n'a pas détruit est la Pierre noire, qui serait une relique d'Abraham. Mahomet l'aurait embrassée et insérée dans les murs de la Ka'ba, où elle fut scellée par une bande d'argent et où elle finit par symboliser l'identité et l'unité de l'islam. Mahomet décréta que le pèlerinage à La Mecque, le hadj, était l'un des devoirs les plus sacrés de tout musulman et qu'il faudrait y vénérer la Pierre noire. Aujourd'hui encore, tous les ans, les chiites et les sunnites s'unissent et font le voyage jusqu'à La Mecque où, en se mettant dans les pas du Prophète, ils font sept fois le tour de la Ka'ba. Certains prétendent qu'autrefois la Pierre noire était aussi blanche que de la neige et que ce sont les péchés de l'humanité qui l'ont noircie : le jour du Jugement, elle témoignera devant Allah en faveur des fidèles qui l'auront embrassée. C'est la relique la plus importante des musulmans. Il est interdit aux non-croyants d'approcher ce lieu saint. On ne peut imaginer pire insulte que d'entrer à La Mecque et d'y voler la Pierre.

Will avait écouté avec avidité, de plus en plus sérieux à mesure qu'Everard parlait.

— Que voulez-vous dire ?

— Je dis que si des chevaliers volent la Pierre noire, comme l'établit ce message, alors tous les musulmans du monde connu se soulèveront contre nous. Ce serait une guerre comme nous n'en avons plus connu depuis la première croisade. Peut-être plus grande, même.

— Mais pourquoi Kaysan ferait-il cela ? Il est musulman.

— Comme l'est ce frère auquel il s'adresse. Mais ce n'est pas sans précédent. Il existe un récit à propos d'une compagnie de chiites de la secte Ismaili qui volèrent la Pierre noire il y a des siècles. Ils pillèrent La Mecque et transportèrent la Pierre, qui resta en leur possession pendant vingt ans. Quand ils finirent par la restituer, ils bénéficièrent des revenus générés par les pèlerins qui revenaient à La Mecque. Depuis cette époque, d'autres dirigeants musulmans ont pris le contrôle de la ville, parfois par la force.

Everard se leva et alla jusqu'à la table où étaient posées une cruche et une coupe. Il se versa une grande rasade de vin.

— Notre propre peuple s'y est essayé. Un chevalier français, dont l'attaque sur une caravane musulmane en voyage vers La Mecque a déclenché la bataille de Hattin, en avait l'intention. C'était quelque temps avant que l'Anima Templi ne soit constitué. Il voulait organiser une expédition en Arabie afin de démolir la tombe de Mahomet à Médine, de saccager La Mecque et d'incendier la Ka'ba. Trois cents chrétiens le suivirent dans ce but, et à peu près autant de mercenaires musulmans. Ils ne réussirent à entrer dans aucun des lieux saints, mais ils mirent à mal nombre de caravanes, dont l'une dans laquelle voyageait la tante de Saladin. Le chevalier paya de sa vie pour ses crimes scandaleux.

Everard but d'une traite son vin.

— Mais on dirait que les leçons du passé sont oubliées, murmura-t-il. Je dois y réfléchir. Savoir ce que ça signifie. Ce que nous pouvons y faire. Nous devons organiser une assemblée de l'Anima Templi.

— En quoi le grand maître de Beaujeu est-il impliqué là-dedans ? demanda Will en regardant Everard s'asseoir, les traits du vieillard exprimant la peur et l'épuisement. Ça n'a aucun sens. Pourquoi quelqu'un voudrait-il déclencher une telle guerre ?

— Je ne sais pas. Je me pose moi-même beaucoup de questions. Qui est ce frère auquel s'adresse Kaysan ? Ont-ils des liens de parenté, ou appartiennent-ils au même Ordre ? Le message n'est sans doute pas destiné au grand maître, et il fait la distinction entre Kaysan et son frère d'un côté, et les chevaliers de l'autre, alors comment se fait-il que Beaujeu ait envoyé le premier message ? Savait-il ce qu'il contenait ? Et comment Soranzo connaissait-il tout cela ?

Everard prit le rouleau des mains de Will et le regarda une fois de plus.

— Le Sinaï…, murmura-t-il. Pris au piège de leur Babylone… Au moins nous savons où se trouve le frère en question. Babylone était l'ancien nom du Caire, quand les Romains y vivaient.

— Pourquoi *leur* Babylone ? s'interrogea Will.

— Le Caire est contrôlé par les sunnites. Kaysan est chiite, ce qui veut dire que son frère doit l'être aussi.

Kaysan parle du mois de mouharram, une époque chargée de significations pour les chiites. Il faudra que je calcule les lunes avec précision, ajouta-t-il en plissant le front, mais je crois que mouharram tombera en avril l'année prochaine.

— Alors le grand maître travaille avec quelqu'un au Caire pour voler la Pierre noire ?

Everard inspira longuement.

— Nous ne pouvons être sûrs de rien, il nous manque trop d'informations. La seule chose qui soit certaine, c'est que toute chance de paix entre les musulmans et nous serait anéantie de façon irrévocable si une profanation aussi odieuse était perpétrée. Cela signerait à coup sûr la fin de la trêve, et très probablement de la présence chrétienne en Terre sainte. Acre brûlerait, et avec elle nos rêves. Il ne faut pas laisser cela se produire, William, dit-il d'une voix soudain inflexible. Ce n'est pas *possible*.

18

La citadelle, Le Caire

26 mai 1276 après J.-C.

Le visage figé, Mahmud se laissait escorter à travers le palais par quatre guerriers bahrites. Comme il arrivait des bains et qu'il s'était dépêché, son turban était encore humide et enroulé légèrement de guingois autour de sa tête. Les Bahrites avaient gardé un silence lugubre quand il leur avait demandé où ils l'emmenaient. Mais au fond de lui, il pensait savoir. Le serpent de la peur déroulait ses anneaux dans son estomac.

En arrivant dans la cour nord inondée d'une lumière éblouissante, il vit que Baybars s'y trouvait. À ses hanches pendaient deux sabres, accrochés à sa ceinture noir et argent. Il y avait avec lui deux Bahrites et quinze généraux mamelouks, tous commandants de régiments. Ishandiyar était là, tout comme Yusuf, Kalawun et les autres camarades de Mahmud. Peu d'entre eux croisèrent son regard, mais Kalawun fut de ceux-là. Le visage de Baybars était insondable. Seuls ses yeux bleus exprimaient une émotion. L'intensité de la colère qu'on pouvait y lire était effrayante, le point blanc au fond de sa pupille semblait concentrer toute sa rage dans un éclat féroce.

Les yeux de Mahmud se portèrent, à côté du sultan, sur une pierre de granit qui s'élevait comme un tombeau dans la poussière. Il savait que bientôt le dessus de la pierre serait bruni à force d'y trancher des têtes. La peur s'insinua en lui et lui noua la gorge. Il voulut parler, s'indigner et feindre la confusion pour étouffer sa peur. Mais il n'y parvint pas tout de suite. Ce n'est qu'au moment où les guerriers bahrites l'abandonnèrent en s'inclinant devant le sultan et les généraux qu'il retrouva sa voix.

— Seigneur ?

— Ne m'appelle pas comme ça ! Je ne suis pas ton seigneur.

La voix de Baybars, implacable, fit tressaillir Mahmud.

— Pardon ?

— Je ne suis pas l'homme à qui tu as fait allégeance devant Dieu. Je ne suis pas ton seigneur, ni ton sultan. Pour toi, je suis… Quoi ? Un idiot ? Un enfant ? Quelqu'un qu'on peut tromper, un naïf, un ingénu ?

— Non, seigneur, je…

— Pourquoi m'avoir trahi, Mahmud ? C'est mon propre fils qui me l'a appris. Maintenant, je veux que tu me le dises. Pourquoi as-tu donné l'ordre d'attaquer Kaboul en mon nom ? Pourquoi as-tu corrompu mon fils ?

— Je ne comprends pas, dit Mahmud, hésitant.

Baybars fit un signe à deux Bahrites.

— Amenez-le, aboya-t-il.

Mahmud poussa des cris d'indignation quand les deux soldats le prirent par les bras pour le faire avancer vers la pierre. Il continua de crier tandis qu'ils le forçaient à s'agenouiller et lui collaient la tête contre le granit.

— Je ne suis pas le seul à vouloir que vous vous attaquiez d'abord aux chrétiens ! D'autres ont parlé contre vous. Ils s'adressent à vous avec le sourire, en disant qu'ils sont d'accord avec vos plans pour les Mongols, mais en privé ils mettent en doute votre jugement.

Les généraux remuèrent, les yeux baissés, tandis que Baybars les balayait du regard.

— Je ne vous ai jamais caché mon opinion ! plaida Mahmud. Vous avez toujours su ce que je pensais.

Il leva les yeux vers Baybars malgré le Bahrite qui lui maintenait fermement la tête.

— Est-ce que ça ne mérite pas un peu de pitié, seigneur ?

— Je vois un serpent, murmura Baybars, un serpent qui s'est infiltré dans ma maison et a hypnotisé mon entourage. Et comme le serpent que tu es, Mahmud, tu ramperas à terre à partir d'aujourd'hui.

Baybars murmura un ordre au Bahrite qui lui tenait la tête et celui-ci relâcha sa pression avant de le saisir par les épaules en le retournant. L'autre guerrier l'attrapa par le bras et posa la main de Mahmud sur la pierre.

— Seigneur ! Je t'en supplie ! hurla Mahmud tandis qu'un troisième Bahrite s'avançait, une hache à la main.

— Attendez, fit Baybars tandis qu'il se plaçait à côté de la pierre.

Mahmud jetait au sultan des yeux implorants. Mais tout espoir s'évanouit quand il vit Baybars s'emparer de l'arme et tourner vers lui son regard impitoyable.

— Je le ferai moi-même.

Baybars souleva la hache, l'abattit et Mahmud poussa un hurlement sauvage. La lame lui trancha net le poignet avant de cogner contre la pierre avec un bruit métallique. L'émir hurla une deuxième fois, mais d'un cri étranglé cette fois. Il se cabra convulsivement contre les soldats qui le maintenaient, le sang dégoulinant sur sa tunique jaune et sur le sol à ses pieds. Sa main tranchée reposait sur la pierre, aussi pâle et obscène qu'une araignée renflée.

Mais l'ordalie de Mahmud ne faisait que commencer.

Quand Baybars lui trancha sa seconde main, il était déjà presque plongé dans le délire.

— Ses pieds maintenant, grogna Baybars.

Ses mains couvertes de sang agrippaient frénétiquement le manche de la hache. Tandis que les deux Bahrites étalaient Mahmud au sol et posaient une de ses jambes sur la pierre, en s'arrangeant pour que sa cheville soit bien à plat, Baybars fit face aux généraux. La plupart d'entre eux avaient détourné la tête vers le sol, le ciel, tout sauf contempler le corps ensanglanté et geignard de celui qui avait été leur camarade.

— Regardez bien, leur ordonna-t-il. Cela fait trop longtemps que mes propres hommes complotent contre moi, qu'ils discutent mon autorité et mes décisions. Vous verrez de vos propres yeux comment je récompense la trahison.

Baybars attendit qu'ils tournent leurs yeux vers lui, puis il souleva la hache. Sa respiration était lourde et il avait le visage en sueur.

— Cette mutinerie s'arrête dès maintenant, ou, par Allah, je jure que vous connaîtrez tous le même destin !

La hache retomba.

Baraka était affalé contre la porte de sa chambre quand il entendit les hurlements. Ils lui parvenaient affaiblis, mais ils étaient si perçants qu'ils le sortirent de sa torpeur. Il se remit péniblement debout et alla à la fenêtre. Il avait l'impression qu'ils venaient de quelque part près de l'enceinte nord. Il se demanda qui hurlait ainsi, puis frémit en repensant à la rage meurtrière de son père. La douleur parcourait son visage et le sang avait coagulé sur son œil tuméfié. Il observa son reflet distordu dans le miroir posé sur la table. Il se reconnaissait à peine. Les poings de son père avaient remodelé son visage. *Tu n'es plus son fils*, pensa-t-il.

Baraka tendit la main vers le bassin d'eau derrière le miroir, mais s'arrêta au beau milieu de son geste. Il éprouvait un étrange plaisir à ne pas nettoyer ses blessures, comme un défi, ou une accusation. Mais la douleur, intense, le brûlait. Cela l'anima d'une énergie nouvelle. Il tendit l'oreille un instant, puis ouvrit la porte. Aisha avait disparu. Ses paroles résonnaient encore dans son esprit. Avec précaution, il se toucha les lèvres à l'endroit où elle les avait arrachées avec ses ongles. Il tâta du bout des doigts les entailles, et au même moment la peur lovée dans son estomac se transforma en colère, comme la cire se liquéfie au contact de la flamme. Comment osait-elle l'espionner ? Le menacer ! Elle était sa *femme* ! Elle devait lui obéir. Au lieu de quoi elle l'avait dénoncé à son père, elle lui avait raconté qu'elle l'avait vu avec Mahmud et Khadir ce jour-là ; autrement, comment Kalawun aurait-il connu l'implication du devin ? Ça ne changeait rien pour lui : il avait tout avoué à son père, comme ils l'avaient prévu, et il se serait fait battre de toute façon. Ce qu'Aisha avait révélé à son père ne concernait que Mahmud et Khadir. Mais sa trahison l'ulcérait. Ainsi que ses menaces à propos de l'esclave. Comme il la haïssait d'avoir assisté à l'un de ses actes les plus intimes. Comme il sentait maintenant toute la honte de ce secret, ouvert comme une blessure.

Depuis des mois, sa mère l'implorait de voir Aisha, le suppliant de surmonter les défauts qu'il pouvait lui trouver pour sauvegarder sa position. Il avait besoin d'un héritier, ne cessait-elle de lui répéter. Mais il n'avait pas pu se forcer. Aisha l'effrayait. Elle l'avait toujours effrayé. Leur nuit de noces n'avait fait que le confirmer. Avec elle, il avait l'impression d'être un moins-que-rien. Mais cette soirée l'avait rendu curieux. Le corps d'Aisha, doux et parfumé, n'avait cessé de le hanter, alors qu'elle-même le répugnait. Il connaissait certains des eunuques du harem depuis son enfance et il n'avait eu aucune difficulté à en soudoyer un. Avec l'esclave, il était le maître, il détenait le pouvoir, et son impuissance avait disparu avec sa terreur. Mais il avait outrepassé ses droits. Aisha était au courant. Et si son père apprenait qu'il avait souillé son harem ? Sa correction du jour lui paraîtrait une caresse en comparaison de ce qui l'attendrait.

Fermant la porte derrière lui, Baraka traversa les couloirs de marbre pour descendre au rez-de-chaussée, où l'air était plus chaud à cause des cuisines, et où les pièces, principalement celles du quartier des domestiques et des réserves, étaient plus étroites et plus sombres. Personne ne l'arrêta ni ne lui demanda où il allait. Personne n'osa. Il était l'héritier du trône d'Égypte et de Syrie, il leur était supérieur en rang et en statut. Il l'oubliait trop souvent, soumis comme il l'était à la discipline stricte et aux mots violents de son père. Cela faisait trop longtemps maintenant qu'il se laissait écraser.

Baraka arriva peu après dans une réserve remplie de toiles d'araignée, près des cuisines. Il y trouva Khadir, caché derrière plusieurs sacs de blé empilés. Le devin était recroquevillé dans un petit espace entre les sacs et le mur, dont il s'était fait une sorte d'endroit privé. Il y avait une pile de couvertures sales, des coupes en argent ternies, un seau maculé de matières fécales, et posés sur une poutre en bois pourrie, quelques objets bizarres. Le devin avait tressé avec une pile de joncs séchés une espèce de nid, posé à côté d'une collection de petits crânes. Il y avait aussi de petites pierres rondes avec un trou, des récipients en verre remplis de substances de diverses couleurs – rouge, brun, noir et or – qui ressemblaient à des épices, des pièces – sequins, florins, besants –, quelques parchemins et une peau de serpent séchée. Une lampe à huile brûlait dans un coin de sa tanière et diffusait une lumière blafarde qui projetait plus d'ombre qu'elle n'en écartait. L'endroit empestait les crottes de souris et la sueur.

Khadir était assis en tailleur sur les couvertures, sa robe grise remontée sur ses genoux dévoilant ses jambes décharnées couvertes de plaies rouges purulentes, sans doute dues à des piqûres d'insectes ou à une maladie de la peau. Il se balançait d'avant en arrière, les yeux fixes. Il avait davantage l'air d'un enfant effrayé que d'un ancien Assassin.

— Khadir, dit Baraka en voyant que le devin ne remarquait pas sa présence.

Il se renfonça dans le recoin. Baybars lui avait octroyé des années plus tôt des appartements spacieux, mais on trouvait plus souvent le devin dans ce réduit suffocant situé derrière la salle du trône.

— Khadir ?

Le devin leva lentement les yeux vers Baraka. Il se balançait toujours. Baraka s'accroupit à côté de lui. Voir le vieil homme dans cet état lui procurait un étonnant sentiment de maturité.

— Qu'y a-t-il ?

— Tu as entendu les cris ? murmura Khadir.

Baraka fronça les sourcils.

— Les cris ? demanda-t-il, avant de comprendre de quoi il parlait. Je les ai entendus tout à l'heure.

— Ton père s'occupe lui-même de punir. Mahmud n'est plus. Il a été découpé comme un fruit et jeté au fond d'un cachot. Je suppose qu'il a perdu tout son sang, depuis le temps qu'il est là tout seul, plongé dans les ténèbres.

Baraka pâlit en se représentant la scène. Il n'éprouvait pas de pitié pour Mahmud, mais imaginer qu'il aurait pu connaître un destin similaire sans l'intervention de Kalawun le rendait malade.

— C'est ta faute.

— Quoi ? dit Baraka en se levant pour échapper au regard lugubre de Khadir. En quoi est-ce ma faute ?

— C'était Khadir, père ! Khadir et Mahmud ! C'est eux qui m'ont obligé ! C'est eux !

Baraka recula de quelques pas en entendant Khadir l'imiter outrageusement.

— Ils le savaient déjà, riposta-t-il vivement, incapable de croiser les yeux du devin. Aisha l'a dit à son père.

Les yeux de Khadir se plissèrent et il se mit aussitôt debout.

— Et comment l'a-t-elle découvert ? demanda-t-il en soulevant le menton de Baraka avec son doigt. C'est toi qui lui as dit ? C'est ça ?

Baraka repoussa la main de Khadir.

— Non, s'écria-t-il avec force.

La pointe de défi qui perçait dans sa voix étonna le devin.

— Le jour où nous nous sommes retrouvés dans la tour pour organiser le plan, elle nous a vus en sortir.

Malgré ce que je lui ai dit pour lui expliquer pourquoi nous étions ensemble, elle a dû en parler à son père. C'est pour ça que Kalawun savait que tu étais impliqué. Sans cela, je n'aurais rien dit. J'aurais pris sur moi. Mais il n'y avait plus aucune raison de nier. Kalawun *savait.*

Le devin fit quelques pas.

— Kalawun, dit-il, acerbe. Il tisse sa toile avec habileté. Je l'ai sous-estimé, ainsi que son emprise sur notre maître. Mon plan aurait dû fonctionner !

Il se jeta sur les couvertures et remonta les genoux contre sa poitrine.

— Tous les signes étaient bons, murmura-t-il. Ça aurait dû marcher. Nous n'y avons rien gagné, à part la méfiance de notre maître.

Il mit sa main devant ses yeux et continua de marmonner.

— Je suis désolé, maître. Ton serviteur est désolé.

Écœuré, Baraka attrapa Khadir par le bras et lui ôta la main du visage avec une violence qui fit crier le devin.

— Tu oublies, Khadir, que mon père n'est pas le seul sultan. Je suis son héritier et quand il mourra, je prendrai sa place. J'ai tout autant d'autorité que lui, ou du moins ce sera bientôt le cas. Alors, comme tu l'as dit un jour, tu auras ta place à mes côtés.

Les yeux grands ouverts, Khadir observait le jeune homme au visage contusionné.

— Bientôt, poursuivit Baraka, il aura oublié sa colère. Il nous faut simplement éviter de nous trouver sur son chemin. Ainsi les choses se remettront en place d'elles-mêmes.

Khadir tendit la main pour toucher la joue de Baraka.

— Tu es blessé, mon prince.

— C'est pour cela que je suis venu. J'ai besoin que tu me fasses un cataplasme.

— Il me faut un bout de tissu et de l'eau chaude.

— Je peux demander aux domestiques de nous en apporter, dit Baraka tandis que Khadir se tournait vers l'étagère et commençait à choisir des fioles dans sa collection.

Le jeune homme avait la bouche sèche et son estomac ne le laissait pas en paix. Il voulut parler mais les mots refusèrent de sortir. Il se passa la langue sur les lèvres, sentit le goût du sang et essaya de nouveau.

— Je suis aussi venu pour te demander autre chose, informa-t-il le devin, qui disposait les flacons sur le sol.

— De quoi s'agit-il, mon prince ? marmonna-t-il d'un air distrait.

— Je veux que tu prépares un poison pour Aisha.

La tête de Khadir pivota.

— Quoi ?

Baraka continua de parler à voix basse, mais avec davantage d'assurance. Les mots n'avaient pas été si difficiles à prononcer. En fait, c'était même plutôt facile.

— C'est sa faute si Kalawun est au courant de votre implication, à Mahmud et à toi. N'as-tu pas envie qu'elle paie ?

— C'est ton épouse.

— Elle en porte le nom. Mais je ne ressens rien pour elle.

— Qu'a-t-elle fait, Baraka, qui mérite une telle punition ? Tu ne veux sans doute pas qu'elle meure juste à cause des ennuis qu'elle a causés dans cette histoire ? Ce qu'elle a répété à Kalawun ne t'affecte en rien. En outre, ce n'est pas la fille qui mérite notre colère, mais son mécréant de père qui ne cesse de s'interposer. C'est lui qui devrait mourir ! insista Khadir en serrant les poings.

— Et tu ne crois pas que tuer sa fille porterait un coup fatal à son esprit ? fit remarquer Baraka. Tu n'as pas besoin de connaître mes raisons, je ne te les dirai pas. Mais j'ai besoin de ton aide, le genre d'aide qu'un serviteur dévoué donne volontiers à son maître.

Khadir appuya ses coudes sur ses cuisses, une expression bizarre sur le visage, comme un sourire. Puis il se leva, fouilla dans ses poches et en tira la poupée dépenaillée qu'il avait déjà montrée une fois à Baraka, la poupée que Baybars lui avait donnée lors de la chute d'Antioche. Il la serrait fort tout en lui donnant des coups à la tête.

— M'as-tu entendu ? s'impatienta Baraka. Quelle est ta réponse ?

Khadir posa un doigt sur la bouche de Baraka en lui faisant signe de se taire. Celui-ci recula de quelques pas tandis que le devin se rasseyait. Avec précaution, il souleva la robe froissée de la poupée, révélant son ventre grisâtre et abîmé. À l'instar de son dos, dans lequel Khadir avait autrefois inséré le cœur d'un animal, son front avait été découpé et recousu. Elle dégageait une odeur pestilentielle de viande pourrie et d'épices. Khadir l'allongea amoureusement sur ses genoux, puis il entreprit de défaire les points de couture pour l'ouvrir. Du bout des doigts, il dégagea un interstice duquel il tira une petite fiole de verre noire.

— Qu'est-ce que c'est ? questionna Baraka, le front plissé.

— Le lionceau finit par devenir un lion, répondit mystérieusement Khadir, les yeux braqués sur le prince.

— Qu'est-ce que ça signifie ? demanda vivement ce dernier, ne sachant pas s'il devait se sentir offensé.

Khadir passa la fiole devant la lampe à huile, et Baraka s'aperçut qu'elle était remplie de liquide.

— Ça signifie que tu as raison, dit le devin.

La fin d'après-midi approchait, bientôt viendrait l'heure de salat, lorsque l'un des eunuques des cuisines du harem apporta dans la chambre d'Aisha un plateau chargé de nourriture et une tasse de thé noir, bien chaud. Elle se retourna sur son lit pour faire face au mur tandis que l'eunuque entrait et déposait le plateau au sol, supposant que Fatima avait donné l'ordre de le lui faire porter. Un peu plus tôt, elle s'était excusée, disant qu'elle ne se sentait pas bien. Fatima, la seconde femme de Baybars, voulait la faire examiner par les médecins mais Aisha avait réussi à la convaincre que ce n'était rien de sérieux. Elle voulait juste dormir, mieux valait qu'on la laissât tranquille.

Depuis qu'elle avait vu Baraka, elle se demandait que faire. Une partie d'elle brûlait de se précipiter dans la chambre de Nizam pour lui raconter ce qu'elle avait vu avec l'esclave, mais elle savait que Nizam protégerait son fils. Elle imaginait que la meilleure personne à informer était son père, mais l'idée de lui répéter ce dont elle avait été témoin la mortifiait. En fin de compte, elle voulait juste oublier toute cette histoire sordide. Si Baraka voyait des esclaves, au moins n'aurait-elle pas à fréquenter son lit. Elle le méprisait tellement qu'elle préférait encore subir la colère de Nizam. Non. Elle laisserait Baraka faire comme il l'entendait.

Elle entendit les pas de l'eunuque, puis le son de la porte qu'il fermait en partant, et elle roula sur le lit pour s'asseoir au bord. Son singe sortit sa tête de sous la couverture, où il dormait jusque-là. La nourriture sentait bon. Elle se laissa glisser du lit et s'assit jambes croisées avant de saisir une boule de riz jaune épicé, mélangé à du raisin et des abricots. Son estomac émit un gargouillis d'appréciation. Elle sourit au singe qui avait grimpé sur son épaule et lui balayait la joue avec sa queue, puis elle lui tendit quelques grains de riz, qu'il mâchouilla d'un air pensif. Aisha en reprit un peu elle-même, puis elle attrapa la tasse. Le riz était salé, il lui donnait soif. Elle but une gorgée, puis une autre. Le thé était noir et très fort, âcre même, mais elle le finit tout de même.

Une minute plus tard, Aisha laissa tomber la tasse et s'allongea contre le lit en tapotant le dos du singe, prise d'une soudaine envie de dormir. Elle réalisa que ses paupières commençaient à lui sembler lourdes, tout comme son bras. Elle était à peine capable de bouger les doigts. Elle essaya de les tendre, mais ils étaient aussi raides que des bouts de bois. Son bras retomba contre elle. Tout son corps était en plomb, sa gorge était serrée, contractée. La chambre avait l'air étrange, ou bien était-ce sa vision qui se troublait ? Elle essaya de se lever mais s'aperçut que ses bras et ses jambes ne répondaient plus normalement. Elle chancela sur ses genoux, renversant la tasse qui tinta sur le carrelage. La peur l'envahit. Son singe s'était emparé d'une poignée de riz et, juché sur le lit, il l'observait de ses petits yeux d'ambre. Sa gorge se contracta davantage encore, étouffant le cri qu'elle poussa en s'écroulant sur ses bras ankylosés. Aisha luttait pour respirer ; maintenant, elle suffoquait et luttait contre la terreur de l'asphyxie. Une torpeur froide s'infiltrait en elle. La porte semblait à des lieues de là.

19

La forteresse des Assassins, nord de la Syrie

26 mai 1276 après J.-C.

Nasir s'accroupit, le dos au rocher. Il détacha la gourde d'eau de sa ceinture et chassa de la main un moustique qui avait atterri sur son cou. Comparée à la chaleur sauvage des plaines désertiques, la fraîcheur qui régnait dans les montagnes était une bénédiction, même si elles étaient infestées d'insectes. Derrière le rocher, une piste sinuait à flanc de montagne, d'abord vers la droite en suivant la déclivité, puis en remontant à gauche vers la forteresse aux murs fissurés et, par endroits, éboulés.

Nasir but à la gourde. À travers les arbres décharnés qui garnissaient les pentes, il voyait le désert qui s'étendait tout en bas, ses dunes jaunes et désolées où rien ne poussait, belles justement en raison de cette désolation, une terre couchée sous de vastes cieux où les ombres des nuages couraient durant des lieues. Cet endroit n'avait pas d'âge. Il était exactement pareil depuis son enfance, lorsqu'il vivait dans un des villages au pied des montagnes. Plus sa traque des Assassins impliqués dans la tentative d'assassinat de Baybars l'avait mené près des montagnes du Jabal Lubnan, plus lui étaient revenus des souvenirs clairs, qui maintenant s'accrochaient à lui, visibles dans chaque coin de broussaille, palpables dans la chaleur ou dans le moindre souffle d'air portant jusqu'à lui l'odeur des fleurs sauvages. Il était souvent passé dans cette région depuis qu'il l'avait quittée, mais toujours en campagne, et le martèlement sourd des bottes des soldats recouvrait ses pensées. Mais aujourd'hui, dans le silence qui l'entourait, il n'avait qu'à fermer les yeux pour entendre le bruit des épées et l'odeur de fumée qui accompagnaient, dans un recoin ténébreux de son esprit, des hommes grimaçants aux yeux déments, le visage rougeoyant dans la lumière tourbillonnante des torches brandies. Des femmes hurlaient et son village était incendié.

Nasir aperçut quelque chose dans le sous-bois. Il attrapa la poignée de son épée, puis relâcha son attention en reconnaissant un visage familier. C'était l'un des quatre soldats du régiment Mansuriyya que Kalawun avait envoyé à ses côtés. Le soldat marchait en se dissimulant derrière les rochers et les buissons qui bordaient la piste.

— Des cavaliers arrivent par la route, maître, murmura-t-il en approchant de Nasir. Trois hommes.

— Montre-les-moi, fit Nasir en plissant le front.

Le soldat le mena un peu plus bas sur la piste, là où elle s'incurvait en croissant, offrant une vue plus complète de la forteresse abîmée. Au bout d'un moment, Nasir put voir trois hommes à cheval sur une crête, avançant à la file.

— Croyez-vous que ce soit lui ? demanda le soldat.

— Nous n'avons aucun moyen de le savoir, répondit Nasir. Les autres sont en place ?

— Oui. Mais que faisons-nous ? Ils sont trois.

— Si je peux m'assurer de l'identité de notre homme, je donnerai le signal et nous procéderons comme nous l'avons prévu.

— Et les deux autres ?

— Nous devrons les tuer, l'informa Nasir d'une voix sinistre. Nous ne pouvons pas en capturer trois.

Le soldat parut inquiet. Depuis des siècles, les Assassins syriens semaient la terreur dans le cœur des hommes, qu'ils soient chrétiens, sunnites ou Mongols. Ces fanatiques de la branche ismaélienne de la foi chiite étaient des tueurs muets dont les exploits, l'audace et la témérité avaient fini par devenir légendaires. Nombre de dirigeants qui s'étaient opposés à eux ou à leurs croyances avaient senti une dague s'infiltrer dans leur cœur. Cinq ans plus tôt, ils contrôlaient toute la région grâce à un réseau de places fortes établi du temps de Saladin par leur célèbre chef Sinan, le Vieux de la Montagne. Encore aujourd'hui, bien que la plupart des membres de la secte, les fedayins, comme on les appelait, eussent été réduits à la condition de meurtriers à la solde de Baybars, leur nom faisait naître un frisson d'effroi.

— Nous avons l'avantage de la surprise, fit remarquer Nasir en voyant le visage soucieux du soldat.

— J'ai entendu dire qu'on ne peut pas les tuer par les mêmes moyens que n'importe qui, marmonna le soldat.

— Ils sont faits de chair et de sang, comme tout le monde. Répète-le aux autres. Tenez-vous prêts à mon signal.

Nasir retourna se poster dans le sous-bois, près du rocher, où il attendit, les yeux fixés sur la piste. Les cavaliers n'étaient plus dans son champ de vision, mais au glatissement alarmé d'un aigle et au bruit de pierres dévalant les pentes, il devina qu'ils n'étaient plus très loin. Il agrippa son épée. Il avait envie de la tirer, mais résista. Il fallait qu'il ait l'air d'être un homme de paix.

Cette forteresse était la dernière sous le contrôle des Assassins. Comme les autres, elle avait été rattachée aux territoires de Baybars cinq ans plus tôt, après la tentative d'assassinat contre le sultan par deux frères de la secte. Des officiers mamelouks et une garnison s'y étaient installés et ils tenaient fermement les fedayins sous leur joug. Mais l'hiver dernier, les Assassins s'étaient révoltés et avaient repris possession de la forteresse. À Qadamus, la dernière citadelle où il était passé, Nasir avait appris que les Mamelouks avaient tenté à plusieurs reprises de récupérer la forteresse, mais qu'ils attendaient des troupes fraîches qui devaient arriver de la ville d'Alep, proche de là, avant de s'y risquer à nouveau. C'est à Qadamus que Nasir avait trouvé un nom. Idris al-Rashid. Il avait interrogé plusieurs fedayins pour découvrir qui était impliqué dans l'attaque contre Baybars, mais tous refusaient de dénoncer leur frère. En conséquence, ils étaient exécutés par leurs maîtres mamelouks : aucune trahison au nouveau régime ne pouvait être tolérée. Par chance, il s'était tout de même trouvé un fedayin pour leur fournir un nom et l'endroit où cet Idris se trouvait probablement. La forteresse rebelle.

Nasir s'accroupit en entendant le bruit des sabots s'approcher. Il regarda les arbres de l'autre côté de la piste. Un léger mouvement dans la broussaille lui indiqua que ses hommes étaient bien en place. Un instant plus tard, trois cavaliers apparurent au détour d'un virage. Ils paraissaient vigilants : deux d'entre eux tenaient leur arc à la main. L'homme à l'avant avait le teint mat, comme ses camarades, mais il avait des épaules plus carrées et il était plus âgé. Quand ils furent passés, Nasir sortit de sa cachette.

— Idris, lança-t-il.

Instantanément, les trois hommes firent volte-face. Le plus proche de Nasir lâcha les rênes, attrapa une flèche dans le carquois qui pendait dans son dos et arma son arc en l'espace de quelques secondes. Nasir tendit les mains, paumes en avant, dans un geste d'apaisement.

— Je suis là pour rencontrer Idris. Je ne vous veux aucun mal.

Le plus âgé descendit avec agilité de son cheval et approcha.

— C'est moi, dit-il calmement.

— Je t'ai fait passer un message, dit Nasir. J'ai des informations sur l'attaque que préparent les Mamelouks à Qadamus.

— Tu es le déserteur ?

Nasir jeta un regard furtif aux deux jeunes gens qui accompagnaient Idris. Tous deux pointaient leurs armes sur lui.

— Je t'ai demandé de venir seul.

— Et tu as aussi dit que tu voulais que nous nous rencontrions au village, répondit Idris, toujours de cette même voix tranquille. Nous avons donc tous les deux manqué à notre parole.

— Il y avait trop de monde au village. Je ne veux pas qu'on me voie en train de te parler. Je ne peux pas prendre le risque que les Mamelouks me retrouvent. Ils crucifient les déserteurs. Je veux juste l'argent, et ensuite je disparais. C'est pour cela que je suis venu te trouver.

— Qui t'a donné mon nom ?

— Un ami.

— Je n'ai pas d'ami.

Au lieu de répondre, Nasir leva les bras. Deux flèches décochées depuis les arbres de l'autre côté de la piste frappèrent les hommes à cheval. L'un fut touché à la nuque, l'autre dans le dos. Tous deux laissèrent tomber leurs armes et le premier glissa de sa selle en s'écrasant au sol tandis que le deuxième s'affalait sur sa monture. Le cheval d'Idris se cabra et détala le long de la piste, bientôt suivi par les deux autres, l'un tirant l'Assassin dont le pied s'était coincé dans l'étrier, l'autre portant toujours son cavalier mort sur son dos. Dans la seconde qui avait suivi les flèches, Idris avait tiré de sa ceinture une dague à poignée dorée, mais Nasir brandissait déjà son épée et les deux Mamelouks émergèrent du sous-bois pour lui prêter main-forte. Idris réussit à poignarder l'un de ses assaillants à la cuisse avant que tous trois ne parviennent à lui enfiler une cagoule sur la tête et ne le plaquent au sol. Il se débattait avec vigueur et ils eurent du mal à maintenir son corps athlétique. Enfin, Nasir frappa la base de son crâne avec la garde de son épée et l'Assassin s'écroula.

— Est-ce que tout va bien ? demanda Nasir au soldat blessé.

Le soldat respirait par saccades, les dents serrées. Du sang tachait sa cape bleue, mais il hocha la tête.

— Ça ira.

Nasir fit un signe aux autres soldats qui sortaient du sous-bois, leurs arcs à la main.

— Récupérez les chevaux et les cadavres et amenez-les à la grotte. Nous devons nous en occuper. Vite.

Les soldats s'éloignèrent en prenant soin de rester à l'orée du sous-bois.

— Aidez-moi avec lui, fit Nasir aux autres en attrapant Idris sous les bras.

Ensemble, ils portèrent l'Assassin inconscient à l'écart, loin de la piste, près d'un petit ravin dissimulé par le taillis. Le chemin qu'ils empruntaient était boueux et ils avançaient péniblement au-dessus des rochers, en évitant les trous qui les guettaient de chaque côté. Ils finirent par arriver à la grotte où ils avaient établi leur camp quatre jours plus tôt. Les deux guides qui les accompagnaient depuis Le Caire étaient là, avec les chevaux.

— Donnez-moi de la corde, haleta Nasir en tirant Idris dans la grotte.

Les guides l'aidèrent et Idris fut bientôt installé sur le sol humide de leur repaire, le dos calé contre une grosse colonne en pierre à laquelle il était lié par le cou et le ventre. Ses mains étaient attachées dans son dos, ses chevilles ligotées. Nasir ôta sa cagoule. Il y avait un peu de sang sur le tissu. Il observa la blessure qu'il lui avait infligée avec la garde de son épée, mais elle était superficielle. Idris poussa un grognement. Prenant sa gourde, Nasir versa de l'eau dans sa main et en arrosa le visage de l'Assassin. Au bout d'un moment, Idris sembla revenir à la conscience. Nasir se baissa devant lui.

— Le sultan Baybars m'a envoyé pour découvrir qui avait voulu le faire tuer il y a cinq ans.

— Ces hommes sont morts. Tu perds ton temps.

— Seuls deux d'entre eux sont morts ce jour-là. D'après ce que je sais, d'autres étaient impliqués dans ce complot. On m'a dit que c'est toi qui avais ordonné l'assassinat. Je veux savoir qui t'avait payé pour cela. Le sultan Baybars pense que les Francs étaient à l'origine de cette tentative. Il veut connaître le nom de ceux qui ont acheté tes services.

— Vous n'obtiendrez rien de moi. Je te le répète, tu perds ton temps. Tu devrais me tuer, dit-il en soutenant le regard de Nasir. Je ne trahirai pas le serment qui me lie à mon Ordre, pas plus que je ne me déshonorerai en te confiant les termes d'un accord privé.

— Il existe des choses pires que la mort, Idris, dit Nasir en se levant. Je vivais près d'ici quand j'étais enfant, jusqu'à ce que mon village soit attaqué et que je doive prendre la fuite. Huit ans plus tard, j'étais à Bagdad lorsque les Mongols ont mis la ville à feu et à sang. Je n'ai échappé au massacre que pour être vendu comme esclave. Ce sont les Mamelouks qui m'ont acheté. La première chose qu'ils m'ont apprise, c'est comment être un bon musulman.

Idris cracha par terre.

— Ils t'ont appris à devenir sunnite. Ça n'a rien à voir.

— La deuxième chose qu'ils m'ont apprise, poursuivit Nasir, c'est comment tuer un homme. Et la troisième chose…

Il s'accroupit devant Idris.

— La troisième chose qu'ils m'ont apprise, quand je suis devenu officier, c'est comment infliger la douleur. Comment garder un homme en vie pendant des semaines tout en le torturant. Distinguer ce qui fait mal de ce qui tue. Je suis certain que tu es très fort, Idris, et que ta foi est inébranlable. Mais j'obtiendrai ce que je veux.

L'église San Marco, le quartier vénitien,
26 mai 1276 après J.-C.

La congrégation se mit à chanter et les voix s'unirent tandis que le prêtre fermait son bréviaire et que le chœur entonnait le dernier hymne du service des vêpres.

Besina berçait son bébé dans ses bras et lui murmura des paroles apaisantes comme le chant le réveillait et qu'il se mettait à crier. À côté d'elle, Andreas enlaça Catarina qui réprimait un bâillement. Quand le chant fut terminé et que les fidèles à l'arrière commencèrent à sortir, Andreas se pencha vers Elwen.

— Tiens, dit-il en lui tendant une petite bourse, pour la quête. J'emmène les filles dehors.

Elwen s'empara de la bourse et attendit que les gens assis à ses côtés soient partis pour se diriger vers la nef où le prêtre discutait avec quelques membres de la congrégation. L'un de ses acolytes tenait un réceptacle en bois avec un trou pratiqué sur le dessus. Il hochait doucement la tête à l'adresse des âmes charitables qui venaient déposer quelques pièces à l'intérieur, afin d'aider les pauvres. Elwen saisit les trois pièces en or dans sa main, notant la générosité d'Andreas. Les yeux de l'acolyte s'agrandirent quand elle les glissa à l'intérieur.

— Merci, fit-il, touché.

— C'est de la part de mon maître, Andreas di Paolo.

— Nous le louerons dans nos prières.

Elwen se dirigea vers une sortie latérale où il y avait moins de monde. Elle fut ralentie par un groupe de gens tandis que la congrégation achevait de sortir dans le ciel ambré du début de soirée. Quelqu'un l'attrapa par le bras. Il portait la cagoule de sa cape noire rabattue sur sa tête, le visage dans l'ombre.

— Qu'est-ce que tu fais ici ? souffla-t-elle.

— Il fallait que je te voie.

Il paraissait tendu.

— Qu'y a-t-il ? Qu'est-ce qui s'est passé ? C'est Everard ?

Will réalisa que, pour Elwen, le prêtre était toujours mourant. Il ne l'avait pas revue depuis leur rencontre au marché, quinze jours plus tôt.

— Everard va bien. Il avait menti sur sa santé.

Il secoua la tête avec impatience devant son froncement de sourcils interrogatif.

— Je t'expliquerai une autre fois. Ça n'a plus d'importance. Écoute, Elwen, je vais m'absenter d'Acre.

Elwen le fixa un long moment, puis elle dégagea son bras d'un mouvement sec.

— Non, Will, ça n'est pas possible. Tu ne peux pas venir ici comme ça, m'annoncer que tu pars et t'attendre que je sourie en te disant au revoir sans même que tu m'expliques où tu vas, pourquoi, et combien de temps.

— Je ne le sais pas.

— Tu ne sais pas où tu vas ? demanda-t-elle d'une voix hargneuse.

— Combien de temps. Je ne sais pas combien de temps. Peut-être quelques semaines, peut-être plus longtemps.

— Non, répéta-t-elle, plus fort.

Un acolyte lui jeta un regard de reproche et vint dans leur direction.

— Tu ne vas pas continuer à agir ainsi !

— Elwen !

Will soupira tandis qu'elle se dirigeait vers la porte. Il essaya de l'attraper mais elle s'était déjà éloignée. Se frayant un chemin parmi les traînards, Will la suivit dans l'air épais et descendit les quelques marches menant dans la rue.

— Elwen !

Elle se retourna vers lui et il s'arrêta net en voyant la colère dans ses yeux verts.

— Je ne peux plus faire ça, Will. Je n'en peux plus.

Les badauds les observaient avec curiosité.

— Elwen.

Tous deux pivotèrent et aperçurent Andreas qui se tenait là avec sa famille. Catarina fit un signe de la main à Will, qui évita le regard austère du marchand vénitien.

— Andreas, fit Elwen d'une voix hésitante.

— Nous nous retrouverons à la maison, lui dit Andreas en prenant sa femme par le bras.

Surprise, Besina leva des yeux perplexes vers son mari.

Elwen les regarda partir, le rouge aux joues. Sa colère semblait s'atténuer, ses épaules s'étaient affaissées.

— Pourquoi est-ce que tu me fais ça ? dit-elle d'une voix lasse en regardant Will.

En voyant à quel point elle semblait blessée, Will ne désira plus rien que la serrer dans ses bras jusqu'à ce que sa douleur disparaisse. Mais il se refusa à s'abandonner de la sorte. Il devait être de marbre. Il en avait fait le serment à l'Anima Templi, il finirait le travail commencé par son père. Il ne pouvait pas leur tourner le dos ; pas en sachant ce qu'il y avait en jeu. C'était lui qui avait découvert la vérité à propos de la Pierre. C'est lui qui empêcherait le vol.

— Je ne voulais pas partir sans t'avertir. Je ne voulais pas que tu te demandes où je suis. Mais j'ai aussi besoin que tu saches que je ne peux pas t'en dire plus.

— Et j'ai besoin que tu saches que je ne peux plus l'accepter.

Elwen prit une profonde inspiration avant de prononcer, avec une lenteur terrible, les mots fatals :

— Je te quitte, Will.

Will demeura immobile, hébété, à la regarder partir.

Puis ses pieds se mirent en mouvement et il courut pour la rejoindre, sans se soucier de sa cape qui s'était ouverte et dévoilait le blanc de son surcot.

— C'est pour toi que je le fais !

Elle continuait de marcher, mais il l'agrippa et l'obligea à lui faire face.

— C'est pour que nous puissions avoir un avenir que je fais tout ça. Si je ne le fais pas, plaida-t-il en baissant la voix, personne ne s'en occupera. Acre est en danger, Elwen, en grand danger. Il faut que j'y aille pour notre bien à tous.

Elwen le scruta, cherchant dans son visage le mensonge, mais elle n'y trouva que l'intensité de la vérité.

— Quel danger ? De quoi parles-tu ? demanda-t-elle. Et pourquoi personne d'autre ne pourrait-il s'en occuper ? Tu dois me donner une bonne raison de rester, Will. Tu ne fais que m'effrayer pour l'instant. Parle-moi.

Elle le regardait, avec gravité. Will lui rendit un regard désespéré, puis il contracta sa mâchoire et l'attira dans une ruelle tout près.

— Tu ne peux parler de ça à personne. Je ne plaisante pas. Si tu parlais, tu pourrais tout compromettre.

— Je te donne ma parole.

Elwen garda le silence tandis que Will lui expliquait que des hommes, et parmi eux se trouvait sans doute le grand maître, avaient prévu de voler la Pierre noire de la Ka'ba, et que la réussite de ce plan les plongerait tous dans la guerre la plus sanglante qu'ils eussent jamais connue. Il lui raconta comment il avait tout découvert, à l'aide d'Everard, et sans mentionner ni l'Anima Templi, ni Kalawun, évoqua son contact haut placé dans l'armée égyptienne, qu'il devait absolument prévenir.

Quand il eut terminé, le visage d'Elwen était grave, inquiet.

— Tu pars pour Le Caire ? murmura-t-elle. Seul ?

— Je pars ce soir. Il faut arrêter ces gens. On ne peut pas les laisser faire ça. Ce sera la fin de tout s'ils accomplissent leur méfait.

À l'inverse, Elwen fut stupéfaite de constater qu'elle nourrissait un soudain espoir. Si les Mamelouks venaient sur Acre, les chrétiens n'auraient aucune chance. Ils seraient tous forcés de retourner à l'ouest, et les chevaliers et Will n'auraient plus rien à combattre. Ce serait terminé. Tout serait terminé. Mais elle repoussa cet espoir idiot, sachant que ça ne se passerait pas comme ça. Les chrétiens n'abandonneraient pas Acre ; ils défendraient la ville bec et ongles, jusqu'à leur dernier souffle. Ils mourraient par centaines.

— Je ne veux pas que tu y ailles, marmonna-t-elle.

Will la prit dans ses bras. Elle résista une seconde, crispée, puis elle se laissa porter. Elle releva la tête et ses lèvres trouvèrent les siennes. Ils s'embrassèrent tendrement d'abord, puis plus fougueusement. Leurs bouches étaient collées l'une à l'autre, et Elwen repoussa sa cagoule pour passer sa main sur sa nuque, là où ses boucles noires étaient trempées de sueur. Elle se frotta à lui, enfonçant ses ongles dans sa peau, et elle entendit un râle animal sortir du fond de sa gorge. La soulevant, Will la plaqua contre le mur de l'allée. Sa cape noire glissa de ses épaules et s'étala à ses pieds tandis qu'elle enroulait ses jambes autour de sa taille, ses jupons relevés. Elle le serrait fort.

— Est-ce que tu m'aimes ? lui susurra-t-elle d'une voix farouche.

— Oui, souffla-t-il en ôtant sa coiffe pour libérer ses cheveux.

Tandis que les cloches de San Marco commençaient à sonner, ils s'aimèrent avec désespoir dans cette ruelle où les rats filaient entre les tas de détritus et l'obscurité tomba sur eux comme un voile.

La citadelle, Le Caire, 26 mai 1276 après J.-C.

— Où est-elle ? *Où ?*

Kalawun repoussa les gardes qui l'avaient escorté jusqu'au palais du harem et courut à travers le couloir, repoussant avec violence les domestiques se trouvant sur son passage. Voyant une poignée de gens attroupés à l'extérieur d'une chambre dont la porte était ouverte, il y fit irruption. Les femmes de Baybars, Nizam et Fatima, se trouvaient près d'un lit avec un des médecins du palais. Nizam se retourna en l'entendant arriver. Son visage était plus fermé que jamais.

— Émir, commença-t-elle.

Mais Kalawun ne fit pas attention à elle et se rua au pied du lit, où gisait un corps. Il baissa les yeux sur le visage de sa fille et il eut l'impression que son cœur se glaçait. Les yeux bruns d'Aisha, grands ouverts, fixaient le vide. À la lumière des lampes à huile, son teint était de cire, avec des reflets bleuâtres. Il l'examina de bas en haut, remarquant ses membres raidis et ses mains crispées. Puis il reporta son regard sur son visage révulsé, sa bouche ouverte, sa langue pendante, enflée et pourpre. Sa première pensée, qui suivit le choc initial avec un étrange détachement, fut qu'elle avait été étranglée. Mais il n'y avait aucune marque sur son cou. Il tendit la main vers elle, puis la retira en sursautant quand ses doigts touchèrent sa peau. Elle était froide.

— Avez-vous prononcé la Chahâda ? demanda-t-il dans un souffle sans regarder autour de lui.

— Nous ne l'avons découverte qu'il y a peu, répondit Nizam.

Le médecin s'avança.

— Selon mes estimations, émir Kalawun, elle est morte depuis un moment, peut-être quatre heures. J'ai peur que votre fille ne se soit étouffée avec de la nourriture.

Kalawun ne tint aucun compte de lui. Il se pencha et murmura les mots dans l'oreille de sa fille.

— *Ashhadu an lâ ilâha illa-llâh. Wa ashhadu anna Muhammadan rasûlu-llâh.*

— Où est mon fils ? demanda Nizam à quelqu'un derrière lui. Les domestiques ne l'ont toujours pas trouvé ? Baraka devrait être ici.

Outre les voix de Nizam et de l'autre femme, Kalawun entendait des cris, mais son esprit s'effondrait sur lui-même, se repliant sur son angoisse, et il ne savait pas qui hurlait ainsi, ni ne s'en souciait, car il serrait dans ses bras le corps sans vie de sa fille. Il avait l'impression qu'on arrachait les pleurs de ses yeux, chacun d'entre eux contenant un chagrin et une perte immenses, douloureux à l'extrême. Aveuglé par ses larmes, il berçait doucement sa fille. Mais les hurlements continuaient et il entendit, au loin, la voix de Nizam.

— Sortez-moi ça de là ! ordonna-t-elle.

À travers ses larmes, Kalawun aperçut une petite forme brune perchée sur le rebord de la fenêtre. Le singe tremblait de tout son corps, ses billes d'ambre roulaient follement dans leurs orbites. Terrorisé, il hurlait. Un eunuque approcha et essaya de l'attraper, mais le singe recula et s'agrippa à la grille de la fenêtre, à laquelle il grimpa d'un air misérable. En détournant son regard, Kalawun aperçut une assiette de nourriture et une coupe sur un plateau près de la tête du lit. Il donnait l'impression d'avoir été mis de côté à la hâte, la coupe était posée sur une pile à moitié mangée de riz sec. L'eunuque essayait toujours de capturer le singe. Quelque chose traversa l'esprit de Kalawun, le pâle fantôme d'une pensée. Puis le spectre s'intensifia et se détacha, noir sur fond blanc. D'un geste abrupt, il laissa Aisha retomber sur le lit et se redressa.

— Qui lui a amené la nourriture ?

Sa voix était faible et au début personne ne l'entendit au milieu des cris du singe et des ordres lancés tous les côtés par Nizam.

— Qui ? hurla-t-il en voyant qu'on ne lui répondait pas.

Tous se tournèrent vers lui.

— Qui a amené ce plateau ?

— Un eunuque, répondit Nizam. Avant salat, elle a demandé à ce qu'on la laisse seule. Une des filles est venue récupérer le plateau et l'a trouvée étendue sur le sol.

— Elle s'est retirée tôt pour se mettre au lit, ajouta Fatima sans croiser les yeux de Kalawun. Elle disait qu'elle ne se sentait pas très bien.

— Avant d'avoir mangé la nourriture ou après ?

Nizam fronça les sourcils.

— Je ne comprends pas ce que tu…

— Réponds-moi ! s'emporta Kalawun, ce qui la fit sursauter et reculer d'un pas. A-t-elle dit qu'elle se sentait mal avant ou après avoir mangé ?

— Avant, répondit Fatima.

Kalawun accusa le coup, puis secoua la tête.

— Trouvez-moi l'eunuque qui lui a amené la nourriture. Je veux l'interroger.

Il se tourna vers le médecin.

— Vous, vérifiez s'il n'y a pas de traces de poison.

— Du poison ? s'étonna le médecin.

— Ça n'est pas possible, intervint fermement Nizam en retrouvant son aplomb. Quand je suis arrivée, j'ai vu cette vermine manger la nourriture.

Elle désignait le singe, que l'eunuque avait renoncé à attraper.

— Depuis le temps, il serait mort si la nourriture était empoisonnée.

— La boisson, alors ?

Kalawun se baissa et récupéra la coupe vide ; il renifla à l'intérieur, puis la tendit au médecin.

— Je veux que vous vérifiiez. Tout de suite !

— Émir, avec tout le respect que je vous dois, sans présence de liquide, aucune preuve ne peut être établie avec précision.

Mais Kalawun sortait déjà de la chambre. Les femmes qui se tenaient dans l'entrée reculèrent, nerveuses et craintives. Son visage était empli d'une rage meurtrière pendant qu'il quittait le harem et traversait la cour pour se rendre au palais principal. Son soupçon était devenu une certitude et sa douleur culminait maintenant comme un vaste mur d'eau derrière une digue de fureur. Il marchait très vite et dévala quatre à quatre les escaliers menant aux étages inférieurs. Kalawun trouva Khadir dans son repaire, recroquevillé sous une couverture miteuse et ronflant. Il réveilla le devin d'un coup de pied. Khadir se releva et hurla tout à trac lorsque Kalawun le plaqua contre le mur.

— *Qu'est-ce que tu lui as fait ?*

Khadir poussa un cri strident, ses yeux blancs agrandis par la peur, ses bras maigres ballants, luttant vainement pour repousser le corps musculeux de Kalawun. Dans le couloir, un domestique attiré par l'agitation vint jeter un œil à la réserve. Voyant Kalawun attaquer le devin, il détala. Les yeux de l'émir se posèrent sur l'étagère en bois, où reposaient d'étranges objets et des pots contenant des poudres de toutes les couleurs. Balançant Khadir au sol sans ménagement, il saisit les pots et ôta le tissu qui leur servait de capuchon. Khadir protesta en geignant tandis que Kalawun les portait un à un à son nez avant de les jeter, déversant une poussière ocre et or sur le sol et les couvertures. Les pots se fracassèrent tandis qu'il se débarrassait ainsi de la cannelle, des clous de girofle, de la cardamome et du gingembre. Il reporta alors son attention sur les autres objets alignés sur l'étagère, les projetant tous au sol, les crânes et les fioles de verre retombant avec fracas et se brisant pour la plupart. Comme Khadir se jetait sur lui, Kalawun le projeta au sol d'un revers du bras où il le cloua, ses mains s'enroulant autour du cou squelettique du vieillard.

Kalawun n'entendait pas les cris dans le couloir, ni les bruits de courses affolées, il n'entendait que les gargouillis étouffés de Khadir essayant vainement de respirer. Il se sentit soudain tiré en arrière.

— Non ! mugit-il, ses mains pressant toujours le cou de Khadir.

Le visage du devin était écarlate et ses yeux saillaient. Kalawun sentit un bras musclé serrer son propre cou, appuyant sur sa trachée et bloquant sa respiration. Instinctivement, il relâcha Khadir, qui retomba sur les couvertures en suffoquant, l'air désespéré. Attrapant le bras qui le serrait, il réussit à tourner assez la tête pour voir que c'était Baybars qui le maintenait.

— Ça suffit, Kalawun, dit le sultan.

— Il l'a tuée, s'insurgea Kalawun, les yeux fous. Ma fille est morte et c'est lui qui l'a tuée !

— Je suis arrivé au harem quelques instants après que tu en es parti. Nizam m'a dit qu'elle s'était étouffée avec de la nourriture.

Kalawun fit non de la tête.

— C'était lui. J'ai trouvé Baraka dehors, ton fils a avoué que le devin l'avait aidé. J'ai démasqué ce traître. Khadir était un Assassin, Baybars. Il sait se servir des poisons. C'était lui.

Khadir roulait à même le sol, agité de soubresauts.

— Et il sera puni pour sa participation à ce meurtre, répondit Baybars avec fermeté, mais pas pour quelque chose qu'il n'a pas fait.

— Je veux qu'on vérifie la nourriture. La moindre miette, je veux qu'on la contrôle.

— Ce sera fait. Mais même si l'on trouvait du poison, et je ne pense pas que ce sera le cas, il viendrait plus probablement de l'intérieur du harem. Aisha était la femme de mon fils, l'épouse de l'héritier du royaume. D'après mon expérience, les femmes peuvent être aussi avides de pouvoir que les hommes, et parfois même plus impitoyables quand elles le recherchent. Ce ne serait pas le premier meurtre entre ces murs.

Kalawun fulminait, une diatribe virulente brûlant de sortir de sa bouche. Baybars posa son autre bras sur l'émir vacillant et le regarda avec compassion.

— Je suis navré, mon ami, murmura-t-il. Crois-moi, je le suis. Nous avons tous les deux perdu une fille aujourd'hui. Le royaume la pleurera.

En entendant ces derniers mots, une digue en Kalawun se brisa et sa douleur le submergea comme un raz-de-marée déferle. Khadir rampa jusqu'au mur où il s'adossa, savourant âprement chacun des sanglots de l'émir.

Baraka Khan marchait d'un pas mal assuré dans la nuit, passant sans s'en apercevoir devant les gardes du harem. Le vent s'était levé et balayait un air chaud et poussiéreux autour de lui, séchant la sueur sur son visage. L'image d'Aisha gisant raide sur son lit s'imprima dans son esprit : son visage convulsé, livide, et sa langue pendant hideusement entre ses dents. Baraka s'arrêta près d'un des palmiers qui bordaient la cour, posant sa main contre son tronc solide et rêche. Il se plia en deux, eut un haut-le-cœur et vomit. Ses yeux pleurèrent tandis que ses nausées diminuaient. Puis, lentement, il se releva et reprit sa marche. Maintenant qu'il s'était purgé, il se sentait mieux.

20

La rue Sainte-Anne, Acre

27 mai 1276 après J.-C.

— Eh bien, trouve-moi quelqu'un qui sait où il se trouve ! Je ne te donnerai pas l'argent pour rien.

Garin serra les dents en regardant le jeune serviteur traverser la rue et s'engouffrer dans la commanderie.

Il appuya son dos au mur de l'échoppe et tenta de refouler sa colère. Cela faisait plus de deux heures que l'heure à laquelle Will avait promis de le retrouver à la taverne était passée. Maintenant que le roi Hugues avait signé le document autorisant Édouard à utiliser Chypre comme base pour la guerre sainte et assurant qu'il livrerait une belle somme d'argent – la moitié maintenant et l'autre lorsque Édouard aurait parlé au pape, telles étaient les conditions –, Garin était presque prêt à retourner en Angleterre. Il ne lui restait plus qu'à récupérer l'or d'Everard, et il en aurait fini avec ses affaires ici.

Il leva les yeux quand s'ouvrit la petite porte pratiquée dans les grands vantaux de l'entrée de la commanderie, et il maugréa avec irritation en reconnaissant la silhouette familière, ronde comme une barrique, qui venait à grands pas dans sa direction. Il n'y avait aucun signe du domestique.

Le visage massif de Simon trahissait sa mauvaise humeur.

— Qu'est-ce que tu veux ?

Garin réussit à se forcer à sourire en faisant un gros effort sur lui-même.

— Simon…

— Épargne-moi ta comédie. Je ne suis pas là pour avoir une petite conversation avec toi. Laisse les serviteurs tranquilles. Ce n'est pas toi qui les commandes et ils n'ont pas le droit d'accepter d'argent. Ce garçon se serait fait battre si tu l'avais payé et qu'on l'avait découvert.

— Je suis désolé, le rassura Garin d'un air contrit. J'ai oublié. Mais peut-être que tu peux m'aider. Will devait me retrouver cet après-midi, mais il n'est pas venu et comme il était au courant de l'importance de notre rencontre, je ne peux que supposer qu'il a été retardé par quelque chose de très sérieux. Peut-être pourrais-tu me dire où je serais susceptible de le trouver ?

Simon approcha encore de Garin.

— Will a peut-être oublié ce que tu lui as fait à Paris, mais ce n'est pas mon cas. Tu es un chien et si on m'avait laissé faire, on t'aurait mis hors d'état de nuire il y a des années. Tu n'as aucune conscience du bien et du mal et tous tes sourires ne me trompent pas. Tu es transparent à mes yeux. Quoi que tu veuilles de Will, tu ne l'obtiendras pas. J'en fais mon affaire.

Le sourire de Garin disparut.

— Je pense que c'est à Will de juger, non ? souffla-t-il. Tu n'es pas sa nounou, Tanner, ni son chef. Tu es un garçon d'écurie sans aucun quartier de noblesse. Tu ferais mieux de laisser les hommes de rang prendre les décisions importantes et t'en tenir à ce que tu connais le mieux, la crotte et la paille.

— Je ne demande pas mieux, si toi-même tu te cantonnes à ce que tu maîtrises le mieux, la bière et les putains.

Faisant demi-tour, Simon repartit en sens inverse.

— Tu n'es pas tout seul au Temple, lança Garin en le poursuivant. Je corromprai une douzaine de serviteurs s'il le faut, mais je ne partirai pas sans avoir vu Will.

— Tu devras t'armer de patience, dans ce cas, répliqua Simon en jetant un regard derrière lui, une fois parvenu à la porte. Le commandeur Campbell n'est pas en ville, des affaires l'appelaient ailleurs. Et il sera absent pendant des semaines, voire des mois.

Il fit une pause avant de poursuivre, afin de voir l'effet de ses paroles sur Garin.

— Quoi que tu cherches, tu peux l'oublier. Will est parti. Retourne en Angleterre. Personne ne veut de toi ici.

Sur ces dernières paroles, Simon entra dans la commanderie et ferma la porte.

Garin resta dans la rue, tremblant de rage. Alors qu'il se tournait, une jeune femme chargée d'un panier rempli de fruits se trouva sur son chemin et il la poussa sans ménagement. Elle trébucha en criant et lâcha son panier, envoyant les fruits rouler par terre. Un homme cria contre Garin et se précipita pour aider la jeune femme, mais Garin était déjà loin. Il continua d'avancer quelques minutes avant de bifurquer soudain dans une étroite allée entre deux boutiques de boulangers. Tout en poussant un cri rauque, il frappa de son poing contre le mur. La peau sur ses phalanges se déchira et la douleur fut instantanée, mais il donna un second coup de poing, dégustant presque la souffrance. Puis il posa ses mains à plat et sa tête contre le mur. Et au bout d'un moment, il se redressa. Si Simon ne voulait pas lui parler, il connaissait quelqu'un qui le ferait.

Le Temple, Acre, 27 mai 1276 après J.-C.

— Entrez, lança Everard d'une voix fatiguée en entendant frapper à sa porte.

Il posa sa plume sur sa chronique. Sa mémoire n'était plus ce qu'elle était et il en était venu à craindre d'oublier les choses s'il ne les mettait pas par écrit. Il ne voulait pas que les autres doutent de lui. Il avait commis assez d'erreurs.

Le sénéchal entra.

— Qu'avez-vous fait, Everard ?

Everard leva les yeux avec surprise.

— Frère Thomas vient de tout me raconter, dit le sénéchal d'un air tourmenté. Pourquoi ne m'avez-vous pas attendu ? Il fallait me mettre au courant.

— Vous n'étiez pas là, mon ami, répondit Everard de manière factuelle. Je devais prendre une décision. Nous ne pouvions pas nous permettre de perdre du temps.

— Et vous avez envoyé Campbell tout seul au Caire ? Dans la gueule du lion, et Dieu sait dans quel pétrin il va se retrouver ? Je n'aurais jamais approuvé cette manœuvre si j'avais été là.

— Campbell a déjà traité avec Kalawun par le passé. Ils se sont rencontrés une fois, lorsqu'il a convoyé le traité de paix à Baybars. Beaujeu est informé qu'il emmène un traité de la plus haute importance pour le Temple en Syrie, de sorte que son absence ne provoquera aucun soupçon. Sans lui, frère, nous ne saurions rien de ce qui est en train de se passer.

— Selon ce que le frère Thomas m'a dit, Campbell ne nous aurait peut-être pas du tout informés s'il n'avait été incapable de déchiffrer le message. Il avait besoin de votre aide.

— Mais il nous en a parlé, répondit Everard avec lassitude, et maintenant nous savons. Nous devons mettre nos différences de côté. Cette affaire éclipse tout le reste. Rien ne compte que d'y mettre fin.

Le sénéchal resta silencieux un instant, puis il tira un tabouret et s'assit.

— Sclavo est mort, annonça-t-il d'une voix sourde. C'est arrivé peu de temps après qu'on l'a amené ici.

— Comment ? Pourquoi aucun d'entre nous n'en a-t-il entendu parler ?

— Il n'y avait pas grand-chose à dire. Tout le monde avait les yeux tournés vers Soranzo à ce moment-là, et personne ne se souciait d'un petit criminel insignifiant.

— Comment est-il mort ?

— On ne sait pas. Il s'est écroulé après avoir cessé son jeûne un matin. Le médecin a dit que son cœur s'était arrêté.

— Du poison ?

— À ce moment-là, je n'ai pas trouvé sa mort suspecte mais, d'après ce que frère Thomas m'a dit, il semblerait qu'il puisse y avoir une explication. Quelqu'un aurait pu craindre qu'il parle. Pourquoi voulais-tu t'entretenir avec lui, d'ailleurs ?

— Il a traité avec Soranzo, qui était au courant de l'implication du grand maître dans la conjuration visant à voler la Pierre noire. Il en savait peut-être davantage sur le complot lui-même. J'avais espéré l'interroger.

— Je pense que nous devrions nous concentrer sur le grand maître, répondit le sénéchal après quelques secondes de réflexion. Il est évident qu'il est au centre de tout cela.

— Nous ne sommes pas du tout certains que Beaujeu soit au courant du plan, frère. Le message de Kaysan ne semble pas lui être adressé.

— Soranzo a dit à Campbell que le grand maître brûlerait à cause de la Pierre, Beaujeu a confié à Campbell le rouleau et lui a dit de retrouver Kaysan, et ce rouleau parle apparemment de chevaliers qui entreront à La Mecque avec ces chiites pour la voler. En vérité, je serais très surpris qu'il ne sache rien de tout cela.

— Je suis d'accord, mais il nous faut plus d'informations avant de pouvoir agir.

— Et cet homme, Angelo Vitturi ? Est-ce qu'il est impliqué ? Que le grand maître envoie un marchand interroger Soranzo n'était pas très orthodoxe. Peut-être devrions-nous nous intéresser à lui, à ses affaires en ville, à ses liens avec Beaujeu ?

— Pas encore. Pas tant que nous n'en saurons pas plus. S'il est impliqué, je ne veux pas l'alarmer. Pour le moment, nous devons faire comme si le temps jouait en notre faveur. À en croire le rouleau, le vol n'aura pas lieu avant le mois de mouharram, ce qui nous emmène à peu près en avril de l'année prochaine. Je suis convaincu que ça nous laissera d'autres occasions pour agir, conclut-il en reposant ses mains sur la table.

Le sénéchal secouait la tête.

— Espérons que ce soit le cas, Everard. Sinon, que Dieu nous vienne en aide.

Le marché vénitien, Acre,
27 mai 1276 après J.-C.

Elwen ferma la porte bleue derrière elle et sortit, indolente, dans la rue. Elle portait, jeté sur l'épaule, un sac en cuir contenant les registres qu'Andreas lui avait demandé de ramener au magasin. Un couple de jeunes gens passa à côté d'elle bras dessus, bras dessous. L'homme se pencha et murmura quelque chose qui fit rire la jeune femme. Quand celle-ci croisa son regard, Elwen détourna les yeux en réalisant qu'elle avait fixé les amoureux un long moment. Elle poursuivit sa marche, tête baissée.

La brève euphorie qu'elle avait ressentie la nuit précédente avec Will avait rapidement disparu. C'était toujours la même vieille histoire. Ils faisaient l'amour, puis il partait. Il n'y avait pas de ces moments langoureux, tendres, pas de silences confortables ou de rires partagés, juste la passion, frénétique et vite assouvie, et un sentiment de vide qui reprenait ses droits dès qu'il lui échappait. Il avait été honnête avec elle cette fois ; il lui avait parlé, et c'était déjà quelque chose, mais rien n'avait changé pour autant. Elle avait l'impression de s'être fait avoir.

Elwen fut tirée de ses pensées par quelqu'un qui criait son nom. Elle pensa un instant que c'était Will et elle se retourna, pleine d'un espoir fervent. Mais ce n'était pas lui, seulement un homme blond et grand qui lui souriait en s'approchant.

— Elwen, répéta-t-il.

Elle l'observa un moment avant de le reconnaître.

— Garin, murmura-t-elle.

— Comment vas-tu ? Ça fait… combien de temps ?

La surprise initiale d'Elwen se transforma vite en hostilité.

— Qu'est-ce que tu fais ici ?

Garin parut étonné.

— Will ne t'a pas dit que j'étais en ville ?

— Non. Qu'est-ce que tu veux ?

— En fait, je voulais te voir.

Elwen jeta un regard alentour.

— Comment as-tu su où me trouver ?

— Will m'a dit où tu habitais, répondit-il d'un air désinvolte. Je t'ai vue sortir.

— Je suis occupée, le coupa Elwen, confuse et mal à l'aise que Will lui ait donné cette information.

— Je n'ai pas l'intention de te retenir, fit Garin en la suivant. Je veux juste savoir où est Will. Il a promis de me retrouver quelque part un peu plus tôt, mais il n'est pas venu.

— Il promet beaucoup de choses.

Garin perçut la colère dans sa voix.

— Mais tu sais où il est.

— Non.

Il sentit qu'elle mentait.

— Elwen, c'est important. S'il te plaît. Je sais que nous n'avons jamais été bons amis, mais tu me connais. Tu peux quand même me le dire, non ?

Elwen s'immobilisa.

— Je te connais, oui, répondit-elle, glaciale. Je sais que tu as attiré Will dans ce bordel à Paris avec un message prétendument de moi. Je sais que tu l'as regardé se faire ligoter et battre, puis que tu l'as forcé à te dire ce que tu voulais savoir en lui faisant croire que tu m'avais capturée et que tu me ferais du mal s'il n'obéissait pas. Je sais aussi que tu l'as drogué et attaché à un lit, et que tu as laissé cette femme…

Elwen s'interrompit au beau milieu de sa phrase.

— Je n'ai rien à te dire.

— T'a-t-il dit pourquoi ? demanda Garin avant qu'elle ne parte. T'a-t-il dit que quelqu'un me menaçait ? Cet homme, Rook, menaçait de tuer ma mère si je ne me pliais pas à ses exigences. Et avant ça, il me disait qu'il la *violerait*.

Il appuya délibérément sur ce mot pour exacerber sa peur féminine du viol et fut satisfait de l'expression d'épouvante qui se peignit sur ses traits.

— Je ne l'ai laissé au lit avec personne, Elwen, poursuivit-il d'une voix plus tranquille. Ce qui s'est passé avec cette femme était une erreur. J'ai voulu lui sauver la vie en le droguant. Rook avait décidé de le tuer. Je suis désolé. J'aimerais pouvoir tout changer.

En prononçant ces dernières phrases, il s'était passé la main dans les cheveux d'un air contrit. Mais Elwen tressaillit en apercevant ses phalanges ensanglantées.

— Qu'est-ce qui t'est arrivé ?

Garin jeta un coup d'œil à sa main et essaya de la cacher dans son dos.

— Ce n'est rien, grogna-t-il avant de rire, à demi conscient. J'ai frappé un mur.

Elwen voulut dire quelque chose, mais elle se contenta de secouer la tête.

— Je dois y aller.

— Écoute, j'étais sur le point d'aller boire un verre. Pourquoi ne m'accompagnerais-tu pas ? Il y a une taverne là-bas, dit-il en désignant le bout de la rue.

C'était maintenant au tour d'Elwen de rire, d'étonnement.

— Même si j'étais d'accord pour partager un moment avec toi, ce qui n'est pas le cas, penses-tu qu'il serait approprié pour une femme comme moi de boire du vin avec un homme dans une vulgaire taverne ?

— Et c'est une femme qui s'est embarquée en cachette à bord d'un bateau du Temple qui dit ça ? répliqua Garin.

Elwen eut un léger sourire à ce souvenir, puis elle détourna les yeux.

— C'était il y a longtemps, répondit-elle avant de se remettre à marcher.

Garin la suivit, l'esprit désespérément fixé sur son dernier argument. Il fallait qu'il sache si Will était bien parti ou si Simon lui avait menti.

— Dis-moi juste une chose, l'implora-t-il. Est-ce que l'absence de Will a quelque chose à voir avec Everard et l'Anima Templi ?

Il réprima une envie de sourire en voyant ses sourcils s'arquer.

— Le quoi ?

— Oh, fit-il vivement, rien ! Écoute, quand Will revient, fais-lui savoir que je le cherche.

Et il fit mine de partir.

— Attends, le rappela Elwen. Explique-moi ce que tu viens de dire.

Garin s'arrêta.

— D'accord. Mais pas dans la rue. Et ce n'est pas moi qui te l'ai appris. Là-bas, ajouta-t-il en pointant du doigt vers la taverne.

Il lui ouvrit la porte lorsqu'ils y arrivèrent. Elwen s'immobilisa sur le seuil, jetant des regards à droite et à gauche dans la rue, terrifiée à l'idée qu'une de ses connaissances la voie pénétrer dans ce lieu infâme. Mais Garin était derrière elle, la pressant d'entrer, et, en proie à la nervosité, elle se résolut donc à franchir le pas de la porte. Elwen garda la tête baissée tandis que Garin la conduisait vers une table.

Il commanda deux coupes de vin avant de revenir s'asseoir avec elle.

— Bois ça, dit-il en poussant la coupe devant elle.

Elle avala plusieurs gorgées.

— Parle-moi.

Elwen resta silencieuse le temps qu'il lui explique d'une voix de conspirateur l'existence d'une organisation secrète au sein du Temple, connue sous le nom d'Anima Templi. L'Âme du Temple avait été établie un siècle plus tôt et de nombreux hommes s'étaient voués à sa cause. Son principal objectif était la réconciliation des musulmans, des chrétiens et des juifs, et elle nouait des relations avec des hommes d'origine et de religion diverses afin de promouvoir son idéal, tout cela dans le plus grand secret, en laissant dans l'ignorance les autres frères du Temple. Il lui raconta que le père de Will, James, en était membre, de même que son propre oncle, Jacques, qui était mort des années plus tôt en France avec l'oncle d'Elwen, Owein, au cours d'une attaque de mercenaires. Il lui dévoila que Will, à l'époque où il vivait à Paris, avait été initié par Everard, leur chef, et qu'il travaillait désormais contre son Ordre, au mépris de tous les serments qu'il avait prêtés lorsqu'il était devenu chevalier. Il lui expliqua aussi que Will, après la mort de son père, avait agi dans le dos d'Everard et payé la secte des Assassins pour le meurtre de Baybars, afin de se venger de l'exécution de James.

Quand il eut fini, le visage d'Elwen était tendu, sinistre. En se rasseyant, elle renversa sa coupe de vin. Elle s'en aperçut à peine. Elle essaya de faire apparaître dans son esprit l'image de Will, mais elle était floue et obscure. Elle savait qu'Everard et lui participaient à des choses qu'elle ne s'expliquait pas. Mais ça ? Elle avait du mal à comprendre. Ça changeait complètement sa perception de la personne, de l'homme qu'elle pensait connaître. Il avait payé pour qu'on assassine quelqu'un. Comment avait-il pu lui cacher une chose pareille ? Et s'il mentait avec autant de facilité, chaque jour, à ses maîtres et à ses amis au Temple, en quoi lui mentir, à elle, aurait été difficile ? Toutes ces promesses d'amour étaient-elles réelles, ou voulait-il juste une putain gratuite et crédule à sa convenance ? Était-ce pour cela qu'il ne voulait pas l'épouser ? *Tu ne le connais pas*, lui chuchotait une petite voix intérieure. *Tu ne l'as jamais connu.*

— Je n'arrive pas à croire qu'il ne t'en ait jamais parlé, dit Garin.

— Est-ce que tout ça, ce sont des mensonges ? Est-ce qu'il a inventé toute l'histoire de la Pierre et de la guerre ? Est-ce qu'il m'a dit tout ça juste pour que je ne le quitte pas ?

— La Pierre ?

— La Pierre noire de La Mecque, répondit Elwen sans réfléchir. Il a dit que le grand maître était impliqué dans un complot visant à la voler. C'est une sainte relique des Sarrasins, et son vol engendrerait une guerre. Tu es au courant ? demanda-t-elle.

— Je…

— Il a dit qu'il était le seul à pouvoir l'empêcher, le coupa Elwen avec un rire amer, qu'il devait prévenir un contact dans l'armée mamelouke au Caire pour nous sauver. Est-ce qu'il m'a vraiment prise pour une idiote ? J'ai besoin de savoir. Est-ce qu'il y avait quelque chose de vrai dans tout ça ? Ou est-ce qu'il a raconté tout ça simplement pour que je…

Mais elle ne put finir, tant elle se sentait mal. Elle se leva, les traits déliquescents.

— Je ne sais pas, dit Garin d'un air distrait avant de lever les yeux vers elle. Je sais qu'il doit mentir parfois pour couvrir ses activités, mais je ne peux pas te répondre sur cette histoire en particulier. Je suppose que la raison pour laquelle il n'est pas venu me voir est claire, en tout cas.

Elwen voulut dire quelque chose, mais elle se ravisa et récupéra le sac en cuir posé sur la table. Il buta contre la coupe renversée, qui roula et alla s'écraser sur le sol de pierre.

Garin la regarda quitter la taverne. Il vida le reste de sa coupe tandis qu'une serveuse s'approchait pour ramasser les débris et que son esprit se penchait sur les paroles d'Elwen comme un vautour sur une carcasse.

21

Le palais royal, Acre

27 mai 1276 après J.-C.

La soirée était bien avancée lorsque Garin revint au palais royal. Il avait passé plusieurs heures à la taverne après qu'Elwen s'en fut allée, puis plusieurs autres à déambuler jusqu'à ce que l'alcool se soit dissipé et que ses pensées, opérant des cercles concentriques de plus en plus réduits, recouvrent leur clarté. Il trouva le roi Hugues dans la salle du trône, s'occupant d'une pile de papiers entassée sur la table de travail qui servait d'ordinaire à son clerc. L'un des domestiques l'introduisit.

— Alors ? fit Hugues en levant les yeux vers Garin tandis que celui-ci s'avançait, avant de replonger le nez dans ses documents. Vos autres affaires sont-elles réglées ? Guy vous a trouvé une place sur un bateau en partance pour l'Angleterre dans deux jours.

— J'ai bien peur de n'avoir pu rencontrer l'homme que je voulais voir.

Hugues plissa les yeux et reposa les papiers.

— Comment ?

— Je n'en ai pas fini ici.

La colère empourpra le visage du roi.

— J'en ai assez de vos excuses. J'ai signé ce satané document et j'exige que vous retourniez sur-le-champ le porter à Édouard. Beaujeu a commencé une campagne de dénigrement à mon encontre et mes sujets ne me montrent plus le respect auquel j'ai droit.

Hugues s'emportait, c'était perceptible au ton de sa voix.

— Il n'a peut-être pas encore mon trône, mais les partisans d'Anjou œuvrent chaque jour davantage à lui assurer un soutien populaire. Je n'ai plus de temps à perdre ! s'énerva-t-il en jetant les papiers au sol et en se dirigeant jusqu'à son trône, où il s'assit en se prenant la tête entre les mains. Je ne peux pas y arriver tout seul, par Dieu ! Pourquoi sont-ils tous contre moi ? Qu'ai-je fait pour mériter leur trahison ?

— Je pourrais peut-être vous aider, Votre Majesté.

Hugues regarda Garin comme s'il avait oublié qu'il était là. Il agita la main.

— Allez-vous-en !

— J'ai découvert que l'un de vos ennemis est impliqué dans quelque chose dont vous pourriez tirer avantage.

— Je vous ai dit de me laisser.

Sans l'écouter, Garin se rapprocha du trône.

— Beaujeu prévoit de voler la Pierre noire de La Mecque.

Hugues reposa la main sur le bras du trône et se redressa aussitôt.

— Qu'est-ce que vous avez dit ?

— La Pierre noire de La Mecque. Ce serait une relique des Sarrasins…

— Je sais ce que c'est, l'interrompit Hugues. Dites-moi comment vous le savez.

— L'homme que je devais rencontrer aujourd'hui est parti au Caire pour prévenir les Mamelouks. C'est pour cela que je ne l'ai pas rencontré.

— Cet homme ? C'est un Sarrasin ?

— Non, c'est un Templier. Son identité importe peu pour le moment. Tout ce que vous devez savoir, poursuivit Garin en voyant la confusion du roi, c'est qu'il a des alliés à l'intérieur de l'armée mamelouke. Je suppose qu'il essaie d'empêcher le vol.

— Mieux vaut qu'il y arrive, dit Hugues. Un tel acte signerait notre destruction.

Il se leva de son trône.

— Pourquoi Beaujeu ferait-il ça ? Ça n'a aucun sens. Il doit savoir que nous n'avons pas les moyens de contenir les forces sarrasines.

— Je ne sais pas. Mais je crois que vous pourriez en profiter.

Hugues remuait la tête sans l'écouter.

— Je suis très loin d'avoir assez d'hommes pour combattre les Mamelouks. Même si tous mes vassaux de Chypre nous venaient en aide, ça ne suffirait pas. Baybars aurait des milliers, des *centaines de milliers* d'hommes. Et s'ils ne combattent pas pour l'homme, ils combattront certainement pour la cause. Nous serions massacrés. Les Sarrasins nous *effaceraient* de la surface de la Terre.

— Ce n'est pas sûr, intervint Garin, ce qui fit lever la tête à Hugues. Et si Beaujeu volait la Pierre, Votre Majesté, et qu'à notre tour nous la lui volions pour la rendre à Baybars ?

Hugues fronçait les sourcils, mais ses yeux noirs ne lâchaient pas Garin qui faisait les cent pas. Le visage de l'ancien chevalier était animé et il agitait ses mains tout en parlant. Il avait réfléchi à tout cela durant l'après-midi, repassant tous les détails plusieurs fois dans son esprit, à s'en rendre fiévreux.

— Il faut que nous en découvrions davantage sur ce plan, nous devons savoir quand il sera exécuté et qui le mettra en œuvre. Nous récupérons la Pierre et nous disons à Baybars que nous avons sauvé la relique des musulmans et que nous sommes prêts à la lui restituer en échange de certaines faveurs.

— Quelles faveurs ?

— Ce que nous voulons. Votre trône, par exemple ?

Hugues resta songeur quelques instants.

— Baybars pourrait intervenir, dit-il lentement. Mais ça ne veut pas dire qu'Anjou l'écoutera.

— Sauf si le sultan menaçait de nous détruire, ce qui, vous l'avez dit vous-même, sera le cas si la Pierre est volée. Anjou n'aura aucune envie de gouverner un royaume en ruine. Il serait dans son intérêt de se soumettre. Et ce n'est pas simplement votre trône que nous sauverions, poursuivit Garin en voyant que Hugues restait circonspect : et si vous étiez le roi qui reprenait Jérusalem ?

Les mains de Hugues se crispèrent sur les bras du trône et Garin remarqua qu'il avait éveillé son intérêt.

— Nous pourrions demander à Baybars la Ville sainte en échange de la Pierre. Votre trône, Majesté, retrouverait le joyau qui lui revient de plein droit. J'imagine que vos sujets se rendraient vite compte que leur jugement était erroné, si ça devait se produire. Je doute que même Anjou oserait vous défier si vous regagniez Jérusalem. Et le pape ? ajouta Garin en souriant. Je pense que vous n'arriveriez même pas à offrir assez longtemps votre main à ses baisers pour qu'il vous démontre toute sa reconnaissance.

Hugues semblait captivé. Mais il secoua néanmoins la tête.

— Baybars pourrait choisir de venir malgré tout. Il pourrait reprendre la Pierre et tous nous tuer. Il en serait capable.

— Baybars n'est pas stupide, Majesté. Cela prendrait du temps et de l'argent, un effort considérable pour s'emparer d'Acre. Et nous aurions tout pouvoir de détruire la Pierre avant qu'il y parvienne. Ce serait plus simple et plus sûr pour lui de consentir à nos exigences. Je suis certain que les Sarrasins essaieraient de reprendre Jérusalem le moment venu, mais nos chances de garder la ville sont plus grandes que de la reconquérir. Alors, mon maître Édouard pourrait revenir sur ces rivages à la tête d'une armée et lancer une nouvelle croisade contre les Infidèles, avec votre aide, depuis les portes de la Ville sainte elle-même. Ce serait comme la première croisade. Les hommes se rassembleraient sous votre bannière. Plus de tributs, Majesté, plus de soumission aux exigences des Infidèles.

Garin observait la manière dont Hugues recevait ses paroles. Il fallait qu'il voie à quel point son plan était audacieux. Qu'importait que Will fût un commandeur du Temple ? Lui, Garin, sauverait Jérusalem. Les troubadours le célébreraient. Son nom entrerait dans l'histoire. Et Édouard ? C'en serait fini des promesses rompues, des chambres misérables dans des tours à l'écart de tous, des menaces voilées. Édouard lui donnerait la seigneurie et le domaine dont il rêvait. Il en était sûr.

Hugues reprit la parole :

— Et comment cela se déroulerait-il ?

Garin releva les yeux, distrait dans ses pensées.

— D’abord, nous devons en apprendre davantage. Connaître les détails.

— Et comment y arriverons-nous ?

— Je crois avoir trouvé quelqu’un qui peut nous y aider. Il faut encore que je la travaille un peu plus.

Les portes s’ouvrirent et un homme se précipita dans la salle du trône. C’était Guy.

— Monseigneur, salua-t-il en jetant un coup d’œil suspicieux à Garin.

— Vous ne frappez plus, Guy ? se cabra Hugues.

— C’est important, sire.

Guy tourna à nouveau les yeux vers Garin, qui soutint son regard.

— Allez-y, s’impatienta Hugues. Parlez.

Guy hésita, puis il se tourna vers le roi :

— J’ai reçu des nouvelles de l’un des hommes que nous avons envoyés surveiller Beaujeu. Il s’est tenu une réunion hier entre le grand maître du Temple et plusieurs de vos vassaux. Notre homme a réussi à découvrir de quoi il retournait, un des domestiques lui a raconté ce qu’il savait. Beaujeu s’apprête à acheter la fauconnerie au seigneur qui la détient. Ils ont signé la convention hier. Le village appartient maintenant au Temple.

— Quoi ?

— Quand le seigneur a demandé à Beaujeu s’il avait obtenu votre permission pour la vente, continua Guy d’un air indigné, la propriété étant dans votre domaine, sous votre contrôle, le grand maître a répondu qu’il avait le consentement du véritable roi, Charles d’Anjou. Ils se moquent de vous, sire. Tous autant qu’ils sont ! Vous devez réagir sans délai. Exigez que la transaction autour du village soit suspendue tant que votre permission n'est pas accordée, ou refusée. Et châtiez-les sévèrement pour leur insolence s'ils n'obtempèrent pas.

Guy s'efforça de se calmer.

— Je vous en conjure, Votre Majesté, agissez le plus vite possible, ou vous perdrez le respect de ceux qui vous soutiennent encore. Ils ont besoin d'un homme fort à leur tête. Ils ont besoin de voir que vous valez mieux que Charles d'Anjou, qu'ils ont raison de continuer à vous soutenir malgré le venin que répand sournoisement le maître du Temple de la part de son cousin.

Hugues se leva de son trône et descendit de l'estrade. Il s'approcha de la table, où les papiers étaient toujours éparpillés au sol.

— J'ai fait de mon mieux, murmura-t-il en posant ses mains à plat sur la table. J'ai lu leurs doléances et leurs requêtes et j'y ai toujours répondu avec célérité. J'administre la justice avec équité et je travaille dans l'intérêt de la ville et de mes gens, dit-il en saisissant quelques papiers dans sa main. Que veulent-ils de plus ? Veulent-ils un tyran sur le trône ?

Il écrasa les papiers dans ses poings.

— Alors, qu'il en soit ainsi ! rugit-il en soulevant le coin de la table et en la renversant, faisant voler rouleaux, plumes et flacons d'encre. Je ne resterai pas là où personne ne veut de moi. Je ne gouvernerai pas des gens qui cherchent sans cesse à me tourner en ridicule.

Sa voix s'était faite aussi faible qu'un murmure. Il se drapa dans sa robe dorée et se mit à marcher vers les portes.

— Faites emballer mes affaires, Guy. Nous partons pour Chypre. Je retourne voir mes gens. Leur roi est absent depuis trop longtemps.

Il s'arrêta un instant, songeur.

— Et les Templiers ne seront plus les bienvenus sur mes terres. Beaujeu croit pouvoir me voler mes propriétés ? dit-il avant de lancer un rire amer. Nous verrons comment il réagit si je lui prends les siennes. Les Templiers seront interdits à Chypre, leurs domaines seront brûlés jusqu'à la dernière poutre et leur bétail détruit. Il n'en restera rien, conclut-il d'une voix monocorde, glaciale.

Guy écoutait bouche bée le roi prononcer cette menace. Garin fut plus prompt à intervenir.

— Majesté, fit-il à brûle-pourpoint en voyant ses plans s'écrouler avant même qu'il ait pu les mettre en branle.

Puis il approcha du roi pour pouvoir lui parler à l'oreille, à l'écart de celles de Guy.

— Ne faites pas ça, chuchota-t-il. Pas quand il reste de l'espoir. Notre plan peut fonctionner.

Hugues secoua la tête.

— Je ne resterai pas.

Il repartit vers les portes mais, avant de les franchir, il s'arrêta soudain et se retourna :

— Agissez comme nous en avons discuté, Lyons. Faites ce que vous avez suggéré. Si vous réussissez, je reviendrai pour négocier les termes avec Baybars. Mais pas avant.

— Je ne peux pas faire ça tout seul, Majesté, sans hommes, sans argent, sans endroit où rester.

— Ce palais m'appartient toujours. Vous pouvez y demeurer. Je vais mettre quelques-uns de mes hommes à votre disposition, mais je ne veux plus rien avoir à y faire.

Garin regarda le roi se diriger vers les portes et Guy le suivre.

— Majesté, s'il vous plaît, écoutez votre raison.

— Non, Guy. J'en ai assez de ce pays. Je veux rentrer chez moi.

— Au moins, restez en ville jusqu'à ce que vous ayez désigné un bailli approprié pour gouverner en votre absence. Les États marchands, les chevaliers et la cour des bourgeois vont se disputer pour savoir qui doit diriger la ville. Ils vont tous vouloir prendre votre place. Ce sera le chaos !

— Ils se rendront peut-être compte alors de l'erreur qu'ils ont faite ! lança Hugues en claquant les portes, laissant Garin seul dans la salle du trône.

22

Fustât Misr, Le Caire

16 juin 1276 après J.-C.

Après avoir attaché son cheval sur une petite place au cœur du vieux Caire, Will déambula jusqu'aux marches d'une minuscule église copte. Quand il était passé une première fois sur cette place, un marché animé l'occupait. Maintenant, elle était déserte, en dehors de quelques enfants jouant autour d'un puits. C'était le début de soirée et la plupart des gens, rentrés à la maison, se préparaient pour les prières du soir. En s'asseyant sur les marches de l'église, Will se demanda quelle était la vie des chrétiens qui vivaient au sein de l'Empire musulman, hommes et femmes qui vivaient là depuis des générations, bien avant que les Mamelouks ne parviennent au pouvoir. Étaient-ils membres à part entière de la communauté, comme c'était le cas des juifs et des musulmans d'Acre sous la domination des Francs, ou étaient-ils exclus, voire maltraités ?

L'église semblait encore plus petite à côté des immeubles de six étages qui l'entouraient, avec leurs façades peintes de zébrures bleus, roses et jaunes. Des inscriptions arabes flottaient sur les murs, à l'intérieur des bandes de couleur, comme autant de messages de dévotion à Allah. Will avait entendu parler du Caire et en avait lu des descriptions dans les livres, mais rien ne le préparait à son immensité et à son élégance : la citadelle surplombant les quartiers fortifiés ; le Nil, large et bleu ; les mosquées couronnées de dômes argent et bleu ; les minarets s'élevant en spirale. Et, au loin, visibles depuis les collines qu'il avait descendues à cheval, les pyramides, jaillissant étranges et gigantesques au milieu du désert, dieux anciens pris dans le sable.

Will étira ses jambes en grimaçant. Sa chevauchée avait duré vingt jours et ses muscles étaient endoloris. La dernière partie du voyage, la traversée du Sinaï, avait été la plus dure. La robe blanche et le turban qu'il portait l'avaient aidé à se préserver de la chaleur, mais le soleil réussissait quand même à brûler sa peau. Plongeant la main dans le sac qu'il avait posé à côté de lui sur les marches, il en sortit une chemise en lin roulée en boule, qu'il déplia pour sortir deux morceaux de pastèque. Il l'avait achetée la veille à un garçon, sur le bord de la route, qui avait tout un tas de ce fruit renflé et lumineux et, pour quelques pièces, avait découpé en quelques instants quatre tranches roses en forme de sourire. Will finissait de manger et réajustait son keffieh quand quelqu'un arriva sur la place. C'était un homme de grande taille vêtu d'une robe bleue, le bas de son visage dissimulé, comme l'était celui de Will, par une bande de tissu appartenant au turban et passant d'une oreille à l'autre. Comme il approchait, Will se leva avec précaution.

La main de l'homme entourait le pommeau de la dague accrochée à sa ceinture.

— Qui êtes-vous ? demanda-t-il en arabe.

Voilà quatre ans qu'il avait rencontré cet homme, cependant Will reconnut immédiatement sa voix puissante et déterminée.

— Émir, le salua-t-il en baissant le rabat qui cachait son visage.

Les yeux de Kalawun s'agrandirent lorsqu'il le reconnut, puis ils s'étrécirent jusqu'à n'être plus que des fentes. Il s'avança en retirant la main de sa dague. Lorsqu'il répondit, ce fut d'une voix sourde où perçait la colère :

— Vous n'auriez pas dû venir. Nous avions un accord. Votre maître m'avait promis que ni lui ni ses partisans ne viendraient me trouver. Nous ne pouvons pas être vus ensemble. Cela signerait notre mort à tous les deux.

— Il était impératif que je vous parle.

— Vous n'aviez qu'à suivre les procédures que nous avons mises au point. Vous auriez dû contacter mon serviteur et organiser une rencontre.

— Nous n'avions pas le temps, tenta de l'apaiser Will, puis il désigna l'église. Venez. S'il vous plaît. Vous comprendrez quand je vous aurai dit ce qui m'amène ici.

Ramassant son sac, il grimpa les marches. Kalawun hésita en regardant la croix clouée à la porte, puis il inspecta la place et le suivit à l'intérieur.

— Qu'est-ce que nous faisons ici ? demanda-t-il tandis que Will fermait les portes.

— Nous pourrons parler en privé.

Will alla jusqu'à l'un des bancs délabrés du fond. Kalawun observa alentour avant de s'asseoir à côté de Will. Soulagé de les savoir seuls, il ôta à son tour la bande de tissu qui cachait son visage. Will fut surpris de constater à quel point le visage de l'émir avait vieilli. Il était blême, hagard, et un voile de tristesse et de découragement semblait s'être abattu sur lui. Ses yeux bruns paraissaient vides.

— Est-ce que c'est en rapport avec l'attaque sur Kaboul ? demanda Kalawun. Les Francs d'Acre doivent avoir reçu notre compensation maintenant.

Will hésita un moment, fixant son regard absent, puis il commença à parler à voix basse dans l'église déserte. Kalawun l'écouta sans l'interrompre. Quand les explications furent terminées, son visage avait changé. Ses joues avaient repris des couleurs et son expression était alerte, vivante. Il ressemblait à un homme qui s'éveille après un long sommeil. Il secoua la tête et regarda en direction de l'autel. Il ne disait rien. Will sentait la colère qui l'envahissait, il voyait la tension dans son corps et dans ses traits tandis qu'il luttait pour maîtriser son émotion. Quand il prit la parole, sa voix ferme ne laissa rien transpirer :

— Vous dites que le message était écrit par cet homme, Kaysan, pour quelqu'un au Caire ? Un chiite ?

— C'est ce que pense Everard, oui.

— Mais vous n'avez pas de nom ?

— Non. Le message n'était adressé à personne.

Kalawun reporta son regard sur Will.

— Et ce sont vos chevaliers qui vont faire ça ? Ce sont eux qui vont voler la Pierre ?

— Le message parle simplement de chevaliers occidentaux, mais comme notre grand maître semble impliqué, il est probable que le vol sera exécuté par des Templiers. D'après ce que dit le message, les chevaliers retrouveront Kaysan au village d'al-Ula durant la dernière semaine de mars, avant mouharram, et que ses hommes et lui les emmèneront à La Mecque.

— Nous ne pouvons pas laisser faire ça. Je ne peux même pas vous expliquer la gravité de la situation.

— Nous en sommes conscients, répondit Will.

— Non. Vous ne savez rien. Qu'un chrétien touche la Pierre serait un outrage, la pire des profanations. Mon peuple vous égorgerait. Et pas seulement les chevaliers, ou les Francs d'Acre, mais *tous* les chrétiens, fit Kalawun avec un geste large pour embrasser l'église. Partout mourraient des innocents, et avec eux tout espoir de paix. Pour le moment, Baybars ne cherche pas à se confronter à vous. Si ce vol se produisait, tout changerait à l'instant même. Il vous *anéantirait*.

Kalawun garda le silence quelques instants, puis il lança à Will un regard sans concession.

— D'ailleurs, je l'y aiderais.

Il observa l'effet de ces paroles sur Will avant de poursuivre :

— Je préférerais ne pas avoir à le faire mais, si votre peuple détruit la Pierre de La Mecque, je participerai à leur destruction. Face à une telle action, je ne pourrais plus appartenir à votre confrérie, je ne pourrais plus œuvrer avec vous à la réconciliation.

Will hocha légèrement la tête.

— Je comprends. C'est la raison pour laquelle nous devons à tout prix empêcher que cela se produise.

— Qu'est-ce que vous proposez ?

— L'Anima Templi se consacre entièrement à cette affaire et essaie de connaître les détails du plan et qui, au juste, y participe. Quand nous le saurons, nous pourrons déterminer le meilleur moyen d'agir. Nous sommes confiants quant à notre capacité à y parvenir. Mais Everard et moi voulions que vous sachiez que ce complot n'est mené que par un petit groupe de gens.

Notre Ordre n'est pas impliqué là-dedans, ni le gouvernement d'Acre.

— Je le comprends, répondit Kalawun. Mais ça ne change pas le fait que tout votre peuple en supporterait les conséquences. Ces hommes ont, semble-t-il, l'intention de déclencher une guerre, quelle que soit leur motivation. Et ils l'obtiendront s'ils arrivent à leurs fins. Je ne pourrai rien y faire.

— Peut-être que non, fit Will, mais vous pouvez nous aider aujourd'hui, avant que ça n'aille trop loin. Comme je vous l'ai dit, il apparaît que quelqu'un au Caire travaille avec ces hommes. Pourriez-vous trouver les relations de ce chiite, Kaysan, en ville ? Je sais que c'est une piste un peu mince, mais ça vaut le coup d'essayer.

— J'ai déjà quelques idées, l'informa d'un ton neutre Kalawun.

Will était surpris.

— Vraiment ?

Mais, voyant que Kalawun ne lui en dirait pas plus, Will poursuivit :

— Si vous vous occupez de trouver ses complices ici, au Caire, je vais m'efforcer de mon côté d'empêcher le vol.

— Je demanderai à l'un de mes officiers de m'aider, murmura Kalawun d'une voix distraite. L'importance de cette histoire dépasse à mon sens notre obligation mutuelle de secret, et je sais que je peux lui faire confiance pour n'en parler à personne. Mais on l'a envoyé à la recherche des Assassins qui ont tenté de tuer le sultan Baybars et il pourrait être absent encore un long moment. Ce sera difficile pour moi d'agir seul, soupira Kalawun.

Dans les yeux de Will s'était allumée une lueur d'inquiétude.

— Les Assassins ? Je pensais… nous avions entendu dire qu'ils avaient été tués au cours de leur tentative de meurtre ?

— Ils l'ont été, répondit Kalawun avec indifférence, mais ceux qui ont ordonné le meurtre sont encore libres, ou c'est du moins ce que nous croyons. Baybars veut connaître le nom des Francs qui ont proposé de l'argent aux Assassins pour tuer le sultan. Après tout ce temps, il veut se venger.

Kalawun, qui fixait l'autel, ne remarqua pas l'immobilité soudaine de Will. Pour finir, il se tourna vers lui :

— Est-ce tout ? Je ne peux pas m'attarder. J'ai des choses à faire, et ces informations m'obligent à quelques recherches.

— Oui, fit Will d'une voix sombre. C'est tout.

Kalawun se leva et tira la bande de son turban sur son visage.

— Dans ce cas, je m'en vais, dit-il en tendant la main. Je vous remercie de m'avoir prévenu.

Will saisit la main de l'émir. Sa poignée était ferme et franche.

— Si vous découvrez d'autres choses, suivez la procédure habituelle et envoyez chercher mon serviteur sans tarder. Que la paix soit avec vous.

Will regarda Kalawun quitter l'église, puis il se rassit pesamment sur le banc.

Le quartier vénitien, Acre,
17 juin 1276 après J.-C.

Elwen était au milieu des escaliers, un paquet de linge sale dans les bras, quand elle entendit frapper à la porte d'entrée.

— J'y vais ! J'y vais ! lança une voix chantante.

Catarina allait ouvrir.

— Attends, Catarina, l'appela Elwen en redescendant à vive allure les quelques marches.

La fillette s'arrêta et se retourna en roulant des yeux.

— Je veux juste ouvrir la porte.

— Tu as entendu ce que ton père a dit. Nous devons faire attention.

Catarina recula en boudant. Elwen était toujours stupéfaite de la rapidité avec laquelle la fillette avait surmonté l'épreuve qu'elle avait traversée. Il ne s'était passé que deux mois depuis l'attaque de Kaboul et elle semblait déjà avoir oublié qu'elle avait frôlé la captivité ou la mort, ayant retrouvé son naturel insouciant. Elwen, quant à elle, faisait toujours des cauchemars ; elle revoyait sans cesse les yeux du Mamelouk au moment où elle avait enfoncé la flèche dans sa nuque. Elle se sentait seule, irrémédiablement. Il n'y avait pas que Catarina à avoir oublié l'attaque. Acre aussi avait la mémoire courte.

Deux jours plus tôt, les femmes et les enfants qui avaient été faits prisonniers durant le raid étaient revenus en ville, en même temps que les vingt chrétiens libérés des cachots du Caire, les excuses personnelles de Baybars et plusieurs sacs de dinars. Andreas était rentré à la maison la veille au soir avec cette nouvelle, apprise par l'un de ses clients. Mais en dehors des familles concernées, qui devaient être submergées de joie, la ville en elle-même l'avait à peine remarqué. Malgré l'indignation du gouvernement au moment de l'attaque, l'attention générale avait tout entière été détournée par le départ du roi Hugues, qui avait laissé son trône vacant en Outre-mer, provoquant le désordre et des luttes de pouvoir parmi les nobles du corps gouvernemental déjà divisé d'Acre. D'après Andreas, le Temple et les Vénitiens manœuvraient pour occuper l'espace tandis que les Hospitaliers, les Génois et les Teutoniques essayaient de les en empêcher. Les groupes et les diverses factions – aristocrates, guildes, marchands, ordres religieux – choisissaient leur camp, en cherchant à se mettre dans la meilleure position politique. On avait envoyé des messages à Chypre suppliant Hugues de revenir, ou au moins de désigner un intendant. Mais il n'avait pas daigné répondre. La nuit dernière, un jeune Vénitien, dont le père était le secrétaire du consul de Venise, avait été brutalement assassiné par trois Génois. On parlait d'imposer un couvre-feu.

Inquiet à cause de cette escalade de violence et toujours bouleversé par la mort et la disparition de Giorgio et Taqsu à Kaboul, Andreas avait réuni les membres de sa famille pour demander de ne plus s'aventurer en dehors du quartier tant que la situation ne se serait pas calmée, insistant sur le fait que les filles ne devaient plus sortir seules. Ainsi, ce fut avec le cœur battant qu'Elwen, les bras toujours chargés de linge sale, ouvrit la porte. Ils n'attendaient pas de visite.

Sur le seuil se tenait Garin. En le voyant, Elwen sentit le rouge lui monter aux joues dans un mélange de surprise, d'agacement et de honte.

— Qu'est-ce que tu fais ici ?

— Je voulais te voir, dit Garin.

— Qui est-ce ? demanda Catarina en essayant de regarder dans son dos.

— Retourne à l'intérieur, la tança Elwen en italien en se retournant. Et rends-moi service, emmène ça à la cuisine.

Elle lui passa le linge.

— Ce n'est pas juste !

— Catarina.

Prenant les draps sales en pivotant, Catarina s'éclipsa.

Elwen sortit dans la chaleur de l'après-midi, tirant la porte derrière elle. La rue était noire de monde.

— Tu n'aurais pas dû venir. Mon maître n'apprécie pas beaucoup les étrangers faisant montre de trop de familiarité avec les femmes de son entourage.

— Il ne doit pas trop aimer Will, alors ?

Les yeux d'Elwen étincelèrent.

— Ce n'est pas ton problème.

— Je suis désolé, dit Garin. C'était idiot de ma part. Mais c'est en partie pour ça que je suis là. Pour Will, je veux dire.

— Tu l'as vu ? demanda vivement Elwen.

Son ton passionné la surprit elle-même. Au départ, après avoir appris la duplicité de Will, la colère d'Elwen avait brûlé comme un feu rageur en elle, consumant tout son amour pour lui. Mais sans rien pour raviver sa flamme depuis plusieurs semaines, il avait faibli, laissant la plaie à vif, puis était né le désir de le voir et de l'entendre expliquer, avec ses propres termes, que tout cela était vrai : qu'il lui avait menti pendant tout ce temps. Le doute s'était insinué en elle aussi, et elle s'était demandé si Garin n'avait pas noirci les faits, voire même tout inventé, bien qu'il ne semblât pas avoir de raison d'agir ainsi.

— Je voulais te demander la même chose, répondit Garin en faisant un signe négatif de la tête.

La déception se peignit sur le visage d'Elwen.

— Non, dit-elle, défaite. Je ne l'ai pas vu.

— Pour être honnête, je ne pensais pas que ce serait le cas. S'il est parti au Caire, il lui faudra encore plusieurs semaines pour rentrer. Mais j'ai préféré vérifier, au cas où il aurait changé ses plans.

— J'ai l'impression que tu en sais davantage sur ses plans que moi, répondit Elwen, sur la défensive.

— À ce sujet, je suis désolé. Je n'aurais pas dû t'en parler. Pour moi, Will est stupide de ne pas t'en avoir parlé. Mais quoi qu'il en soit, ce n'était pas à moi de te le dire.

Elwen rougit à nouveau, de la même honte qu'elle avait ressentie en voyant Garin.

— Tu n'es pas le seul à avoir trahi sa confiance, répondit-elle doucement en baissant les yeux. Je n'étais pas censé dire à quiconque où Will est parti, ni pourquoi. Mais j'ai eu l'impression que tous autant que vous êtes, toi, Will, Everard, ses amis au Temple, vous vous moquiez de moi parce que je ne savais pas. J'étais en colère. C'était comme si tout ce qu'il m'a dit était un mensonge.

Elle releva la tête.

— Et peut-être que c'est le cas. Peut-être qu'il n'est pas du tout au Caire. Mais je n'aurais pas dû t'en parler.

Garin la gratifia soudain d'un sourire de gamin, amical.

— Eh bien, je sais tenir un secret, si tu en es capable.

Elwen lui rendit un faible sourire.

— J'apprécie.

Puis elle leva les yeux au ciel, la lumière du soleil lui brûlant les yeux.

— Il faut que je me remette au travail.

Garin hocha la tête. Il s'approcha et lui tendit la main. Elwen rit franchement de ce geste formel, masculin, mais elle la prit quand même. Sa main était froide. Elle sentait son haleine alcoolisée, et autre chose, quelque chose de doux, d'âcre.

Garin lâcha sa main et recula de quelques pas.

— Quand Will reviendra, pourras-tu lui dire de venir me voir ? Je loge au palais royal.

— Le palais ? Mais le roi est parti ?

— Il m'a dit que je pouvais y rester pendant son absence.

Garin fit quelques pas, puis il se retourna.

— Juste pour que tu saches, je ne me moque pas de toi.

Elwen resta sur le seuil à le regarder s'en aller, puis elle rentra dans la maison.

La forteresse des Assassins, nord de la Syrie,
18 juin 1276 après J.-C.

Nasir s'agenouilla au bord du ruisseau. L'eau courait, vive et transparente, écumant le long des rochers qui saillaient à la surface comme des dents cassées. Nasir y plongea ses mains. Elle était douloureusement glacée. Un flux rouge se propagea dans l'eau tandis qu'il se lavait les mains. Il ferma les yeux et sentit le froid s'insinuer.

— Messire ?

Nasir tourna la tête. Un de ses soldats se tenait derrière lui. Il était à tel point perdu dans ses pensées qu'il ne l'avait pas entendu approcher. Il avait eu en permanence deux hommes en sentinelle ces trois dernières semaines, afin de garder un œil sur les Assassins vivant en haut de la montagne. Ils avaient vu des fedayins arpenter les flancs de la montagne pendant plusieurs jours après qu'ils eurent capturé Idris, mais personne n'avait découvert leur cachette. Cependant, il fallait rester vigilant. Le problème, c'est qu'il était fatigué, que ses souvenirs d'enfance l'accablaient sans cesse ici, et que l'odeur écœurante du sang sur sa peau le rendait malade.

— Qu'y a-t-il ?

— Je crois qu'il est prêt à parler.

Le soldat avait fait un signe de tête en direction de la grotte. Un fourmillement s'empara des mains de Nasir tandis qu'il les secouait pour les égoutter. Il prit son temps. Idris avait déjà dit la même chose, sans jamais rien confesser. L'endurance de cet homme était vraiment incroyable.

Nasir savait que ce ne serait pas facile : la capacité des Assassins à supporter la douleur était connue. Mais tout de même, avoir passé autant de temps à travailler Idris au corps et n'en avoir tiré que du sang, c'était quasi surnaturel, et même effrayant. Il avait presque failli le perdre à deux reprises. Et une fois, Idris avait essayé de se tuer en frappant sa tête contre la colonne rocailleuse à laquelle il était attaché. Par chance, il n'avait réussi qu'à se blesser, mais cela avait eu le don de déconcerter Nasir qui avait demandé aux guides de fixer un tampon de tissu à l'arrière de son crâne pour l'empêcher de recommencer. À la fin de la première semaine, après l'avoir battu et entaillé sur tout le corps, Nasir avait fait appel à d'autres méthodes : affamer Idris pour l'affaiblir, puis le forcer à avaler des plantes vénéneuses pour le rendre malade. Par cette méthode, il espérait pousser l'Assassin au délire afin qu'il parle sans réellement s'en rendre compte. Mais Idris, si enfiévré et inconscient qu'il fût, n'avait pas parlé. Pour finir, Nasir avait été obligé de lui laisser quelques jours pour recouvrer ses forces, jusqu'à ce matin, où il avait recommencé en lui arrachant sauvagement trois doigts et en lui fourrant une bande de lin ensanglantée dans la bouche pour ne pas entendre ses cris.

Empruntant le sous-bois, Nasir pénétra dans la grotte. Idris ne tenait que grâce à ses entraves. Sa main estropiée avait été couverte, mais le tissu était déjà rougi. Sa peau était grisâtre et atone, sauf là où il y avait des coupures et des contusions, et où se mélangeaient des brun terne, des pourpre livide et des jaune sombre.

— Idris.

Il respirait avec difficulté. En entendant son nom, il ouvrit son bon œil et regarda Nasir.

— Mon soldat me dit que tu veux parler, dit Nasir.

Idris le fixait, mais sans rien dire.

— Il faut que tu me parles, Idris, poursuivit Nasir au bout d'un long moment. Toi et moi, nous perdons notre temps. Je dois retourner voir mes maîtres. Ils veulent ce nom. Je dois le leur donner.

Il poussa un long soupir.

— Je n'ai pas envie de faire ça, Idris. Ça me rend malade. Cet endroit, dit-il avec un large geste pour désigner la grotte. Ta souffrance. Tout ça me rend malade.

Idris grogna.

— Donne-moi le nom et je partirai, insista Nasir. Je te laisserai vivre.

Puis sa voix se durcit.

— Sinon, je peux encore te faire plus mal.

Il saisit la main torturée d'Idris et l'écrasa entre ses doigts. Idris émit un cri suraigu. Nasir se pencha et de sa main libre souleva le menton de l'Assassin.

— Je n'ai plus de temps à perdre, Idris. Il faut que je retourne au Caire. *Il le faut !*

La bouche d'Idris bougea légèrement. Nasir s'approcha plus. Il percevait un murmure rauque. Les lèvres d'Idris bougèrent à nouveau. Cette fois, il entendit un nom. Nasir le lâcha et se releva.

— Nous l'avons, dit-il en entendant quelqu'un entrer dans la grotte.

— Éloigne-toi de lui, lança en retour une voix étrangère.

Pivotant, Nasir se retrouva face à un homme en robe noire. Alors qu'il portait la main à son épée, deux autres hommes apparurent à l'entrée de la grotte. Ils portaient la même robe noire, celle des fedayins. Ils brandissaient tous des dagues, dont l'une, remarqua Nasir, était entachée de sang. L'homme qui avait parlé leva une arbalète et tira avant même que Nasir ait touché son épée. Le carreau le frappa à l'épaule. La douleur le traversa tandis qu'il s'écroulait au sol, sa tête s'écrasant contre le sol pierreux. Il entrevit vaguement qu'on libérait Idris et qu'on l'aidait à se mettre debout. Deux autres hommes entrèrent dans la grotte en tirant les cadavres des Mamelouks et des guides. Une botte se posa sur sa poitrine, vidant ses poumons et accentuant la douleur dans son épaule. En levant les yeux, il vit l'arbalète pointée sur son visage. Au-dessus, l'homme qui la tenait l'observait.

— Sale sunnite, cracha l'Assassin.

— Attends, croassa une voix.

C'était Idris qui venait de parler. Nasir entendit ensuite une toux spasmodique.

— Attends, frère, reprit Idris d'une voix plus assurée. Laisse-le en vie.

— Qu'est-ce que tu dois à cet animal, frère ? demanda l'Assassin à l'arbalète. Regarde ce qu'il t'a fait. Dans leur lâcheté, les Mamelouks n'osent pas s'attaquer ouvertement à nous, alors ils t'ont utilisé pour s'en prendre à nous.

— Non, dit Idris d'une voix faible. Ce n'est pas pour nous qu'ils sont venus, ni pour la forteresse. Celui-là est officier au Caire. C'est Baybars qui l'a envoyé afin de trouver le nom du Franc qui a proposé de l'argent à qui l'assassinerait. Nous pouvons nous servir de lui pour obtenir ce que nous voulons. Pour survivre, nous avons besoin de provende. Nous en tirerons une bonne rançon.

Nasir sentit s'envoler la pression sur sa poitrine quand l'Assassin enleva son pied. Cependant, l'arbalète restait pointée sur lui. Après qu'un ordre eut été donné, on remit Nasir debout sans ménagement. On lui enleva son épée et ses mains furent attachées. Chaque mouvement déplaçait légèrement le carreau dans son épaule et une nouvelle vague de douleur le ravageait. La sueur perlait sur son front et ses yeux clignèrent lorsqu'il fut tiré hors de la grotte, à la lumière aveuglante du soleil. Dans son esprit tourbillonnait le nom murmuré par Idris, nébuleux au début, avec sa forme et sa tonalité étrangères. Puis plus clair, plus défini et se détachant enfin avec netteté.

William Campbell.

23

Le Temple, Acre

8 juillet 1276 après J.-C.

La ville était en feu. Un nuage de fumée s'élevait dans l'air gréseux au-dessus du quartier vénitien, provenant de la rangée de maisons qui brûlaient dans le secteur marchand. Les flammes s'agitaient follement au milieu des volutes, dévorant les poutres et noircissant les pierres. Les enfants hurlaient dans les bras de leurs mères tandis que les hommes, au désespoir, formaient une ligne dans la rue, se passant de bras en bras, depuis les citernes, des seaux d'eau qu'ils déversaient en vain sur l'incendie. Dans le quartier musulman, d'autres foyers, plus petits, s'étaient déclarés sur la place du marché, sans que personne ne cherche à les éteindre, et ravageaient étals et chariots. Le sol était parsemé de pierres et de verre cassé. Le visage couvert, des massues et des torches au poing, des hommes défilaient dans la rue. Certains d'entre eux chantaient tout en marchant, les yeux crépitant de haine. Cachée derrière des fenêtres, la population regarda, la peur au ventre, un deuxième groupe contourner un chariot renversé qui bloquait la rue et se précipiter en hurlant sur la place, à la rencontre des hommes masqués.

Les deux groupes se rencontrèrent et le sang ne tarda pas à jaillir.

À travers toute la ville avaient été érigées depuis deux semaines des barricades improvisées, après que la tension et les actes épars de violence provoqués par le départ du roi Hugues se furent accrus et mués en hostilité déclarée. Les portes des différents quartiers étaient maintenant fermées du soir au matin et un couvre-feu avait été imposé. Des gardes patrouillaient dans chaque secteur, mais avec la taille des aires qu'ils devaient couvrir et le grand nombre de factions existantes, les incendies, mises à sac et escarmouches entre groupes rivaux se multipliaient.

La descente en enfer avait commencé lorsqu'un groupe de marchands nestoriens de Mossoul s'était révolté contre leurs confrères musulmans de Bethléem au cours d'un marché. Les Templiers, qui protégeaient les marchands de Bethléem, s'étaient jetés dans l'échauffourée pour contenir la violence, mais plusieurs Nestoriens y avaient néanmoins laissé leur vie. Les chevaliers de Saint-Jean, protecteurs des Nestoriens, étaient intervenus et un Templier avait été blessé, provoquant alors une querelle sans précédent à la Haute Cour entre le grand maître de l'Hôpital et Guillaume de Beaujeu. La violence n'avait cessé de s'accroître par la suite, la paix fragile étant définitivement rompue entre les communautés rivales. Les Templiers se battaient contre les Hospitaliers, les Vénitiens contre les Génois et les Pisans, les chrétiens contre les juifs, les chiites contre les sunnites. Même quand l'hostilité ne dégénérait pas en conflit ouvert, les relations entre les divers chefs étaient si tendues que toute chance de réconcilier les citoyens demeurait impossible.

Ainsi, ce furent l'odeur de soufre et un sentiment pénétrant d'anarchie qui accueillirent Will à son retour. La porte du Temple était barrée et il fallut quelques instants avant que quelqu'un répondît à ses coups répétés.

— Qu'est-ce qui se passe en ville ? demanda Will au sergent qui le laissa finalement entrer.

— C'est comme ça depuis que le roi est parti, sire Campbell, répondit l'homme en claquant des doigts vers le poste de garde, à l'intention d'un sergent plus jeune qui se dépêcha de prendre le cheval de Will.

— Depuis qu'il est parti ?

Will défit ses affaires attachées à la selle tandis que le sergent récupérait les rênes.

— Qu'est-ce que vous voulez dire par là ? Où est-il parti ?

— Il est retourné à Chypre, sire. La Haute Cour a écrit pour lui demander de désigner quelqu'un qui gouvernerait à sa place, mais personne n'est venu.

— Qu'est-ce qui s'est passé ? Pourquoi est-il parti ?

Le sergent parut mal à l'aise. Il baissa la voix.

— D'après la rumeur qui court, il aurait eu des mots avec notre grand maître la veille de son départ.

Will était troublé.

— Merci, fit-il distraitement.

— Sire, intervint à la hâte le sergent avant que Will ne disparaisse. On m'a dit de vous guetter et qu'à votre retour, je devais vous envoyer sur-le-champ voir le grand maître.

Le front de Will se plissa.

— Très bien. J'irai dès que j'aurai posé mes bagages et que je me serai lavé.

— Je vous prie de m'excuser, sire, insista le sergent, mais il a demandé à ce que vous alliez le trouver directement, à toute heure du jour et de la nuit.

Désormais inquiet, Will traversa la cour en direction du palais du grand maître.

Il trouva Guillaume en pleine réunion avec le sénéchal et le grand commandeur Theobald Gaudin, et un commis à l'allure solennelle lui demanda d'attendre. Il s'assit sur un banc dans le couloir et déposa son sac au sol. Son esprit était assailli par des pensées inquiétantes : l'urgence de la requête du grand maître ; la fumée tourbillonnant autour de la ville et les rues désertées ; la nouvelle que le roi avait quitté Acre. Mais, par-dessus tout, planait l'ombre d'une crainte encore plus terrible, une crainte qui le hantait depuis sa rencontre avec Kalawun, et l'avait poursuivi à travers le désert comme un vautour. *Ils te cherchent. Que se passera-t-il s'ils te trouvent ?* Ces mots, transformés en ritournelle, l'épuisaient au plus haut point. Il se pencha en avant et se prit la tête entre les mains.

— Sire Campbell ?

Will sursauta en sentant une main se poser sur son épaule. Il réalisa qu'il avait failli s'endormir. Il leva les yeux au moment où le sénéchal et le grand commandeur partaient en empruntant le couloir. Le commis à l'air solennel se tenait près de lui. Will se leva à temps pour voir le sénéchal lui jeter un regard noir, puis il ramassa son sac et suivit l'officier dans le réclusoir.

Guillaume était assis à sa table de travail. Il désigna d'un geste un tabouret face à lui quand Will entra.

— Asseyez-vous.

L'officier ferma les portes, le laissant seul avec Beaujeu. Tout en approchant du bureau, Will tourna les yeux vers la fenêtre. Au sud, au-dessus du quartier vénitien, le ciel était empli d'une fumée grisâtre. Guillaume vit son regard.

— Vous êtes revenu en des heures bien sombres, frère.

— Que se passe-t-il, sire ? On m'a dit que le roi Hugues était retourné à Chypre sans désigner d'intendant ?

— On vous a bien informé. Mais la paix sera bientôt restaurée, quand Charles d'Anjou prendra place sur le trône vacant. Alors, tout reviendra enfin à la normale dans ce royaume. Mais pour le moment, j'aimerais discuter d'autres affaires. Je voulais en parler avec vous il y a quelques semaines. Mais bien sûr, vous n'étiez pas là. Je suppose que vous avez trouvé ce traité que frère Everard de Troyes vous a envoyé quérir en Syrie ? Votre voyage a-t-il porté ses fruits ?

Will mentit d'un simple hochement de tête.

— Everard a bien de la chance de vous avoir sous ses ordres, dit Guillaume au bout d'un moment. Son rôle ici est important. On m'a raconté tout ce qu'il a accompli pour l'Ordre dans sa quête de connaissance. Dites-moi, William, depuis combien de temps le connaissez-vous ?

L'esprit de Will travaillait activement. Qu'est-ce que le grand maître insinuait ? Beaujeu savait-il qu'il n'était pas allé en Syrie ? Était-ce un piège ?

— Cela fait seize ans, maître, répondit-il en masquant son anxiété. Everard m'a pris comme apprenti quand je suis arrivé à Paris.

— Pourquoi l'a-t-il fait ?

— Mon maître Owein venait de mourir dans une attaque de mercenaires contre notre compagnie à Honfleur, en France. Nous escortions les joyaux de la couronne d'Angleterre à la commanderie de Paris et ces hommes ont essayé de nous les reprendre. Everard avait besoin d'un scribe. Je savais lire et écrire, et j'avais perdu mon maître. Je suppose que j'étais un choix naturel, marmonna Will pour finir.

— Alors, diriez-vous que vous le connaissez bien ?

— Oui.

— Lui faites-vous confiance ?

Will fut décontenancé par la question.

— Ou… Oui, balbutia-t-il, puis, d'une voix plus forte : Je lui confierais ma vie.

Guillaume ramassa quelque chose sur la table de travail. C'était un bout de parchemin enroulé, qu'il tendit à Will. Celui-ci l'ouvrit et le reconnut immédiatement.

— C'est le rouleau que vous avez ramené d'Arabie, fit Guillaume. J'ai besoin de le traduire.

Le cœur battant, Will choisit ses mots avec le plus grand soin.

— Je croyais que Kaysan était l'un de vos espions.

— C'est exact.

— Dans ce cas, pardonnez-moi, mais comment se fait-il que nous ne puissions pas lire son message ? Pourquoi enverrait-il quelque chose que nous ne comprenons pas ?

— L'homme sur qui je comptais pour la traduction n'est pas libre pour le moment. Mais je ne peux pas attendre. Le talent d'Everard est légendaire dans cette commanderie. Si un homme peut déchiffrer ce message, c'est lui.

Guillaume se leva et alla se placer devant la fenêtre.

— Mais j'ai un problème.

Il resta silencieux un long moment. Il se tourna enfin vers Will.

— Ces derniers mois, vous avez fait la preuve de vos qualités et de votre dévouement à l'Ordre. Sans votre sens de l'observation et vos promptes réactions, l'homme de Soranzo m'aurait probablement tué sur les quais. Vous avez découvert l'identité de mon ennemi et aidé à l'amener devant la justice, même si vous n'étiez pas d'accord avec mes méthodes, et vous avez exécuté une mission importante pour moi en Arabie, en conduisant mes hommes avec autorité. Depuis quelques semaines, je me demande si je dois ou non vous impliquer dans un dessein à l'œuvre depuis presque deux ans maintenant. Ma décision est prise. Nous perdons du terrain, William, chaque jour un peu plus. Nous nous disputons, nous nous battons les uns contre les autres, et nous ignorons l'épée suspendue au-dessus de nos têtes. Que ce soit aujourd'hui, demain, ou dans cinq ans, les Mamelouks finiront par venir nous trouver. Et quand cela arrivera, aucun de nous ne sera capable de les arrêter. Peu d'hommes, en Occident, ont l'estomac pour entreprendre une croisade. La liste de nos alliés raccourcit de plus en plus. Mais nous avons la possibilité d'y remédier. *Une* possibilité.

Guillaume serrait les poings. Au fur et à mesure qu'il parlait, sa voix se faisait plus profonde, plus grave.

— Imaginez les hommes en Occident prenant la Croix par milliers. Imaginez nos soldats traversant les mers pour nous venir en aide, à nous, leurs frères, qui travaillons si dur et depuis si longtemps pour perpétuer le rêve de la Chrétienté sur ces terres. Nous en avons trop fait pour abandonner ceux qui nous ont précédés. Les hommes comme votre père, qui sont morts pour notre cause.

« Baybars et ses Mamelouks se battent pour reconquérir leur territoire. Mais ce n'est pas à eux de réclamer quoi que ce soit ! Ils sont nés à des centaines de kilomètres de la Palestine. Ils disent qu'ils se battent pour reprendre ce que nous leur avons pris, mais ce sont eux qui l'ont pris. Et si cette terre ne leur appartient pas de plein droit, par Dieu je dis qu'elle est à nous. C'est notre Terre sainte. Tant de sang chrétien y a été versé, tant d'hommes y ont perdu la vie. Ça ne peut pas avoir été en vain. Ça n'est pas possible.

Guillaume faisait les cent pas maintenant. Will le regardait en silence.

— Je suis engagé dans un plan qui a pour but de reprendre ce qui nous appartient. À la bataille de Hattin, les Sarrasins ont volé l'une de nos plus saintes reliques : une partie de la Croix sur laquelle le Christ a été crucifié. La Chrétienté déplore ce vol depuis près d'un siècle. Imaginez la jubilation qui s'ensuivrait si nous prenions une des leurs.

— Comment ça ? demanda Will d'une voix ingénue. Que prendrions-nous ?

— La Pierre noire de La Mecque, répliqua Guillaume. Leur plus sainte relique. Tout l'Occident le verrait comme un juste châtiment. Nos forces, ici et en Occident, se rallieraient grâce à une telle victoire, j'en suis certain. Elle leur donnerait de l'espoir et renouvellerait l'appétit nécessaire pour finir ce que nous avons entamé voilà deux siècles. Je suis déjà en contact avec certains monarques, comme le roi Édouard et Charles d'Anjou. Cela fait des mois que je cherche en secret des soutiens pour une nouvelle croisade, en promettant à ces monarques qu'un changement est à venir, qu'ils doivent se tenir prêts. J'ai même envoyé un message aux Mongols.

— Les Mamelouks nous détruiront.

— Non, répondit Guillaume d'une voix ferme, pas immédiatement. Baybars sera enragé, mais il sait qu'il faut organiser soigneusement une campagne contre nous. En brandissant la Pierre comme un symbole de notre triomphe, de la volonté divine de nous voir réclamer ce qui nous appartient, nous pouvons lancer une nouvelle croisade en même temps qu'il lèvera son armée contre nous. Il y a une chance, une bonne chance que nous nous retrouverions à armes égales. Si nous n'agissons pas, William, nous nous éteindrons à petit feu, et finirons anéantis par les Sarrasins. C'est la seule manière de convaincre l'Occident qu'il reste de l'espoir, que nous pouvons atteindre l'ennemi, que nous pouvons leur reprendre ce qu'ils nous ont pris.

Guillaume s'assit. Ses yeux brillaient, mais plus de tristesse que de ferveur, semblait-il. Il attendit de s'être calmé, puis il poursuivit :

— J'ai besoin de votre aide, William. D'abord, en amenant ce rouleau à Everard et en lui demandant de le déchiffrer. Quel que soit son contenu, j'ai besoin que vous vous assuriez que le prêtre n'en parlera à personne. J'aimerais ne pas avoir à le faire, mais je n'ai guère le choix.

— Vous avez dit nous. Y a-t-il d'autres hommes qui vous aident ?

— Oui. Mais ils ne comptent pas pour le moment. Si Everard réussit à le déchiffrer, je vous en dirai plus. Le vol de la Pierre aura lieu au printemps de l'année prochaine. J'ai choisi un petit groupe d'hommes pour l'exécuter. J'aimerais que vous meniez l'opération.

— Voilà. C'est notre chance de l'arrêter !

Everard ne quittait pas Will des yeux tandis que celui-ci faisait les cent pas dans sa chambre. À la main, le prêtre tenait le rouleau que le grand maître avait donné à Will.

— Vous auriez dû l'entendre, continua Will d'une voix où éclatait sa colère. Il est tellement convaincu qu'il accomplit l'œuvre divine ! *Notre Terre sainte*, n'arrêtait-il pas de dire. Il ne connaît pas le concept de paix !

— Et toi ? demanda doucement Everard. Avant qu'on te montre un autre chemin ? Avant qu'on t'incorpore à l'Anima Templi ?

Will fixait le prêtre.

— J'aurais tendance à penser que non, reprit Everard. En vérité, même après que tu as appris que la paix entre nos peuples était possible, que des hommes de différentes religions, de différentes cultures, travaillaient à ce but, tu as rechigné, et tu as tenté de tuer notre prétendu ennemi. Était-ce là ta conception de la paix ?

Will déglutit difficilement au souvenir de cet épisode, la peur se lovant au creux de son estomac. Un bref instant, il pensa raconter à Everard ce que Kalawun lui avait dit au Caire. Il ouvrit la bouche, mais Everard reprit la parole et cette idée s'évanouit.

— Ne sois pas trop dur avec lui, William. La compréhension est nécessaire pour que survienne le changement. Tu dois réaliser que Beaujeu, comme beaucoup d'autres, a été amené à croire qu'il vaut mieux que les musulmans, les juifs et quiconque ne suit pas la loi chrétienne. Ils l'ont appris de leurs pères, de leurs prêtres, de leurs camarades et de leurs maîtres. Est-ce étonnant qu'ils y croient ? Comme je te l'ai souvent dit, le changement n'aura lieu que progressivement, il prendra des années. Aujourd'hui, un homme lira peut-être l'un de nos traités et y trouvera quelque chose qui lui donnera à penser et le conduira à comprendre que nous sommes tous les enfants de Dieu, quel que soit le nom dont on L'appelle. Il l'expliquera alors à ses fils et à ses filles, et leur cœur sera moins haineux quand ils auront grandi. L'Anima Templi joue le rôle du médecin, William, nous extirpons peu à peu le poison, génération après génération. Mais nous devons agir lentement, prudemment, ou nous risquons de perdre nos patients. Si ton père n'avait pas été

James, peut-être penserais-tu autrement à l'heure actuelle. Tu serais sans doute tout à fait d'accord avec ce que Beaujeu t'a expliqué.

— Je ne comprends pas, dit Will en s'asseyant sur un siège face au prêtre. Beaujeu a des clercs arabes et je sais qu'il les traite aussi bien que ses serviteurs chrétiens. Et quand nous avons capturé Sclavo, il a fait fermer la taverne et s'est assuré qu'on prenait soin des esclaves qu'il faisait combattre dans l'arène.

— Oui, et certains critiquent même son indulgence vis-à-vis des juifs et des musulmans depuis son arrivée en ville. Ce n'est pas un monstre, ni un idiot. Pour lui, ce n'est pas une question de personne. C'est une question de territoire. La Terre de Dieu, *notre* Terre sainte, comme il l'appelle. Il veut reprendre Jérusalem, William. Comme tant d'autres. Il croit en toute sincérité que Jérusalem appartient de plein droit aux chrétiens. Il ne voit pas que nous avons tous des prétentions équivalentes à ce titre, qu'elle est l'héritage commun de tous les peuples du Livre : l'Ancien et le Nouveau Testaments, ainsi que le Coran. Pour les juifs, elle englobe le site où Dieu a exigé d'Abraham qu'il sacrifie Isaac, là où fut construit le Temple de Salomon, qui abrita l'Arche d'alliance. Pour les chrétiens, c'est l'endroit où Jésus vécut, mourut et ressuscita. Pour les musulmans, c'est de là que Mahomet monta au ciel. Cette terre est sainte pour nous tous, dit Everard avec un air absent, presque triste. Mais d'une certaine façon, nous sommes incapables de nous réjouir de cette concordance, et à la place nous nous bouchons les oreilles et nous couvrons les yeux, et nous trépignons comme des enfants capricieux en nous entêtant à répéter que *c'est à nous, et à personne d'autre*.

— Nous avons la possibilité d'arrêter cette folie, Everard, répondit Will en désignant le rouleau que le prêtre tenait dans ses mains. Il vous suffit de dire à Beaujeu que vous êtes incapable de le déchiffrer.

Everard le regarda quelques secondes sans rien dire.

— Non, finit-il par répondre avec autorité, ce n'est pas la chose à faire. Tu vas lui amener sa traduction et faire exactement ce qu'il veut.

— Pourquoi ? s'insurgea Will, incrédule.

— D'après toi, que se passera-t-il si j'échoue à traduire ce rouleau ? lui demanda Everard en se levant. Leur contact, sans doute celui-là même à qui est adressé ce message, pourrait réapparaître à n'importe quel moment. Ou ils pourraient très bien trouver quelqu'un d'autre pour réaliser cette traduction. Je ne suis pas le seul homme à en être capable.

— Mais ça les retarderait, peut-être même que leur plan s'écroulerait de lui-même.

— Si le grand maître organise toute l'opération depuis deux ans et qu'il a déjà surmonté tant de difficultés, il ne laissera pas ce problème lui barrer la route. Il trouvera une autre façon de parvenir à ses fins. Et s'il est retardé, alors les informations et les détails que nous avons appris grâce à ce rouleau pourraient être modifiés, et alors nous en saurions encore moins qu'aujourd'hui.

— C'est trop dangereux, maugréa Will. Nous devons à tout prix empêcher ce vol.

— Et nous l'empêcherons, le rassura Everard. Tu es convié dans le cercle des proches de Beaujeu. Tu seras au cœur de l'action. Tu es celui qui a le plus de chances de tout arrêter. Beaujeu n'est pas tout seul dans cette histoire. Rien ne sert de couper la partie pourrie de la pomme, mais de laisser le ver à l'intérieur. Nous devons découvrir qui sont les autres, avec qui Beaujeu travaille, qui est l'homme du Caire. Soranzo le savait, et peut-être Angelo Vitturi le sait-il aussi. Tu dois le découvrir.

Le regard d'Everard était braqué sur Will, inflexible. Malgré ses réserves et son incrédulité, celui-ci se sentait aussi un peu ému. Fier. C'était ce qu'il sollicitait de son père, d'Everard et de l'Anima Templi, et même de Beaujeu dans une certaine mesure : qu'ils soient fiers de lui. Maintenant, il avait une chance d'être le héros, d'être celui qui empêcherait cette catastrophe. Will sentit que ce genre de pensée ne devait pas prendre trop d'importance et il essaya de les ignorer, se répétant qu'il ne faisait que remplir son devoir, qu'il agissait pour la bonne cause. Mais une petite voix, séductrice, lui susurrait qu'il pouvait tous les sauver.

Le quartier vénitien, Acre,
8 juillet 1276 après J.-C.

Elwen traversait le quartier à la hâte. Elle sentait la fumée en suspension dans l'air et entendait au loin les cris des hommes qui essayaient d'éteindre des foyers d'incendie, à quelques rues à peine de la maison d'Andreas. Durant les vêpres, quelques hommes s'étaient levés quand le prêtre avait demandé que l'on prie pour ceux dont la propriété avait été brûlée. Ces hommes exigeaient des châtiments en disant que tout le monde savait qui avait allumé le feu. Que c'étaient les Génois. Qu'il était temps de les débusquer, et pour de bon cette fois. Il avait fallu au prêtre déployer toutes les ruses de la diplomatie pour empêcher le vacarme de s'instaurer.

La sangle du sac en cuir qu'Elwen avait jeté sur son épaule lui pinçait la peau tandis qu'elle se dépêchait d'arriver au magasin de la rue de la Soie. Le sac était rempli d'échantillons. Préoccupé par les troubles, Andreas l'avait oublié sur la table de la cuisine. Il en aurait besoin pour un rendez-vous avec un client. Besina lui avait dit de ne pas y aller : Andreas reviendrait le chercher. Mais Elwen savait que ça lui ferait perdre un temps précieux. La soirée tombait et les rues se vidaient rapidement. La chaleur était étouffante.

Alors qu'elle tournait pour entrer dans la rue de la Soie, deux hommes émergeant d'une ruelle vinrent dans sa direction. Ils avançaient sans se presser, à petits pas chancelants. Elwen devina à leur démarche qu'ils étaient saouls. L'un d'eux, l'avisant, prit son compagnon par l'épaule. L'autre leva les yeux et se mit à rire à quelque chose que lui disait son camarade, et qu'Elwen n'entendit pas. Elle avança en cherchant à les éviter.

— Bonsoir, madame, lança l'un des hommes.

Il s'était exprimé en latin plutôt qu'en dialecte vénitien, mais sa voix était si pâteuse qu'elle en devenait presque incompréhensible.

Elwen accéléra sa marche.

— J'ai dit *bonsoir*, madame, répéta l'homme en s'engageant dans la rue.

Elwen le gratifia d'un sourire glacial, puis elle le dépassa.

— J'ai eu un sourire ! beugla l'homme à son compagnon.

— Je crois qu'elle t'aime bien, dit l'autre en titubant pour barrer la route à Elwen.

Tous deux avaient le visage rougeaud.

— Hé, ma bonne, tu m'en fais un, à moi aussi ?

— Je suis pressée, dit Elwen, dont le cœur battait à tout rompre. S'il vous plaît, laissez-moi passer.

— Où est-ce que tu vas ? demanda le premier.

Il avait des épaules larges et arborait une longue barbe noire.

— Il y a un couvre-feu.

— Je le sais, fit Elwen, dont l'angoisse se doublait d'un certain agacement.

Elle essaya de contourner l'homme qui lui faisait face, et qui était plus gros que son ami, avec une bedaine qui pendait par-dessus sa ceinture, des joues grasses et un double menton qui tremblait lorsqu'il parlait.

— Pas si vite, dit-il en faisant un pas de côté.

Elwen s'aperçut qu'il n'y avait personne d'autre dans la rue. Tandis que le gros au regard concupiscent s'approchait d'elle, toute sa témérité s'envola. Elle se mit à hurler. Elle eut tout juste le temps de voir l'expression du gros passer de l'ivresse et de la lubricité à l'état d'alerte. *Il n'est pas du tout saoul*, pensa-t-elle. Puis les mots s'enfuirent au moment où une main, derrière elle, se posa sur sa bouche en étouffant ses cris. Elle se sentit attirée contre la poitrine du barbu, qui la traîna ensuite dans une allée entre deux magasins. La peur l'envahit comme un nuage suffocant alors qu'on retirait le sac de son épaule, la lanière arrachée à son bras.

— Qu'y a-t-il là-dedans ? demanda le barbu, qui la maintenait toujours, une main rivée sur sa bouche, l'autre bras enroulé autour de sa poitrine et l'empêchant de bouger.

Elle se débattait comme une folle mais il était trop puissant. Déjà épuisée par la chaleur, son énergie se dissipait un peu plus à chaque mouvement désespéré. Elle parvint à libérer sa bouche et à pousser un autre hurlement, mais l'homme barbu eut tôt fait de réajuster sa prise. Pendant ce temps, le gros avait ouvert le sac.

— De la soie ! s'exclama-t-il en gloussant, et sans aucune trace d'ivrognerie dans la voix. Ça nous rapportera bien quelques pièces. Après tout, peut-être bien qu'elle nous a à la bonne.

— Je me méfie, répondit le barbu, je trouve qu'elle pourrait être un poil plus gentille.

Le gros eut une expression lubrique et Elwen se cabra, horrifiée, en sentant la main du barbu glisser sur sa poitrine. Tout son être se révoltait face à cette ignominie. Elle se contorsionna et le repoussa, mais c'était le gros maintenant qui s'avançait et elle n'avait pas la force de les arrêter.

— Lâchez-la !

Le gros tourna sur lui-même, cherchant du regard d'où venait cette voix qui semblait sortie de nulle part. Elwen eut l'impression de la reconnaître, mais son esprit terrorisé refusait de faire le lien avec quelqu'un et l'emprise de l'homme dans son dos l'empêchait de tourner la tête. Mais elle vit l'expression du gros se muer en dédain.

— Reste en dehors de ça.

— Je vous ai dit de la laisser tranquille.

Le gros eut un léger rire.

— Ça ne sera pas long, ma bonne, murmura-t-il avant de sortir de son champ de vision.

Elwen entendit un bruit sourd, suivi d'un cri.

— Nom de Dieu ! fit le barbu.

Elwen fut projetée contre le mur d'un magasin et s'écroula au sol, tendant les bras pour amortir le choc tandis que, derrière elle, il y avait un autre bruit de coup et un deuxième cri. Puis elle sentit quelqu'un la saisir sous les aisselles et la remettre debout. Elle se débattit violemment et entendit un grognement quand sa main frappa au hasard.

— Elwen, c'est moi !

Elle fit volte-face et se retrouva devant Garin. En regardant derrière lui, elle vit les deux hommes étendus au sol.

— Est-ce qu'ils sont morts ?

Sa voix était suraiguë.

— Viens, dit Garin en la prenant par le bras.

Elwen se laissa conduire à travers plusieurs rues avant de s'arrêter.

— Non, fit-elle, à bout de souffle, attends.

Elle baissa les yeux sur ses mains égratignées par sa chute dans l'allée et couvertes de sang. Des larmes lui montèrent aux yeux, la violence de cette épreuve finissant par la submerger.

— Tout va bien, la rassura Garin en posant la main sur son épaule. Tu es en sécurité.

Sans réfléchir, elle se blottit dans ses bras, enfouissant son visage dans sa chemise, les mains contre sa poitrine. Garin resta immobile. Elle entendait son cœur battre contre son oreille. Puis elle sentit sa main bouger bizarrement et lui donner une petite tape dans le dos.

— Tout va bien, répéta-t-il.

Il avait l'air embarrassé et Elwen s'écarta soudain de lui.

— Comment le savais-tu ?

— Pardon ?

— Comment savais-tu que j'étais ici ? Qu'est-ce que tu faisais là ?

— Je venais te voir. Je me suis inquiété en voyant la fumée. Je suis allé chez toi et on m'a informé que tu étais parti au magasin. Une fillette m'a dit où te trouver.

— Catarina ? demanda faiblement Elwen.

Garin resta penaud quelques instants.

— Je lui ai dit que je venais du Temple et que j'amenais un message de Will. J'entrais dans la rue de la Soie lorsque j'ai entendu un cri provenant de l'allée. Et je t'ai découverte avec ces hommes. Allez, je te ramène chez toi.

Il la guida dans la rue, la main à nouveau sur son épaule. Arrivés à la maison d'Andreas, ils s'arrêtèrent devant la porte d'entrée.

— Merci, dit Elwen.

Elle avait les yeux rouges et des mèches de cheveux voletaient, libérés de sa coiffe. Garin recula de quelques pas tandis qu'elle se glissait à l'intérieur et refermait la porte. Au bout d'un moment, il repartit. Quand il eut tourné le coin de la rue et qu'il fut hors de portée de la maison, il se dépêcha de suivre le chemin qu'ils avaient emprunté en sens inverse.

Il trouva les deux hommes qui l'attendaient dans l'allée. Le barbu était assis sur une pile de cageots et tenait dans sa main un bout de tissu ensanglanté. Il ne restait plus aucun signe de son ébriété feinte ; son regard était clair, concentré.

— Ce n'était pas la peine de me frapper aussi fort, grogna-t-il d'une voix nasillarde.

— Il fallait que ça ait l'air réel, Bertrand, répondit Garin.

— L'or que tu as promis ferait mieux d'être réel, lui aussi, répliqua Bertrand en tendant la main.

Garin fourra la main dans sa poche et en tira une poignée de besants. Il les compta avec réticence.

— Je croyais que vous m'aidiez parce que votre seigneur vous l'avait ordonné ? s'enquit-il d'une voix pleine d'animosité.

— Le roi Hugues m'a demandé de t'aider à prendre la Pierre, pas à molester des femmes dans des allées, lui rappela Bertrand en grimaçant. Non que ça m'ait déplu, mais quand même, je ne fais gratuitement que ce qu'on m'a ordonné. Pour le reste, tu paies.

— Je trouve que nous devrions avoir une gratification supplémentaire, se plaignit le gros tout en tamponnant son œil poché. Et si elle nous dénonce ? dit-il en regardant Bertrand.

— Elle ne le fera pas, maugréa Garin.

Il était énervé que Hugues ne lui ait laissé que Bertrand et ses soldats. Ils étaient sans doute de bons combattants, mais ils manquaient de subtilité.

— Évitez de venir dans le secteur pendant un moment.

Puis il remarqua le sac en cuir resté au sol.

— C'est ce qu'elle portait ?

Le grassouillet serra le sac contre lui et jeta un regard à Bertrand, qui prit son temps avant de hocher la tête.

— Donne-le-lui, Amaury.

Garin attrapa le sac qu'Amaury lui lançait, après quoi il entreprit de le fouiller, mais il ne contenait que des bandes de soie chatoyante. Il en sortit deux morceaux, en laissant trois à l'intérieur.

— Tenez, dit-il en les jetant à Bertrand. Votre gratification.

Bertrand récupéra la soie et en passa un morceau à Amaury.

— Est-ce qu'elle t'a cru ?

Garin acquiesça tout en nouant la sangle déchirée du sac. Même si Elwen demandait à Catarina s'il était venu à la maison avec un message urgent de la part de Will, son histoire serait corroborée.

— Et maintenant ? demanda Bertrand tandis qu'ils s'éloignaient. Crois-tu vraiment qu'elle va courir te prévenir dès que son chéri sera revenu et te raconter tout ce qu'elle sait ?

— Non, fit calmement Garin en passant le sac sur son épaule. Mais elle me fait confiance, maintenant. C'est de ça que j'ai besoin.

La citadelle, Le Caire,
21 août 1276 après J.-C.

Kalawun étouffa un bâillement. L'air était lourd dans la salle du trône où siégeait le conseil, et cela faisait des heures qu'ils étaient penchés sur des cartes de l'Anatolie et des frontières.

— C'est un point faible, fit remarquer Baybars à Ishandiyar.

Il désignait une partie de la carte qui dépassait de la table, le doigt pointé sur une zone marquée en noir, au nord d'Alep.

— Nous pouvons laisser l'équipement lourd à Alep et lancer une attaque sur les terres de l'Ilkhan. Une fois la base de son territoire mise sous notre coupe, notre infanterie pourra suivre avec les vivres. Nous devons progresser par étapes ou nous risquons d'être désunis.

Ishandiyar et plusieurs autres généraux donnèrent leur accord. Kalawun tendit la main vers une coupe de cordial et porta à ses lèvres la liqueur douceâtre et rafraîchissante. Il regardait Baybars et les hommes discuter. À la suite de l'exécution brutale de Mahmud, les choses avaient brusquement changé à la cour. Il n'y avait pas eu d'autres attaques contre le sultan et tous ceux qui s'étaient auparavant opposés à sa décision de se concentrer sur les Mongols plutôt que sur les Francs avaient réintégré d'eux-mêmes les rangs. La campagne désormais lancée, sans obstacle pour l'entraver, Baybars s'était apaisé et avait réaffirmé sans difficulté son rôle de stratège, un rôle qu'il jouait toujours à merveille.

Alors que Kalawun reposait la coupe sur la table, il vit une lumière s'allumer et s'éteindre sur le mur derrière le trône. Si son regard n'avait pas été tourné dans cette direction, il ne l'aurait pas vu, si infime et bref était le mouvement : un simple tremblement de fantôme. Ses yeux remarquèrent une légère fissure dans les murs blanchis à la chaux, avec une partie plus sombre à l'endroit où elle s'élargissait. La lumière scintilla de nouveau. En même temps qu'il fixait la fissure, Kalawun pouvait presque sentir le regard de Khadir braqué sur lui.

Après son implication dans le complot de Mahmud, Khadir avait perdu la confiance de Baybars. Il passait maintenant le plus clair de son temps caché dans le mur, à écouter les conseils de guerre, et Kalawun supposait qu'il chercherait tôt ou tard à regagner les faveurs de Baybars en lui fournissant des informations et des conseils qu'il n'aurait pas pu connaître à moins de les prophétiser. Mais Baybars ne s'y trompait pas.

Pendant que Khadir essayait de regagner l'attention du sultan, Kalawun avait effectué des recherches. Dès que William Campbell lui avait parlé de l'implication d'un chiite du Caire, Kalawun avait été certain de l'identité du traître. Khadir était un ancien Assassin, un chiite ismaélien, dont on ne connaissait ni l'origine ni la famille, et qui, de son propre aveu, avait déjà comploté pour relancer la guerre contre les chrétiens.

Et bien sûr, il y avait Aisha.

Depuis la mort de sa fille, Kalawun avait l'impression qu'un trou le traversait de part en part. La seule chose qui comblait tant soit peu ce puits de douleur, c'était son désir de revanche. L'enquête autour de sa mort n'avait abouti à rien et, pour tout le monde, la vie avait repris son cours normal. Kalawun avait même entendu Nizam presser Baybars de trouver une autre femme à leur fils. Mais Baybars, au soulagement de Kalawun, avait refusé d'y réfléchir avant la fin de la campagne d'Anatolie, quand une période convenable de deuil serait passée.

Kalawun avait commencé à chercher dans la vie de Khadir le lendemain du départ de Campbell, mais il avait trouvé bien peu de choses. Après son expulsion de l'ordre des Assassins, la rumeur voulait que Khadir ait été ermite un certain temps, vivant dans une grotte au Sinaï, mais il était impossible de trouver quelqu'un pour le confirmer. Kalawun refusait cependant de s'avouer vaincu. Il devait y avoir des réponses quelque part.

— Sultan.

Un officier mamelouk était apparu sur le seuil.

— Qu'y a-t-il ? fit Baybars. J'ai dit que je ne voulais pas qu'on me dérange.

— Je vous demande pardon, maître, mais j'ai pensé que c'était important. Il y a un homme qui veut vous voir, un messager du Jabal Lubnan. Il dit qu'il vient de la part des Assassins.

Le front de Baybars se plissa.

— Faites-le entrer, dit-il finalement.

L'officier disparut.

— Maître, intervint l'un des généraux, est-ce prudent ? Un Assassin ?

Baybars ignora l'avertissement et regarda un homme vêtu d'une cape poussiéreuse pénétrer dans la pièce. Quelques-uns des généraux se levèrent, la main sur le pommeau de leur sabre. Quatre Bahrites, qui s'étaient jusque-là tenus de part et d'autre du trône, s'avancèrent en pointant leur arbalète vers l'étranger. Le messager les regarda, puis il jeta un regard circulaire jusqu'à ce que son regard croise celui de Baybars.

— Sultan ?

N'obtenant pas de réponse, il tendit un rouleau.

— Je vous apporte un message de la part des Assassins.

— Pourquoi n'est-il pas passé par l'intermédiaire de mes lieutenants ? l'interrogea Baybars d'une voix impérieuse.

— Il vient des Assassins de la forteresse près de Qadamus, qui s'opposent toujours à vous, expliqua le messager.

Baybars toussa.

— Lisez ce qu'il dit.

Le messager brisa la cire du rouleau.

— Sultan Baybars d'Égypte, vous prenez la vie de nos hommes. Aujourd'hui, nous détenons l'un des vôtres. L'officier Nasir, que vous avez envoyé nous espionner, a été capturé, et ses hommes tués. En échange de sa liberté, nous exigeons dix mille besants. La moitié sera donnée à l'homme porteur de ce message, l'autre au retour de votre officier. Si vous refusez ces termes, votre homme mourra.

— Dix mille ! s'indigna Yusuf en se levant. C'est ridicule. Maître, vous ne pouvez pas sérieusement envisager de payer une telle somme. Et pour commencer, que faisait cet officier là-bas ? Qui espionnait-il ?

Baybars jeta un regard à Kalawun.

— C'est moi qui l'y ai envoyé.

Au bout d'un moment, il se tourna vers le messager.

— J'accepte les termes.

La fissure derrière le trône laissa transpirer un chuintement sinistre, inaudible pour les hommes qui se trouvaient dans la pièce.

DEUXIÈME PARTIE

24

Le palais royal, Acre

17 février 1277 après J.-C.

Les yeux de Garin étaient fermés. Il transpirait à grosses gouttes, et les draps étaient trempés. Le charbon dans le brasero rougeoyait et les rideaux étaient tirés devant les fenêtres pour interdire l'accès au soleil et à l'air. La faible lumière du feu jouait sur le torse nu de Garin pendant qu'il dormait, les paupières agitées d'une légère palpitation. La douce odeur du qannob, qu'il avait inspiré plus tôt, s'était répandue dans l'atmosphère stagnante de la chambre, se mélangeant avec les encens d'ambre gris et d'aloès qu'il brûlait par habitude, dans un effort inutile pour camoufler l'odeur éloquente de la drogue.

Il était assis avec sa mère sur le gazon, devant leur vieille maison de Rochester. C'était l'été, l'herbe desséchée et brunie en témoignait. Des sauterelles stridulaient et sautillaient dans les futaies. La chaleur semblait pétrifier l'air en une masse poisseuse l'emprisonnant comme un insecte dans l'ambre. Sa mère parlait. Entre ses mains, Cecilia tenait un livre relié en vélin ouvert sur ses genoux. Ses cheveux blond argenté cascadaient dans son dos comme une fontaine, plus lisse qu'il n'était possible, en suivant la courbe de ses épaules maigres et osseuses. Ses lèvres bougeaient, mais aucun son n'en sortait. Tandis qu'il l'écoutait, une perle de sueur translucide coula lentement le long de son cou diaphane. Il la suivit des yeux pendant qu'elle glissait entre ses seins et disparaissait dans le décolleté de sa robe crème. Dans son sommeil, Garin poussa un grognement et serra le drap.

La lumière déclinait et les ombres les environnaient. Garin se retourna et vit des nuages s'amonceler à l'est, comme des tours noires s'élevant à l'horizon. Les futaies avaient disparu et la terre s'étirait devant lui à l'infini. Il n'y avait rien entre la tempête et lui. Elle avançait très vite, prenant toujours plus de vitesse. Il sentait le magnétisme de l'air autour de lui, le goût du métal et de la destruction. Il se retourna vers sa mère en criant son nom. Elle n'était plus là. À sa place se tenait Elwen. Ses yeux verts le fixaient, remplis de ténèbres, alors que la tempête se déchaînait pour les engloutir.

Garin fut tiré de son cauchemar par des coups répétés. Désorienté, il se redressa, peinant à retrouver une vision claire. Son cœur palpitait et un goût désagréable avait envahi sa bouche. Les coups venaient de la porte. Lançant ses jambes hors du lit, il se leva en chancelant. Sous ses pieds nus, le carrelage lui parut glacial quand il traversa la chambre pour ouvrir la porte. Deux hommes se trouvaient là. L'un était un garde du palais, mais Garin le remarqua à peine, toute son attention se portait sur le deuxième homme, à la vue duquel la confusion où l'avait plongé la drogue s'évanouit en une convulsion de surprise et de déplaisir. L'homme portait une cape bleue zébrée de roux : la livrée des messagers personnels du roi Édouard. Dans ses mains, il portait un rouleau.

— Cet homme s'est présenté en demandant à vous voir, sire de Lyons.

Le garde jeta au messager un regard revêche, avant d'adresser le même à Garin.

— Il dit qu'il a un message urgent d'Angleterre et qu'il doit vous le porter en main propre. Il refuse de partir tant que ce ne sera pas fait.

Ignorant l'irritation du garde devant son irruption, le messager tendit le rouleau à Garin, qui le prit avec une appréhension de plus en plus forte. Sans un mot, le messager fit demi-tour et laissa le garde l'escorter dehors. Garin ferma la porte et s'adossa au chambranle, appréciant la fraîcheur du bois sur sa peau couverte de sueur. Le cœur battant incroyablement vite, il brisa le sceau. Ses yeux survolèrent avec impatience les salutations laconiques et allèrent directement à la première ligne.

C'est avec excitation que j'ai reçu ta lettre à la Tour au mois d'octobre, mais sa lecture m'a fait comprendre que mes espoirs étaient prématurés et son contenu m'a laissé en proie à une vive déception.

Garin alla jusqu'à la table et s'empara d'une coupe de vin déjà à moitié vide. Il la termina d'une traite, mais la boisson augmenta sa nausée et il se força à poursuivre la lecture de la lettre.

J'étais certain de t'avoir envoyé en Acre avec des instructions claires et simples. Mais il semble qu'il était malavisé de placer ma confiance en toi. Dans ta lettre, tu fais régulièrement référence au fait que tu t'es assuré de l'usage du royaume de Chypre comme base pour la croisade que j'ambitionne, j'imagine dans le but de détourner mon attention de tes échecs. La raison principale de ton voyage consistait à me procurer ce dont j'ai un besoin urgent : non une base pour une guerre future, mais des fonds pour des batailles plus immédiates. Tu dis n'avoir acquis que la moitié de ce que le roi a promis de payer et, si je veux bénéficier de sa générosité, il me faut supplier le pape de révoquer la vente prévue des droits à la couronne de Jérusalem. Je ne pensais pas avoir à en faire autant pour cet argent, d'autant que je n'ai pas encore vu le moindre sou. Maintenant, me voilà obligé d'envoyer un émissaire à Rome, et tout cela parce que tu as perdu ton pouvoir de persuasion. Le roi Hugues a grand besoin de mon soutien, c'est pourquoi il m'a imploré de l'aider en premier lieu. Je suis certain qu'un peu plus d'enthousiasme de ta part aurait permis d'obtenir sa pleine et entière gratitude. Ce n'est d'ailleurs pas la seule mission qui reposait entre tes mains et à laquelle tu as failli. En ce qui concerne nos amis du Temple et leur refus d'accéder à mes requêtes répétées, je suis particulièrement mécontent.

À la réception de cette lettre, tu informeras le roi Hugues que j'ai dépêché un émissaire à Rome et il te faudra le convaincre de tenir sa promesse. Ensuite, tu porteras ton attention vers Everard et ses disciples égarés. S'ils persistent à refuser de se soumettre à mes demandes, tu leur rappelleras que le crime d'hérésie est puni par la mort et que si, par quelque dessein malencontreux, leurs blasphèmes étaient divulgués, je ferais en sorte d'être assis au premier rang le jour de leur jugement et de leur exécution. L'heure n'est plus à la subtilité. Je ne laisserai pas des idiots et des fantaisistes ruiner mes plans.

Une fois en possession de ces sommes, tu reviendras sur-le-champ me trouver. Tu seras alors récompensé comme il se doit pour ta loyauté, ou bien tu seras puni pour y avoir manqué.

Garin ravala la boule amère qui s'était formée au fond de sa gorge et s'approcha du lit, sur lequel il jeta la lettre, désormais couverte de sa sueur. Posant ses mains sur la paillasse, il ferma les yeux, agité par des émotions multiples. D'abord, la peur, puis la colère, et enfin l'impuissance. Il avait presque eu l'impression d'entendre Édouard prononcer ces mots du ton glacial et méprisant qui lui donnait le sentiment d'être un imbécile, un moins que rien. Ainsi plongé dans ses pensées, Garin n'entendit pas la porte s'ouvrir derrière lui. Il ne fut ramené à la réalité que par la main pesante qui se posa sur son épaule. Se retournant, stupéfait, il reconnut le visage grimaçant de Bertrand.

— Qu'est-ce que tu fais ici ? cracha-t-il, la colère devant cette intrusion faisant disparaître le choc reçu à la lettre d'Édouard. Ce sont mes appartements privés.

— Ce sont les appartements privés du *roi* Hugues, rectifia Bertrand d'un air bourru.

Il passa ses pouces dans sa ceinture, cette pose donnant l'impression qu'il était encore plus grand et plus athlétique.

— Il faut qu'on parle.

— À quel propos ?

Les sourcils de Bertrand s'arquèrent.

— Cela fait des semaines que nous avons reçu des nouvelles et tu ne fais rien.

Son air renfrogné s'accentua en voyant Garin soupirer et fermer les yeux.

— Tu as donné ta parole à mon roi. Vas-tu t'en dédire ?

Les yeux de Garin se rouvrirent en entendant le ton menaçant de Bertrand.

— Non. J'ai donné au roi Hugues ma parole que je m'assurerai la possession de la Pierre afin qu'il puisse la rendre aux Sarrasins et j'y travaille. Rien n'a changé.

— Rien n'a changé ? s'esclaffa Bertrand. Cette merde que tu n'arrêtes pas de prendre a dû te détraquer le cerveau. La vente est terminée. Comprends-tu ce que ça signifie ?

Garin referma les yeux. Il sentait la pression monter derrière les paupières. Le message du roi Hugues était arrivé un mois plus tôt, les prévenant que Charles d'Anjou avait acheté les droits au trône. Il avait été porté au bailli que Hugues avait fini, malgré ses réticences, par désigner comme son représentant en Acre après les supplications répétées des nobles de la Haute Cour suite aux violences de l'année passée. Le bailli, un homme du nom de Balian d'Ibelin, avait annoncé la mauvaise nouvelle à la cour. Deux jours plus tard, Garin avait reçu de Hugues une lettre personnelle lui disant qu'il comptait sur lui pour l'aider à reconquérir sa couronne et que, s'il y parvenait, il promettait d'honorer l'accord conclu avec Édouard. Voyant que Bertrand lorgnait sur la lettre d'Édouard, Garin s'en saisit et la froissa dans son poing. L'émissaire d'Édouard n'avait pas pu convaincre le pape, ou bien il était arrivé trop tard pour empêcher la vente. Quoi qu'il en soit, ça n'avait plus d'importance. S'il arrivait à s'emparer de la Pierre, il pourrait livrer à Édouard bien plus que quelques sacs d'or : il lui offrirait la Ville sainte elle-même.

— Ce n'est pas moi qui dérobe la Pierre, dit-il en se tournant vers Bertrand. Nous ne pouvons rien faire tant que le vol n'aura pas eu lieu. Quand ce sera le cas, nous serons prêts. Que veux-tu que je te dise ? Tu connais le plan.

— Tout ce que je sais, c'est que tu as passé les huit derniers mois à suivre cette fille. Et pour quel résultat ?

— Comme je ne cesse de te le répéter, dit Garin en parlant avec une lenteur délibérée, comme s'il expliquait quelque chose de très complexe à un enfant, Elwen est notre meilleur moyen d'obtenir l'information dont nous avons besoin.

Il s'approcha d'un des braseros et jeta la lettre d'Édouard sur les charbons, où elle s'enflamma immédiatement.

— Pourquoi est-ce que ça prend autant de temps ? maugréa Bertrand, pas le moins du monde satisfait de ces explications. Quand nous avons monté cette histoire dans l'allée, tu as dit qu'elle te faisait confiance, qu'elle parlerait. C'était il y a sept mois. Nous n'avons pas de temps à perdre.

— Je ne peux risquer d'éveiller ses soupçons et je ne veux pas attirer l'attention de Will. Il croit que je suis resté en Acre pour m'occuper des affaires du roi Édouard, mais ça ne le ravit guère et je sais qu'il a essayé de la persuader de ne pas me parler. Heureusement, elle ne l'a pas écouté, mais plus je me fais discret, moins il s'inquiétera, ce qui signifie que je dois choisir les moments où je vois Elwen et lui soutirer ce dont j'ai besoin avec précaution.

Garin soupira à nouveau en voyant Bertrand le fixer benoîtement. L'homme était un soldat des pieds à la tête. Vous lui pointiez la direction d'une bataille ou l'envoyiez tenir un poste de garde et le travail serait fait, mais si vous attendiez de la ruse et de la finesse, mieux valait chercher ailleurs. Garin s'était vite senti frustré par son manque d'imagination et il ne lui donnait plus maintenant que les quelques détails que ses hommes et lui avaient besoin de connaître. Le reste – la mise au point de la stratégie –, il l'avait fait lui-même en consultant des cartes du Hedjaz et les routes menant à La Mecque, et en s'assurant les services d'un guide. Il préférait procéder ainsi. Et jusqu'à maintenant, tout s'était déroulé comme prévu.

Quand Will était revenu du Caire l'été précédent, Elwen et lui avaient fini par se réconcilier. Inquiet à l'idée qu'Elwen ne pardonne pas au chevalier ses tromperies, Garin l'avait poussée dans ce sens en la persuadant que Will avait essayé de la protéger en lui épargnant tout ce qui concernait l'Anima Templi. Tous deux semblèrent bientôt en revenir à leur manière d'être habituelle, à cette différence que Will, à la grande satisfaction de Garin, parlait plus ouvertement à Elwen maintenant qu'elle était au courant de ce qu'il tramait en réalité au Temple. Ses propres retrouvailles avec Will avaient été un peu moins harmonieuses.

Quelques jours après le retour en Acre du chevalier, ayant découvert ce qu'Elwen avait appris en son absence, Will était venu trouver Garin en lui demandant d'un air furieux pourquoi il lui avait parlé de l'Anima Templi et de sa tentative d'assassinat sur Baybars. Garin avait feint le remords, puis l'indignation offensée, en expliquant qu'il n'aurait rien dit de tout cela si Will s'était présenté à la rencontre prévue entre eux. Comme personne n'avait été clair sur ses intentions ou même sur la durée de son absence, il n'avait eu d'autre choix que d'essayer une approche directe pour tenter de découvrir la raison de sa disparition. Et comment pouvait-il savoir que Will n'avait jamais parlé à Elwen de ce qu'il faisait en réalité au Temple ? La conversation prit fin de manière abrupte lorsque Will l'informa froidement qu'Everard répondait par la négative aux demandes de fonds supplémentaires d'Édouard avant de lui conseiller de repartir le plus tôt possible pour Londres avec les excuses du prêtre.

— Ne t'inquiète pas, dit Garin à Bertrand. Le moment venu, Elwen nous donnera ce dont nous avons besoin. Nous avons déjà appris quand le vol aura lieu et quand le groupe qui s'en chargera est censé partir.

— Nous avons aussi appris que votre ancien ami, Campbell, fera partie de ce groupe et, comme vous me l'avez dit, il pourrait bien tenter d'empêcher le vol. Qu'est-ce que vous comptez faire de lui ? Et en savez-vous davantage sur les détails de l'opération ? Le nombre d'hommes qui y participeront ? Leur plan d'attaque ?

— Nous ne savons pas si Will essaiera d'empêcher le vol ! s'exclama Garin avec irritation.

Il se sentait cerné, coincé de tous les côtés, par Édouard, par Hugues, par Bertrand.

— En toute sincérité, je ne vois pas bien comment il y parviendrait si Beaujeu donne à tous les autres hommes l'ordre de s'emparer de la Pierre. Tel que je le connais, Will essaiera plutôt de rendre lui-même la Pierre aux Sarrasins, fit pensivement Garin, la lèvre déformée par une grimace. Comme ça, il pourra jouer les héros. Mais nous ferons en sorte que ça n'arrive pas. Quant aux détails, il faut être patient.

Du pied, il tira son pot de chambre de sous le lit.

— Maintenant, laisse-moi. Je veux m'habiller.

Les yeux de Bertrand s'embrasèrent de colère.

— J'en ai plus qu'assez que tu te prennes pour le seigneur dans son château, menaça-t-il. Tu vis là comme un porc dans la fange, et tu me donnes des ordres comme un petit roitelet. Tu es ici pour un travail, tout comme nous autres. Et je te jure devant Dieu que je vais faire en sorte que tu l'accomplisses.

Il s'approcha de Garin avec l'intention de l'obliger à le regarder, mais il n'en eut pas l'occasion. Garin fit volte-face et attrapa son poignet tandis que, de l'autre main, il saisissait Bertrand à la gorge. Puis il accula contre un mur le soldat, qui grognait en haletant.

— Ne me *touche* pas, prononça lentement Garin d'une voix implacable.

Bertrand fixa les yeux bleus impénétrables et il crut y déceler, tout au fond, une lueur féroce, presque démente. Il avait l'impression de regarder dans les yeux un animal trop souvent battu et retourné à l'état sauvage.

— D'accord, l'apaisa-t-il d'une voix étranglée. D'accord.

Garin desserra son étreinte et recula, mais il restait prêt à attaquer de nouveau si le besoin s'en faisait sentir. Un son métallique résonna dans le silence, bref et impérieux. L'expression de Bertrand changea du tout au tout et il quitta Garin des yeux pour se précipiter vers la fenêtre, heurtant au passage une coupe vide. D'un coup sec, il tira les rideaux.

— Qu'est-ce que c'est ?

les Templiers. Le consul de Venise soutient cette décision, de même que le Temple. Ils ont juré allégeance au roi Charles et ils m'aideront par tous les moyens à obtenir la place à laquelle j'ai droit.

Balian regarda les Templiers.

— Le grand maître de Beaujeu est prêt à lever les armes contre moi ? Contre le bailli de cette ville ?

San Severino répondit à leur place :

— Il le ferait.

Balian tourna les yeux vers ses conseillers. Tête basse, la plupart d'entre eux faisaient grise mine. Bertrand et sa compagnie le fixaient sans ciller, mais Balian les regarda à peine et reporta son attention sur San Severino sans les remarquer.

— Dans ce cas, il semble que je n'aie guère le choix, dit-il d'une voix placide.

Il perçut en revanche, sur le visage des hommes assemblés autour de lui, le choc que produisit cette déclaration.

— Que puis-je faire d'autre ? demanda-t-il d'une voix impuissante, mais personne ne lui répondit. Baissez vos armes, ordonna-t-il finalement, obéissez à votre nouveau maître.

Bertrand fut le dernier à baisser son épée. Tandis que le comte Roger de San Severino avançait et que ses hommes désarmaient le capitaine et ses hommes, il balaya du regard l'assemblée et aperçut Garin. Avant d'abandonner son arme et de reculer avec Amaury, il eut une expression farouche. Garin les regarda s'en aller, puis il se glissa dans l'escalier et disparut à son tour avant que San Severino n'essaie de le désarmer.

Un peu moins d'une heure plus tard, les hommes de San Severino grimpèrent sur les toits du palais, où le drapeau du roi Hugues flottait à un poteau. Ils se mirent à plusieurs pour retirer le poteau de sa fixation et le poser avec précaution sur le toit, puis ils y hissèrent la bannière de Charles d'Anjou et redescendirent par la tour en traînant derrière eux le drapeau informe du roi de Chypre. La bannière avec les croix dorées et les fleurs de lys flottait fièrement, avec un air de défi, au-dessus de la ville d'Acre. Charles d'Anjou, le plus grand allié du Temple, tenait maintenant l'Outre-mer entre ses mains. L'équilibre du pouvoir était encore une fois bouleversé.

Le Temple, Acre, 20 février 1277 après J.-C.

Will regarda Guillaume de Beaujeu dérouler la carte sur la table. Debout à la gauche du grand maître, Zaccaria posa une coupe sur le parchemin pour qu'il cesse de se replier.

— C'est la seule carte que Zaccaria a pu se procurer qui indique les environs du Hedjaz et de La Mecque elle-même. Voici al-Ula, fit Guillaume en désignant une partie dans le coin droit de la carte, vous y retrouverez Kaysan à la mosquée, comme convenu. Vous laisserez votre guide au village et vous rendrez jusqu'à La Mecque avec les chiites.

Will jeta un regard circulaire autour de lui tandis que le grand maître poursuivait son exposé. Les visages de Zaccaria, Carlo, Alessandro et Francesco étaient graves, leurs regards, rivés à la carte, suivaient le doigt de Guillaume leur indiquant les étapes. Le seul à ne pas écouter avec attention les explications du grand maître était Robert de Paris. Quand Will croisa son regard, ce dernier lui fit un signe d'entente. Will détourna le regard.

— D'après ce que nous avons pu apprendre, le voyage d'al-Ula à La Mecque devrait prendre une quinzaine de jours, peut-être plus. Nous n'avons aucun moyen de savoir comment Kaysan vous emmènera jusque-là et sous quel déguisement il vous fera entrer dans la ville, mais il nous faut espérer que ce sera assez efficace pour tromper les soldats mamelouks qui surveillent la route. Nous avons choisi le mois précédant le grand pèlerinage des Sarrasins parce que la route et la ville seront plus tranquilles à ce moment-là, il y aura moins de marchands et peu de pèlerins, la plupart d'entre eux attendant le hadj à cette époque de l'année. Ça ne donnera que plus de poids à la disparition de la Pierre, qui gâchera leur pèlerinage.

La voix de Guillaume était pâteuse. Il se racla la gorge et prit l'un des gobelets disposés devant lui sur la table.

— Mais ça signifie aussi que les groupes empruntant cette route seront plus visibles et peut-être soumis à davantage de contrôles.

Pendant que le grand maître parlait, Will pensait au message qui devait suivre son chemin le long de la côte. Il devrait atteindre Le Caire d'ici quelques jours, espérait-il. Craignant plus que tout de divulguer leur secret, il n'avait pas voulu prendre le risque d'exposer tout en détail dans une lettre et il s'était contenté de rassurer Kalawun en lui disant que l'opération avait bien lieu mais que le vol serait empêché. Mais en écoutant le grand maître, il sentait ses propres doutes s'accroître et son assurance lui paraissait presque excessive eu égard à l'épreuve qu'elle allait traverser.

Guillaume, quant à lui, ne semblait pas partager son appréhension. Il termina son discours et leva les yeux vers Zaccaria et Will.

— Mais j'ai foi, mes frères, en votre capacité à venir à bout des difficultés qui pourraient survenir.

Il passa le doigt sur un grand cercle en bas à gauche de la carte, entouré d'inscriptions arabes. Will pencha la tête et réalisa qu'il s'agissait de louanges à Allah. Elles décrivaient la ville sainte de La Mecque. Un cercle avec un point noir en son centre représentait la Grande Mosquée et la Ka'ba.

— La Pierre noire est enchâssée dans un des murs de la Ka'ba. Pour ce que l'on en sait, elle n'est maintenue en place que par un ruban d'argent, donc elle ne devrait pas être trop difficile à enlever.

— Est-ce que nous aurons de quoi la transporter ? demanda Will.

— Sur le chemin d'al-Ula, vous serez de nouveau déguisés en marchands chrétiens. Cette fois, vous transporterez des marchandises. Des épices, dans des paniers portés par les chevaux. L'un de ces paniers sera assez large pour la contenir.

Guillaume les scruta les uns après les autres, son regard s'attardant un peu plus sur Will que sur les autres. Will remarqua qu'il avait l'air fatigué, las.

— Avez-vous des questions ?

Personne ne répondit, et Guillaume hocha la tête d'un air satisfait.

— Très bien. Vous partez dans cinq jours. D'ici là, reposez-vous autant que possible. Le voyage sera exténuant.

Will, Zaccaria et les autres s'inclinèrent, puis se dirigèrent vers les portes. Mais Guillaume les rappela, et les six chevaliers tournèrent la tête.

— Vous savez pourquoi vous allez faire ça ?

Zaccaria regarda Will pour lui demander de répondre en leur nom à tous. Will croisa le regard interrogateur du grand maître.

— Pour sauver la Chrétienté, maître.

— Pour sauver la Chrétienté, lui fit écho Guillaume. Souvenez-vous-en au cours de votre voyage, quelles que soient les circonstances. Souvenez-vous des serments que vous avez faits. Que Dieu vous assiste et vous bénisse.

Will fut le dernier à quitter les appartements du grand maître. Dehors, Robert de Paris l'attendait au coin du couloir. Le chevalier fit un pas dans sa direction.

— Il faut qu'on parle.

— Allons dans mes appartements. Ce sera bientôt l'heure du souper. Ils seront vides.

Ils traversèrent les bâtiments de la commanderie et arrivèrent aux quartiers des chevaliers. Le dortoir, que Will partageait avec quatre autres chevaliers, commandeurs eux aussi, était à l'étage le plus élevé et il était plus spacieux que la plupart des autres appartements. Comme Will l'espérait, l'endroit était désert.

— Je n'arrive pas à croire ce qui se passe. Comment est-ce possible ?

Will ferma la porte derrière eux et regarda Robert marcher jusqu'à la fenêtre. Le chevalier appuya ses mains sur le rebord. Sa bonne humeur habituelle s'était évanouie. Elle avait cédé la place à une anxiété palpable. Will ne l'avait jamais vu dans cet état. Savoir que c'était lui qui avait mis son ami dans cette position, qu'il en était responsable, le rendait mal à l'aise.

Everard et lui avaient eu cette idée en même temps. Ce que devait accomplir Will était déjà assez difficile avec Zaccaria et les autres l'observant sans cesse, mais ce serait encore plus dur s'il devait l'accomplir seul. Pour finir, après des discussions enflammées, ils avaient décidé que Robert participerait. Après qu'ils eurent expliqué au chevalier ce que le grand maître ourdissait et comment ils pouvaient l'en empêcher, il ne restait plus à Will qu'à persuader Beaujeu de le laisser se joindre au groupe. Robert avait déjà été impliqué dans une certaine mesure, avec la capture de Sclavo et le convoi du message à Kaysan, et Will avait expliqué à Beaujeu qu'il connaissait le chevalier depuis qu'il avait quatorze ans et qu'il n'y avait personne au monde en qui il eût plus confiance pour surveiller ses arrières.

— Je ne comprends toujours pas pourquoi le grand maître fait ça, reprit Robert. Il vient de signer notre arrêt de mort. Un arrêt de mort pour chaque chrétien de l'Outre-mer.

— Il pense que c'est le seul moyen de nous sauver, fit Will en le rejoignant près de la fenêtre. Il sait que l'Occident ne soutiendra pas une nouvelle croisade, à moins de lui fournir de bonnes raisons. L'endoctrinement ne marche plus comme avant. Il faut au peuple des desseins précis pour qu'il se rallie à une bannière. Beaujeu considère le vol de la Pierre noire comme une punition pour celui de la Vraie Croix. Il croit que c'est ainsi que le verra l'Occident.

— Tu crois vraiment que les monarques lanceraient une croisade si nous le faisions ?

— Je ne sais pas, dit Will en soupirant. Peut-être. Grâce à sa position et à ses liens avec la maison royale de France, Beaujeu dispose de beaucoup d'appuis. Je sais qu'il est en discussion avec le roi Édouard et, bien sûr, Charles d'Anjou. Maintenant qu'il a pris le contrôle de l'Outre-mer, il pourrait bien jouer un rôle plus actif dans sa libération.

Tandis que Robert laissait pendre sa tête en la secouant, Will posa la main sur son épaule.

— Je suis désolé. Je n'aurais peut-être pas dû t'embarquer là-dedans.

Robert leva les yeux vers lui.

— J'essaie simplement de tout digérer, Will. Tu as eu des mois pour y réfléchir. Moi, ça ne fait que trois jours que je suis au courant, dit-il avec un rire avorté. Je vaquais à mes occupations et mon seul souci était de savoir si je prendrais du chevreau ou du sanglier au souper, l'instant d'après on m'envoie à des centaines de kilomètres à travers un désert hostile pour voler la plus sainte des reliques au nez et à la barbe de nos ennemis, dans une ville où les chrétiens n'ont même pas le droit de poser le pied.

Il poussa un bref soupir.

— Je crois que je vais prendre du chevreau, ajouta-t-il en souriant.

— Je t'en aurais volontiers parlé plus tôt, mais Everard et moi voulions garder le secret le plus longtemps possible. Moins il y a de gens au courant, mieux c'est.

— Je le comprends bien, mais il n'est plus temps de rester dans l'ambiguïté. J'y suis jusqu'au cou, maintenant, et sous les ordres du grand maître, pas moins. J'ai besoin de tout savoir. Tu peux commencer par me raconter comment Everard et toi avez bien pu vous retrouver dans cette… trahison.

Will voulut prendre la parole mais il ne le laissa pas faire.

— C'est bien de ça qu'il s'agit. Et nous serons punis pour trahison si le grand maître nous perce à jour. Je sais qu'il m'arrive d'enfreindre la Règle de temps à autre, je ne dis peut-être pas *tous* mes Notre Père, il m'arrive de croiser une fille au marché et de penser à elle pendant un sermon, ou de me couper une part de fromage un peu trop grande au souper. Mais je n'ai jamais désobéi à un ordre direct d'un de mes supérieurs, même si j'étais en désaccord. Vous allez à l'encontre du grand maître du Temple et vous me demandez de me ranger à vos côtés.

— Tu sais quelles seront les conséquences si nous n'agissons pas. Tu l'as dit toi-même. La mort de chaque chrétien en Outre-mer. Je ne peux pas tout te dire, et en tout cas pas la façon dont Everard et moi-même avons tout découvert. Pas encore. Nous n'en avons pas le temps et ce n'est pas ce qui importe pour le moment. Mais je peux te dire comment nous y mettrons un terme.

— Comment ?

— Avec une copie de la Pierre.

Robert plissa le front d'un air songeur.

— Une copie ?

— Depuis que nous sommes au courant de ce projet de vol, Everard a étudié tous les textes, tous les dessins, toutes les descriptions possibles à la fois de la Ka'ba et de la Pierre noire elle-même. Il a même parlé avec des musulmans qui ont fait leur pèlerinage et qui les ont vues de leurs propres yeux, en prétendant écrire un traité sur les reliques saintes. Après cela, le seul problème a été de trouver une pierre avec les mêmes dimensions et les mêmes caractéristiques. Elle n'est pas très grande, donc nous n'aurons pas trop de mal à la dissimuler durant le voyage. Nous l'avons enduite de poix et laquée pour produire le bon effet. En apparence, la vraie relique ressemble plus à du verre noir qu'à de la pierre.

— Une fausse pierre ? fit Robert d'un air incrédule.

— Nous entrerons dans la Grande Mosquée comme Beaujeu nous l'a demandé, reprit Will. J'ordonnerai à Zaccaria et à ses hommes de faire le guet tandis que toi et moi, nous irons ensemble à la Ka'ba. Là, nous ferons semblant d'accomplir les rituels du pèlerinage, tels qu'Everard me les a expliqués, et durant ce temps ils croiront que nous volons la Pierre noire. Quand nous reviendrons vers les autres, ils penseront que nous l'avons. Mais en réalité, ce que nous rapporterons à Beaujeu ne sera pas plus sacré qu'un morceau de quartz ramassé sur la plage.

— La Pierre noire ne bougera pas d'un centimètre, si je comprends bien ?

— Nous n'y toucherons même pas.

Robert garda le silence quelques instants.

— Et que se passera-t-il quand le grand maître s'apercevra qu'aucune guerre n'est déclarée ? Ne se rendra-t-il pas compte que nous l'avons trompé ?

— Comment le saurait-il ? répondit Will. Pourquoi nous suspecterait-il ? Il aura sa Pierre.

— Et qu'est-ce qui l'empêchera de l'utiliser pour rallier nos troupes comme il en a l'intention ?

— Il pourra difficilement obtenir grand-chose en agitant une relique que les musulmans nieront avoir été volée. Ça provoquera sans doute quelques tensions à court terme, oui, mais dès que les musulmans affirmeront que la Pierre noire n'a pas quitté La Mecque, il aura juste l'air idiot.

— Et c'est là qu'il se retournera contre nous, murmura Robert.

Will secoua la tête.

— Nous lui aurons ramené la Pierre, comme il nous l'a ordonné. Ce n'est pas notre faute si son plan ne se déroule pas comme prévu. Peut-être que les dirigeants de La Mecque étaient trop embarrassés pour admettre que la relique leur a été volée, c'est en tout cas ce que nous dirons. Peut-être qu'ils ont préféré se taire et étouffer l'affaire ? Quoi qu'il en soit, c'est le meilleur plan que nous ayons pu mettre au point, et c'est celui qui a le plus de chances de réussir.

Robert grogna.

— Je n'aimerais pas entendre le pire…

— Nous tuons Zaccaria, Carlo, Alessandro et Francesco, puis nous revenons les mains vides en disant que le vol s'est mal passé et que nous nous sommes fait attraper.

Will prononça ces paroles d'une voix si dépassionnée, si plate et si sérieuse que Robert eut du mal à croire qu'elles venaient de son ami. Il fixa Will en silence et aperçut dans ses yeux quelque chose qui le surprit, une détermination, presque de la ferveur. Will était bien plus investi dans cette affaire, à titre personnel, qu'il ne l'avait réalisé.

S'en rendre compte le dégrisa immédiatement.

— Ce n'est pas vraiment un choix.

— Non, fit Will en détournant les yeux, ce qui dissipa la tension soudaine entre eux. Crois-moi, Everard et moi avons analysé les moindres détails des centaines de fois. La seule manière d'arriver à nos fins sans recourir au meurtre, sans y laisser notre vie ou notre position au Temple, c'est de faire croire à tout le monde que nous avons obéi strictement aux ordres.

— Ça ne va pas être facile, dit Robert en regardant la cour, maintenant plongée dans l'obscurité.

— Non, lui accorda Will, mais nous devons essayer.

Guillaume prit son temps pour rouler la carte sans froisser le parchemin. Dehors, la nuit tombait, emplissant d'ombres la pièce. Le grand maître ne prit pas la peine d'allumer des chandelles neuves. Ses yeux étaient accoutumés au manque de lumière et celle de l'âtre était suffisante pour y voir. Avant de finir de replier la carte, ses yeux tombèrent sur le cercle représentant la ville de La Mecque. Il s'attarda sur le point noir en son centre, l'esprit habité par un pressentiment.

C'était une impression qu'il avait ressentie pour la première fois des mois plus tôt. Mais il était trop préoccupé pour la reconnaître pleinement et il avait fait fi de sa lassitude et de son malaise pour s'occuper des difficultés survenues après le départ du roi Hugues l'été précédent : d'abord les émeutes, puis l'information selon laquelle Hugues, en représailles, avait confisqué plusieurs domaines du Temple à Chypre. Mais avec le comte Roger de San Severino désormais investi de la fonction de bailli, et Charles d'Anjou ayant fait valoir ses droits au trône sans que les partisans de Hugues ou la Haute Cour n'aient réagi pour le moment, Guillaume pensait qu'il aurait eu moins de soucis. En fait, ils s'étaient aggravés et maintenant qu'il pouvait se consacrer au vol de la Pierre, il avait fini par en réaliser la cause.

C'était le vol lui-même.

Au départ, aucun doute ne l'effleurait. Il avait la ferme conviction qu'il agissait dans le meilleur intérêt de la Chrétienté, à la différence de Vitturi et des autres marchands, qui ne voyaient que leur propre bénéfice. Il croyait toujours dans la justesse de sa cause. Mais quelque chose avait changé. L'incertitude avait commencé à faire surface comme un galion échoué qu'une tempête fait remonter. Chaque mois qui passait sans message de l'Occident, elle devenait plus claire, plus visible, jusqu'à devenir aujourd'hui une évidence. Le roi Édouard n'écrivait pas pour lui donner des nouvelles des chantiers navals travaillant à plein rendement, pas plus que le pape n'évoquait des légats prêchant la guerre sainte sur les places de marché les plus fréquentées. Charles ne promettait ni armes ni troupes, et son propre Ordre n'avait pas remis sur le tapis la construction d'une nouvelle flotte à La Rochelle. Autour de lui, tout n'était que silence, peuplé seulement par ses pensées persistantes. Sans croisade, ils ne pourraient espérer vaincre une force musulmane unie. Sans croisade, leur sort était scellé.

Guillaume détourna les yeux de la carte, la roula brusquement et l'attacha par un cordon. Puis il s'approcha de la fenêtre et s'agrippa à son cadre. La brise de cette soirée était un baume calme et apaisant. Quatre jours plus tôt, Angelo Vitturi était venu pour savoir si tout était prêt. Guillaume n'avait pas fait part de ses doutes au Vénitien. À l'heure actuelle, il devait même se les dissimuler, il lui fallait amadouer ses propres convictions. Il devait garder foi en lui-même, et en Dieu. Il savait que cette entreprise était dangereuse, et même téméraire. Mais ne pas agir aurait été tout aussi terrible. De cette manière au moins, ils avaient une chance. Qu'il ne reçoive pas de nouvelles ne signifiait pas pour autant que les hommes qui lui avaient promis d'envoyer des renforts en Terre sainte reniaient leur promesse. Il fallait qu'il ait confiance.

Guillaume se détourna de la fenêtre et regarda la grande tapisserie tendue sur les murs de ses appartements. Ses yeux s'attardèrent sur le Christ en soie blanche accroché sur la Croix, tête penchée, les poignets et les chevilles perforés.

— Tu as failli une fois, murmura Guillaume. Tu as failli une fois et tu as été sauvé.

S'agenouillant devant la tapisserie, Guillaume joignit les mains, serrant ses paumes l'une contre l'autre aussi fort qu'il le pouvait, comme si cela pouvait rendre ses prières plus fortes, plus audibles. Il resta ainsi un long moment, les ténèbres s'épaississant autour de lui tandis que le feu s'éteignait.

25

Les quais, Acre

25 février 1277 après J.-C.

— Tu n'es pas vraiment là, n'est-ce pas ?

Les pensées de Will furent interrompues. Il tourna la tête, surpris par la question, et lut la résignation sur les traits d'Elwen.

Tous deux étaient assis sur un des bancs en pierre devant le poste de douane. Le soleil matinal les aveuglait. Dans le port, l'eau était d'un vert presque translucide et, un peu plus loin, les vagues se brisaient contre la digue ouest en projetant leur écume dorée. Autour d'eux, débardeurs et pêcheurs s'activaient avec force animation à leurs affaires du jour. Mais tout à ses réflexions, Will les avait à peine remarqués.

Il prit Elwen par la main en la serrant fort.

— Je *suis* là, je te promets. Simplement, je suis préoccupé.

— Tu penses à l'Arabie ?

Will ne nota pas la pointe d'anxiété dans la voix d'Elwen.

— Le voyage en lui-même sera déjà difficile, sans même parler de ce que nous devrons faire à la fin, répondit Will, le regard perdu au loin. Il y a tant de choses qui peuvent mal tourner.

— Ne dis pas ça, Will, dit-elle sur un ton qu'elle voulait apaisant. S'il te plaît.

Will leva les yeux vers elle.

— Peut-être que je ne devrais pas du tout en parler.

Il avait prononcé ces mots avec plus de brutalité qu'il ne l'avait voulu.

— Tu ne peux pas me reprocher de m'inquiéter, lui rétorqua Elwen en retirant sa main. Et pour ce qui est d'en parler, on ne peut pas dire que tu en dises beaucoup. Ces derniers temps, en tout cas.

— Parce que, chaque fois que je t'en parle, ça te bouleverse. Et je ne veux pas que tu te fasses du souci.

Il chercha ses yeux mais elle ne voulait pas croiser son regard, il posa alors son doigt sur sa joue et lui fit doucement tourner la tête.

— Tu sais où je vais et pourquoi. Tu n'as pas besoin de connaître les détails.

Elwen posa son regard sur la rangée de bateaux qui dodelinaient sur l'eau comme des vieillards ivres. Elle ne voulait pas le dire à Will mais, en réalité, le fait d'en savoir un peu était pire que de ne rien savoir du tout. C'était comme essayer de regarder à travers une vitre sale, à la fois tentant et frustrant car elle n'avait pas une vue d'ensemble.

Will passa la langue sur ses lèvres, puis il étira ses jambes.

— Alors, qu'est-ce que tu comptes faire les prochaines semaines ? La foire de Pâques approche à grands pas. J'imagine qu'Andreas va te donner de quoi t'occuper.

Elwen acquiesça faiblement. Il y eut quelques instants de silence durant lesquels Will hésita, puis il s'arma de courage.

— Est-ce que tu crois que tu verras Garin ?

Elwen sentit le rouge lui monter aux joues. Elle détourna son visage en faisant semblant de s'intéresser à un groupe de pêcheurs qui hissaient un filet plein de poissons sur un bateau.

— Je ne sais pas, répondit-elle d'un air dégagé. Il est possible que je le croise.

— Ou qu'il vienne à la maison ?

Elwen pivota d'un coup.

— À la maison ? fit-elle, et la culpabilité était perceptible dans sa voix.

— Catarina m'en a parlé il y a quelque temps, expliqua posément Will en remarquant, quelque peu affolé, ses joues empourprées. Elle m'a demandé de qui il s'agissait.

Le cœur d'Elwen battait avec une telle fougue qu'elle croyait Will capable de le sentir. Elle se souvint avec un certain malaise de toutes les fois où Garin était venu la chercher. La semaine dernière encore, il lui avait amené un livre, une romance qu'elle avait envie de lire. Elle avait oublié de le lui mentionner et la surprise l'avait d'autant plus ravie. Ils étaient restés un moment dans la maison, où il faisait frais, à discuter. Il l'avait fait rire et elle s'était confiée à lui comme cela lui arrivait rarement avec quiconque. Il savait déjà tout de l'Anima Templi et avec lui, elle pouvait parler en toute liberté de ses inquiétudes au sujet de Will. Il la comprenait et compatissait, ainsi elle se sentait moins seule. C'est du moins ce qu'elle se disait.

Will continuait à la regarder.

— Je ne t'en ai pas parlé parce que je savais que ça te rendrait furieux, dit Elwen au bout d'un moment. Ce n'est pas moi qui l'invite. Qu'est-ce que j'y peux s'il cherche à me voir ?

— Tu pourrais lui dire de te laisser tranquille.

— Non, fit Elwen en se levant. Tu n'as pas à me dire qui je dois ou ne dois pas voir alors que je n'ai absolument rien à redire sur la façon dont tu mènes ta vie. Je parle à qui je veux, y compris Garin de Lyons.

Will se leva à son tour et se planta devant Elwen.

— Ce n'est pas quelqu'un à fréquenter, Elwen. Je ne lui fais pas confiance.

— Moi, si, répliqua-t-elle avec calme.

— Pourquoi ? demanda Will. Je croyais que tu le haïssais à cause de ce qu'il nous a fait à Paris ? Qu'est-ce qui a changé ?

— Lui.

Will leva les yeux au ciel et Elwen lui lança un regard furieux.

— Garin m'a expliqué pourquoi il a agi comme il l'a fait, Will. Je ne le condamne pas. Et il a été un bon ami pour moi récemment, alors que…

Elle se tut, mais il était trop tard. Will, amer, hochait la tête.

— Alors que moi, je ne le suis pas.

— Est-ce qu'on peut éviter ça ? murmura Elwen. Tu pars demain. Je ne veux pas qu'on se batte. Pas maintenant.

— Moi non plus, répondit Will, à peine calmé.

Il lui reprit la main.

— Rentrons.

Elwen se laissa conduire le long des quais. Elle marchait aux côtés de Will dans une sorte d'hébétude, et tous deux, distraits, gardaient le silence.

Quand Will était revenu du Caire l'été précédent, il s'était laissé fléchir par ses demandes d'explications répétées et avait admis lui avoir menti. Il lui avait alors parlé ouvertement de son travail au Temple et des raisons pour lesquelles il le lui avait caché, c'est-à-dire, comme Garin le lui avait dit, pour sa propre protection. Il avait expliqué comment la mort de son père, alors qu'il était incapable de supporter la douleur et la culpabilité, l'avait poussé à organiser le meurtre du sultan Baybars.

Les mois qui avaient suivi, leur relation fut meilleure qu'elle ne l'avait été depuis des années. Il lui rendait visite plus souvent et faisait preuve d'attention, lui apportait de petits cadeaux : des fleurs sauvages ramassées dans les jardins de la commanderie ; un pot de miel ambré pris dans les réserves, qu'ils se partagèrent jusqu'à ce que sa douceur les écœure. Les derniers jours de l'été furent marqués pour Elwen d'un sentiment d'appartenance comme elle n'en avait jamais fait l'expérience, elle se sentait prise dans un cercle d'amour fervent qui ne se desserrait jamais, même quand ils étaient séparés. Mais avec le retour de l'automne, puis le passage à la nouvelle année, ce sentiment s'était peu à peu évanoui.

Ces derniers mois, les visites, moins fréquentes, étaient écourtées, et Will était toujours plus distrait. Elle se disait que son travail pour Everard et l'Anima Templi était plus important : il fallait qu'il soit concentré pour arrêter ce qui pourrait se terminer par une guerre terrible, mais une fois que ce serait fait, il lui reviendrait. Pourtant elle ne voulait pas se mentir, ou nier le fossé qui se creusait entre eux. Elle en était venue à réaliser pleinement, et douloureusement, qu'elle passerait toujours après son devoir, que ce danger, cette crise, seraient à coup sûr suivis par d'autres qui la tiendraient à l'écart. Elle s'était engagée vis-à-vis de lui.

Mais il s'était engagé vis-à-vis de quelque chose de plus grand. Will avait besoin de se sentir dans la peau d'un champion. Il avait besoin de sauver le monde pour sentir qu'il y participait. Tant qu'elle était en sécurité, protégée dans la ville d'Acre, ça le confortait. Il ne voyait pas qu'elle aussi avait besoin d'être sauvée. Ou bien, et c'était difficile à admettre, il le voyait mais choisissait de l'ignorer par convenance : sauver le monde lui vaudrait l'approbation de tous, la sauver, elle, lui vaudrait l'exclusion.

Mais, alors que la distance qu'il mettait chaque jour davantage entre eux aurait pu provoquer sa colère ou ses pleurs, elle aussi avait commencé à s'éloigner.

Le premier signe de cet éloignement l'avait bouleversée. C'était juste après la célébration de Noël. Andreas était une nouvelle fois à Damas, où il achetait de la soie. Will était venu au magasin. Ils s'étaient disputés à propos de quelque chose, elle ne se souvenait plus de quoi, puis, après s'être excusés l'un envers l'autre, ils avaient fait l'amour. Là, tandis qu'elle était allongée sous lui, le dos plaqué contre le sol glacé, l'image de Garin s'était imposée à son esprit. C'était si inattendu qu'elle avait ouvert les yeux. La surprise avait dû se lire sur son visage, car Will avait ralenti le mouvement et avait baissé les yeux pour la regarder. Elle avait souri et posé sa main sur sa nuque pour qu'il se baisse, puis elle lui avait donné un baiser et il avait retrouvé son rythme d'avant. Mais cette histoire l'avait perturbée.

Quand elle avait vu Garin la fois d'après, elle s'était sentie bizarre et une boule avait pris place dans son estomac. Elle avait gardé ce sentiment comme un secret, une perle ou une pièce enfermée dans une boîte dont elle seule aurait la clé. De temps à autre, elle ouvrait la boîte, regardait à l'intérieur et y prenait plaisir. Mais elle n'avait pas imaginé que son air absorbé pût se remarquer. Et surtout par Will.

Elle lui jeta un coup d'œil à la dérobée tandis qu'ils marchaient. Il observait la foule. Savait-il ? Ou était-ce simplement, comme il l'avait dit, qu'il ne faisait pas confiance à Garin ? Jusqu'à maintenant, elle s'était absoute elle-même en regardant son intérêt pour lui comme une curiosité inoffensive, mais voilà qu'elle avait dû faire face à la possibilité d'être découverte, et son attitude défensive lui révélait à quel point ce secret était devenu important pour elle. Elle se sentait déchirée. L'homme à ses côtés, dont la main chaude tenait la sienne, une moitié d'elle l'aimait sans limites. Cette moitié était désemparée à l'idée du danger qu'il affronterait bientôt, et elle brûlait d'envie de le retenir. L'autre moitié était froide, distante, et elle lui disait qu'il avait choisi et que rien d'autre ne l'attendait que davantage de souffrances encore. C'était cette moitié-là qui avait ouvert la boîte.

Bientôt, ils furent devant chez Andreas et Will lui disait au revoir en l'embrassant et en lui répétant de ne pas s'inquiéter. Puis il commença à descendre la rue, silhouette solitaire dans sa cape noire, avec sa démarche pleine d'aplomb, et Elwen éprouva soudain le sentiment foudroyant qu'elle ne le reverrait plus jamais. Et la douleur et le soulagement que cette pensée provoqua en elle furent insupportables.

La citadelle, Le Caire, 25 février 1277

Depuis une promenade couverte qui enjambait la porte entre les deux tours, un homme, recroquevillé, regardait l'armée mamelouke faire les derniers préparatifs. Le visage de Khadir affichait un masque aigre révélant son mépris tandis qu'il observait les hommes regroupés en bas. L'avant-garde, menée par les Bahrites, serait la première à partir, avec les Mansuriyya de Kalawun et deux autres régiments. Le gros des troupes et l'arrière-garde, qui suivraient plus tard dans la journée, seraient composés de deux régiments mamelouks supplémentaires. Avec les esclaves et les serviteurs accompagnant l'armée dans sa longue marche vers le nord, il y aurait au total plus de huit mille hommes. C'était une force impressionnante. Et cela faisait d'autant plus bouillonner Khadir qu'il savait que sa puissance n'était pas dirigée contre les chrétiens en Palestine.

Il avait passé dix-sept ans à regarder Baybars châtier les Infidèles qui souillaient leurs terres. Son maître avait été si proche de détruire les Francs une bonne fois pour toutes. Que Baybars détournât son attention aussi près du but était incompréhensible pour Khadir. Mais ce n'était pas la faute de son maître. Non. C'était la faute de ceux qui l'avaient perverti, le détournant de sa véritable voie. L'infection s'était déclarée après la mort d'Omar et elle s'était répandue telle une gangrène purulente à cause de l'influence de Kalawun. Mais il était encore temps que Baybars accomplisse sa destinée. Il lui fallait seulement trouver le remède à sa maladie, et Khadir pensait l'avoir trouvé.

Nasir était vivant. Quand les Assassins auraient reçu la rançon, il serait libéré et s'il connaissait les noms des responsables du meurtre d'Omar, Baybars exercerait sa vengeance. Et une fois qu'il aurait du sang chrétien sur les mains, il y reprendrait goût, alors les jours des Francs seraient comptés. C'était l'un des remèdes. L'autre, destiné à Kalawun, était bien plus simple.

Depuis la mort d'Aisha, l'émir n'était plus que l'ombre de lui-même, il payait des espions pour le suivre et fouiller sa maison en ville. Khadir ne s'inquiétait pas des soupçons de Kalawun quant à son rôle dans la mort d'Aisha ; à vrai dire, il ressentait une certaine délectation à l'idée que Kalawun *savait* qu'il était responsable, mais sans en avoir la preuve, le désespoir silencieux de l'émir l'amusait. Mais il s'inquiétait de ce que Kalawun enquêtât sur son passé. Il ne savait pas trop ce qu'il espérait y découvrir, mais il n'aimait pas ça.

Khadir baissa les yeux sur les soldats, survolant d'un coup d'œil rapide les Mansuriyya. Il ne voyait pas Kalawun parmi eux, mais aperçut les deux fils de l'émir, Ali et Khalil, montés sur des chevaux et vêtus de capes neuves d'un bleu royal. Âgés de quinze et treize ans, les jeunes gens ne prendraient part à aucune bataille, ils allaient faire le voyage à Alep avec la force principale tandis que la cavalerie, dirigée par Baybars, irait en Anatolie affronter les Mongols. L'attention de Khadir fut attirée par le bruit provenant de l'entrée principale du palais. Devant les portes, accompagné par l'appel des cornes et flanqué par des officiers bahrites, se trouvait Baybars, plus magnifique que jamais dans ses habits de guerre. Sa tête était couverte d'un turban noir avec un ruban d'or, et sa longue cotte de mailles scintilla lorsqu'il s'approcha d'un chargeur noir paré de harnachements dorés. Un peu en retrait se tenait Baraka Khan, le visage pensif et impénétrable. Khadir avait été ravi que Baybars autorisât son fils à se joindre à la campagne. C'était le signe que les relations entre eux revenaient peu à peu à la normale. Un léger sourire d'orgueil se glissa sur le visage de Khadir en voyant Baraka monter sur sa selle au milieu des guerriers bahrites. Cette dernière année, le garçon s'était vraiment transformé en homme et il ne doutait pas que tous les efforts déployés pour le mettre dans son camp fussent récompensés quand le prince monterait sur le trône.

Voyant l'armée prête à s'ébranler, Khadir quitta à la hâte la promenade et descendit de la tour. Il traversait des couloirs en se dirigeant vers les portes principales quand il entendit un conciliabule à voix basse devant lui. Il s'immobilisa à un angle, jeta un œil et aperçut Kalawun et Ishandiyar. Kalawun était habillé pour la bataille mais Ishandiyar, dont le régiment restait au Caire, portait une simple robe. Les deux hommes lui tournaient le dos et se tenaient près l'un de l'autre. Khadir recula d'un pas pour s'assurer qu'on ne le remarque pas.

— Mais vous dites qu'il a promis de l'empêcher, n'est-ce pas ? fit la voix d'Ishandiyar.

— L'affaire est trop grave pour que nous nous reposions sur une promesse, répondit Kalawun. Quelle que soit l'estime que j'ai pour lui, ce n'est pas l'un des nôtres.

Dehors, les cornes commencèrent à donner le signal du départ, empêchant Khadir d'entendre ce qu'ils racontaient. Dans un moment de silence, Khadir perçut des bruits de pas qui s'éloignaient. Jetant un coup d'œil prudent dans le couloir, il vit Ishandiyar passer une porte. Kalawun atteignit le bout du couloir et disparut dans la cour ensoleillée. Sourcils froncés dans une attitude suspicieuse, Khadir se dépêcha de suivre le même chemin pour prendre sa place dans l'avant-garde. Baybars le salua froidement tandis qu'on l'aidait à monter sur la selle de sa jument, ses jambes osseuses enserrant les flancs de la monture. Khadir s'inclina avec respect devant son maître, puis il chercha Kalawun dans la foule, se demandant ce que fomentait ce rat. En vérité, c'était de peu d'importance. Alors que la porte al-Mudarraj s'ouvrait pesamment devant eux et que les premières lignes de l'armée mamelouke commençaient à avancer, Khadir porta la main à la poche en soie délavée qui pendait à sa ceinture. Ses ténèbres y accueillaient une collection de pièces, des crânes de petits animaux et des herbes desséchées, ainsi que sa poupée en tissu et son secret mortel. Khadir enverrait le père rejoindre la fille en enfer. À défaut d'autre chose, cette campagne dans le Nord lui procurerait au moins ce bonheur.

26

Le palais royal, Acre

26 février 1277 après J.-C.

Tête basse, Elwen traversait les couloirs du palais. Après avoir passé une partie de sa jeunesse comme dame de compagnie à la maison royale de France, elle savait comment passer inaperçue dans un palais tel que celui-ci. Une servante était invisible. Elle avait pensé rencontrer davantage de difficultés à entrer dans le château lui-même, mais le garde au regard concupiscent l'avait à peine remarquée quand elle s'était glissée, telle une ombre, dans le sillage de deux femmes soigneusement habillées. Elwen comptait les portes dans la semi-obscurité. Elle sentait l'encens. Sa respiration était hachée et elle avait chaud au visage. Une petite voix intérieure criait en lui demandant ce qu'elle était en train de faire, au juste. Mais elle en était à la neuvième porte maintenant et il n'était plus question de faire machine arrière. Elle ne le voulait pas. Il y avait du défi en elle, né de la colère et de la frustration. Et, plus que tout, il y avait du besoin.

Elle tendit le bras, prête à frapper à une porte, mais elle se figea en entendant des voix qui se rapprochaient de l'autre côté. Elle s'éloigna aussitôt de quelques pas dans le couloir. Derrière elle, la porte s'ouvrit et une odeur d'encens se répandit.

— Il y a plutôt intérêt que ça marche, fit une voix bourrue qui lui paraissait étrangement familière, mais qu'elle n'arriva pas à attribuer à quelqu'un. Notre maître compte sur nous. Il n'a plus rien à faire sur ces terres à moins que nous ne lui venions en aide.

— Ça marchera, répondit un deuxième homme.

C'était Garin. Elwen risqua un coup d'œil par-dessus son épaule et vit un homme trapu portant la livrée des gardes du palais repartir à travers le couloir mal éclairé. Garin restait là à le regarder s'en aller, le dos tourné. Quand il se retourna pour rentrer, son regard s'arrêta sur elle. En un instant, son expression bascula de l'agacement à la stupeur.

— Mon Dieu !

Il jeta un bref coup d'œil du côté par lequel était parti le garde, mais celui-ci avait disparu, puis il reporta son attention sur Elwen, qui ne bougeait toujours pas. Il s'approcha d'elle et la prit par le bras en la guidant fermement vers la chambre.

— Qu'est-ce que tu fais ici ?

Sa voix était pressante, autoritaire, et il commençait à lui faire mal au bras.

— Je suis désolée, dit Elwen quand il eut fermé la porte. Je…

Elle se tourna vers lui, les yeux pleins de larmes.

— J'ai besoin d'un ami.

Garin avait toujours l'air surpris, et même craintif. Mais à ces mots, la dureté avec laquelle il l'avait introduite dans la chambre sembla fondre.

— Qu'y a-t-il ? demanda-t-il en la prenant doucement par les épaules.

Ce geste de réconfort eut pour effet de briser la retenue d'Elwen et de lui permettre de s'épancher.

— Will est parti, dit-elle dans un sanglot.

— À La Mecque ?

Elwen acquiesça en se prenant la tête entre les mains pour dissimuler sa détresse. Garin l'attira contre lui et la serra dans ses bras. Elle sentit ses muscles tendus et la robustesse de son torse contre elle. La tunique de lin noire qu'il portait était imprégnée de la forte odeur d'encens qui remplissait la pièce. Pardessous, il y avait aussi son odeur de transpiration, mais elle avait une certaine douceur qui ne la rendait pas déplaisante.

— Quand est-il parti ?

— Hier, murmura-t-elle, la voix étouffée.

Garin réfléchissait à toute allure. Une seule journée d'avance. Il lui serait facile de rattraper Will. Il avait encore le temps. Si leur guide était d'accord, ils pourraient partir dans la soirée, ou le lendemain à l'aube dans le pire des cas. Il avait fait en sorte que Bertrand et les autres soient sur le qui-vive depuis quinze jours. Les vivres étaient préparés, les chevaux prêts. L'agitation qui régnait au palais avait facilité leurs préparatifs. Son seul motif d'inquiétude concernait le départ de Will : comment en serait-il informé ? Il croyait qu'il devrait se rendre chez Elwen à un moment donné. Il ne s'était en tout cas pas attendu à ce qu'elle vienne le trouver. Il expira avec soulagement en songeant qu'elle avait bien failli tout découvrir. Mais tout allait bien, elle n'avait pas reconnu Bertrand.

Garin repensa à la lettre dans laquelle Édouard exigeait qu'il obtienne des fonds de l'Anima Templi. Il avait ignoré l'ordre du roi, ne voulant pas se mettre en travers du chemin de Will pendant que celui-ci préparait le vol de la Pierre. La confiance dans le fait qu'il pourrait offrir à Édouard bien mieux que de l'argent l'avait prémuni de l'inquiétude concernant sa désobéissance. Mais aujourd'hui, il sentait les premiers doutes lui effleurer l'esprit. Et s'il échouait ? Comment pourrait-il retourner vers Édouard les mains vides ?

— Ne t'inquiète pas, dit-il autant à Elwen qu'à lui-même, tout en passant la main dans ses cheveux et en examinant pour la énième fois les dispositions qu'il avait prises pour le voyage. Will ne sera pas parti longtemps.

— Tu n'en sais rien, répondit Elwen en levant les yeux. Tu es au courant de ce qu'il va faire. S'il tente de voler la Pierre, il risque sa vie.

— Je connais Will, dit Garin en s'efforçant de sourire tandis qu'il essuyait du pouce une larme qui roulait sur sa joue. Il sait y faire. Il ira bien.

— Ne me prends pas pour une enfant, marmonna-t-elle d'un air tendu en se dégageant.

Elle se mit à arpenter la pièce, s'enveloppant les épaules de ses bras croisés. Sa robe blanche, nouée aux hanches par un cordon rouge et or, l'affinait davantage. La lumière ténue qui filtrait entre les rideaux soulignait ses traits, les rendant encore plus nets que d'habitude, avec les deux arcs jumeaux de ses lèvres d'une douceur presque irréelle. Du regard, elle balaya le désordre de la chambre : coupes de vin abandonnées, vêtements jetés en boule, encensoir noirci sur la table, draps emmêlés sur le lit. Elle donnait à Garin le sentiment d'être à la fois révoltée et perdue.

— Je ne devrais pas être là.

— Bien sûr que si, dit-il d'un ton apaisant. Viens, prends du vin.

Il alla vers la table, se déplaçant pieds nus sur les tapis. Saisissant une coupe, il versa une mesure en renversant un peu de vin sur le rebord. Elwen s'approcha et, quand elle tendit la main pour la prendre, ses doigts touchèrent les siens. Sa peau était douce. Interdite. Soudain enhardie, elle passa la main sur la sienne, pressant un peu plus fort. Alors elle se dressa sur la pointe des pieds et chercha sa bouche. Écarta les lèvres.

Mais celles de Garin ne bougèrent pas.

Elwen resta ainsi, immobile, contre lui, le temps d'un battement de cœur, puis elle recula aussi vivement que si elle avait été piquée. Elle vit sa stupéfaction, et la honte s'empara d'elle. Elle voulut dire quelque chose, ouvrit la bouche pour parler. Mais le visage de Garin se modifia. Il jeta la coupe, projetant une traînée pourpre de vin sur le tapis, et prit son visage entre ses mains, qu'il enlaça en l'embrassant à pleine bouche. Il lui donna un baiser profond, rude, comme Will ne lui en avait jamais donné, et son désir, brusquement refroidi quelques secondes auparavant, se raviva.

Tenant toujours son visage dans ses mains, ne cessant pas de l'embrasser, Garin fit reculer Elwen. Leurs pieds se prirent dans les vêtements à terre, cognèrent contre des carafes de vin qu'ils renversaient et, au bout de quelques pas, ils atteignirent le lit. Garin la jeta dessus en se retenant d'une main pour ne pas l'écraser en tombant avec elle. De sa main libre, il lui ôta sa coiffe amidonnée, libérant de son écrin immaculé ses cheveux blonds. Il écarta ses lèvres des siennes un instant pour les observer, et réalisa qu'ils n'étaient pas simplement blonds. La lumière leur donnait des reflets cuivre, ambre, écarlate. Il était étonné de ne jamais l'avoir remarqué, avant de s'apercevoir qu'il n'avait jamais auparavant vu Elwen sans sa modeste coiffe posée sur la tête. Elle le scrutait de ses yeux vert intense. Ses lèvres étaient rougies à cause de la rudesse de leurs baisers et sa poitrine se soulevait avec précipitation. Prenant appui sur ses coudes, il plaça un doigt délicat sur son menton et le fit courir le long de son cou jusqu'au début de sa robe. Il se demanda quelles délices celle-ci dissimulait et ne put s'empêcher de sourire tandis que sa main parvenait, impatiente, aux cordons étroitement entremêlés noués à sa taille.

Elwen ferma les yeux pendant que Garin défaisait les nœuds de sa robe. À son esprit se présenta une image culpabilisante de Will, mais elle la rejeta avec violence et colère. Will n'était pas là. Il s'occupait de sauver le monde. Oh, l'ironie de ce pendentif qu'elle lui avait offert ! Comme il jouait bien son rôle, celui du saint. Maintenant, elle jouerait le sien : celui de la mortelle, de la pécheresse. Elle voulait le terrestre ; des choses qu'elle pouvait voir et sentir. Will cherchait un idéal. Elle l'admirait, elle l'aimait aussi pour ça. Mais l'amour exigeait bien d'autres choses. Elle ne voulait pas passer après le monde, elle souhaitait être la maîtresse, pas la femme. L'amour était un feu, une reddition physique totale. Et elle en avait besoin tout de suite.

Une fois les liens dénoués, la robe s'ouvrit comme un fruit qu'on pèle. En dessous, elle n'avait qu'une chemise blanche toute simple. Garin s'assit sur le lit, à côté d'elle, la gorge sèche. Elle le regarda à nouveau tandis qu'il se baissait pour saisir la chemise et en soulever lentement l'étoffe. Elle frissonna en sentant s'envoler ce dernier rempart et leva les bras pour l'aider à le retirer. Il reçut sa nudité comme un choc : sa peau parcourue par la chair de poule à cause du froid ; les quelques taches de rousseur sur l'une de ses cuisses ; la courbe renflée de ses seins aux pointes roses et dressées. Il se pencha sur elle et en prit un dans la bouche, qu'il mordilla. Elwen poussa un gémissement de plaisir en passant ses mains dans ses cheveux.

— J'ai envie de toi, l'entendit-il dire d'une voix langoureuse.

Garin se redressa et ôta sa tunique avec fièvre avant de tirer les lacets de ses chausses. Puis il fut de nouveau sur elle, et en elle. Il avait l'impression d'être dévoré. Ses jambes remontèrent sur ses hanches pour le faire prisonnier et il s'enfonça davantage, entendant à peine ses cris de plaisir. Tandis qu'il s'abandonnait à ses sensations, les yeux clos, son esprit se noyait dans un torrent d'images.

Il revit Elwen à treize ans, agenouillée près du corps de son oncle Owein, sur les quais de Honfleur. Ses hurlements déchiraient la nuit et quand elle avait levé les mains vers son visage, elles étaient couvertes de sang. Il revit les mercenaires en robe noire qu'Édouard avait envoyés reprendre les joyaux de la couronne, ils fuyaient, leur mission ayant échoué, mais non qu'il y eût un tribut à payer. Et le sang se transmettait des mains d'Elwen aux siennes. Car c'était lui qui avait trahi les chevaliers et avait donné à Édouard les informations nécessaires à l'attaque. L'oncle d'Elwen et le sien, morts tous deux, le fixaient de leurs yeux exorbités, squelettes l'accusant silencieusement. Il la revit devenue femme, assise près de Will dans le jardin du marché, le visage triste, sa peau délicate mise à mal par la morsure du soleil. Il la revit dans l'allée avec Bertrand et Amaury, sa terreur cédant la place au soulagement quand elle s'était tournée et l'avait vu. Enfin, il ouvrit les yeux et la vit allongée sous lui, la peau rougie, lèvres écartées, ses doigts s'enfonçant dans ses reins. Garin ne cessa pas de la regarder tandis qu'il se crispait et jouissait, avant de s'immobiliser tout à fait.

Puis il s'affala sur elle, envahi par l'habituelle somnolence confortable qui s'ensuivait, et il sentit des spasmes dans la poitrine d'Elwen. Il releva la tête en entendant une respiration entrecoupée, croyant qu'elle riait. Sa tête était tournée de côté, les cheveux plaqués sur le visage. Il entendit à nouveau la même respiration convulsive. Garin ébaucha un sourire sans comprendre pourquoi elle riait, puis il écarta ses cheveux pour la voir. Elwen ne bougea pas d'un cil. De ses yeux grands ouverts coulaient des larmes.

La route de La Mecque, Arabie,
14 avril 1277 après J.-C.

Une fine colonne de fumée était suspendue au loin, blanc point d'exclamation sur le prochain point civilisé, ou, pour le groupe de seize hommes sur la route, le prochain point chaud. Les rares moments où ils entretenaient une conversation laconique s'épuisèrent d'eux-mêmes et la tension vint combler le silence. Bientôt, on n'entendit plus que le bruit des pas et des sabots sur la terre sablonneuse, ainsi que celui des bâtons avec lesquels les deux hommes en début d'équipage battaient le sol pour faire fuir serpents et scorpions. L'air était suffocant et chaque inspiration que prenaient les hommes asséchait un peu plus leurs lèvres et leurs gorges, comme s'ils inhalaient le désert et devenaient peu à peu un de ses attributs.

Assis sur l'un des sièges en bois du shugduf harnaché au chameau, bringuebalé d'un côté à l'autre, Will se redressa. Ce serait le dixième poste de garde qu'ils passeraient en quinze jours, mais leur fréquence n'avait pas diminué l'anxiété qui s'emparait de lui chaque fois qu'ils en approchaient un. Un filet de sueur dégoulina dans son dos et trempa un peu plus encore la tunique qu'il portait sous la volumineuse bourka noire, le vêtement des femmes musulmanes qui recouvrait tout son corps et son visage, à l'exception des yeux. Il croisa le regard de Robert. Lui aussi portait une bourka. Il était assis sur le deuxième siège, de l'autre côté du chameau. Au-dessus d'eux était tiré un drap pour les préserver de la chaleur. Robert hocha la tête et baissa les yeux.

Si brutal que soit le voyage, il était encore pis pour Zaccaria et Alessandro, les deux seuls Templiers du groupe à pied. Arrivés à al-Ula sans incident, les six chevaliers s'étaient rendus à la mosquée comme prévu. Là, ils avaient prononcé le nom de Kaysan et on les avait emmenés à la maison où ils avaient été faits prisonniers un an plus tôt. On leur avait accordé une nuit de repos, puis leurs chevaux avaient été remplacés par des chameaux et ils s'étaient débarrassés de leurs costumes de marchands avant de reprendre la route. Zaccaria et Alessandro avaient reçu des vêtements d'hommes et ils devaient marcher avec Kaysan et les chiites, afin de diriger les chameaux transportant les vivres et les chevaliers, déguisés en femmes. Les Mamelouks étaient habitués à voir des musulmans avec différentes couleurs de peau, eux-mêmes étant originaires de tant de régions. Au départ, Will avait douté que les déguisements fussent adéquats. Mais jusqu'ici, le stratagème avait fonctionné.

Ils pouvaient sentir la fumée maintenant, et un groupe de huttes apparut, ainsi que quelques silhouettes d'hommes déformées par la réverbération du soleil au sol. Alors que le groupe avançait vers le poste de garde, quatre soldats mamelouks en sortirent pour les saluer, les autres les observant depuis les huttes, à l'abri. Will fit attention à ne pas regarder les soldats dans les yeux quand ceux-ci arrivèrent à proximité pour les contrôler. Deux soldats se dirigèrent vers le chameau précédant le sien et la main de Will se porta instinctivement à sa hanche, cherchant le fauchon qui ne s'y trouvait pas. L'un des gardes souleva le couvercle d'un panier. Il y plongea un doigt, qui en ressortit couvert de noix muscade. Il le lécha, ferma le couvercle et passa au suivant. La main de Will s'éloigna lentement de sa hanche pendant que le garde poursuivait son inspection sans avoir remarqué le véritable contenu du panier, emmailloté au fond des épices, un petit secret noir et lisse que Robert et lui étaient seuls à connaître.

Satisfaits, les gardes mamelouks leur firent un signal et, quelques heures plus tard, tandis que la nuit étendait son ombre sur la vallée, l'équipage atteignit sa dernière étape. C'est là qu'ils laisseraient les vivres pour se rendre à La Mecque.

— Ça a l'air animé, murmura Robert à Will quand ils pénétrèrent dans le dédale confus de mosquées, de maisons et de tentes marchandes qui semblaient tout droit jaillies de la vallée.

Des torches brûlaient et des étoiles orange brillaient dans les ténèbres grandissantes. Ils entendaient de la musique et des rires.

Will était troublé par l'apparition soudaine d'êtres humains sur cette terre ingrate. Ils avaient déjà croisé quelques pèlerins sur la route, même si d'après Kaysan il ne s'agissait que de quelques gouttes d'eau par rapport au torrent qui inonderait la vallée d'ici un mois, quand le hadj commencerait et que les caravanes de Damas, du Caire et de Bagdad, sinueraient à travers le désert. Will s'était habitué à la solitude ; elle lui semblait favorable.

Kaysan tourna la tête en entendant la voix de Robert.

— Nous avons des amis ici, dit-il dans un latin haché. Nous serons en sécurité. Évitez de parler pour l'instant.

Will et Robert gardèrent le silence tandis qu'ils s'enfonçaient dans un souk bouillonnant. Derrière les étals, une série de piquets en bois, à peine visibles à la lumière des torches, s'élevaient dans le sable comme autant d'étranges arbres nus. Will s'aperçut que des rubans de couleur y étaient attachés, voletant par centaines, alors que leur sommet se perdait dans les ténèbres. L'équipage s'approcha ensuite d'une rangée de maisons face à une mosquée. Après les avoir fait entrer dans une cour fermée à l'arrière d'un bâtiment, Kaysan indiqua un banc en pierre de l'autre côté de la cour.

— Attendez ici, dit-il à Will et aux chevaliers. Nous partons dans six heures.

Will resta seul un moment pendant que les chevaliers étiraient leurs membres endoloris et discutaient entre eux, à l'écart des Arabes. Les étoiles dans le noir étaient comme de la poussière éparpillée sur du velours. Il ne s'était jamais senti aussi loin de chez lui. Le néant hostile du désert lui soulevait l'âme et le sentiment de leur intrusion non désirée lui pesait toujours plus. Fermant les yeux, il murmura le Notre Père et ses paroles familières, scandées à voix basse, le réconfortèrent.

Le Hedjaz, Arabie, 14 avril 1277 après J.-C.

L'après-midi était presque achevé quand le groupe de huit hommes s'arrêta pour observer les contreforts autour du campement situé à environ une lieue de La Mecque.

— Nous devrions y envoyer quelqu'un pour voir s'ils sont arrivés.

Bertrand s'était approché pour lui parler, mais Garin ne tourna pas la tête. Le périple avait rendu rauque et lasse la voix du soldat.

— Envoie Amaury, répondit Garin en scrutant la route qui disparaissait hors de vue entre les montagnes. Mais dis-lui d'être prudent.

Il regarda Bertrand d'un air entendu pour insister sur ce point. Maintenant que le Chypriote avait ôté son keffieh, les effets du voyage étaient visibles sur son visage. Bertrand avait perdu du poids et il avait les traits tirés. Sa barbe mal taillée était pleine de poussière, et son regard s'était durci, en même temps qu'y apparaissait une sorte de secret désespoir. Garin savait qu'il devait donner la même impression, comme tous les hommes. Du moins, ceux qui avaient survécu.

En partant d'Acre deux jours après les Templiers, ils étaient dix. Ils avaient chevauché sans repos et rapidement rattrapé leur retard, comme le leur avait appris l'un des hommes envoyés devant en éclaireur. N'ayant pu obtenir d'informations d'Elwen quant au nombre d'hommes, il avait éprouvé en secret un profond soulagement en constatant qu'il ne s'était pas trompé dans ses estimations, et qu'il disposait de deux fois plus d'hommes que Will. Contre les Templiers, les soldats chypriotes auraient besoin de tous les avantages possibles. Il n'avait pas été difficile de suivre la piste des Templiers à al-Ula. Dissimulé sous d'amples robes et rendu anonyme par un keffieh, Garin les avait suivis jusqu'à la mosquée, puis à la maison. Sa satisfaction initiale avait cependant été mise à mal par l'apparition du groupe d'Arabes, qui faisait plus que doubler celui des Templiers. Mais un problème plus pressant avait vite relégué ce problème au second plan.

En Acre, leur guide, trop heureux de les conduire à al-Ula pour de l'argent, avait négligé de réfléchir à la manière dont ils parviendraient jusqu'à La Mecque alors que la route était sous haute surveillance, leur disant qu'il ne manquerait pas de volontaires prêts à les aider. Il se trouva que c'était loin d'être le cas et, en voyant les Templiers déguisés partir le lendemain matin, Garin eut l'impression que son plan s'écroulait avant même d'avoir pu être mis en œuvre. Finalement, après que Bertrand eut brandi quelques menaces au guide, celui-ci suggéra qu'ils demandent aux Bédouins locaux. Au début, les nomades du désert ne voulurent même pas adresser la parole à Garin. Puis, plus tard dans la soirée, un jeune homme squelettique se présenta et offrit de leur servir de khafir.

Tout le long de la route menant à La Mecque et au-delà, à travers le Hedjaz, les Bédouins possédaient des terres où paissaient leurs animaux. Chaque territoire appartenait à une tribu et personne ne pouvait le traverser sans permission. Un khafir était un membre de la tribu qui acceptait d'escorter ceux qui voulaient traverser le territoire. Quand on passait d'un territoire à l'autre, un nouveau khafir était recruté pour continuer la protection. Les Bédouins n'utilisaient pas les grandes routes, fuyant le danger que représentaient les gardes mamelouks. Et ainsi, Garin et les soldats, abandonnant al-Ula et la civilisation derrière eux, pénétrèrent dans le désert en suivant leur guide qui marchait pieds nus, avec un air solennel. Chaque fois qu'ils passaient sous l'égide d'un nouveau khafir, Garin distribuait de l'or, ce qui lui donnait l'impression de déposer des perles sur le chemin, espérant contre tout espoir qu'il les ramènerait chez eux. Certaines de ces tribus attaquaient les pèlerins du Hedjaz, elles dérobaient leur argent, ainsi que leurs vêtements et leur nourriture, les laissant à la merci des éléments, mais elles semblaient partager une sorte de code d'honneur leur interdisant de voler leurs hôtes. Mais bien que ces peuples eux-mêmes fussent relativement bienveillants, ce n'était pas le cas du territoire où ils vivaient.

Dès les premiers jours, ils déplorèrent un mort. Dans son sommeil, l'un des Chypriotes roula sur un serpent, qui le mordit. Il mourut en vomissant, l'écume aux lèvres. Quatre jours plus tard, il y en eut un deuxième. Ils se traînaient le long d'une crête élevée, aveuglés par le soleil, quand l'un d'eux glissa. Il dégringola une pente pleine d'éboulis, s'arrachant la moitié de la peau du dos et se brisant les deux jambes. Une fois descendus jusqu'à lui, les autres soldats se disputèrent un bon moment au milieu de ses cris sans parvenir à décider ce qu'ils devaient faire de lui, et Bertrand mit un terme à ses souffrances en lui tranchant charitablement la gorge.

Ils avaient cheminé dans ces montagnes en longeant la route qui serpentait dans la vallée, et il avait été assez aisé de suivre la piste des Templiers, d'autant que les routes étaient plutôt tranquilles. Il leur arrivait de ne pas les voir pendant des jours, et Garin devenait alors pensif et irritable jusqu'à ce qu'ils les recroisent. Les khafirs ignoraient la raison pour laquelle ils suivaient ces hommes, et ne semblaient d'ailleurs pas s'en soucier. Tant que l'or continuait à couler, ils marchaient.

— Où as-tu l'intention de tendre le piège ? demanda Bertrand. Ça ne marchera pas au village.

Garin était d'accord. Ils auraient pu être n'importe où.

— Nous devrons les surprendre sur la route.

Il montra la vallée en contrebas, là où la route se rétrécissait, prise en étau entre les montagnes.

— Nous les attendrons là. Ça devrait nous permettre de rester cachés pour surveiller leur arrivée.

— Et les Arabes ? Comment ferons-nous pour nous occuper à la fois d'eux et des Templiers ?

— Nous avons des arcs, répondit Garin. Nous pourrons les éliminer avant de nous attaquer aux chevaliers.

Bertrand hocha la tête, l'air content.

— Alors c'est décidé ? Nous utiliserons la force ?

Garin détourna les yeux. Depuis des semaines, Bertrand ne cessait de lui poser la question, et il évitait d'y répondre depuis des semaines. L'image d'Elwen s'imposa à lui. Il la voyait étendue sous lui, son visage passant de l'extase au désespoir, il entendait les pleurs qu'elle avait versés en silence tout en se rhabillant, avant de quitter sa chambre.

— Oui, murmura-t-il froidement. Nous utiliserons la force.

La Mecque, Arabie, 15 avril 1277 après J.-C.

Encerclée par des montagnes, La Mecque resta invisible jusqu'au bout. Puis, d'un coup, elle fut devant eux, s'étirant sur une plaine poussiéreuse au milieu de cet environnement majestueux. Les tours graciles des minarets découpaient leur silhouette pâle sur le ciel noir et teinté de bleu à l'approche de l'aube. Au sud de la ville, une colline en forme de dôme culminait, tandis qu'à l'est s'étendait un souk impressionnant. Bordées de solides maisons, de bains publics, de boutiques de barbiers ou d'apothicaires, les rues ressemblaient aux fils d'une toile d'araignée géante au centre de laquelle se trouvait la Grande Mosquée.

Arrivant par le nord, Will et les autres virent la mosquée s'élever devant eux au milieu des ténèbres, avec les torches installées partout sur ses murs qui illuminaient les inscriptions arabes dont ils étaient ornés. De grandes portes cintrées en bois étaient ouvertes. Des gardes les contrôlaient. Pendant que Kaysan s'arrêtait pour enlever ses chaussures avant d'entrer dans le lieu saint, Will croisa le regard de Zaccaria. Le Sicilien défit les sangles qui maintenaient les paniers en place tandis que Will et les autres imitaient Kaysan. Deux des chiites réunirent les chaussures et s'éloignèrent avec les chameaux.

— Ils nous retrouveront à la porte, expliqua Kaysan.

Alors qu'ils approchaient pieds nus de la Grande Mosquée, Zaccaria et Alessandro portant chacun un panier, la tension atteignit un nouveau sommet. Kaysan fut le premier à entrer. Il salua les gardes avec respect en passant. Le cœur de Will battait à tout rompre. Il vint se coller à Robert.

— Nous y sommes, murmura-t-il. Tu es prêt ?

Robert hocha la tête et ils passèrent, tête basse, sous l'arche de la porte. Ils n'avaient fait que quelques pas lorsqu'ils entendirent un cri derrière eux. Will se figea. Zaccaria et Alessandro avaient été arrêtés. L'un des gardes parlait en montrant leurs paniers du doigt. Kaysan se hâta de revenir en arrière pour répondre en arabe à ses questions. Au bout d'un moment, le garde leur fit signe d'un geste brusque et Will sentit le soulagement détendre ses nerfs un à un.

Une fois les portes passées, ils suivirent une arcade qui les mena dans une cour impressionnante. Des pavillons y étaient dressés autour d'un bâtiment trapu, de forme cubique, au centre de la cour : la Ka'ba. Le temple était recouvert, comme Everard le lui avait dit, d'un immense brocart noir et or, appelé le kiswa, changé chaque année pendant le hadj. Les paroles de la Chahâda qui y étaient tissées scintillaient à la lumière des torches disposées alentour. Contrairement à ce que Will espérait, l'endroit n'était ni noir de monde ni vide. Dans la cour, des petits groupes de gens étaient couchés, sous des couvertures, pour passer la nuit. Il y avait même ici et là des feux brûlant bas. De petits groupes, des gardes et des pèlerins sans doute, déambulaient le long de l'arcade entourant la cour.

Comme prévu, Kaysan et les chiites s'éclipsèrent, se mêlant aux ombres sous les arcades, d'où ils pourraient surveiller ce qui se passait. Will et Robert prirent le panier de Zaccaria. À eux deux, les chevaliers n'eurent aucune peine à le soulever et ils se dirigèrent vers la Ka'ba, les ourlets de leurs bourkas balayant la terre, tandis que les Siciliens se rendaient à la porte ouest. Will et Robert s'avancèrent vers le temple en silence, au milieu des groupes de pèlerins endormis. Autour de la Ka'ba, le sol était couvert de carreaux noirs douloureusement froids pour leurs pieds nus. Comme Will progressait, il aperçut la relique.

La Pierre noire était une sphère lisse, lustrée, fixée au mur par une bande argentée, à hauteur de poitrine. Elle avait une patine étrange, comme il n'en avait jamais vu, proche du verre, mais plus profonde, et plus sombre, avec une intensité inouïe. Il eut un frisson en se souvenant qu'Everard lui avait expliqué la croyance des musulmans : la Pierre noire consignait tous les péchés de l'humanité et les révélerait le jour du Jugement dernier. Il avait presque l'impression qu'elle l'observait de son œil unique cerclé d'argent, et il détourna le regard.

D'après leur plan, Robert devait attendre pendant que Will commençait la circumambulation autour de la Ka'ba, qu'il fallait répéter sept fois en embrassant à chaque tour la Pierre. Au dernier passage, il était censé s'arrêter devant elle. Les gardes auraient l'impression qu'il prenait son temps pour honorer la relique ; Zaccaria et les autres croiraient qu'il la volait. Quand il reviendrait auprès de Robert, celui-ci ouvrirait le panier et Will se pencherait dessus en faisant semblant d'y déposer quelque chose. Le tour serait joué. Les Templiers postés près de l'entrée ouest étaient trop éloignés pour s'apercevoir que la Pierre n'aurait pas bougé.

À une dizaine de pas du temple, Will et Robert posèrent le panier du côté où se trouvait la Pierre noire. Will n'avait fait qu'un pas vers la Ka'ba quand, soudain, un cri traversa la cour. Autour d'eux, les pèlerins endormis se levèrent et se débarrassèrent de leurs couvertures, faisant apparaître des cottes de mailles argentées et des robes écarlates avec des bandeaux noirs sur les bras. Celui qui avait hurlé l'ordre était un homme puissamment bâti, au teint mat, et son ruban était doré. Tandis que les autres formaient un cercle, il dégaina son épée et avança droit sur Will.

27

Plateau d'Albistan, Anatolie

15 avril 1277 après J.-C.

Sur les hauteurs des monts Taurus, les neiges hivernales s'accrochaient avec obstination aux pics escarpés et formaient des plaques durcies et glissantes dans les profondeurs ombragées des ravins. À l'est et à l'ouest, les crêtes glacées se découpaient, grandioses et infinies, sur le bleu pâle de l'aube. En leur présence, Kalawun se sentait singulièrement petit. L'air était glacial, coupant, et chacune de ses expirations dégageait un nuage brumeux. Il resserra sa cape doublée de peau de lapin et retourna au campement.

L'armée mamelouke s'était installée temporairement sur le plateau. Les chevaux broutaient l'herbe rase à côté des tentes plantées en cercle. Des feux brûlaient dans le demi-jour. Réveillés par les officiers, les hommes s'étiraient, et la rumeur des premières conversations troublait à peine la tranquillité du petit matin. Kalawun fit un signe de tête aux hommes de son régiment, qui lui adressèrent en retour un salut respectueux. Il s'arrêta le temps d'une brève discussion avec quelques-uns de ses officiers, puis il repartit en passant devant la tente de l'infirmerie. À proximité, la terre avait été retournée à plusieurs endroits pour creuser des tombes. Jusqu'ici, ils avaient perdu vingt-huit hommes dans cette campagne, dont cinq à cause de la montagne.

Après Damas, où ils avaient rejoint les troupes syriennes que Kalawun avait prises sous son commandement, les Mamelouks étaient entrés à Alep. Alors qu'il avait fait preuve de résolution et d'assurance jusque-là, Baybars avait paru subjugué par la ville. Dès leur arrivée, il s'était rendu sur la tombe d'Omar. Plus tard, Kalawun avait entendu un des émirs qui avaient accompagné le sultan dire que celui-ci était resté un long moment devant une charpente brûlée, quelque part en ville, sans dire un mot. L'émir n'avait pas pu deviner pourquoi, mais Kalawun savait que Baybars avait passé sa première année d'esclavage à Alep, et il se demandait en son for intérieur si les fantômes de son passé n'étaient pas encore capables de le harceler. Cependant, les souvenirs qui le hantaient ne semblèrent pas avoir prise sur lui, car lorsqu'ils partirent le lendemain, Baybars avait recouvré ses moyens.

Il envoya l'un des émirs à la frontière de l'Euphrate, avec un régiment, pour empêcher les Mongols de les prendre à revers, puis il mena la cavalerie mamelouke vers le nord, en Anatolie, en laissant à Alep l'infanterie, l'équipement lourd et les engins de siège, ainsi que Baraka, Khadir et les fils de Kalawun. D'après les rapports des éclaireurs, l'Ilkhan de Perse, Abaqa, ayant eu vent par ses espions de l'arrivée de Baybars, avait regroupé une force impressionnante. Celle-ci était sous les ordres d'un formidable commandant mongol, Tatawun, et elle comptait en outre dans ses rangs les Seldjoukides du Pervaneh. On pensait qu'ils avaient installé leur campement sur le plateau d'Albistan, au-delà de la grande rivière Jaynan. La stratégie de Baybars consistait à disposer de cette force avant de s'en prendre aux forteresses et aux villes. La route qu'ils empruntaient était trop traîtresse pour laisser passer autre chose que des hommes à cheval. D'ailleurs, même eux étaient à sa merci.

Le défilé des monts Taurus avait pris de nombreuses vies depuis les premiers croisés qui, après avoir traversé le Bosphore depuis Constantinople, avaient fait face à l'imposante barrière montagneuse les séparant encore de la Syrie. Le passage, étroit, sinuait à des hauteurs vertigineuses, sur des pics calcaires recouverts de plaques de glace, et parfois de forêts de pins. De temps à autre, la piste s'enroulait autour de la montagne, donnant en à-pic sur des gouffres de plusieurs centaines de mètres. Un matin, dans le brouillard, après une nuit glaciale, le cheval d'un des hommes avait perdu l'équilibre et plongé dans l'un de ces précipices, emportant son cavalier et un autre Mamelouk dans sa chute. Trois autres avaient eu la malchance d'avancer près du bord quand le chemin s'était écroulé sous eux, les précipitant dans l'abîme où leurs hurlements s'étaient fait entendre pendant de longues secondes. L'armée était toujours dans le défilé quand l'un des éclaireurs était revenu les informer qu'une compagnie de deux mille Mongols les attendait à la sortie. Baybars envoya l'un de ses émirs en avant avec un régiment, renforcé par les troupes de Bédouins, pour s'en occuper. Le temps qu'il redescende avec le reste de l'armée des hauteurs des monts Taurus, les cadavres des Mongols, gisant sur la plaine où ils avaient été décimés, étaient déjà bouffis et mangés par les vers.

Kalawun trouva Baybars au bord du camp, observant la plaine d'Albistan. Plusieurs Bahrites étaient avec lui.

— Sultan ? Vous vouliez me voir ?

Baybars ne tourna pas la tête.

— Les hommes sont-ils prêts ?

— Les officiers ont commencé à les réveiller. Ils seront prêts à partir d'ici une heure.

— Bien.

Kalawun regarda dans la même direction que Baybars. Dans la lumière pâle du matin, la terre s'étirait à perte de vue, pleine de plis et de replis, comme un tissu froissé. Une mince bande argentée la traversait de part en part à la manière d'un ourlet de soie : le Jayhan. Derrière la rivière, le camp mongol se signalait par les feux qu'ils avaient allumés. Kalawun distingua un faible mouvement, des cavaliers passant entre les tentes, sans doute pour réveiller les hommes. Il trouvait toujours dérangeant le miroir que se tendaient deux armées. D'aussi loin, et comme il ne pouvait voir les visages ni entendre les voix, il aurait aussi bien pu regarder ses propres soldats. Mais il écarta vite cette pensée et la lueur d'impatience visible dans les yeux de Baybars se refléta bientôt dans les siens. Car c'étaient les lames mongoles qui avaient tué leurs familles et celles de tant d'autres au cours d'attaques sur les terres des Kipchaks turcs, détruisant tout sur leur passage et condamnant à l'esclavage les survivants. Il y avait des années de cela maintenant, mais les vieux souvenirs étaient comme du bois sec, la moindre étincelle suffisait à les embraser. Les Mongols avaient payé le prix de ces attaques dix-sept ans plus tôt, à Aïn Djalout. Ils en paieraient le prix une nouvelle fois.

— Tu es bien calme depuis le début de la campagne, émir. Qu'est-ce qui t'inquiète ?

Kalawun reporta son regard sur Baybars, qui le scrutait. C'était vrai, il était préoccupé, mais il ne pouvait guère s'en ouvrir au sultan. Avant de répondre, il s'efforça de repousser l'image de la Ka'ba que cette question avait fait naître dans son esprit.

— Je m'inquiète pour Nasir, maître. Je me demande quand il nous reviendra. Cela fait des mois que nous n'avons pas eu de nouvelles des Assassins.

— Ils ne devaient pas savoir que nous quittions Le Caire. J'imagine que nous le retrouverons là-bas à notre retour. Viens, allons nous préparer pour la bataille.

Ensemble, Baybars et Kalawun retournèrent au campement. Deux vieux guerriers marchant ensemble en silence, l'aube avancée teintant leur barbe grise de reflets d'argent.

La Mecque, Arabie, 15 avril 1277 après J.-C.

À seulement quelques pas de la Ka'ba, Will n'eut pas même le temps de tirer son fauchon des plis de sa bourka que déjà l'homme à la robe grenat était sur lui. Un mot lui traversa l'esprit. *Trahi !* Puis il tendit l'épée devant lui pour dévier le coup porté par l'homme au teint mat. Leurs lames se heurtèrent avec une violence telle qu'elles faillirent se voiler. Will contracta tout son corps pour amortir le choc et il entendit Robert, à quelques mètres de là, engagé dans un combat avec l'un des hommes qui, jusque-là, avaient de toute évidence formé un cercle protecteur autour du temple. Tout en portant une botte contre son assaillant, Will aperçut un mot inscrit sur son brassard, les fils d'or scintillant à la lumière des torches. Émir. La seule fois qu'il avait lu ce mot, c'était sur l'uniforme de Kalawun. Ce n'était pas un garde ordinaire, ou un simple soldat. L'homme contre qui il se battait était un commandant mamelouk.

En quelques instants, la cour de la Ka'ba s'emplit du bruit de l'acier contre l'acier et des cris lancés par les Templiers et les chiites accourus pour aider Robert et Will. Les Égyptiens se portèrent à leur rencontre, soutenus par les gardes de la mosquée. L'un des chiites s'écroula, l'épée d'un Mamelouk dans le ventre, et Carlo poussa un cri de douleur quand une lame le frappa aux côtes et se retira dans une éclaboussure sanguinolente, tandis qu'il tombait à genoux. Un second coup s'enfonça dans son estomac, le tuant net. Francesco mourut quelques secondes plus tard, la gorge tranchée. Zaccaria avait éliminé un soldat, mais deux autres l'entouraient et le puissant Sicilien, éprouvé par le voyage, ressentait l'inhabituelle morsure de la peur.

Will entendit Robert hurler et il attaqua l'émir mamelouk qui lui faisait face avec une rage désespérée. Il avait envie de lui crier qu'il n'avait aucune intention de voler la Pierre, mais il ne sortait de sa bouche que son souffle saccadé, et aucun mot n'aurait pu lui sauver la vie.

Soudain, quelque chose de solide vint le percuter à l'arrière des jambes et il tomba à la renverse, avant d'atterrir en criant sur les carreaux noirs, l'épée lui échappant des mains et allant toucher terre plus loin.

Il avait trébuché sur le panier. Celui-ci bascula en déversant la noix muscade. Et la pierre, qui avait fait le voyage au fond du panier, roula à côté de Will. L'air triomphal du commandant s'évanouit aussi vite qu'il était apparu. Les yeux braqués sur la pierre noire et ovale jaillie du panier, il sembla hésiter. Son regard se porta sur la vraie relique, toujours fixée au mur de la Ka'ba. Son visage exprimait sa confusion, et ses quelques secondes d'hésitation étaient tout ce dont Will avait besoin. Récupérant son épée, il pivota en tendant le bras vers le Mamelouk. L'émir vit le coup arriver et réussit à l'intercepter avec son arme, mais il ne put l'éviter totalement. Dévié de sa trajectoire, le fauchon de Will alla se ficher dans l'aine de l'émir, à l'endroit précis où sa cotte de mailles laissait la chair sans protection. L'émir poussa un hurlement et chancela avant de mettre un genou à terre. Will se releva et le Mamelouk leva la tête, l'air résigné à mourir. Mais Will, au lieu de l'achever, tourna les talons et partit en courant.

Près de la Ka'ba, Robert était engagé dans un combat à l'issue inévitable. Sa bourka était déchirée et Will remarqua la vilaine estafilade qu'il avait reçue au bras, la chair déchiquetée et le sang qui bouillonnait sur la blessure. La douleur lui faisait presque fermer les yeux et il ne vit pas Will venir dans sa direction. Son adversaire non plus. Will le frappa brutalement à l'arrière des genoux pour lui couper les tendons. Pendant qu'il s'écroulait en hurlant, Will agrippait Robert et l'emmenait au pas de charge vers la porte ouest. Un cri retentit. Zaccaria et Alessandro étaient près de la porte. Quatre Mamelouks et deux gardes étaient à terre, ainsi que trois chiites, Caro et Francesco. Will aperçut Kaysan qui combattait sauvagement avec deux soldats, trempé de sueur, une grimace farouche tordant son visage, puis Robert et lui arrivèrent à la porte. Deux gardes s'y trouvaient et se battaient avec les deux chiites chargés de s'occuper des chameaux.

— Dégagez de là ! cria-t-il à Zaccaria.

Tirant Robert par le bras, Will se baissa pour esquiver un coup d'épée qui venait dans sa direction, puis il se réfugia sous les arcades et franchit la porte.

— Je ne peux pas, haleta Robert quand ils arrivèrent dans la rue déserte.

Le bruit du combat à l'intérieur de la mosquée leur parvenait encore, mais assourdi. Robert s'effondra en lâchant son épée. Will le souleva par les aisselles et le remit d'aplomb.

— Si, tu peux, lui assena-t-il. Ramasse ton épée.

Tandis que Robert récupérait son arme avec un grognement, Will jeta des regards à droite et à gauche. Leur chameau était attaché à un poteau un peu plus loin. Will passa le bras autour de la taille de son ami et ils se dépêchèrent d'aller retrouver la bête, alors que le ciel prenait une nuance sanguine et que le jour commençait à poindre.

Le plateau d'Albistan, Anatolie,
15 avril 1277 après J.-C.

L'aube opérait sa magie sur la Terre, offrant des reflets d'or aux remous de la large rivière et empourprant la plaine couverte de hautes herbes. Des lambeaux de brume s'attardaient sur les vallons, et dans cette atmosphère spectrale se déplaçaient des milliers d'ombres. Les Mongols avaient traversé le Jayhan.

De l'autre côté du plateau, en bas d'une piste descendant abruptement des montagnes, les Mamelouks avançaient à leur rencontre. Les percussions battaient un rythme monotone et régulier, conduites par des officiers baptisés les Seigneurs des Tambours. Le son roulait sur l'herbe, bas et inquiétant, faisant pulser toute la plaine en contretemps avec les sabots des chevaux et des chameaux.

À moins d'une lieue de la jonction, les deux armées s'arrêtèrent. Dans l'espace vide entre elles s'engouffrait un vent léger. Les deux forces disposèrent leurs troupes, dessinant rapidement les rangs et les sections sous les cris des officiers. Vues d'au-dessus, les armées formaient des motifs au sol, des masses d'hommes se déplaçant en formation. Les ailes étaient des membres s'étirant depuis le torse au centre, et leurs extrémités ressemblaient à des griffes hérissées de milliers de lances, prêtes à sortir et à lacérer l'ennemi, à imprimer leurs marques rouges dans sa chair.

Monté sur son destrier noir, Baybars se trouvait en haut d'une butte, un peu en retrait et à gauche de son armée, avec une compagnie d'un millier de Bahrites. Il regardait Kalawun et le commandant de son propre régiment chevaucher devant les lignes de front en organisant les lignes bleues et dorées composées des troupes de Bahrites et de Mansuriyya, la section la plus puissante de la force mamelouke. Les ailes droite et gauche comprenaient les autres régiments, les troupes syriennes et les soldats du prince Hamah qu'il avait convoqué au cours de leur voyage vers le nord, ainsi que la cavalerie légère bédouine. Ravi de la force tranquille de ses hommes, Baybars prit le temps d'apprécier l'ennemi.

Cette armée était plus importante que celle à laquelle il s'était confronté à Aïn Djalout dix-sept ans plus tôt, et à l'époque il avait eu l'avantage de la surprise, le piège organisé dans les collines s'étant révélé fatal. Aujourd'hui, les deux titans s'affrontaient sur un terrain dégagé, sans avantage perceptible pour l'un ou pour l'autre. Les Mongols, nés dans le sang des conquêtes, fils de Gengis Khan, terreurs des nations et fléaux de l'Orient, contre les guerriers esclaves de l'Égypte, une dynastie bâtie sur les cadavres de leurs anciens maîtres et qui, sous Baybars, disposait désormais d'un territoire allant d'Alexandrie à Alep, des rives du Nil à celles de l'Euphrate. Bien que le terrain ne favorisât pas les Mamelouks cette fois, ils avaient un autre avantage. Baybars le voyait dans les yeux de ses hommes, il le sentait dans le rythme déterminé des tambours.

À Aïn Djalout, les Mongols représentaient une force invincible, toujours victorieuse et sans rivale. Mais plus maintenant. L'homme qui les avait vaincus était à nouveau devant eux sur cette plaine, il les défiait sur leur territoire, le cœur chantant et l'ambition brillant dans ses yeux bleus. En outre, Baybars avait eu vent d'une querelle entre les Seldjoukides et les Mongols, et ils se tenaient à l'écart les uns des autres sur le terrain. Ses espions l'avaient informé que l'Ilkhan n'avait plus confiance en ses sujets et il se disait que le Pervaneh seldjoukide ne combattrait peut-être pas. Baybars sentit le vent remuer sa cape et son cheval piétiner le sol, la tension du cavalier se propageant à sa monture, mais il conservait une attitude calme, sans donner l'ordre à ses hommes d'attaquer. Il laissait aux Mongols le soin de se lancer en premier.

L'instant d'après, le son ronflant d'une corne déchira le silence. Comme il s'évanouissait, le grondement des sabots le remplaça et l'aile gauche de la force mongole se mit en marche. Cinq lignes avancèrent, deux d'entre elles composées de cavalerie lourde portant épées et lances, les trois autres de cavaliers plus légers brandissant des javelots et des arcs. Leurs casques ronds en fer et les pointes de leurs lances reflétaient le soleil brûlant, boule de feu maintenant haut dans le ciel, projetant ses rayons sur toute la plaine d'Albistan, de la rivière aux montagnes. Arrivés à proximité du centre de l'armée mamelouke, les cavaliers légers s'infiltrèrent entre les lignes de la cavalerie lourde et décochèrent flèches et lances sur l'ennemi. C'était une nuée de moustiques qui frappait avant de se replier derrière la cavalerie lourde, celle-ci fondant sur les Mamelouks comme des tigres à l'affût. Mais leurs piqûres étaient mortelles et, en quelques secondes, nombre de soldats mamelouks tombèrent sous les flèches et les lances, qui traversaient les boucliers et les armures pour frapper hommes et chevaux.

La tension à son comble, Baybars agrippa les rênes de son destrier et regarda attentivement ses commandants hurler des ordres et les rangs se resserrer, les boucliers levés pour former un mur protecteur contre la pluie de projectiles. Quelques instants plus tard, une haie de flèches et de javelots plantés dans l'herbe avait poussé devant les Mamelouks. Leur travail terminé, les cavaliers légers mongols furent rappelés par leurs officiers, puis ce fut au tour de la cavalerie lourde. Les voix de Kalawun et du commandant bahrite s'élevèrent par-dessus le vacarme, et, au son d'une corne, les deux régiments mamelouks s'avancèrent à sa rencontre, les sabots faisant vibrer le sol. Les lances furent levées des deux côtés et maintenues sous les bras. Les yeux se braquèrent sur une cible et ne la quittèrent plus, les âmes des cinq mille hommes s'emplirent de prières, et l'aile gauche mongole chargea au cœur de l'armée mamelouke, la perforant dans un déluge de fer, de rictus grimaçants et de hurlements.

En quelques instants, l'air se chargea de sang et la lutte devint sauvage. Les chevaux hennissaient en sentant les lances s'enfoncer dans leurs flancs et leur couper les tendons. Les hommes se frappaient et s'égorgeaient les uns les autres, ils étaient jetés à bas de leurs montures et mouraient écrasés, piétinés. Le nombre de morts augmenta rapidement et, peu à peu, les Mamelouks furent refoulés. Les Mongols continuaient à briser leurs rangs et à s'enfoncer en leur opposant un barrage d'épées et de lances tourbillonnantes.

Sur la butte, Baybars se redressa sur sa selle, analysant de son regard pénétrant la stratégie d'attaque mongole. La cavalerie lourde mettait la pression sur ses troupes, mais il y avait une faiblesse sur son aile droite, à quelque distance de là.

— À moi ! rugit-il.

Et à cet appel, le sultan descendit le talus au galop, suivi par l'élite mamelouke, tandis qu'un son de corne provenant des lignes mongoles donnait le signal à l'aile droite de s'avancer.

Baybars et les Bahrites firent beaucoup de ravages chez les Mongols quand ils s'engagèrent dans le combat, rafraîchissant les troupes déjà à l'œuvre et insufflant un nouvel état d'esprit, plus conquérant. Kalawun et le sultan se retrouvèrent dans la mêlée quand les Bahrites et les Mansuriyya se rejoignirent. Le sultan et l'émir combattirent côte à côte, éreintant l'ennemi avec leurs épées virevoltantes, leurs visages grimaçant sous l'effort et couverts de sang. Bientôt, les deux armées furent complètement engagées dans le combat, à l'exception des troupes seldjoukides, qui semblaient surveiller l'arrière des forces mongoles et empêcher les Mamelouks de tourner autour pour les prendre à revers.

La bataille était brutale et sans merci. Le centre de l'armée mamelouke s'étira, menaça un moment de rompre, puis resserra de nouveau les rangs. Peu à peu, dans la douleur, les Mamelouks repoussèrent les Mongols. Silhouette imposante dans la forêt d'hommes, avec ses bras ruisselant de sang et son front entaillé, Tatawun hurla un nouvel ordre aux hommes de tête. Un par un, les cavaliers mongols éparpillés mirent pied à terre et formèrent de petits groupes dos à dos, forçant les Mamelouks à les imiter et à les combattre un par un. On mit les lances de côté et on tira les épées, et les cadavres continuèrent à s'entasser au milieu des survivants.

Mais les Mamelouks ne firent pas de quartier et le désespoir commença à s'infiltrer dans les cœurs des valeureux Mongols.

Après presque trois heures d'un combat intense, tout fut terminé. Capturé, vaincu, Tatawun lança l'appel à la reddition et à travers toute la plaine, les survivants mongols, épuisés, déposèrent les armes, battus une nouvelle fois par la puissance de Baybars et des Mamelouks. Le Pervaneh et les troupes seldjoukides ne tinrent pas compte de la reddition et s'enfuirent avant que les Mamelouks ne viennent les chercher.

Plus de neuf mille cadavres, dont au moins sept mille Mongols, recouvraient le plateau d'Albistan. Les hommes – des frères, des fils et des pères – étaient réduits à une masse de chair indistincte et sanglante répandue sur le sol. Et tandis que Baybars étudiait le champ dévasté et l'ennemi réduit à néant, le désir de combattre et la tension afférente refluèrent, laissant derrière eux un espace vide que ne comblait pas la victoire inscrite en rouge sang devant lui.

28

À l'extérieur de La Mecque, Arabie

15 avril 1277 après J.-C.

Un sifflement se fit entendre. Garin leva les yeux vers les rochers au-dessus de lui et vit l'un des soldats chypriotes désigner l'est, en direction de La Mecque.

— Quelqu'un arrive, dit Amaury près de lui.

Garin se tourna prudemment pour scruter la route, collé au rocher qui jouxtait le chemin et formait un goulot dans la vallée. Au loin, à peine visible en raison du soleil éblouissant, quelque chose bougeait. Au bout d'un moment, il réalisa qu'il s'agissait d'un chameau.

— C'est eux ? demanda Bertrand, accroupi derrière des rochers de l'autre côté du chemin.

Avec lui se trouvait l'un des Chypriotes. Trois autres étaient postés sur une saillie, prêts à utiliser leurs arcs. Une corde troquée au camp bédouin par leur khafir, camouflée dans le sol sablonneux, était étendue à travers le chemin comme un serpent crevé.

Garin leva la main pour se protéger les yeux.

— Il n'y en a qu'un… non, attends, ils sont deux.

— Mais est-ce que c'est eux ?

— Comment serait-ce possible s'ils ne sont que deux ? répliqua sèchement Garin.

Il plissa le front en observant les bêtes approcher. Leur rythme était terrifiant. Elles avançaient à toute allure, dodelinant et projetant des nuages de poussière derrière elles. Les cavaliers semblaient supporter le roulis tant bien que mal, s'accrochant aux chameaux comme à leur propre vie. Garin s'efforça de mieux les distinguer. Ils portaient tous les deux des robes noires, mais le premier avait la tête nue. Garin commença à discerner ses traits.

— Je crois que c'est Will, lança-t-il aux autres en se remettant à l'abri.

— Où sont les autres ? demanda Amaury.

— Je ne sais pas, répondit Garin, circonspect. Quelque chose a dû mal tourner.

— Peu importe, intervint Bertrand d'une voix déterminée. Nous agissons. Ils nous donneront les réponses que nous voulons.

Garin regarda de son côté. Il avait enroulé autour de ses poings une extrémité de la corde, qui formait une boucle sur le rocher à côté de lui. Garin hocha la tête.

Bertrand croisa le regard d'Amaury tandis que le martèlement des sabots devenait audible et tous deux agrippèrent la corde. Le bruit augmentait, répercuté par les rochers qui leur bouchaient la vue. Une flèche tomba dans le sable derrière Garin. Le signe des guetteurs en haut.

— Maintenant ! souffla Bertrand

Ensemble, Amaury et lui tirèrent sur la corde, qui se tendit autour des rochers et s'éleva à hauteur de genoux. Les Chypriotes s'arc-boutèrent. À peine quelques secondes plus tard, le chameau se rua dans le passage, droit sur la corde. Ses jambes de devant heurtèrent la barrière à une vitesse folle et il plongea en avant, éjectant les cavaliers de la selle.

Will fut le premier à toucher le sol, mains tendues pour amortir le choc, dans un déluge de poussière et de cailloux. Robert s'écrasa un instant plus tard et roula sur plusieurs mètres avant de s'immobiliser. Le chameau s'était écroulé, la selle défaite. Hagard, il essayait de s'asseoir, mais ses pattes ne le portaient plus. Sonné, Will était étendu au sol. Le choc résonnait en lui comme une cloche convoquant des douleurs localisées chaque fois qu'il essayait de bouger. Sentant des mains s'emparer de lui et le relever, il poussa un cri. Sa bouche était pleine de sang et de sable. Lentement, ses yeux se dessillèrent et il vit quatre hommes formant un cercle autour de lui. Un cinquième le tenait. Tous portaient des robes et des keffiehs de Bédouins. Ce à quoi il ne s'attendait pas, c'était la clarté du latin d'un des hommes portant un masque noir, un athlète.

— Où est la Pierre ?

Will cligna des yeux. Pendant quelques secondes, il fut incapable de parler et on lui répéta la question. Il finit par secouer la tête.

— Je ne sais pas de quoi vous parlez.

L'homme athlétique s'avança et lui assena un coup de poing dans l'estomac. Le souffle coupé, Will voulut se plier en deux pour rendre la douleur supportable, mais l'homme qui le maintenait ne lui en laissa pas la possibilité. Il cracha du sang et tenta faiblement de reprendre sa respiration, avec l'impression que tout son estomac souffrait et que cette douleur lui remontait dans la gorge.

— Où est-elle ? répéta l'homme.

Will prit une courte inspiration, puis il croisa le regard inflexible de l'homme. Il secoua la tête.

— Je… ne… sais… pas, dit-il d'une voix hachée.

L'homme le frappa à nouveau, et la colère augmentait la puissance des coups. Cette fois, il fallut un peu de temps à Will pour récupérer. À travers les larmes qui coulaient de ses yeux, il aperçut l'un des hommes se pencher sur un autre, un petit grassouillet. Il lui chuchota quelque chose.

— Attends, dit le petit à celui qui le martyrisait. Utilisez son ami.

Il désignait Robert, toujours étendu par terre, inanimé.

Will lutta vainement tandis que l'athlète s'approchait de Robert et lui donnait un grand coup de pied dans le dos. Le bras de Robert saignait beaucoup, le sable autour de lui était déjà rouge. Sa bourka avait glissé de sa tête dans la chute, dévoilant son visage cadavérique. Will en fut horrifié en le découvrant ; il le croyait mort et fut rassuré de voir sa poitrine se soulever. Mais son soulagement fut de courte durée, car l'homme tira une épée de sa ceinture.

— Dis-moi où est la Pierre, sinon je le tue.

La menace était prononcée froidement, sans émotion, et rien ne pouvait laisser penser qu'elle était lancée en l'air.

— On nous a pris, répondit Will. À La Mecque. Nous n'avions aucune chance de nous en emparer.

— Où sont les hommes qui étaient avec toi ? demanda le gros.

— Morts, répliqua Will à voix basse, en continuant à fixer l'homme dont la pointe de l'épée était braquée sur la gorge de Robert. Ou ils le seront bientôt.

— Il nous la faut, dit l'homme en se tournant vers ses compagnons. Nous n'avons pas fait tout ce chemin pour rien. Je ne partirai pas sans elle. Allons à La Mecque et prenons-la nous-mêmes !

Au même moment, un sifflement leur parvint d'en haut et il leva la tête.

— Qu'y a-t-il ? cria le gros.

— Des cavaliers arrivent de la ville, lança l'un des hommes en sautant de rocher en rocher. Vite.

L'athlète poussa un juron.

— Qui est-ce ? demanda-t-il à Will.

— Des Mamelouks. Ils en ont après nous. Si vous êtes au courant pour la Pierre, vous savez pourquoi. Vous savez aussi ce qu'ils nous feront, et à vous aussi, quand ils arriveront ici.

L'homme jura à nouveau.

— Il faut qu'on parte, dit le gros. C'est fini.

L'athlète tendit son épée en direction de Will, qui se raidit. Ses yeux indiquaient sa rage. Il leva le bras comme pour frapper.

— Non !

Will chercha des yeux celui qui l'avait sauvé et vit un homme s'avancer en secouant la tête. Jurant à travers son masque, l'athlète rengaina son épée, puis il tourna les talons et s'éloigna.

L'homme derrière lui le lâcha pour suivre ses compagnons et Will tomba à genoux. Ils remontèrent la piste avant de grimper un talus menant aux montagnes. Ils atteignirent des colonnes pierreuses saillant de la façade, par une sorte de sentier à peine visible qui passait derrière elles. En l'espace d'un instant, ils disparurent.

Will fit quelques pas en direction de Robert et posa sa main sur son front moite.

— Robert ?

Les yeux de Robert s'ouvrirent avec difficulté. Il poussa un grognement à travers ses lèvres enflées. À leur gauche, le chameau gisait toujours, râlant de douleur. Will tituba jusqu'à l'entrée du passage. Il entendait un bruit de sabots. Il n'y avait nulle part où se cacher. Deux cavaliers approchaient à vive allure. Derrière eux, au loin, il y en avait encore davantage, il le voyait à l'énorme nuage de poussière qui s'élevait dans le ciel. Désespéré, Will tira son fauchon.

— Dieu, donne-moi la force.

Les premiers cavaliers émergèrent du goulot. Will les regarda, incrédules. C'était Zaccaria, le visage et les vêtements couverts de sang. Derrière lui se trouvait l'un des chiites. Zaccaria tira violemment sur les rênes de son cheval en voyant Will.

— Monte ! cria-t-il tandis que la bête se cabrait.

Rengainant son arme, Will courut jusqu'à Robert et le prit dans ses bras. Zaccaria tira le chevalier à demi inconscient par ses vêtements et le hissa sur la selle devant lui, puis il frappa les flancs de sa monture pendant que Will grimpait derrière le chiite.

— Kaysan ? cria Will en s'agrippant à l'arrière de la selle.

— Mort, répondit le chiite en enfonçant ses talons dans les flancs du cheval. Ils sont tous morts.

La Mecque, Arabie, 15 avril 1277 après J.-C.

Ishandiyar tressaillit. La blessure reçue à la cuisse, à côté d'une autre plus ancienne datant d'al-Bireh, le faisait souffrir.

— Alors ? demanda-t-il aux deux soldats mamelouks arrivant vers lui.

L'un d'eux secoua la tête.

— Je suis désolé, émir, nous n'avons pas pu les capturer. J'ai laissé des hommes au village au cas où ils essaieraient de s'y réfugier, mais je pense qu'ils ont dû s'enfuir par les montagnes.

Ishandiyar répondit d'une voix maussade :

— Bon, ils sont morts de toute façon. Si le désert ne les tue pas, les Bédouins s'en chargeront. Rappelez les autres. Nous resterons ici ce soir. Mais je crois qu'il n'y a plus de danger dans l'immédiat.

Les soldats s'inclinèrent et repartirent à cheval dans le désert. En ce début de matinée, il était sillonné par des marchands et des travailleurs, dont la plupart regardaient avec curiosité le groupe de Mamelouks à proximité de la Grande Mosquée. Ishandiyar rentra en boitant se mettre à l'abri des regards inquisiteurs.

La cour de la mosquée était baignée de lumière. Le prince de La Mecque, qui s'y trouvait, discutait d'un air morose avec quelques-uns des gardes. On avait traîné les cadavres de trois gardes et de cinq Mamelouks à l'ombre, sous les arcades. Non loin de là, les dépouilles des agresseurs avaient été empilées sans cérémonie. Déjà, les mouches tournoyaient avec intérêt autour des corps. Ishandiyar jeta un coup d'œil à la Ka'ba. Des serviteurs à quatre pattes frottaient les carreaux tachés de sang. Ses yeux se portèrent sur la Pierre noire, sombre et silencieuse, et un soulagement bienvenu l'envahit. Il avait honoré la promesse faite à Kalawun, et à Allah. La Pierre n'avait subi aucun dommage. Lc voyage avait été pénible, l'attente harassante, et ses hommes avaient accosté nombre de pèlerins les jours précédents. Mais quand il avait aperçu les deux silhouettes en bourka, trop grandes pour être des femmes, s'approcher du temple avec un panier, il avait su immédiatement à qui il avait affaire.

Il approcha du panier, toujours au sol. La pierre qu'il avait contenue gisait sur le sol, où deux mollahs de la mosquée l'étudiaient.

— Qu'est-ce que c'est ? demanda-t-il. L'avez-vous déjà déterminé ?

L'un des mollahs leva les yeux vers lui.

— Nous pensons que c'est une copie, émir. Rien de plus. Peut-être avaient-ils l'intention de la mettre à la place de la sainte relique pour pouvoir s'enfuir sans être remarqués ?

Ishandiyar ne répondit pas. Kalawun l'avait informé que le chevalier chrétien avec qui il était en relation avait un plan pour empêcher le vol. Il se demanda un moment si certains des hommes qu'ils avaient tués étaient des alliés, mais il évita de s'attarder sur cette pensée. Kalawun avait raison : il était de leur responsabilité de préserver la Pierre noire. Rien d'autre ne comptait.

Au bout d'un moment, on emmena les cadavres pour les enterrer et il ne resta plus trace de ce qui venait de se dérouler. Une heure plus tard, tandis que les appels des muezzins retentissaient du haut des minarets de la ville, les portes de la Grande Mosquée s'ouvrirent et les pèlerins, qui attendaient patiemment dehors, entrèrent à la file, le visage frappé d'émerveillement.

29

Damas, Syrie

9 juin 1277 après J.-C.

Telle une vague sonore déferlant à travers la fournaise du désert, la rumeur des tambours s'entendit à Damas bien avant que les Mamelouks n'y arrivent. À la tête de l'armée se trouvait Baybars, dont les Bahrites scandaient le titre avec ferveur.

— *Al-Malik al-Zahir !*

La bannière rouge au lion jaune flottait mollement au-dessus des premières lignes. Les rugissements des soldats pilonnaient les oreilles de Kalawun, qui chevauchait à côté du sultan. Il ne faisait aucun doute qu'ils étaient ravis.

Quelques jours après la victoire à Albistan, les Mamelouks étaient entrés en libérateurs à Kayseri, la capitale du royaume seldjoukide, puisque les Mongols avaient posté là une garnison contre la volonté du peuple. À Kayseri, les musulmans seldjoukides louèrent Baybars, frappèrent une nouvelle pièce à son nom et le firent héritier du trône. Les Mamelouks passèrent plusieurs semaines dans le luxe, avant que Baybars ne se décide à retourner en Syrie. Pour les soldats, c'était une bonne nouvelle. Ils avaient combattu les Mongols et les avaient à nouveau vaincus, avec des pertes assez minimes. Leur travail accompli, ils étaient heureux de retourner dans le confort de Damas, où le sultan les récompenserait certainement en partageant le butin et les esclaves ramenés du champ de bataille. Néanmoins, certains généraux et conseillers avaient un point de vue tout différent.

Pourquoi, demandaient-ils avec autant d'assurance que possible face au sultan et à son regard d'airain, pourquoi s'en aller après s'être emparé de ce territoire ? Ils auraient dû s'installer, renforcer leur position, faire venir d'autres forces. N'était-ce pas là ce qu'il voulait ? Étendre les frontières de l'empire mamelouk et amputer celui des Mongols ? Baybars n'eut aucun mal à répondre à leurs arguments. Des éclaireurs l'avaient informé qu'Abaqa, ulcéré par sa défaite, conduisait une armée de plus de trente mille hommes vers le royaume seldjoukide pour se venger et récupérer son territoire. Baybars ne disposait pas de troupes assez nombreuses pour s'opposer à lui dans ces conditions, il n'avait pas le temps d'en faire venir. Il dit donc aux généraux qu'en restant, ils couraient le risque d'être coupés du reste de l'armée, toujours à Alep.

D'accord avec cette décision, Kalawun avait remarqué l'air de plus en plus las du sultan depuis qu'ils étaient entrés dans la capitale seldjoukide. La victoire sur les Mongols ne semblait pas lui apporter de réelle satisfaction : si ça n'avait pas semblé si improbable, Kalawun aurait pensé qu'au contraire, il la regrettait. On aurait dit que quelque chose en lui, flétri au fil du temps, avait fini par mourir. Tout au long du chemin de Kayseri à Alep, le sultan avait à peine prononcé un mot.

Kalawun l'observa à la dérobée. Les yeux de Baybars étaient fixés sur les murs de Damas, qui s'élevaient au-delà d'un luxurieux verger. Regardant derrière le sultan, il croisa le regard de Khadir. Le devin avait réussi, il ne savait comment, à manœuvrer pour se retrouver à gauche de leur maître, bien qu'il eût été placé de propos délibéré quelques rangées en arrière, avec Baraka Khan. Ces dernières semaines, Khadir avait réussi à s'infiltrer de nouveau dans le cercle des intimes de Baybars, grâce à ses prédictions répétées d'une éclipse de lune, un mauvais présage qui annonçait la mort d'un grand homme. Cette prédiction avait valu à Khadir de reconquérir son ascendant sur Baybars, à qui il conseillait une extrême prudence. Celui-ci écoutait ses avertissements, même s'il ne leur attribuait pas plus d'importance qu'ils n'en méritaient. Comme ses yeux croisaient ceux de Khadir, il vit sur son vieux visage parcheminé l'expression de la haine et du soupçon. L'émir avait senti ce regard sur lui depuis le début du voyage. Il le troublait et, à vrai dire, il en avait plus qu'assez. Il avait l'impression que le devin essayait de lui jeter un sort en le regardant ainsi, de ses yeux mauvais. L'esprit occupé par d'autres choses, Kalawun s'était efforcé de taire ses dissensions personnelles avec Khadir pendant la campagne. Mais il était presque impossible de l'oublier, car il était tout le temps là, telle une présence malveillante à la périphérie de sa vision.

Des hérauts avaient été envoyés à Damas pour annoncer l'arrivée de l'armée et s'assurer qu'on prépare des chambres à l'intention de Baybars et des émirs. On avait enlevé des rues tout ce qui aurait pu gêner le passage des troupes et les citoyens, heureux d'accueillir le sultan, bordaient le chemin jusqu'au palais. Ils jetaient des fleurs à Baybars et aux soldats, tapissant la route de pétales multicolores, tandis que le roulement des tambours faisait pleurer les bébés et aboyer les chiens à travers toute la ville. Le gros de l'armée établit son campement à l'extérieur des murailles alors que Baybars et l'avant-garde montaient jusqu'à la citadelle, où les accueillit le gouverneur de Damas.

Kalawun tendait les rênes de son cheval à un écuyer lorsqu'un homme en livrée violette de messager royal s'approcha de lui.

— Émir Kalawun ?

— Oui ? fit Kalawun en se tournant vers lui.

Le messager le salua et lui tendit un rouleau.

— Il est arrivé il y a cinq jours. Quand j'ai appris que l'armée venait à Damas, je suis venu ici sans attendre.

Kalawun prit le rouleau et brisa le cachet de cire. Puis il déroula le parchemin pour découvrir trois mots rédigés d'une écriture qu'il connaissait.

Elle est en sécurité.

En lisant le message d'Ishandiyar, Kalawun se sentit envahi par un profond soulagement, comme un printemps évacuant tous les soucis accumulés en gros nuages noirs sur son esprit depuis qu'ils étaient partis du Caire. Mais à peine son inquiétude concernant la Pierre noire fut-elle évacuée qu'un autre motif de tourment l'assaillit : avait-il provoqué la mort de Campbell ou de ses hommes en agissant comme il l'avait fait ? Était-ce malheureux d'avoir envoyé Ishandiyar ? Non, se répondit-il sans hésiter. La lettre de Campbell ne lui révélait pas ses intentions et toutes ses assurances ne comptaient pour rien face à la possibilité qu'il échouât. Non seulement Kalawun ne pouvait se permettre qu'il arrive quoi que ce soit à la Pierre, mais la menace d'une guerre pesait trop lourd pour qu'il ne fût pas forcé d'agir. Malgré tout, il ressentait un certain malaise à l'idée d'avoir trahi et de s'être encore plus couvert les mains de sang pour préserver la paix.

La citadelle, Damas, 11 juin 1277 après J.-C.

Après à peine deux jours de repos, les Mamelouks se réunirent pour décider de la marche à suivre. Ils venaient d'apprendre qu'Abaqa était entré dans le royaume seldjoukide avec trois tumens dans le but d'exercer au plus vite des représailles contre les musulmans d'Anatolie ayant accueilli Baybars en sauveur. On pouvait juger de la colère de l'Ilkhan et de sa capacité à se venger d'après les rumeurs selon lesquelles le Pervaneh seldjoukide, qui avait fui le champ de bataille d'Albistan après une participation symbolique au combat, avait été exécuté et servi en ragoût à un banquet. Abaqa lui-même, disait-on, en avait mangé. L'Ilkhan campait actuellement à l'extérieur du royaume, les yeux braqués sur la Syrie, dont il n'était séparé que par les monts Taurus. Mais personne ne le croyait disposé à pénétrer en territoire ennemi, il manquait d'hommes pour s'attaquer à Baybars sur son propre terrain. Drapés dans leur fierté, les deux lions se jaugeaient de loin en grognant : ils savaient fort bien que, pour le moment, aucun d'entre eux n'était capable de vaincre l'autre.

Au cours de la discussion, qui avait pour but de déterminer un plan d'action, un soldat bahrite entra dans la pièce et s'approcha de Baybars. Kalawun observa le sultan pencher la tête et le soldat lui chuchoter quelque chose à l'oreille.

— Faites-le entrer, dit Baybars d'une voix grave, interrompant l'émir qui avait pris la parole.

— Maître ? l'interrogea Kalawun, tandis que les émirs tournaient la tête en se demandant qui osait interrompre le conseil.

Baybars s'abstint de toute réponse et se leva. Quelques instants plus tard, le soldat bahrite revint avec deux camarades poussant devant eux un jeune homme en robe noire crasseuse. L'homme s'avança la tête haute, avec un air d'arrogance et de défi, et il ne baissa pas les yeux quand il croisa le regard du sultan.

— Sultan Baybars, dit-il sans incliner la tête pour le saluer. Je suis venu récupérer le reste de la rançon promis à mon Ordre contre la libération de votre officier, Nasir. Nous voulions vous le rendre plus tôt, mais nous ne savions pas que vous étiez parti du Caire. Nous vous poursuivons depuis un moment.

Entendant un son bizarre, comme un sifflement, Kalawun tourna la tête et vit qu'il provenait de Khadir. Celui-ci était assis, jambes croisées, en plein soleil, mais il s'allongea sur le ventre, à quatre pattes, comme un crabe, et ses yeux blancs lançaient des éclairs en direction du jeune Assassin.

Tous les autres faisaient silence.

— Où est-il ? demanda Baybars.

— Près d'ici, répondit prudemment l'Assassin. Quand j'aurai reçu le reste de la rançon, j'irai sans délai ordonner qu'on le relâche.

— Ces termes sont inacceptables. Je ne donnerai pas l'argent tant que mon officier ne sera pas en sécurité.

Le jeune Assassin ne cilla pas.

— Dans ce cas, vous ne le reverrez jamais. Mes frères ont pour instruction de tuer Nasir si je ne reviens pas dans l'heure.

La mâchoire de Baybars se contracta. Il se tut un moment, puis fit un signe à l'un des Bahrites.

— Faites venir le trésorier, dit-il sans quitter des yeux l'Assassin.

Quand l'Assassin eut récupéré un sac d'or et quitté la pièce, Baybars appela quatre Bahrites.

— Suivez-le, ordonna-t-il aux soldats. S'il doit les retrouver dans l'heure, ses frères ne doivent pas être loin. Mettez l'officier Nasir à l'abri, puis tuez les fedayins et ramenez-moi l'or.

Les guerriers bahrites le saluèrent et partirent, après quoi Baybars se tourna vers Kalawun.

— Je veux qu'on élimine ces insurgés, émir. Envoyez un bataillon de troupes syriennes à Qadamus. Ils se joindront aux forces de mon lieutenant sur place et, de là, attaqueront la forteresse rebelle. Je veux qu'on en finisse avec cette secte.

— Oui, maître, marmonna Kalawun.

Il le vit dans les yeux du sultan, le sentit au ton de sa voix : cette vieille étincelle de rage qui s'était presque éteinte ces derniers mois brûlait de nouveau. Khadir semblait lui aussi l'avoir remarqué, car il regardait Baybars avec une expression triomphale. Le voir ainsi rappela à Kalawun l'envie du devin de remettre Baybars sur la voie de la guerre contre les chrétiens et son plan pour déclencher un conflit avec l'attaque de Kaboul. Il se souvint par ailleurs que c'était Khadir qui avait voulu qu'on envoie quelqu'un enquêter chez les Assassins. Enfin, il n'oubliait pas le soupçon qu'il avait sur l'implication possible de l'ancien chiite dans le vol de la Pierre noire. Kalawun sentit la crainte s'emparer de lui. Si Nasir avait la preuve que la tentative d'assassinat contre Baybars venait des Francs, où cela les conduirait-il ? Les Mongols et les Mamelouks étaient bloqués, et l'armée de Baybars, victorieuse, reposée, campait à Damas. Soit à seulement trois jours de marche d'Acre.

Les quais, Acre, 11 juin 1277 après J.-C.

Garin jeta son sac sur un banc à la poupe et s'appuya des deux mains au rebord du bateau, les yeux perdus dans l'eau verte écumant en contrebas. Le soleil cuisait sa nuque déjà rougie, et même brûlée par endroits, là où ses cheveux décolorés ne la protégeaient pas. Derrière lui, l'équipage s'apostrophait grossièrement tout en préparant le bateau chargé de sucre à quitter le port d'Acre, à destination de la France. Garin avait hâte de partir.

Il était revenu en Acre trois jours plus tôt. Parvenu au palais royal, épuisé et ulcéré, avec les Chypriotes, il avait découvert qu'ils n'y étaient plus les bienvenus. Pendant leur absence, le comte Roger avait expulsé les derniers hommes de Hugues du château et on ne les admit que brièvement, afin qu'ils récupèrent leurs affaires. Bertrand et ses hommes, aussi vaincus que leur maître, avaient embarqué dès le lendemain sur un bateau en partance pour Chypre. Ils avaient abandonné Garin dans une taverne sur le port, où il ressassait son infortune. Non seulement son plan avait complètement échoué, mais il avait dilapidé tout l'or dont il disposait pour s'enfuir du désert. Il avait utilisé à cet effet l'argent que le roi Hugues lui avait donné pour Édouard après leur accord, accord qui n'avait plus aucune raison d'être maintenant que le roi Charles s'était hissé sur le trône. Une bonne partie de cette somme s'était envolée. En outre, non content d'avoir perdu une année et dépensé l'argent d'Édouard pour son qannob, ses putains et sa stupide idée, il n'avait même pas réussi à obliger Everard et l'Anima Templi à dégager les fonds qu'Édouard avait exigés. Son seul espoir, c'était que les matelots ne trichent pas aux dés, ainsi il pourrait regagner une partie des sommes perdues. Sinon, il aurait aussi vite fait de se jeter lui-même par-dessus bord pour épargner à Édouard la fatigue de le tuer.

Il n'avait plus rien. Et il n'était plus rien.

Les mots ravivèrent de mauvais souvenirs liés à son oncle, Jacques, à sa mère et à Édouard. Il essaya de les repousser, se força à fermer les yeux devant leur insistance, mais ils n'arrêtaient pas de l'assaillir, de lui répéter qu'il n'avait jamais agi comme il le fallait, qu'il était inutile, un bon à rien, pas comme son père et ses frères, pas comme Will. Ce nom s'enfonça dans son esprit avec autant de violence que s'il se fût agi d'un coup de couteau. Son incapacité à retirer cette épine plantée dans son pied depuis l'enfance était presque aussi frustrante que l'échec de sa mission elle-même. Pourtant, il en avait eu l'occasion. Il n'avait même pas à faire quoi que ce soit, juste laisser le bras de Bertrand retomber. L'histoire aurait été finie rapidement, tranquillement, sans que le sang ou la honte lui en reviennent. Il ne comprenait pas pourquoi il était intervenu. Pourquoi il avait retenu la main de Bertrand. Tout au long de leur retour à travers le désert, Garin n'avait cessé de repenser à ce moment, encore et encore, sans jamais parvenir à une conclusion satisfaisante. Pourquoi avait-il sauvé la vie de Will, alors que c'était si facile de le laisser mourir ? Il n'avait plus aucun sentiment pour Will, rien d'autre que du ressentiment, de l'animosité et de la jalousie. Tout ce que le chevalier possédait lui revenait de droit. Son statut de commandeur, sa place dans l'Anima Templi, le respect et l'amitié de ses camarades, la famille qui l'aimait quoi qu'il fasse, la femme qui le désirait. Même si elle s'était donnée avec une liberté rare ce jour-là au palais, Garin savait qu'Elwen ne l'avait pas vraiment désiré. Sinon, elle n'aurait pas versé de larmes après. Le seul plaisir que ce souvenir entaché d'amertume provoquait en lui, désormais, c'était qu'il avait au moins pris quelque chose à Will, ne fût-ce qu'un instant. Quelque chose de précieux qu'il ne pourrait jamais recouvrer.

Tandis que l'équipage défaisait les cordes d'amarrage et mettait les rames à l'eau, Garin reposa son menton sur ses mains en coupe et, avec détachement, comme s'il était engourdi, il ne pensa plus à rien. Lorsque le vaisseau sortit du port et s'éloigna lentement d'Acre, Garin ne regarda pas derrière lui, il continua à fixer la mer vide sur laquelle il s'engageait.

La citadelle, Damas, 11 juin 1277 après J.-C.

Les minutes devinrent des heures. Baybars restait assis, immobile et pensif. Le conseil s'était terminé de façon abrupte avec l'arrivée de l'Assassin, et seuls Khadir et Kalawun demeuraient avec lui dans la pièce, Kalawun sur ordre du sultan, et Khadir parce qu'il l'avait oublié, recroquevillé dans un coin comme il l'était.

Enfin, après trois heures de tension, on frappa à la porte et quatre hommes entrèrent. Trois d'entre eux étaient les soldats bahrites que Baybars avait envoyés à la poursuite des Assassins. Le quatrième était Nasir. Kalawun se leva en voyant l'officier. Nasir était maigre, émacié même, sa barbe et ses cheveux étaient emmêlés par la crasse, et il était couvert de contusions. Kalawun ressentit une culpabilité dévorante à l'idée que c'était lui qui avait ordonné à son officier et ami de se jeter au cœur du danger, et qu'il était responsable des souffrances qu'il avait endurées. Il fit un pas vers Nasir mais Baybars, d'une main levée, l'empêcha d'aller plus loin.

— Est-ce fait ? demanda le sultan au Bahrite.

L'un des soldats s'avança et lui tendit le sac en cuir donné à l'Assassin, rempli d'or. Le sac était souillé de matières sombres. Du sang, se dit Kalawun. Il y en avait encore davantage sur les uniformes des Bahrites, l'un d'entre eux semblait d'ailleurs blessé.

— Oui, seigneur. Mais nous avons perdu un homme.

Baybars hocha la tête en soupesant le sac, comme pour signifier que c'était une perte acceptable, puis il porta son attention sur Nasir, qui paraissait presque incapable de se tenir debout.

— Est-ce que tu as trouvé ce que je t'ai envoyé chercher ?

Nasir acquiesça d'un air las et ouvrit la bouche pour parler, mais le râle spectral qu'il produisit était aussi inaudible qu'une légère brise. Il toussa faiblement et répéta sa tentative.

Baybars tendit la main vers une coupe de cordial posée sur la table. Il s'approcha de Nasir et la plaça dans sa main.

— Bois.

Nasir saisit la coupe et la porta à ses lèvres gercées, jaunies. Puis il rendit la coupe à Baybars.

— Oui, seigneur, murmura-t-il d'une voix rauque. Je l'ai.

La voix de Baybars tremblait légèrement lorsqu'il répondit.

— Qui est-ce ? Qui a payé les Assassins pour me tuer ?

— Un Franc, seigneur, comme vous le pensiez. Un Templier. Il s'appelle William Campbell.

Baybars pivota en entendant Kalawun pousser une exclamation.

— Qu'y a-t-il, Kalawun ?

La gorge de Kalawun se dessécha instantanément. Il était pris au dépourvu et ne savait que répondre pour couvrir sa réaction. De manière inattendue, c'est Khadir qui le sauva.

— Tu le connais, maître ! dit-il en bondissant sur ses pieds. Tu le connais !

Baybars commençait à secouer la tête.

— C'est l'homme qui a porté le traité ! C'est lui qui portait le traité de paix des Francs il y a cinq ans.

Baybars se souvint des ruines de Césarée, son trône dressé au milieu de la cathédrale dévastée. Il se rappela ce jeune chevalier chrétien, un Templier, qui lui avait tendu le traité signé par Édouard d'Angleterre. Il se rappela qu'il avait des cheveux noirs, qu'il parlait arabe et qu'il lui avait demandé l'autorisation d'aller à Safed. Puis, il finit par se rappeler son nom et il sut que Khadir ne se trompait pas.

— Tu l'as laissé enterrer son père, dit Khadir en sautillant presque.

— Reste tranquille, marmonna Baybars, sa main se crispant sur la coupe, les doigts faisant plier le métal délicat.

— Tu l'as laissé traverser ton territoire, avec tes propres hommes comme escorte !

— *Je t'ai dit de te tenir tranquille !* grogna Baybars en lançant la coupe contre le mur, qu'elle heurta avec fracas en laissant de grandes éclaboussures mauves.

Khadir se jeta au sol, rampant face à la colère du sultan. Les soldats et Nasir se gardaient d'intervenir, évitant judicieusement de croiser le regard furieux de Baybars.

— Seigneur…, commença Kalawun.

— Je veux que vous le trouviez, l'interrompit Baybars en s'adressant aux Bahrites. Trouvez-le et amenez-le-moi.

— Où voulez-vous que nous commencions nos recherches, sultan ? demanda l'un des soldats, tête basse.

— Au Temple d'Acre. S'il n'y est pas, ils sauront où le trouver.

— Seigneur ! répéta Kalawun d'une voix plus forte.

Baybars tourna les yeux dans sa direction.

— Comment sais-tu si c'est bien le même chevalier qui t'a apporté le traité ? William est un nom courant chez les Francs. Peut-être sont-ils plusieurs à s'appeler Campbell ?

— Alors, je tuerai tous les chrétiens qui portent ce nom, rugit Baybars d'une voix d'airain, inflexible. Jusqu'à ce que je sois certain d'avoir éradiqué de cette Terre l'homme qui a payé des tueurs pour s'attaquer à moi pendant les fiançailles de mon fils, de mon héritier. Des tueurs dont les lames ne m'ont pas atteint, mais qui ont transpercé le cœur de celui qui m'aimait comme un frère, inconditionnellement, sans peur et sans hésitation.

La voix de Baybars se brisa en prononçant ces mots, puis il tourna les talons et quitta la pièce.

— Suivez mes ordres, se contenta-t-il de dire en passant aux soldats.

Khadir se jeta à la poursuite du sultan, laissant Kalawun seul avec Nasir tandis que les Bahrites partaient d'un pas fatigué rejoindre les écuries de la citadelle pour faire seller leurs chevaux. Kalawun s'approcha de Nasir et l'étreignit.

— J'étais sûr que tu étais mort.

Nasir parvint à lui adresser un faible sourire.

— Moi aussi.

— J'ai honte, commença Kalawun d'une voix hésitante, une main posée sur l'épaule de Nasir.

— Tu n'as pas à avoir honte, émir. Je remplissais mes devoirs.

Kalawun secoua la tête. Il resta silencieux quelques instants, sans savoir s'il devait poursuivre. S'il ouvrait cette boîte, il ne pourrait plus la refermer. Mais l'occasion de se racheter de sa trahison envers Will l'animait d'un sentiment d'urgence, et il n'y tint plus.

— Non, Nasir, dit-il en soupirant. J'ai honte de ce que je vais te demander. Je ne sais pas quoi faire, et je n'ai personne d'autre auprès de qui solliciter un conseil. Je voudrais y aller moi-même, mais mon absence serait remarquée, et le seul homme à qui je pourrais confier cette information se trouve au Caire.

— De quoi s'agit-il, émir ?

Kalawun alla jusqu'aux portes, vérifia qu'elles étaient bien fermées, puis il s'approcha d'une tapisserie tendue sur les murs qui montrait une scène de jardin. Il la souleva pour s'assurer que la porte qu'elle cachait était verrouillée. La citadelle de Damas, comme celle du Caire, multipliait les passages pour les serviteurs. Rassuré, il revint vers Nasir.

— Ce chevalier dont tu viens de nous parler, je le connais.

Nasir garda le silence tandis que Kalawun expliquait comment le chevalier l'avait prévenu d'un complot visant à voler la Pierre noire de La Mecque.

— Et tu as pu empêcher que ça se produise ? lui demanda-t-il dès que Kalawun eut terminé.

— Le chevalier a juré de l'empêcher, mais je n'ai pas pu me résoudre à laisser cette mission entre les mains d'un non-musulman, même si ses intentions étaient les meilleures. J'ai envoyé l'émir Ishandiyar. Je viens de recevoir un message : la Pierre noire est, semble-t-il, en sécurité.

— Tant mieux, murmura Nasir.

— Je ne sais pas si ce chevalier était à La Mecque ou non et, s'il y était, s'il a pu s'en sortir. Mais s'il est en vie, il faut le prévenir. Je veux que tu le trouves avant les Bahrites.

Nasir le fixa.

— Je sais que c'est beaucoup te demander, renchérit Kalawun. Peut-être trop. Mais je le dois à ce chevalier, Nasir. Nous le lui devons tous. Sans lui, nous serions en guerre, et cette guerre n'apporterait rien à personne. Crois-moi, mon ami, je ne te demanderais pas une chose pareille sans la meilleure des raisons. Il faut que tu me fasses confiance. Je t'expliquerai tout à ton retour mais, pour l'instant, j'ai besoin que tu le trouves et que tu le préviennes. Dis-lui de quitter ce pays et de ne jamais y revenir.

30

Le Temple, Acre

14 juin 1277 après J.-C.

Will sursauta en sentant une main se poser sur son épaule. Simon était à côté de lui et souriait de toutes ses dents.

— Ça fait plaisir de te revoir, dit-il en le détaillant des pieds à la tête. Mon Dieu, mais tu es aussi hâlé que les Sarrasins. J'ai voulu te voir plus tôt dans tes quartiers, mais on m'a dit que tu avais un entretien avec le grand maître.

— Je lui faisais mon rapport.

— Comment s'est déroulée la mission ?

Will observa la cour en évitant le regard de Simon.

— Il ne s'est pas passé grand-chose. Nous avons parlé avec des Mongols, nous nous sommes divertis à la cour et avons réaffirmé notre volonté de rester des peuples amis.

Simon lui jeta un coup d'œil entendu.

— Allons, dit-il avec le plus grand sérieux, j'ai entendu des choses. Tous les membres de ta compagnie ne sont pas revenus et j'ai cru comprendre que Robert de Paris était blessé. Les Mongols, tu dis ? On m'a dit qu'ils faisaient des… des *choses* à leurs ennemis. Des choses terribles.

Will était étonné. Ils n'étaient arrivés en Acre que la veille et il ne s'attendait pas que les rumeurs se déclenchent aussi rapidement.

— Ton imagination est toujours aussi bouillonnante, répondit-il avec désinvolture. Non, ce n'étaient pas les Mongols. Nous avons eu un accident sur le chemin du retour, quand nous avons traversé les montagnes. Nous y avons laissé trois hommes et Robert n'a été sauvé que de justesse.

— Qu'est-ce qui s'est passé ?

— Je n'ai pas très envie d'en parler.

— Bien sûr, fit Simon en hochant la tête. Désolé.

Will le remercia d'un sourire qui lui donnait l'impression d'un traître.

— Écoute, nous parlerons bientôt. Mais, dans l'immédiat, il faut que j'aille voir Robert à l'infirmerie.

— D'abord, il y a une chose que tu dois savoir, Will. Elwen est venue à plusieurs reprises à la commanderie depuis quelques semaines.

— Elle est venue ici ? s'alarma Will.

— Ne t'inquiète pas. Elle a été discrète et n'a parlé qu'avec moi. Elle voulait savoir si tu étais rentré.

Will soupira calmement. Il avait beaucoup de choses à se faire pardonner maintenant qu'il était rentré.

— J'irai la voir plus tard.

Simon passa la langue sur ses lèvres.

— À ta place, j'irais la voir tout de suite. Elle n'a pas l'air…, hésita Simon, disons qu'elle a l'air d'aller mal.

— D'aller mal ? demanda aussitôt Will.

— Elle a l'air en détresse, fit Simon en haussant bizarrement les épaules. Elle pleure. Pour être franc, je ne savais pas trop quoi lui dire.

Will regarda en direction de l'infirmerie. Il fallait qu'il parle à Robert dès que possible pour lui expliquer le mensonge qu'il avait mis au point avec le grand maître pour couvrir les morts de Carlo, Francesco et Alessandro. Mais si Elwen avait besoin de lui…

— J'y vais tout de suite, dit-il.

— Je prépare ton cheval.

Will s'attarda dans la cour tandis que Simon se hâtait vers les écuries. Il était préoccupé. Ça ne ressemblait pas à Elwen de pleurer devant les gens, ni de prendre le risque de venir au Temple pour ce genre de choses. Il fut distrait de ses pensées en voyant la silhouette voûtée d'Everard arriver vers lui. Le prêtre était d'une pâleur terrifiante et chaque pas semblait lui coûter.

— William, chuinta-t-il. Trop occupé pour venir me voir ?

Il leva la main pour empêcher Will de répondre.

— Nous avons à parler.

— J'allais venir vous voir plus tard, le rassura Will. Je suis arrivé dans la nuit et je ne voulais pas vous réveiller.

— Et tu fais quoi au juste ? Tu prends un peu de repos ? Tu te dores au soleil ?

— J'étais sur le point…

Will hésita, le regard tourné vers les écuries. Puis ses yeux rencontrèrent ceux, implacables, du prêtre.

— Aucune importance, ça peut attendre.

Il suivit à regret le prêtre à travers la cour, jusqu'aux quartiers des chevaliers.

— J'ai prévu une réunion du Cercle dès que j'ai appris ton retour, fit Everard en fermant la porte de son réclusoir derrière eux. Mais je voulais te parler d'abord. Je suppose que tu as accompli ta mission ?

Il le regardait doucement, mais son angoisse était perceptible.

Will accepta la coupe de vin que lui tendait Everard.

— Tout dépend de ce que vous entendez par succès. Si vous me demandez si nous avons empêché le vol, la réponse est oui.

Everard s'assit, de toute évidence soulagé.

— Mais si vous me demandez si nous avons atteint ce résultat sans sacrifier de vies, reprit Will, ou sans nous faire remarquer, alors c'est non.

— J'ai appris que trois des hommes de Beaujeu sont morts, dit Everard en sirotant son vin. Raconte-moi ce qui s'est passé.

Will ne lui épargna aucun détail. Everard attendit qu'il eût terminé, puis il se leva pour remplir sa coupe. Mais il vacilla et dut se tenir à la table pour ne pas tomber. Will était déjà debout et voulut l'aider, mais le prêtre l'écarta d'un mouvement de bras.

— Ne fais pas d'histoires !

— Est-ce que tout va bien ?

Everard le fit taire d'un geste.

— Je vieillis, William, c'est tout, dit-il avec un petit soupir. Je vieillis.

Il fit quelques petits pas pour se rapprocher de la carafe.

— Les hommes qui ont monté l'embuscade à la sortie de La Mecque ? Tu dis qu'ils parlaient le latin ?

— Oui. Ils le parlaient couramment et sans accent.

— Français ? Anglais ?

— Je ne suis pas sûr, fit Will en luttant pour rassembler ses souvenirs. J'étais assez sonné par la chute. C'est vrai, je ne sais pas, fit-il en secouant la tête.

— Et tu crois que les hommes qui t'ont attaqué à la Grande Mosquée étaient des Mamelouks ?

— Ça, j'en suis sûr. Je pense que c'est Kalawun qui les a envoyés.

— Sans nous prévenir ?

— Peut-être n'a-t-il pas eu mon message l'informant que nous avions la situation en main…

— Ou bien il l'a eu, mais il n'avait pas assez confiance en nous.

— C'est possible, dit Will en grimaçant.

— Bien, de toute façon, l'essentiel c'est que la Pierre soit en sécurité. Et toi aussi, bien entendu, ajouta Everard en voyant le regard que lui jetait Will. Tu as eu de la chance d'en revenir. J'aurais cru que, sans Kaysan, les chiites t'abandonneraient dans le désert.

— Ils avaient besoin d'hommes autant que nous. Ils savaient que leurs chances d'arriver à al-Ula étaient meilleures avec nous.

— Quoi qu'il en soit, tu as eu de la chance. On m'a dit que Robert de Paris est blessé ?

— Il devrait aller mieux dans quelques semaines, dit Will en plongeant le regard dans sa coupe.

— Ne bats pas ta coulpe pour ça, Will, tenta de l'apaiser Everard. Au bout du compte, Robert a pris sa décision en jugeant lui-même ce qu'il convenait de faire.

Will termina son vin plutôt que de répondre.

— Je suppose que tout est fini, de toute façon.

— Pas tout à fait. Il reste la question de l'implication du grand maître et de l'identité des hommes avec qui il travaillait. Comme tu le sais, j'ai demandé à deux membres du Cercle d'enquêter sur Angelo Vitturi l'année dernière. Nous avons découvert qu'il est l'héritier d'une énorme affaire de commerce d'esclaves, dirigée par son père Venerio, et que les affaires périclitent depuis quelques années. Nous avons aussi appris que Guido Soranzo était dans la même situation, la construction navale n'étant plus aussi lucrative et les profits en chute libre.

— Je me souviens.

— Durant ton absence, nous avons appris que les Vitturi avaient des accords avec les Mamelouks pour leur envoyer des garçons afin de garnir les rangs de leur armée. C'est peut-être le lien qui nous manquait au Caire : le frère de Kaysan.

— C'est possible, dit Will sans conviction. Mais nous n'avons aucune preuve qu'Angelo Vitturi était au courant de ce que le grand maître avait prévu. Soranzo était le seul lien réel avec la Pierre.

— C'est notre principal problème. Le grand maître a admis devant toi qu'il y avait d'autres gens impliqués, mais il n'a pas donné davantage d'indications.

— Est-ce que ça a vraiment de l'importance ? Nous les avons empêchés de parvenir à leurs fins.

— Pour l'instant, oui. Mais de toute évidence, ces hommes sont déterminés. Pour arriver à de telles extrémités. Je n'arrive pas à croire que ce soit terminé. Nous en avons débattu au sein de l'Anima Templi quand tu n'étais pas là, continua-t-il d'une voix lente. William, nous pensons que, grâce à ta position auprès du grand maître, tu devrais essayer de lui soutirer cette information.

Guillaume de Beaujeu se détourna de la fenêtre tandis que son secrétaire terminait la dernière ligne de la lettre, la plume d'oie volant sur la page par à-coups.

— Dites-lui que je le recontacterai très bientôt et envoyez-lui mes amitiés. Partez quand vous en aurez fini.

Le secrétaire leva les yeux de sa table de travail.

— Maître ? demanda-t-il d'un ton timide en reportant son regard sur les pages vierges posées à côté de lui. Ne vouliez-vous pas que j'écrive plusieurs messages aujourd'hui ? Je croyais que…

— Plus tard, le coupa Guillaume. Nous finirons plus tard. Laissez-moi.

— À votre bon vouloir, maître, dit le secrétaire en se hâtant d'écrire les derniers mots avant de ramasser ses affaires.

Puis il s'inclina devant le grand maître et s'en alla. Quand il fut parti, Guillaume ferma les yeux. Le soleil entrant par la fenêtre imprimait sa marque rouge derrière ses paupières closes. Il transpirait à cause de son épais manteau. Sa tête tournait et son estomac le tiraillait. Il tendit le bras et s'appuya à la pierre froide encadrant la fenêtre.

Après avoir entendu le rapport de Will, Guillaume avait aussitôt fait venir le secrétaire. Les messages qu'il avait envoyés à Charles, à Édouard et au pape ces trois derniers mois, et où il leur disait de se préparer pour une nouvelle guerre en Outre-mer, n'avaient plus aucun sens ; il fallait qu'il se rétracte et annule ses demandes précédentes.

Mais ce n'était qu'en dictant la première lettre que les récents événements avaient pris toute leur réalité. Et l'avaient dévasté.

Ils avaient échoué.

La Chrétienté ne se rallierait pas autour de la Pierre, il n'y avait pas de relique à brandir triomphalement. Les musulmans ne se soulèveraient pas contre eux, et l'Occident n'aurait pas à répondre dans l'urgence à la menace. Les Mamelouks allaient continuer leur guerre contre les Mongols, puis, quand ils seraient prêts, Baybars et ses guerriers esclaves balaieraient tout simplement les derniers territoires francs. Alors, le rêve d'une Terre sainte chrétienne serait anéanti. Guillaume s'était présenté en Acre avec de grands projets et une détermination sans faille, résolu à reprendre ce qu'ils avaient perdu, à accomplir la volonté de Dieu, à délivrer Jérusalem. Voilà que tout ce qu'il avait entrepris depuis son arrivée était ruiné : son soutien à son cousin Charles ; son combat personnel contre le roi Hugues, jugé trop faible ; son engagement secret dans le complot des marchands. Il avait fait tout ça pour rien.

Pourtant, en dépit de la gravité de la défaite, il éprouvait un certain soulagement. Les inquiétudes qu'il n'arrivait pas à calmer depuis des mois n'avaient plus lieu d'être. S'ils avaient réussi leur tentative, ils auraient pu tout perdre. Guillaume avait été informé par le visiteur de Paris, Hugues de Pairaud, que le Temple connaissait un certain nombre de retards dans la construction de la flotte prévue. Les monarques occidentaux ne se seraient peut-être pas portés à temps à leur secours et, bien qu'il se soit assuré le trône en Outre-mer, Charles n'avait pas fait preuve d'un grand empressement à l'occuper jusqu'ici. Guillaume se contracta. Peut-être eût-il mieux valu, malgré tout, tomber au champ d'honneur, en choisissant les termes de leur mort, que d'attendre ici qu'on vienne les égorger. On frappa à la porte. Guillaume se tourna, agacé qu'on interrompe ses pensées.

La porte s'ouvrit et Zaccaria apparut, le visage las et brûlé par le soleil.

— Maître, vous avez une visite.

— Je vous ai dit que je ne voulais voir...

Guillaume ne finit pas sa phrase. Derrière le chevalier se trouvait un homme vêtu de noir. Angelo Vitturi. Guillaume ravala sa colère. Il avait dit à Zaccaria de faire venir le Vénitien dès que celui-ci se présenterait au Temple. Le Sicilien n'avait fait que suivre les ordres.

— Bonjour à vous, maître, dit Angelo tandis que Zaccaria fermait la porte en les laissant seuls.

Le visage basané, élégant, du jeune homme était inexpressif, mais Guillaume crut déceler une nuance d'hostilité, comme du mépris, dans sa façon désinvolte de le saluer.

— Qu'est-ce que vous faites ici ? lui demanda-t-il avec morgue.

— Vous le savez très bien, répondit Angelo sans se décontenancer.

Guillaume comprit tout de suite.

— Vous avez appris.

— Que notre plan a échoué ? Oui, je l'ai appris, répliqua Angelo sans ménagement.

— Comment ?

— Dites-moi ce qui s'est passé, dit Angelo sans se donner la peine de répondre. Mon père exige une explication.

Incapable de se contenir, Guillaume s'embrasa.

— Vous feriez bien de rester courtois avec moi, Vitturi. N'oubliez pas à qui vous parlez.

Angelo posa sur lui un regard glacial, puis, au bout de quelques secondes, il parut s'adoucir. Mais il donnait l'impression de faire un gros effort.

— Je vous demande pardon, maître. Mais mon père et ses associés sont affligés par cette nouvelle. Nous aimerions connaître, selon vous, les raisons de cet échec.

Guillaume lui désigna un des tabourets devant sa table de travail.

— Asseyez-vous.

Angelo ne semblait pas en avoir particulièrement envie, mais il finit par s'exécuter. De son côté, Guillaume resta debout pour répéter au marchand ce que Will lui avait expliqué : les chevaliers étaient arrivés à La Mecque avec Kaysan et les chiites mais, à l'intérieur de la mosquée, des gardes les avaient attaqués et ils n'avaient pas pu s'emparer de la Pierre.

Quand il eut terminé, Angelo resta assis en silence quelques instants. Puis il se leva, et son visage exprimait une véhémence presque frénétique.

— Nous savons que c'est faux, affirma-t-il sans plus se soucier de courtoisie. Vos hommes n'ont pas échoué, ils ont saboté la mission.

Guillaume faillit se mettre à rire, tant cette accusation le surprenait, mais Angelo poursuivit avant qu'il ait pu reprendre la parole :

— Nous avons reçu des informations selon lesquelles un de vos hommes entretient en secret une relation avec l'émir Kalawun al-Alfi, le lieutenant en chef de Baybars. À eux deux, ils se sont arrangés pour déjouer notre projet. Il a averti Kalawun il y a des mois.

Cette fois, Guillaume rit pour de bon.

— C'est absurde ! s'exclama-t-il, mais son rire s'évanouit immédiatement. D'où tenez-vous cette *information* ?

Il scrutait le visage d'Angelo, mais il n'y voyait pas trace de mensonge. Le doute s'insinua en lui, embrouillant ses convictions.

— Ce que nous voulons savoir, maître, reprit Angelo d'une voix funèbre, c'est comment un simple chevalier a pu se retrouver en contact avec l'un des hommes les plus puissants de l'armée mamelouke. Il n'a pas pu le faire tout seul.

— Qu'est-ce que vous insinuez ? demanda Guillaume avec humeur.

— C'est vous qui l'avez chargé de cette mission et qui avez choisi les hommes qui l'accompagnaient.

— Et trois de mes hommes y ont laissé leur vie ! Des hommes que je côtoie depuis des années. D'excellentes âmes.

— Un sacrifice acceptable, j'en suis sûr. Toute cette affaire vous déplaisait depuis le début, c'est évident. Vous avez travaillé contre nous, vous avez fait en sorte que la mission échoue.

— Hors de ma vue ! lui lança Guillaume en se levant et en se dirigeant vers la porte. Partez d'ici avec vos fantaisies ou, par Dieu, je vous les ferai regretter. Dites à votre père et à ses associés que cette histoire est terminée.

Il tendit la main vers la poignée de la porte.

— Nous en avons fini.

— Loin de là, répliqua Angelo.

Et il fit glisser dans sa main la dague qu'il tenait cachée depuis le début dans les amples replis de sa cape de brocart. Guillaume aperçut la lame tandis qu'Angelo avançait vers lui, véloce et déterminé, ses yeux noirs remplis de venin. Surpris, il fut tétanisé une seconde ou deux avant de réagir, mais Angelo fondait déjà sur lui et plongeait la lame vers ses côtes. Guillaume esquiva au dernier moment en saisissant Angelo par l'épaule pour l'empêcher de frapper. Au même moment, il sentit la lame s'enfoncer et la douleur éclata dans son corps, tandis que son manteau s'imbibait soudain d'un sang chaud. Il réalisa qu'il avait été poignardé, et il fut horrifié. Puis enragé. Attrapant Angelo par le cou, il serra de toutes ses forces, décuplées par la colère. Le Vénitien lâcha son arme, qui s'écrasa sur le sol en tintant, et une lutte à mort s'engagea. Le grand maître était plus fort, plus grand et, malgré sa douleur aveuglante, il fit reculer Angelo, le projeta contre le coin de la pièce où celui-ci s'écroula.

Angelo frappait les poignets du grand maître. Penché sur lui, celui-ci écrasait sa gorge de tout son poids. Angelo luttait, haletait, se débattait sur la table de travail tandis que son adversaire, le visage pâle et déformé par la fureur, continuait de l'étrangler. La vue d'Angelo se brouillait, mais il aperçut la tache qui grandissait sur le manteau de Guillaume, légèrement en dessous et sur le côté de la poitrine. Les yeux du grand maître papillotèrent et il vacilla, manquant tomber sur Angelo. Au bord de l'évanouissement, il desserra l'étau et Angelo parvint à se défaire de sa prise et à se dégager. Puis il s'écarta, tituba en suffoquant, pendant que le grand maître s'agrippait à la table en regardant, hagard, sa blessure. Le souffle court, Angelo balaya la pièce du regard à la recherche de sa dague. Il la repéra un peu plus loin et se dirigea vers elle. Un bruit métallique lui fit tourner la tête et il vit que le grand maître avait trouvé une épée. Guillaume était blême, son visage était couvert de sueur mais, en dépit de son agonie, sa résolution ne faisait aucun doute quand il chargea en chancelant. Angelo fut prompt à prendre la mesure de la situation, puis il remit sa dague dans sa manche et se précipita vers la porte. Quand celle-ci se referma, Guillaume se sentit à nouveau au bord de la syncope et il laissa tomber son épée avant de tomber à genoux, submergé par des vagues de douleur. Pensant qu'il mourait, il tenta d'articuler une prière. Mais l'engourdissement passa et sa vision s'éclaircit. La douleur formait maintenant un bloc solide, compact, localisé. Il agrippa le rebord de la table et essaya de se relever en grognant. La blessure envoyait des pulsations lancinantes à travers tout son corps. Il parvint jusqu'à la porte et l'ouvrit.

— Zaccaria ! cria-t-il d'une voix qu'il peina à reconnaître.

Un moment plus tard, deux chevaliers apparurent par l'une des portes donnant sur le couloir.

— Il n'est pas là, maître, dit l'un d'entre eux en avançant dans sa direction. Il est parti escorter quelqu'un vers la sortie il y a quelques instants.

— Par Dieu ! lâcha Guillaume d'une voix rauque.

— Maître ?

Les yeux du chevalier tombèrent enfin sur sa blessure et sur l'énorme tache rouge qui maculait son manteau. Il resta bouche bée une seconde.

— Va chercher le médecin, lança-t-il à son camarade en se précipitant pour aider le grand maître.

— Non, gronda Guillaume. D'abord, faites en sorte que l'homme escorté par Zaccaria ne quitte pas la commanderie. Tout de suite ! cria-t-il en voyant que le chevalier ne bougeait pas d'un pouce.

Celui-ci pivota et partit en courant à travers le couloir.

— Vous, ajouta dans un souffle le grand maître à celui qui restait, trouvez William Campbell. Je veux qu'on l'arrête.

Il serrait convulsivement la poignée de la porte pour se redresser.

— Ensuite, vous m'enverrez l'infirmier.

Simon était au centre de la cour et jetait des regards alentour. Le cheval qu'il venait de seller, un hongre pie très vif, le poussait dans le dos en s'ébrouant. Simon lui caressait les naseaux d'un air absent.

— Où peut-il bien être ? murmura-t-il en faisant lentement un tour sur lui-même.

Il y avait plusieurs chevaliers près des quartiers des officiers, ainsi que des sergents se dirigeant, des épées en bois à la main, vers le terrain d'entraînement. Mais pas de Will.

Au bout d'un moment, Simon alla vers les portes en tirant le hongre derrière lui. Il avait été retardé, le maître des écuries ayant insisté pour qu'il prépare deux chevaux pour le maréchal, et il se disait que Will, à bout de patience, était peut-être déjà parti. Mais si ça ne faisait que quelques minutes, il pourrait sans doute le rattraper. C'était idiot qu'il fasse tout le chemin jusqu'à la maison d'Elwen en marchant alors qu'il y avait un cheval sellé et prêt à partir. Simon traversait la cour quand un sergent arriva en courant. C'était Paul, l'un des gardes travaillant aux portes. Il héla Simon.

— Est-ce que tu as vu le commandeur Campbell ?

— Je le cherche aussi. Je pensais qu'il avait peut-être quitté la commanderie. Tu ne l'as pas vu ? demanda-t-il en jetant un coup d'œil vers la porte.

— Non, fit Paul en secouant la tête. Mais Richard et moi venons juste de prendre notre garde. Il y a un homme qui veut le voir. Il dit que c'est urgent.

— Qui est-ce ?

— Il ne veut pas donner son nom. Il dit que le commandeur Campbell sait de quoi il s'agit et qu'il doit venir immédiatement.

Simon plissa le front, circonspect, puis en soupirant il attacha le cheval à quelques mètres de là.

— Retournes-y et demande aux gardes qui étaient là avant toi s'ils l'ont vu passer, dit-il à Paul en nouant les rênes à un poteau. Je vais voir ce que veut cet homme.

Paul n'avait pas l'air bien sûr de la marche à suivre.

— Je ne veux pas paraître grossier, mais je ne suis pas certain que tu devrais te mêler des affaires du commandeur.

— C'est mon ami. Ça ne le dérangera pas. Si c'est important, il me remerciera plutôt.

Simon marcha vers la porte de la commanderie, fit un signe de tête à Richard, le camarade de Paul qui tenait la garde, puis il sortit dans la rue, tira la porte derrière lui et observa la foule. Ses yeux passèrent en revue les gens et les bâtiments, jusqu'à ce qu'il aperçoive un homme seul, emmitouflé dans un burnous gris, le visage en partie dissimulé par la capuche. C'était la seule personne dans la rue qui ne semblât pas être simplement de passage. Il l'observait d'ailleurs, mais ne se décidait pas à traverser la rue. Simon prit les devants et traversa avec prudence, évitant deux hommes tirant une charrette à bras chargée de pêches.

— Bonjour, lança-t-il en approchant. C'est vous qui attendez le commandeur Campbell ?

— C'est moi, répondit l'homme sans bouger d'un pouce.

Bien qu'il s'exprimât en latin, Simon reconnut à son accent qu'il était arabe.

— Je peux lui porter un message ?

— Je parle avec lui, très important. Où est lui ?

— Je crois qu'il est en ville, l'informa Simon en parlant avec lenteur pour se faire comprendre. Mais si vous me dites pourquoi vous voulez lui parler, je lui expliquerai à son retour.

L'homme fronça les sourcils en entendant les explications de Simon.

— Où, en ville ?

— Je…

Simon hésita. Le regard fixe de l'homme le rendait nerveux. Peut-être Paul avait-il raison : ce n'étaient pas ses affaires.

— Vous feriez mieux d'attendre ici, dit-il en reculant. Le commandeur Campbell sera bientôt de retour, c'est certain.

Soudain, l'homme agrippa Simon par le bras.

— *Où ?* demanda-t-il dans un chuintement.

Simon essaya de se dégager, mais l'homme, pourtant moins carré que lui, était d'une force incroyable et refusait de le laisser d'en aller.

— Eh ! Lâchez-moi !

L'homme retroussa ses lèvres et siffla. En un instant, deux hommes, habillés des mêmes vêtements mornes, émergèrent d'une allée à quelques pas de là.

Simon ne les remarqua même pas. Il était tétanisé. Ses yeux ne quittaient plus la dague que l'homme avait tirée et pointait sur son ventre.

— Tu conduis nous à Campbell ou nous te tuer, murmura l'homme.

Ses jambes tremblaient sans qu'il puisse les contrôler, sa vessie semblait se contracter sous l'effet de la peur, et Simon se laissa conduire par les trois hommes dans l'allée, où ils en retrouvèrent un quatrième qui attendait avec des chevaux.

31
Le Temple, Acre

14 juin 1277 après J.-C.

— Je ne suis pas convaincu que ça fonctionnera, dit Will en reposant sa coupe vide sur la table.

— Tu étais d'accord il y a un instant, le rabroua Everard. Tu viens de dire que tu lui parlerais.

Will se tourna vers le prêtre.

— J'ai dit que j'essaierai. Mais je dois être prudent. La mission a échoué et c'est moi qui en étais responsable. Le grand maître n'est pas particulièrement ravi à l'heure actuelle. Éveiller ses soupçons est la dernière chose dont j'ai besoin. S'il venait à penser que je suis d'une manière ou d'une autre responsable de ce qui s'est passé… J'ai déjà essayé de lui demander avec qui il travaillait, il a balayé ma question d'un revers de main. Il est clair qu'il ne veut pas m'en parler. Maintenant que c'est terminé, je ferais une drôle d'impression si je tentais d'en savoir plus.

— Qu'est-ce que tu cherches à me dire ?

Will écarta le drap épais qui couvrait la fenêtre et la lumière inonda le réclusoir.

— Je dis que je lui parlerai, mais que nous ne devrions pas trop espérer obtenir d'informations de Beaujeu.

Il aperçut un homme trapu en tunique noire en train de traverser la cour en tirant un cheval par les rênes. C'était Simon. Il poussa un soupir en s'apercevant qu'il était de plus en plus en retard.

— Everard, il faut que j'y aille. Convoque l'Anima Templi. Je verrai ce que je peux faire pour convaincre le grand maître de…

Mais il ne put achever sa phrase car la porte s'ouvrit d'un coup. Un chevalier fit irruption, et braqua immédiatement les yeux sur Will.

— Il est là ! cria-t-il par-dessus son épaule.

Everard se leva. Will, désemparé, fixait l'intrus pendant que des bruits de pas se faisaient entendre dans le couloir et que deux autres chevaliers se précipitaient dans la pièce, l'épée à la main.

— Qu'est-ce que ça signifie ? demanda le prêtre en leur jetant un regard noir.

— Commandeur Campbell, dit le premier chevalier, veuillez nous suivre.

— Où ça ?

— Aux cachots. Vous êtes en état d'arrestation.

— Quelle charge retenez-vous contre lui ?

Everard avait parlé d'un ton indigné, mais dans sa voix transparaissait son inquiétude.

— Nous sommes ici sur ordre du grand maître de Beaujeu, répondit le chevalier en ignorant le prêtre et en s'avançant vers Will. Mettez votre épée à terre.

Will hésita. Son regard passa du prêtre aux chevaliers, puis il tira lentement son fauchon. Les chevaliers se raidirent. Mais Will déposa son arme sur la table d'Everard et se laissa emmener. Tandis qu'ils le conduisaient hors du réclusoir, il croisa le regard terrifié d'Everard.

— Pas d'inquiétude, murmura-t-il.

Quatre heures plus tard, Will était assis, le dos calé contre le mur, dans l'un des cachots situés sous la tour du Trésor. Il écoutait les vagues se fracasser contre les rochers à l'extérieur. Un sentiment de familiarité pénible était né en lui quand on l'avait descendu dans la prison. Les souvenirs de ses visites à Garin, il y avait des années de cela, se ravivèrent, lui rappelant quel sort terrible cela devait être ; les cellules inconfortables, l'air saturé d'humidité, la difficulté à respirer… Il avait aussi eu largement le temps de chercher à comprendre pourquoi il avait été arrêté. Les chevaliers ne lui en avaient pas donné la raison, mais il n'y avait qu'une conclusion possible : le grand maître l'avait découvert. D'une manière ou d'une autre, il savait. Au bout d'un moment, l'attente avait commencé à le rendre fou, le grondement assourdi des vagues aussi, et les questions qui tournoyaient dans son esprit sans obtenir de réponses ne cessaient de le tourmenter.

Des bruits de voix dans le couloir parvinrent jusqu'à Will. Il entendit des gens s'approcher et il se leva, le sang recommençant à circuler dans ses jambes engourdies. Des clés tintèrent, puis ce fut le verrou qu'on tournait, et la porte s'ouvrit. La lumière des torches l'éblouit et il leva le bras pour se couvrir les yeux. Du coin de l'œil, Will vit Guillaume de Beaujeu suivre d'une démarche bizarre le garde, qui inséra la torche dans un crochet fixé au mur avant de les laisser. La cellule était déjà assez petite quand il n'y avait que Will ; mais la présence imposante du grand maître semblait la rapetisser encore. Will cligna des yeux pour améliorer sa vision. La première chose qu'il remarqua, c'est que Guillaume semblait ne plus ressembler à l'homme qu'il avait vu quelques heures plus tôt, quand il lui avait fait son rapport. Sa peau était grisâtre et son visage, loin de sa tranquillité habituelle, exprimait maintenant la douleur. Il s'appuyait lourdement sur une canne et le simple fait de basculer son poids d'un pied sur l'autre le fit tressaillir. Stupéfait par cette transformation, Will se demanda s'il n'avait pas été frappé par une maladie.

— Maître..., commença-t-il.

Mais il n'alla pas plus loin, Guillaume lui intimant de se taire d'un simple regard.

— Est-ce que vous avez vraiment fait ça ?

Guillaume parlait d'une voix rauque, sans que Will puisse déterminer si c'était à cause de l'émotion ou de la douleur.

— Maître, puis-je vous demander pourquoi je suis ici ?

— M'avez-vous trahi ? murmura le grand maître. Avez-vous informé l'émir Kalawun de notre plan ?

Son visage se modifia en voyant que Will ne lui répondait pas. La rage colora ses joues.

— *Est-ce que vous m'avez trahi ?* répéta-t-il.

Will poussa un profond soupir.

— Oui, dit-il, dans un souffle.

Guillaume parut stupéfait, comme s'il ne s'attendait pas à cette réponse, ou bien c'était sa franchise qui le surprenait. Pour autant, sa fureur n'en fut pas le moins du monde atténuée.

— Expliquez-vous.

Will regarda le sol. Il sentait le mur en pierre dans son dos vibrer sous les coups de boutoir de la mer. Il était au bord de l'abîme et la question qui se posait à lui c'était de déterminer la meilleure manière d'expliquer au chef du Temple qu'il avait désobéi à ses ordres et, pis, activement travaillé contre lui. *La peine de mort pour les traîtres*, lui susurrait une petite voix intérieure. Mais il était éreinté par son voyage, fatigué des mensonges, des questions, de l'incertitude et du secret. Effleurant le mur du bout des doigts, comme s'il pouvait en aspirer la substance et en retirer la force dont il avait besoin, il releva la tête et planta son regard dans celui du maître.

— Je pense qu'en prenant la Pierre, nous aurions provoqué notre propre perte : le Temple, Acre, tous autant que nous sommes. Je ne vois pas comment nous aurions pu résister à la fureur des musulmans à la suite d'un tel acte. J'ai pensé que ce serait la fin de tout.

— Vous avez pensé ? dit Guillaume.

Sa voix tremblait d'une violence à peine contenue. Il fit un pas vers Will et brandit la canne comme une menace.

— Qui se soucie de ce que vous pensez ? Vous êtes un chevalier ! Un commandeur, certes, mais sous mes ordres, vous obéissez, on ne vous demande pas autre chose. Que vous pensiez que j'agis mal ou bien ne m'intéresse pas. Vous obéissez. Sans hésitation. Ça ne se discute pas.

Guillaume s'interrompit pour reprendre sa respiration, mais il n'en avait pas fini.

— C'est le conseil des treize qui m'a élu grand maître. J'ai fait le serment de diriger cet Ordre, d'agir au mieux, dans nos intérêts, dans ceux de la Chrétienté. Et ma parole fait loi.

— Moi aussi, j'ai prêté serment, maître, s'écria Will, tout à coup empli d'une colère impossible à réprimer. J'ai juré obéissance à tous mes supérieurs lors de mon initiation, mais j'ai aussi juré de protéger le royaume de Jérusalem. Vous m'avez forcé à trahir l'un de ces deux serments. La seule chose que je pouvais faire, c'était de choisir lequel.

Les mots de Will résonnaient dans la pièce minuscule. Guillaume le fixait avec stupeur. Ses lèvres s'ouvrirent mais aucun son n'en sortit.

— J'ai fait ce que je croyais juste, maître, poursuivit Will, un peu plus calme. Et j'ai pensé que peut-être vous…

Il hésita à terminer sa phrase, mais finalement s'arma de courage :

— J'ai eu l'impression que peut-être vous n'agissiez pas selon votre seule volonté. Vous m'avez dit que d'autres hommes étaient impliqués. Je suppose qu'ils n'appartiennent pas à notre Ordre.

La main libre de Guillaume se porta à ses côtes et il grimaça, la douleur semblant revenir. Il recula de quelques pas et s'appuya au mur détrempé face à Will.

— Non, ils n'appartiennent pas à l'Ordre, murmura-t-il. Comment as-tu rencontré l'émir Kalawun ? demanda-t-il soudain. Pourquoi voudrait-il même parler avec toi ?

— C'est mon père qui me l'a présenté, répondit Will.

C'était en partie vrai. C'était James Campbell le premier qui avait établi le contact avec Kalawun pour l'Anima Templi.

— Ton père ?

Guillaume était perplexe.

— Kalawun désire la paix, maître, expliqua vivement Will. Il la désire parce qu'il sait qu'elle profite à nos deux peuples. Les Mamelouks ont besoin de nous pour le commerce. Kalawun est de notre côté. Il ne cherche pas à nous détruire.

Guillaume eut un rire dédaigneux.

— Peu importe ce qu'il veut puisque c'est Baybars qui dirige les Mamelouks. Le sultan veut nous priver de la Terre sainte. Et son peuple est derrière lui.

— Baybars ne sera pas éternellement sultan, maître. Kalawun a de l'influence sur son héritier, Baraka. Il pense pouvoir rallier le garçon à ses vues. Ainsi, quand il occupera le trône, Baraka sera moins défavorable à notre présence. C'est une chance, maître, dit-il d'une voix qu'il voulait convaincante. Sauver la Chrétienté en Orient sans verser de sang. Si nous avions volé la Pierre, cette possibilité aurait été balayée.

— Je ne suis pas idiot, répondit sèchement Guillaume. Je ne me serais pas engagé dans ce projet si je n'avais pas été certain qu'il pouvait marcher. La Pierre devait servir à unifier nos forces pour une nouvelle croisade. L'Occident aurait volé à notre secours si Baybars s'était dressé contre nous.

Ses mots sonnaient creux. Il sembla s'en rendre compte car la consternation se lut bientôt sur son visage.

— Je ne voyais pas d'autre moyen, murmura-t-il. Je ne pouvais pas rester assis à ne rien faire, à attendre que Baybars nous achève. J'essayais de nous protéger, acheva-t-il d'un air de défi.

Will saisit sa chance :

— Et les hommes avec qui vous travailliez, maître ? Pourquoi voulaient-ils s'emparer de la Pierre ?

Guillaume le regarda en biais.

— Pour l'argent, dit-il avec amertume. Pas pour Jérusalem.

Il parut hésiter un instant, puis il haussa les épaules.

— Qu'est-ce que ça peut faire maintenant ?

Il posa avec précaution sa main sur ses côtes.

— L'un d'eux a même essayé de me tuer. D'après l'infirmier, il a bien failli y arriver. Si la lame s'était enfoncée un peu plus profondément…

Il ne termina pas sa phrase. Will était stupéfait.

— Il croyait que vous aviez suivi mes ordres, lui expliqua Guillaume. Que j'avais moi-même saboté l'opération. C'est lui qui m'a parlé de tes rapports avec Kalawun.

— Comment était-il au courant ? Qui est-ce ?

— Angelo Vitturi. Vous le connaissez.

Will acquiesça.

— Mais il ne m'a pas dit comment il savait. Il semble qu'il connaisse quelqu'un du côté mamelouk. L'homme qui nous a présenté Kaysan. Peut-être vous a-t-on vu rencontrer Kalawun ? Ou peut-être Kalawun a-t-il lui-même donné cette information.

— L'un et l'autre me surprendraient. Connaissez-vous l'identité de cette connaissance, maître ?

— Vitturi ne m'en a jamais parlé. Ses associés et lui ont toujours été très discrets. Ils m'ont juste demandé de choisir des hommes capables d'entrer en Arabie, de prendre contact avec Kaysan et d'exécuter le vol.

Guillaume hocha la tête en voyant la mine que faisait Will.

— Ils se sont servis de moi, bien entendu. Mais je pensais me servir d'eux à mon tour. Leurs motivations ne m'ont jamais inspiré que du mépris. Un groupe de riches marchands dont les affaires reposent sur la guerre, et qui sont prêts à tout pour leur profit, je les trouvais exécrables. Mais je pensais faire en sorte que leur plan nous soit favorable.

Tous deux gardèrent le silence un long moment. En fin de compte, c'est Will qui reprit la parole :

— Qu'allez-vous faire, maître ?

Le visage de Guillaume se contracta, puis il poussa un long, un profond soupir.

— Je pensais vous exécuter, William. Je suis venu vous interroger avec l'idée que, si vous confirmiez les accusations de Vitturi, je vous ferais pendre ce soir.

Will se raidit et dut s'éclaircir la gorge avant de pouvoir parler.

— Et quelle est votre décision, maître ?

— Vous êtes coupable, laissa tomber Guillaume au bout d'un moment. Coupable d'avoir désobéi aux ordres, coupable d'avoir conspiré avec l'ennemi et responsable de la mort de trois hommes. De bons hommes, ajouta-t-il et Will baissa la tête. Mais vos motivations n'étaient pas égoïstes. Vous ne cherchiez pas votre bénéfice personnel en agissant ainsi, pas plus que vous ne vouliez du mal à vos frères, ou au Temple.

Il se dirigea vers la porte en s'appuyant sur sa canne et saisit la poignée.

— Le vol n'était pas sans danger, je l'ai toujours su mais, n'ayant pas d'autre choix, je ne voulais pas céder à la crainte. Mais si nous avions réussi…

Il appuya sur la poignée et jeta un regard à Will.

— Peut-être Dieu essayait-Il de me dire quelque chose ? J'ai refusé d'écouter la petite voix qui m'avertissait, mais je ne peux ignorer que les deux attentats contre ma vie viennent des hommes avec qui je m'étais entendu.

Il ouvrit la porte et fit signe à Will.

— Je suis libre ? demanda Will, ne voulant pas espérer trop vite.

— Je veux un rapport complet sur ce qui s'est passé à La Mecque, lui dit Guillaume d'une voix autoritaire. Et cette fois, rien que la vérité. Et vous serez puni pour vos actions, William. Je ne peux pas laisser passer une telle insubordination, si nobles que fussent vos motifs. Mais ce ne sera pas pour aujourd'hui, et vous ne serez pas pendu, conclut-il.

— Maître, je vous remercie de votre clémence, dit Will en sortant, plein de reconnaissance, dans l'air saumâtre du couloir de la prison.

Guillaume ne dit rien, se contentant d'un léger signe de tête.

— Qu'est-ce qui va se passer avec Vitturi ? demanda Will tandis qu'ils quittaient les lieux.

— Je m'en suis déjà occupé.

L'église Saint-Nicolas, à l'extérieur d'Acre,
14 juin 1277 après J.-C.

Le hameau à l'extérieur d'Acre était en ruine. Cela faisait huit ans que Baybars s'était présenté pour la dernière fois devant la ville, avec six mille hommes parés pour monter à l'assaut. Une fois de plus, ils s'étaient révélés incapables de briser les défenses imprenables d'Acre, et il s'était contenté de tendre une embuscade à un gros bataillon de chevaliers francs revenant d'une expédition contre une forteresse musulmane, chevaliers qu'il avait égorgés, et de détruire ce hameau. Il n'en restait que quelques murs encore debout, des fondations de maisons en ruine, que les broussailles commençaient à envahir, et le squelette délabré de ce qui avait été autrefois l'église Saint-Nicolas. Les enfants jouaient parfois dans les décombres, malgré l'interdiction de leurs parents à la suite d'un éboulement partiel à l'intérieur de l'église un an plus tôt. L'incident avait provoqué la mort de deux garçons. Il émanait de l'endroit un air vicié de décadence et d'abandon mélancolique. Les poutres qui subsistaient par endroits se racornissaient et éclataient après dix ans d'exposition au soleil de Palestine. Des scorpions noirs luisants arpentaient la maçonnerie écroulée et se réfugièrent dans des fissures ici et là lorsque la porte s'ouvrit en grinçant.

— Vous avez pris votre temps.

Conradt von Bremen entendit ces mots mais sans voir l'homme, qui émergea des ténèbres au fond de l'église un instant plus tard, son burnous de soie noire n'aidant pas à le distinguer.

— J'avais une conversation pressante avec l'un de mes associés, Venerio, s'excusa Conradt dans un italien massacré et enlaidi par un lourd accent. Je suis venu dès que j'ai pu me libérer. Mais cet endroit n'est pas facile à trouver.

Venerio passa derrière lui et tenta de fermer la porte. Elle racla le sol du porche mais il finit par la claquer.

— Venez, dit-il d'un ton bourru, les autres sont déjà là.

Ils firent le tour d'un entremêlement de poutres effondrées, faisant attention à ne pas se tordre les chevilles dans les gravats et laissant des empreintes de pas dans la poussière, et Venerio dirigea l'Allemand dans ce qui avait été le chœur de l'église. Des madriers garnissaient le sol, certains s'effritant, complètement desséchés, d'autres formant des angles étranges contre des murs ou des piliers affaissés. La moitié du mur ouest était détruite, ouvrant en grand sur le crépuscule bleuté. Les chevrons encore en place ressemblaient à des doigts squelettiques entre lesquels apparaissaient des pans de ciel. Le soleil s'était couché une heure plus tôt, boule orange plongeant dans l'océan, et une unique étoile brillait au-dessus d'eux, dans la voûte céleste vide de toute autre lueur.

Dans le seul espace à peu près dégagé du chœur se trouvaient trois hommes. Deux d'entre eux étaient assis sur des murets et le troisième faisait les cent pas. Ils tournèrent la tête en voyant arriver Venerio et Conradt.

— Nous attendons depuis des heures, s'énerva Angelo en cessant d'arpenter la pièce pour regarder l'Allemand avec hostilité. Où étiez-vous passé ?

Conradt brossa avec affectation le sable qui s'était pris dans ses cils. Il posa son regard bleu sur Angelo.

— J'ai expliqué mon retard à votre père.

La rebuffade était claire. Touché dans son amour-propre, Angelo fit un pas dans sa direction, mais Venerio posa la main sur l'épaule de son fils.

— Ça suffit. Nous avons à faire.

— Alors, commençons, intervint une voix chantante.

Renaud de Tours s'était levé du mur sur lequel il était assis jusqu'alors.

— Messieurs, asseyez-vous, je vous en prie, dit Venerio en les invitant à prendre place sur les blocs de pierre formant un centre irrégulier au milieu du chœur.

Michael Pisani se leva à son tour, le visage pincé.

— Nous sommes assis depuis bien assez longtemps, Venerio. Puis il ajouta, en regardant Conradt : Il ne voulait pas nous dire pourquoi il nous a fait venir dans cet endroit misérable avant que tu arrives.

La fermeté de son ton ne dissimulait pas son inquiétude.

— Explique-toi, Venerio, exigea-t-il. Les contusions sur le cou de ton fils, cette convocation hâtive, la peur que vous exsudez tous deux par tous les pores. Qu'est-ce qui s'est passé au Temple ? Beaujeu est-il mort ?

Venerio jeta un coup d'œil à son fils. Il y avait de la rancœur dans son regard, mais en dehors d'Angelo personne ne pouvait la percevoir.

— Nous n'en sommes pas certains.

— Qu'est-ce que vous voulez dire ? s'enquit vivement Renaud. Comment pouvez-vous ne pas en être certains ?

— Laissez-le parler, intervint Conradt d'une voix que la nouvelle rendait moins torpide que d'habitude.

— Angelo a poignardé Beaujeu, mais le grand maître s'est défendu et il a dû s'enfuir.

— Je ne pense pas qu'il ait survécu, dit Angelo en jetant un regard circulaire. Il avait l'air mourant quand je suis parti.

— Il avait l'air ? maugréa Michael. S'il y a ne serait-ce qu'une chance qu'il soit en vie…

Il laissa sa phrase en suspens.

— Angelo pense que la blessure lui aura été fatale, dit Venerio. Il est assez compétent en la matière.

— Mais vous n'en avez pas la certitude, Venerio, le contredit Michael, sinon nous ne serions pas là. Qu'est-ce que vous essayez de nous dire ? Que nous n'avons pas intérêt à rentrer chez nous ?

— C'est pour ça que nous sommes là, répondit le Vénitien. Pour décider ce que nous allons faire.

Plongé dans ses réflexions, Conradt était resté silencieux depuis un moment. Il tourna ses yeux d'un bleu glacial vers Venerio.

— Je vous ai fait part de ma décision quand nous nous sommes vus hier soir, après que vous nous avez parlé de l'échec des chevaliers à La Mecque.

— Vous n'avez pas obtenu la majorité, le rabroua Angelo. Les autres étaient d'accord pour que nous tuions Beaujeu.

— Nous n'avions pas la preuve qu'il avait travaillé contre nous, plaida Conradt en secouant la tête, ni que ce chevalier, Campbell, suivait ses ordres en avertissant les Mamelouks de ce que nous avions l'intention de faire. Pourquoi Beaujeu aurait-il envoyé ses propres hommes à La Mecque s'il savait que les Mamelouks se mettraient en travers de leur chemin ?

— Il fallait bien qu'il fasse croire à une authentique collaboration, soutint Venerio en volant au secours de son fils. Et nous nous serions rendu compte de sa trahison si ses chevaliers n'avaient pas retrouvé Kaysan.

— C'est vrai, renchérit calmement Renaud. Nous ne pouvions pas prendre ce risque, Conradt. Si le grand maître était vraiment contre nous, il aurait pu nous détruire. Si la Haute Cour avait découvert notre projet et nos motivations, ç'aurait été terminé pour nous. Nos propriétés, nos domaines auraient été confisqués, et nous-mêmes aurions fini en prison, voire pis.

Venerio les passa un à un au crible de son regard impérieux.

— Ce qui est fait est fait. Si Beaujeu est mort, le seul qui aura des problèmes sera Angelo. Il est prêt à partir, comme prévu.

Il jeta un coup d'œil à Angelo, qui acquiesça.

— Et nous autres ? demanda Michael. Nous ne pouvons pas tous nous cacher à Venise, sous la protection du doge, en attendant que tout ça soit oublié !

Personne n'entendit la réponse que marmonna Conradt car, au même moment, un bruit éclata à l'extérieur de l'église. Les cinq hommes furent aussitôt sur le qui-vive. Deux autres sons étouffés suivirent bientôt.

— Qu'est-ce que ça peut bien être ? murmura Michael.

— Des enfants ? fit Renaud, plein d'espoir.

Venerio tira son épée et se dirigea vers la porte, qu'ils ne pouvaient pas voir à cause de tous les débris encombrant le chœur. Angelo s'empara lui aussi de son épée et commença à suivre son père, mais il avait à peine fait quelques pas quand de faibles chuintements troublèrent le silence. Soudain, l'église fut illuminée, les ténèbres repoussées, quatre boules de feu s'engouffrant par les orifices du toit.

— Attention ! hurla Michael en reculant pour éviter l'un des projectiles qui venait droit sur lui.

Le flacon d'argile explosa au sol dans une conflagration terrible, projetant alentour le liquide enflammé, dont une partie éclaboussa la robe de Michael. Le Pisan poussa un cri tandis que ses vêtements prenaient feu, la soie s'embrasant en un instant. Il les ôta frénétiquement pendant que les autres projectiles explosaient tout autour, répandant sur les hommes et les débris leur substance en feu. C'était du feu grégeois.

Poutres et madriers écroulés s'embrasèrent en premier ; ils craquèrent et se fendirent en produisant de hautes flammes qui se propageaient rapidement. Les cinq hommes reculèrent en hurlant.

— Les portes ! ordonna Venerio.

— Non, cria Michael, désormais torse nu. Ils essaient de nous faire sortir. C'est ce qu'ils attendent.

— Qui ça ? demanda Conradt.

Mais ils connaissaient tous la réponse. Le Temple les avait retrouvés. La discussion pour déterminer s'ils feraient mieux de sortir ou non fut écourtée lorsque deux projectiles supplémentaires atterrirent dans le chœur, qui devint une fournaise. Quelques secondes plus tard, trois flèches enflammées s'enfoncèrent dans la charpente au-dessus de leur tête. Le bois desséché prit tout de suite feu.

— Il ne nous reste plus qu'à nous battre, dit Venerio d'un air résolu.

Mais quand ils atteignirent la sortie, les sons étouffés qu'ils avaient entendus plus tôt prirent toute leur signification, car la porte refusa de bouger. Elle avait été bloquée de l'extérieur. Ils essayèrent tant qu'ils purent, mais ils ne parvinrent pas à la faire céder.

Une poutre s'effondra derrière eux dans un vacarme invraisemblable. L'intérieur de l'église était aussi lumineux qu'en plein jour. Un nuage de fumée blanche s'élevait vers le toit, où le deuxième foyer s'étendait. Le bois noircissait tout autour d'eux, craquait, et une pluie de cendres rougeoyantes commençait à s'abattre sur eux.

— Escaladons les murs, lança Angelo en rengainant son épée.

Il regardait le monticule de gravats et de madriers qui n'avait pas encore pris feu près des portes. La chaleur gênait sa respiration, contractait sa gorge. Il se fraya un chemin jusqu'au transept et commença à grimper sur des pierres éboulées. Une autre poutre s'effondra en projetant une gerbe d'étincelles près de lui. Angelo se plaqua contre les pierres pour les éviter mais n'y réussit qu'imparfaitement. Il hurla tandis que sa cape prenait feu, mais il continua à se hisser sur les gravats, qu'il dépassa enfin pour atteindre le mur du fond. Il se jeta sans réfléchir à travers les flammes. Les autres hommes l'avaient suivi et escaladaient à leur tour les pierres entassées. Angelo, affalé contre le mur, avait frappé sa cape pour étouffer les flammes et il frottait maintenant ses mains cloquées et brûlées sur ses cuisses. Le bruit du feu crépitant explosa soudain, comme si le bâtiment tout entier avait mugi. Les hommes levèrent les yeux vers le plafond. Michael poussa un hurlement en voyant un madrier énorme s'en détacher. L'une de ses extrémités écrasa Renaud sur les décombres, lui brisant le dos. Angelo regarda, impuissant, une partie du toit s'effondrer à sa suite et transformer en enfer le centre de l'église, où se trouvaient son père ainsi que Michael. Deux autres poutres s'écroulèrent en emportant Conradt avec elles. Une fumée épaisse tourbillonnait autour du désastre et Angelo tomba à genoux pendant que les flammes dévoraient le monde autour de lui.

Le Temple, Acre, 14 juin 1277 après J.-C.

— En es-tu certain ? insista Everard. Beaujeu n'est pas au courant de l'existence de l'Anima Templi ?

— J'en suis certain, répondit Will.

Il regardait le ciel et inspira profondément l'air frais de ce début de soirée, sentant refluer le sentiment d'enfermement qu'avait fait naître en lui son bref séjour dans le cachot humide. La lune était rousse, et presque pleine. Il avait entendu un des gardes dire qu'il y aurait une éclipse dans trois jours. Will sentait sa frayeur éclater par instants, puis s'éloigner. Maintenant qu'il était libéré, il réalisait à quel point il avait été près de ne jamais revoir la lumière du jour. Cette pensée l'affolait. Everard et lui se tenaient sur les remparts déserts à côté de la tour du Trésor. En ressortant des cellules souterraines, il avait retrouvé le prêtre dans la cour.

— Et les marchands ? Les Vitturi et les autres ? Qu'est-ce qui va leur arriver ?

— Beaujeu a dit qu'il s'en était occupé, fit Will en jetant un coup d'œil à Everard. Je pense que nous n'avons plus à nous soucier d'eux.

Everard s'appuya sur le parapet.

— Je deviens trop vieux pour tout ça, dit-il dans un souffle. J'aurais juré que c'était fini pour nous. Par Dieu et par tous les saints, ajouta-t-il en se tournant vers Will, tu as plus de vies qu'un chat !

Will émit un petit rire sans bruit.

— Quand j'ai dit à Beaujeu que je l'avais trahi, j'ai cru qu'il allait m'écorcher sur place.

— Tu as bien fait, William, reprit le prêtre, plus sérieusement maintenant.

Il tendit le bras et posa sa main noueuse, à laquelle ne restaient plus que deux doigts, sur l'épaule du commandeur.

— Un homme plus faible ou moins réfléchi aurait craqué, la peur lui aurait fait divulguer tous nos secrets.

Will était sur le point de répondre quand il vit un homme courir vers la tour du Trésor. Il reconnut Simon et l'appela. Simon s'arrêta, le nez levé. Le halo jaunâtre des torches révélait la pâleur de ses traits.

— Will ! cria-t-il d'une voix éraillée.

Il se précipita vers l'escalier menant aux remparts et le grimpa quatre à quatre. En plein milieu, il trébucha sur une marche, faillit tomber et se jeta presque sur Will, venu à sa rencontre en voyant l'état de son ami.

— Qu'y a-t-il ? demanda Will en prenant Simon par les bras.

— Mon Dieu ! fit Simon, pantelant, mon Dieu !

Il inspira plusieurs fois précipitamment en essayant de parler, mais rien ne sortait, que des reniflements.

— Je suis désolé, s'écria-t-il.

La sueur lui dégoulinait sur le visage et sa tunique noire en était trempée. Il s'affala sur les marches, tirant presque Will avec lui.

— Will, je suis désolé !

Will s'accroupit à côté de lui en posant la main sur son épaule.

— Qu'est-ce qui se passe ?

Everard avait descendu quelques marches en boitant et se tenait derrière eux.

— Elwen, marmonna Simon.

Will sentit l'inquiétude l'envahir d'un coup.

— Quoi, Elwen ? Dis-moi !

L'autorité de sa voix sembla sortir Simon de son excitation. Il leva la tête.

— Ils l'ont prise.

— Qui ?

— Je n'arrivais pas à te trouver, dit Simon en secouant la tête comme un dément. J'avais ton cheval mais tu n'étais pas là. J'ai cru que tu étais parti voir Elwen, comme tu l'avais dit, mais Paul m'a dit qu'il y avait quelqu'un à la porte qui voulait te voir et je suis allé le trouver. Je pensais t'aider.

Simon prit une grande inspiration.

— Mais il ne voulait pas te voir, Will. Il voulait te capturer.

— Les marchands, intervint Everard. Vitturi ?

Will tourna la tête vers lui, puis il se concentra sur Simon, qui semblait n'avoir même pas entendu le prêtre.

— Qui était-ce ? T'a-t-il dit son nom ?

— Non. Mais je sais d'où il venait, fit Simon. Il me l'a dit. C'était un Mamelouk. Un des hommes de Baybars. Un Bahrite.

— Et qu'est-ce que ça a à voir avec Elwen ? le pressa Will.

Simon s'essuya le nez avec la manche de sa tunique.

— Il n'était pas tout seul, ils étaient plusieurs, dit-il en levant les yeux sur Will. Ils m'ont obligé à aller te chercher. Ils avaient des dagues. Ils disaient qu'ils me tueraient. J'aurais dû les laisser faire.

Il avait prononcé ces derniers mots en baissant la tête.

— Mais j'avais peur. Je n'arrivais plus à réfléchir. Je pensais que tu saurais quoi faire. Et je…

Il ne termina pas sa phrase, mais ce n'était pas nécessaire. Will lâcha l'épaule de Simon et s'affala à son tour sur les marches, dévasté par cette nouvelle.

— Tu les as emmenés chez Elwen, soupira-t-il.

— Je pensais que tu y serais ! Je pensais que tu pourrais te battre contre eux !

— Pourquoi les Mamelouks l'ont-ils emmenée ?

En entendant la voix sévère d'Everard, Simon leva les yeux comme s'il s'apercevait seulement de sa présence.

— Ils ont découvert qu'elle…

Là encore, Simon ne termina pas, se contentant de tourner la tête vers Will.

— Quand ils se sont rendu compte que tu n'étais pas là, ils ont cru que je voulais les berner. Il n'y avait personne à la maison, sauf des domestiques, et les Mamelouks les ont enfermés à l'étage. Ils voulaient savoir qui était Elwen, et comme personne ne leur répondait, ils ont menacé de nous tuer. Ils l'auraient fait, Will, je le jure. Elwen leur a dit qu'elle était ta femme, et ils l'ont prise.

Simon semblait épuisé par sa confession.

— Ils m'ont dit de te raconter ce qui venait de se passer. Ils ont dit que si tu voulais qu'elle vive, il fallait que tu ailles à Damas où tu serais jugé pour crime contre leur sultan. Je ne sais pas ce que cela signifiait, mais c'est ce qu'ils ont dit.

Déconcerté, Everard s'appuyait au mur. Quant à Will, il ne bougeait pas. Les mots de Simon tournaient dans son esprit, ouvrant toutes les cachettes où il avait dissimulé cette histoire d'attentat contre Baybars, tous les recoins où moisissaient ses regrets après son échec, des endroits hantés par la culpabilité et le remords, l'amertume et la déception. Finalement, tous ces sentiments refirent surface, après des mois où la peur les avait enfouis, surtout depuis qu'il avait appris que les Mamelouks cherchaient ceux qui avaient payé les Assassins, le cherchaient, *lui*. N'ayant pas eu de nouvelles de Kalawun, et occupé comme il l'avait été par l'affaire de la Pierre noire, Will s'était presque convaincu qu'il n'en sortirait rien, que personne ne retrouverait les Assassins et qu'il ne servait à rien de s'en soucier. Maintenant, il n'y avait plus à se cacher. La vengeance avait frappé à sa porte. Et elle s'en était prise à ce qu'il y avait de plus vulnérable en lui.

La main de Will saisit le pendentif de saint Georges à son cou.

— Le cheval que tu as sellé, est-il toujours prêt ?

— Je… Je ne sais pas trop. C'est possible.

— Va me le chercher, lui demanda Will d'une voix morne.

— Je suis désolé, répéta Simon une fois de plus en se levant.

Will le regarda droit dans les yeux.

— Je ne t'en veux pas, affirma-t-il au bout d'un moment. Tu as fait ce que tu avais à faire.

Simon secoua tristement la tête, comme s'il n'était pas d'accord, puis il dévala l'escalier et courut vers les écuries.

— Qu'est-ce que tu comptes faire ? demanda Everard en retenant Will par le bras.

— Ce qu'il faut.

32

La citadelle, Damas

17 juin 1277 après J.-C.

Kalawun était dans ses quartiers, plongé dans une discussion avec deux officiers du régiment syrien, lorsqu'il apprit que les soldats bahrites envoyés par Baybars pour trouver William Campbell étaient revenus. Il ordonna aux hommes de le laisser et il se dirigeait vers la salle du trône, quand il croisa Nasir qui arrivait dans l'autre sens. Le visage de l'officier était toujours livide et couvert d'hématomes, mais il semblait en meilleure forme que six jours plus tôt.

— Émir, je venais vous voir.

— Qu'est-ce qui s'est passé ? demanda Kalawun en scrutant le couloir pour s'assurer qu'ils étaient seuls. As-tu trouvé Campbell ?

Nasir baissa la tête.

— Je n'ai même pas atteint Acre. Mon cheval s'est blessé le deuxième jour. J'ai pu rejoindre un relais où j'en ai pris un autre, mais il était trop tard. J'ai vu les Bahrites revenir sur la route et je me suis caché. Puis je les ai suivis et je suis revenu ici aussi vite que possible pour vous prévenir.

— Est-ce qu'ils l'ont ?

— Ils ont quelqu'un. J'étais assez loin quand ils m'ont dépassé, mais je pense que c'était une femme, pas un homme.

— Une femme ? répéta à voix haute Kalawun. Je verrai cela moi-même. Merci, Nasir.

— Ne me remerciez pas. J'ai failli à ma tâche.

— Tu as fait ce que tu pouvais et je n'en demande pas plus. Va te reposer, maintenant. Tu as fait tout ce qui était en ton pouvoir.

Kalawun repartit en direction de la salle du trône et, de l'extérieur, il entendait déjà la voix de Baybars. Le sultan avait l'air furieux. Kalawun ouvrit les portes.

Dans la pièce spacieuse et baignée de lumière, Baybars faisait les cent pas. La colère pouvait se lire sur son visage. Il arpentait le sol marbré devant quatre Bahrites inanimés. Avec ses robes noires ourlées d'or, il semblait aussi menaçant que la foudre elle-même.

Alignés le long des murs, les eunuques, tête basse, attendaient qu'on utilisât leurs services ou qu'on les renvoyât. Plusieurs généraux, qui devaient avant cela avoir participé à un conseil avec Baybars, étaient assis, perplexes, autour d'une table près de la fenêtre. Avec eux, à la grande surprise de Kalawun, se trouvait Baraka, ainsi que Khadir, perché comme un vieux vautour déplumé sur l'estrade du trône. Il y avait aussi quelqu'un d'autre dans la pièce et, bien que Nasir l'eût prévenu, Kalawun ne put s'empêcher de s'immobiliser en la regardant. Cependant, il rassembla ses esprits en sentant le regard de Baybars se poser sur lui.

— Maître, on m'apprend que vos hommes sont revenus, dit-il en fermant les portes.

Ses yeux revinrent furtivement à la femme, que deux Bahrites encadraient. Elle était grande et mince avec des cheveux blonds flamboyants et entremêlés en une crinière abondante. Son visage fermé et pâle contrastait avec cette chevelure resplendissante. Elle tremblait comme un poulain nouveau-né. Kalawun remarqua que Baraka Khan regardait lui aussi cette femme avec une intensité particulière.

L'arrivée de Kalawun semblait calmer quelque peu Baybars qui tendit une main vers la femme.

— Ils m'ont emmené son épouse !

— Son épouse ?

— La femme de Campbell, vociféra Baybars en jetant un regard mauvais aux quatre Bahrites. Et qu'est-ce que je vais bien pouvoir en faire ? Maintenant, il sait que j'en ai contre lui. Il va fuir. Vous m'avez trahi, ajouta-t-il à leur intention.

— Nous implorons ton pardon, maître, murmura l'un des Bahrites, ses yeux passant de Baybars à ses camarades. Mais nous ne pouvions rien faire de plus. On nous a dit que Campbell serait avec cette femme.

— Vous auriez dû la tuer, et tout le monde dans la maison, et l'attendre.

— Maître, nous n'étions pas certains qu'il viendrait.

— Par Allah, c'est son épouse ! rugit Baybars. Bien sûr qu'il allait finir par venir !

— Nous avons laissé un message…, commença l'un des soldats.

— Vous me l'avez déjà dit, grogna Baybars. Un message ? s'exclama-t-il avec une moue moqueuse. Et vous croyez que ce chrétien va venir ici tout seul ? Qu'il va mourir pour elle !

— Oui, lança une voix chuintante.

Baybars tourna la tête et vit Khadir descendre les marches en posant des yeux perçants sur la femme.

Son regard la fit se contracter, mais les Bahrites lui tenaient les bras pour l'empêcher de remuer.

— Il viendra, murmura Khadir en la scrutant, la tête penchée. La loi interdit aux chevaliers du Temple de se marier. S'il l'a épousée, il n'a pu le faire qu'en secret, et en prenant beaucoup de risques. Il est sans doute prêt à risquer davantage encore.

— Et quand arrivera-t-il ? demanda Baybars d'une voix un peu moins féroce que précédemment.

— Bientôt, répondit Khadir.

Il lança un regard à Kalawun.

— Et alors vous ferez en sorte que l'infidèle reçoive les souffrances qu'il mérite. Les souffrances que méritent tous les infidèles.

Ses yeux revinrent vers Baybars.

— Comme vous en avez fait le serment lorsque vous êtes monté sur ce trône, maître.

Kalawun se troubla en constatant avec quel sérieux Baybars écoutait ce discours. Une semaine plus tôt, il aurait même refusé d'écouter les conseils de Khadir.

— Maître, si Campbell vient, il faudra l'interroger, et si sa culpabilité est avérée, il faudra prendre les sanctions en conséquence. Mais je vous déconseille toute décision prise à la hâte, parce que vous êtes en colère contre un homme.

— Mêlez-vous de vos affaires, lança Khadir sans dissimuler sa haine envers Kalawun.

— Le sultan est capable de décider par lui-même, répondit tranquillement celui-ci, bien que l'animosité de son ton fût indéniable.

— Laissez-moi.

Personne ne bougea.

— Laissez-moi ! cria-t-il en avançant vers les Bahrites, qui reculèrent de plusieurs pas. Et vous aussi, hurla-t-il à l'intention de son fils et des généraux qui attendaient, stupéfaits, à la table.

Khadir poussa un hurlement strident et se mit à détaler quand Baybars vint vers lui.

— Tous autant que vous êtes ! hurlait Baybars aux eunuques qui partaient les uns derrière les autres. Attendez ! lança-t-il aux Bahrites qui se dépêchaient de sortir. Pas elle, dit-il en désignant la femme. Elle reste. Et toi aussi, ajouta-t-il en faisant signe à l'un des eunuques.

— Maître, intervint Kalawun tandis que les domestiques s'éclipsaient.

Il regarda la femme qui frissonnait au centre de la pièce. Maintenant que les soldats ne l'encadraient plus, elle donnait l'impression d'avoir du mal à se soutenir toute seule. Mais en dépit de sa faiblesse, il y avait en elle une résolution, une effronterie perceptibles dans son regard. En l'observant, Kalawun repensa à sa fille.

— Que comptez-vous faire ? fit Kalawun.

— Pars, Kalawun, répondit Baybars d'une voix intraitable. Laisse-moi.

L'émir s'exécuta à regret et, avant de fermer les portes, il jeta un dernier regard à cette femme et à Baybars. En constatant qu'ils étaient tout seuls dans la salle du trône, Elwen tressaillit. Mais au milieu de la terreur qui l'avait assaillie et n'avait cessé de l'accompagner depuis que les soldats avaient fait irruption dans la maison d'Andreas, elle éprouva un regain d'espoir. Le sultan avait appelé l'homme en cape bleue Kalawun, et elle connaissait ce nom. C'était l'allié de Will en Égypte. Elle avait aussi remarqué l'air soucieux, presque peiné, avec lequel il l'avait regardée. Elle fixa un moment les portes, jusqu'à ce qu'un mouvement à côté d'elle lui fasse tourner la tête. Le sultan Baybars se tenait à quelques mètres d'elle.

Elwen posa les yeux sur sa carrure impressionnante et scruta ce visage aux traits durs, affirmés, et le point blanc qui brillait au fond de sa pupille. D'un coup, elle se rappela toutes les fois où elle avait entendu des gens parler de lui, toujours d'un ton grave ou effrayé. L'homme qu'ils appelaient l'Arbalétrier, le Lion de l'Orient. Et il était aussi imposant et terrifiant dans la réalité qu'elle se l'était imaginé. Tout espoir la déserta et elle baissa la tête, s'attendant à chaque seconde qu'il tire l'un des sabres qu'il portait à la ceinture et le lui enfonce dans le ventre. Ne voulant pas voir venir sa fin, elle préféra fermer les yeux et serrer les dents.

— Ismik eh ?

Les mots s'infiltrèrent dans son esprit paralysé, d'abord tout à fait étrangers, et soudain familiers. *Il me demande mon nom ?* Peu sûre de son interprétation, elle leva la tête et déglutit.

— Ismi Elwen, Malik, parvint-elle à articuler, puis elle baissa de nouveau la tête.

La bouche de Baybars se tordit en entendant qu'elle lui donnait le titre de roi. Il attrapa la traîne de sa robe et grimpa sur l'estrade avant de s'asseoir sur le trône en la fixant.

— Tu traduiras pour moi, dit-il à l'eunuque resté dans la salle du trône sans la quitter des yeux. Depuis quand es-tu la femme de Campbell ?

Quand il s'exprima en arabe, Elwen ne put comprendre et s'en mordit les lèvres. Mais la question fut bientôt répétée dans un français balbutiant par l'eunuque et elle comprit pourquoi il l'avait fait rester. Elle se demanda un instant ce qu'il valait mieux répondre, et décida de continuer à faire semblant. Si la plupart des chrétiens désapprouvaient sa relation illicite avec Will, les musulmans ne la verraient pas non plus d'un bon œil.

— Onze ans, répondit-elle en comptant à partir de l'année où Will l'avait effectivement demandée en mariage.

L'eunuque remplit son office et répéta ses propos en arabe.

— Comment se fait-il qu'il t'ait épousée alors qu'il est Templier ?

Cette fois, pendant que les paroles du sultan lui étaient traduites, Elwen ne détourna pas ses yeux du sultan.

— Le Temple n'est pas au courant que nous sommes mariés.

— Il a risqué sa situation de chevalier pour toi ?

— Oui, murmura-t-elle.

— Il doit t'aimer, alors ?

Elwen ne répondit pas. Ce qu'elle avait commis avec Garin venait de lui revenir à la mémoire, et cette plaie, encore vive, l'élança de nouveau. L'intensité de sa souffrance la rendit muette.

Quoi qu'il en soit, Baybars n'avait pas besoin de réponse.

— Dans ce cas, je suppose que tu sais ce qu'il a demandé aux Assassins, demanda-t-il d'une voix sévère. Pourquoi souhaitait-il ma mort ?

Il s'était levé et la regardait depuis l'estrade tandis que l'eunuque traduisait sa question.

— Je veux que tu me répondes. Dis-moi ce qu'il t'a dit !

Elwen comprit enfin ce qu'elle faisait là, pourquoi les Mamelouks en avaient après Will et comment ils l'avaient prise, elle, à sa place. Jusqu'ici, elle était dans un tel état de choc que les motivations de ses ravisseurs ne lui étaient pas apparues. Elle ne savait pas quelle réponse le satisferait le plus, et n'avait de toute façon pas le temps d'y réfléchir. Baybars exigeait une réponse immédiate.

— Vous avez tué son père, seigneur, dit-elle lentement afin de s'assurer que l'eunuque la comprenne bien. À Safed. James Campbell était l'un des chevaliers que vous avez fait exécuter après le siège. C'est pour cela qu'il a demandé aux Assassins de se venger.

Baybars plissa le front en écoutant l'eunuque, puis il sembla se tranquilliser. Diverses émotions traversaient son visage. La compréhension, la colère, le contentement. Puis, une profonde lassitude. Il s'affala sur son trône, ses mains calleuses s'enroulant autour des têtes de lions qu'il agrippa fermement, comme s'il s'agissait de bittes sur un quai et qu'il était un bateau cherchant à s'amarrer.

Toutes ces années, il avait pensé que la tentative d'assassinat avait été commanditée par des chefs francs d'Acre ; des barons ou des rois qui voulaient se débarrasser de lui pour conserver leurs territoires et leurs positions. Il ne lui était jamais venu à l'esprit que quelqu'un ait pu chercher à venger un homme parmi les centaines et les milliers qu'il avait envoyés à la mort, forteresse après forteresse, ville après ville. C'était la vengeance qui avait conduit Campbell à cette extrémité, qui l'avait mené jusqu'aux Assassins. Baybars connaissait son appel lancinant, son tocsin entêtant. Il savait ce qu'était ce sentiment qui l'avait tenu éveillé de nombreuses nuits. De tout temps, aussi loin que remonte sa mémoire, l'idée de vengeance l'avait accompagné. Chaque vie qu'il prenait, chaque ville, chaque armée, c'était pour elle qu'il la prenait, pour remplir le creux en lui où elle ne cessait de sonner. Mais rien ne l'avait jamais fait taire.

Après Omar, cet espace n'avait fait que s'agrandir, s'évider et augmenter encore son appétit, que rien, quoi qu'il fasse, ne pouvait jamais satisfaire. Il pensait toujours que cela avait commencé dans une autre vie à Alep, avec elle, la fille esclave, brutalement violée par son maître, un ancien Templier, avant qu'il ne la tue. Mais la violence de son trépas n'avait fait qu'élargir le gouffre apparu quand les Mongols avaient envahi ses terres et l'avaient livré aux mains des marchands d'esclaves, modifiant tout le cours de sa vie.

Et voilà que la vengeance cherchait une nouvelle victime. Et cette fois, c'était lui. Sous ses ordres, le père du chrétien était mort et il avait fallu qu'Omar meure pour équilibrer cette perte. D'un coup, Baybars réalisa avec clarté qu'il n'obtiendrait jamais justice pour ce qu'on lui avait enlevé. Il l'avait cherchée au mauvais endroit.

— Qu'Allah me vienne en aide, soupira-t-il en fermant les yeux.

Il s'agrippait aux deux lions comme s'ils étaient les seules choses qui le retenaient de tomber dans l'abîme.

— Aidez-moi.

L'eunuque comprit qu'il n'était pas censé traduire cela et le silence envahit la pièce. On n'entendit plus que le bruit de leurs trois respirations, celle d'Elwen rapide et heurtée, celle de l'eunuque basse et contenue, et celle tremblante du sultan.

Finalement, Baybars rouvrit les yeux. Ils étaient humides, comme absents, et il ne regarda pas Elwen ni l'eunuque lorsqu'il descendit de l'estrade et sortit de la pièce.

À l'extérieur de Damas, Syrie,
17 juin 1277 après J.-C.

La sueur dégoulinait continuellement sur le front de Will, qui était allongé sur une crête et regardait en contrebas la ville de Damas. La matinée était bien avancée et, malgré la brume, le soleil frappait fort. Et même avec une férocité rare, comme s'il cherchait à faire fondre le monde. De la crête, Will avait une bonne vue sur la ville et les terres qui l'entouraient, avec la route principale menant à l'ouest vers Acre qui sinuait depuis les portes. D'un côté, Damas était bordé par une grande rivière, avec des jardins et des vergers verdoyants. À l'est, une autre ville, celle-là composée uniquement de tentes, couvrait une large plaine dans un déluge de couleurs. Scrutant cette masse multicolore, Will distingua des engins de siège et supposa qu'il s'agissait du camp de l'armée mamelouke. Cela faisait une demi-heure qu'il fixait la route et qu'il regardait entrer et sortir par les portes de la ville un flux régulier de gens, de chameaux et de charrettes. Constatant qu'il pourrait y entrer sans trop de difficultés, il se leva et retourna au pas de course vers la petite piste où il avait laissé son cheval. Il monta en selle et redescendit la butte pour rejoindre la route principale.

Le voyage avait été pénible depuis Acre. Il avait eu la prévoyance d'échanger avant le départ sa cape pour une tunique toute simple, mais elle était quand même trempée de sueur, et il avait des poches bleuâtres sous les yeux à cause du manque de sommeil et de l'angoisse qui le rongeait. À la commanderie, Simon lui avait préparé un sac plein de vivres inutiles : il avait à peine grignoté depuis son départ. Il savait qu'il aurait dû, qu'il aurait besoin de forces, mais la simple vue de la nourriture lui tordait l'estomac et il n'avait pu mâcher que quelques bandes de lard salé la veille au soir. Des souvenirs d'Elwen passaient et repassaient dans son esprit surmené, plus doux et plus merveilleux que dans la réalité. Au point qu'il n'en pouvait plus. Une peur folle pulsait continuellement en lui, aussi régulière qu'un battement de cœur.

Les yeux de Will se posèrent sur les murailles prodigieuses de Damas, les angles biscornus des centaines de toits adoucis çà et là par les dômes arrondis des mosquées, les rues enchevêtrées grimpant jusqu'à la citadelle couronnée de bannières flottant mollement et dont les tours s'élevaient, somptueuses, vers le ciel iridescent. Ce spectacle raviva sa détermination. Quelque part dans cette cité se trouvait Elwen. Mais bien qu'il fût à peu près certain de savoir où elle était détenue, il se demandait comment diable il pourrait la retrouver dans ce château gigantesque, sans même parler de la sauver. Était-elle d'ailleurs encore en vie ? Était-ce idiot d'espérer ? Il secoua la tête comme pour chasser ces sombres pensées. Il fallait qu'il garde espoir. C'était la seule chose qui le faisait continuer à avancer. Son plan était simple. Il trouverait Kalawun si l'émir était là, et le supplierait de l'aider.

Dépassant des marchands et leurs charrettes, deux femmes avec des cruches d'eau juchées sur la tête et des soldats en cotte de mailles, Will entra dans la ville. Une fois à l'intérieur, il dut mettre pied à terre et tirer son cheval par la bride. Damas étant un centre de commerce important et un lieu de passage obligé sur la route de pèlerinage à La Mecque, sa population était aussi diversifiée qu'en Acre, et comme nombre de

Mamelouks étaient blancs, Will passait plutôt inaperçu. Mais il savait qu'il ne fallait pas compter là-dessus trop longtemps. Quand il serait dans la citadelle, il aurait tout de suite l'air déplacé avec ses vêtements de voyage. Il risquerait davantage d'être reconnu. Il lui fallait un déguisement.

Comme il marchait, ses yeux observaient les gens qu'il dépassait : marchands, laboureurs, enfants, mendiants. Son regard s'attarda sur deux soldats bahrites, identifiables à leurs robes, mais il s'empêcha de les suivre, sachant pertinemment qu'il ne pourrait combattre les deux à la fois. Il marcha encore un moment, s'enfonçant dans la ville, toujours plus impatient, jusqu'à ce qu'il parvienne à un marché ombragé, où il s'adossa à un mur. Il resta ainsi une minute ou deux, après quoi il se redressa dans l'intention de mener son cheval boire à une fontaine sur la place, quand son regard se posa sur un homme qui sortait d'un bâtiment du côté ouest du marché. Il était vêtu d'une cape violette avec des galons noir et or, et un turban assorti était enroulé autour de sa tête. Will avait déjà vu ces vêtements. C'était l'uniforme des messagers royaux des Mamelouks. L'homme s'était approché d'un cheval attaché à l'entrée d'une ruelle partant de la place et il s'accroupissait pour resserrer une sangle. Will alla droit vers lui.

La citadelle, Damas, 17 juin 1277 après J.-C.

Avec un soupir de frustration, Khadir s'accroupit, pantelant, au milieu de la pièce encombrée de coussins en soie, de meubles renversés et de tapis hors d'usage. Ça ne servait à rien. Malgré toute sa volonté, il ne la trouvait pas. Il avait cherché dans chaque pièce et chaque recoin qu'il avait occupés depuis leur retour, mais en vain. Pas moyen de remettre la main sur la poupée. Attrapant un coussin qu'il pétrit entre ses mains, Khadir ferma les paupières et tenta de se rappeler la dernière fois qu'il l'avait vue. Mais les ténèbres au fond de son esprit le narguaient. Il émit un son aigu, sifflant.

Cela faisait des années qu'il luttait avec sa mémoire. Capable de se souvenir en un instant d'événements qui s'étaient déroulés durant son enfance, il avait toutes les peines du monde à se remémorer à qui il avait parlé quelques heures auparavant. Son esprit était rempli de trous, des jours manquaient à l'appel, remplacés par de grands blancs. Et ça ne faisait qu'empirer. Il avait beau s'efforcer, il n'arrivait même pas à se souvenir s'il avait emmené la poupée avec lui. Était-elle encore dans la réserve à grain au Caire, assise, mignonne, à l'attendre à trois cents lieues de là ?

Khadir avait prévu de passer à l'acte des mois plus tôt à Alep. Baybars avait tenu un banquet la veille du départ de la cavalerie pour l'Anatolie, et il avait pensé verser quelques gouttes mortelles dans la boisson de Kalawun, mais cela, c'était avant de découvrir qu'il n'avait pas la poupée. Cette nuit-là, il avait fouillé frénétiquement tout le camp, mais à l'aube il n'en avait toujours pas trouvé la trace et c'est avec amertume qu'il avait observé, depuis les remparts d'Alep, Kalawun et Baybars sortir de la ville avec l'avant-garde. Après s'être convaincu qu'il avait dû oublier la poupée à Damas, il n'avait cessé de jeter des sorts, crachant encore et encore dans ses poings, chaque nuit où Kalawun avait été absent, convoquant la mort sous la forme d'une flèche mongole, d'une glissade dans un ravin, d'un serpent jaillissant du sous-bois. Mais l'émir était revenu avec l'armée, bien vivant.

Durant le chemin vers Damas, Khadir s'était finalement dit que tout allait pour le mieux. Un accident malheureux aurait été le fruit du hasard, il ne l'aurait pas satisfait. Il voulait voir Kalawun mourir : se sentir maître du destin de cet homme qui avait, avec tant de persistance, nui à ses plans. Alors, il pourrait véritablement savourer sa victoire. Mais toutes ses machinations fiévreuses retombèrent à plat lorsqu'il arriva à Damas et découvrit que sa mémoire, une fois de plus, l'avait trahi, et que la poupée y était introuvable. En plus de sa frustration, une inquiétude vague et sans objet avait commencé à le tourmenter. C'était une chose que ses tentatives de meurtre soient déjouées en permanence, mais c'en était une autre que d'avoir égaré la seule preuve le reliant à la mort d'Aisha, dont son père le croyait toujours responsable.

Soudain, Khadir se leva. Tout ça n'avait aucune importance. Ce n'était qu'agitation, bruit et confusion. Il n'y avait qu'une chose à faire, et vite. Baybars avait maintenant la preuve que les Francs avaient bien essayé de le tuer, mais Kalawun désamorçait tout le temps toutes les situations et le devin savait que Baybars, comme toujours, écouterait ses conseils prudents, pleins de mesure. Khadir pouvait y arriver sans poison. Sa main se porta sur la dague à poignée dorée avec son rubis rouge sang incrusté. Une vraie mort d'Assassin. Le meurtre serait visible et il y aurait une enquête, mais ça ne retiendrait pas Baybars à Damas et, une fois Kalawun éliminé, Khadir pourrait faire en sorte que le sultan ne retourne pas en Égypte quand il en aurait fini ici, mais qu'il dirige la puissance de son armée sur Acre. Quant au meurtre lui-même, Khadir ne se souciait pas que des doigts accusateurs se lèvent dans sa direction. Baybars ne le tuerait jamais ; il aurait trop peur de mettre sa propre vie en danger s'il le faisait. Il y avait bien trop longtemps que Khadir avait implanté dans son esprit l'idée que leurs deux destins étaient irrévocablement liés et que ce qui affectait l'un affectait l'autre. Il le mettrait peut-être en cellule, mais cette idée ne troublait pas Khadir outre mesure. Après des mois au ban, Baraka avait enfin réussi à se faire à nouveau admettre dans le cercle de confiance de son père et Khadir était sûr, le cas échéant, qu'il parviendrait à obtenir sa libération. D'ailleurs, l'ambition du jeune homme s'était éveillée au cours de l'année écoulée et il était prêt, désormais, à l'aider à orienter le sultan dans la bonne direction.

Khadir regarda vers la fenêtre, de délicats draps de mousseline encadraient un pan de ciel bleu, ondulant légèrement sous l'effet d'une brise qui n'apportait aucune fraîcheur. Bientôt, ce ciel bleu se couvrirait de ténèbres. Ce soir aurait lieu l'éclipse. Elle l'inquiétait depuis des semaines et, plus tôt dans la journée, il avait demandé à Baybars de doubler l'effectif de sa garde et d'éviter certains plats. Néanmoins, comme Baybars l'avait rappelé, la mort d'un grand chef n'était pas forcément la sienne. Le sultan imaginait que l'augure concernait plutôt l'Ilkhan Abaqa, ou n'importe quel autre chef : un roi franc, un prince. Ou un haut gradé de l'armée. Khadir sourit en appréciant cette symétrie. Si les étoiles exigeaient du sang, alors il leur en donnerait.

Sentant l'urgence l'étreindre, il quitta la pièce et traversa le couloir. À mi-chemin, il s'arrêta, jeta un regard alentour puis se glissa dans un étroit passage qui menait, après une volée de marches, vers un labyrinthe utilisé par les seuls serviteurs.

Un petit frisson d'excitation traversa Baraka Khan en ouvrant les portes de la salle du trône. Il avait dit aux gardes que son père lui avait demandé de récupérer des papiers laissés sur place. Les soldats, n'ayant reçu aucun ordre depuis que le sultan était parti une heure plus tôt, l'avaient laissé passer sans un mot.

Les deux occupants de la pièce tressaillirent en entendant les portes s'ouvrir. Les yeux de Baraka se posèrent d'abord sur la femme, qui se tenait près de la fenêtre, ses cheveux blonds baignés par la lumière du début d'après-midi comme un halo. Son visage était pâle et fermé, et ses yeux ne cillèrent pas en croisant les siens. Ils étaient verts, d'un vert incroyable qui le faisait penser à de l'eau, une rivière ou un lac de montagne. Baraka déglutit. Jetant à peine un coup d'œil à l'eunuque, il le pointa du doigt.

— Pars, lui ordonna-t-il.

L'eunuque hésita mais ses nerfs, mis déjà à rude épreuve par le comportement erratique de Baybars, eurent raison de lui et il se décida à quitter la pièce. La femme le regarda partir, puis elle se tourna de nouveau vers Baraka. Il y avait de la force dans son regard, il s'en apercevait maintenant, alors qu'avant il n'y avait vu que de la peur. Cette révélation l'ébranla et il sentit sa confiance diminuer. Pour dissimuler sa nervosité, il poussa le verrou de la porte et se dirigea vers la table où il était assis avec les généraux lorsqu'on avait amené la femme. Toute sa surface était recouverte de documents. Il fit semblant d'y chercher quelque chose, sentant pendant tout ce temps le regard de cette femme dans son dos.

Baraka ne savait pas de quoi elle avait discuté avec son père, et encore moins pourquoi elle était encore en vie. Mais il avait été profondément intrigué que son père quitte la salle du trône le visage plein de larmes. Accroupi dans le passage où il s'était caché après que Baybars avait renvoyé tout le monde, Baraka avait regardé passer son père en larmes. Durant toutes ces années, pas une fois il n'avait vu son père pleurer. Pas une fois il n'avait imaginé qu'il en soit capable. D'abord stupéfait et étourdi, il s'était recroquevillé dans le passage, essayant de comprendre ce qui avait pu se passer. Mais plus il y pensait, plus son esprit revenait à cette femme. Il avait été étonné par son allure et l'espèce de peur animale qui émanait d'elle. Mais qu'elle fasse pleurer son père ! Cela éveillait sa curiosité maintenant.

Enhardi par la mort d'Aisha, où il s'était prouvé à lui-même qu'il était capable d'initiative, ce qui en outre lui avait permis de garder secrètes ses aventures, Baraka avait répété assidûment ses rencontres avec les esclaves, devenant de plus en plus assuré dans sa recherche du plaisir. Mais ces derniers temps, la satisfaction qu'il en retirait avait diminué. Les esclaves s'habituaient à ses exigences, elles devenaient dociles et complaisantes. Il ressentait le besoin de domination physique que l'acte avait provoqué en lui les premiers temps, quand les filles avaient peur et qu'elles se refusaient. Il éprouvait un manque qui ne cessait de le harceler, le rendait de mauvaise humeur et encore plus impatient que d'habitude. Baraka ne savait pas au juste pourquoi il avait pris la poupée, mais elle lui procurait une sorte de sentiment de toute-puissance. Non seulement vis-à-vis de Khadir, mais de tous les hommes appartenant à l'armée de son père. Durant les banquets, il les avait observés en serrant dans sa main la fiole chaude et poisseuse, et il aimait savoir qu'ils étaient à sa merci, qu'il pouvait, tel un dieu, décider, s'il le souhaitait, de frapper n'importe lequel d'entre eux.

Une voix se fit entendre dans son dos et Baraka fit volte-face. La femme venait de parler. Mais il n'avait pas compris ce qu'elle avait dit. Elle reparla, en arabe cette fois.

— Qui êtes-vous ?

Baraka retint sa respiration. C'était une femme, une chrétienne, et elle lui parlait ! L'audace qu'elle avait, cette effrontée, de *l'interroger*, lui, dans sa propre langue ! Il n'arrivait pas y croire.

— Silence ! lança-t-il d'une voix pleine de venin.

Il fallut quelques secondes pour qu'elle baissât les yeux, ce qui l'emplit de colère. Elle devait faire semblant de ne pas avoir peur. En vérité, estima-t-il, elle devait être terrifiée. Ce qui le stimula soudain, et il s'avança vers elle, et à chaque pas son excitation augmentait tandis qu'elle reculait, jetant des regards désespérés autour d'elle.

Pour finir, il la coinça près de la fenêtre. Son visage livide se tordit bientôt sous l'angoisse. Elle parlait à toute vitesse dans une langue qu'il ne comprenait pas, à part quelques mots en arabe glissés çà et là. Mais il n'écoutait plus. Elle était là, tout près, effrayée, et son effroi était comme une drogue pour lui, reléguant au loin tout le reste, le fait qu'il pouvait être surpris par exemple. Il ne voyait plus qu'elle, tout le reste était flou, avait disparu. Il ne se souciait plus de ce qu'elle avait fait à son père ou de la raison pour laquelle il l'avait laissée en vie. Baraka ne voulait qu'une chose.

33

La citadelle, Damas

17 juin 1277 après J.-C.

De retour dans ses quartiers, Kalawun se versa de l'eau dans une coupe. Fraîchement tirée du puits de la citadelle, elle avait un goût minéral. Elle était gelée. Il but trop vite, ce qui lui causa un élancement au front. Il ferma les yeux et revit la femme, debout dans la salle du trône, le fixant tandis qu'il partait calmement. À cette image se mêla une voix lui disant d'y retourner. Mais en vérité, il avait peur. Peur de mettre Baybars en colère et de compromettre sa position, peur d'éveiller les soupçons sur les raisons qui le poussaient à vouloir qu'elle reste en vie. Et, par-dessus tout, peur de la douleur que le souvenir de sa fille faisait sourdre en lui.

Rouvrant les yeux, Kalawun se versa à nouveau de l'eau et porta la coupe à ses lèvres, mais il se ravisa. Sur la table, à côté de la carafe d'eau, il y avait une corbeille de fruits : pêches, raisins, bananes. Il les regarda en se demandant s'il avait faim, mais il ne pouvait ignorer ou détourner la douleur si facilement et d'un coup tous ces fruits lui parurent, eux aussi, rappeler l'horreur. Aisha ne grimperait plus jamais sur ses genoux, les doigts pleins de jus de pêche, pour lui raconter sa journée avec une voix mélodieuse et grave. Kalawun posa ses mains à plat sur la table en y enfonçant les ongles, puis dans un mouvement d'humeur brutal, il envoya à terre la corbeille et la carafe. Tandis que la carafe éclatait et qu'une grappe de raisins verts roulait au sol, Kalawun sentit une présence dans son dos. Il voulut se retourner. Trop tard. Un bras apparut dans son champ de vision avec des éclats de couleur rouge et or. Puis la lame d'une dague se colla à sa gorge, et une odeur d'humidité et de pourriture lui remplit les narines.

— *Serpent !* susurra Khadir à ses oreilles. Je t'ai attrapé !

Kalawun jeta un coup d'œil vers les portes, toujours fermées, et il comprit que Khadir avait dû entrer dans sa chambre à coucher par les passages réservés aux domestiques. Il essaya de tourner la tête, mais Khadir appuya légèrement la dague pour entailler sa gorge, ce qui l'obligea à s'immobiliser.

— Qu'est-ce que tu fais, Khadir ? murmura-t-il en essayant de conserver son calme.

Khadir ne sembla pas remarquer sa retenue.

— Depuis le temps que j'attends ce moment ! Maintenant, la bride que tu as passée au cou de mon maître va lâcher. Il détruira les Infidèles comme je le lui ai prédit et tu ne l'en empêcheras pas !

— Baybars est son propre maître, Khadir. C'est lui qui a décidé de se concentrer sur les Mongols plutôt que sur les Francs. Au bout du compte, ce que je dis n'a guère d'influence.

— Mensonges ! s'écria le devin. Tout ça, c'est ta faute. C'est la conséquence de tes actes, de tes paroles, oh, tant de belles, *belles* paroles ! Tu l'as détourné de son chemin. Je ne sais pas pour quelle raison, mais ça ne fait pas l'ombre d'un doute. Tu l'aveugles, tu le plies à ta volonté et tu le détournes des chrétiens. Tu minimises ton influence pour sauver ta peau. Ce ne sont que des mensonges !

— Non, Khadir, je…

— J'avais l'intention de t'empoisonner, le coupa Khadir, d'une voix presque interrogatrice, comme ta fille.

Kalawun se contracta et bloqua sa respiration.

— Mais de cette manière, j'ai l'avantage de pouvoir assister à ton agonie. De pouvoir la sentir, ajouta-t-il en prenant une longue inspiration par le nez, narines frémissantes.

Il était si absorbé qu'il ne remarqua pas la porte de la chambre s'entrebâiller derrière lui.

— De cette manière, *émir* Kalawun, quand tu mourras, je verrai ton âme se tordre entre mes doigts avant même de goûter aux flammes de l'enfer !

— Lâche-le !

La tête de Khadir pivota en entendant cette voix et ses yeux arrondis se posèrent sur un homme dans son dos qui brandissait une courte épée. Il portait une livrée de messager royal et un sac plein de rouleaux pendait à son épaule mais, lorsqu'il avait parlé, son arabe était terrible, presque incompréhensible. Il fallut quelques secondes à Khadir pour le reconnaître. Un glapissement outragé sortit de ses lèvres, qui s'ouvrirent en un vrai cri lorsque Kalawun l'attrapa par le poignet, qu'il tordit violemment pour lui faire perdre l'équilibre. Khadir essaya de frapper au hasard mais sa dague ne rencontra rien et Kalawun se libéra. Le devin fut prompt à réagir, de sa dague il fouettait l'air devant lui d'un air résolu à tout. Le rubis envoyait des reflets lumineux tandis que la lame s'enfonça dans le bras de Kalawun, que celui-ci avait tendu devant lui pour se défendre. Le visage de Kalawun se crispa sous la douleur. Khadir poussa un autre cri, de rage cette fois, et il revint à l'assaut. Kalawun ne réussit à l'arrêter qu'en l'attrapant à nouveau par le poignet.

Will se précipita pour l'aider.

— Non ! cria Kalawun. Il est à moi !

Sa manche était déchirée et du sang en tombait goutte à goutte, mais bien que l'effort lui coûtât visiblement, il saisit le devin d'une poigne féroce. Au bord de l'apoplexie, l'écume au coin des lèvres, il tordit le poignet de Khadir jusqu'à ce que la pointe de la dague se retournât vers lui.

Le visage déformé par la rage, Khadir tenta de se battre contre lui. Mais l'ancien Assassin, si agile fût-il pour son âge, ne pouvait rivaliser avec Kalawun. Lentement mais sûrement, centimètre par centimètre, la pointe de la dague s'avança vers lui. Khadir haleta, le visage empourpré et les veines saillant sur son cou. Il essaya en vain de donner des coups de pied, mais Kalawun ne faiblissait pas. Au contraire, toute force sembla soudain quitter le devin, dont les muscles se relâchèrent d'un coup. Avec la main noueuse et constellée de taches de vieillesse toujours enroulée sur la poignée, Kalawun poussa la lame en criant. Elle frappa Khadir à la gorge, traversa les chairs et les os et remonta vers la base de son crâne d'où elle émergea, pointe argentée synonyme de victoire pour l'émir. Du sang bouillonnait dans la bouche du vieillard et éclaboussait le visage de Kalawun. Il gargouilla, suffoqua, recula de quelques pas, n'en finissant pas d'agoniser. Ses yeux ressemblaient à deux petites lunes jumelles dans l'horreur. Une odeur pestilentielle se répandit tandis que sa vessie et ses intestins se vidaient en une débâcle fétide. Puis ses spasmes cessèrent et il s'effondra.

Kalawun l'abandonna et s'appuya au bord de la table, où il essaya de reprendre sa respiration tout en se tâtant le front, qui saignait abondamment. Il tourna les yeux vers Will, qui soutint son regard en silence, puis les reporta sur Khadir, étalé dans une position étrange au milieu des débris d'argile et des fruits. Les yeux du devin étaient grands ouverts, sa bouche, sa poitrine et le sol alentour étaient maculés de sang. Le rubis de la dague en était lui aussi couvert.

— Il est mort, dit platement Kalawun, puis il tituba.

Will s'approcha pour l'aider.

— Votre blessure est sérieuse.

— Je survivrai.

Kalawun s'essuya la bouche avec sa manche, ou du moins il essaya car il ne réussit qu'à étaler le sang sur ses joues. Il regarda Will.

— Vous n'auriez pas dû venir. Ils vont vous tuer.

— J'étais obligé.

Kalawun soupira d'un air las et pressa sa blessure en grimaçant de douleur.

— J'ai envoyé un de mes officiers vous prévenir, mais il n'a pas pu arriver à temps. Malgré les circonstances, je suis heureux de vous voir. Je n'étais pas sûr de ce qui s'était passé à La Mecque, et même si vous…

Il n'acheva pas sa phrase, baissant les yeux sur le corps de Khadir.

— Pourquoi ne pas nous avoir prévenus que vous envoyiez vos propres forces pour protéger la Pierre ? demanda Will.

Il n'avait pas réussi à dissimuler sa colère autant qu'il en avait eu l'intention.

— N'avez-vous pas songé que vous risquiez de mettre en péril ma vie et celle de mes hommes ?

— Vous ne me disiez rien de vos plans dans votre message. Je ne savais pas ce que vous alliez faire pour empêcher le vol.

— Je ne pouvais pas exposer de telles informations dans une lettre. Il fallait que je…

— Je le sais, le coupa Kalawun, et je ne souhaite pas vous tromper. C'est la stricte vérité. Mais vous devez comprendre que je ne pouvais pas compter sur votre promesse quand il s'agissait de la plus sainte relique de mon peuple. Les risques que je faisais courir à vos hommes, et même à vous, ne pouvaient pas entrer en ligne de compte. La sécurité de votre peuple en dépendait aussi. Je suis désolé, William. C'était un sacrifice à faire, un de plus.

Il s'appuya lourdement à la table, regardant le sang qui dégoulinait le long de son bras.

— Vous comprenez ?

Au bout d'un moment, Will acquiesça. Il comprenait.

Soudain, Kalawun éclata de rire, d'un rire étrange, où transparaissaient la souffrance et les regrets.

— Je me demande parfois si tout ça vaut le prix que nous payons, vous et moi. Il m'arrive de penser…

Il s'interrompit. Par la porte entrouverte leur parvenaient des cris, faibles mais perceptibles.

— Votre femme, dit-il dans un souffle.

Pensif, Baybars se dirigeait vers la salle du trône quand il entendit les cris. Il releva la tête, alarmé, et accéléra sa marche le long du couloir, se mettant même à courir en voyant les gardes qu'il avait laissés devant tambouriner sur les portes.

— Ouvrez ! leur ordonna-t-il en arrivant.

— Elles sont verrouillées, maître, dit l'un des gardes en se mettant de côté.

Un autre cri se fit entendre à l'intérieur, vite étouffé, puis des choses semblèrent tomber : un bruit sourd, suivi d'un tintement de verre.

— Ôtez-vous de là ! s'emporta Baybars en lançant son épaule contre la porte.

Le battant en bois ne bougea pas d'un centimètre.

— Qui a verrouillé ? demanda-t-il en essayant une deuxième fois.

— Votre fils, maître, dit craintivement l'un des gardes.

Baybars fronça les sourcils.

— Mon fils ?

Il regarda la porte un instant, recula d'un pas puis lui donna un coup de pied très puissant. De l'autre côté, les gonds cédèrent et la porte s'ouvrit.

Près de la fenêtre, une petite table était renversée, ainsi que la carafe qui y avait été posée, maintenant éclatée en morceaux. Il y avait deux personnes à terre. Baraka Khan était allongé sur la prisonnière, essayant d'une main de lui bloquer les siennes, de l'autre de lui recouvrir la bouche. Les cheveux de la femme étaient étalés sur son visage et sa robe blanche en partie défaite exposait un bout de peau blanche, de la gorge à la naissance de la poitrine. Baybars eut une soudaine réminiscence, un souvenir remontant à loin. Alors, il s'approcha d'eux, sa rage augmentant à chaque pas.

Baraka roula sur le côté alors que son père arrivait près d'eux.

— Elle tentait de s'échapper !

Avant qu'il ait pu se lever, Baybars était sur lui, l'attrapait violemment par le revers de sa tunique en soie, et le soulevait par les aisselles.

— Père ! S'il vous plaît ! J'essayais de l'empêcher de…

— Je sais ce que tu faisais, rugit Baybars en tirant son fils vers lui.

Puis il lui donna une immense claque qui retentit dans toute la salle, et la tête du jeune homme partit sur le côté. La marque de sa main s'imprima sur sa joue, blanche une seconde, puis aussitôt rouge. Baybars le poussa sans ménagement.

Baraka recula en chancelant, se prit les pieds dans la table renversée et bascula à la renverse. Il retomba la tête sur les carreaux et poussa un cri de douleur en sentant s'enfoncer dans sa tête de petits morceaux de verre.

— S'il vous plaît ! Père ! implora-t-il, au désespoir.

La femme s'était remise debout et tenait sa robe contre sa poitrine, mais aucun d'eux ne la regardait plus.

— Est-ce que tu crois que je ne suis pas au courant ? tempêta Baybars en approchant lentement, d'un air dangereux. Est-ce que tu penses que je suis aveugle ? Ou stupide ?

— De quoi…

— *Je sais !* hurla Baybars. Je sais ce que tu fais avec mes esclaves.

Baraka se figea, la gorge serrée. Il ne pouvait plus parler.

— D'après toi, pourquoi t'ai-je emmené avec moi dans cette campagne ? demanda Baybars à son fils prostré. Croyais-tu que c'était pour tes conseils ?

Il éclata d'un rire cruel qui cessa aussi vite qu'il était venu.

— Je t'ai fait venir pour te tenir à l'écart de mon harem ! dit-il en secouant la tête. Un temps, j'ai pensé que ton apparente tranquillité, ton prétendu désir de solitude, loin de la mauvaise influence de tes amis, étaient le signe que tu étais prêt à te calmer, à te mettre au travail. À devenir l'homme que je voulais que tu sois. Mais j'aurais dû me douter. Ces filles étaient à moi, on m'en avait fait cadeau. J'aurais pu en prendre certaines pour femmes ! Que dans mon dos tu aies assouvi tes désirs comme un chien en rut me dégoûte. Tu me *dégoûtes*, laissa-t-il tomber avant de lui lancer un coup de pied.

Baraka tenta d'esquiver le coup, mais il n'y parvint pas et cela lui coupa le souffle. Il rampa au sol pour échapper à la colère de son père, mais Baybars n'en avait pas fini avec lui et il le força à se relever. Lorsqu'il sentit son père l'empoigner à nouveau, Baraka tendit la main à la recherche de quelque chose à utiliser. Ses doigts rencontrèrent un morceau de verre et, alors que Baybars le mettait debout, il lança son bras vers le visage de son père. Il s'arrêta, trop court de quelques centimètres. Tous deux se figèrent, avec entre eux le morceau de verre où perlait une goutte de sang car Baraka s'était légèrement coupé en s'en saisissant. À l'extérieur de la salle du trône, il y avait du grabuge, mais aucun d'eux ne tourna la tête pour voir ce qui se passait. Toute leur attention était concentrée sur eux, chacun regardait l'autre et y voyait les années de haine, de déception, de dégoût.

Le nez de Baraka saignait et ses cheveux bouclés étaient trempés de sueur. Ses yeux n'étaient plus que des fentes, mais il n'y avait pas de larmes en eux.

— J'ai peut-être souillé votre harem, père, dit-il d'une voix que Baybars eut l'impression de n'avoir jamais entendue, vide de tout amour, de tout respect, et même de crainte. Mais je n'ai pas souillé le trône du sultan. Khadir, Mahmud, Yusuf, tant d'hommes dans votre cour vous ont supplié de tenir votre serment et de détruire les chrétiens, mais vous n'écoutez pas. Savez-vous combien de vos propres hommes sont contre vous, maintenant ? Combien veulent vous voir mort ? Moi, je suis prêt à faire ce que vous ne voulez pas faire. Vous êtes un *lâche*, père.

Les yeux bleus de Baybars s'arrondirent. Il arracha le fragment de verre de la main de Baraka en s'entaillant, le jeta, puis il secoua le jeune homme comme une vieille poupée.

— Tu es prêt, crois-tu ? Eh bien, nous verrons à quel point tu es prêt *sans royaume* !

Il arrêta de secouer son fils et se servit de ses poings, le rouant de coups, frappant, pilonnant, jusqu'à ce que ses phalanges soient rouges de sang. Puis, soudain, il s'immobilisa, haletant.

— Tu ne prendras pas mon trône quand je ne serai plus là, Baraka, lança-t-il. Tu n'es pas fait pour conduire notre peuple. C'est ton frère, Salamish, qui sera mon héritier.

Baybars recula du corps ensanglanté, à moitié inconscient, qui gisait sur les carreaux dans une position fœtale. Ses épaules s'affaissèrent.

— J'ai essayé, marmonna-t-il. J'ai essayé…

Alors que Will courait à la suite de Kalawun dans le couloir, il vit quelqu'un sortir précipitamment de la salle du trône. Par les portes ouvertes lui parvenait le bruit d'une bagarre.

— Elwen !

L'un des gardes du palais l'arrêta tandis que l'autre se tournait vers Will. Ses yeux s'agrandirent de stupeur en voyant Kalawun et un messager royal arriver en courant dans sa direction. Elwen poussa un cri quand le premier garde l'attrapa par le bras et la plaqua contre le mur. Will se jeta sur lui avant même que son compagnon ait pu le prévenir, lui envoyant un méchant coup de coude en plein visage tout en tirant Elwen, après quoi il lui empoigna les cheveux et frappa sa tête contre le mur. Kalawun s'occupa du second garde, qu'il assomma avec la poignée de son épée. Elwen hurla de nouveau et Will la prit par les épaules.

— Elwen !

Elle posa sur lui des yeux confus et apeurés.

— Retournez à ma chambre, dit Kalawun en rengainant son épée.

Les dents serrées à cause de la douleur, il serrait son bras blessé.

— Derrière la tapisserie de ma chambre, il y a un passage. Suivez-le jusqu'à une volée de marches qui descend. En bas, prenez à droite et vous arriverez près des cuisines.

— Kalawun..., commença Will.

— Écoutez-moi ! coupa court Kalawun en prenant Will par l'épaule et en regardant dans la direction de sa chambre. Après les cuisines, il y a un passage pour les domestiques qui mène à l'extérieur des remparts par un petit pont. Une fois en ville, vous verrez une mosquée, près d'un marché, sur une grande place. J'enverrai des hommes avec des chevaux. Ils laisseront les montures à l'entrée de la mosquée.

Il relâcha Will, sur l'épaule duquel il avait imprimé une marque de sang.

— *Allez-y !*

34

La route de Damas, Syrie

17 juin 1277 après J.-C.

Après avoir attaché les montures, Will prit une gourde d'eau dans une des sacoches et retourna vers les rochers sur lesquels était assise Elwen. Elle était emmitouflée dans une couverture, les genoux remontés devant la poitrine, son regard perdu sur la route qui s'enroulait à la base de la crête où ils s'étaient installés, et s'étirait derrière eux. La lune était basse et grosse, illuminant la nuit comme une sorte de double fantôme du jour. En contrebas, dans la vallée, le haut des arbres formait comme des nuages baignés de lumière et le désert semblait couvert d'une neige poudreuse et infinie.

Elwen claquait des dents, sa respiration formant des volutes éphémères dans l'air glacial. Will grimpa jusqu'à elle et lui tendit la gourde. Elle la saisit, mais ne but pas.

— J'aurais dû ramasser du bois pour faire un feu, marmonna-t-il en remontant sa propre couverture sur ses épaules.

Par-dessus sa robe déchirée, elle portait la cape en soie qu'il avait volée au messager royal. Son violet chatoyant tournait au gris clair à la lumière de la lune et scintillait comme de l'eau autour de ses jambes.

— Tu en aurais davantage eu besoin que moi, ajouta-t-il lorsqu'elle protesta.

Il se tenait debout sur le promontoire, sentant le froid l'envahir.

— Tu as toujours peur qu'ils nous suivent ?

Will tourna la tête vers elle en entendant sa question et il lui fit signe que non, mais il reporta tout de suite son attention sur la route. Malgré l'assurance dont il faisait preuve, la tension presque insupportable qu'il ressentait depuis qu'ils avaient fui la citadelle n'était pas évanouie, loin de là.

Après une attente interminable près de la mosquée de la ville, les hommes de Kalawun avaient fini par arriver avec deux pur-sang arabes chargés de vivres. Will et Elwen avaient galopé à bride abattue pour sortir de la ville, car il souhaitait mettre autant de distance que possible entre Damas et eux. Mais à part les habituels voyageurs, marchands et paysans, ils n'avaient croisé personne sur la route, et Will n'avait pu observer aucun signe de la poursuite qu'il guettait avec nervosité. Ils avaient peu discuté, tous deux étaient trop pensifs pour parler.

— Tu t'assieds avec moi ?

Will se força à quitter la route des yeux. Elwen le regardait. Ses joues creuses le paraissaient encore davantage avec cette lumière, elle semblait presque émaciée, décharnée. Alors qu'ils étaient sortis de Damas, en remarquant à quel point elle était maigre et épuisée, Will s'était rappelé ce que lui avait dit Simon à la commanderie et il l'avait questionnée sur les raisons de son affliction. Elle avait balayé cette question en lui disant que ça n'avait pas d'importance. Il n'était pas encore revenu à la charge, de même qu'elle ne l'avait pas encore interrogé à propos de La Mecque. C'était comme s'il s'était passé trop de choses depuis la dernière fois qu'ils s'étaient vus et qu'aucun d'eux n'avait la force de raconter en détail tout ce qui lui était arrivé. La compagnie de l'autre rendait leur comportement étrange, ils avaient l'impression d'être deux inconnus après tous ces mois. Mais en cet instant, posant les yeux sur elle, Will réalisa la chance qu'il avait eue de réussir à la sauver et son malaise disparut. Il s'approcha d'elle et s'assit en prenant ses mains dans les siennes. Elles étaient douces et froides. Dieu ! Penser qu'il avait failli la perdre… Il ferma les yeux et murmura une prière pour Le remercier de l'avoir épargnée.

— Elwen, commença-t-il avant de s'interrompre, gagné par l'émotion.

Elle le fixait avec des yeux brillants.

— Je suis désolée.

— Pourquoi ? lui demanda-t-il d'une voix éraillée.

— De… t'avoir mis en danger. C'est ma faute. Je n'aurais pas dû dire à ces soldats que j'étais ta femme. J'aurais dû mentir mais je ne savais pas si… Et Simon ? s'enquit-elle soudain, abandonnant ses explications.

— Il va bien, dit Will.

Elle ferma un instant les yeux, l'air soulagée.

— Mais je ne vois pas comment tu peux penser que c'est ta faute.

Elle baissa la tête.

— Il n'y a pas que ça, murmura-t-elle. C'est…

— Si je n'avais pas essayé de faire tuer Baybars, rien de tout cela ne serait arrivé, dit Will sans l'écouter. C'est pour ça qu'on t'a prise. C'est ma faute.

— Non, Will. Il y a d'autres choses, des choses que je dois te dire.

— Laisse-moi parler, la coupa-t-il. S'il te plaît... Il faut que je te dise ce que j'ai sur le cœur. J'aurais dû t'en parler plus tôt, mais...

Il sembla réfléchir une seconde.

— Non. J'aurais dû t'en parler *il y a des années*. Mais j'avais toujours une bonne excuse, une chose à régler. Je croyais savoir ce que je voulais, mais ce n'était pas le cas. Quand je suis revenu de La Mecque, j'étais content d'avoir empêché le vol, vraiment, mais ce sentiment n'était rien comparé à ce que j'ai ressenti en venant à Damas en sachant que peut-être...

Il s'interrompit de nouveau.

— Que peut-être tu étais morte. J'ai pris conscience que tu étais plus importante pour moi que...

À la stupéfaction d'Elwen, la voix de Will se brisa et il commença à pleurer, secoué par de grands sanglots. Laissant glisser ses couvertures de l'épaule, elle le serra dans ses bras.

Au bout d'un moment, son chagrin s'épuisa et il leva les yeux vers elle.

— Est-ce que tu veux toujours m'épouser ?

De surprise, Elwen éclata de rire, avant de comprendre qu'il était sérieux. Son rire s'évanouit et elle le fixa, stupéfaite. Et elle eut l'impression d'avoir de plus en plus de mal à le voir, comme s'il plongeait dans l'obscurité. Il y avait une ombre sur le côté de la lune, en forme d'arc de cercle.

Will suivit son regard.

— L'éclipse, murmura-t-il.

Ils se levèrent et restèrent un instant plongés dans la contemplation, la question qu'il avait posée toujours suspendue entre eux, tandis que, peu à peu, de manière presque imperceptible, l'ombre s'étendait comme une tache. Alors que leur silence se prolongeait, Will sentit Elwen le prendre par la main.

— Je suis enceinte.

Il ressentit un élan, sans trop savoir de quoi, puis un changement s'opéra en lui. Toute sa tension disparut. Il se sentit plus léger, plus calme. Était-ce le bébé ? Il n'avait jamais vraiment réfléchi au fait de faire un enfant. Si le mariage était interdit aux chevaliers, c'était bien plus encore le cas de la paternité. Non. Ce n'était pas tant l'idée de ce bébé ; c'était le fait de réaliser que c'était possible, *vraiment.* Il avait toujours pensé qu'il ne pouvait pas être avec Elwen, pourtant leur relation durait depuis des années. Il entendait sa respiration saccadée.

— Oui. Ma réponse est oui.

Will serra sa main plus fort et un sourire emplit son visage tandis que la lune était peu à peu dévorée. Le regard braqué vers le ciel, il ne remarqua pas qu'Elwen avait les yeux fermés.

La citadelle, Damas, 17 juin 1277 après J.-C.

À quatre pattes, Kalawun frottait le carrelage. Dans le seau, à côté de lui, l'eau gorgée de sang était rouge, comme le chiffon avec lequel il astiquait. Il y en avait partout. Il sentait son goût âpre chaque fois qu'il déglutissait. La lumière ténue de la lune rendait étranges et irréelles toutes les choses familières qui l'entouraient. L'éclipse avait commencé un peu plus tôt et serait bientôt complète. La lune était couleur cuivre, elle ressemblait à un œil malade. Se mettant à genoux, Kalawun plongea le chiffon dans l'eau, le tordit, tandis que du coude il s'essuyait le front. Son regard était sans cesse attiré par le cadavre de Khadir, enroulé dans des draps de soie, comme une chenille dans son cocon, et appuyé contre le mur près de la porte.

Après avoir laissé Will s'enfuir par le passage, Kalawun était entré dans la salle du trône, où Baraka était au sol, Baybars au-dessus de lui, les poings serrés et contusionnés, les yeux vides. Quand il l'avait aperçu, le sultan avait quitté la salle sans dire un mot et Kalawun avait aidé Baraka à se mettre debout. Mais lorsqu'il avait voulu l'emmener voir les médecins de la citadelle, le jeune homme l'avait repoussé en lui disant d'une voix glaciale de le laisser tranquille. Comme il devait de toute façon envoyer des chevaux à Will, Kalawun le laissa s'en aller. À ce moment-là, il était près de s'évanouir à cause du sang qu'il perdait. Cependant, avant d'envoyer deux officiers porter des chevaux et des vivres à la mosquée, il devait régler le problème des gardes inconscients qui gisaient toujours devant la salle du trône. Baybars était passé à côté d'eux sans s'en soucier, mais Kalawun savait qu'il ne faudrait pas longtemps avant que quelqu'un commence à poser des questions sur l'évasion de la prisonnière.

Pour finir, il avait fait envoyer les deux hommes à l'infirmerie de la citadelle en disant au gouverneur de Damas, qui avait eu vent des troubles survenus, qu'un inconnu avait forcé l'entrée de la citadelle et attaqué ses hommes. Pendant qu'un médecin lui bandait le bras, Kalawun expliqua au gouverneur qu'il s'était lancé à la poursuite de l'intrus, mais que celui-ci avait agressé les gardes avant qu'il ne le rattrape, puis qu'il s'était enfui avec la femme. Alors qu'il tentait de l'empêcher de partir, l'homme l'avait attaqué à l'épée, et c'est comme ça qu'il avait reçu cette blessure. Kalawun pensait avoir convaincu le gouverneur, mais il attendait avec anxiété l'interrogatoire des deux gardes. Néanmoins, les deux hommes, qui éprouvaient un grand respect pour l'émir, et qui avaient écouté, encore sous le choc, sa version des faits, semblèrent eux aussi persuadés qu'en réalité il pourchassait l'inconnu. Mais Kalawun savait que le temps, peut-être, les amènerait à se souvenir plus précisément de ce qui s'était passé. Après avoir dépêché des hommes à la mosquée, il dut aussi faire la médiation entre le gouverneur, qui voulait envoyer des soldats aux trousses de l'inconnu, et un Baybars muet, qui avait d'abord refusé de le voir, puis avait fini par ordonner d'arrêter les recherches de la femme et de son sauveur. Tout cela n'avait plus aucune importance, avait-il dit d'un air lugubre.

Kalawun jeta le chiffon dans le seau et se leva en tressaillant quand ses muscles se bandèrent. Sa main lui paraissait lourde et le sang imbibait peu à peu les pansements propres que le médecin lui avait mis. Il était au-delà de toute fatigue, sa volonté n'existait plus, il agissait sans penser. C'était comme si son esprit dormait déjà mais que son corps avait oublié de se mettre au lit. En pleine confusion, il approcha du cadavre enveloppé et se mit à le traîner sur le sol humide vers sa chambre. Soudain, on frappa à sa porte. Ses sens amoindris sortirent immédiatement de leur torpeur. Kalawun souleva la dépouille de Khadir et la déposa dans sa chambre avant d'aller entrouvrir sa porte.

Dans le couloir, l'un des eunuques de Baybars attendait. Il s'inclina.

— Émir Kalawun. Le sultan requiert votre présence dans la salle du trône.

Kalawun se racla la gorge.

— J'y serai dans une minute.

L'eunuque attendit dehors pendant que Kalawun changeait sa robe souillée et lavait ses mains du sang de Khadir. Puis il sortit et suivit l'eunuque jusqu'à la salle du trône. Est-ce qu'on s'était déjà aperçu de l'absence du devin ?

Le sultan se tenait devant les fenêtres, entouré d'une lumière rougeâtre évanescente. Au grand étonnement de Kalawun, la salle du trône était complètement vide. Il n'y avait même aucun serviteur. La pièce avait été rangée et seuls les éclats de bois au niveau des gonds de la porte portaient la trace des événements violents qui s'y étaient déroulés.

Baybars se tourna quand Kalawun entra.

— Émir, j'ai besoin que tu fasses quelque chose pour moi.

— Seigneur ?

— Je veux que tu organises une entrevue avec mon chef d'état-major. Fais-le discrètement. Je ne veux pas que ça se sache.

— De quoi parlez-vous, seigneur ? s'enquit Kalawun tandis que Baybars s'éloignait de la fenêtre et montait sur l'estrade.

Sur la table installée là, il prit une coupe incrustée de joyaux et pleine de koumys. Pendant que Baybars buvait d'un air pensif, Kalawun regarda autour de lui la pièce plongée dans les ténèbres.

— Il fait sombre ici, seigneur. Voulez-vous que je demande aux domestiques d'allumer des lanternes ?

— Non, fit Baybars en s'asseyant. Je veux regarder l'éclipse. J'aurais cru que Khadir viendrait ici l'observer. Ou du moins qu'il serait venu me dire que je n'ai pas assez de gardes, ajouta-t-il avec un faible sourire. L'as-tu vu ?

— Non.

Kalawun se maudit d'avoir répondu un peu trop vite, révélant qu'il était sur la défensive. Mais Baybars, qui dégustait son lait de jument fermenté, ne parut pas s'en être rendu compte.

— Les choses ont changé, Kalawun. Et ça me convient tout à fait. Je sais désormais ce que je dois faire. Je me suis trop longtemps entouré d'hommes qui me craignaient, au lieu de me respecter. Je préfère maintenant disposer de quelques conseillers loyaux plutôt que d'une cohorte d'hommes qui me méprisent en secret.

— Vos hommes ne vous méprisent pas, protesta Kalawun.

Baybars leva le bras pour le faire taire.

— Leur insatisfaction est évidente. Je me suis occupé de Mahmud, mais j'ai sous-estimé l'ampleur de l'infection. Il est temps de se débarrasser de la mauvaise graine. À commencer par mon fils.

Kalawun resta muet.

— Je ne veux pas que Baraka Khan s'empare du trône lorsque je ne serai plus là. J'ai décidé que Salamish serait mon héritier.

Baybars secoua la tête d'un air attristé.

— Nizam me détestera pour l'éternité, mais pour tout dire, ce lit est froid depuis des années.

Kalawun retrouva sa voix.

— Seigneur, vous devriez réfléchir avec soin à…

— Il n'est pas fait pour gouverner, Kalawun, répliqua Baybars d'un ton égal. Je le sais depuis un bon moment, mais j'espérais qu'il changerait. Le fait est qu'il ne changera pas. Je l'ai compris aujourd'hui. Il y a une faiblesse en lui, et j'ai peur que le temps ne fasse que l'aggraver. Peut-être, si j'avais été un meilleur père…

Il s'essuya le front, où une pellicule de sueur avait fait son apparition.

— Mais je n'ai pas été un bon père.

L'esprit de Kalawun tourbillonnait dans tous les sens. Il savait que Baybars avait raison. Il savait depuis longtemps que tous ses efforts pour exercer une bonne influence sur Baraka ne donnaient rien. Tout ce temps, il avait eu l'impression d'écoper un bateau tout en sachant que la ligne de flottaison était déjà sous l'eau et qu'il finirait à n'en pas douter par couler. Mais Salamish ? Il n'avait que sept ans et Kalawun le connaissait à peine. Alors qu'il avait les yeux rivés au sol, ses pensées s'agitant dans son esprit, un bruit métallique se fit entendre. Baybars avait laissé tomber sa coupe de koumys, qui dégringolait les marches en éclaboussant tout sur son passage. La main de Baybars était crispée et il avait l'air perdu. Soudain, il se pencha en avant, comme si une main invisible l'avait poussé dans le dos.

— Seigneur !

Kalawun se rua vers le trône. Tandis qu'il grimpait les marches, Baybars s'effondra.

— Appelez des médecins ! hurla-t-il aussi fort qu'il le pouvait. *Des médecins !*

Les portes de la salle du trône s'ouvrirent en grand et deux Bahrites apparurent. L'un d'eux entra en courant pendant que l'autre, voyant le sultan à terre, faisait demi-tour et partait chercher de l'aide. Kalawun entendit des bruits de course dans le couloir.

— Qu'est-ce qu'il a, émir ? demanda le garde qui s'était accroupi à côté du sultan.

— Je ne sais pas, répondit Kalawun en prenant dans ses bras la tête de Baybars.

Le sultan avait l'air de chercher désespérément à respirer, comme si quelqu'un le prenait à la gorge et l'étranglait. À la faible lumière de la lune qui leur parvenait par les fenêtres, ils voyaient ses yeux saillants exprimer la panique.

Quelques minutes plus tard, un médecin arriva, pantelant, les cheveux ébouriffés. Il était suivi par des domestiques portant de l'eau chaude, des couteaux, des linges et des médicaments. Le médecin ordonna qu'on allume des lanternes sur-le-champ pour qu'il puisse voir quelque chose dans la salle du trône. Kalawun dut se mettre de côté. Le sultan luttait pour chaque bouffée d'air maintenant, sa bouche s'ouvrait et se fermait en vain, comme un poisson hors de l'eau.

— A-t-il avalé quelque chose ? demanda le médecin à Kalawun.

— Seulement du koumys, l'informa Kalawun. Que puis-je faire ?

— Laissez-moi travailler, se contenta de répondre le médecin.

Kalawun s'éloigna et alla se poster près de la fenêtre, impuissant. Dehors, la cité était auréolée d'une étrange lumière. Il sentit quelqu'un à ses côtés. Il se tourna et découvrit avec surprise qu'il s'agissait de Baraka. Le visage du prince était un masque bouffi, horrible. Ses yeux étaient braqués sur les convulsions qui agitaient le corps de son père.

— Baraka, dit Kalawun en prenant le jeune homme par le bras. Qu'est-ce que tu fais là ?

— Est-ce qu'il est déjà mort ? demanda Baraka.

Il avait une grande difficulté à s'exprimer du fait du gonflement de son visage, mais il semblait cependant d'un calme inquiétant. Sa question fit tressaillir Kalawun. Il posa ses yeux sur Baraka, qui parut réaliser l'étrangeté de ce qu'il venait de dire et se mit à secouer la tête d'un air désolé.

— Qu'est-ce qui s'est passé ?

— Ton père s'est écroulé, répondit Kalawun au bout d'un moment.

— Oh ! fit Baraka de ce même ton placide et froid.

Tandis que Baybars se tordait de douleur au pied du trône, Kalawun observait Baraka Khan avec une consternation et une épouvante croissantes.

35

Le Temple, Acre

10 juillet 1277 après J.-C.

Les rues d'Acre étaient pleines de rires et de musique. Les enfants, en habits de fête, couraient et jouaient, se pourchassant les uns les autres entre les jambes de leurs parents qui se tenaient par petits groupes devant l'église, ou discutaient avec animation, sur la place du marché, en buvant à petites gorgées un thé épicé et en partageant des ragots, ou bien entonnaient des chansons à propos d'empereurs morts au fond de tavernes combles. Pendus à des cordes de chanvre entre les bâtiments de part et d'autre des rues, des triangles de soie délavés par le soleil claquaient dans l'air surchauffé, balayé par un vent léger. Les loges des maçons étaient vides, les boutiques fermées, et les feux des forgerons couvaient leurs braises. Seul le quartier musulman se livrait à ses activités coutumières. Pour tous les autres habitants de la ville, la journée était fériée. Mais ce n'était pas un jour de fête normal, lié à la célébration d'un saint ou à un événement de la Bible. Non. Aujourd'hui, le peuple d'Acre célébrait une mort.

Baybars Bundukdari, l'homme qui les avait acculés face à la mer comme des moutons au bord d'une falaise, qui les avait ravagés, pillés, et dépouillés de leurs droits sur la Terre sainte, Baybars Bundukdari était mort.

La rumeur disait qu'il avait été empoisonné, par son devin affirmaient même certains, mais cela n'avait guère d'importance. Tout ce qui comptait, c'était que la plus grande menace auxquels les Francs avaient dû faire face depuis Saladin avait disparu, et que son héritier, un jeune homme de seize ans, avait la réputation d'être faible et mou. Ainsi se réjouissaient-ils et riaient-ils en se racontant des histoires, des blagues, et sur une place, une effigie peu à l'avantage du sultan avait été jetée avec force acclamations sur un bûcher monté à la hâte.

La nouvelle de la mort de Baybars leur était parvenue une semaine plus tôt, annoncée par le bailli, le comte Roger de San Severino, lors d'un conseil d'urgence de la Haute Cour d'Acre après lequel le comte avait ravi l'opinion publique en déclarant une journée chômée pour célébrer cet événement. Le peuple aimait Roger. De même que le gouvernement oligarchique d'Acre. Pas pour sa manière de gouverner, mais parce qu'il ne gouvernait pas.

Après l'agitation de l'année passée, Acre était finalement revenue à sa routine habituelle. Les affaires avaient repris, une paix précaire avait été scellée entre les différents quartiers, et l'inquiétude liée à l'éventuelle venue de Charles d'Anjou, qui bouleverserait l'équilibre des pouvoirs, commençait à se dissiper. Il était bien connu que le monarque essayait de se créer un nouvel empire à Byzance et que cette lutte l'accaparait trop pour qu'il vienne en Acre, où sa position était assurée. Il y avait une plaisanterie à ce sujet : on disait qu'il avait trop de trônes et pas assez de culs pour tous les occuper. Les gens d'Acre aimaient que leur roi ne soit pas présent : c'était l'absence de gouvernement visible qui maintenait l'harmonie. Ainsi, la commune des Bourgeois, les États marchands d'Italie, les maîtres des Ordres militaires, le patriarche et les autres pouvaient mener à leur guise leurs affaires, sans ingérence, ce qui laissait en retour le comte Roger libre d'organiser des joutes et des fêtes pour ses amis nobles, et de cette manière chacun était satisfait.

Debout près de la fenêtre, Will regardait à l'extérieur de la commanderie. Il entendait les réjouissances d'un groupe de fêtards derrière les murs du Temple.

— Ferme les rideaux.

Il se retourna. Everard clignait des yeux, le visage grimaçant. Will lâcha le rideau qui se remit en place en faisant voleter un fin nuage de poussière et laissa la chambre dans une obscurité déprimante. Il s'approcha du prêtre, blotti sur son lit.

— Je suis désolé, je n'avais pas vu que tu étais réveillé.

— Depuis quelque temps déjà, dit Everard avec un soupir épuisé tout en reposant sa tête sur son oreiller.

Will s'assit sur un tabouret à côté de lui.

— Ce sont leurs chants qui m'ont réveillé.

Il posa sur Will son regard veineux.

— C'est pour lui ?

Will hocha la tête et il soupira de nouveau, avec tristesse cette fois.

— Des charognards, qui se jettent sur le cadavre d'un lion ! Ils se réjouissent autant que s'ils l'avaient tué eux-mêmes !

Mais Everard ne s'indigna pas plus longtemps car une violente quinte de toux le saisit. Habitué à ces crises, Will passa la main derrière sa tête pour le soutenir. Au prix d'un énorme effort, le prêtre se débarrassa d'une glaire ensanglantée en crachant dans un mouchoir que lui tendait Will.

— Tu ne peux pas les blâmer pour leur joie, Everard, murmura Will en lui apportant une coupe d'eau.

Le prêtre refusa l'eau d'une main dédaigneuse.

— Beaucoup d'entre eux ont perdu des êtres chers, leurs maisons, ou leurs affaires, au cours des campagnes de Baybars. Pour eux, la justice a été rendue.

— La justice ? dit Everard avec une moue. Avons-nous rendu justice aux musulmans en venant ici et en envahissant leurs terres ? En égorgeant leurs familles ?

— Je dis juste…

— Je sais, marmonna le prêtre en fermant ses yeux. Je sais.

— Au moins, nous avons maintenant une vraie chance d'avoir la paix, une paix *durable*. Baraka Khan va monter sur le trône et Kalawun pourra plus librement faire en sorte que nous renégociions le traité, et il sera plus facile de nouer des relations entre nos peuples. Baybars mort, c'est un obstacle en moins.

Everard entrouvrit les yeux et le scruta.

— Et je ne dis pas ça pour moi, ou par vengeance, rajouta Will en voyant le regard qu'il lui lançait.

— En vérité, je ne t'en voudrais pas si c'était le cas. Il a ordonné l'exécution de ton père et fait enlever Elwen. Tu aurais des raisons de te réjouir de sa mort.

— C'est vrai… Mais maintenant qu'il est mort, je n'éprouve aucune joie. Je ne sais pas trop pourquoi, fit Will d'un air pensif. Peut-être parce qu'il n'a pas tué

Elwen alors qu'il en avait la possibilité ? C'est juste que j'ai l'impression…

Il chercha ses mots un instant, puis haussa les épaules.

— En fait, je ne ressens rien.

— Je sais pourquoi, répondit Everard avec un air de vieux sage.

Will attendit son explication. Le prêtre garda le silence un bon moment, les yeux clos, sa poitrine montant et descendant avec difficulté sous les draps. La peau de son visage, tirée sur le squelette, était presque transparente, comme s'il en restait à peine assez pour le recouvrir en entier. Mais il continuait de respirer. Cela faisait trois semaines qu'il avait des problèmes pulmonaires, au point que l'infirmier l'avait donné pour mort à plusieurs reprises.

— Quatre-vingt-dix ans ? Il aurait dû y passer depuis longtemps. Je suppose que la fièvre devrait l'emporter.

Mais il avait prononcé ces mots quinze jours plus tôt, et bien que les derniers sacrements lui eussent été administrés déjà trois fois, Everard s'accrochait toujours à la vie. Will se pencha pour poser la main sur son front, il se demandait s'il ne s'était pas endormi. Mais Everard reprit soudain la parole :

— Tu as grandi, William.

Will eut un sourire légèrement moqueur.

— J'ai trente ans, Everard. Je pensais avoir fini de grandir.

— Tu as grandi comme chevalier, oui, poursuivit Everard sans relever. Et comme commandeur aussi. Mais comme membre de l'Anima Templi, tu n'avais pas atteint la maturité. Je savais que tu étais capable de mieux.

Will voulut protester, mais Everard l'en empêcha.

— Je te connais depuis des années, William, et tu as toujours été dominé par tes passions. D'abord, tu voulais te réhabiliter par rapport à ton père, racheter les erreurs du passé, puis il y a eu ta passion pour une femme, et tes amis, et ton désir de revanche. Mais un homme, pour appartenir pleinement à l'Anima Templi, ne peut pas assouvir ses désirs personnels, se lancer dans des batailles qui n'intéressent que lui. Il a une guerre plus grande à livrer, au-delà des querelles et du labeur quotidien des autres hommes : une guerre pour l'avenir, qui dépasse l'immédiateté du champ de bataille. C'est la plus dure des guerres : changer le monde pour le bien, non d'une politique ou d'une nation, mais des hommes, dans l'absolu. Si la mort de Baybars ne déclenche pas d'émotion en toi, c'est parce que tu la regardes en tant que membre de notre Cercle, pas comme un événement qui t'est personnel. Peut-être encore plus que moi.

— J'aimerais pouvoir accepter tes louanges, Everard. Parce qu'elles sont rares. Mais c'est faux.

— Comment cela ?

Will glissa la main dans le col de son manteau blanc et en libéra une longue chaîne en argent. À côté du pendentif de saint Georges était fixé un anneau d'or.

— Je suis toujours dominé par la passion.

Everard sourit et secoua la tête.

— Non, William. Tu es passionné. Et c'est très différent d'être dominé par la passion.

Il tira sur la couverture, toussa et se réinstalla.

— Comment va-t-elle ?

— Tu n'es pas obligé de le demander. Je sais que tu n'approuves pas ma conduite.

— Absurde, rétorqua abruptement Everard. Elle m'a envoyé des grenades.

Malgré lui, Will éclata de rire. Quand il était revenu de Damas et avait découvert qu'Everard était malade, il avait veillé le prêtre presque sans dormir, ne quittant qu'une fois la commanderie, pour épouser Elwen. Andreas avait arrangé un mariage secret. La cérémonie avait été brève, simple, il n'y avait qu'eux deux et un prêtre. Ensuite, Will était retourné au chevet d'Everard. Depuis lors, les nouveaux mariés avaient communiqué par des messages que transmettait Simon, et Elwen avait accompagné l'un d'eux d'un panier de fruits pour Everard.

— Elle va bien. Mieux.

— Elle remange ? Elle a besoin de reprendre des forces.

Will posa ses coudes sur ses genoux, la tête posée sur ses paumes, avec un air incrédule et amusé.

— Quoi ? demanda Everard.

— C'est juste que je n'aurais jamais imaginé discuter un jour avec toi des habitudes alimentaires de ma femme et de mon futur enfant.

— Eh bien, d'après mon expérience, fit Everard avec un long soupir, rien dans cette vie ne ressemble à ce qui t'attend.

Et il referma les yeux. Cette fois, ils restèrent clos et bientôt sa respiration ralentit, plus basse, au point que Will s'approcha de lui pour être sûr qu'il était encore en vie.

Une heure plus tard, alors que Will avait sombré dans le sommeil, le menton calé entre ses mains, Everard eut un battement de paupières et ses lèvres desséchées s'ouvrirent.

— Je pense que le rabbin Elias a toujours le livre que je lui avais prêté ? Tu ne voudrais pas le lui demander la prochaine fois que tu le verras ?

Will s'étira.

— Bien sûr, fit-il, encore tout ensommeillé.

Les sourcils d'Everard s'arquèrent, interrogatifs.

— Je me demande si Hasan saurait.

— S'il saurait quoi ?

Will était tout à fait réveillé maintenant.

— Everard ? S'il saurait quoi ?

Everard avait la bouche ouverte, comme s'il voulait dire quelque chose, mais aucun son n'en sortit. Will posa ses doigts sur le côté de son cou et sentit les dernières pulsations de ses veines. Puis plus rien. Lentement, il retira sa main en fixant le corps sans vie d'Everard. Sous les plis des draps, il avait l'air fragile, presque comme un enfant. Will savait qu'il aurait dû aller chercher un prêtre et l'infirmier. Mais il se leva et s'approcha de la fenêtre. Il hésita un instant à tirer les rideaux. Finalement, il les écarta et le soleil inonda la cellule. Quand il se retourna vers Everard, le vieillard baignait dans une lumière dorée et sa peau transparente semblait presque irradier de l'intérieur.

Ce soir-là, après qu'on eut habillé la dépouille d'Everard pour l'enterrement et prononcé pour lui des prières aux vêpres, le sénéchal fit appeler Will. Il était comme engourdi depuis la mort du prêtre, engourdi et confus. Mais en montant les marches qui menaient aux quartiers du sénéchal, son esprit s'éveilla, soudain alerte. Cela faisait des années qu'il savait que ce jour arriverait, mais ça ne l'empêchait pas de se sentir inquiet. Maintenant qu'Everard n'était plus là, il faudrait en choisir un autre à la tête de l'Anima Templi. Will était certain de savoir qui serait son successeur, et bien qu'il essayât de se convaincre du contraire, il connaissait aussi l'objet de cette réunion. Le temps était venu de recevoir son ultime punition pour la tentative d'assassinat contre Baybars et sa trahison du Cercle.

Lorsqu'il fit son entrée, le sénéchal l'observa par-dessus une pile de papiers. Avec dans le dos la lumière du soleil couchant, il paraissait plus grand que d'habitude, un géant dont les cheveux noirs encadraient la tête carrée.

— Asseyez-vous, dit-il sans se soucier de lui donner un titre plus formel ou de le saluer.

Will se raidit, puis il s'approcha avec détermination d'un tabouret posé à côté de la table. Une fois assis, il ressentit comme un signe le fait que le siège du sénéchal était plus haut que le sien. Il avait l'impression d'être un écolier fautif devant son maître, ce qui, supposa-t-il, était exactement le but du sénéchal. Il soupira intérieurement en se demandant comment il était possible, après tout ce qui s'était passé, que le sénéchal fût incapable de lui pardonner. Il avait risqué sa vie pour préserver la Pierre noire, ramené le grand maître à une opinion plus mesurée et empêché une guerre. Que pouvait-il donc faire pour s'amender aux yeux de cet homme ?

Le sénéchal ne disait rien, il terminait la lecture du document qu'il étudiait lorsqu'il était entré. Le silence s'appesantit, les secondes se transformant en minutes. Will remua sur son tabouret. Pour finir, il n'y tint plus. Il se leva.

— Monsieur, je préférerais passer la soirée à pleurer notre maître et à prier pour lui à la chapelle plutôt que d'attendre que vous vous décidiez à m'exclure. Alors, finissons-en, s'il vous plaît, pour pouvoir retourner à nos affaires.

Le sénéchal leva les yeux, l'air ulcéré.

— Asseyez-vous ! s'emporta-t-il en frappant du poing sur la table.

— Maître, je…

— Vous n'allez pas être exclu.

Cette fois, le sénéchal avait parlé avec calme. Will n'était pas sûr de l'avoir bien entendu.

— Maître ?

— Asseyez-vous, Campbell, répéta le sénéchal d'un air bourru.

Il garda le silence le temps que Will se rasseye, puis il se décida à parler :

— Quand vous étiez en Arabie, frère Everard a convoqué notre Cercle. Il savait qu'il ne serait plus longtemps de ce monde. Il voulait organiser lui-même sa succession. Nous avons voté sur sa recommandation.

— Et ? demanda Will, de plus en plus perplexe.

— Et c'est vous qui avez été choisi, l'informa sans ambages le sénéchal.

— Quoi ?

— Ils vous ont choisi. Pour prendre la tête de l'Anima Templi.

Will sentit un frisson parcourir tous ses nerfs. Il s'aperçut qu'il allait rire et dut se contrôler. Finalement, il toussota.

— Le Cercle m'a élu ?

— Pas à l'unanimité, dit le sénéchal, de toute évidence amer.

Will posa les mains sur les cuisses, coudes relevés, et se laissa aller en arrière.

— Pourquoi ne m'en a-t-il pas parlé ? murmura-t-il.

Le sénéchal grogna.

— Everard n'a jamais été très friand des démonstrations d'affection ou de gratitude. Je suppose qu'il était trop embarrassé pour vous en parler. Il avait d'ailleurs des raisons de l'être, ajouta-t-il entre ses dents.

Will s'abstint de répondre. Le sénéchal se pencha sous la table et en ramena un grand livre à la reliure toujours impeccable, même si les pages semblaient avoir été maintes fois manipulées. Will reconnut la chronique d'Everard.

Le sénéchal lui passa le lourd volume.

— Il voulait vous le donner. Il espérait que vous le poursuivriez. À titre personnel, je pense que vous devriez le détruire. Nous avons connu des temps assez durs en perdant *Le Livre du Graal*. Nous ne pouvons nous permettre d'autres bévues de ce genre. Mais ce n'est que mon opinion. C'est vous qui êtes à la tête de l'Anima Templi, désormais. C'est à vous de décider.

— J'y jetterai un œil avant de prendre une décision.

Le sénéchal hocha la tête. Will comprit qu'il n'y aurait pas de plus grand signe de réconciliation dans l'immédiat. Lui aussi hocha la tête, puis il se leva et se dirigea vers la porte. Demain, il serait temps de penser à tout ce que ça signifiait, et à ce qu'il fallait faire. Pour le moment, il désirait être seul. Fermant les portes derrière lui, il s'arrêta un instant avant de redescendre l'escalier, serrant le livre contre sa poitrine. Une odeur entêtante, animale, s'éleva du parchemin jauni qu'Everard, suivant la tradition, préférait toujours au papier. Avait toujours préféré au papier, se corrigea Will. *Avait* préféré.

Et cette pensée déclencha ses larmes.

La citadelle, Damas, 10 juillet 1277 après J.-C.

Baraka Khan s'assit sur le trône en lançant un regard méprisant aux hommes réunis face à lui, tandis que le chef d'état-major débitait d'une voix monocorde des articles de loi.

Kalawun était frappé par l'allure chétive du prince en comparaison du colosse qui occupait le trône trois semaines plus tôt. Non seulement il n'avait pas son charisme, mais il était plus petit de taille, et tout ce qui l'entourait le rapetissait encore : le trône, ses ornements d'or, ainsi que les hommes présents dans la pièce. Les poings de Kalawun se serrèrent. La tombe de Baybars était à peine fermée que déjà quelqu'un avait pris sa place. Kalawun n'avait pas toujours été d'accord avec la politique du sultan, mais à bien des égards, malgré ses défauts, Baybars avait mérité son respect. Il avait essayé de faire du fils du sultan un homme meilleur que Baybars, mais il était renfrogné, malveillant, et ne lui arrivait pas à la cheville. Il avait gâché toutes ces années. Songer à tous les sacrifices qu'il avait faits, plus grands même qu'il ne l'avait imaginé au départ…

Trois jours après la mort de Baybars, on avait trouvé une poupée boursouflée en tissu prise dans les roseaux sur les berges de la rivière à la sortie de Damas. Le pêcheur qui l'avait récupérée était sur le point de la jeter lorsqu'il avait aperçu l'ouverture pratiquée dans son estomac. Intrigué, il en avait écarté les bords et avait découvert une fiole en verre. Craignant quelque sorcellerie, il l'avait apportée à un garde local, lequel, ne sachant qu'en faire, l'avait donnée aux Mamelouks. Deux jours plus tard, quelqu'un avait identifié la poupée de Khadir, porté disparu. Le médecin qui avait essayé en vain de sauver Baybars avait soupçonné du poison, mais comme il n'avait pu collecter suffisamment de koumys pour procéder à une étude, la question était restée en suspens. On ouvrit la fiole de la poupée, et l'étude des quelques gouttes qu'elle contenait confirma qu'il s'agissait de ciguë, dont les symptômes correspondaient à ceux observés lors de l'agonie de Baybars. La disparition subite de Khadir, ajoutée à l'apparition de la poupée et du poison, ne laissa plus aucun doute dans l'esprit des Mamelouks. Baybars avait été assassiné par le devin.

Seul Kalawun pensait, contre toute vraisemblance, que c'était faux. Et chaque fois qu'il voyait Baraka, il se rappelait l'expression de son visage et la voix qu'il avait en regardant son père mourir. Pour lui, c'était Baraka qui avait versé le poison dans la coupe du sultan le soir de l'éclipse alors que Khadir gisait, déjà mort, dans sa chambre. D'autres pensées le harcelaient, plus terribles encore que celles-ci : il se rappelait la mort de sa fille, si semblable à celui de Baybars. Khadir avait avoué son rôle dans sa mort, mais il avait aussi dit à Kalawun qu'il avait eu l'intention de l'empoisonner. L'émir se demandait si le plan de Khadir n'avait pas été contrecarré par Baraka. Et si ce dernier s'était emparé du poison ? Mais comment le jeune homme aurait-il eu l'idée d'aller fouiller dans la poupée ?

Kalawun avait tenté, calmement, prudemment, de faire parler Baraka. Mais le prince se refusait à dire quoi que ce soit et Kalawun craignait de le brusquer. Personne ne savait que Baybars souhaitait voir Salamish lui succéder. Ainsi, comme prévu, Baraka était monté sur le trône, héritant du même coup du contrôle de tout l'Orient, d'Alexandrie à Alep. Sans décret royal, signé de la main de Baybars, Kalawun ne pouvait rien faire. Le seul réconfort qu'il avait reçu était venu du chef d'état-major, qui avait déclaré que Baraka étant trop jeune pour régner, lui et son empire seraient conseillés par un régent jusqu'à ce qu'il ait dix-huit ans. En tant que lieutenant de Baybars et beau-père de Baraka, Kalawun fut naturellement désigné pour recevoir ce titre. Mais c'était un réconfort bien maigre comparé à la possibilité sinistre que le jeune homme au visage hostile qui occupait désormais le trône ait tué à la fois Baybars et Aisha.

Kalawun sentit quelqu'un à ses côtés. C'était Khalil. Il se força à sourire et repoussa en arrière les cheveux de son jeune fils, qui tombaient sans arrêt sur ses yeux. Il n'avait que treize ans mais il commençait à grandir très rapidement. Kalawun supposait qu'il serait plus grand que lui quand sa croissance serait achevée.

— Ali veut savoir quand nous allons manger, père, murmura Khalil d'un air sérieux.

— C'est vrai ? se moqua Kalawun à voix basse et en observant du coin de l'œil son fils aîné, qui regardait le chef d'état-major débiter son discours avec une expression d'ennui légèrement amusé sur le visage, les bras croisés. Va dire à ton frère de s'armer de patience. Et de ne plus te demander de faire ses commissions.

Voyant que son fils ne bougeait pas, il fronça les sourcils.

— Y a-t-il autre chose ?

Khalil remua un peu, mal à l'aise, et il jeta un coup d'œil à son frère.

— Ali m'a dit qu'il avait vu Khadir.

— Comment ? s'exclama Kalawun en raidissant sa nuque sous le choc.

— Il dit que le fantôme de Khadir est ici. Il nous regarde à travers les murs, comme il faisait avant. Il hante le palais.

Kalawun poussa un léger soupir, puis il passa son bras autour des épaules de son fils et le serra contre lui avec affection.

— Ton frère te taquine. Khadir est parti.

— Est-ce que tu en es sûr ?

— Je le suis. Va-t'en, maintenant.

Il lui fit un petit sourire, sans avoir besoin de se forcer cette fois, et regarda son fils rejoindre son frère, à qui il dit quelque chose avant de lui donner un léger coup de poing dans l'épaule.

Ali tourna les yeux vers Kalawun et lui sourit, puis il reporta son regard sur le chef d'état-major en feignant de s'intéresser à ce qui se passait. Alors qu'Ali n'aurait pas pu être plus différent de son petit frère, un garçon d'allure et de tempérament sérieux, il était le portrait craché d'Aisha, une version masculine et un peu plus âgée, à la fois attachante et capable de bravade. Un instant, Kalawun se laissa aller à imaginer quel homme il serait plus tard : commandant d'un régiment, ou peut-être gouverneur d'une ville. Puis, comme ses yeux revenaient se poser sur le garçon maussade et fielleux assis sur le trône, la clarté se fit dans son esprit et il fut empli d'un sentiment de défi immense, plus pur et plus léger que toute sa colère et ses craintes. Il n'était pas impuissant. Au contraire, en tant que régent il avait plus de pouvoir qu'il n'en avait jamais eu. Il lui suffisait d'attendre une occasion, et la saisir. La dynastie des Mamelouks était née de l'insurrection. Baybars lui-même avait tué deux sultans avant d'occuper le trône.

Jamais des pensées de cette nature n'avaient germé dans la tête de Kalawun. Sous Baybars, il avait été heureux de la position qu'il occupait, il s'en était toujours contenté. Maintenant, tandis que sur le trône on posait le diadème d'or sur la tête de Baraka, il savait ce qu'il lui restait à faire.

De l'autre côté de la salle du trône, Nasir vit un léger sourire étirer le coin des lèvres de Kalawun et il se demanda ce que cela pouvait bien signifier.

Il avait passé des années à étudier ce visage, il en connaissait la moindre expression aussi bien qu'on peut connaître un paysage et ses métamorphoses familières en fonction des saisons. D'ordinaire il pouvait dire, rien qu'en l'observant, ce que le commandant pensait. Mais ce sourire semblait bizarre, hors de propos avec ce que Kalawun avait alors à l'esprit. Deux jours plus tôt, le commandant lui avait confié être persuadé que Baybars avait été assassiné par nul autre que Baraka. Nasir avait été surpris par cette suggestion, mais avait d'emblée accepté que ce pût être vrai. Après tout, il savait à quel point il était facile de duper les gens. Lui-même trompait tout le monde, y compris Kalawun, le sincère et moral Kalawun, depuis des années.

TROISIÈME PARTIE

36

À l'extérieur de Bordeaux, royaume de France

24 avril 1288 après J.-C.

La chasse était lancée à travers la forêt, au milieu de la broussaille et des branches qui fouettaient les cavaliers. La tempête qui avait traversé la région la nuit précédente avait détrempé la terre et la piste était fangeuse, des mottes de boue s'accrochaient aux sabots des chevaux. L'humidité s'élevait en une brume gazeuse des arbres et du riche paillis d'hiver qui pourrissait sur le sol en dégageant une odeur chargée. Quelques rayons de soleil parvenaient à s'infiltrer à travers le feuillage, faisant scintiller les toiles d'araignée comme de fragiles colliers de perles et revêtant l'herbe des clairières d'un satin chatoyant. Au-dessus de la canopée apparaissaient de temps à autre des lambeaux brillants de ciel bleu. La matinée n'était guère avancée mais les derniers vestiges de l'aube ne tarderaient pas à être chassés par le soleil.

En tête de la troupe chevauchait un homme athlétique d'une taille impressionnante. Ses cheveux noirs et lisses étaient couverts d'un chapeau émeraude et sur sa tenue de chasse de la même couleur étaient brodées des fleurs d'or torsadées. Il avait presque cinquante ans, mais sa vigueur et sa beauté ne se dégradaient pas avec le temps. Seul le léger affaissement d'une de ses paupières, un défaut hérité de son père, était perceptible, mais il renforçait encore le charme de son visage. Oubliant nobles et courtisans qui galopaient autour de lui, Édouard Ier, roi d'Angleterre, était tout entier concentré sur la traque. Tout proches désormais, se faisaient entendre les aboiements des chiens. Le son d'une corne leur répondit lorsque la troupe fondit sur sa proie.

Édouard sentit un frisson le parcourir en apercevant le loup pour la première fois. Ils le traquaient depuis plusieurs heures maintenant et il aurait été déçu s'il ne s'était agi que d'une de ces créatures à demi affamées comme ils en avaient coincé la veille. Cette fois, c'est un molosse noir tout en muscles qu'il vit s'enfoncer dans un taillis. Par de petits sifflements brefs, les pages rappelèrent les chiens et, sur ordre d'Édouard, on lâcha les mastiffs, avec leurs oreilles plates rabattues de part et d'autre de leur tête carrée. Ceux-ci poursuivirent le loup sans relâche sur plusieurs centaines de mètres jusqu'à ce que l'un des chiens de tête bondisse. Sa gueule puissante se referma sur la nuque du loup, broyant chairs et tendons. Le loup poussa un cri aigu et s'écroula à terre en entraînant avec lui le mastiff en une mêlée grognante et indissociable de poils. Les autres chiens se jetèrent sur eux, accablant le loup de morsures, et celui-ci se débattait en vain tandis que les chasseurs approchaient, les flancs de leurs montures trempés de sueur. Les hommes mirent pied à terre et écartèrent brutalement les mastiffs avant qu'ils n'achèvent le loup. Édouard sauta de selle avec grâce. Le reste de la troupe resta derrière lui, en silence, et l'on n'entendit plus que les sabots piétinant le sol et les grognements sourds des chiens qu'on enchaînait.

Édouard tira son épée. Le loup gisait sur le flanc, haletant. Il tenta de se relever et de montrer ses dents en voyant Édouard avancer, mais il était trop faible pour se soutenir et sa tête retombait malgré lui. Il y avait des traces rouges partout sur son cou et son estomac, et une odeur rance d'urine et de sueur émanait de lui. Il leva ses yeux jaune sombre sur Édouard. Le roi leva son épée et l'enfonça droit dans son cœur. Lorsque le sang gicla, des applaudissements fusèrent. Retirant sa lame, il prit le chiffon qu'un écuyer lui tendait et nettoya l'épée d'un grand geste brusque. Les écuyers ramassèrent le loup mort, dont on récupérerait la fourrure avant de donner sa carcasse à manger aux chiens, pendant que les chasseurs se passaient des outres de vin en se congratulant les uns les autres. Détendu, Édouard les rejoignit en ôtant ses gants.

Un homme qui se tenait à l'écart, le visage maladivement pâle et couvert d'une pellicule de sueur, tendit le bras vers une outre qui passait à proximité.

Les yeux d'Édouard papillotèrent dans sa direction et il leva la main.

— De l'eau pour lui.

Sans hésiter, le courtisan passa l'outre à quelqu'un d'autre. L'homme la regarda s'éloigner d'un air amer.

— Je vous recommande une purge, Lyons, dit Édouard en allant à sa rencontre.

— Seigneur, marmonna Garin en baissant la tête.

Son estomac se souleva et se tordit violemment en voyant le loup que des écuyers attachaient à un piquet, sa peau pleine de sang et de bave.

— Et si vomir ne suffit pas, poursuivit Édouard, pourrais-je vous suggérer de moins boire au souper ?

Sa voix n'avait pas changé le moins du monde, mais ce ton posé laissait transparaître un tranchant d'acier.

Garin croisa les yeux gris du roi, puis il détourna le regard. Il avait quarante et un ans, et pourtant, en quelques mots bien choisis, Édouard pouvait le renvoyer en enfance.

— Seigneur, murmura-t-il de nouveau.

Le roi s'éloigna pour aller discuter avec l'un de ses vassaux français, laissant Garin seul avec ses frissons.

D'habitude, il arrivait à dissimuler au roi les stigmates de ses nuits d'ivrognerie ; il était rare qu'il fît appel à lui dès le début de la matinée, ce qui lui laissait le temps de surmonter l'essentiel des tremblements et de la migraine. Aujourd'hui, pour une fois, Édouard avait insisté pour que tous ses conseillers l'accompagnent à la chasse avec ses vassaux, car il comptait parler de ses plans pour les mois à venir. Garin avait dû lui aussi y assister, bien qu'il ne fût pas à proprement parler un conseiller, du moins pas au sens officiel du mot. De fait, au terme de près de vingt-huit ans de services auprès du roi, il ne savait toujours pas au juste quelle était sa position, ni où il se situait dans la hiérarchie complexe de la maison royale. Pas plus, d'ailleurs, que l'entourage d'Édouard, que cette absence de précision avait toujours rendu méfiant vis-à-vis de Garin, si bien qu'il était resté un solitaire dans la vie trépidante de la cour. Il détestait cette ségrégation, en même temps qu'il reconnaissait son utilité. Certaines des choses qu'il faisait pour le roi lui interdisaient d'avoir une position bien établie. Exister hors du cercle astreignant des règlements imposés aux autres officiers royaux facilitait d'autant les tâches qu'il devait accomplir. Ainsi, il ne faisait pas vraiment partie de ce monde, bien qu'il y menât une sorte de demi-vie, un état de fait encore exacerbé par ses saouleries constantes.

Ces temps-ci, quand il songeait à ce qu'il était devenu, Garin regardait sa vie avec détachement et stupéfaction, comme un homme qui, à un certain moment, s'est égaré mais reste persuadé qu'il finira par rejoindre la route qu'il s'était fixée. C'était ce qu'il se disait depuis son retour de Terre sainte, onze ans plus tôt, mais cette route tardait à se matérialiser. Il aurait pu partir : disparaître une nuit avec un gros tas de pièces prélevées dans les coffres d'Édouard, fuir dans un autre pays hors de portée du roi, tout recommencer. Mais la peur, l'indécision et l'espoir l'avaient fait rester. Au service d'Édouard, il avait un but, un statut, même s'ils étaient discutables ; il était payé, pas aussi bien qu'il l'aurait souhaité, mais assez pour vivre ; et il persistait à croire, contre l'évidence, qu'Édouard finirait par le récompenser pour ses bons et loyaux services. Il avait aussi le sentiment d'appartenir à la maison royale comme à une famille, ce qui était de la plus haute importance depuis que sa mère, Cecilia, cinq ans plus tôt, était morte en le laissant seul au monde. Édouard avait récupéré le domaine de Rochester en noyant Garin sous un déluge de textes de lois, de détails techniques, parvenant ainsi à mettre la main sur le restant de la fortune de la famille de Lyons et à s'assurer que Garin ne verrait jamais un sou de son héritage.

Pendant que les chasseurs terminaient leur vin et remontaient en selle, deux écuyers portant le loup qui oscillait de droite à gauche sur son piquet, Garin monta faiblement sur son cheval avec l'idée qu'il se sentirait bien mieux dès qu'il prendrait une lampée de vin. La sobriété ne lui convenait pas du tout en ce moment : dès qu'il avait cuvé, ses pensées le ramenaient sans cesse au passé, à son destin. Son esprit se réjouit brièvement en repensant à la cruche de vin dans sa chambre, qu'il n'avait pas terminée, tandis qu'ils reprenaient le chemin de Bordeaux.

À peine une heure plus tard, ils sortirent du couvert de la forêt et débouchèrent dans des champs et des vignobles qui s'étendaient à l'extérieur de la ville en grands carrés jaunes et verts traversés par le ruban bleu de la Garonne, qui arrosait Bordeaux avant de se jeter dans l'océan. Des fermiers travaillaient la terre rousse et surveillaient la nouvelle récolte. Des grappes de raisin encore jeune et acide pendaient aux pieds de vigne. L'humidité de l'aube avait cédé la place à la chaleur métallique du jour. Pour Garin, il y avait quelque chose d'indubitablement anglais dans cette scène, malgré la chaleur du Sud, les grappes mûres et les petites bastides disséminées dans le paysage, qu'Édouard avait en grande partie construites. Le roi avait passé les deux dernières années en Gascogne, travaillant sans relâche pour créer de nouveaux domaines et réconcilier les seigneurs féodaux rivaux de son duché de France, un territoire hérité de son arrière-grand-père et qui était subséquemment passé sous la coupe de son père, Henri III, avant de lui échoir. Bordeaux était la capitale d'Édouard et la vie qu'il s'y était faite était confortable pour lui et les siens.

Après avoir chevauché à vive allure à travers les rues en direction du château perché avec arrogance au-dessus de la ville et de la rivière couverte de nénuphars, le groupe des chasseurs arriva avec fracas dans la cour, salué par les gardes à l'entrée. Si l'on prenait en considération le fait que toute sa suite avait accompagné le roi, il y avait une animation étonnante dans la cour. Devant les écuries se trouvaient une quinzaine de chevaux, avec plusieurs jeunes gens qui musardaient alentour, sans doute des écuyers. Garin remarqua que les harnachements des chevaux portaient des couleurs qu'il ne connaissait pas, mais plus curieux encore étaient les écuyers eux-mêmes, de toute évidence des étrangers, avec la peau hâlée et des turbans colorés enroulés autour de leur tête.

Édouard les avait, lui aussi, aperçus. Après avoir mis pied à terre, retiré son chapeau et passé sa main dans ses cheveux moites, il marcha dans leur direction avec un air intrigué. Mais il n'eut pas le temps d'arriver jusqu'à eux, car déjà son intendant, sorti vivement de l'entrée principale, venait à sa rencontre.

— Seigneur, votre matinée a-t-elle été couronnée de succès ?

Édouard ne répondit pas.

— Nous avons des invités ?

Derrière lui, les hommes descendaient à leur tour de selle. Les chiens, qui aboyaient sans discontinuer, étaient conduits au chenil.

— Ils sont arrivés peu de temps après que vous êtes parti, seigneur.

L'intendant devait élever la voix pour dominer les aboiements des chiens, ce qui semblait l'affliger.

— Ils attendent dans la salle de réception.

— Qui est-ce ?

— Une ambassade mongole, seigneur, sous l'autorité d'un homme qui s'appelle Rabban Sauma, ambassadeur de l'Ilkhan Arghun.

Tout en tendant ses rênes à un page, Garin écoutait avec intérêt la conversation. Les dernières nouvelles de Mongolie leur avaient appris qu'après la mort d'Abaqa, l'Ilkhan de Perse, son frère avait pris son trône mais s'était fait tuer par ses généraux quand il s'était converti à l'islam. Arghun, l'un des fils d'Abaqa, avait été choisi pour le remplacer, mais jusqu'ici ils ne savaient rien de lui.

— Menez-moi à lui, lui ordonna Édouard.

Il fit signe à plusieurs conseillers qui se raidirent tandis qu'il ôtait sa cape d'un geste brusque et entrait avec l'intendant dans le château.

Garin suivit Édouard à bonne distance, curieux de savoir ce que l'ambassade mongole pouvait faire aussi loin de chez elle.

Dans une pièce aux poutres de chêne inondée de lumière, de l'autre côté du château, se trouvait un groupe d'hommes. Quelques-uns semblaient d'origine occidentale mais la plupart étaient des étrangers. Lorsque Garin pénétra dans la pièce, quelques instants après le roi et ses conseillers, son regard tomba sur l'un des hommes au centre, un homme grassouillet à l'air jovial, entre deux âges, qui portait un manteau blanc et roux élégamment brodé, lequel contrastait fortement avec son visage tanné. Son turban blanc était orné d'un imposant saphir qui scintillait, enchâssé dans de l'or, et sa moustache luisante et noire retombait le long de sa mâchoire où naissait une barbe parfumée. Au milieu de cette imposante pièce, il se dégageait de sa personne une forte impression d'exotisme. À sa droite se tenait un homme d'allure anémique, qui regardait avec contentement autour de lui.

— Seigneur, dit l'intendant, je vous présente l'ambassadeur…

Les yeux de l'homme grassouillet s'agrandirent et, avant que l'intendant ait pu finir sa phrase, il s'avança vers Édouard.

— Votre Majesté, dit-il en s'inclinant d'une manière exagérée, grâces vous soient rendues. Je suis Rabban Sauma, ambassadeur de Son Altesse, le grand Ilkhan de Perse.

Il parlait avec lenteur, dans un français hésitant.

Édouard reçut ses salutations avec amabilité.

— Bienvenue à ma cour, monsieur l'ambassadeur. Mes serviteurs peuvent-ils vous amener quelque chose ? À manger ? Ou du vin, peut-être ?

Rabban fronça les sourcils avec délicatesse et fit un geste en direction de l'homme debout à ses côtés, qui lui dit quelque chose dans une langue gutturale. Rabban sourit et secoua la tête. Il répondit à l'homme, qui traduisit ses paroles à Édouard.

— Merci pour votre généreuse hospitalité, Majesté. Mes hommes et moi-même apprécierions un peu de nourriture et de boisson.

— Nous briserons notre jeûne ensemble, répondit Édouard.

Il fit un signe de la tête à son intendant, qui le salua avant de s'éclipser.

— Seigneur, murmura l'un des conseillers. Ne serait-il pas prudent de demander à l'ambassadeur la raison de sa venue avant de briser le jeûne avec lui ?

Sans prêter attention à cet échange, l'ambassadeur s'approcha de l'une des fenêtres donnant sur Bordeaux et les champs alentour, baignés de lumière.

— Magnifique, dit-il en français en observant le paysage. Splendide.

Puis il retourna à sa langue natale, que son traducteur renvoyait en écho en un flot balbutiant.

— Je suis allé à Paris. C'est aussi une ville magnifique, mais sa beauté est plus artificielle. Je me suis émerveillé devant les splendeurs de son université, l'élégance de son architecture, de ses chapelles. Avez-vous vu la Sainte-Chapelle, Majesté ? demanda Rabban avec des yeux ronds.

Édouard attendit un instant que la traduction soit achevée.

— Bien entendu.

Rabban ne sembla pas percevoir le ton amer de la voix d'Édouard.

— Le roi Philippe m'a montré lui-même cet endroit merveilleux. J'y ai vu un fragment de l'authentique couronne du Christ que le roi Louis avait fait venir, après quoi j'ai assisté à une messe avec la cour de Philippe. C'est un jour que je chérirai à jamais.

Garin, qui se tenait légèrement en retrait du roi, sur le côté, vit la mâchoire d'Édouard se contracter en entendant parler ainsi du roi de France. Édouard avait entamé son séjour en Gascogne par une visite à Paris pour rendre hommage au nouveau roi, un jeune homme véhément que ses sujets avaient déjà surnommé le Bel en raison de sa grande beauté. Dès leur premier rendez-vous, une rivalité immédiate s'était instaurée entre les deux hommes. En partie, d'après Garin, parce que Édouard détestait être un vassal de Philippe, et que Philippe ne supportait pas qu'un monarque anglais possédât un territoire de son royaume. Mais Garin supposait aussi qu'en voyant Philippe, Édouard repensait à lui-même des années plus tôt : jeune, ambitieux et beau, il était aussi une étoile scintillant dans ce monde et dont la lumière menaçait d'atténuer celle du fameux roi anglais d'alors, héros des croisades et fléau des Gallois. Édouard n'aimait pas partager la gloire.

Son visage était toujours crispé quand Rabban désigna l'homme anémique qui l'accompagnait.

— Voici Gobert de Helleville, Majesté. Le roi Philippe a bien voulu le nommer ambassadeur. Il doit retourner avec moi à la cour de l'Ilkhan pour exprimer le souhait du roi de poursuivre notre amitié et témoigner son intérêt pour une alliance entre nos peuples.

Gobert inclina doucement la tête à l'intention d'Édouard. Il n'avait pas l'air plus ravi que cela à l'idée d'aller en Perse avec Rabban.

— Et quel est le sujet de votre entente avec le roi Philippe ? s'enquit Édouard sans même jeter un regard à Gobert.

— Le même sujet qui m'amène ici, Majesté.

L'excitation presque puérile de Rabban avait fait place à un sérieux presque rigide.

— Je suis aussi allé voir le pape à Rome pour en débattre avec lui, mais j'y ai appris qu'il était mort et que personne n'avait encore été élu à sa succession.

— Nous venons d'apprendre qu'il a un successeur, qui a pris le nom de Nicolas IV. Mais quel est au juste le motif de tous ces pourparlers ?

— Une nouvelle croisade, Majesté.

Édouard était désormais tout ouïe.

— Bien que Son Altesse l'Ilkhan soit bouddhiste, elle apprécie beaucoup les chrétiens, comme beaucoup de gens de sa cour. Son meilleur ami, et le mien, un chrétien nestorien comme moi-même, a été élevé à la position de patriarche en Irak. L'Ilkhan projette depuis longtemps de reprendre les lieux saints des chrétiens aux musulmans, un souhait qu'il partage bien sûr avec son ami le patriarche. À cette fin, il m'a envoyé ici demander leur soutien aux rois et au clergé. Il engagera ses hommes et ses finances si les rois chrétiens sont disposés à l'imiter. Votre Majesté, ajouta-t-il, vous avez déjà formé une alliance contre les musulmans avec son père, l'Ilkhan Abaqa. Le referez-vous ? Vous engagerez-vous dans une croisade ?

Le silence tomba sur la salle du trône. Absorbé dans ses pensées, Édouard fixait Rabban. Ses conseillers se jetaient des regards interrogateurs. La tension fut enfin dissipée par les domestiques qui entrèrent les bras chargés de plateaux de viande froide, de fromages et de morceaux de pain chaud.

— Attendez, leur lança Édouard tandis que les domestiques se dirigeaient vers des tréteaux près des fenêtres pour déposer les mets. Apportez de la nourriture dans mes appartements. Les autres mangeront ici.

Il lança un regard à Rabban.

— Pourrions-nous parler seul à seul ?

— Bien sûr, Majesté.

Les conseillers de Rabban et d'Édouard essayèrent de les en dissuader, paraissant s'offenser qu'on les exclue d'une discussion d'une telle importance. Mais aucun des deux hommes ne céda. Suivis du traducteur et de domestiques portant le repas, ils quittèrent la pièce.

Garin attendit qu'ils soient partis, puis il se rendit dans sa chambre, laissant les conseillers s'indigner entre eux. Une fois là, il tira les rideaux en se demandant ce que donnerait cette entrevue. Il savait que le désir d'Édouard de reprendre la Croix et de retourner en Outre-mer à la tête d'une armée vengeresse était loin d'être tout à fait étouffé. Mais jusqu'à présent, le roi avait dû mettre ses espoirs de côté pour s'occuper d'affaires plus pressantes.

Douze ans plus tôt, Édouard avait publiquement annoncé sa décision de mettre un terme à la menace croissante que faisait planer le prince de Galles, et il avait lancé une invasion dans le territoire montagneux et sauvage du Nord. Il parvint à écraser la rébellion menée par Llewelyn de Gwyned et s'adjugea les territoires séparés du nord et du sud du pays de Galles, qu'il plaça sous son contrôle judiciaire. La tête tranchée de Llewelyn, liée à des chaînes et plantée au bout d'un piquet devant la tour de Londres, était censée rappeler aux éventuels protestataires ce qu'il advenait de ceux qui osaient s'opposer au roi.

Édouard avait un besoin de contrôle presque obsessionnel. C'est dans ce but qu'il voulait créer un royaume où régnerait l'ordre, avec des frontières fermement établies, et dans lequel sa domination ne souffrirait aucune contestation. Après la prise du pays de Galles, il ordonna la construction de plusieurs châteaux impressionnants pour veiller sur ce royaume et y affermir son emprise, puis il partit pour la Gascogne afin d'organiser son territoire en France. Ces deux tâches, il les avait entreprises avec la même rigueur impitoyable, le même sens de l'à-propos, et la même intensité qu'il mettait dans tout ce qu'il faisait. Garin savait qu'il rêvait toujours d'une victoire en Orient. Mais l'Irlande et l'Écosse n'avaient pas encore été mises à genoux, et avec la mort du roi Hugues de Chypre, quatre ans plus tôt, la promesse d'une base militaire pour une croisade s'était évanouie.

Quand il avait appris la mort du roi de Chypre, Garin avait eu le sentiment qu'on lui retirait un poids, car il n'avait jamais dit à Édouard que Hugues et lui avaient essayé de s'emparer de la Pierre noire. Sur le chemin du retour, il avait regagné une partie de l'argent que Hugues lui avait donné et il avait vendu son épée en arrivant au premier port de France pour augmenter la somme. Le reste, avait-il expliqué à Édouard pour calmer sa fureur, on le lui avait volé, de même que les fonds qu'il avait récupérés de l'Anima Templi. Il espérait vivement que ce dernier mensonge retiendrait Édouard de le renvoyer en Terre sainte pour obliger le Cercle à se plier à ses exigences, ce que le roi ferait à coup sûr s'il découvrait que Garin lui avait désobéi. Et bien qu'il s'en fût tiré par une simple correction pour sa négligence grossière, il avait toujours eu peur que le roi Hugues ne finisse un jour par dévoiler leur plan pour la Pierre noire et son implication là-dedans.

Garin trouva sous son lit la cruche de vin qu'il n'avait pas terminée la veille et il la but d'un trait, ne savourant la charpente et la chaleur du breuvage que lorsque celui-ci commença à adoucir les contours du monde. Retirant ses bottes couvertes de boue, il se laissa tomber sur son lit étroit et fixa le plafond, essayant d'anticiper comment le roi allait réagir à cette proposition audacieuse des Mongols.

Il n'eut pas à attendre longtemps la réponse.

Deux heures plus tard, après un somme, il se réveilla avec la bouche pâteuse et l'estomac qui grognait, et il était en chemin vers les cuisines quand un serviteur vint le trouver pour lui dire qu'Édouard le demandait dans ses appartements.

Quand il y arriva, le roi était seul, assis à sa table de travail, ses longs doigts entrelacés, et son visage arborait une expression pensive. Une lettre était posée devant lui.

— Ferme la porte.

Édouard regarda Garin s'approcher.

— J'ai une mission pour toi. Cette lettre est pour le pape. Je veux que tu partes sur-le-champ pour Rome la lui porter.

Garin fut à la fois surpris et mécontent de cet ordre, mais il se garda bien de le montrer, ne voulant pas révéler ses émotions à Édouard, maître dans l'art de les retourner contre les gens. Maintenant qu'il était remis de sa soirée, il réussit à rester placide. Il avait baissé la garde ce matin, ça ne devait plus se reproduire.

— Puis-je vous demander ce que contient la lettre, seigneur ?

— Tu peux, répondit Édouard au bout d'un moment tout en se renfonçant dans son siège. J'y enjoins le pape de soutenir une croisade. Il faut qu'il envoie des légats aux rois et aux princes d'Occident pour leur demander, à eux et à leurs sujets, de lancer une nouvelle guerre pour reprendre Jérusalem et notre combat pour la Terre sainte, où est né le Christ.

Garin avait déjà entendu des discours de ce genre. D'habitude, ça n'allait pas plus loin ; de la pure rhétorique débitée avec gravité et enthousiasme, qui finissait par se perdre dans le silence de l'oubli. Les rois d'Occident étaient trop occupés avec ce qu'ils avaient à régler dans leurs propres royaumes pour écouter les appels à la guerre. Les croisades étaient trop chères, et elles étaient d'un autre temps. Édouard était différent : il pensait réellement ce qu'il disait. Malgré tout, Garin n'imaginait pas que les autres répondraient à son appel.

— Vous avez l'intention de prendre la Croix, seigneur ?

— Un jour ou l'autre, oui. Mais d'ici là, je ne veux pas perdre le soutien de l'Empire mongol. Leur proposition est intéressante et bienvenue, même si elle ne tombe pas vraiment au bon moment. Pour l'heure, je vais leur montrer mon intérêt par ce moyen. Le roi

Philippe a, semble-t-il, envoyé une requête similaire au pape Nicolas.

Les lèvres d'Édouard se soulevèrent avec délicatesse.

— J'ai entendu dire que le pape se fait l'avocat d'une croisade. Comme il est nouveau, il voudra sans doute faire sensation. Je crois qu'il écoutera nos requêtes. Dans l'intervalle, je vais retourner en Angleterre, comme prévu. Mon travail ici est presque terminé.

Garin savait qu'il y avait autre chose.

— Puis-je vous demander pourquoi vous n'envoyez pas un messager royal, seigneur ? Ce n'est pas précisément une information sensible.

— J'ai besoin que tu fasses autre chose pour moi.

Garin attendit les explications d'Édouard.

— Quand tu auras délivré la lettre à Rome, je veux que tu ailles en Outre-mer trouver William Campbell.

Cette fois, Garin ne put dissimuler ses émotions, la haine transfigura hideusement ses traits durant quelques instants.

Édouard remarqua ce changement, mais il ne fit pas de commentaire.

— Comme tu le sais, j'ai des projets en cours en Angleterre, et ce sont ces projets qui me retiennent de lancer une croisade.

Il plia la lettre et prit sur sa table de travail une bougie rouge qui brûlait faiblement dans la lumière du jour. Puis, après avoir fait couler de la cire sur le rebord de l'enveloppe, il pressa son sceau.

— Je vais avoir besoin de tous les fonds que je pourrai lever si je veux m'attaquer à l'Écosse.

Garin sentit la douceur du vin disparaître et le monde fut à nouveau dur et acéré. Édouard lui tendait le rouleau. Quand il avait quitté la Terre sainte douze ans plus tôt, il avait fait le serment de ne jamais y remettre les pieds.

— L'Anima Templi a toujours rechigné à nous offrir des fonds par le passé, dit-il d'une voix de basse. Il m'a fallu beaucoup de temps pour les persuader de nous donner un peu d'or la dernière fois.

— Il t'en a fallu moins pour le perdre, le rabroua cruellement Édouard.

Il regarda Garin baisser la tête et parut satisfait.

— Je ne veux pas savoir quelles difficultés tu as rencontrées. Quelles menaces et quelles ruses tu as employées à l'époque. Tu n'as qu'à procéder de la même manière. Reviens avec l'argent dont j'ai besoin et peut-être que je pourrai te pardonner tes échecs passés.

Garin ne répondit pas. L'idée d'y retourner, de revoir Will… C'était comme s'il tombait tête la première dans un gouffre.

37

La citadelle, Le Caire

31 août 1288 après J.-C.

Kalawun sentait son mal de crâne augmenter de minute en minute et se transformer en une douleur lancinante tandis que les voix autour de lui se faisaient plus agressives. Il se massa les tempes en petits cercles concentriques. Ses doigts étaient humides à cause de la sueur. Le soleil déclinait, irradiant le ciel de multiples nuances de pourpre et d'or, mais la chaleur était toujours accablante et refusait de se dissiper, rendant l'atmosphère oppressante bien que l'après-midi fût presque achevé.

— Maître ?

Il y eut un silence.

— Sultan ?

Kalawun leva la tête en entendant qu'on l'appelait pour la deuxième fois. Il vit un jeune commandant qui le fixait avec impatience.

— Oui, émir Dawud ? dit-il, l'air las.

— Je disais qu'il est temps de prendre une décision, désormais. Nous savons que l'Ilkhan a envoyé une ambassade en Occident pour demander aux chrétiens de lancer une croisade. Nous ne pouvons pas laisser ces puissances s'allier. Ensemble, avec des troupes fraîches, les Francs et les Mongols pourraient nous battre.

Plusieurs généraux acquiescèrent, d'autres semblaient sceptiques.

— Je commence à me fatiguer de ce débat, murmura Kalawun au bout d'un moment. La journée a été longue. Revenons à cette affaire demain, après un peu de repos. Peut-être réussirons-nous à prendre une décision.

— C'est ce que vous avez dit au dernier conseil, grogna un autre émir, et il n'y a toujours rien de décidé.

— Montrez au sultan le respect qu'il mérite quand vous vous adressez à lui, émir Ahmed.

Les hommes se tournèrent du côté d'où venait la voix glaciale. Le prince al-Ashraf Khalil était debout, raide comme un piquet. Ses cheveux bruns retombaient devant l'un de ses yeux, mais l'autre était fixé sur l'émir qui était intervenu.

Ahmed jeta un regard à Kalawun et s'inclina.

— Je suis désolé, sultan, je vous prie de m'excuser. Mon prince..., ajouta-t-il, mielleux, à l'intention de Khalil.

— Assieds-toi, mon fils, dit Kalawun pour calmer les esprits. L'émir a raison et je comprends son insatisfaction.

Parmi les hommes, une certaine surprise s'installa. Ils le regardèrent se lever de son trône, visiblement fatigué, et descendre de l'estrade pour les rejoindre là où ils étaient assis, sur un grand tapis, autour de tables basses où étaient disposés des boissons et des restes de nourriture. Il était toujours puissamment musclé mais, pour ceux qui le connaissaient de longue date, il semblait s'être soudain voûté. Il avait presque soixante-dix ans et des mèches argentées parsemaient ses cheveux, tandis que sa peau se ridait au coin des yeux.

Quand il fut au milieu d'eux, Kalawun reprit la parole :

— Nous avons ce débat depuis des années, plus d'années que n'en ont la plupart d'entre vous. Nous apprenons que les Mongols et les Francs sont en train de s'allier pour nous envahir, attaquer nos citoyens, piller nos terres. Les gens s'affairent, ils ont peur.

Il s'interrompit. Le jeune émir qui avait pris la parole acquiesçait vivement. Kalawun les balaya tous du regard.

— Mais l'issue est toujours la même. Les gens l'oublient. Les Francs ne souhaitent pas réellement se lancer dans une nouvelle croisade. C'est ce que nous disent nos sources depuis des décennies. Ils ne s'uniront pas aux Mongols.

— Et s'ils le font tout de même, sultan ? demanda l'un des lieutenants. Admettons qu'une alliance se noue. Que ferons-nous ?

— Nous serions au courant des mois à l'avance et nous aurions le temps d'agir en conséquence, répliqua Kalawun. Songez au temps qu'il faudrait aux Francs pour rassembler une force assez puissante. Nous avons des ressources et une puissance bien plus grandes qu'eux. Nous sommes en sécurité.

— Les hommes attaqués par les chevaliers de Saint-Jean n'étaient pas en sécurité, seigneur, riposta Dawud.

— Nous nous sommes occupés des Hospitaliers, dit un commandant âgé, le visage couvert de cicatrices, en venant au secours de Kalawun. Les chevaliers de

Saint-Jean ont payé leurs attaques contre nos forces. Nous avons pris la dernière de leurs forteresses en représailles.

Dawud se pencha en avant, le visage animé par la passion.

— Nous avons pris leurs forteresses, mais pas leurs vies. Nous les avons laissés se rendre en Acre, où ils sauront se rendre utiles dans la préparation de futures agressions contre nous.

— Nous avons une trêve avec les Francs, émir, à moins que vous ne l'ayez oublié ? dit le commandant au visage abîmé d'une voix patiente, mais ferme. À présent, nous n'avons aucune querelle avec eux et ils n'en ont pas avec nous. Notre menace principale reste la Mongolie, et encore : même ce danger n'est plus aussi grand qu'il l'était. Pourquoi croyez-vous qu'ils recherchent une alliance avec les Francs ? Ils savent qu'ils ne peuvent nous battre. Chaque fois qu'ils ont essayé, nous les avons repoussés au-delà de l'Euphrate. Ils sont de plus en plus faibles à chaque bataille perdue.

Kalawun acquiesçait.

— Les Francs ne peuvent pas gagner une guerre contre nous, et les Mongols non plus. La situation est bloquée.

— Nous ne pouvons pas écraser les Mongols sur leurs propres terres, j'en conviens, fit Dawud, frustré. Mais nous pouvons au moins éradiquer les Francs. Ils ne nous poseront plus de problème du tout si nous les chassons pour de bon de Palestine !

— Tu ne m'écoutes pas, émir, dit Kalawun, l'air agacé. Si nous nous attaquons aux Francs, les règles du jeu changent. Les Mongols pourraient essayer de saisir l'occasion de nous attaquer par l'arrière. En outre, le siège d'Acre serait coûteux, en hommes comme en argent, et nous n'avons pas la garantie de l'emporter.

Voyant Dawud faire une moue dubitative, Kalawun leva le sourcil.

— Beaucoup d'entre vous êtes jeunes, je vous pardonne donc votre ignorance, pour cette fois. Mon prédécesseur, le sultan Baybars, a essayé cinq fois de s'emparer de la ville d'Acre. Savez-vous combien de fois il y est parvenu ? Hmm ? demanda-t-il dans le silence qui s'était abattu dans la pièce.

— Pas une seule, marmonna Dawud.

Kalawun porta sa main en cornet autour de son oreille d'une manière exagérée.

— Je ne vous entends pas.

— Il n'a jamais réussi, seigneur, articula Dawud de mauvais gré.

— Et ne croyez-vous pas, si j'enfreins le traité de paix que j'ai moi-même signé avec le Temple, les marchands et les nobles d'Acre, une paix qui dure depuis dix ans, ne croyez-vous pas qu'ils réfléchiront à deux fois avant de décliner l'offre des Mongols ? Si nous attaquons Acre et qu'ils nous repoussent, ils sauront que nous constituons une menace réelle et chercheront à assurer leur sécurité. Comme vous l'avez dit, des forces franques et mongoles unies seraient en mesure de nous résister, voire de nous attaquer.

La voix de Kalawun se faisait cassante.

— Et est-ce que vous pensez que nous avons intérêt à les pousser dans les bras l'un de l'autre sans nécessité ?

Personne ne répondit, et Kalawun secoua la tête.

— Cette réunion est terminée. Vous pouvez disposer.

Il leur tourna le dos tandis qu'ils s'éclipsaient à la file de la salle du trône. Il remonta sur l'estrade et s'assit en tressaillant pendant que les domestiques entraient dans la pièce pour la débarrasser des plateaux et des assiettes. Un seul homme était resté.

— Merci de ton soutien, dit Kalawun en se massant les tempes.

Le jeune homme le rejoignit sur l'estrade.

— Je te soutiendrai toujours, père, dit froidement Khalil.

Kalawun lui jeta un coup d'œil en coin.

— Mais tu ne m'approuves pas ?

— Tu sais très bien que non.

— Même après tous les arguments que j'ai exposés ?

— Je sais que nous pouvons battre les Francs, père, répondit Khalil avec sincérité. Il suffirait d'envoyer assez d'hommes et d'engins. J'ai étudié les plans de la ville. Elle a des faiblesses. Les Francs sont loin d'être aussi forts que lorsque le sultan Baybars s'est attaqué à eux. Ils sont désorganisés, désunis.

— Mais les murs de la ville sont toujours aussi forts, fit placidement remarquer Kalawun. Ça n'a pas changé.

— Pourquoi en faire une affaire personnelle, père ? demanda Khalil sur un ton qui n'acceptait pas de réplique. Tu les as toujours défendus !

Le prince redescendit de l'estrade et s'approcha de la fenêtre. Comme il se tenait là, un souffle de vent balaya ses cheveux.

Kalawun vit son expression revêche et une immense lassitude l'envahit. Khalil lui apparaissait toujours comme un savant, ou comme un mollah, avec son regard inquiet et ses manières distantes. En vérité, c'était un guerrier des pieds à la tête et, à vingt-quatre ans, ses talents de stratège militaire auraient rendu fier Baybars.

Baybars.

Ces temps-ci, les pensées de Kalawun se tournaient souvent vers son ancien camarade. Peut-être parce qu'il ne comprenait maintenant que trop bien les difficultés auxquelles son prédécesseur avait dû faire face sur ce sujet. Mais ils étaient différents. Baybars n'avait jamais souhaité l'amitié avec les Francs : il désirait les chasser autant que ses hommes, seulement il pensait que les Mongols constituaient une plus grande menace. Il avait eu tort : c'était dans sa propre maison que se cachait la pire des menaces.

Tout en observant Khalil, Kalawun sentit un léger frisson le parcourir. Quelle ironie ! Il avait passé tant d'années à tenter de faire de Baraka Khan un homme meilleur, un amoureux de la paix, et se retrouvait en fin de compte avec un fils qui était un génie militaire. Khalil n'était d'ailleurs pas le moins du monde obsédé par les Francs, il n'était pas le jouet d'une haine fanatique. Non, il croyait simplement que les Francs n'avaient rien à faire sur cette terre et qu'il fallait les en chasser. Parfois, la nuit, lorsqu'il était seul et ne trouvait pas le sommeil, Kalawun se demandait s'il était puni pour avoir trompé Baybars et ses héritiers. Mais il tentait d'ignorer ces pensées. C'était pour le bien du peuple qu'il avait dupé Baybars. Quant à Baraka, il l'avait traité aussi raisonnablement que possible.

Baraka Khan n'avait occupé que deux ans le trône d'Égypte avant que Kalawun, ayant acheté le soutien de l'armée, ne le menace d'un coup d'État et ne marche sur Le Caire à la tête des troupes syriennes. Ne pouvant compter sur le soutien de pratiquement personne, et craignant pour sa vie, Baraka avait fui avec sa mère Nizam, laissant à son petit frère Salamish le rôle d'héritier du trône. Quelques mois plus tard, Kalawun avait déposé l'enfant sans violence et s'était fait proclamer sultan, obtenant du même coup le pouvoir sur tous les territoires que Baybars avait passé sa vie à conquérir. Il aurait pu poursuivre Baraka, l'enfermer dans un cachot, l'interroger, le torturer, mais il avait préféré le laisser s'échapper. Il n'avait plus l'estomac pour une confrontation. Baybars était mort, et Aisha aussi. Rien de ce qu'il ferait à Baraka ne les ramènerait et il s'était rendu compte que toute cette histoire était trop douloureuse pour vouloir la revivre. D'autres raisons avaient joué dans son manque de volonté à exhumer le passé : son fils aîné, Ali, avait succombé à une fièvre, et Ishandiyar avait été poignardé dans une rue du Caire peu de temps après que l'armée mamelouke fut revenue de Damas à la suite de la mort de Baybars. On avait arrêté le meurtrier. Mais son chagrin était tel qu'il avait noyé son désir de revanche, et, pour finir, Kalawun avait décidé d'abandonner. Il s'était assuré le trône, son peuple était à l'abri. Il devait supporter ce qu'il avait perdu pour en arriver là.

Mais, en dépit de ses efforts et de ses contacts secrets avec l'Anima Templi de William Campbell, il n'avait pas été facile de maintenir la paix. Kalawun en était venu à la considérer comme une chose vivante. Une chose incertaine, mouvante, qui avait des significations différentes pour tout le monde et dont on ne pouvait prévoir les effets. Entre les musulmans et les chrétiens, elle était toujours précaire ; c'était un enfant qu'il fallait protéger. Malgré tout, la plus grande partie du règne de Kalawun avait été calme et prospère, le commerce avait fleuri et, bien qu'il demeurât impossible d'assurer une quelconque paix avec les Mongols, toujours agressifs, les conflits avec eux, quoique brutaux, n'avaient jamais duré bien longtemps. Un autre traité avait été signé pour remplacer l'engagement qu'avaient pris Édouard et Baybars, en grande partie grâce à l'Anima Templi, et en particulier à Campbell, qui avait persuadé le grand maître du Temple de le soutenir devant les autres dirigeants d'Acre.

Mais ses hommes n'étaient pas contents. Et son fils non plus.

Kalawun détourna son regard de Khalil en entendant qu'on toquait à la porte. C'était Nasir qui tenait un rouleau à la main. Kalawun lui adressa un signe de la tête.

— Entre.

Nasir entra en saluant Khalil, qui lui sourit. Kalawun éprouva un sentiment importun de jalousie ; depuis que Nasir était revenu à la citadelle, Khalil et lui s'étaient rapprochés. Mais, bien qu'il enviât leur proximité, il était heureux que son fils et son plus vieux camarade s'entendent bien. Cela cimentait davantage les liens d'amitié entre Nasir et lui, liens qui avaient semblé à jamais brisés quelques années plus tôt.

Après la mort de Baybars, l'officier syrien était devenu fermé, distrait et colérique. Kalawun avait mis ce changement sur le compte des épreuves qu'il avait vécues en tant que prisonnier des Assassins et avait fait des concessions envers son ami. Mais, à mesure que les mois passaient et que l'humeur sombre de Nasir empirait, se transformant même en insubordination, Kalawun avait eu de plus en plus de mal à excuser son comportement. Pour finir, à court d'idées et de patience, il s'était résolu à envoyer Nasir dans une ville frontière de Syrie en espérant qu'un éloignement momentané de la cour et de ses intrigues le calmerait. Et ça avait réussi. Six ans plus tôt, les Mongols avaient pris la ville et, quand Nasir était revenu, c'était un homme de nouveau tranquille. Il avait fallu un peu de temps, mais Kalawun avait pu lui refaire confiance. Peu à peu, leur amitié s'était rétablie et Nasir était redevenu son plus proche confident. Kalawun avait même donné le prénom de Nasir à son fils nouveau-né.

— Les rapports mensuels de Damas et Alep viennent d'arriver, seigneur, dit Nasir en approchant du trône et en tendant le rouleau à Kalawun. Vos conseillers les ont lus. Apparemment, il n'y a pas grand-chose à en dire.

— Voilà exactement ce que j'avais envie d'entendre, murmura Kalawun en se levant pour se saisir du rouleau.

— Comment s'est passé le conseil ?

— Je crois que j'ai réussi à rallier quelques-uns des hommes à mon point de vue.

Un soupir délibérément long se fit entendre du côté de la fenêtre. Nasir et Kalawun tournèrent la tête vers Khalil.

— Si tu as quelque chose à dire, Khalil, dis-le. Tu sais que tu peux toujours me parler en toute liberté.

— Vous vous mettez en danger, père, en persistant à ignorer le problème des Francs. Car ils posent un problème, quoi que vous en disiez, ne serait-ce que parce que nombre de vos hommes veulent se débarrasser d'eux. Je crains pour votre sécurité, ajouta Khalil d'une voix posée. Et pour votre position.

— Laisse mes gardes et moi s'occuper de ça, répliqua Kalawun d'un ton sec.

— Mais je…

— Écoutez votre père, prince, dit Nasir. Il sait ce qu'il fait.

Kalawun lança à Nasir un regard de remerciement tandis que Khalil baissait le sien.

— Je suis désolé, père.

Kalawun s'approcha de lui et posa la main sur son épaule.

— Viens, allons prendre notre souper, nous pourrons continuer à parler. Est-ce que tu avais besoin d'autre chose ? demanda-t-il à Nasir.

— Non, seigneur.

Kalawun hocha la tête et se dirigea vers la porte. Khalil se dégagea de son étreinte mais consentit à marcher à ses côtés.

Quand ils furent partis, Nasir retourna dans ses appartements pour ranger des papiers en rapport avec l'achat d'un nouveau groupe d'esclaves, surtout des Mongols pour le régiment Mansuriyya de Kalawun, désormais promu garde royale mamelouke.

Il parcourait la liste des esclaves en vérifiant les détails inscrits par le marchand et en décidant du nom arabe que ces garçons prendraient lorsqu'on frappa à la porte. Il alla ouvrir et trouva un serviteur dehors.

— Oui ?

L'homme lui tendit un rouleau.

— Ceci vous est destiné, sire.

— Qui vous l'a remis ?

— Personne. On l'a déposé devant les grilles avec l'instruction de vous le remettre.

Nasir prit l'objet et referma la porte. Fronçant les sourcils, il alla jusqu'à la fenêtre où les dernières lueurs du jour étaient toujours assez fortes pour lire, et il le déroula. Quand il en acheva la lecture, au bout de plusieurs minutes, ses poings étaient serrés et son visage livide et tremblant. Il froissa le document et le jeta sur le carrelage. Posant ses mains à plat sur le rebord de la fenêtre, Nasir baissa la tête. Lorsqu'il la releva, il aperçut son reflet dans le miroir en métal poli accroché au mur. Pâle, en sueur, il avait l'air d'avoir vu un fantôme. Ce qui, d'une certaine manière, était le cas.

Trente ans plus tôt, la vie de Nasir, déjà anéantie par le conflit, avait été jetée dans la tourmente lors de la chute de Bagdad devant les forces mongoles. Dans le chaos qui avait suivi, des marchands d'esclaves l'avaient capturé et séparé de son frère, la seule famille qui lui restait. Très jeune, Nasir avait été enrégimenté dans l'armée mamelouke. Il avait passé ses premières années au Caire à préparer son évasion. Mais ignorant où était Kaysan, et même s'il était vivant, il ne savait pas quelle direction prendre, et la crucifixion gardait tout son effet dissuasif dans son esprit de déserteur. Il s'était donc jeté corps et âme dans l'entraînement, réalisant que plus il se distinguerait, plus il obtiendrait de pouvoir, et donc de liberté. Sous Kalawun, il avait rapidement gravi les échelons et l'ironie de la situation voulait que ce soit lui qui achète les esclaves et les entraîne pour l'armée. Il avait toujours été stupéfait de voir à quel point ces enfants assimilaient vite la vie martiale du régime mamelouk, comment ils se laissaient rapidement endoctriner, tout souvenir de leur passé effacé, leurs familles et leurs croyances supprimées en quelques mois. Il supposait que leur jeune âge devait y être pour quelque chose car lui-même avait toujours été pleinement conscient de qui il était et de ce à quoi il croyait avant d'être jeté dans l'esclavage, et rien n'avait jamais pu le lui faire oublier.

Il était un chiite ismaélien, né dans le nord de la Syrie, où il avait vécu avec sa famille jusqu'à dix ans, lorsque son village avait été attaqué par une foule de Nubuwwiyya : les vigilants sunnites qui s'étaient organisés pour purifier la région de la présence des chiites, déclarés hérétiques. De quatre ans son aîné, Kaysan l'avait emmené vers les montagnes du Jabal Lubnan. Le lendemain matin, quand ils étaient revenus, ils avaient découvert que leur famille et tous les villageois avaient été massacrés et leurs corps mutilés éparpillés d'un bout à l'autre de la rue principale. Après être sortis en vacillant de ce champ de ruines, les deux garçons avaient vécu dans la nature pendant près d'un mois avant qu'un marchand syrien, passant par là avec une caravane, ne les trouve par hasard. L'homme les avait pris à son service : en échange de nourriture et d'habits, ils devaient surveiller ses chameaux. Nasir s'était facilement fait à la vie sur la route, mais Kaysan détestait ce travail subalterne et il se montra maussade et insolent jusqu'à ce que le marchand lui mette une épée dans la main et en fasse un garde. Les huit années qu'ils avaient passées à voyager entre Alep, Bagdad et Damas, même si elles n'avaient pu effacer de l'esprit des deux frères la tragédie qu'ils avaient vécue, avaient été plutôt heureuses. Mais c'est alors que les Mongols avaient attaqué Bagdad et tout avait changé.

Il lui avait fallu des années, mais Nasir avait fini par accepter d'être sous la domination des Mamelouks sunnites. Il avait l'impression d'être un tigre à qui on a arraché les dents et les griffes. En son for intérieur, il se sentait toujours sauvage mais avait arrêté de se cogner contre les barreaux de sa cage en constatant que c'était vain.

Se détournant de la fenêtre, il regarda par terre la lettre en boule. Lentement, il s'approcha et la ramassa. Puis il la défroissa. Et ses yeux parcoururent une deuxième fois la lettre avant de poser les yeux, avec crainte mais aussi un sentiment presque imperceptible d'espoir, depuis longtemps oublié, sur le nom écrit à la hâte à l'encre rouge tout en bas.

Angelo Vitturi.

38

La plage, Acre

20 octobre 1288 après J.-C.

Will s'allongea sur le sable chaud en se calant sur les coudes. Il avait le soleil dans les yeux et discernait à peine les deux silhouettes au bord de l'eau. Derrière lui, au-delà des dunes ondoyantes et de leur sable aussi fin et léger que du sucre, des cyprès flanquaient la plage. Toute la matinée, le ciel avait été d'un bleu stupéfiant, sans fin, mais des nuages ardoise commençaient à se former vers le sud, s'amassant au-dessus de la forme voûtée du mont Carmel. La mer scintillait et les vagues blanches se pourchassaient dans leur inlassable course vers le rivage. Will regardait les deux silhouettes sauter dans l'eau, il entendait des rires et sentit un bonheur lénifiant l'envahir.

Ses yeux se fermaient et il dérivait vers le sommeil quand il entendit de nouveau les rires, plus près cette fois. Il rouvrit les yeux, trop tard, car une gerbe d'eau lui arrosa le torse et le cou. Il se rassit en frissonnant et vit un visage grimaçant et un éclair doré s'éloigner.

— Très bien, dit-il en se mettant sur ses pieds.

Son assaillante poussa un cri où se mêlaient la peur et le triomphe. Soulevant ses jupes, elle se mit à courir à travers la plage, des gouttes, luisantes comme des diamants, glissant le long de ses bras.

Will la rattrapa près de l'eau. L'agrippant par la taille, il la souleva tandis qu'elle hurlait. Puis il la bascula sur son épaule et entra dans l'eau écumante sans se soucier de tremper ses chausses en lin.

— Non ! Pas ça !

— Tu as dit quelque chose ?

Il continua d'avancer, de l'eau jusqu'aux genoux. Le mugissement des vagues couvrait presque leur voix.

— Je suis désolée ! supplia sa fille sans réussir à s'arrêter de rire.

— Je ne t'entends pas.

— Père !

Will sourit et revint sur le sable, où il reposa sa fille à terre. Elle avait le souffle court et le visage rougi par la course. Elle le tapa sur le bras affectueusement. Ils remontèrent tous deux la plage, main dans la main.

— Est-ce que nous pourrons revenir bientôt, père ?

Will regarda sa fille avec tendresse.

— J'en suis sûr.

Sa main serra la sienne un peu plus fort et elle s'arrêta soudain.

— Je voudrais qu'on puisse le faire souvent.

Will s'immobilisa lui aussi. Il lui semblait qu'il n'y avait pas si longtemps encore qu'il devait s'accroupir pour lui parler. Maintenant, elle lui arrivait déjà à la poitrine. Il posa le doigt sur le menton qu'elle avançait et le tapota jusqu'à ce que ses yeux rencontrent les siens.

— Tu sais pourquoi, n'est-ce pas, Rose ?

— À cause du Temple, répondit-elle doucement en détournant les yeux.

— Je te verrais tous les jours si j'avais le choix, murmura Will en posant les mains sur ses épaules. Mais je ne peux pas. Ce que je te promets, c'est de faire en sorte que chaque jour que nous passerons ensemble soit aussi parfait que celui-ci.

— Vous le jurez ? lui demanda Rose d'un air sérieux.

Will mit un genou à terre et posa la main sur son cœur.

— Je le jure.

Un sourire vint égayer le coin de sa bouche.

— J'accepte votre serment.

— Will.

Will et Rose se tournèrent. Elwen se trouvait un peu plus haut, près de leurs vêtements et du panier de provisions qu'ils avaient apporté. D'une main, elle se protégeait du soleil ; l'autre pointait en direction des cyprès. Will aperçut un cavalier habillé de blanc qui approchait à travers les dunes. Lorsqu'il vit la croix évasée rouge sur sa poitrine, sa respiration se bloqua dans sa gorge. Il se redressa et reconnut alors le cavalier. Soulagé, il prit Rose par la main et courut jusqu'à Elwen tandis que le cavalier se dirigeait droit sur eux.

— Tout va bien, lança-t-il. C'est Robert.

Elwen leva les yeux en l'air tandis qu'il arrivait à leurs côtés.

— Je le vois.

Ses jupes étaient trempées depuis qu'elle avait joué dans l'eau avec leur fille et le vent les plaquait lourdement autour de ses chevilles. Sa silhouette se découpait dans le soleil avec grâce. Quand elle était jeune, la beauté d'Elwen avait quelque chose de pur, de doux. Aujourd'hui, elle avait de la force. À quarante et un ans, son visage était plus affermi, ses traits mieux assurés, mieux définis et ses cheveux avaient une teinte blonde plus riche et plus sombre que jamais.

— Regardez-vous. Vous êtes trempés.

— C'est la faute de père, dit immédiatement Rose.

— C'est toujours le cas, répondit Elwen.

Robert descendit de cheval et s'approcha.

— Bonjour, dit-il en saluant Elwen et en lançant une grimace à Rose, qui rougit et se détourna en faisant semblant d'étudier quelque chose dans le sable à ses pieds.

— Quelque chose ne va pas ? demanda Will en allant à sa rencontre.

— Non. Mais le grand maître te cherche. J'ai pensé que je ferais mieux de te prévenir avant qu'il envoie quelqu'un à ta recherche.

Il jeta un coup d'œil à Elwen et Rose.

— Merci, fit Will.

— Remercie Simon. C'est lui qui m'a dit où te trouver.

Robert balaya la plage du regard.

— Magnifique, n'est-ce pas ? Je ne sais pas pourquoi je ne viens jamais. Oh ! j'oubliais, ajouta-t-il en regardant Will, c'est parce que tu m'exploites.

— Je pourrais t'exploiter encore plus si je cherche bien. Donne-moi un moment.

Will retourna près d'Elwen, qui luttait pour enfiler un chapeau sur la tête de Rose. Elle jeta un regard de biais, ignorant les protestations de sa fille.

— Que se passe-t-il ?

— Je dois y aller. Je suis désolé.

Elwen secoua la tête.

— Pas la peine. La journée a été délicieuse.

Elle fit un geste du menton vers le sud, où les nuages s'amoncelaient.

— De toute façon, on dirait qu'une tempête se prépare. Rose, s'il te plaît ! s'exclama-t-elle en enlevant de son visage une mèche blonde poisseuse de sel.

— Ça pique ! se plaignit Rose.

— Je crois me souvenir que tu portais rarement le tien, dit Will à Elwen.

Rose lança à Elwen un regard plein de défi.

— Merci beaucoup, murmura Elwen.

Elle soupira en regardant sa fille.

— Très bien, tu peux t'en passer jusqu'à ce que nous arrivions en ville.

Rose sautilla triomphalement sur le sable en faisant voleter ses longs cheveux tandis qu'Elwen rangeait leurs affaires et que Will enlevait le sable de son surcot et de son manteau.

— Quand nous revoyons-nous ? lui demanda Elwen tandis qu'ils revenaient vers Robert en laissant la mer derrière eux.

— Bientôt.

Elwen resta silencieuse quelques instants, puis elle sourit.

— Catarina est venue à la maison hier avec son nouveau bébé. Rose a passé toute la journée à prétendre qu'elle était sa mère. J'aurais voulu que tu voies ça. Elle était tellement sérieuse !

Elwen riait. Will lui jeta un regard, sentant de la tristesse dans ce rire.

— Tu ne souhaites plus que nous en ayons d'autres ?

— Non, répondit Elwen au bout d'un moment.

Elle porta la main à sa joue.

— Non, répéta-t-elle d'une voix plus ferme cette fois. Vous avoir, Rose et toi, dans ma vie, ça me suffit. C'est plus qu'assez.

Tous quatre repartirent en marchant sur une piste entre les cyprès, Robert menant son cheval par la bride, jusqu'à ce qu'ils atteignent l'immense muraille d'Acre. Ils ne se séparèrent qu'après avoir franchi la porte du Patriarche, Elwen et Rose se dirigeant vers le quartier vénitien tandis que Will et Robert prenaient le chemin du Temple.

Quand il eut embrassé femme et enfant, Will se débarrassa de son surcot et de son manteau.

— Tu sais pourquoi Beaujeu veut me voir ? demanda-t-il soudain à Robert en ayant immédiatement l'air concentré.

Robert secoua la tête.

— Ce que je sais, c'est que le consul de Venise était à la commanderie ce matin, il a eu une entrevue avec le grand maître.

Will sembla réfléchir un moment.

— Y avait-il quelqu'un d'autre à cette réunion ?

— Le sénéchal était avec le grand maître dans ses appartements, mais il est parti quand le consul est arrivé. C'est ce qu'on m'a dit. Il avait l'air agacé.

— J'imagine, dit Will avec un sourire sec.

L'âge n'avait pas rendu le sénéchal plus agréable. Au contraire, il était devenu plus acariâtre que jamais, mais bien que Will eût du mal à l'admettre, ce vieillard rigide s'était révélé un soutien appréciable, en particulier les premières années où il avait dirigé l'Anima Templi.

À cette époque, même le sénéchal n'avait pas nié les raisons pour lesquelles Everard l'avait choisi pour le remplacer. Non seulement il était en contact direct avec Kalawun, une alliance qui allait vraiment porter ses fruits maintenant que celui-ci était sultan, mais son statut de commandeur le rendait assez proche du grand maître. Celui-ci n'était toujours pas au courant de l'existence du Cercle mais il comptait beaucoup sur Will. Les autres membres de l'Anima Templi appréciaient sa manière sobre et sincère de diriger les affaires et les deux nouvelles recrues qu'il avait fait entrer, après la mort de deux chevaliers âgés, étaient populaires. Le premier, Robert de Paris, et le second, élu cinq ans plus tôt, Hugues de Pairaud, l'ami d'enfance de Will et de Robert : le visiteur de l'Ordre, qui avait passé un an en Terre sainte avant de retourner à Paris.

Dans la décennie qui s'était écoulée depuis la mort d'Everard, l'Âme du Temple et l'Outre-mer n'avaient connu que peu de changements, et guère plus de difficultés. Pour autant, il y avait eu beaucoup de petits problèmes, dont certains auraient pu causer de réels ennuis sans la mission pacificatrice entreprise par le Cercle. Cela étant, le calme qui régnait dans la capitale des croisés n'était pas dû aux seuls efforts de l'Anima Templi. Trois ans plus tôt, Charles d'Anjou était mort, n'ayant jamais occupé son siège en Acre, que le comte Roger avait tenu pour lui jusqu'à ce qu'il le rappelle en Sicile où il faisait face à une rébellion. Le roi était mort en laissant sa lignée en proie à une lutte sanglante et, dans sa quête d'un successeur, la Haute Cour d'Acre s'était tournée vers Henry II, l'héritier d'Hugues de Chypre. Le roi de quatorze ans était arrivé deux ans plus tôt en Acre, où il avait été accueilli avec une joie qui n'avait fait qu'augmenter lorsque le jeune homme, après son couronnement, était reparti à Chypre en laissant à sa place un bailli compétent, de sorte que les dirigeants locaux demeuraient libres de faire ce qu'ils voulaient.

— Tes femmes ont l'air de bien se porter.

Will jeta un regard à Robert.

— Je n'arrive pas à croire que Rose ait grandi aussi vite, ajouta le chevalier.

— Hmm, marmonna sombrement Will. Trop vite.

— Quoi ? fit Robert en éclatant de rire en voyant le regard fixe de Will.

— Tu sais ce que je veux dire.

Un peu plus loin devant eux, un petit groupe d'hommes sortit d'une rue latérale d'un pas décidé. La plupart d'entre eux portaient de simples vêtements de serviteurs, mais celui qui marchait à leur tête arborait une élégante cape noire, brodée avec art. Il semblait aussi porter une cagoule, mais lorsqu'il tourna la tête dans sa direction, Will s'aperçut que c'était un masque de métal qui dissimulait son visage. Il en épousait les contours, avec des fentes noires pour les yeux et la bouche.

— Je n'y peux rien si ta fille a le béguin pour moi, disait Robert en continuant à rire. Qu'est-ce que je peux faire ?

— Ne rien faire serait le mieux, répondit Will, pour l'instant distrait par l'homme en noir.

Les masques n'étaient pas inhabituels, on en portait souvent pour cacher les défigurations dues aux maladies comme la lèpre, mais ils étaient toujours en tissu ou en cuir. Celui-là était en argent. Il était presque beau, même si le manque d'expression le rendait aussi sinistre.

— Dois-je informer le sénéchal de ta rencontre avec le grand maître ?

Lorsque l'homme masqué et sa suite eurent traversé la rue et disparu, Will reporta les yeux sur Robert.

— Non, je le lui dirai moi-même. J'ai quelques affaires à discuter avec lui de toute façon.

— Il te respecte, tu sais.

— Il a une manière bien à lui de le montrer, répliqua Will, mais un sourire intérieur l'accompagna dans leur marche jusqu'au Temple.

Une fois dans la commanderie, il alla droit au palais du grand maître, où il apprit que celui-ci inspectait la récolte de la saison dans le verger. Will le trouva au milieu des rangées de palmiers-dattiers et de pêchers, où d'énormes abeilles noires vrombissaient lentement autour des fruits. Des sergents ramassaient les pêches, qu'ils déposaient dans des paniers tressés.

Le grand maître vit Will approcher et le salua d'un signe de tête guilleret.

— Ah, commandeur !

Le passage des années ne semblait pas marquer Guillaume. Malgré les mèches grises, il semblait toujours vigoureux et alerte. La nuance turquoise de ses yeux contrastait avec sa peau dorée par le soleil. Il lança une pêche à Will.

— Mieux que la dernière saison, n'est-ce pas ?

Will pressa le fruit dans sa main. Il était doux et chaud comme de la peau.

— C'est une bonne année.

Guillaume sortit de l'ombre des branchages, son manteau balayant l'herbe.

— Marchez avec moi.

Will se plaça à ses côtés et ils sortirent du verger en direction du potager et des entrepôts.

— Dites-moi ce que vous savez de la situation à Tripoli, lui demanda Guillaume tandis qu'ils longeaient des plants d'herbes aromatiques.

Will le regarda un instant en se demandant quel était le but de cette discussion. Il réfléchit un instant.

— Je sais qu'il y a un problème dans ce comté depuis la mort du seigneur Bohémond l'année dernière.

Guillaume ne répondit pas et Will poursuivit, sentant que c'était ce qu'attendait le grand maître.

— C'est la sœur de Bohémond, Lucia, qui lui a succédé. Elle est arrivée d'Apulie il y a quelques mois pour prendre sa place, mais elle se l'est vu refuser. Après la mort de Bohémond, les nobles et les familles marchandes du comté de Tripoli ont choisi de rejeter sa lignée en faveur d'une nouvelle commune avec un bailli élu qui gouvernerait de manière autonome, à l'écart de tout pouvoir souverain.

Guillaume hocha la tête.

— Le problème aurait pu être résolu par voie diplomatique, sauf que la commune de Tripoli, dans son infinie sagesse, a sollicité la protection du doge de Gênes, au cas où la princesse Lucia déciderait de se battre. Le doge a envoyé un émissaire avec cinq navires de guerre pour les aider, mais les idiots de Tripoli ne s'attendaient pas que les Génois aient des visées personnelles dans cette histoire. En échange de sa protection, l'émissaire du doge a exigé que la république récupère une partie de la ville plus grande que celle qu'elle possède déjà. Davantage de rues, de maisons, un espace plus grand sur les marchés et au port.

La voix de Guillaume était sévère. Will était déjà au courant de tout cela mais il garda le silence, sachant où voulait en venir le grand maître.

— Les grands maîtres des Hospitaliers et des Teutoniques, ainsi que moi-même, nous avons essayé de persuader la commune de reconnaître Lucia. Les Vénitiens sont particulièrement affectés par les exigences des Génois et ils m'ont personnellement demandé de les soutenir, mais la commune refuse d'écouter nos conseils.

Guillaume regarda Will.

— La situation est critique. Il faut s'en occuper avec tact. Nous savons trop bien à quel point il est facile de lancer un conflit entre nos communautés.

Will acquiesça. Tripoli, qui était à plusieurs centaines de kilomètres au nord d'Acre, était la deuxième plus grande ville détenue par les Francs, si bien qu'elle était d'une importance cruciale pour les marchands comme pour les citoyens.

— Le consul de Venise est venu me voir aujourd'hui, poursuivit Guillaume. La communauté vénitienne a fait un certain nombre de propositions, à la fois ici et à Tripoli. Le consul m'a invité à une conférence la semaine prochaine où il espère que nous pourrons décider de l'action à entreprendre.

Guillaume s'arrêta près d'un plant de coriandre odoriférant et en saisit quelques feuilles desséchées. Il les roula entre son pouce et son index avant de les porter à son nez.

— J'aimerais que vous m'y accompagniez, commandeur.

Le quartier vénitien, Acre,
25 octobre 1288 après J.-C.

La chambre du conseil du palais se remplissait peu à peu. Les hommes, dont les vêtements outrageusement luxueux annonçaient l'opulence, entraient les uns après les autres en prenant position le long des rangées de bancs placés face à l'estrade. Ils étaient parmi les personnages les plus puissants de l'Outre-mer, tous marchands vénitiens, dont les maisons dominaient une multitude d'industries : argent, or, bois, laine, épices et esclaves.

Will suivit le grand maître dans la salle somptueusement décorée avec son plafond incurvé en dôme et sa mosaïque au sol. Sur l'estrade se trouvaient sept sièges, inoccupés pour le moment. En voyant le grand maître grimper les marches, Will réalisa que c'était là qu'ils se dirigeaient. Il s'assit à côté du grand maître, se sentant vulnérable, ainsi exposé face au public grandissant. Quelques minutes plus tard, le consul de Venise entra dans la salle avec quatre hommes et se dépêcha de monter sur l'estrade. Les retardataires furent admis alors qu'il s'installait. Le consul semblait affligé d'une légère fièvre : il était pâle et moucha immédiatement son nez rouge luisant avec un carré de soie. Les portes se refermèrent avec un écho et les quatre hommes avec qui le consul était entré, ses conseillers, supposa Will, prirent place sur l'estrade.

— Bienvenue, dit le consul d'une voix nasillarde en italien.

En même temps qu'il parlait, l'un de ses conseillers se pencha vers Guillaume et Will et leur traduisit à voix basse ses propos.

— La plupart d'entre vous ont déjà assisté au moins à une conférence à propos de Tripoli. Aujourd'hui, nous allons décider de la marche à suivre. J'ai invité le grand maître du Temple, notre loyal ami, à participer à cette discussion dans l'espoir qu'un œil neuf nous aide à trouver la réponse appropriée.

Le consul inclina la tête à l'intention de Guillaume, qui sourit courtoisement à l'assemblée.

— Je crois que nous devons mettre de côté nos divergences dans cette affaire, reprit le consul en regardant les marchands, afin de dégager au plus vite une solution.

Pendant que le consul présentait ses conseillers et que le traducteur continuait à murmurer près de leurs oreilles, Will laissa son regard errer sur la foule. Il vint se poser sur un visage familier au second rang : Andreas di Paolo, le maître d'Elwen, et le parrain de Rose. Andreas croisa son regard et lui fit un signe de tête.

Après cette introduction, la discussion s'ouvrit et la réunion commença à proprement parler. Un homme corpulent à la voix haut perchée fut le premier à se lever.

— Monsieur le consul, avons-nous des nouvelles récentes de Tripoli ? D'après nos dernières informations, la commune a contacté la princesse Lucia ici, en Acre, en déclarant qu'ils l'accepteraient comme seigneur si, de son côté, elle acceptait leur autorité au sein du comté.

— Nous en avons, répondit le consul. Il apparaît que la commune doute d'avoir pris la bonne décision en impliquant Gênes dans cette querelle, ce qui est peu surprenant si l'on considère les exigences extravagantes des Génois, qui démontrent leur volonté d'hégémonie.

Un murmure de colère et d'assentiment traversa la salle. Le consul poursuivit en couvrant le grondement.

— Nous avons été informés que la princesse Lucia a accepté les termes de la commune et a été reconnue suzeraine du comté de Tripoli.

Les murmures de colère cédèrent aussitôt la place à un chœur ravi et surpris.

— Attendez s'il vous plaît, messieurs, ajouta le consul en levant la main pour les calmer. Ça ne règle hélas pas l'affaire. Lucia, de manière compréhensible au vu de la précarité de sa situation, a contacté l'émissaire génois envoyé par le doge après avoir parlé avec la commune.

Il s'interrompit et éternua violemment à trois reprises, puis il se moucha une nouvelle fois.

— L'émissaire l'a rencontrée en Acre la semaine dernière, et la princesse lui a dit être prête à la fois à confirmer l'autorité de la commune et à accéder aux exigences des Génois. L'émissaire a accepté ses termes. Ainsi, Lucia sera bientôt nommée comtesse de Tripoli et les Génois obtiendront ce qu'ils voulaient.

Les murmures de satisfaction s'étaient tus depuis un moment déjà et, cette fois, ce fut une explosion de voix qui suivit cette déclaration. Plusieurs hommes se levèrent.

— C'est absurde, monsieur le consul !

— Tripoli est le seul port en dehors d'Acre et de Tyr auquel nous ayons encore pleinement accès. Nous ne pouvons pas laisser le monopole d'un point aussi stratégique à Gênes.

— Si Gênes domine Tripoli, c'en sera fini de Venise en Outre-mer ! Ils ont déjà pris le contrôle des voies de commerce byzantines depuis la Mongolie.

— Ce n'est pas le sujet, répliqua le consul, qui devait crier pour se faire entendre. Il est évident qu'on ne peut laisser les Génois s'emparer de Tripoli, cela nous mettrait à l'ecart et nous empêcherait de commercer librement dans cette ville. Nous voulions que Lucia devienne comtesse de Tripoli, mais pas à ce prix. La question qui se pose, c'est que pouvons-nous faire ? La princesse, les Génois et la commune ont désormais un accord. Nous ne pouvons pas contester ce point, ils sont unis.

— Envoyons des bateaux, suggéra un marchand, bloquons le port jusqu'à ce que les Génois reviennent sur leurs exigences.

— Cela nuira à nos affaires autant qu'aux leurs, se plaignit un autre.

— Et la Haute Cour, monsieur le consul ? demanda Andreas en se levant. N'interviendra-t-elle pas ici ?

— Non, répondit le consul d'une voix amère. Ils n'en ont pas l'intention.

— Il reste une autre possibilité.

Will chercha d'où venait cette voix étrangement sifflante. Son regard tomba sur un homme en cape noire brodée, qui se tenait près du mur du fond. Will fut tout de suite attiré par son visage, ou plutôt par son absence de visage, car il portait un masque d'argent. C'était l'homme qu'il avait vu dans la rue avec son aréopage de serviteurs, une semaine plus tôt.

— Parlez, Benito, dit le consul en lui faisant signe.

L'homme au masque semblait scruter la pièce.

— Il n'y a, me semble-t-il, qu'un homme qui puisse nous aider. Le sultan Kalawun.

Des éclats de voix fusèrent instantanément mais Will remarqua que quelques hommes hochaient la tête.

— Il est déjà arrivé que l'on demande aux Mamelouks d'intervenir dans nos affaires. Et dans ce cas, il serait de leur intérêt de le faire. Si Gênes contrôle Tripoli, ils domineront le commerce d'Orient et cela affectera les Mamelouks autant que nous. Le sultan Kalawun n'a pas de lien personnel avec les Génois ou la commune et pourrait être l'homme idéal pour négocier avec eux.

— Vous avez déjà suggéré cette possibilité, Benito, s'insurgea un marchand. Mais je ne vois toujours pas très bien pourquoi Gênes ou la commune écouteraient davantage le sultan d'Égypte qu'ils ne nous écoutent.

— Voilà une objection à laquelle il est facile de répondre, riposta Benito. Le sultan Kalawun peut empêcher le commerce en Égypte. Si ça devait se produire, Gênes aurait plus à perdre qu'à gagner.

Un des conseillers se pencha en avant et murmura quelque chose au consul, qui acquiesça. À travers la salle, les hommes s'interpellaient. Mais Will s'apercevait que la suggestion de Benito était soutenue. Il se demanda pourquoi cet homme portait un masque, puis en remarquant ses épais gants noirs, il se dit qu'il avait dû voir juste en supposant dès leur rencontre fortuite qu'il dissimulait les cicatrices de quelque maladie.

La conférence continua encore un long moment, on lança d'autres idées, mais aucune ne souleva l'enthousiasme du consul ou de l'assemblée. Le grand maître ne prit la parole que brièvement et, pour finir, la discussion se concentra sur la proposition de Benito.

— Qui pourrions-nous envoyer ? demanda l'un des marchands. Qui serait la meilleure personne pour approcher le sultan ?

Une fois de plus, Benito se leva.

— Monsieur le consul, j'ai déjà eu affaire aux Mamelouks. Je connais bien Le Caire et je serais heureux de m'y rendre si vous m'y envoyiez.

Will vit le conseiller dire de nouveau quelque chose à voix basse au consul. Celui-ci garda le silence quelques instants et se moucha d'un air pensif.

— Très bien. Je propose qu'une délégation aille rencontrer le sultan Kalawun pour lui demander d'intervenir. Espérons que son implication suffise à faire reculer les Génois sans qu'il y ait besoin de mettre en œuvre des sanctions. J'accepte votre proposition, Benito. Vous irez au Caire pour rencontrer le sultan, je vous confierai une lettre expliquant la situation et lui demandant son aide.

Il regarda l'assemblée.

— Y a-t-il des objections ?

Il y eut bien quelques protestations, mais la majorité approuvait cette décision.

— C'est une affaire réglée, dans ce cas, dit le consul en se levant.

— Monsieur le consul, l'interrompit Guillaume, puis-je ajouter une modification à cette initiative ?

Il y eut un court silence, le temps que le traducteur remplisse son office.

— Bien entendu, maître, fit le consul en attendant que Beaujeu s'explique.

— Je propose que cet homme, à mes côtés, accompagne votre délégation.

Tandis que Guillaume parlait d'une voix calme, assurée, Will comprit soudain la raison de sa présence. Le grand maître devait avoir deviné, probablement en se basant sur la discussion qu'il avait eue avec le consul, l'issue de cette réunion et c'est pour cela qu'il l'avait invité. Guillaume n'était pas prêt à laisser les Vénitiens prendre seuls en main un problème aussi sensible.

— Monsieur le consul, je dois protester, s'indigna Benito avant que celui-ci n'ait pu répondre. L'offre du grand maître, même si je l'apprécie, n'est pas nécessaire. Comme je l'ai dit, j'ai déjà travaillé avec les Mamelouks. Un étranger pourrait ruiner la relation délicate que j'ai établie avec eux.

— Cet homme a été en contact direct avec le sultan Kalawun par le passé, répondit rondement Guillaume. Et il constituera une voix impartiale dans ce débat, ajouta-t-il en se tournant vers le consul.

— Mais je…

— Le chevalier ira avec vous, Benito. J'aurais cru que vous seriez heureux d'avoir un chevalier du Temple à vos côtés. Après tout, les routes ne sont pas sans danger.

Sur ces entrefaites, la réunion se termina. Will ne pouvait voir l'expression du visage de Benito, mais il avait l'impression que ce n'était pas la joie qu'on pourrait y lire. Il compatissait. Lui-même n'avait pas prévu un voyage au Caire.

Le désert du Sinaï,
6 novembre 1288 après J.-C.

Will se recala du mieux qu'il put sur sa selle et prit les rênes d'une main pour détendre l'autre, douloureuse à cause des crampes. Le soleil baissait et son ombre s'étirait loin à côté de lui, unie avec celle du cheval. Il jeta un coup d'œil par-dessus son épaule pour regarder le reste de la compagnie un peu à l'arrière, cinq écuyers avec les chevaux de bât chargés de vivres, deux gardes envoyés par le consul et, entre eux, Benito. C'est ainsi que s'était déroulée la plus grande partie du voyage. Benito et ses serviteurs gardaient leurs distances, ils mangeaient, dormaient et même chevauchaient en laissant Will à l'écart et il leur avait à peine parlé depuis qu'ils avaient quitté Acre, dix jours plus tôt. Will ne s'en portait pas plus mal ; il n'était pas d'humeur à faire la conversation par politesse.

Il comprenait pourquoi Beaujeu voulait que quelqu'un accompagnât le Vénitien à la cour de Kalawun et il savait pourquoi c'était lui qu'il avait choisi. Mais ces dernières années, il s'était habitué à passer le plus clair de son temps en Acre et il détestait s'éloigner de Rose et d'Elwen. Ça le rendait inquiet, et même irritable, comme si on tirait trop fort sur le fil qui les reliait tous les trois. Autant il lui déplaisait d'avoir hérité de cette mission, autant, en revanche, il était heureux d'avoir la chance de revoir Kalawun. Il courait des rumeurs selon lesquelles la cour était en proie à la frénésie, la politique du sultan créait des dissensions, en particulier sa mansuétude à l'égard des Francs, et Will avait là l'occasion d'évaluer la réalité de ces allégations.

Il tourna la tête dans le sens de la marche, mais son regard passa rapidement sur Benito. Il n'y avait aucun moyen, à travers ce masque inexpressif, de savoir si le marchand le regardait. Mais Will savait que c'était le cas. Il l'avait senti pendant toute leur traversée du désert, comme un dard planté dans sa nuque. Ce qu'il supposait à propos d'une maladie avait paru se confirmer un soir lorsque Benito avait enlevé l'un de ses gants pour saisir un bol de soupe.

Du coin de l'œil, Will avait vu ses doigts griffus difformes et sa peau fripée et noueuse.

Après deux kilomètres supplémentaires, le Vénitien demanda qu'on fasse halte, suggérant d'installer le campement près d'un tas de petits rochers saillants qui bordaient la piste qu'ils suivaient. Les écuyers descendirent de selle quand ils atteignirent ce point, mais avant que Will ait eu le temps de mettre pied à terre, Benito le héla.

— Nous avons besoin d'eau, commandeur.

Sa voix était accompagnée d'un léger zézaiement. Benito lança sa tête vers l'est. Le soleil se refléta dans le masque, qui parut un instant s'embraser.

— Il y a un puits que les Bédouins utilisent à environ trois kilomètres d'ici.

— En général, les Bédouins ne sont pas très bien disposés envers les étrangers qui pénètrent sur leurs territoires, répondit Will.

— Ils le sont si vous leur offrez de l'argent. J'ai déjà utilisé ce puits sans problème par le passé.

Will réfléchit un instant.

— Pourquoi voulez-vous que ce soit moi qui y aille ?

— Ce n'est pas parce que je n'ai jamais eu de problème jusqu'ici que je veux prendre des risques inutiles. Le consul n'a-t-il pas dit que je devrais m'estimer heureux d'avoir un Templier avec moi ?

Benito s'exprimait d'une voix faussement ingénue, presque moqueuse.

— N'est-ce pas votre travail, commandeur, de veiller sur les voyageurs chrétiens qui prennent la route à travers le désert ? À moins que je ne me trompe, c'est pour cela que le Temple a été fondé.

Will voulut refuser mais cela aurait semblé mesquin, ainsi tous deux partirent dans le désert en laissant les écuyers monter le camp. Ils avaient ménagé les chevaux à la fin de la journée et ceux-ci n'étaient donc pas épuisés. Tandis qu'ils progressaient, Will restait aux aguets et sa main ne s'éloignait jamais du pommeau de son épée. Le soleil était presque couché et son ombre allongée, rachitique, s'étendait devant lui. Benito avançait tout droit, avec l'air de savoir où il se dirigeait.

S'il avait fait plus sombre, Will doutait qu'il aurait même vu le puits car les pierres étaient du même gris-brun que le désert. Ils approchèrent avec prudence mais le plateau poussiéreux était vide alentour et la vue dégagée, sauf, de temps à autre, lorsque de lointaines formations rocheuses l'obstruaient.

— On dirait que ça va être gratuit aujourd'hui, dit Will à Benito, qui ne répondit pas.

Se jetant à bas du cheval, il s'avança vers le puits obscur et son rebord éboulé. De l'autre côté, il trouva un seau en bois, à moitié enterré dans le sable. Il était d'un gris délavé, son bois s'effritait et une vieille corde effilochée était enroulée autour comme un serpent mort. Will la ramassa pour en éprouver la solidité. Quelques morceaux de chanvre lui restèrent dans la main mais la corde paraissait néanmoins tenir. Une extrémité était attachée à un anneau en métal fixé à côté du puits.

— Y a-t-il de l'eau ? demanda Benito en sortant les gourdes qu'il avait apportées.

Will se pencha et regarda.

— Je n'en suis pas certain.

Sa voix s'étirait dans le trou, de plus en plus faible.

— Il n'y a qu'un moyen de le savoir.

Nouant l'extrémité libre de la corde au seau, il leva celui-ci au-dessus du puits avant de le laisser filer. Il le fit descendre par petits paliers, attendant de sentir le contact. Un vague mouvement lui fit relever les yeux. Au sol, se mouvait une ombre. Dans sa direction. Le bras levé, avec quelque chose fiché dans le poing.

Il pivota la tête à temps pour voir Benito fondre sur lui une dague à la main. Il lâcha la corde et réussit à tourner à demi son corps en esquivant la lame. Le Vénitien cria de rage en voyant son arme fendre l'air à quelques centimètres de l'épaule de Will. Ce dernier attrapa le poignet de l'homme et enfonça ses doigts dans sa chair, pressant aussi fort qu'il pouvait. Benito cria de nouveau, mais de douleur cette fois, et ses doigts relâchèrent la dague qui tomba dans le puits. Abandonnant Benito, Will alla chercher son épée, mais le Vénitien fut plus rapide que lui et lui donna un coup de poing dans la poitrine. Will retomba lourdement sur le dos. Tandis que ses reins percutaient le rebord du puits, il se sentit chavirer, partir à la renverse. Contractant tous ses muscles, il parvint à s'accrocher à Benito. Ses doigts saisirent sa cape, qu'il attira à lui. Son autre main chercha aussitôt un meilleur appui et il s'agrippa au rebord du masque, qui se dégagea du visage de Benito. Pendant un court instant, Will resta là, suspendu. En sécurité. Puis il entendit le bandeau en cuir à l'arrière du masque craquer et ce dernier resta dans sa main. Le Vénitien tituba en grognant et vint le heurter juste assez pour le faire basculer par-dessus bord. Will sentit le métal chaud qu'il tenait à la main, puis l'espace vide, écœurant, inévitable, dans son dos. Il vit un visage déformé au-dessus de lui. Puis il disparut, en même temps que le reste du monde, tandis qu'il sombrait dans l'obscurité.

Le Vénitien courut jusqu'à son cheval et frappa l'autre bête sur les flancs, qui partit au galop. Puis il grimpa en selle et regagna le campement. L'air du soir était étonnamment frais sur sa peau nue et racornie.

— Remballez tout ! cria-t-il aux écuyers stupéfaits lorsqu'il arriva sur place. Vite !

— Que s'est-il passé ? demanda l'un des gardes en se mettant à l'œuvre.

— Des bandits. Ils ont tué le Templier. Nous partons sur-le-champ !

Les écuyers n'avaient pas besoin d'encouragements supplémentaires. En dix minutes, ils étaient en selle et galopaient dans la poussière, les deux gardes scrutant derrière eux à la recherche d'un ennemi introuvable.

Le désert du Sinaï, Égypte,
6 novembre 1288 après J.-C.

Il y avait les ténèbres et il y avait le froid. Un froid mordant, sans pitié. L'eau lui dégoulinait dessus. Il était gelé, ses membres lui semblaient aussi solides que de la glace ou de la pierre. Même ses os lui paraissaient douloureux. Il essaya de bouger mais le moindre mouvement éveillait une souffrance terrible. Cette souffrance grossissait comme une créature monstrueuse et hurlait en lui, terrifiante, prête à le terrasser. Loin, très loin, il voyait un pan de ciel avec quelques étoiles disséminées. Il perdait conscience, revenait à lui, perdait de nouveau conscience.

Parfois il se réveillait en Acre, d'autres fois il continuait de tomber. Et, quand il rêvait ou quand il était réveillé, ce visage le poursuivait. Une moitié couverte de cloques, nue, ridée et spongieuse comme un fruit pourri. L'autre étonnamment intacte. Intacte et familière. Toujours élégante, froide et arrogante, cette moitié de visage appartenait à Angelo Vitturi.

39

Les quais, Acre

13 novembre 1288 après J.-C.

Garin s'efforçait de garder les yeux ouverts. La lumière du soleil l'éblouissait et il grimaça en mettant un bras devant son visage. Ce simple mouvement suffit à relancer son mal de crâne. Un son grinçant lui perçait les oreilles. Quelque chose vint s'interposer entre les rayons lumineux et lui. Il leva les yeux pour regarder à qui appartenait cette silhouette imposante.

— Vous ne m'avez pas entendu ? fit une voix bourrue. J'ai dit que nous y sommes.

— Bertrand ? murmura Garin.

Sans répondre, l'ombre s'en alla en le laissant face au soleil qui l'aveugla à nouveau. Il s'assit et essuya sa bouche du revers de la main. Il avait bavé et le long écheveau de sa barbe blonde était trempé. Confus, la tête parcourue de pulsations, il regarda alentour, émergeant peu à peu du sommeil et la réalité reprenant ses droits, avec ses trépidations et ses discordances. L'homme qu'il avait appelé Bertrand grimpait sur le gaillard d'arrière et ce n'était pas du tout Bertrand. Une fois de plus, il avait rêvé. Il était de retour en Outre-mer, quelque part dans le désert, et il cherchait quelque chose qu'il avait oublié. Quelque chose d'important ? Il percevait un cri mélancolique qui tourbillonnait au-dessus de lui, lointain, puis plus près, et encore lointain. C'était un son familier, mais il ne l'avait pas entendu depuis des semaines. C'étaient… des goélands. Garin fronça les sourcils et agrippa le pavois pour se hisser sur ses pieds. Voilà qu'il y était. Toujours la même insupportable ville. Acre. Ces immenses murailles arrogantes enfermant plus de cent vingt mille habitants, pressés les uns contre les autres, avec leur crasse et leurs excréments, leurs péchés et leurs secrets ; putains, chevaliers, égorgeurs, prêtres, fous et rois. Dieu, comme il haïssait cette ville.

Garin vacilla jusqu'au coin du bateau où était rangé son sac et il le ramassa avant de se diriger vers les passerelles qu'on avait jetées sur les quais. Quelques hommes d'équipage lui firent des signes de tête ou lui crièrent adieu, mais il ne les remarqua pas. Le soleil était brûlant, mais lui était gelé. Marchant d'un pas mal assuré à travers les quais, il alla vers les grilles d'acier qui le séparaient de l'intérieur. L'odeur d'un tas d'entrailles de poisson pourrissant au soleil lui souleva l'estomac et il se plia en deux, la main contre un mur, traversé de haut-le-cœur mais sans parvenir à vomir, les yeux brûlants. Il fallait qu'il mange. Il n'avait pas mangé correctement depuis des semaines et son ventre gonflé à cause de la bière qu'il avait ingérée à bord du bateau réclamait de la nourriture. Posant son sac, il s'accroupit et se mit à fouiller dedans, à la recherche de la gourde de vin qu'il avait mise de côté. Il éprouva un vif soulagement en la retrouvant. Un bout de parchemin faillit sortir du sac en même temps. Garin lui jeta un regard funeste. C'était la deuxième lettre qu'il devait porter.

Le pape Nicolas avait été ravi d'apprendre qu'Édouard promettait de prendre la Croix dès que possible. Il avait prévu d'entamer des discussions à propos des croisades avec ses conseillers à la cour papale, et il était persuadé que les serments de Philippe et Édouard lui seraient d'une grande aide pour les convaincre de soutenir une nouvelle guerre sainte. Il dit à Garin d'informer Édouard qu'il avait l'intention d'envoyer des légats un peu partout en Occident pour demander aux peuples de prendre la Croix pour la libération de Jérusalem. Les yeux brillants, il parla de Clermont, deux cents ans plus tôt, quand le pape Urbain II avait lancé le premier appel aux armes pour la mission sainte et que les premiers pèlerins étaient partis en Orient, leurs oreilles résonnant encore des promesses d'absolution, une croix en tissu dans les mains.

Garin toussa et remit le parchemin dans le sac. Il pourrait remettre la deuxième lettre plus tard. Il ne voulait pas aller sobre à la rencontre de Will. Il porta la gourde à ses lèvres. Essaya encore. Quelques gouttes tombèrent sur sa langue. Il jura et la jeta par terre. Se redressant, il balança son sac pardessus son épaule et regarda alentour. Ses yeux rencontrèrent une rangée de tavernes le long du front de mer. Il se fraya un chemin en passant au milieu des putains qui hantaient les quais, squelettiques mais tout de même pas assez désespérées pour l'aborder.

Fostat, Le Caire, 13 novembre 1288 après J.-C.

Les deux hommes marchaient à travers les allées tortueuses maintenues dans l'ombre par les bâtiments qui les bordaient de tous côtés, un labyrinthe de façades poussiéreuses aux fenêtres condamnées et aux portes basses. Des odeurs de viande et d'épices stagnaient dans l'air, un bébé criait et une femme hurlait.

— Où allons-nous ? murmura l'un des hommes.

Sa voix était étouffée par le keffieh qu'il portait.

— Ce n'est plus très loin, répondit l'autre en les conduisant dans un dédale encore plus étroit avant de franchir le seuil d'une maison où un rideau se referma mollement derrière eux.

À l'intérieur, quelques lampes brûlaient en dégageant une fragrance huilée. Des hommes assis aux tables jouaient aux échecs, des cruches d'argile et des bols en bois posés à côté d'eux. Ils se dirigèrent vers une table et l'un des hommes, qui se prélassait contre un mur, leur fit un signe de tête, disparut par une porte et revint un instant plus tard en portant une cruche et deux bols qu'il déposa devant eux.

— C'est du vin, murmura Nasir en jetant un coup d'œil à la cruche quand l'homme fut parti.

— Je ne te demande pas de le boire, répondit Angelo.

Son arabe était fluide, précis. Il versa du vin dans les bols et en glissa un vers Nasir.

— Baybars a fermé les tavernes il y a des années.

Nasir observa les autres hommes attablés. Il se demandait combien d'entre eux étaient musulmans.

— Le sultan Baybars nous a quittés il y a longtemps, fit remarquer Angelo en prenant son bol à deux mains et en le portant à ses lèvres. Les choses changent.

Il but une gorgée de vin et quelques gouttes coulèrent sur son menton.

Incapable de détourner le regard, Nasir vit cette bouche ravagée s'acharner sur le bol. Angelo avait un morceau d'étoffe attaché à l'arrière de la tête qui lui couvrait la moitié du visage, mais les cicatrices qu'il était censé dissimuler devenaient visibles dès qu'il parlait ou qu'il faisait un mouvement, le tissu se soulevant légèrement et révélant la peau martyrisée.

— Qu'est-ce qui t'est arrivé ? souffla-t-il sans pouvoir retenir davantage cette question.

Angelo posa le bol et posa ses yeux sur lui.

— Le Temple a essayé de me tuer. Ils ont échoué, à peu près.

Nasir le regarda d'un air interrogatif.

— Le jour où tu es venu me voir en Acre, se contenta de dire Angelo. C'est arrivé ce soir-là.

Nasir se souvenait de ce jour-là. C'était onze ans plus tôt, quand Kalawun l'avait envoyé prévenir Will que Baybars avait lancé des hommes à ses trousses. À la place, il était allé trouver directement le Vénitien pour lui dire que Campbell avait anéanti leur plan et sauvé la Pierre noire. Il avait aussi exigé la récompense promise : il avait tenu sa parole, et même si les desseins d'Angelo avaient échoué, il ne voyait aucune raison de ne pas la recevoir. Mais Angelo avait refusé. Ça n'avait pas fonctionné ; ses affaires étaient toujours en péril. Il n'y avait pas de récompense. À ce moment, tous les projets de Nasir s'étaient écroulés, ce qui l'avait bouleversé. Tout ce qu'il avait entrepris pour assurer sa liberté et pour reconstruire sa vie en miettes, tout cela était vain. Au fond de lui, l'espoir, seule chose qui le soutenait, était mort.

— Je suis allé voir le grand maître pour limiter les dégâts, continua Angelo sans faire attention à l'expression de colère lisible sur le visage de Nasir.

Il enroula ses mains gantées autour de son bol.

— Je n'ai pas pu parvenir à mes fins, et quand j'ai retrouvé mon père et les autres hommes avec qui nous travaillions cette nuit-là dans une église abandonnée, Beaujeu nous a retrouvés.

Il leva le bol, mais sans boire.

— La mort de mon père m'a sauvé. Une partie du bâtiment s'est écroulée dans l'incendie, en le tuant ainsi que nos compagnons, mais ça a créé une brèche dans le mur par laquelle j'ai pu m'enfuir.

— Et tu es resté en Acre ?

Angelo but une gorgée de vin avant de répondre.

— Seulement le temps de soigner mes blessures. Le grand maître avait confisqué les propriétés et la fortune de ma famille, fit Angelo en secouant la tête. Nous avons perdu notre empire en Orient ce soir-là, un empire construit sur quatre générations. Je suis retourné à Venise d'où ma famille avait fui et j'ai commencé à reconstruire ce que nous avions perdu. Il y a deux ans, je suis revenu pour remettre notre commerce en Acre à flot. C'est ici que les affaires se font. Confiné en Occident, un marchand d'esclaves ne peut pas survivre. Je ne peux pas vendre des chrétiens aux chrétiens. Il me faut des Mongols, des Turcs, des Arabes. C'est comme ça, tu le sais bien, ajouta-t-il en remarquant cette fois l'expression de Nasir. Bon, coupa-t-il, as-tu fait ce que je t'ai demandé dans ma lettre ?

Nasir sentit la colère l'envahir.

— Pourquoi as-tu cherché à me voir après tout ce temps ? demanda-t-il d'une voix énervée.

Plusieurs clients de la taverne tournèrent la tête avant de se concentrer sur leur partie d'échecs.

— Tu n'avais pas le droit ! s'exclama Nasir. J'aurais dû aller trouver le sultan Kalawun quand ta lettre est arrivée.

Surpris par cet éclat de voix, Angelo le fixa un instant. Puis il se mit à rire. Il avait un air moqueur, narquois.

— Mais tu ne l'as pas fait, n'est-ce pas, Nasir ? Comment aurais-tu pu faire ça sans révéler à quel point tu es impliqué ? Si Kalawun était au courant, ton destin serait encore pis que le mien.

— Tu m'as promis la liberté. J'ai perdu mon frère à cause de toi.

— La liberté ? riposta Angelo. Tu n'as pas besoin de moi pour la gagner.

— Il me faut de l'argent.

— De l'argent, tu peux en voler dans les coffres de tes maîtres. Sois sincère, Nasir, le gronda Angelo. Pourquoi es-tu resté ? Tu ne veux pas répondre ?

Il se pencha au-dessus de la table.

— Alors je vais te le dire. Tu es resté parce que tu as peur de la liberté.

Nasir resta bouche bée. Pour Kalawun, et tous ceux qui l'entouraient, il était un Mamelouk loyal et un sunnite pieux, mais ce n'était pas le cas et son cœur avait honni chaque jour, *chaque seconde*, où il avait été forcé de faire semblant dans ce simulacre désespérant de vie. Mais même s'il les méprisait, les Mamelouks représentaient pour lui ce qu'il avait de plus proche d'une famille.

Cette réalité l'avait d'autant plus frappé à la mort de Kaysan, tué par Ishandiyar sur ordre de Kalawun. Luttant contre le chagrin, Nasir avait vengé son frère en assassinant l'émir, mais cette victoire ne l'avait pas rasséréné. Il avait envisagé un moment de prendre la vie de Kalawun, mais il avait craint que tuer son maître ne ruinât ses chances de liberté. Déjà, alors que la haine et la fureur faisaient rage en lui, il savait que c'était une excuse. Ce n'était pas par peur de ne pouvoir s'échapper qu'il ne voulait pas tuer Kalawun, mais parce qu'il y serait obligé. Les animaux qui avaient vécu en captivité mouraient le plus souvent quand on les relâchait dans la nature, incapables de vivre seuls, de se débrouiller. Au bout de tant d'années, la prison de Nasir était devenue sa maison. Angelo avait raison : il avait peur de quitter ses murs.

— Dans ce cas, pourquoi devrais-je t'aider ? murmura-t-il en repoussant le bol de vin qu'il n'avait pas touché. Alors que de toute évidence tu ne peux rien m'offrir ?

— Et ta vie ? demanda Angelo.

— Qu'est-ce que tu veux dire par là ?

— Nous avons bien travaillé ensemble toutes ces années, quand ma famille te fournissait des garçons pour le régiment Mansuriyya. Je ne veux pas avoir à te menacer, Nasir. Mais je le ferai si tu m'y obliges.

— Me menacer ? grogna Nasir en glissant sa main vers son épée.

— Je n'aurai même pas besoin de lever le petit doigt, dit Angelo en suivant des yeux les mouvements de Nasir. Kalawun ferait le travail pour moi s'il découvrait ta trahison.

Sa voix s'était réduite à un murmure.

— Tu as collaboré avec moi à la tentative de vol de la Pierre noire en trahissant ta propre foi. Et c'est toi qui as écrit à Kaysan pour le persuader d'emmener les chevaliers à La Mecque.

— Tu m'y as forcé ! Tu m'as dit que tu tuerais mon frère si je ne t'obéissais pas !

— J'ai retrouvé Kaysan pour toi, Nasir. Tu me le dois. Ça m'a pris un an, après que tu m'as demandé de le chercher sans même savoir s'il était encore en vie.

Nasir hochait frénétiquement la tête.

— Et en retour j'ai accepté de n'acheter des esclaves qu'à ta famille. Nous avons tous les deux eu quelque chose que nous voulions. Nous avions un accord.

— Parfois, dans les affaires, les accords évoluent, répondit Angelo d'une voix insouciante.

— Pas dans les miennes, dit froidement Nasir en se levant et en tirant son épée.

Derrière lui, il entendit des chaises grincer sur le sol, il tourna la tête et vit deux hommes se dresser. L'homme qui l'avait servi tenait à la main une énorme massue hérissée de pointes menaçantes.

— Assis, Nasir, fit Angelo sans quitter des yeux le Syrien. Si tu me touches, tu ne sortiras pas d'ici vivant. J'ai encore des amis dans cette ville.

La respiration coupée, Nasir dut rentrer sa rage et se rasseoir, mais il posa son épée sur la table, entre eux. L'homme rangea sa massue et Angelo s'adossa au mur.

— Si tout s'était passé comme prévu, mon père serait toujours en vie, nos nations ne seraient pas paralysées dans cette paix et ma famille dominerait le marché des esclaves en Orient. Tu aurais eu ton or et tu aurais pu déserter et recommencer ta vie avec ton frère sous une nouvelle identité. Le destin nous a assené à tous les deux un rude coup. Mais pourquoi devrions-nous nous plier à ses fantaisies ? Je t'offre une seconde chance. Il n'est pas trop tard, Nasir. Et si tu as fait ce que je t'ai demandé dans ma lettre, tu le penses aussi.

Il s'interrompit une seconde.

— L'as-tu fait ?

Nasir garda le silence un instant, se remémorant ce fragile espoir, sentiment qu'il croyait mort depuis longtemps, qui était né en lisant la lettre d'Angelo. Malgré sa haine et son appréhension, il avait fait ce que lui demandait le Vénitien parce que, maintenant, après tant d'années d'esclavage, après la perte de son frère et de sa foi, la liberté demeurait un choix, incertain certes, mais un choix que l'homme qui lui faisait face pouvait peut-être lui permettre. Il croisa le regard inflexible d'Angelo.

— Oui, murmura-t-il. J'ai écrit les rapports et fait en sorte que Kalawun les reçoive.

La bonne moitié de la bouche d'Angelo se leva pour former une sorte de sourire.

— Ainsi, dit Angelo en se penchant vers lui, Kalawun pense maintenant que les Francs à Tripoli, menés par les Génois, travaillent en ce moment contre lui ? Bien. J'irai à la citadelle demain et je demanderai une audience auprès du sultan. Je vais avoir besoin que tu m'aides à le convaincre.

— Le convaincre de quoi ? Ta lettre n'est pas très explicite.

— Ensemble, nous allons nous assurer que lorsque le sultan Kalawun en aura fini avec Tripoli et ses citoyens, il ne restera même pas de quoi remplir ce bol.

Levant son vin, Angelo le vida d'une traite.

— Et ensuite, si tout va bien, nous aurons tous les deux ce que nous voulons.

Le quartier vénitien, Acre,
13 novembre 1288 après J.-C.

Garin se réveilla en sursaut. Il se sentait désorienté. Le jour s'étirait en un pâle crépuscule. Il lutta pour se rasseoir en voyant la fillette debout devant lui. Elle avait un petit visage sérieux et des yeux qui le scrutaient d'un drôle d'air. Elle avait les joues rouges, comme si elle venait de courir, et une mèche blonde échappée de sa coiffe flottait devant son front. Elle la ramena impatiemment derrière l'oreille sans le quitter des yeux, et prononça quelque chose dans un langage qu'il ne comprenait pas. De l'italien ?

Garin regarda autour de lui, confus. Il était affalé contre un mur, dans une rue poussiéreuse, et il n'avait aucune idée de la manière dont il était arrivé là.

— Je suis désolé. Je…

Sa voix était pâteuse, il lui fallait s'éclaircir la gorge.

— Vous parlez anglais, dit la fillette en changeant de langue avec une facilité déconcertante.

Cette fois, il comprit. Il acquiesça.

— Qui êtes-vous ?

— Je vis ici, répondit-elle.

Elle pointait du doigt une porte bleue d'une maison contre laquelle il avait dormi, et d'un coup il retrouva la mémoire. Il se rappelait comment il était arrivé ici.

— Qui êtes-vous ? demanda-t-elle à son tour.

— Rose !

La fillette tourna la tête et Garin vit une femme svelte se dépêcher de traverser la rue, un panier dans chaque main.

— Je t'ai déjà dit de ne pas courir devant, lança-t-elle, exaspérée.

Elle jeta un regard méfiant à Garin et tendit à la fillette l'un des paniers.

— Allez, rentre.

— Elwen.

Elwen se retourna et regarda l'homme qu'elle avait pris pour un vagabond. D'abord, elle ne lui trouva rien de familier et son nom, tel qu'il l'avait prononcé, lui parut incompréhensible. Ses cheveux et sa barbe étaient longs et emmêlés, ses lèvres arboraient des gerçures abominables. Il portait des vêtements couverts de crasse et dégageait une odeur d'oignon, de mer et toute son allure indiquait le désespoir. Puis elle aperçut ses yeux d'un bleu profond.

Quand il vit Elwen le souffle coupé, Garin sut qu'elle l'avait reconnu. Il lutta pour se remettre debout.

— Rentre maintenant, Rose, dit Elwen d'une voix contenue.

— Mais, mère…, voulut protester la fillette.

— Maintenant ! s'énerva Elwen en se tournant vers elle.

La fillette sembla surprise, puis elle tourna les talons, mécontente, et entra dans la maison.

— Qu'est-ce que tu fais ici ? murmura Elwen en observant Garin d'un air incrédule.

— J'ai une importante mission pour le roi, dit Garin en essayant de se redresser.

Il avait conscience qu'il articulait mal, et s'efforçait de parler plus clairement.

— J'arrive de Rome, où j'ai vu le pape. Le roi Édouard désire lancer une nouvelle croisade.

— Non, fit Elwen en baissant la voix. Qu'est-ce que tu fais *ici*, devant ma maison ?

Garin regarda la porte par laquelle la fillette avait disparu. Elle était entrebâillée et il crut discerner une ombre bouger dans l'ouverture.

— C'est ta fille ? demanda-t-il en posant ses yeux sur Elwen. Tu es toujours avec Campbell ?

— Oui, répondit-elle durement en serrant son panier contre elle.

— Elle s'appelle Rose, n'est-ce pas ? Bonjour, Rosie, lança-t-il en regardant la porte, où l'ombre se manifesta à nouveau.

— Laisse-la tranquille, Garin, lui intima Elwen.

Elle s'approcha de la porte, se plaça devant elle dans une attitude protectrice.

— Nous ne voulons pas de toi dans nos vies. Aucune d'entre nous.

Elle avait l'air de vouloir dire autre chose, mais elle se ravisa et rentra dans la maison.

— Attends ! cria Garin.

Mais déjà elle claquait la porte. Il resta là dans la rue, hébété. Au bout d'un moment, il ramassa son sac et s'en alla. Quand il fut hors de vue, il s'arrêta et regarda derrière lui. Les paroles d'Elwen passaient en boucle dans son esprit. *Nous ne voulons pas de toi dans nos vies. Aucune d'entre nous.* Il y avait quelque chose de bizarre dans ce qu'elle avait dit. Quelque chose qui le tenaillait. *Aucune d'entre nous.*

40

La citadelle, Le Caire

14 novembre 1288 après J.-C.

— Sultan, dit Angelo, je vous remercie de m'accorder une audience.

Ses yeux se portèrent subrepticement vers Nasir, qui se tenait sur les marches basses de l'estrade avec plusieurs autres hommes. Le Syrien, rigide comme un garde, ne croisa pas son regard.

— Vous avez expliqué à mes conseillers être venu pour une affaire qui réclame notre attention de toute urgence.

Kalawun étudiait Angelo avec attention, mais sans malveillance.

— Que vous est-il arrivé ?

Il faisait allusion à son visage.

— Un incendie, seigneur, répondit Angelo en touchant distraitement l'étoffe qui dissimulait le pire de ses brûlures.

Il se sentait nu sans son masque, mais seul Nasir le connaissait ici.

— C'est arrivé il y a longtemps et ça n'a rien à voir avec l'objet de ma visite.

— Et pourquoi êtes-vous venu, sire…

Kalawun lança un regard interrogateur au domestique qui se tenait aux côtés d'Angelo.

— Benito, seigneur, le renseigna-t-il. Son nom est Benito di Ottavio.

— C'est le consul de Venise en Acre qui m'a envoyé ici. Nous rencontrons des problèmes depuis quelque temps avec la lutte de pouvoir qui a lieu à Tripoli.

Kalawun hocha la tête.

— Selon le dernier rapport que j'ai reçu, les Génois sont maintenant impliqués.

— C'est exact, seigneur. Les Génois ont fait part de leurs exigences en échange de leur soutien à la commune. La princesse Lucia vient d'être désignée suzeraine, elle a réaffirmé ses privilèges. Gênes contrôle désormais le comté et le port. Mes compatriotes vénitiens et moi-même, nous nous attristons de la tournure prise par les événements, mais l'Égypte aussi sera affectée par ce revirement. Si les Génois dominent le commerce à Tripoli, ils domineront tout l'Orient. Nous serons à leur merci.

— Ce sont de graves nouvelles. Mais qu'attend Venise de moi ?

— Le consul vous conjure d'intervenir, seigneur.

Angelo sortit de son sac le rouleau marqué du sceau du consul, conscient que les gardes armés qui se tenaient le long des murs de la salle suivaient le moindre de ses mouvements. Le domestique qui avait introduit Angelo prit le rouleau et l'amena au sultan.

— Le consul pense qu'une intervention de votre part pourrait désamorcer la situation avant qu'il n'y ait une explosion de violence.

Kalawun leva les yeux tout en s'emparant du rouleau, comprenant à la voix du Vénitien qu'il y avait autre chose.

— Vous ne partagez pas cette opinion ?

— Je pense que la situation va devenir violente, que vous interveniez ou non, seigneur. Les Génois sont de plus en plus agressifs depuis qu'ils se sont fait chasser d'Acre par mon peuple à la suite de la guerre de Saint-Sabas. Par la suite, ils se sont alliés à l'Empire byzantin et ont pris le contrôle des routes de la mer Noire. Aujourd'hui, ils détiennent tout le commerce en provenance de l'Empire mongol. Avec cette nouvelle emprise sur le comté de Tripoli, leur puissance s'accroît encore. Mais leurs ambitions ne s'arrêtent pas là. Dans sa lettre, le consul raconte comment les Génois s'acharnent sur Tripoli au détriment des autres nations. Ce qu'il ne dit pas, c'est que Gênes a des visées au-delà des frontières du comté, sur votre territoire.

Tous les hommes présents dans la pièce étaient maintenant suspendus aux lèvres d'Angelo.

— Quelles visées ?

— Les Génois ont l'intention d'attaquer Alexandrie, seigneur, pour faire main basse sur les routes de commerce avec l'Égypte. Ils construisent en secret des navires de guerre à cet effet. D'après ce que m'ont dit mes sources, leur flotte est presque achevée. La commune de Tripoli soutient ce projet et enrôle des soldats depuis des mois.

Les hommes sur l'estrade commençaient à s'agiter. L'un d'entre eux, un grand jeune homme brun au visage solennel, fronçait les sourcils avec une intensité dramatique. De son côté, Nasir continuait à regarder droit devant lui.

— Silence, lança Kalawun.

Il ne quittait pas des yeux le Vénitien.

— Je ne vois pas comment Gênes, même avec l'aide de la commune, pourrait espérer conquérir Alexandrie, sans parler de la conserver. À moins que la république ne prévoie de faire traverser la mer à toute son armée, nos rapports indiquent qu'ils sont loin de disposer d'assez d'hommes pour organiser un tel assaut.

— Les Génois ont noué de fortes relations avec les Mongols ces dix dernières années, seigneur, depuis qu'ils contrôlent le commerce en mer Noire. Comme vous le savez, j'imagine, les Mongols cherchent à s'allier aux Francs. Je suppose que les Génois veulent en tirer parti. Alliée aux Mongols, leur flotte pourrait conquérir et tenir Alexandrie. Peut-être même Le Caire, ajouta Angelo d'un air grave.

Kalawun ne répondait pas. L'un des hommes derrière lui voulut intervenir mais le sultan le coupa abruptement.

— Pourquoi le consul ne m'en parle-t-il pas ? demanda-t-il à Angelo en brandissant le rouleau. Est-il au courant de ces projets ?

— Sans doute, seigneur, mais j'imagine qu'il craint que vous ne préfériez à la voie diplomatique une attaque militaire sur Tripoli.

— Il me manipule ? murmura Kalawun.

— Oui, seigneur.

— Et vous, Benito di Ottavio, vous n'avez pas peur que j'attaque Tripoli ?

— Au contraire, seigneur, je vous y enjoins. Les Génois n'écouteront pas la voix de la raison. Je peux survivre à la perte de mes affaires à Tripoli, mais je ne survivrai pas si je perds celles que je réalise en Égypte.

— Et de quelles affaires s'agit-il ?

— Je suis marchand d'esclaves. J'ai eu des accords avec les Mamelouks. Les Génois menacent de détruire tout ce pour quoi j'ai travaillé dans ma vie. Leur principale base en Orient se trouve maintenant à Tripoli. Cette base détruite, ils ne constitueront plus une menace pour nos communautés. C'est une mesure drastique, mais le peuple de Tripoli a choisi d'offrir le refuge aux Génois pendant qu'ils construisent leur flotte de guerre. Ils doivent en subir les conséquences.

Kalawun se renfonça dans son trône en faisant la grimace.

— Si j'attaque Tripoli, je brise la trêve avec les chrétiens.

— Cette action agressive à votre encontre annule cette trêve, seigneur, répondit Angelo d'une voix mielleuse.

— Ne me dictez pas ma conduite, gronda Kalawun en se levant. Je connais fort bien les détails de mon propre traité.

— Bien entendu, seigneur, pardonnez-moi, dit Angelo en s'inclinant humblement.

Ce faisant, il lança à Nasir un regard perçant.

— Il a raison, seigneur, dit celui-ci en se tournant vers Kalawun. Si les Francs préparent une attaque contre vous, alors le traité est violé.

— Seigneur, je me dois d'intervenir, dit l'un des hommes à côté de Nasir. Ce que dit cet homme est en concordance avec les récents rapports que nous avons reçus. Nous savions que les Francs construisaient des bateaux. Maintenant, nous savons pourquoi.

— Émir Dawud..., commença Kalawun.

— Nous craignions que les Mongols et les Francs ne s'allient ! s'exclama un autre homme avant que le sultan ne puisse continuer. Voici la preuve que nos craintes étaient fondées. Nous devons agir.

Le visage de Kalawun était fermé. Sa main agrippait le rouleau du consul, l'écrasait.

— Pourquoi m'avoir dit tout cela ? lança-t-il soudain, les yeux braqués sur Angelo.

— Comme je vous l'ai expliqué, seigneur, ce que les Génois préparent nous affecte tous, c'est pour le bien de tous que…

— Non, l'interrompit Kalawun, quelle est la vraie raison de votre présence ? Qu'est-ce que vous y gagnez ? Pourquoi êtes-vous le seul marchand à me prévenir ? Vous n'êtes sans doute pas le seul concerné.

— C'est vrai, seigneur, j'attends quelque chose en échange de cette information. Comme je l'ai dit, j'ai travaillé avec les Mamelouks par le passé. J'aimerais négocier un nouvel accord.

— Si j'attaque Tripoli, j'aurai des esclaves gratuitement.

— J'en suis bien conscient, seigneur, c'est pourquoi je suis prêt à aider votre armée à entrer dans Tripoli. J'ai des associés en ville. Ils pourront ouvrir les portes à vos troupes, vous évitant un siège long et coûteux. En retour, je ne demande qu'un citoyen sur cent que vous capturerez.

— Pour autant que je sache, en tant que Vénitien, la loi vous interdit de vendre des chrétiens comme esclaves. Vous me demandez des musulmans ? demanda Kalawun d'une voix menaçante.

— Non, seigneur, seulement des Occidentaux. Mais je ne veux pas les vendre à d'autres chrétiens. Je cherche aussi à m'entendre avec les Mongols, qui seraient nombreux à vouloir m'acheter des chrétiens.

Kalawun garda le silence un moment. Pour finir, il leva la tête.

— Laissez-moi seul. J'ai besoin de réfléchir.

Angelo voulut ajouter quelque chose mais il sentit la main du domestique sur son bras. Lançant à Nasir un dernier regard, il se laissa guider hors de la salle du trône. Les autres hommes sortirent eux aussi. Sur leurs visages se lisait la préoccupation.

Khalil, qui n'avait pas prononcé un mot de toute l'entrevue, s'attarda près de l'estrade.

— Vous devez le faire, seigneur.

Kalawun se tourna vers lui.

— Vous le devez, insista Khalil. Vos généraux sont déjà mécontents. Jusqu'ici, vous avez même refusé de discuter des rapports que nous avons reçus à propos de ces bateaux que construisent les Génois. Mais vous ne pouvez pas ignorer ce qui vient d'être dit. Ces nouvelles vont enflammer les hommes. Ils vont exiger que nous attaquions les Francs avant qu'ils ne deviennent un danger. Souvenez-vous de ce qui est arrivé à vos prédécesseurs. Ils se sont fait tuer parce que ceux qui les entouraient n'aimaient pas leurs décisions. Ne donnez pas à vos hommes la même excuse, ajouta Khalil en s'avançant vers lui.

Kalawun fronça davantage encore les sourcils.

— Pourquoi la paix demande-t-elle tant d'efforts ? Pourquoi la guerre semble-t-elle souvent un état naturel ?

— Parce que nous ne sommes pas faits pour vivre en paix avec les chrétiens, répondit Khalil. Ce sont des Infidèles. Les Francs ont envahi nos terres, détruit nos mosquées et massacré notre peuple. Ils ne veulent pas non plus vivre en paix avec nous. Ils veulent notre territoire, nos richesses. Voulez-vous les laisser s'en emparer ?

Kalawun baissa la tête, et les yeux de Khalil s'étrécirent.

— Vous m'embarrassez, père, dit-il froidement en tournant les talons et en quittant la pièce.

Kalawun avait l'impression qu'on venait de le frapper à l'estomac.

— Il ne le pense pas, seigneur.

Kalawun tourna la tête et s'aperçut que Nasir était encore là.

— Si, il le pense.

— Il a raison à propos d'une chose, en tout cas. Ces informations vont enflammer la cour.

— Peut-être qu'en négociant avec les Francs d'Acre, je peux…

— Il n'est sans doute plus temps, seigneur. Les rapports que nous avons reçus indiquent que la flotte est presque achevée. En outre, rien ne nous dit que les Francs d'Acre écouteront nos accusations.

— Dans ce cas, je n'ai pas le choix, murmura Kalawun en jetant le rouleau froissé à terre. N'est-ce pas ?

— Non, seigneur, répondit Nasir, les yeux posés sur le visage défait de Kalawun. Je ne crois pas que vous l'ayez.

Le désert du Sinaï, Égypte,
31 décembre 1288 après J.-C.

Il gémissait. Les murs se rapprochaient pour l'écraser. Il avait l'impression de suffoquer. Il paniquait. Il essayait de crier, mais il ne parvenait qu'à sortir un filet de voix. Il y avait des choses qui rampaient au sol et le pinçaient, d'autres qui cherchaient à l'ensevelir. Une lumière verticale tombait jusqu'à lui en se réfléchissant et en s'intensifiant contre les murs. Tout là-haut, un œil scintillant dardait ses rayons blancs sur lui. Bientôt, priait-il, bientôt il s'en irait. Et l'obscurité viendrait. Et il ferait de nouveau froid. Pour le moment, la seule chose qu'il pouvait faire, c'était de rester allongé, recroquevillé, pris dans son rayonnement impitoyable, la tête brûlant de fièvre. Et attendre, et prier. Mais avec chaque prière la lumière devenait plus forte, et il faisait plus chaud, jusqu'à ce que la moindre parcelle de son corps semblât sur le point de se consumer. Sa tête et ses mains étaient cloquées, le sang et la graisse grésillaient avec un bruit de rôtissoire, les os de ses doigts saillaient, carbonisés, réduits en cendres.

Will se réveilla, luttant douloureusement à chaque inspiration. Après avoir fixé longuement le lourd drap blanc au-dessus de lui, son cœur se calma et adopta un rythme moins rapide. Il tourna la tête en entendant la toile à l'entrée de la tente claquer et un homme entrer. Après tant de jours à sa charge, Will ne connaissait toujours pas son nom. Il l'appelait comme les autres dans le camp : le cheikh, soit le maître.

Le cheikh lui adressa un signe de la tête.

— Comment se sent-il ?

Comme tous ceux que Will avait entendus parler dans cette tribu, son arabe était beaucoup plus rudimentaire et laconique que celui des habitants d'Acre ou des autres villes. Certains d'entre eux étaient sourds et muets, et la communauté semblait compter avant tout sur une compréhension mutuelle qui se passait de mots, un mélange d'intuition et de signaux.

— Mieux, répondit Will. Elle a l'air plus en forme.

Il étudia sa jambe droite, à laquelle était liée par une corde une attelle faite de trois morceaux de bois. L'un, le plus grand et le plus large des trois, était fixé à l'arrière de son mollet et du bas de sa cuisse, au niveau de l'articulation du genou, et les deux autres étaient attachés latéralement.

— Je veux essayer de marcher aujourd'hui.

— Trop tôt, je pense, répondit le cheikh.

L'insatisfaction se fit sentir dans la réponse de Will :

— Je vous l'ai dit, je dois me rendre au Caire.

— Sept jours, l'informa posément le cheikh. Vous aurez plus de force alors.

Au désespoir, Will glissa sa main à l'intérieur du col de la tunique blanche qu'on lui avait enfilée. Il en sortit la chaîne avec l'anneau en or et le pendentif de saint Georges, se forçant à ne pas penser à la perte que leur abandon représentait.

— Tenez.

Le cheikh les repoussa de la main.

— Non, je veux pas.

— Vous m'avez sauvé la vie.

Le cheikh inspira profondément avant de s'asseoir avec délicatesse sur le tapis à côté de Will, en croisant ses longues jambes.

— Laissez-vous homme blessé mourir dans désert ?

— Non, mais…

— Et le sauvez-vous pour richesses ? Récompense ?

— Non.

— Alors pourquoi attendre ça de moi ? Je veux pas paiement pour votre vie, chrétien. Je suis nomade, pas mercenaire. Mon peuple a vie dure mais nous pas voleurs.

Le cheikh eut un bref accès de rire.

— Et si nous laissons vous dans puits et vous mourez, l'eau sera poison. Vous chanceux puits à sec cette saison et nous passer par là.

— Je ne voulais pas vous insulter, fit Will en séparant les pendentifs de la chaîne et en les tendant au cheikh. Mais il va me falloir un chameau pour me rendre au Caire. Alors, s'il vous plaît, prenez ça. C'est mon seul moyen de vous payer.

— Pourquoi si important ? demanda le cheikh au bout d'un moment. Votre chaleur.

Il se touchait le front et Will sut qu'il parlait de sa fièvre.

— Elle partie à peine. Vous toujours faible, les jambes pas réparées.

Will regarda dans le coin où ses affaires avaient été rangées avec soin. Son fauchon était dans son fourreau à côté des vêtements qu'il portait quand les Bédouins l'avaient récupéré, délirant, couvert de poussière, de sang et d'insectes. Sa jambe avait été cassée en deux endroits, son os ressortait, brisé, sur le côté du genou. Des asticots se démenaient, blancs et gras, sur la plaie. Il s'était arraché des ongles en essayant d'escalader les murs. Ses souvenirs lui revenaient par vagues, parfois lorsqu'il était éveillé, d'autres fois pendant son sommeil, mais après que les Bédouins l'eurent ramené à leur camp où le cheikh, avec deux autres hommes, lui cassa de nouveau la jambe pour pouvoir la remettre en place, il avait peu de souvenirs. Il ne savait pas combien de temps il avait passé au camp, mais il imaginait sans peine que ça devait faire au moins un mois. Il craignait que ce ne fût davantage.

Le cheikh suivit son regard et plissa le front en apercevant le masque d'argent à côté de l'épée de Will et la dague à poignée d'argent qu'Angelo avait jetée au fond du puits. Le Bédouin semblait trouver le masque suspect. Certains d'entre eux, Will l'avait remarqué, se faisaient signe en le pointant du doigt. Il se demandait quelquefois s'ils pouvaient sentir l'aura maléfique de l'homme qui l'avait porté.

— Je crains que quelque chose de grave n'arrive si je ne me rends pas au Caire, expliqua Will au cheikh. L'homme qui m'a poussé dans le puits, il avait des raisons de me vouloir mort. Pas seulement la revanche, je pense, murmura-t-il en posant les yeux sur le masque. Peut-être que ce que je crains est déjà arrivé, peut-être qu'il est trop tard, mais je ne peux pas rester.

Au bout d'un moment, le cheikh se leva et alla vers les affaires du commandeur. S'accroupissant, il prit la dague et revint vers Will, qui tressaillit en le voyant se pencher sur lui. Mais il éprouva un réel soulagement lorsqu'il coupa les cordes d'un coup sec, celles qui maintenaient l'attelle. Le cheikh referma la main de Will sur l'anneau et le pendentif.

— Pas besoin, dit-il en se levant. Je peux pas donner chameau, mais un homme va accompagner toi au Caire. Maintenant, ajouta-t-il, nous voyons si tu marches.

Le quartier vénitien, Acre,
5 janvier 1289 après J.-C.

Il pleuvait sur Garin, qui attendait dans une allée derrière la rue de la Soie. Sa cape en laine était trempée, la capuche pendait sur son visage. Il la repoussa tout en reniflant et en observant les hommes et les femmes qui se dépêchaient de rentrer chez eux après le labeur. Il n'eut pas longtemps à attendre. Lorsque Elwen passa devant lui, tête baissée, essayant d'éviter les trombes d'eau dégoulinant des pentes de toit, Garin quitta l'allée. Il avait eu l'intention de l'appeler, de l'obliger à s'arrêter. Mais maintenant que le moment était venu, il n'arrivait pas à se décider. Au lieu de ça, il la suivit, avec le plaisir de guetter sa « proie » à la dérobée.

Cela faisait des semaines maintenant qu'il l'épiait, hantant les allées autour de la rue de la Soie et de sa maison, traînant sur les marchés où elle venait acheter de la nourriture. C'était devenu une idée fixe de plus en plus intense au fil des semaines. Au début, après l'avoir vue le jour de son arrivée en Acre, il avait été irrité par ses manières à son encontre, mais son esprit s'était vite assombri à l'idée de revoir Will. Il ne s'était résolu à aller au Temple que trois jours plus tard. Ayant appris que le commandeur Campbell était en voyage et qu'il ne reviendrait pas de sitôt, Garin était reparti péniblement vers son logis près du port, où il s'était familiarisé avec les tavernes et les bordels. Là, il eut tout le loisir de repenser à Elwen, à ce qu'elle lui avait dit.

Par un après-midi orageux, tandis qu'il besognait avec indifférence une putain apathique, il avait cherché des images, des souvenirs qui l'aideraient à en finir, et sans grande surprise, c'est Elwen qui lui était apparue. Allongée sous lui, les yeux fermés, elle lui procura un plaisir prodigieux. Mais quand ce fut terminé, Garin ne parvint pas à se débarrasser de l'image et ses pensées s'étaient fixées sur elle. Le lendemain, il l'avait surveillée pour la première fois à sa maison et suivie avec sa fille au marché. Rose, la fillette, avait sautillé tout au long du chemin et saluait de temps à autre de la main des gens qu'elle semblait connaître. Ce soir-là, Garin avait ruminé en buvant du vin et il avait commencé à se poser des questions. La fillette blonde ressemblait à Elwen, sans aucun doute, mais il n'y avait pas trace en elle des ténèbres de Will. Il supposa qu'elle ne devait pas avoir plus de douze ans et fit le calcul. Il le refit jusqu'à ce que sa tête lui fasse trop mal. Et il repensa à la façon dont Elwen l'avait regardée ; à la manière qu'elle avait eue de faire rentrer sa fille ; à ce qu'elle avait dit. *Laisse-la tranquille, Garin. Nous ne voulons pas de toi dans nos vies. Aucune d'entre nous.* Pas aucun d'entre nous, pas Will et moi. Aucune d'entre nous. Rose et elle ? Son esprit évalua les possibilités, avec prudence au départ, puis avec de plus en plus d'audace chaque jour qui passait et où il voyait Elwen et sa fille, les yeux humides à cause de l'alcool et du manque de sommeil. Jusqu'à ce que, pour finir, il se fût convaincu.

La pluie tombait à seaux tandis qu'il courait derrière elle, enfonçant les pieds dans des flaques boueuses. C'était la première fois qu'il était sobre depuis des semaines et il en ressentait les effets. Il ne voulait pas être saoul cette fois, il était même allé chez un barbier et s'était fait tailler barbe et cheveux. Mais bien qu'il ne ressemblât plus à un mendiant, il avait toujours l'impression d'en être un. Les paroles qu'il avait répétées dans son esprit lui semblaient enjôleuses, persuasives, et tout ce qu'il aurait pu souhaiter en cet instant, alors qu'il poursuivait Elwen jusqu'à la rue où elle vivait, glissant presque sur la chaussée détrempée, ç'aurait été de boire une coupe ou deux pour raffermir sa résolution. Elle était presque à la porte bleue. Dans un instant, elle disparaîtrait et ses questions tourneraient encore sans repos dans sa tête toute la nuit, sans réponse.

— Elwen !

Elle se retourna d'un coup, le visage ruisselant de pluie dans la lumière grise. Ses yeux s'arrondirent un peu en le reconnaissant. Mais il n'y avait pas de vraie surprise sur son visage, plutôt de la résignation, comme si elle avait su que ce moment arriverait et qu'elle le redoutait.

— Attends, dit-il alors qu'elle atteignait la porte.

Garin traversa la rue en courant, désormais tout à son affaire et impatient. Il l'attrapa par le bras avant qu'elle puisse entrer dans la maison.

— Je t'ai dit de me laisser tranquille, dit Elwen en secouant la tête pour faire voler les gouttes de pluie de sa coiffe, plaquée sur son crâne.

L'eau rendait le tissu transparent et Garin vit par-dessous ses cheveux ondoyants.

— Je n'ai rien à te dire.

— Eh bien, moi, j'ai quelque chose à te dire. Ce jour-là, Elwen, quand tu es venue me voir au palais, quand nous…

Elwen avait l'air mortifiée.

— S'il te plaît, Garin, non ! l'implora-t-elle avant qu'il ne termine. Je ne le supporterai pas.

Elle essaya de dégager son bras.

— Va-t'en, s'il te plaît.

— Tu n'en as jamais parlé à Will, n'est-ce pas ?

La détresse d'Elwen l'agaçait et son ton s'était durci. C'est elle qui était venue à lui !

— Tu ne lui as jamais dit que tu avais couché avec moi.

Il lui pinça le bras et l'attira contre lui, la colère prenant le dessus.

— Est-ce que tu lui as dit pour Rose ? Est-ce qu'il sait ?

Le sang reflua du visage d'Elwen lorsqu'elle entendit Garin parler de sa fille. Puis elle leva la main et lui envoya une lourde gifle. Sous le coup de la surprise, il la lâcha et elle s'écarta en se frottant les poignets. Ses joues reprirent instantanément des couleurs.

— Ne reparle plus *jamais* de ma fille. Je ne veux pas te voir près d'elle, je ne veux pas que tu lui parles. Tu m'entends ? Jamais !

Garin la regardait d'un air hésitant. Soudain, les épaules d'Elwen s'affaissèrent.

— Ce que nous avons fait était une erreur. Pas un jour n'est passé sans que je le regrette. Je suis désolée d'être venue te voir, mais je ne peux pas changer le passé. J'aime Will et nous sommes heureux. Ce n'est pas moi que tu cherches, Garin. J'espère que tu trouveras quelqu'un qui t'aime, vraiment. Mais ce n'est pas moi.

Elle alla vers la porte et l'ouvrit.

— Elle est de moi, n'est-ce pas ? cria Garin dans son dos. C'est pour ça que tu ne veux pas de moi aux alentours ! C'est ma fille !

La porte se referma et il fit quelques pas en arrière, l'eau dégoulinant de sa capuche sur ses joues. Ses mots se perdirent dans le mauvais temps. Il était prêt à frapper à la porte jusqu'à ce qu'elle s'ouvre quand il vit une ombre derrière une fenêtre à l'étage. Il leva les yeux et vit Rose qui le fixait, à demi dissimulée derrière un rideau. Garin leva timidement la main, puis une autre ombre arriva et le rideau fut tiré. Vacillant, il repartit en traînant ses pieds couverts de boue.

41

Tripoli, comté de Tripoli

1er avril 1289 après J.-C.

C'était le tonnerre de Dieu.

C'est comme ça que les Mamelouks appelaient le fracas des projectiles lancés par les engins de siège lorsqu'ils frappaient les murs de la ville. Vingt-cinq mandjaniks étaient alignés face aux remparts sud-est de Tripoli, dont les madriers étaient actionnés les uns après les autres pour lancer les charges. Les compagnies mameloukes se concentraient sur le travail de sape depuis l'abri fourni par des barricades de poutres attachées ensemble. Parfois, ils chargeaient les engins avec des barriques de naphte qui explosaient sur les remparts en embrasant hommes et structures en bois et en dégageant des champignons de fumée noire dans le ciel blanchâtre de l'après-midi. Déjà, la tour de l'Évêché et la tour des Hospitaliers étaient noircies et béantes. À l'intérieur de la ville, c'était le chaos. Personne ne s'était préparé à l'assaut, bien qu'ils eussent été prévenus.

Le mois d'avant, un émissaire venu d'Acre sur ordre du grand maître de Beaujeu les avait informés que le sultan Kalawun menait ses forces contre eux. Mais en dépit des rapports qu'ils avaient reçus, aucun des dirigeants de Tripoli, ni la princesse Lucia, ni les Génois, ni la commune n'avaient cru qu'ils fussent réellement la cible de Kalawun, et ils avaient renvoyé l'émissaire du Temple. Selon eux, le grand maître essayait de semer le trouble à des fins politiques. Kalawun était en paix avec Tripoli. Il n'avait aucune raison de les attaquer ! Les Vénitiens étaient un peu plus circonspects. Ils faisaient confiance au grand maître et puisque leur consul n'avait pas eu de nouvelles de Benito di Ottavio, il était à craindre que le sultan n'ait ses propres plans. Mais malgré leur appréhension, même eux n'étaient pas réellement préparés quatre jours plus tôt, lorsque l'alarme avait retenti dans la ville.

Celle-ci avait été donnée par les fermiers des campagnes environnantes qui avaient fui à l'aube devant l'immense déferlante d'hommes et d'engins. Les Mamelouks arrivaient. Les citoyens de Tripoli avaient été réveillés par le carillon frénétique des cloches, bien avant prime. Terrifiés, ils avaient assisté au déploiement des forces mameloukes devant les murs. Dans l'après-midi, le siège avait commencé.

Les remparts sud-est étaient le point faible des fortifications et c'est là que les Mamelouks concentraient leurs efforts. Après la panique et la confusion initiales, les diverses communautés avaient posté à la hâte des troupes : Templiers, Hospitaliers, Vénitiens, Génois, Pisans, Français. On réquisitionna les maisons, qui devinrent autant de postes de gardes, d'armureries et d'entrepôts. On remplit de gros sacs de sable à la plage avant de les entasser pour faire barrage au feu déclenché par les barriques de naphte qui passaient par-dessus les murailles et venaient s'écraser sur les toits avec des gerbes enflammées. Mangonneaux et trébuchets furent installés le long des remparts. Certains n'avaient pas servi depuis des années, et leur bois pourri les rendait hors d'usage. On les emmenait alors aux barricades érigées aux portes de la ville, que venaient percuter continûment les massifs béliers mamelouks. Des arbalétriers prenaient la place des engins cassés, avec leurs vêtements sales, leurs narines et leurs bouches noircies par la fumée.

Ce matin, les troupes sur les remparts, accroupies pour éviter les volées de flèches en provenance des lignes mameloukes, avaient regardé avec trouble le grand navire de guerre vénitien sortir lentement du port. À chaque coup de rame, les bannières de San Marco qui claquaient au vent s'éloignaient un peu plus. La rumeur fit rapidement le tour de la ville. Les dirigeants vénitiens avaient ordonné l'évacuation. Venise partait. Cela avait déclenché une panique générale parmi les habitants de Tripoli et, depuis ce matin, un nombre croissant de citoyens, ployant sous les affaires dont ils pouvaient se charger, se rendaient au port dont sortait un flot presque continu de galères, de bateaux de pêche et de vaisseaux marchands. Les autres, qui ne pouvaient trouver de place sur un bateau pour leur famille et pour eux-mêmes, attachaient leurs enfants dans leur dos et se lançaient dans une nage désespérée vers la petite île de Saint-Thomas, à l'embouchure de la péninsule. Selon la rumeur, un camp s'y était installé. Néanmoins, encore plus nombreux étaient ceux qui restaient, faisant confiance à Dieu et à la force de leurs soldats. Ils ne savaient pas que leur nid contenait une vipère prête à se retourner contre eux.

Le camp mamelouk, à l'extérieur de Tripoli, 1er avril 1289 après J.-C.

Kalawun regardait les pierres s'envoler les unes après les autres avant d'aller se fracasser contre les remparts. Le ciel était couvert, l'air immobile. Au-dessus de la cité était suspendu un nuage de poussière et de fumée. De temps à autre, une pierre s'écrasait sur une partie de la promenade et les hommes qui se trouvaient là étaient broyés, ou projetés par-dessus les murs. Kalawun avait envie d'échapper à la scène, de rentrer dans son pavillon s'allonger, fermer les yeux pour apaiser les pulsations dans ses tempes et oublier le vacarme des obus. Mais il se força à rester. Le visage blême, les poings serrés, il gardait les yeux braqués sur l'assaut contre Tripoli. C'est sur son ordre que tout cela s'était déclenché. Il ne s'autoriserait pas un relâchement en cet instant. Il fallait qu'il voie, qu'il constate les ravages de son autorité. Il devait en souffrir les conséquences : la culpabilité qui l'envahissait et l'étouffait pour chaque homme, chaque femme et chaque enfant mort ou sur le point de mourir à cause d'un ordre.

Un ordre qu'il n'aurait pas dû donner.

Il aurait dû faire plus pour empêcher cette bataille : faire jouer des voies diplomatiques avec Tripoli, ou Acre ; entrer en négociations ; menacer de représailles. Mais il ne l'avait pas fait. Non, il avait marché sur Tripoli à la tête de son armée, non parce que c'était la seule possibilité ou parce qu'il pensait que c'était la chose à faire, mais par crainte. Il avait eu peur de la réaction de ses hommes s'il hésitait une fois de plus à agir, peur de mettre en péril sa position ou même sa vie, et de perdre le respect de son fils. Ali et Aisha étaient morts. Il ne supporterait pas que Khalil s'éloignât. Tripoli était une concession : en échange de cette ville, il regagnerait l'approbation de la cour. Mais chaque pierre arrachée aux remparts lui donnait l'impression de voir s'écrouler un peu plus la paix pour laquelle il avait œuvré la moitié de sa vie.

— Seigneur.

Kalawun se tourna. Son fils approchait avec l'émir Dawud. Derrière eux se tenait le Vénitien, le regard braqué sur les murs pilonnés. Lorsque Benito di Ottavio pivota pour lui faire face, Kalawun aperçut la bonne moitié de son visage et lut sur ses traits une expectative avide. Il se sentit écœuré par cet homme et préféra se concentrer sur son fils.

Khalil était drapé dans des robes noires brodées de fil écarlate et une cotte de mailles était visible en dessous. Sous son bras, il portait un casque en argent et à chacune de ses hanches pendait un sabre. Kalawun inspecta tout le corps du prince guerrier.

— Nasir et ses hommes sont en place devant les portes nord-est, seigneur, dit-il à Kalawun. Ils sont cachés et personne ne les verra avant qu'il ne soit trop tard. Benito pense que le signal ne devrait plus tarder. Les défenses sont pour la plupart regroupées dans le quadrant sud-est. La ville est distraite par les tirs des mangonneaux et des trébuchets.

— Si ce plan échoue, di Ottavio, je vous tiendrai personnellement responsable de chaque mort dans nos rangs.

Angelo Vitturi ne se départit pas de son flegme.

— Je vous promets la victoire, seigneur. Mes hommes suivront mes instructions.

Il y eut un craquement et un grondement terribles quand la section supérieure de la tour de l'Évêché s'écroula. Les Mamelouks maniant le mandjanik dont était parti le coup fatal poussèrent de longs cris de joie.

— Si ça continue à ce rythme, nous n'aurons même pas besoin de vos hommes.

Le sourire d'Angelo s'agrandit, ce qui souleva un peu le coin du tissu et révéla les cicatrices de son visage.

— Je ne suis certes pas un général, seigneur, mais je sais tout de même qu'il faudrait des semaines pour abattre ces murs. Avec mon aide, vous prendrez Tripoli en un jour. Je présume que notre accord tient toujours ? dit-il en penchant légèrement la tête.

Son sourire s'évanouit en constatant que Kalawun ne répondait pas.

— Seigneur ? Nous avons conclu un accord.

Il lança sa main gantée vers l'est, en direction de collines couvertes de broussailles.

— J'ai quarante chariots qui attendent d'emmener des esclaves en Mongolie. J'ai un acheteur. Allez-vous renier votre promesse ?

— Non, dit Kalawun. Notre accord tient toujours.

Il devait se forcer à répondre.

— Je vais m'entretenir avec deux de mes généraux, émir, annonça-t-il à Dawud. Je serai dans ma tente. Envoyez un de vos hommes me prévenir quand le signal sera donné.

Puis il se dirigea vers le pavillon rouge et or, qui s'élevait majestueusement au-dessus du reste du campement. Khalil le suivait.

— Seigneur.

— Qu'y a-t-il ? lui demanda Kalawun sans le regarder.

— Père, attendez. S'il vous plaît, ajouta-t-il en posant sa main sur l'épaule de Kalawun alors que celui-ci entrait dans son pavillon.

Kalawun s'arrêta.

— Je voulais vous dire..., commença Khalil, mais il détourna un instant le regard avant de croiser les yeux du sultan. Je suis fier de vous.

Kalawun ne répondit pas et il s'inclina.

— Je vais me poster pour attendre le signal.

— Sois prudent, Khalil, dit soudain Kalawun en posant la main sur l'épaule de son fils.

Il était sur le point d'ajouter autre chose quand il aperçut trois Mamelouks debout devant l'estrade.

Deux d'entre eux tenaient un quatrième homme par les bras. Il avait le nez en sang.

— Qu'est-ce qui se passe, père ? demanda Khalil en désignant l'homme.

— Rien, s'empressa de répondre Kalawun. Retourne à ton poste.

Laissant derrière lui son fils, il s'approcha des soldats et du captif.

— Qu'est-ce que c'est ? demanda-t-il en se forçant à détourner le regard du prisonnier.

— Seigneur, dit le troisième Mamelouk en s'inclinant.

Il tenait un sac et une ceinture à laquelle pendait une courte lame.

— Nous sommes ici pour voir l'émir Kamal. Nous avons appris qu'il devait vous retrouver d'un moment à l'autre.

Puis il jeta un regard au prisonnier.

— Nous patrouillions le périmètre quand nous avons vu cet homme pénétrer dans notre camp. Il a prétendu être l'un des nôtres, mais il a été incapable de nous donner le nom de son supérieur. Nous pensons que c'est un espion, peut-être de la ville. Nous avons pensé que l'émir Kamal souhaiterait l'interroger.

Au bout d'un moment, Kalawun se dirigea vers l'entrée de ses appartements privés.

— Amenez-le-moi.

Les soldats échangèrent des regards circonspects, mais n'osèrent pas poser de questions et tirèrent le prisonnier derrière eux. Kalawun passa par une ouverture entre d'épais rideaux. Plusieurs eunuques préparaient son repas de l'après-midi. Il désigna une couche.

— Mettez-le là.

Les soldats poussèrent le captif avec brutalité.

— Devons-nous l'attacher, seigneur ?

— Ce n'est pas la peine.

Kalawun ne quittait pas l'homme des yeux.

— Laissez-moi, je l'interrogerai moi-même.

Les soldats le saluèrent, perplexes, avant de se retirer.

— Quant à vous, dit-il aux eunuques et au troisième soldat qui tenait toujours l'épée et le sac du prisonnier, laissez ça et allez-vous-en.

Il attendit qu'ils partent, puis son visage, qui jusqu'ici était resté inexpressif, se durcit d'un coup.

— Qu'est-ce que vous faites ici ?

Will se remit debout.

— Je viens vous empêcher de commettre une erreur terrible. Il faut que vous arrêtiez ce siège, seigneur. Sur-le-champ.

Kalawun eut un bref éclat de rire plein d'amertume.

— Annuler le siège ? Et pourquoi devrais-je faire ça alors que votre peuple complote contre moi !

Il leva son poing vers Will.

— Pourquoi ne m'avez-vous pas prévenu ? Pourquoi ne m'avoir pas dit que les Génois avaient l'intention d'attaquer Alexandrie ?

— Parce que ce n'est pas le cas, seigneur, répliqua Will en essuyant le sang de son nez. Tout ce qu'a pu vous dire Angelo n'était que des mensonges.

— Je ne connais pas d'Angelo.

— Benito di Ottavio. C'est comme ça qu'il se fait appeler maintenant. Son vrai nom est Angelo Vitturi. Nous pensions qu'il était mort, tué il y a des années sur ordre du grand maître. Seigneur, dit Will en tendant le bras, l'index dressé du côté de la ville où se faisait entendre le grondement sourd des chocs des projectiles, l'homme dont les mensonges vous ont amené ici est le même qui est responsable de la tentative de vol de la Pierre noire.

— Non, fit Kalawun, ce n'est pas possible. Non, répéta-t-il en levant le bras pour empêcher Will de reprendre la parole. Ce ne sont pas que ses informations. Je ne me serais pas déplacé en me fondant uniquement sur ce qu'il m'a dit. Pour qui me prenez-vous ? J'ai des rapports ! Des rapports qui indiquent que les Génois construisent une flotte, des rapports qui suggèrent que Tripoli prépare une guerre. Mes généraux n'ont pas le moindre doute !

Il arpentait la pièce en secouant la tête.

— Vos généraux n'ont pas envie de douter, répondit vivement Will.

Il suivait Kalawun d'une démarche mal assurée. Sa jambe blessée le faisait toujours souffrir, en particulier quand il restait longtemps à cheval. Le côté de son genou était enflé à l'endroit où il s'était fracturé, les cicatrices y formaient des protubérances difformes.

— Ces rapports, pourraient-ils avoir été falsifiés ?

— Qu'est-ce que vous dites ?

Kalawun s'était tourné pour lui faire face.

— Vous savez depuis longtemps qu'il y a un traître dans votre entourage. L'homme qui a écrit la lettre codée à Kaysan ? Vous ne l'avez jamais découvert.

— C'était Khadir, affirma violemment Kalawun. J'en suis certain. C'était un ancien Assassin, un chiite. Il voulait chasser les chrétiens de ces terres. C'était lui.

— Mais vous n'avez jamais pu le prouver. Vous avez dit...

— Pourquoi n'êtes-vous pas venu plus tôt ? le coupa Kalawun. Pourquoi ne m'avez-vous pas prévenu que ce Benito, ou quel que soit son nom, était un menteur ? Pourquoi son propre peuple l'a-t-il envoyé ?

— Ils ne pouvaient pas savoir ce qu'il ferait. Le consul de Venise avait accepté qu'il vous approche à l'automne dernier pour vous demander d'intervenir dans le conflit qui avait lieu à Tripoli. Pas pour enclencher une action militaire, mais en tant que négociateur impartial. On m'a envoyé avec lui, mais je ne suis jamais arrivé au Caire. Angelo a essayé de me tuer. On m'a secouru mais j'étais blessé, et il m'a fallu des semaines pour me remettre de mes blessures.

Kalawun écoutait avec attention.

— Quand je suis arrivé au Caire, poursuivit Will, j'ai appris que vous étiez parti en Palestine avec votre armée. J'ai découvert grâce à un serviteur de la citadelle que vous marchiez sur Tripoli et j'ai vendu le peu que j'avais sur moi en échange de mon retour avec une caravane de négoce qui se rendait à Damas. Lorsque je suis arrivé en Acre, le grand maître a envoyé un émissaire à Tripoli pour les prévenir de votre approche et une délégation est venue vers vous dans l'espoir d'ouvrir des négociations. Mais les dirigeants d'Acre n'ont pas voulu croire l'émissaire et vous n'avez pas daigné recevoir la délégation.

Kalawun se détourna.

— Tout se passait comme si… comme si c'était vraiment ce que vous vouliez.

— Ce n'est pas ce que je veux, répondit Kalawun. Mais mes hommes…

Il leva la main, puis la laissa retomber.

— Ils en ont besoin. Je leur ai tenu la bride trop longtemps. Un jour ou l'autre, ils se seraient retournés contre moi. Parfois, Campbell, je me dis que nous sommes nés à la mauvaise époque. Je ne suis plus certain que la paix entre nos fois soit possible. Vous et moi, nous avons déjà tant perdu pour cette cause, et pourtant nous n'avons pratiquement rien changé. Mon propre fils…, soupira Kalawun. Mon propre fils veut que nous nous débarrassions des Francs.

— Il faut que ça marche, répondit Will. Ou ce conflit va continuer et, dans un millier d'années, nos peuples continueront à s'entre-tuer. Rappelez vos forces. Cette bataille menace de détruire tout ce pour quoi nous avons lutté.

— Je ne peux pas. Mes troupes sont engagées. J'ai déjà perdu des hommes. Si je les rappelle, je pourrai perdre mon trône.

— Et le peuple de Tripoli ? demanda Will. Que perdra-t-il ?

Kalawun leva les yeux en entendant une corne.

— Le signal.

Attrapant la ceinture et le fauchon de Will, il les lui tendit.

— Mettez ça, dit-il en lui donnant un casque.

Tout en attachant son arme à sa taille et en plaçant le casque sur sa tête, Will suivit Kalawun hors du pavillon, dans le camp où les hommes se dépêchaient de monter à cheval.

— L'ordre a été donné, cria un officier mamelouk en venant vers Kalawun. Les troupes de Nasir sont en route.

Il pointait son doigt vers le nord.

Will et Kalawun virent une compagnie d'une cinquantaine d'hommes chevauchant à vive allure à travers la plaine en direction d'une porte au nord-est de la ville.

— Mon Dieu, murmura Will en avançant de quelques pas.

Même à cette distance, il voyait que la porte était ouverte. Les mandjaniks continuaient de projeter des pierres contre les murs au sud-ouest et toute l'attention des assiégés était tournée de ce côté. Le temps que quelqu'un remarque le danger, il serait trop tard.

— Il faut que vous les arrêtiez, pressa-t-il Kalawun tandis que l'officier s'en allait pour diriger les hommes qui grimpaient en selle.

Sans répondre, Kalawun quitta des yeux les cavaliers et son regard se porta sur un homme, un peu plus loin, qui regardait les cavaliers approcher de la porte. Kalawun alla vers lui à grandes enjambées.

— Angelo Vitturi ! lança-t-il, sa voix se détachant nettement au milieu des cris des hommes et du tintamarre des cornes.

L'homme se tourna, son œil visible arrondi, mais il reprit rapidement contenance.

— Regardez, seigneur. Vos hommes seront bientôt à l'intérieur.

— Pourquoi m'avez-vous menti à propos des Génois, Vitturi ? Pour vos esclaves ?

— Je vous demande pardon, seigneur ? répondit le Vénitien, l'air confus. Pourquoi m'appelez-vous par ce nom ?

Son œil se posa sur l'homme plus petit à côté du sultan, dont le visage était caché par un casque.

— De quoi s'agit-il ?

— Vous n'êtes pas le seul à avoir la chance de survivre à une tentative de meurtre, répondit Will en fixant le Vénitien à travers les fentes du viseur. La prochaine fois que vous jetterez quelqu'un au fond d'un puits, assurez-vous d'abord qu'il y a de l'eau au fond.

Angelo en avait le souffle coupé. Kalawun avança vers lui et il recula en titubant. Au loin, les cavaliers conduits par Nasir atteignaient la porte et s'y engouffraient.

— Gardes ! aboya Kalawun.

En dépit du tumulte, quatre guerriers mansuriyya répondirent à son appel.

— Emparez-vous de lui !

— Écoutez, seigneur, s'écria Angelo tandis que les soldats l'agrippaient par les bras. Je vous ai rendu un grand service aujourd'hui, et demain ce camp louera votre nom. Grâce à moi, votre position sera renforcée.

Le cri d'un officier non loin d'eux interrompit sa plaidoirie.

Will et Kalawun virent quatre flèches enflammées dans le ciel au-dessus des murs nord-est. Les Mamelouks étaient entrés. Ils tenaient la porte. Une autre corne mugit et des lignes de cavalerie mameloukes, conduites par les émirs Dawud et Ahmed, se détachèrent du camp et se répandirent dans la plaine.

— Voyez ! s'exclama Angelo. Vos hommes ont pris la ville.

— Seigneur, le pressa Will, il faut que vous arrêtiez ça. Tout de suite !

Mais Kalawun ne l'écoutait pas.

— Qui était-ce ? Avec qui travaillais-tu ? Lequel de mes hommes m'a trahi ?

Angelo soutint son regard hargneux.

— Donnez-moi la liberté et je vous le dis.

Kalawun fit un signe de la tête aux soldats qui maintenaient le Vénitien.

— Amenez-le ici, leur ordonna-t-il en se dirigeant vers l'un des engins de siège.

Will suivit le mouvement. Angelo se débattait et protestait. Les premières vagues de la cavalerie avaient déjà traversé la moitié de la plaine. Les cloches sonnaient l'alarme dans toute la ville.

— Ici, dit Kalawun en montrant une pile de pierres à côté de l'engin de siège.

— Seigneur ? s'enquit l'un des Mansuriyya.

— Ici, s'énerva Kalawun. Je veux sa nuque sur ce bloc.

— Non ! rugit Angelo tandis que les gardes l'obligeaient à s'allonger et lui écrasaient le torse contre la pierre.

Kalawun tenait son sabre au-dessus de sa tête.

— Qui était-ce ?

— Donnez-moi votre parole que vous m'épargnerez, haleta Angelo.

Kalawun attendit, puis il baissa sa lame.

— C'était l'officier Nasir.

Le visage de Kalawun se décomposa, devint livide. Il recula d'un pas et se retourna. Puis, en une fraction de seconde, la rage pure déforma ses traits, il pivota et abattit son sabre sur la nuque d'Angelo.

Angelo eut le temps de hurler en voyant la lame fondre sur lui. Il essaya de soulever sa tête mais le bout de la lame le frappa au front avec un bruit de craquement ignoble. Kalawun libéra sa lame. De manière incroyable, Angelo était toujours en vie. Un hurlement suraigu, affreux, sortait de sa bouche et le sang s'écoulait par le trou béant dans sa tête. Kalawun frappa une deuxième fois en ahanant sous l'effort. Cette fois, il atteignit la nuque du Vénitien. Mais il lui fallut deux coups supplémentaires pour la trancher et stopper ses hurlements.

Les gardes s'étaient un peu écartés. Kalawun n'arrivait pas à quitter des yeux le crâne déchiqueté d'Angelo. La robe bleue d'Angelo était couverte de sang, tout comme sa lame. Sans dire un mot, il passa devant Will et se dirigea vers des palefreniers qui attendaient plus loin, avec des chevaux prêts pour le combat.

— Qu'est-ce que vous faites ? demanda Will en le suivant.

Kalawun ne répondit pas. Rengainant son sabre sans le nettoyer, il saisit les rênes d'un des chevaux.

— Seigneur, fit l'un des palefreniers, surpris. Votre cheval est près de…

Mais Kalawun se hissait déjà sur la selle. Will jura et s'approcha d'une monture. Le palefrenier, voyant qu'il était avec le sultan, le laissa faire d'un air incertain. Kalawun partit au galop et Will monta sur le cheval. Frappant de ses talons les flancs de l'animal, il suivit le sultan et les dernières vagues de la cavalerie vers les portes de la ville.

Le temps que Will arrive en ville, la cavalerie était presque déjà entièrement entrée. Une cloche sonnait frénétiquement à l'intérieur des remparts et il voyait des hommes courir en criant le long des remparts. Des flèches faillirent l'atteindre, il se baissa en éperonnant sa monture pour franchir les murs épais qui encadraient la porte. Une fois à l'intérieur, son cheval fut bousculé de toute part par la masse d'hommes qui se pressait là avant de se disperser dans les rues, laissant derrière eux cinquante camarades pour tenir la porte. Quelques cadavres de soldats francs jonchaient le sol. Déjà Will entendait le bruit des combats un peu plus loin, les hommes de la ville arrivant sur place. L'information avait circulé : la porte du Nord était ouverte, et les Francs couraient à la rencontre de leur ennemi.

Will se précipita droit devant en maudissant le casque qui limitait son champ de vision, mais il n'osa pas l'enlever. Il cherchait Kalawun, qui avait disparu dans la cohue. Il pénétra dans une rue étroite bordée de magasins, aperçut sur le seuil d'une maison un visage d'enfant, pâle, les yeux écarquillés, puis il discerna un bout de robe bleue et il accéléra encore le galop de son cheval. Il déboucha sur une petite place avec une citerne au centre et vit Kalawun sauter de selle. Il y avait un groupe d'hommes auprès de la citerne, dont l'un, grand et maigre, distribuait des ordres aux autres. Abandonnant son cheval, Kalawun traversa la place. Le grand homme se tourna. Will vit la surprise sur son visage.

— Seigneur ? demanda-t-il en s'avançant.

— Connais-tu un homme du nom d'Angelo Vitturi ? lança Kalawun d'une voix inflexible.

Il avait tiré son sabre, encore rouge du sang d'Angelo. Les yeux de Nasir se posèrent un bref instant sur la lame avant de se fixer sur Kalawun.

— Que se passe-t-il ?

Bien qu'il sautât en même temps à bas de son cheval, Will put discerner la peur dans sa voix. Il entendit crier dans une rue plus loin, puis des bruits d'épée se répercutèrent entre les immeubles serrés les uns contre les autres. Tirant son fauchon, il se dépêcha d'arriver auprès de Kalawun, qui se tenait devant Nasir. Le visage du sultan laissait voir sa fureur et son désespoir, et il n'y avait aucune place pour la pitié. Will sut qu'il n'écouterait rien tant qu'il n'en aurait pas terminé avec ce qu'il était venu faire.

— Avant que je le tue, dit Kalawun en fixant Nasir, le Vénitien m'a dit que tu m'avais trahi, que tu avais collaboré avec lui. Dis-moi que ce n'est pas vrai.

Les lèvres de Nasir restèrent closes un moment. Puis il parla.

— Je ne peux pas, fit-il d'une voix sourde. Je ne peux pas te dire ça.

Kalawun se mit à secouer la tête.

— Tu n'aurais pas fait ça, affirma-t-il.

Puis il eut un bref éclat de rire. Ses yeux brillaient.

— Je te connais, Nasir. Par Allah, je te connais !

— Non, répondit avec véhémence Nasir. Les sunnites ont tué ma famille. Comment aurais-je pu en devenir un ?

Sa voix s'élevait au-dessus des combats, comme si ceux-ci avaient diminué d'intensité.

— Vous et vos hommes, je vous ai trompés ! Vous pensez diriger le monde. Mais en vérité vous êtes des esclaves et vous le serez toujours. Aucun d'entre vous n'a choisi sa vie. Vous et moi, nous avons été amenés là enchaînés, contre notre volonté. Même notre nom porte la marque de notre esclavage ! La liberté est une illusion. Elle n'a rien de réel.

La voix de Nasir se brisait.

— Je voulais… Tout ce que je voulais, c'était vivre avec mon frère une vie que j'aurais choisie. Le Vénitien m'a offert une occasion. Je l'ai saisie.

— Mon fils porte ton nom, murmura Kalawun, le sabre pendant au bout de son bras. Tu fais partie de ma vie !

— Et vous avez tué mon frère !

Nasir s'avançait sur lui, les poings fermés.

— Je n'avais plus que Kaysan en ce monde. Il était toute ma famille !

— C'est moi, ta famille ! rugit Kalawun en jetant son sabre.

Il attrapa Nasir par les bras et le secoua de toutes ses forces.

— Je t'ai nourri ! Je t'ai habillé ! Tu étais comme un frère, comme un *fils* !

Nasir ne fit aucun effort pour l'arrêter, il se laissait mollement faire.

Un groupe d'hommes arriva au milieu de la place. Des Templiers. L'un d'eux, qui avait un arc, tira une flèche du carquois qui pendait dans son dos. Will cria, à moitié à l'intention de Kalawun, à moitié pour les Templiers. Mais la flèche était armée et elle fut décochée.

Elle se planta dans la nuque de Nasir, là où son armure ne le protégeait pas, et il se mit à vaciller. Du sang jaillit de sa bouche et ses yeux ronds fixèrent Kalawun, qui recula tout en continuant à le tenir. Il essaya de dire quelque chose, mais n'y parvint pas.

Will se pencha pour éviter une flèche qui venait dans sa direction, puis il attrapa Kalawun par le bras et l'attira vers lui, laissant Nasir s'écrouler sur le sol. Ils plongèrent dans une allée tandis qu'une compagnie mamelouke à la poursuite des Templiers déferlait sur la place.

Dans toute la ville, les hommes se battaient et tombaient. En une heure, les soldats mamelouks prirent trois portes de plus par lesquelles ils entrèrent, repoussant les défenseurs de Tripoli jusqu'à la mer. La bataille ne connaissait plus de répit. Le conflit dura peu. Tout homme trouvé dans les rues était passé par l'épée et même les citoyens qui avaient fui sur l'île de Saint-Thomas n'échappèrent pas à la tuerie. Les cavaliers mamelouks, qui avaient décimé la ville telle une faux mortelle, atteignirent bientôt la mer et, enragés par la bataille, firent traverser les bas-fonds aux chevaux, nageant jusqu'à l'île où ils massacrèrent tous ceux qui s'y étaient réfugiés. La princesse Lucia et sa cour s'étaient enfuies quelques heures plus tôt par bateau. Seuls ses sujets assistèrent à la chute de la ville.

Will réussit à trouver des chevaux et il conduisit Kalawun hors de la cité, voyant que ses efforts pour arrêter l'assaut étaient voués à l'échec. La seule chose qu'il espérait, c'était qu'on épargnât les survivants.

Kalawun arrêta net son cheval avant qu'ils n'arrivent au camp et il jeta un regard en arrière sur Tripoli.

— C'est terminé, murmura-t-il.

Will le regarda.

— Ce n'est pas terminé. Laissez vos hommes jouir de leur victoire ce soir, seigneur, laissez-les piller Tripoli. Mais envoyez les femmes et les enfants en Acre. Proposez une nouvelle trêve à mon peuple. Ils accepteront. Nous ne pouvons pas vous attaquer, nous n'en avons pas la force. Everard de Troyes m'a dit un jour que la paix ne s'achète qu'avec du sang. Le sang versé aujourd'hui ne peut-il suffire à nous l'acheter ?

Le visage de Kalawun se durcit, mais il acquiesça. Son regard se posa de nouveau sur la ville d'où s'élevaient des volutes de fumée noire. Il ferma les yeux.

Lombardie, nord de l'Italie,
29 mai 1289 après J.-C.

Une foule importante s'était réunie dans les champs, grossissant à mesure que la nouvelle se répandait. Un légat de Rome était venu, porteur d'un message du pape. Les enfants étaient juchés sur les épaules de leurs pères pour mieux voir le légat, debout sur une plate-forme érigée pour l'occasion, qui prononçait un discours d'une voix retentissante.

Le légat était un bon orateur et les gens l'écoutaient. Il ne parlait pas de la volonté de Dieu ou des devoirs de tout chrétien, ni même de l'absolution. Ayant fait face à de nombreux hommes qui restaient de marbre aux belles paroles depuis que le pape Nicolas l'avait envoyé en mission un an plus tôt, il avait appris ce qu'ils voulaient entendre. Pour les paysans, Dieu existait à l'église, pendant les messes, ou les jours de fête. Mais dans les champs, pendant qu'ils ramassaient une fois de plus la maigre récolte de l'année, ou dans les rues, quand ils mendiaient un quignon de pain, Il n'existait pas. Le peuple ne voulait pas entendre parler de la Terre sainte, de Jérusalem et d'Acre, des endroits qui ne signifiaient rien pour lui, hormis quelques histoires colportées par des gens de passage. Les hommes voulaient savoir ce qu'une croisade leur apporterait. Et c'est ce que leur expliquait le légat.

Il disait aux pauvres paysans de Lombardie et de Toscane qu'en Orient, ils auraient une meilleure vie. En Orient, les hommes, les hommes sans terre, pouvaient devenir propriétaires, ils pouvaient devenir riches, et même diriger des villes entières. Il y avait du travail pour les hommes habiles, et même ceux qui n'avaient pas de métier pouvaient facilement en apprendre un. C'était un endroit prospère, plein de richesses et de beauté. En vérité, l'Outre-mer était un pays de cocagne. La voix du légat était sincère, passionnée, mais il utilisait des mots simples, qu'ils comprenaient. Les paysans s'embrasaient à ces mots, transportés dans un autre monde, un monde plein de promesses et d'espoir. Tout ce qu'ils avaient à faire, c'était prendre la Croix. Il y aurait peu de combats, promettait le légat. On leur demanderait peut-être de monter la garde sur les murs d'Acre, ou peut-être de servir de force auxiliaire dans une campagne si ça se révélait nécessaire. Mais, en définitive, c'était un bien faible prix à payer pour leur liberté.

C'est le mot sur lequel le légat et ses conseillers laissèrent la foule en descendant de la plate-forme. Liberté. C'était un mot émoustillant, intangible pour la plupart d'entre eux, presque autant que les villes lointaines dont il avait parlé. La liberté était un mot réservé aux classes supérieures, aux bourgeois et au clergé, aux rois et aux princes. L'idée qu'une telle chose pouvait facilement se trouver au-delà des frontières de leur vie bornée était séduisante. Après le discours du légat, ils parlèrent avec excitation. Certains d'entre eux, ne croyant pas en cette possibilité, rentrèrent avec leurs enfants à la maison, mais d'autres se massèrent bruyamment pour débattre de ce qu'ils venaient d'apprendre.

Le légat se frottait délicatement le front avec une serviette qu'un domestique lui tendait tout en observant la foule s'animer.

— Comment Sa Sainteté espère mener une croisade avec des fermiers et des mendiants, je l'ignore.

— Je ne sais pas, frère, dit son conseiller en scrutant la populace, ils me font l'effet de vaillants gaillards.

42

Le quartier vénitien, Acre

20 août 1290 après J.-C.

Will ne cessait pas de sourire tout en traversant le marché. C'était un sourire de pure satisfaction. Il n'y avait pas de meilleurs moments. Là, il n'était ni sire William ni le commandeur Campbell, il était simplement père, et il sentait la chaleur de la main de sa fille dans la sienne. Bien sûr, il devait faire attention et portait un keffieh pour se cacher, bien que ce déguisement ne lui eût jusque-là jamais été utile.

— Y avez-vous déjà goûté, père ?

Rose tirait fort vers un étal de friandises au sucre, au miel et aux épices.

— Ce que tu me demandes, s'amusa Will, c'est de t'en acheter ?

Rose haussa nonchalamment les épaules pour masquer son envie.

— Je pensais que vous voudriez y goûter.

Mais elle lui jeta un bref regard plein d'espoir.

Il rit et se laissa attirer vers l'étal. L'homme qui le tenait fit un grand sourire à Rose et lui montra les sucreries en lui parlant dans le dialecte vénitien. Will balaya du regard le marché pendant qu'elle lui répondait. Il avait rarement vu le quartier vénitien aussi animé.

Depuis le début d'août, le flot des caravanes de commerce de Syrie et de Palestine ne cessait pas aux portes d'Acre, approvisionnant les marchés d'une manne infinie de produits. La récolte en Galilée avait été l'une des meilleures de ces dernières années et, depuis que la trêve avait été rétablie entre le sultan Kalawun et les dirigeants d'Acre, le commerce florissait. Après l'assaut contre Tripoli l'année précédente, les citoyens d'Acre avaient vécu dans la terreur des Mamelouks. Mais comme n'étaient arrivées de la ville dévastée que des colonnes de réfugiés cherchant un asile, ils s'étaient détendus. Quelques mois plus tard, une délégation était venue du Caire avec une nouvelle offre de paix, et les dirigeants d'Acre l'avaient promptement acceptée.

Avec l'irruption des caravanes de commerce, la population de la ville enflait sans limites. Personne ne se rappelait avoir déjà vu la ville si bondée. Les marchés étaient inondés de vendeurs : chrétiens indigènes, Arabes, Turcs, Grecs, proposant de l'indigo d'Irak, des épées de Damas, du fer de Beyrouth et du verre d'Égypte. Dans les quartiers vénitien, pisan, germain, les étals croulaient sous les teintures, l'ivoire, la garance et l'huile d'olive, tandis que chèvres et moutons remplissaient les oreilles de leurs bêlements frénétiques. Comme si cela ne suffisait pas, cette même semaine, vingt-cinq galères italiennes étaient entrées au port et les tavernes des quais étaient occupées jusqu'au plafond par plusieurs milliers de paysans lombards et toscans qui avaient répondu à l'appel à une nouvelle croisade. Le gouvernement d'Acre n'était pas particulièrement ravi. Où diable, demandaient-ils aux organisateurs de la croisade, allaient-ils loger toutes ces recrues inexpérimentées qui ne seraient d'aucune aide sur un champ de bataille ? Mais, malgré leurs protestations, on avait trouvé de la place : les hommes dormaient dehors, sur les toits et dans les jardins, ce qui était de toute façon bien accueilli par la plupart d'entre eux vu la chaleur de ce mois d'août.

— Pouvez-vous me donner un peu d'argent, père ?

Will sourit à Rose et mit la main au fond de sa poche. Il n'avait pas souvent d'argent sur lui, mais Elwen lui avait glissé une pièce dans la main quand Rose et lui avaient quitté la maison. C'était un ducat, l'une des premières pièces en or frappées à Venise. Acheter à sa fille quelque chose qu'elle voulait lui plaisait, il aimait ce geste ordinaire, il avait un sens. Il tirait la pièce de sa poche lorsqu'il entendit crier au milieu du vacarme de la foule. Cherchant d'où venait le cri, il vit quatre hommes en tirer un cinquième hors d'un immeuble dans une rue latérale. L'homme se débattait sauvagement mais à eux quatre ils le mirent à terre, où ils entreprirent de le rouer de coups. À côté de Will, quelques personnes se tapaient sur l'épaule en pointant du doigt vers la bagarre, mais personne ne semblait disposé à s'y mêler.

Entendant l'homme à terre lancer un cri étranglé, Will tendit à Rose le ducat.

— Attends ici, lui dit-il d'une voix ferme, puis il fit le tour de l'étal de friandises.

Il s'engouffra dans la rue latérale et attrapa l'un des assaillants, qui venait de frapper l'homme à la tête. Will le projeta contre un mur puis il se jeta sur un autre, qui partit sur le côté. L'homme poussa un grognement de surprise et se tourna vers lui. Il marmonna quelque chose en italien et, voyant que Will ne bougeait pas, il s'avança en levant les poings. Ses trois compagnons s'écartèrent de leur victime pour se concentrer sur Will. Ils sentaient le vin. Will tira son fauchon. L'homme hésita.

— Père !

Will sursauta en entendant Rose et il tourna la tête. Elle tenait dans ses mains en coupe deux sucreries enroulées dans du papier coloré. Elle resta bouche bée à la vue de l'épée dans sa main et des quatre hommes qui s'approchaient de lui. Profitant que Will était distrait, l'un des hommes lança un coup de pied dans son épée, qui vola sur le côté. Tandis que le fauchon retombait en cliquetant sur le pavé et que Will criait de surprise et de douleur, l'homme se jeta sur lui. Mais sa victoire fut de courte durée car Will ferma son poing et le lui envoya en pleine figure, ce qui fit partir la tête de son agresseur en arrière et lui brisa le nez. Il hurla un moment en titubant, puis il se prit dans les pieds de l'homme à terre, le visage toujours contre le sol, et tomba à côté de lui. Will alla chercher son fauchon avant que l'un des autres ait eu le temps de bouger. L'homme au sol rampa sur quelques mètres avant de se remettre sur ses pieds et de s'enfuir avec ses compagnons. Will les regarda s'en aller, puis il rengaina son épée en serrant les dents à cause de son poignet qui le faisait souffrir. Puis il se pencha sur la victime prostrée.

— Reste où tu es, Rose, lança-t-il par-dessus son épaule en entendant de petits pas dans son dos.

Il retourna l'homme et entendit un petit cri de surprise lorsque apparut son visage distendu, ensanglanté et désagréablement familier. C'était Garin. Will se tourna vers sa fille.

— Rose, je t'ai dit de…

Il s'arrêta, entendant Garin grogner. Les yeux de celui-ci papillotèrent, puis s'ouvrirent. Ses pupilles semblaient peiner à recouvrer une vue satisfaisante. Sa barbe était pleine de sang, il avait la lèvre éclatée. Une blessure au crâne avait saigné encore plus abondamment dans ses cheveux.

— Éloignez-vous de moi !

Will releva son keffieh pour que Garin voie son visage, mais celui-ci ne sembla pas moins agressé en le reconnaissant.

— Qu'est-ce que tu fais ici ? gémit-il en essayant de s'asseoir.

— Lève-toi, lui répondit Will, agacé, en lui tendant la main.

Garin murmura quelque chose d'obscène en repoussant la main de Will, puis il sembla apercevoir Rose pour la première fois. Elle le fixait, les friandises toujours au creux de ses mains. Son expression changea soudain. Il sourit, mais ses dents teintées de sang épouvantèrent la fillette, qui recula d'un pas.

— Petite Rose, petite beauté, chantonna-t-il en saisissant la main blessée de Will et en se relevant. Tu es de plus en plus grande chaque fois que je te vois.

Il avait du mal à articuler.

— Tu es saoul, fit Will en se dégageant.

Garin posa la main sur son cœur en redressant la tête d'un air outré.

— Jamais !

Il roula des yeux et vacilla, faisant tomber des gouttes de sang sur le sol tout en fixant Rose d'un regard mauvais.

— Je pense que *ton père* est énervé contre moi, comme d'habitude, susurra-t-il.

Il éclata soudain de rire, puis redevint aussitôt sérieux.

— Mais toi, tu n'es pas énervée contre moi, n'est-ce pas, Rosie ?

Will se plaça devant sa fille.

— Pourquoi ces hommes t'ont-ils attaqué ?

Garin soupira avec lassitude.

— À cause de ça, je suppose.

Il tendit la main en montrant deux dés noirs. Il gloussa en les jetant à terre. Tous deux roulèrent sur un six. Écœuré, Will secouait la tête.

— Rentre chez toi, veux-tu, et va dormir.

— Chez moi ! Mais où est-ce ? Je n'ai pas de chez-moi. Juste un taudis plein de puces.

Garin levait le bras en direction des quais.

— C'est de la folie pure, là-bas. Ces Lombards ont tout mis sens dessus dessous. Des bagarres tous les soirs, les tavernes remplies de paysans. Il n'y a même plus la place de culbuter une putain !

Il rejeta la tête en arrière en gloussant de nouveau.

Will tressaillit et posa sa main sur l'épaule de Rose.

— Dans ce cas, peut-être devrais-tu penser à retourner à Londres, comme je te l'ai déjà dit.

Garin lui lança une grimace.

— Arrête d'essayer de me sauver, saint William.

— Pourquoi restes-tu en Acre, Garin ? lui répondit Will d'une voix tendue. Ce n'est pas comme si quelque chose t'y attendait.

— Ce n'est pas ta *putain* de ville ! cracha Garin. En plus, j'ai des amis ici. Toi, Elwen. Rosie.

— Je ne suis pas ton amie, dit Rose d'une voix glaciale.

— Rose, la fit taire Will.

Garin fit la moue.

— Comme c'est gentil, Rosie. Ma chérie, ton père t'a-t-il dit que nous étions amis quand j'étais un Templier ?

Il se pencha en avant et mit un petit coup dans la poitrine de Will.

— Je t'ai sauvé la vie, Campbell. Trois fois !

Il compta sur ses doigts sans voir la colère de Will enfler.

— Quand Rook voulait t'empoisonner dans le bordel, pour partir à la recherche du *Livre du Graal*, et que je t'ai juste drogué. Quand nous étions à Antioche et qu'il y avait des Mamelouks partout autour de toi. Quand tu étais dans le désert et que…

Il se mit la main sur la bouche, les yeux arrondis.

— Non, non, attends ! C'était quelqu'un d'autre.

Il rit entre ses doigts, mais son rire s'évanouit rapidement et il lécha sa lèvre éclatée avant de lancer un énorme crachat au sol.

— Je ne donnerai pas d'argent à Édouard, Garin. Ce n'est pas parce que tu traînes en Acre sans rien à y faire que je vais changer d'avis. Retourne voir ton maître et dis-le-lui. Dis-lui qu'il n'aura rien de moi ou de l'Anima Templi pour agresser l'Écosse.

Sur ce, il voulut s'éloigner.

— T'es toujours le champion, c'est ça ? Toujours à sauver tout le monde ! cria Garin en titubant derrière lui. Mais tu es aussi faillible et désespéré que nous autres. Sale hypocrite !

Will pivota, la fureur ayant pris le dessus.

— Ne t'approche pas de moi, Garin, je t'assure que c'est préférable.

— Et tes vœux, Will ! Chasteté, pauvreté, obéissance. Tu t'es agenouillé dans cette église à Paris, et tu t'es promis au Temple. Combien d'entre eux as-tu tenus ? Chasteté ?

Il eut un rire dément.

— Je pense que celui-là est passé à la trappe il y a longtemps, non ? Pauvreté ? Tu voles dans les coffres du Temple pour ta propre faction secrète. Obéissance ? Bien, disons que nous savons tous les deux que ça n'a jamais été ton point fort.

Garin écumait, crachant du sang et de la salive en même temps que son venin.

— Tu es un fils de pute aussi menteur et tricheur que moi, ne l'oublie jamais !

C'en était assez. Aveugle à tout sauf à l'homme haineux qu'il avait face à lui, un homme avec qui il avait par le passé ri et pleuré, un homme avec qui il avait partagé des secrets et à qui lui aussi avait sauvé la vie, Will frappa sauvagement. Son poing cogna Garin sur sa mâchoire déjà blessée, déchaussant une dent. Garin chancela en arrière de quelques pas avant de tomber comme un arbre mort. Un nuage de poussière s'éleva lorsqu'il heurta le sol.

— J'aurais dû les laisser te tuer, lança Will, penché au-dessus de lui, bouillonnant, prêt à le frapper encore et encore.

— *Non !*

Will fit volte-face. Rose avait lâché les bonbons et se cachait le visage avec ses mains. Sa colère et sa haine refluèrent d'un coup, et il se retrouva tremblant. Garin leva les yeux vers Will, une lueur de triomphe dans les yeux.

— Tu es comme moi.

Sans répondre, Will partit en tirant Rose par le bras.

Les yeux à demi fermés, Garin les regarda s'en aller. Rentre chez toi, lui avait dit Will. *Chez toi.* Will pensait qu'il avait encore un endroit où aller à Londres, une position. En vérité, il s'était défait de ce lien depuis bien longtemps, il n'en pouvait plus de l'emprise d'Édouard, de toutes ces années de fausses promesses, d'insultes et de menaces. Tant que subsistait un espoir, même mince, d'une nouvelle vie, de devenir père. Cela, plus que tout, avait arrêté sa décision de rester en Acre. L'année précédente, le roi avait envoyé des hommes le chercher, mais on l'avait prévenu et il avait quitté la taverne qu'il habitait, où il mangeait et buvait grâce aux gains des jeux d'argent et de ses larcins. Il s'était caché, avait laissé pousser sa barbe jusqu'à ce qu'elle lui mange tout le visage, était passé d'un endroit à l'autre, dormant dans des masures ou des bordels, aussi nomade que les tribus du désert. Paradoxalement, ses années de service auprès d'Édouard lui donnaient toutes les compétences requises pour réussir sa fuite, et bien qu'il craignît toujours les bruits de pas derrière lui dans les rues désertes, bien qu'il imaginât toujours un couteau surgissant de l'ombre, il avait réussi à se perdre dans l'anonymat, hors de portée d'Édouard.

Le regard de Garin se posa sur les friandises que Rose avait laissé tomber et qui s'étaient dégagées de leur emballage coloré. Il rampa jusqu'à elles en grognant et en attrapa une. Elle était chaude et gluante. Lentement, il la porta à sa bouche et la mordit. La souffrance, le sang et le sucre se mélangèrent en une sensation délicieusement douloureuse.

— Père.

Tandis qu'ils revenaient sur la place du marché, Will remit brusquement en place son keffieh.

— Père ! dit Rose, plus fort cette fois.

Will s'arrêta.

— Qu'est-ce qu'il y a ?

— Vous me faites mal au bras !

Will fixa le visage apeuré et en colère de sa fille et la lâcha d'un coup.

— Je suis désolé.

Il posa les mains sur ses épaules.

— Tu n'aurais pas dû voir tout ça.

L'expression de Rose se modifia et soudain la peur parut changer de nature, plus douce, comme de l'inquiétude.

— Quand Garin vient à la maison, maman crie et le chasse, et vous vous mettez en colère quand nous le croisons dans la rue, même s'il vous parle poliment. Pourquoi ?

— Je ne veux pas de lui dans ma vie, Rose. Il a fait des choses qui nous ont profondément blessés, ta mère et moi, il y a des années. J'ai essayé de lui pardonner, mais je n'y arrive pas.

— Mais vous étiez amis, avant ? Quand vous viviez en Angleterre ?

— Oui. Mais les choses changent. Nous sommes des gens différents, maintenant. Quoi qu'il en dise…, ajouta Will d'une voix dure.

— Ces choses…

Rose s'interrompit et se mordit les lèvres en croisant son regard.

— Ces choses qu'il a dites sur vous, sur les vœux. Il les pensait ?

Will soupira.

— En un certain sens, oui. Mais pas comme il les a dites.

Il s'arrêta, ne sachant trop comment continuer. Elwen et lui avaient expliqué la Règle du Temple à leur fille : en tant que chevalier, Will avait interdiction de se marier ou de fréquenter une femme, et le Temple ne devait jamais les découvrir. Mais ils n'avaient rien dit du rôle de Will au sein de l'Anima Templi. Rose était intelligente pour son âge mais elle était encore jeune et ils ne voulaient pas qu'elle portât le fardeau de leurs secrets.

— Garin n'est pas un honnête homme, Rose. En tout cas, il ne l'est plus.

Il la prit doucement par le bras.

— On ne peut pas lui faire confiance. D'accord ?

Rose le scruta de son regard intense.

— Il va rester jusqu'à ce que vous lui donniez de l'argent ?

— J'espère que non.

— Pourquoi ne pas lui en donner si ça le faisait partir ?

— À cause de ce qu'il en ferait.

Will lui adressa un sourire fatigué en voyant sa mine interrogatrice.

— Le maître de Garin, le roi Édouard, a attaqué le pays de Galles, où ta mère est née, afin de s'octroyer un plus grand royaume. D'après les rumeurs, il veut faire pareil avec l'Écosse et l'Irlande. Le roi d'Écosse est mort il y a quatre ans et son héritière est sa petite-fille. D'après ce que nous savons, Édouard veut marier son fils, Édouard de Caernarvon, à la fille. Les rois d'Écosse et d'Angleterre ont eu de bonnes relations par le passé, mais l'ingérence d'Édouard me fait craindre le pire. Je pense qu'il y a des hommes en Écosse qui ne se laisseraient pas faire et je ne veux pas qu'il arrive dans mon pays natal la même chose qu'en Galles. Si je donne de l'argent à Garin, le roi pourra s'en servir pour sa guerre, comme il en a l'habitude.

— Avez-vous peur pour vos sœurs ? Pour Ysenda et Ede ?

— Pour elles et pour la paix. En outre, je voudrais qu'un jour, tu voies l'endroit où j'ai grandi. Pas un territoire à la botte d'Édouard.

Rose leva les yeux vers lui tandis qu'ils reprenaient leur marche.

— Moi aussi, je veux le voir.

Will sentit la main de sa fille se glisser dans la sienne mais, durant leur traversée du marché, un poids tomba sur ses épaules. C'était d'avoir parlé de sa famille. Ces vieux souvenirs étaient toujours capables de le hanter.

Il y avait sa sœur, Mary, dont il avait causé la mort, après quoi son père était entré au service de l'Anima Templi et sa mère et ses trois autres sœurs s'étaient retirées dans un couvent près d'Édimbourg. Il y avait sa mère, ses yeux lorsqu'elle l'avait embrassé pour la dernière fois quand son père l'avait emmené avec lui au Temple à Londres. Et, ultime coup de poignard, il y avait James lui-même, avec sa crinière noire et ses mains tachées d'encre, l'homme à qui il avait toute sa vie essayé de ressembler, cherchant sans répit le pardon pour la mort de Mary, sinon dans cette vie, du moins dans la suivante. Ces souvenirs, ces morts, ces adieux, tout n'était que douleur. Mais les autres, les bons souvenirs, ceux d'avant les morts, ceux d'avant son départ d'Écosse, étaient pis encore. Les couleurs s'étaient ternies avec le temps et il manquait des scènes, mais les rires et l'odeur des ajoncs en été, et le clapotis de l'eau entre ses jambes quand il pataugeait dans le loch : ceux-là auraient pu le détruire. Pendant des années, il les avait contenus, concentré sur ses devoirs, sur son travail, sur sa propre famille. Puis, il y a quatre mois, il avait reçu une lettre.

Quand il l'avait ouverte, il avait scruté l'écriture étrangère, sans vraiment lire les mots, avant de tomber sur la signature tout en bas. Ysenda Campbell. Ce nom avait ravivé quelque chose de brutal à l'intérieur de lui. C'était le nom de sa plus jeune sœur, qu'il n'avait pas vue et dont il n'avait eu aucune nouvelle depuis qu'il avait dix ans. Elle n'était alors qu'un nourrisson. Cette lettre l'informait de la mort de leur mère, Isabel. Elle était morte dans son sommeil d'une maladie dont elle souffrait depuis quelque temps et on l'avait enterrée dans la chapelle du couvent où elle était restée depuis le départ de James et Will. En lisant le nom de sa mère, Will l'avait revue telle qu'elle était la dernière fois, trente-deux ans plus tôt. Debout devant le couvent, elle les avait regardés partir, un fin châle de laine enroulé autour de ses épaules, tenant d'une main ses cheveux roux agités par la brise. Il s'était retourné au bout de quelques centaines de mètres : elle se tenait toujours au même endroit, cette femme qui l'avait bercé et embrassé, sa mère que la distance rendait déjà lointaine, une étrangère sur la colline.

La lettre lui apprenait une autre mort, mais presque en passant, comme s'il était déjà au courant. Leur mère, écrivait Ysenda, était malade depuis le décès de leur sœur aînée, Alycie. Will supposa que la lettre l'en informant s'était perdue en chemin. Ou peut-être n'avait-elle jamais été envoyée. Maintenant, il ne restait qu'Ede et Ysenda. La lettre était cruellement impersonnelle, comme si elle avait été écrite par pure obligation, comme si c'était une corvée. Entre les lignes, Will discerna un reproche qui lui fit penser qu'Ysenda, mentionnant brièvement ses enfants sans les nommer, n'avait jamais pardonné à Will et à son père de les avoir abandonnées, qu'elle voulait qu'il en souffrît. Et pour souffrir, il souffrait. Isabel n'avait même pas su qu'elle avait une petite-fille. Il avait toujours eu trop peur de divulguer son secret dans une lettre.

— Père, qui est-ce ?

Will sortit de ses souvenirs. Rose avait l'air perplexe. Il regarda alentour en réalisant qu'une cloche sonnait. Il était trop tard pour none et trop tôt pour les vêpres. Il se demandait depuis combien de temps elle sonnait lorsque l'église San Marco se joignit à la première, dépêchant une flopée d'oiseaux de mer dans le ciel cobalt. D'autres gens s'arrêtaient et levaient le nez vers le clocher de San Marco. Au loin, on entendait des cris. Cinq hommes de la garde vénitienne arrivèrent sur la place. Ils éructèrent quelques mots.

— Qu'est-ce qu'ils disent, Rose ? demanda Will.

— « Érigez des barricades », répondit Rose d'une voix inquiète. Ils disent de fermer les rues. Il y a un combat sur les quais. Beaucoup d'hommes.

En quelques instants, les marchands ramassèrent leurs affaires. Les parents attrapaient leurs enfants par la main et se dépêchaient de partir tandis que les cloches continuaient à carillonner et que d'autres gardes faisaient leur apparition. Will serra Rose contre lui et la fit sortir de la place du marché. Les gens fermaient les contrevents des maisons, interpellaient leurs voisins, leurs amis, se hâtaient de rentrer chez eux.

Ils atteignirent bientôt la maison d'Andreas. Dehors, Elwen parlait avec animation avec un voisin. Le soulagement se peignit sur ses traits en voyant Will et Rose arriver en courant dans la rue.

— Que se passe-t-il ? demanda-t-elle à Will en serrant Rose dans ses bras.

— Une émeute, on dirait, fit Will en haletant. Il faut que j'aille au Temple. Rentrez et verrouillez les portes.

Elwen hocha la tête et le serra rapidement contre elle.

— Sois prudent ! cria-t-elle tandis qu'il repartait au pas de charge.

Les quais, Acre, 20 août 1290 après J.-C.

Personne ne pouvait dire comment ça avait commencé. Plus tard, quand on eut nettoyé les dégâts et que les cadavres furent entassés à l'arrière des chariots, une rumeur circula selon laquelle un groupe de croisés lombards avait entendu dire qu'une chrétienne avait été violée par deux musulmans la nuit précédente. Il y avait d'autres explications possibles pour cette violence, elles impliquaient toutes la chaleur, l'alcool et la misère. Mais rien, aucune raison, aucune justification ne pouvait excuser la barbarie stupide qui se déroula sur les quais et se répandit dans toute la ville, comme les ondulations concentriques que provoque une pierre en tombant dans un lac, de plus en plus fortes et à la portée de plus en plus lointaine.

La température était étouffante et les paysans italiens qui passaient leur temps dans les tavernes des quais étaient plus qu'échauffés. Quelques Lombards avaient été élus porte-parole par les autres paysans. Le jour précédent, ces hommes étaient allés se plaindre aux chefs de la croisade, mis en place par le pape à Rome et qui incluaient l'évêque de Tripoli. Les propriétaires des tavernes exigeaient des loyers et ils n'avaient pas d'argent pour se nourrir. L'évêque et les autres nobles responsables de la croisade ne pouvaient pas les aider : on ne leur avait donné aucun fonds, ils ne pouvaient rien offrir aux paysans. L'évêque fit même preuve de mauvaise volonté, leur faisant remarquer que, s'ils voulaient du pain et un lit, ils auraient dû y réfléchir à deux fois avant de dépenser le peu qu'ils avaient en putains et en vin. Les paysans s'étaient donc fait refouler, amers et maussades.

On leur avait promis un pays de cocagne et, de fait, ils voyaient partout autour d'eux les signes de l'opulence de l'Orient : dans les bâtiments majestueux, les habits luxueux des autochtones, les marchés débordant de victuailles. Mais ils n'en récupéraient pas même les miettes et personne ne voulait d'eux. Même le patriarche, le représentant du pape en Acre, ne savait trop que faire d'eux. Ce que les dirigeants chrétiens attendaient pour une croisade, c'étaient des soldats bien entraînés et un commandement efficace, pas une populace indisciplinée qui ne connaissait pas les manières de l'Orient. Les marchands du cru, les pêcheurs et les officiers des douanes se plaignaient de devoir maintenant passer au milieu d'une cohue d'hommes à demi conscients sur des quais couverts de vomi et de sang. Les propriétaires des tavernes se plaignaient de l'absence de paiement et des dégâts faits dans leurs établissements. Les prostituées étaient battues, violées, les habitants détroussés, les églises vandalisées. Les paysans italiens avaient abandonné leurs familles et leurs champs et avaient traversé la mer avec l'espoir d'une vie meilleure. À la place, ils se retrouvaient avec des mouches, une chaleur insupportable et une misère encore plus grave. Ils étaient venus faire la guerre, mais il n'y en avait pas. Et ainsi, cet après-midi-là, sous le coup de l'ennui et la morsure du soleil, ils formèrent leur propre croisade.

Les premières morts eurent lieu à l'extérieur d'une taverne, sur le quai des Trois-Rois. Six hommes titubèrent jusqu'au mur d'enceinte. Ils traînèrent là un moment leurs visages rougeauds jusqu'à ce que l'un d'entre eux pointe du doigt deux Arabes menant un chameau chargé de paniers. Alors ils poussèrent comme un seul homme un cri d'excitation et de rage et se précipitèrent sur les deux hommes qui se figèrent, stupéfaits, en les voyant approcher. L'un des Arabes fut frappé à la tempe et s'écroula en lâchant les rênes du chameau, qui se mit à galoper d'effroi à travers le quai. L'autre homme essaya de s'enfuir mais deux des agresseurs lui sautèrent dessus. Les pêcheurs et les porteurs travaillant sur les quais, qui observaient la scène, avaient de la peine à en croire leurs yeux. Plusieurs habitants d'Acre tentèrent d'arrêter la bagarre mais certains des assaillants avaient arraché des planches de bois à un cageot et les brandissaient comme des armes. Quelqu'un courut vers les douanes pour faire venir de l'aide. Mais il était trop tard pour les Arabes. Quand les six hommes cessèrent de les rouer de coups de pied et de poing, ils avaient perdu depuis longtemps connaissance et leurs visages n'avaient plus rien d'humain.

D'autres croisés lombards, des camarades des six premiers, accoururent en entendant le chahut sur le quai des Trois-Rois. Ils parurent ahuris de voir leurs amis couverts de sang. Leurs yeux tombèrent sur les deux Arabes massacrés et deux d'entre eux s'écartèrent, pris de haut-le-cœur. Mais il y en eut un pour les applaudir et les acclamer. C'était un son guttural, animal, qui sembla agir comme un détonateur sur les autres, leur signalant qu'une ligne avait été franchie sans retour possible. D'autres cris de triomphe suivirent. Et, de la sorte, une foule se forma.

— Tuons tous ces sales Sarrasins ! hurla un homme.

— Tuons-les ! Tuons-les ! entonnèrent les autres.

Les paysans se dispersèrent à travers les quais. Les autres croisés italiens sortirent des tavernes pour voir de quoi il s'agissait. Quand ils comprirent, nombre d'entre eux s'alignèrent derrière leurs compatriotes, excités par la fièvre palpable émanant de la cohue grandissante.

— Qu'est-ce qui se passe ? demanda un homme en sortant d'une taverne.

— Une croisade, lança quelqu'un. On va tuer les Sarrasins !

— Et ensuite, on sera payés ! cria un autre.

Une vibrante acclamation retentit.

Les yeux de l'homme brillaient d'excitation et il courut tout raconter à ses camarades restés à l'intérieur.

Les hommes suivaient simplement pour ne pas être à l'écart, ou parce que quelqu'un avait dit qu'ils seraient payés, ou parce qu'ils n'avaient rien de mieux à faire. Les premiers poussèrent un cri de ralliement, repris bientôt par tout le monde en un mugissement sonore.

— *Deus vult ! Deus vult !* Dieu le veut ! Dieu le veut !

Tout en marchant, ils ramassaient des pierres ou des clous rouillés qu'ils serraient entre leurs mains en fendant l'air et en souriant et grimaçant. Si leurs chefs ne voulaient pas les armer, ils s'armeraient eux-mêmes. S'ils ne voulaient pas les payer, ils se serviraient. Les officiers des douanes et les gardes étaient sortis de leurs bâtiments mais ils n'étaient pas préparés à la horde démente qu'ils rencontrèrent au milieu des quais.

— Sainte Mère de Dieu, murmura un homme. Il nous faut plus de gardes.

Un autre s'arma de courage.

— S'il vous plaît ! cria-t-il à la foule en levant les mains. S'il vous plaît ! Vous devez vous arrêter !

Mais les paysans avançaient comme une lame de fond. Ils conspuaient les officiers, riant des hommes aux belles robes et aux cheveux huilés qui essayaient de les arrêter.

— Regardez-les ! se moqua l'un d'entre eux. Ils sont habillés comme des Sarrasins !

— Arrêtez-vous ! ordonna un officier.

Soudain, une pierre partit de la foule. Elle frappa l'officier au front, qui s'écroula. La foule s'arrêta un instant, incrédule et gênée. Cet homme n'était pas un Sarrasin. C'était un Occidental, un chrétien comme eux, un homme qui avait du pouvoir, de l'importance.

Mais rien ne se passa.

Aucun décret divin ne vint foudroyer celui qui avait jeté la pierre. Les autres officiers ramassèrent leur camarade en sang et se replièrent dans leur bâtiment. Même les gardes les imitèrent.

Hurlant pour célébrer leur victoire, les paysans reprirent leur marche en avant. Ils étaient invincibles. Le nouveau pouvoir qu'ils s'étaient arrogé était une drogue qui s'empara d'eux tout de suite.

— Comment reconnaît-on les Sarrasins ? voulut savoir un homme.

— Tous les Sarrasins portent la barbe, répondit un autre. Tuons tous ceux qui portent la barbe.

Les gens acquiescèrent avec détermination, contents de pouvoir concentrer leur rage.

Un cri s'éleva. L'un des paysans indiquait une direction. Plus loin se trouvait le marché pisan. Les commerçants commençaient à partir et les cloches sonnaient l'alarme mais la place était encore bondée. Voyant les étals pleins de fruits, de porcelaines, de pierres précieuses et de soieries, les paysans se ruèrent en courant. Les gardes pisans firent une dernière tentative pour fermer les lourdes grilles mais il était trop tard. Les paysans s'engouffrèrent dans la porte comme un raz-de-marée. Au début, ce ne furent que quelques hommes brandissant leurs armes bricolées avec une allure menaçante. Mais, soudain, la digue céda et la place fut bientôt submergée.

Les paysans déferlèrent en retournant les étals. Ils poussaient et frappaient sans distinction les clients et les marchands. Une femme se mit à crier à cause de sa fille qu'on venait de renverser et que les hommes piétinaient pour obtenir leur part des trésors du marché. Un marchand grec essaya de garder son sac d'argent malgré les deux paysans qui l'encerclaient. Ils le mirent à terre. Le premier s'acharna sur sa tête à coups répétés tandis que l'autre lui prenait le sac des mains. Un homme arracha le voile d'une Bédouine et lui cracha au visage pendant qu'un camarade défigurait son mari en lui lacérant le visage avec un clou. Un vendeur de dattes chrétien et syrien fut pris à partie par cinq hommes qui le soulevèrent en criant et l'emmenèrent près d'une boulangerie avec un panneau. L'un des hommes ôta au Syrien le turban qu'il portait et le lui noua autour du cou.

— Mort au Sarrasin ! hurla un autre.

Un troisième grimpa et enroula l'autre extrémité du turban autour du panneau métallique de la boulangerie. Ensemble, ils le hissèrent et le pendirent. Le chrétien se balança là un moment, donnant des coups de pied dans le vide et suffoquant horriblement jusqu'à cesser de vivre.

De l'autre côté de la place, trois hommes pénétrèrent dans une librairie arabe où, après avoir massacré le propriétaire, ils trouvèrent deux femmes recroquevillées dans l'arrière-boutique. L'une d'elles essaya de se défendre avec un bâton mais ses agresseurs la plaquèrent au sol et la battirent à mort. L'autre fut maintenue au sol et violée. Et les mêmes scènes se répétèrent à travers toute la place.

Les croisés grouillaient comme des sauterelles dans un champ de maïs. Ils remplissaient leurs sacs et leurs tuniques de rubis et de saphirs, d'or et de nourriture.

Les fenêtres furent brisées, des débuts d'incendie prirent dans les maisons et les commerces, et le chaos se propagea tandis que, telles des sauterelles, ils terminaient leur festin et écumaient la ville. Ils étaient des milliers, vortex mortel et destructeur. Ils se déchaînaient dans les rues comme une rivière sortie de son lit, se répandant en affluents pour contourner les barricades érigées ici et là. Des combats eurent lieu entre les gardes de la ville et les croisés mais, pour l'heure, bien que l'alarme fût sonnée depuis un moment, aucune force efficace n'avait pu leur être opposée. Les croisés tuaient tous les hommes barbus qu'ils croisaient, mais comme les juifs et les chrétiens étaient nombreux à porter la barbe, les morts n'étaient pas tous musulmans.

Les chevaliers du Temple et de l'Hôpital se rendirent dans les rues pour arrêter le massacre, bientôt rejoints par les Teutoniques et les gardes de la ville. On offrit aux musulmans de se réfugier au Temple, dans des églises ou des maisons privées. Les mosquées n'étaient pas à l'abri, les paysans croisés l'avaient prouvé en entrant dans la première qu'ils avaient rencontrée et en y égorgeant tous ceux qui s'y trouvaient, aspergeant de sang le sol et les murs de marbre blanc. De petites poches de violence subsistèrent, là où les habitants se joignaient aux gardes de la ville pour affronter les croisés. Mais les chevaliers reprirent progressivement le contrôle de la ville, ils brisèrent la résistance des paysans si bien qu'au bout d'une heure, le combat montra des signes d'épuisement.

Pour finir, après avoir semé la terreur et dévasté une bonne partie d'Acre, la foule se dispersa. Les hommes étaient fatigués et ils n'avaient plus l'ivresse pour les soutenir. Chargés de leur butin, ils reprirent le chemin des quais. Vacillants, épouvantés par leurs propres actes, ils se réveillèrent de leurs rêves avec les mains pleines de sang. En à peine deux heures, la croisade des paysans touchait à son terme. Les chevaliers établirent un couvre-feu et se mirent à patrouiller à la nuit tombée. Les émeutiers arrêtés étaient jetés au cachot et on commença à empiler les cadavres sur des chariots. Plus de deux cents croisés italiens étaient morts durant cet épisode. Mais plus d'un millier d'habitants d'Acre avaient péri. Et avec la nuit qui venait, les incendies étaient encore plus flamboyants et les taches de sang encore plus sombres.

43

La citadelle, Le Caire

7 septembre 1290 après J.-C.

La compagnie pénétra par l'imposante porte al-Mudarraj dans la cour de la citadelle. Les gardes à l'entrée leur jetèrent des regards circonspects et hostiles tandis qu'ils descendaient de cheval. Les sept hommes furent ensuite conduits par dix Mamelouks de la garde royale à travers les couloirs voûtés en marbre du palais. Serviteurs et soldats arrêtaient ce qu'ils étaient en train de faire pour les regarder passer d'un air à la fois curieux et méfiant. Quand ils atteignirent les doubles portes de la salle du trône, il leur fut demandé d'attendre. Deux des Mansuriyya disparurent à l'intérieur. Peu après, les portes se rouvraient.

Will fut le premier à entrer. Derrière lui venaient six Templiers, leurs cagoules rejetées en arrière. Avec son vêtement de l'Ordre, Will se sentait vulnérable. Il était toujours venu en secret au Caire, déguisé. Se retrouver ici pour des affaires officielles le mettait mal à l'aise. Il scruta rapidement la salle, les élégants piliers alignés le long de l'allée centrale, les esclaves vêtus de blanc agitant pour rafraîchir l'atmosphère d'énormes feuilles de palmier. Tandis que les guerriers mamelouks les conduisaient jusqu'à une plate-forme au fond de la salle, son regard se posa sur les cinq hommes installés autour du trône en or. Il supposa qu'il s'agissait de généraux ou de conseillers bien que l'un d'entre eux, un jeune homme avec une énorme tignasse et un air distant, ressemblât assez à celui qui occupait le trône pour qu'il leur supposât un lien de parenté. Pendant qu'il s'approchait, il se demanda s'il l'avait déjà vu, mais il dut écourter ses spéculations lorsqu'un garde royal les annonça.

Kalawun avait les yeux braqués sur Will. Il avait eu un air inquiet en le voyant entrer, mais il avait déjà retrouvé la maîtrise de ses émotions.

— Parlez, dit-il d'une voix bourrue. Pourquoi êtes-vous venus ?

Will tendit un rouleau.

— Nous venons sur ordre du grand maître de Beaujeu, seigneur.

L'un des gardes s'empara du rouleau et alla le donner à Kalawun, qui l'ouvrit.

Tout le temps de sa lecture, le silence régna dans la pièce. Une fois qu'il eut terminé, il leva la tête.

— Je parlerai seul avec le Templier.

— Seigneur..., commença un homme derrière lui.

— Nous finirons notre discussion plus tard, émir, répondit Kalawun sans ambages. Vous pouvez disposer.

L'homme se mordit l'intérieur des joues, puis il s'inclina. Les cinq hommes quittèrent l'estrade et se dirigèrent vers une issue sur le côté.

— Toi aussi, Khalil, ajouta Kalawun en faisant signe au jeune homme à la tignasse.

— Seigneur, je...

Kalawun lui jeta un regard noir pour le faire taire.

Avec un bref salut, le jeune homme descendit de l'estrade. Son regard s'attarda sur Will avec un mélange d'hostilité et d'intérêt, puis il sortit. Les soldats Mansuriyya eurent également des réticences à sortir mais Kalawun ne se laissa pas fléchir par leurs protestations et leurs appels à la prudence, et eux aussi durent quitter la pièce, ainsi que les serviteurs. Les chevaliers qui accompagnaient Will suivirent le même chemin et, en quelques instants, il ne resta plus que le sultan et le commandeur.

Kalawun se leva de son trône. Il tenait toujours le rouleau dans sa main en descendant de l'estrade.

— Que s'est-il passé ? dit-il en le brandissant devant Will.

Will sursauta.

— Je pensais que vous étiez déjà au courant…

— Je le suis, le coupa Kalawun avec colère. Nos espions en Acre m'ont informé. Mais pourquoi ? Pourquoi est-ce arrivé ?

— Nous n'en sommes pas tout à fait certains. Un groupe de paysans italiens est venu pour une croisade à l'initiative du pape de Rome, soutenu par Édouard d'Angleterre et le roi Philippe de France. Nous pensons que le déchaînement de violence a commencé à cause d'une rumeur selon laquelle une femme chrétienne avait été violée par deux musulmans.

— C'est votre excuse ?

— Non, répondit aussitôt Will, bien sûr que non. La vérité, c'est qu'il n'y a pas d'excuse pour ce qui s'est passé. Mais vous vouliez une raison, une explication. C'est la seule que nous ayons.

Il secouait la tête en prononçant ces mots.

— Est-ce que vous avez la moindre idée, demanda Kalawun en cherchant à contenir sa fureur, des difficultés auxquelles j'ai dû faire face après Tripoli pour ne pas poursuivre la campagne contre votre peuple ? Il m'a fallu des mois pour convaincre la cour que les Francs n'avaient pas l'intention de nous attaquer, que les informations sur lesquelles nous nous étions fondés avaient été faussées par des hommes, dans votre camp, qui avaient leurs propres desseins. Il m'a fallu lutter de toutes mes forces pour les persuader qu'il était de notre intérêt de négocier une trêve avec les Francs.

— Avec tout le respect que je vous dois, seigneur, l'assaut sur Tripoli n'était pas justifié. Vos troupes n'avaient aucune raison d'assiéger la ville. Vous donnez l'impression que nous devrions être heureux qu'Acre ait été épargnée, que nous devrions vous remercier pour votre indulgence. Mais vous étiez lié par votre signature !

— La légalité n'est pas précisément ce qui intéresse ma cour, en particulier quand nous parlons des Francs, riposta Kalawun. La plupart de mes hommes souhaitent vous chasser. N'importe quel prétexte pourrait leur suffire. Et vous venez de leur en donner un.

Il passa la main dans ses cheveux argentés.

— Plus d'un millier de morts. Des cadavres abandonnés dans la rue, sans sépulture. Des centaines d'orphelins. Des maisons et des vies détruites. C'est l'un des assauts les plus brutaux dont j'aie entendu parler depuis des années. Ce ne sont pas des guerriers entraînés que ces animaux ont attaqués : c'étaient des libraires, des bijoutiers, des boulangers, des pêcheurs, qui vivaient tous en paix depuis des décennies avec votre peuple. Mes espions m'ont raconté qu'on dénudait les gens avant de les traîner dans les rues jusqu'à un endroit approprié pour les pendre.

Kalawun écrasait complètement le rouleau dans son poing.

— Et votre grand maître croit que nous allons nous contenter d'excuses ?

— Je réalise que c'est bien peu, laissa tomber Will, mais des juifs et des chrétiens aussi ont été tués. Les Italiens n'ont pas pris d'ordres d'un chef quelconque. Nous ne voulions même pas d'eux en ville.

— Non ? Il n'y a pas si longtemps, votre grand maître cherchait pourtant à déclencher une guerre contre nous.

— Plus maintenant, seigneur, et même ceux parmi les dirigeants d'Acre qui aimeraient voir une nouvelle croisade n'ont pas envie de tels soldats. Ce ne sont pas des soldats entraînés qu'on envoie fortifier nos places fortes et augmenter nos armées. Ce sont des paysans à moitié morts de faim attirés par les promesses habituelles de prospérité et d'absolution, ils ne comprennent rien à l'Outre-mer et à son peuple. Nous avons essayé de les en empêcher, croyez-moi. Beaucoup de musulmans ont été massacrés, c'est vrai. Mais il y en a eu aussi beaucoup de sauvés grâce à la réaction de notre peuple.

Kalawun secouait la tête.

— Cette rhétorique ne suffira pas à apaiser ma cour, Campbell. Mon peuple demande un châtiment. C'est tout ce que j'ai pu trouver pour les empêcher de prendre les armes de leur propre chef et de partir vers le nord faire couler le sang.

— Nous avons beaucoup travaillé, Kalawun, ensemble et séparément, pour maintenir la paix entre nos peuples. Je sais que cet équilibre fragile a été rompu une fois à Tripoli. Mais je vous en supplie encore, ne laissez pas les actes inconsidérés de quelques individus dicter l'avenir de tous.

Will soutenait le regard tendu de Kalawun.

— Ne laissez pas le besoin de revanche de votre cour détruire ce que nous avons construit. Pensez à tous nos sacrifices, les avons-nous faits en vain ?

— Et qu'avons-nous construit, Campbell ? demanda Kalawun d'un air las. Peut-on seulement le mesurer ? Est-ce que ça en vaut la peine ?

— Vous savez que oui, lui assura Will, ou vous n'auriez pas fait reculer vos troupes après Tripoli.

Il poussa un profond soupir. Comme souvent ces derniers temps, il aurait aimé qu'Everard soit là. Il n'en pouvait plus d'essayer de conserver une cohésion dans ce monde qui ne demandait qu'à perdre le contrôle.

— Vous n'auriez pas travaillé si dur pour maintenir la paix. Vous l'auriez laissée mourir. C'est ce qu'auraient fait des hommes moins grands, ajouta-t-il. Quand vous avez rencontré mon père et que vous avez accepté de vous allier à lui, contre Baybars, contre votre famille et votre peuple, vous ne l'avez pas fait en pensant que ce serait facile. Vous l'avez fait parce que vous croyiez, tout comme je le crois, que la paix profite à nos peuples.

Kalawun ferma les yeux. Les paroles de Will brisaient sa rage et le jetaient en pleine confusion. Était-ce vrai ? Avait-il fait les bons choix ? Avec tous ses hommes qui lui répétaient jour après jour, année après année, qu'il fallait affronter les Francs, il avait commencé à oublier pourquoi il rejetait leurs conseils, il avait commencé à perdre ses convictions.

— Vous croyez que les musulmans, les chrétiens et les juifs ne sont pas obligés de se faire la guerre, que dans un certain sens nous sommes semblables. Vous croyez que quand nous nous battons, c'est contre nos propres frères que nous levons les armes. Nous sommes tous les enfants de Dieu. Vous le savez.

Kalawun rouvrit les yeux et c'était comme si quelque chose en lui s'était éveillé. La colère, une colère brutale, inextinguible. Mais pas dirigée contre les chrétiens, non. Contre son propre peuple, contre les hommes qui l'avaient fait douter, qui avaient ébranlé sa foi. *Pensez à tous nos sacrifices, les avons-nous faits en vain ?* Il avait trop perdu pour tourner le dos à tout ce qui comptait pour lui. Il avait essuyé tant de pertes en luttant pour cette cause : abandonner la cause elle-même ôterait tout sens à sa vie. Non, il fallait qu'il croie qu'il avait été conduit là pour une mission. Il devait croire que Dieu le guidait, qu'il avait raison.

— Je vais devoir exercer une sanction, murmura-t-il en regardant Will. C'est la seule manière de retenir mes généraux et de conserver mon trône.

— Nous nous y attendions. Le grand maître ne m'a pas envoyé seulement pour vous exprimer son profond regret et ses sincères excuses, il voulait aussi que nous discutions les termes d'une réparation.

— Je veux que les responsables des atrocités soient arrêtés et qu'on me les envoie pour qu'ils soient jugés ici. Et je veux un sequin de Venise par citoyen d'Acre.

Will plissa le front.

— Cela fait plus de cent vingt mille pièces d'or, seigneur.

Kalawun hocha la tête.

— C'est une somme importante. Une somme dont mon peuple tiendra compte. Je jouerai mon rôle, Campbell.

Jouez le vôtre. Retournez voir votre grand maître et persuadez Acre d'accepter ces termes si vous voulez que je puisse retenir mon armée.

Par le petit interstice entre le mur du couloir des domestiques et la salle du trône, Khalil regarda son père et le Templier se serrer la main. Tout son corps tremblait d'une énergie comprimée qui, pour le moment, ne s'était pas transformée en une émotion cohérente. Son esprit était encore chancelant.

En quittant la salle du trône, Khalil s'était rappelé dans quelles circonstances il avait déjà vu le Templier. C'était au siège de Tripoli, dans le pavillon de son père. Par curiosité, ou par rébellion, il s'était faufilé dans le petit passage derrière le mur que Khadir utilisait toujours pour espionner la cour. Il n'aimait pas l'idée d'espionner son père. Mais dès qu'il avait commencé à discuter avec le Templier, ses hésitations avaient disparu.

Tandis que le chevalier s'éloignait, Khalil était encore sous le coup de la stupeur. Par l'interstice, il vit son père remonter sur l'estrade et s'asseoir lourdement sur le trône. C'était un parfait étranger qu'il observait.

L'église de la Sainte-Croix, Acre,
23 septembre 1290 après J.-C.

Guillaume de Beaujeu était rouge à force de parler et un incendie couvait dans ses yeux. Il se tenait derrière l'autel, le regard braqué sur l'assemblée. L'église de la Sainte-Croix était bondée. Les avocats de la Haute Cour, les légats et les évêques, le patriarche, les grands maîtres des ordres militaires, les princes, les consuls et les marchands s'y étaient précipités et remplissaient toute la nef. Sur la plate-forme, avec Guillaume, se trouvaient le grand commandeur Theobald Gaudin, le maréchal Peter de Sevrey, le sénéchal et plusieurs commandeurs haut gradés, dont Will. Le conseil durait depuis moins d'une heure et la discussion s'échauffait déjà. L'atmosphère était hostile et Guillaume devait lutter pour se faire entendre.

— Vous devez comprendre que le seigneur Kalawun est dans son droit s'il désire nous attaquer, beuglait-il. Nous ne nous soumettons pas à ses caprices, nous payons notre survie !

— Nous ne devrions pas traiter avec les Infidèles ! hurla un marchand, mais ses propros furent noyés par d'autres, pas tous aussi fanatiques, mais tout aussi inflexibles.

— Les Lombards et les Toscans n'ont pas agi sur ordre de quelqu'un ici présent, maître Templier, lança une voix hautaine sur le côté.

C'était l'évêque de Tripoli.

— Pourquoi devrions-nous payer pour quelque chose dont nous ne sommes pas responsables ? Cent vingt mille sequins ? C'est une somme excessive.

Les yeux de Guillaume se posèrent sur lui.

— J'aurais pensé que vous, plus qu'un autre, auriez compris le prix de l'inaction en un moment aussi critique. Vous avez vu votre propre ville détruite par les troupes de Kalawun. Allez-vous attendre de voir Acre réduite au même destin ?

Il balaya les exclamations d'un revers de la main.

— Laisserez-vous votre arrogance nous anéantir ? Non, nous n'avons pas ordonné aux Lombards de commettre ces atrocités, mais c'est notre pape qui les a envoyés là et c'est nous qui en étions les garants. Si nous ne sommes pas responsables des actions de nos concitoyens, qui l'est ?

Ses yeux se posèrent de nouveau sur l'évêque, qui toussa.

Will agrippait son épée en regardant la foule s'animer. Son cœur battait la chamade. Il n'arrivait pas à croire qu'ils s'entêtaient à discuter la proposition du grand maître avec tout ce qui était en jeu.

— J'approuve ce que vous dites, maître de Beaujeu, fit un homme âgé aux cheveux blancs et au dos voûté.

Sa voix était si frêle que ceux du fond ne parvenaient pas à l'entendre et se mirent à lui crier dessus jusqu'à ce que leurs camarades les calment. C'était Nicholas de Hanape, le patriarche de Jérusalem.

— Je suis d'accord, nous devons prendre la responsabilité des horreurs commises.

Il balaya la salle du regard.

— De bons chrétiens sont morts aussi lors de cet absurde bain de sang et rien ne peut l'excuser.

Son regard revint se poser sur Guillaume.

— Mais le sultan d'Égypte demande trop. Nous avons mis en prison les hommes dont nous pensons qu'ils ont participé aux émeutes mais, à ma connaissance, ils ne sont pas encore passés en jugement. L'événement a eu lieu sur notre sol et c'est à nous de dispenser la justice. En Égypte, les hommes que nous enverrons se feront exécuter, qu'ils soient coupables ou innocents.

— Ils seront exécutés ici aussi, Nicholas, fit durement remarquer Theobald Gaudin à côté de Will.

— Seulement si leur culpabilité est avérée, répondit le patriarche en secouant la tête. Quant à l'argent que demande le sultan, la somme est trop importante.

— Avec tout le respect qui vous est dû, à combien estimez-vous les vies de ceux qui se sont fait égorger ? l'interrogea Guillaume.

Will hocha vigoureusement la tête, comme pour appuyer les propos du grand maître. Néanmoins, le patriarche ne désarma pas.

— Comme nous le savons, maître Templier, l'argent ne peut compenser ces morts. Le sultan le sait aussi. L'argent que nous lui donnerons servira sans doute à financer une campagne contre nous à l'avenir. Nous ne devrions pas lui fournir les verges pour nous faire battre. Trouvons une autre solution. Peut-être pourrions-nous lui renvoyer les musulmans qui pourrissent dans nos geôles ?

— Kalawun a fait part de ses exigences, répondit Guillaume d'un ton ferme. Nous n'avons ni le temps ni la bonne position pour négocier.

— Et Kaboul ?

C'était un fonctionnaire de la Haute Cour qui avait pris la parole. Quelques personnes se tournèrent vers lui mais il ne quitta pas Guillaume des yeux.

— Et les atrocités que les Mamelouks ont commises dans ce village ? Les hommes massacrés ? Les femmes et les enfants violés et réduits à l'esclavage ?

— C'est vrai ! s'écria quelqu'un. Des centaines de chrétiens ont été tués et les Mamelouks nous ont dédommagés avec quelques sacs d'or !

Guillaume tendit les bras, paumes en avant, en voyant que nombre de personnes présentes soutenaient cette intervention.

— Est-ce que vous m'écoutez ? Ce qui a eu lieu par le passé ne change rien. Si nous ne respectons pas les exigences de Kalawun, l'armée mamelouke marchera sur nous et Acre sera détruite !

La foule se pressait maintenant, les poings levés, et chacun essayait de prendre la parole en même temps que son voisin. Will se contracta encore plus en voyant la colère gronder, ces visages pleins de ressentiment en face de lui. Il regarda le grand maître s'avancer à leur rencontre, les mains tendues par-dessus l'autel comme un prêtre essayant contre vents et marées de sauver sa congrégation. Il réalisa qu'il y avait une certaine ironie dans le fait que l'homme qui essayait par tous les moyens de sauver la ville fût celui qui l'avait mise en si grand danger treize ans plus tôt. Mais Guillaume de Beaujeu n'était plus le même homme qu'avant, lorsqu'il avait tenté de voler la Pierre noire pour déclencher une nouvelle croisade. Il avait compris l'étendue de son erreur devant l'échec du complot ; il avait même failli en mourir.

Dans les années qui avaient suivi, il avait développé ses talents de diplomate plutôt que ceux de général. Ça n'avait pas été facile et il lui arrivait encore de devoir réprimer sa passion et ses ambitions, mais il résolvait plus de crises qu'il n'en provoquait et il avait appris à écouter pour mieux diriger. Il s'était en partie défait de son énergie farouche et imprévisible, il menait ses affaires avec davantage de mesure. Guillaume voulait qu'Acre survive, que la Chrétienté maintienne sa présence en Terre sainte, et la relation de Will avec Kalawun lui offrait la chance d'y parvenir sans violence. La flotte qu'il avait fait construire des années plus tôt n'était jamais allée faire le blocus de l'Égypte, à la place il avait utilisé les bateaux pour transporter marchandises et pèlerins. Mais bien peu de gens étaient conscients du changement d'attitude du grand maître, et c'est ce qui apparaissait en cet instant où ils le haranguaient et contestaient son opinion.

— Écoutez-le, bande d'idiots ! susurra Will entre ses dents.

Puis, au milieu du tumulte, se fit entendre une voix plus puissante que les autres.

— Le maître de Beaujeu a raison, dit un homme trapu en faisant un signe de menton vers Guillaume. Nous devrions accepter les termes de Kalawun. C'est une faible concession si elle nous permet de sauver nos vies.

Le silence s'installa dans l'église.

Will regarda avec étonnement l'homme qui s'était exprimé pour défendre Guillaume. C'était la dernière personne dont il aurait attendu une telle attitude : Jean de Villiers, grand maître des chevaliers de Saint-Jean. Le Temple et l'Hôpital étaient rivaux depuis toujours. S'il y avait deux camps opposés, on pouvait être sûr que chacun choisirait le sien. Comme les Génois et les Vénitiens, cette haine était enracinée et encouragée au sein de leurs communautés respectives, elle était inhérente à leur histoire commune et sans cesse alimentée par des disputes. Will fixa la foule en retenant son souffle, certain que l'accord entre les deux grands maîtres modifierait l'issue du conseil. Mais en dépit de la surprise qui parcourut les rangs, les esprits étaient trop excités pour que le tour inattendu pris par les événements suffise à les apaiser.

— Comment trouverons-nous les fonds ? demanda l'un des magistrats. Nos citoyens ne paieront pas. De quels coffres tirerons-nous une somme pareille ?

La question souleva un tir croisé de questions et d'exclamations.

— Les fortifications d'Acre peuvent contenir un assaut ! Laissez les Sarrasins s'épuiser en vain contre nos remparts !

— Ne cédons pas à leurs revendications !

— Aucune forteresse, aucune ville quelle qu'elle soit ne peut soutenir un siège indéfiniment, répliqua Guillaume. Nous avons des faiblesses. Nous ne sommes pas invincibles.

Sa voix se cassait à force d'argumenter.

— Nous avons bien pris la ville aux Arabes il y a deux siècles ! Comme vous êtes devenus suffisants pour l'oublier… Et Dieu sait que nous n'avons pas de raison d'être suffisants. Tripoli, Antioche, Édesse, Césarée, Jérusalem…

Il martelait de son poing sa paume à chaque nom de ville qu'il prononçait.

— Toutes sont tombées entre les mains des musulmans. Acre est notre dernière place forte, par Dieu ! rugit-il en voyant quelques personnes prêtes à l'interrompre. Si nous la perdons, nous aurons perdu la Terre sainte !

— L'Occident ne nous le pardonnera pas, aboya l'évêque de Tripoli en se tournant vers l'assemblée. N'écoutez pas les Templiers. Si les Sarrasins viennent, on enverra des hommes à notre secours. L'Église de Rome ne laissera pas la Terre sainte entre les mains des Infidèles. Pas plus, ajouta-t-il d'un air illuminé, que ne le permettra Dieu.

Les yeux de Guillaume jetaient des éclairs.

— Il y a un temps pour la foi et un temps pour l'action. Seul un idiot irait sur un champ de bataille avec une bible pour unique protection. Nous sommes ici pour accomplir la volonté de Notre Seigneur Tout-Puissant, mais nos actions Le servent autant que notre piété. Nous ne pourrons pas retenir les Sarrasins avec des prières. Même si l'Occident était prêt à envoyer des hommes, ils n'arriveraient pas à temps si les Sarrasins nous attaquaient. Et c'est l'Occident, mes frères, qui a envoyé les hommes qui ont scellé notre sort. Pourquoi croyez-vous que seuls des fermiers et des bergers soient venus pour cette croisade ? Parce que personne d'autre n'en a envie !

Sa voix se brisait.

— L'Occident est pris dans ses propres guerres et dans ses propres tourments politiques. Nous sommes seuls ici, frères !

— Nous ne sommes pas tes frères, cria un chevalier Teutonique au fond. Nous n'étions pas vos frères lorsque vous avez écarté le roi Hugues de Chypre du trône et que votre cousin d'Anjou lui a succédé, ce qui a provoqué une guerre civile. Vous l'avez fait pour vous-mêmes, pour le Temple, sans prendre rien d'autre en considération. Vous et tous les grands maîtres qui vous ont précédés, vous êtes au cœur de tous les maux dont souffre ce pays ! Vous avez déclaré des guerres pour remplir vos coffres ! Pourquoi devrions-nous vous écouter maintenant ?

Guillaume recula en voyant que l'orateur recueillait un assentiment presque général. Il semblait pratiquement frappé physiquement. Il ouvrit la bouche, mais sans parler.

Will n'en pouvait plus. Il bouillonnait d'une colère folle qui le fit s'avancer.

— Vous n'êtes que des idiots, tous autant que vous êtes ! Je suis allé au Caire. J'ai vu la rage dans les yeux des musulmans. Si vous n'acceptez pas leurs exigences, je vous jure qu'il y aura une guerre et que nous la perdrons !

Il sentit qu'une main l'attrapait par le bras. C'était Theobald Gaudin.

— Ce n'est pas votre rôle, commandeur, l'avertit Theobald en peinant à se faire entendre au milieu du chaos.

— Il faut qu'ils écoutent ! lui répondit Will en désignant la foule.

Guillaume s'avançait de nouveau en demandant l'attention.

Quelqu'un jeta une pomme sur l'estrade. Elle manqua Guillaume et alla s'écraser contre le mur du fond de l'église, mais elle agit comme un signal pour Theobald Gaudin. Il lâcha Will et tira son épée.

— Il faut partir, maître, cria-t-il à Guillaume, la situation nous échappe !

— Tu es un traître, Beaujeu ! hurla quelqu'un.

Will s'empara lui aussi de son épée. Ils dépassaient les bornes. La prochaine fois, c'est une pierre ou une dague qu'ils lanceraient. À deux, Theobald et lui réussirent à faire descendre le grand maître de l'estrade. Alors que la foule se pressait contre eux sans les laisser passer, les autres Templiers dégainèrent leurs lames. Ce qui provoqua un tollé.

— Les Templiers sont des Sarrasins, pas des chrétiens !

— Ils devraient porter des croissants sur leurs manteaux, pas des croix !

— Traîtres ! Traîtres !

Malgré les insultes, ils parvinrent à écarter la foule grâce aux lames tendues devant eux et finirent par se retrouver au-dehors, dans l'après-midi grisâtre et venteux, après quoi ils se dirigèrent vers leurs montures. Pendant que les autres chevaliers montaient en selle, Guillaume se retourna et agrippa Will par la manche.

— Est-ce pour ça que nous sommes venus ?

Ses yeux étaient fiévreux et il serrait convulsivement l'épaule de Will.

— Toutes ces morts pour protéger le rêve de la Chrétienté, et nous abandonnons tout pour une pièce d'or chacun ? Est-ce pour cela qu'ils se sont sacrifiés ? Ton père ? Nos frères ? Notre peuple s'est-il noyé dans son propre sang à Jérusalem pour rien ?

Il penchait la tête comme s'il n'avait presque plus la force de la redresser.

— Comme les chevaliers de la première croisade doivent se retourner dans leurs tombes ! Eux qui ont fondé notre Ordre ! Et Dieu ? Il se détourne de nous, de notre cupidité, de notre vanité. Deux siècles et voilà comme ça finit ? Pas sur un champ de bataille, soldat contre soldat. Mais par un absurde massacre d'innocents dans leurs maisons, en pleine période de paix, un massacre perpétré par des paysans morts de faim et illettrés en quête d'une vie meilleure ?

Il eut un rire brisé.

— Est-ce vraiment comme cela que ça se termine ?

Will ne dit pas un mot. N'était-ce pas de cette façon que se terminaient la plupart des guerres, et qu'elles commençaient aussi ? Seules les pages des livres d'histoire et ceux qui voulaient être des héros se souvenaient des bannières resplendissantes et des nobles guerriers. Le peuple affrontait une réalité bien différente. Les chants et les légendes parlaient d'épées et de casques scintillants, de frères d'armes, de Dieu et de la gloire. Ils ne disaient rien des milliers, des dizaines, des centaines de milliers d'anonymes que la mort fauchait brutalement. Après deux cents ans passés à s'entre-tuer, Will ne voyait rien d'étonnant que ça se termine ainsi.

— Dieu, viens-nous en aide, marmonna Guillaume en se jetant presque à genoux.

Derrière lui, les cris de la foule qui sortait de l'église approchaient. Will et Theobald se précipitèrent vers le grand maître. Will l'attrapa pour l'empêcher de tomber. L'espace d'un instant, il maudit Everard d'être mort et de le laisser seul avec ce fardeau.

Puis il sentit la main de Guillaume serrer la sienne et il eut une conscience aiguë de sa propre force. Il était à la tête de l'Anima Templi. Il était un mari et un père.

— Ce n'est pas encore terminé, maître, dit-il en croisant le regard abattu du grand maître. Ce n'est pas encore terminé.

44

La citadelle, Le Caire

20 octobre 1290 après J.-C.

Kalawun se rua dans le jardin. Le soleil gênait sa vision. Il plaça une main devant ses yeux en s'enfonçant plus avant, dépassant des palmiers au tronc malingre et des fleurs aux couleurs criardes. Il suivit un canal creusé à même la promenade en pierre et se retrouva bientôt au centre du jardin où se trouvait un bassin poissonneux. Kalawun se laissa tomber sur un des bancs placés là et se prit la tête entre les mains. Il avait froid. Une nausée violente le secoua et il dut réprimer une envie pressante de vomir. D'habitude, les effets de sa maladie étaient pires le matin, mais désormais il les ressentait toute la journée. Les remèdes que lui donnaient ses médecins n'y faisaient rien. Et cela durait depuis des mois.

— Seigneur ?

Il entendit des bruits de pas s'approcher et se rassit. Grimaçant de douleur, il vit Khalil apparaître à travers les branchages. Le visage de son fils était lugubre et, pendant un moment, Kalawun souhaita que ce fût lui, et non Ali, qui eût succombé à cette fièvre. Ali était honnête, honorable et il respirait la joie de vivre ; il aurait pu croire en la cause. Alors que Khalil ne jurait que par la foi et le devoir, et Kalawun n'avait jamais pu comprendre sa rigidité d'esprit. Il se demandait s'il n'aurait pas dû chercher un autre successeur à la mort d'Ali. Mais de telles pensées étaient stériles. Kalawun soupira légèrement et il s'efforça de fermer les yeux. Il aimait Khalil. Et il espérait encore qu'ils puissent trouver un terrain d'entente.

— Qu'y a-t-il, seigneur ? fit Khalil en arrivant. Pourquoi avez-vous quitté le conseil ? Les hommes attendent de recevoir les ordres pour la guerre.

Il serra les dents.

— Comment les Francs ont-ils osé refuser vos conditions ? Ils paieront cher pour cet affront.

— J'avais besoin de temps pour réfléchir, Khalil. J'avais besoin d'air.

— Du temps pour réfléchir à quoi ? demanda Khalil en se plaçant devant lui.

Mais Kalawun ne répondant pas, Khalil fit un grand geste vers le palais morne et blanc derrière eux.

— Les hommes attendent, seigneur.

Kalawun s'obstinait à ne pas répondre.

— Père, s'il vous plaît, insista Khalil. Pourquoi ne répondez-vous pas ?

Kalawun croisa son regard surpris.

— J'ai pris ma décision, dit-il calmement.

— Alors, allons l'annoncer. Nous avons beaucoup de choses à préparer en peu de temps.

Khalil se tourna vers le palais mais s'arrêta en voyant que Kalawun ne se levait pas. Celui-ci leva le visage vers son fils en clignant des yeux à cause du soleil qui le meurtrissait.

— Je ne déclarerai pas la guerre aux Francs.

Khalil resta silencieux un moment, d'abord confus, puis en colère.

— Au nom d'Allah, pourquoi feriez-vous une chose pareille ? Les Francs ont refusé les termes de la sanction. Ils ont ignoré notre ultimatum. Vous devez les attaquer !

— N'oublie pas à qui tu parles, Khalil ! répondit brusquement Kalawun. Je suis sultan et ma parole fait loi.

— La cour ne vous laissera pas faire, fit Khalil en faisant les cent pas. Elle n'acceptera pas cette décision. Les Francs ont égorgé des musulmans par centaines, ils ont piétiné le traité. Vos hommes exigeront que nous agissions !

— J'ai écouté les autres quand il a fallu s'en prendre à Tripoli et j'ai toujours regretté cette action depuis. Je ne referai pas la même erreur.

Kalawun se leva avec difficulté et fit le tour du bassin. Puis il regarda le ciel et éclata d'un rire désespéré.

— Nasir me manque, dit-il en reposant les yeux sur son fils. Est-ce que tu trouves ça étrange ? Il m'a trahi, une trahison terrible, et pourtant il me manque. Je ne pense pas que je l'aurais tué s'il avait survécu à Tripoli. Je ne crois pas que j'aurais pu m'y résoudre. J'en ai tant vu mourir autour de moi. Aisha, Ishandiyar, Ali, Baybars, Nasir. Parfois, je me demande pourquoi je suis encore là. Peut-être Allah m'a-t-Il oublié, Khalil ?

Son fils ne l'écoutait pas. Il avait cessé de faire le tour du jardin et demeurait immobile.

— Vous mènerez votre peuple au combat, père. Vous marcherez sur Acre et détruirez le dernier bastion des Francs.

Kalawun leva un sourcil en se tournant vers Khalil.

— Vous le ferez, murmura Khalil, parce que c'est nécessaire et parce que c'est la seule chose à faire. Vous le ferez parce que votre peuple l'exige. Parce que les Francs le méritent. Et vous le ferez parce que si vous ne le faites pas, je dirai aux hommes qui siègent dans ce conseil que vous êtes un traître.

— Comment ?

— Je vous ai entendu ! s'écria Khalil d'une voix bouleversée par l'émotion.

Kalawun le regardait d'un air consterné.

— Quand les chrétiens sont venus, je me suis caché et je vous ai espionné ! J'ai entendu votre discussion avec le Templier, je l'ai entendu parler de toutes ces années où vous avez travaillé ensemble, contre Baybars, contre votre peuple. Contre *moi* !

Il s'animait de nouveau et agitait les mains en parlant.

— J'ai gardé le secret toutes ces semaines car je savais que votre vie serait en danger si je le révélais à quelqu'un. Je l'ai dissimulé parce que je voulais vous donner une chance de faire ce que votre peuple attend de vous. Mais maintenant je vois que je n'ai pas le choix.

Sa voix se brisait.

— Vous ne me laissez pas le choix !

— Tu me menaces ? demanda Kalawun, secoué jusqu'au tréfonds de son être.

Khalil fit un pas en avant, puis il s'arrêta.

— Vous vous êtes laissé ensorceler, père. Comment avez-vous pu travailler avec les envahisseurs venus d'Occident ? Avec un *Templier* ? Ces gens ont assassiné, ils ont souillé nos mosquées et assiégé nos villes. C'est ce qu'ils font depuis deux siècles. La seule raison pour laquelle ce chevalier veut faire la paix avec vous, c'est qu'il veut conserver la seule position en Terre sainte à partir de laquelle ils peuvent encore nous frapper. Si nous leur en laissons le temps, ils se regrouperont et essaieront de reprendre ce que Baybars et ses prédécesseurs leur ont arraché. D'une manière qui m'échappe, père, vous avez perdu de vue cette vérité. Vous vous êtes égaré en chemin.

— Pourquoi ne pourrions-nous pas faire la paix avec ce peuple ? demanda Kalawun en s'approchant de son fils et en le prenant par les épaules. *Pourquoi ?* Nous commerçons les uns avec les autres, nous partageons des idées, des inventions, et l'essentiel de ce qui est sacré pour nous l'est aussi à leurs yeux. Pourquoi faudrait-il que nous soyons ennemis ? Je sais que cette terre n'appartient pas aux Francs, je sais qu'ils l'ont prise de force. Mais nous appartient-elle ? J'étais un esclave, Khalil, je suis né à des centaines de kilomètres d'ici. Cette terre est-elle davantage la mienne que celle des Francs qui y vivent depuis des générations ? Les chrétiens et nous-mêmes sommes en guerre depuis si longtemps que nous avons oublié pourquoi nous nous battons !

— Nous nous battons parce qu'il le faut, parce que si nous ne nous battons pas les Francs prendront nos terres et nous priveront de nos moyens de subsister. Peu importe d'où vous venez, peu importe d'où vient chacun d'entre nous. En tant que sultan d'Égypte et de Syrie, vous avez maintenant le devoir envers votre peuple, le peuple musulman, de le défendre contre ceux qui cherchent à lui nuire.

Khalil s'écarta de lui.

— Et vous ferez votre devoir.

Kalawun scruta le visage inflexible de son fils pendant un long, un pénible moment. Puis finalement, vaincu, comme engourdi, il le suivit hors des jardins et revint à sa suite dans le palais. La tête comme dans du coton, il se retrouva devant la cour et, d'une voix faible, presque un souffle, il déclara la guerre aux Francs. Et l'acclamation retentissante qui résonna dans la salle du trône après qu'il eut parlé lui serra le cœur.

Dès que ce fut fait, les préparatifs furent mis en branle. Les généraux voulaient discuter la stratégie de la campagne, mais Kalawun remit cela au lendemain. Laissant la salle du trône vibrant d'excitation derrière lui, il se retira dans ses quartiers en évitant le regard de son fils. Une fois dans ses appartements, il renvoya ses serviteurs et se rendit à sa chambre. Attrapant un parchemin et une plume, il se mit à écrire. Deux jours après avoir appris que les dirigeants d'Acre avaient refusé les termes de son ultimatum, il avait reçu un message de Will lui demandant de lui accorder un peu de temps pour convaincre le gouvernement. Le grand maître, disait-il, avait écrit au visiteur de l'Ordre à Paris pour demander des fonds supplémentaires. Guillaume de Beaujeu était prêt à payer le sultan en vidant les coffres du Temple si le gouvernement ne voulait pas l'écouter. Il leur fallait juste plus de temps. Mais c'était ce que Kalawun ne pouvait plus se permettre. *Si vous ne voulez pas voir mon armée s'avancer à l'horizon*, écrivit-il furieusement, *vous devez à tout prix convaincre votre gouvernement de changer d'avis.*

Le temps qu'il finisse de rédiger sa lettre, son mal de tête était si fort qu'il avait du mal à garder les yeux ouverts.

Al-Salihiyya, Égypte,
10 novembre 1290 après J.-C.

— Comment va-t-il ?

— Pas très bien. Je lui ai donné des drogues pour calmer ses souffrances, mais je ne peux rien faire de plus. Je crains que ce ne soit plus très long maintenant.

Les hommes parlaient à voix basse, comme s'ils s'excusaient. Kalawun les entendit comme dans un rêve. Il se sentait comme dans un cocon grâce à la chaleur de son lit et aux opiacés irriguant son organisme. Il savait qu'il aurait dû être concerné par ces voix et par ce qu'elles racontaient, mais un plaisant détachement l'en empêchait. La douleur avait reflué, chassée par les drogues. C'était un point pourpre et brillant au fond de son esprit. Il le voyait, mais il était lointain. Puis le lit bougea et une main froide passa sur son front.

— Père ? M'entendez-vous ?

Kalawun voulait rester dans les ténèbres de velours mais, outre la douleur, il sentait l'inquiétude et les intentions de celui qui était à son chevet, et ces choses étaient plus proches, elles réclamaient son attention. Il entrouvrit les yeux et la douleur se rapprocha. Même si ses quartiers n'étaient éclairés que par deux brasiers, cette faible lueur suffisait à accroître son mal. Khalil était assis à côté de lui sur le lit, son visage assombri.

— Je meurs.

C'était davantage un constat qu'une question, et Kalawun se sentait toujours complètement éloigné de la scène.

Khalil détourna les yeux.

— Oui.

Il contenait son émotion.

Kalawun leva faiblement sa main et la posa sur la joue de son fils. Sa peau était douce. La jeunesse l'habitait encore et lui conférait sa grâce.

— Est-ce que tu peux faire quelque chose pour moi ?

Khalil posa sa main sur celle de son père.

— Si je peux.

— N'attaque pas les Francs. Donne-leur une chance de s'amender. Fais preuve de pitié.

Khalil se raidit.

— Nous sommes déjà engagés.

— Non, il est encore temps. Nous ne sommes pas obligés de lancer la guerre.

— Vous l'avez déjà lancée. Vous avez réuni les troupes, construit les engins de siège. Nous sommes à al-Salihiyya, père. Nous allons traverser le Sinaï.

Le regard de Kalawun passa au-dessus de lui et il s'aperçut que les murs qu'il avait pris pour ceux de son palais étaient les cloisons en tissu de son pavillon. Et tout lui revint.

Les trois dernières semaines s'étaient déroulées dans une activité folle avec les généraux qui travaillaient sans cesse à préparer l'armée pour la guerre. Kalawun n'avait pas le cœur à tout cela et chaque ordre qu'il signait pour des provisions ou des armements, chaque messager qu'il envoyait, il le faisait de mauvais gré, attendant toujours que Will réponde à sa lettre. Mais les généraux s'impatientaient, ils voulaient marcher sur Acre avant les pluies de l'hiver qui s'abattaient sur l'arrière-pays palestinien. Une fois qu'ils auraient établi leur camp au pied des murs d'Acre, ils pourraient faire venir d'autres troupes depuis Alep et Damas. Les récoltes étaient terminées, les villes étaient parées pour les saisons à venir. Il ne pouvait y avoir meilleur moment.

— Nous devons faire demi-tour, dit Kalawun en mêlant ses doigts à ceux de son fils. Je ne leur ai pas laissé assez de temps. Campbell les convaincra.

Khalil retira sa main.

— Campbell ? demanda-t-il. Le Templier ?

— Les Francs reviendront sur leur décision. Il les convaincra.

— Non, il n'y arrivera pas, fit brusquement Khalil en se levant.

— Je lui ai écrit, dit Kalawun en luttant pour se rasseoir. Je lui ai dit que nous arrivions, qu'il fallait qu'il parvienne à faire céder son gouvernement.

— Je le sais.

Kalawun leva les sourcils.

— Comment cela ?

— Je ne suis pas stupide, père, lui assena Khalil en faisant le tour du lit. J'ai fait en sorte d'intercepter tous les messages que vous avez envoyés après avoir déclaré la guerre, ce que vous n'avez fait qu'à cause de mes menaces.

Kalawun ferma les yeux.

— Je les ai détruits, poursuivit Khalil en le regardant. Les Francs ne paieront pas parce qu'ils ne savent pas que nous venons. Et le temps qu'ils réagissent, il sera trop tard.

— Pourquoi ?

— Je devais le faire.

Khalil se rassit à côté de son père et lui prit la main. Kalawun voulut se détourner mais il était trop faible.

— Quand vous mourrez, père, je veux que notre peuple honore votre nom. Je veux qu'ils sachent que vous les aimiez, que votre amour n'a jamais failli et que vous faisiez toujours ce qui était bon pour eux. Je veux que votre nom vive dans l'histoire et que votre peuple se souvienne de vous.

— C'est parce que je l'aime que j'ai agi comme je l'ai fait, soupira Kalawun. Ne peux-tu le voir ?

— Je sais que c'est ce que vous croyez, répondit doucement Khalil. Mais c'est une illusion. Père…

Il ravala son émotion et s'obligea à regarder le visage grisâtre et sinistre de son père.

— Ce que vous et une poignée de chrétiens pensez ne compte pas. Le simple fait que ce Templier doive convaincre son gouvernement de nous dédommager pour les atrocités commises en Acre montre que son peuple ne veut pas plus de cette stupide paix que nous. Les idéaux ne nous protégeront pas, en tout cas pas tant que notre ennemi demeure sur ces terres pour nous menacer. Seule une main ferme et une épée sont à même de nous protéger des envahisseurs.

Kalawun laissa sa tête retomber sur l'oreiller.

— Nasir avait raison, souffla-t-il. Nous sommes tous des esclaves. Esclaves de notre devoir, de notre foi, de notre désir de revanche. Je ne veux plus être un esclave, Khalil, ni un guerrier.

Il ferma les yeux.

Khalil continuait de parler d'une voix passionnée et sincère, mais Kalawun n'entendait plus.

Derrière ses paupières, il quêtait la douceur et s'éloignait de l'âpreté de la peur, de la déception et des regrets. Il les fuyait, se retirait en lui-même, à la recherche de l'isolement et du confort. Allah ne l'avait pas oublié. Il sentait le moment présent l'emplir complètement, il l'accueillait avec une sérénité parfaite.

Et quelque part dans cet espace insondable en lui, Kalawun trouva ce qu'il cherchait dans les visages souriants d'Aisha et d'Ali, qu'il convoqua dans son dernier soupir pour qu'ils l'emmènent au Paradis.

Khalil resta assis à côté de son père pendant de longues minutes après que sa poitrine eut cessé de se soulever. Dans un des braseros, le charbon crépitait et envoyait de brèves gerbes d'étincelles en l'air. Khalil se pencha et prononça la Chahâda dans le creux de l'oreille de Kalawun. Quand ce fut fait, il resta encore un moment à respirer la douce odeur d'huile des cheveux de son père. Puis, son chagrin épuisé, il se leva. Dehors, l'armée attendait son nouveau général. Mais ils ne marcheraient pas ce matin. Kalawun pensait qu'ils n'auraient pas besoin de l'armée, qu'à la fin la paix prévaudrait, et les généraux ne voulaient pas retarder l'opération de crainte de tomber sur les mois les plus rudes de l'hiver. À cause de tout cela, ils n'avaient pas assez de troupes ni d'engins de siège. Khalil savait qu'il leur faudrait toutes les ressources possibles s'ils voulaient avoir un espoir de s'emparer d'Acre, et pas seulement d'Acre, mais des derniers bastions et villes où demeuraient les Francs. Non, ils ne partiraient pas tout de suite. Ils patienteraient tout l'hiver pour réunir plus de forces. Puis, une dernière campagne, une dernière impulsion massive et c'en serait terminé. Zengi, Nûreddîn, Saladin, Ayyoub, Baybars : il mettrait ses pas dans les leurs et finirait ce qu'ils avaient commencé. Il était temps de mettre un terme aux croisades.

45

Le quartier vénitien, Acre

30 mars 1291 après J.-C.

— J'aimerais que tu m'écoutes.

Occupée à ranger des draps de soie dans un coffre, Elwen s'interrompit pour poser les yeux sur Will.

— Je t'écoute. Mais tu ne me feras pas changer d'avis. Je ne pars pas.

Will s'approcha d'elle.

— Je suis sérieux, Elwen.

Elle secoua la tête tout en ôtant la couverture du lit d'Andreas et Besina.

— Moi aussi.

À voir son expression résolue, Will comprit immédiatement que ça ne servirait à rien. Il savait qu'il n'arriverait pas à la raisonner et il était énervé à la fois par son entêtement et par sa propre inaptitude à la convaincre.

— Pense à Rose, dit-il au bout d'un moment. Pense à notre fille.

— J'y pense, répondit Elwen en pliant le drap. Le médecin d'Andreas la trouve trop faible pour voyager.

Il m'a dit que nous ne devrions pas prendre ce risque, et je suis d'accord.

— Est-ce qu'elle sera beaucoup plus en sécurité ici ? fit remarquer Will en se passant la main dans les cheveux. Quand ils seront là, je ne pourrai pas vous protéger.

Elwen posa le drap sur le dessus de la pile et s'approcha de lui en posant la main sur sa joue.

— Nous avons plus de mille chevaliers pour nous défendre. Acre est forte, Will. Garde la foi.

— Depuis que les bateaux ont emmené des citoyens à Chypre, nous n'avons plus que vingt mille combattants. Tu sais bien que les Mamelouks sont bien plus nombreux.

Elwen lui fit une petite moue.

— Qu'est-ce que tu veux que je fasse ? Que je prenne un bateau avec notre fille et que je parte en mer pour des mois sans médecin ni remèdes appropriés, ou que je reste ici jusqu'à ce qu'elle aille assez bien pour endurer le voyage ? En plus, ajouta-t-elle soudain, je ne partirai pas sans toi et comme tu n'es pas prêt à partir, moi non plus.

— J'ai un devoir envers cette ville, Elwen. Il faut que je reste.

— Étant ta femme, j'ai un devoir envers toi.

On frappa à la porte. Elle s'ouvrit et Catarina apparut. Elle sourit à Will puis s'approcha d'Elwen et lui parla doucement en italien. En les regardant, Will se souvint tout à coup d'Elwen faisant ressortir Catarina, alors fillette, qui les avait surpris en train de s'embrasser. Il lui semblait impossible que quinze ans se soient écoulés depuis ce jour, mais il en avait la preuve devant lui : Catarina était désormais une femme et Elwen la mère de sa fille. Il éprouva une certaine tristesse, mais il n'aurait su dire pourquoi.

— Rose est réveillée, lui dit Elwen. Je vais la voir.

Quand elles furent parties, il s'avança vers la fenêtre et regarda au-dehors. Deux hommes parlaient en bas dans la rue, leurs capes enroulées sur les épaules. L'hiver avait été rude et même maintenant, alors que le printemps était bien avancé, le fond de l'air était frais. Pendant des semaines, le grésil et la neige s'étaient abattus sans pitié le long de la côte, et mars avait été balayé de vents amoncelant de gros nuages qui projetaient leur ombre dépenaillée sur les plaines et crevaient en recouvrant les champs à l'extérieur d'Acre d'une boue glacée. La ville et les hameaux alentour avaient connu la maladie, et notamment une fièvre des plus virulentes qui avait tué plus d'une centaine d'enfants. Rose l'avait attrapée le mois précédent et Will et Elwen avaient cru pendant plusieurs semaines qu'ils allaient la perdre. Ces nuits avaient été les pires que Will eût connues de toute sa vie : incapable de dormir, il faisait les cent pas dans ses quartiers du Temple, imaginant sa fille gisant à moins d'une lieue de là, agitée de tremblements, en sueur. C'était une peur démentielle, pure : ne pas pouvoir être là, ne pas pouvoir l'aider, craindre sans cesse qu'un message l'attende à la porte de la commanderie quand il se rendrait aux matines. Mais elle était forte et avait survécu. Pour l'heure, elle se rétablissait et le temps s'adoucissait mais, au lieu d'apporter du répit, ces jours plus chauds et plus secs et ces nuits plus douces contenaient en germe une autre menace. La boue des routes se solidifiait et serait bientôt prête à soutenir le poids d'une armée. Lorsqu'il fermait les yeux, Will croyait les entendre déjà : le martèlement de milliers de bottes ; le cliquetis des brides et des cottes de mailles ; le grondement des roues des engins de siège ; le ronflement sourd des tambours.

Derrière lui, la porte grinça en s'ouvrant.

— Comment va-t-elle ? demanda Will en se tournant.

Il s'attendait à voir Elwen, mais c'était Andreas qui se tenait sur le seuil. Will le salua, gêné de se trouver dans la chambre du mercier. Au fil des ans, Andreas et lui avaient appris à vivre ensemble, mais ils n'étaient jamais devenus proches. Elwen était leur seul point commun et ils prenaient tous deux bien trop au sérieux leur rôle de protecteur vis-à-vis d'elle pour se sentir vraiment à l'aise l'un avec l'autre.

— Voulez-vous que j'attende dehors ?

Il s'était exprimé en arabe, leur seule langue commune.

Andreas écarta sa question d'une main et se rendit à son cabinet de travail, qui était vide en dehors d'une pile de papiers.

— Non, non, restez.

Il fouilla dans les documents, puis leva les yeux et inspecta rapidement la chambre presque vide.

— Elle ne sera plus à moi bien longtemps, de toute façon. Avez-vous vu Rose ?

— Pas encore. Je monterai avant de partir. Elwen préfère qu'on ne la fatigue pas trop.

Andreas marmonna quelque chose et se remit à étudier ses papiers.

— Je suppose que vous avez essayé de convaincre Elwen, non ?

— À part la frapper jusqu'à ce qu'elle perde conscience pour la jeter sur un bateau, Andreas, je crois que j'ai tout essayé.

Le marchand lui adressa un léger sourire.

— Elle a la tête dure, c'est certain. Je n'arrive pas non plus à la convaincre.

Il prit un air sérieux.

— C'est pour vous qu'elle reste, vous savez.

— Je le sais. Mais elle a aussi peur pour Rose, comme notre médecin d'après ce qu'elle m'a dit.

— Ce n'est pas une décision agréable. Mais il est sans doute préférable de braver la mer que d'attendre ce qui va se passer ici. On raconte que le sultan Khalil a deux cent mille hommes. Je ne suis pas soldat, mais je me rends bien compte qu'il sera difficile de résister à un assaut donné par une horde pareille.

Will ne répondit pas et Andreas secoua la tête.

— Eh bien, commandeur, la situation à laquelle vous allez faire face n'est pas des plus confortables, mais vous pouvez au moins être sûr d'une chose : vous avez une femme d'une loyauté à toute épreuve.

— Elle est même trop loyale, si vous voulez mon avis, répondit Will. Elle est prête à perdre tout ce qu'elle a pour moi. Elle n'a pas besoin de rester.

— L'amour rend aveugle, même au danger.

Andreas réunit ses papiers.

— Je vous l'ai déjà dit, j'ai un ami disposé à emmener Rose et Elwen loin de cette ville sur son bateau. Il se tient prêt à partir et quittera le port si l'assaut tourne mal. Mais comme beaucoup de gens dans cette ville, il espère que les fortifications tiendront. Si votre femme et votre fille le retrouvent sur les quais, elles seront en sécurité. Il les emmènera à

Venise et je m'occuperai d'elles jusqu'à ce que vous nous donniez signe de vie. Je sais que vous serez pris par vos engagements lorsque l'assaut sera donné, commandeur. Mais assurez-vous qu'elles aillent au port en temps et en heure.

On entendait des bruits de pas dans le couloir et Andreas termina au moment où Elwen pénétrait dans la chambre. Elle leur sourit d'un air interrogateur.

— J'ai dit à Rose que tu montais la voir, dit-elle finalement à Will.

Will fit un signe de tête à Andreas avant de la suivre dans l'escalier biscornu qui menait à l'étage des domestiques.

Rose était emmitouflée dans une grande couverture de laine. Il sentit son cœur se serrer en voyant son teint de cire. Ses cheveux blonds s'étalaient sur l'oreiller, ternes et sans grâce. Il avait espéré qu'elle irait mieux.

— Rose, murmura-t-il en s'agenouillant au chevet de son petit lit.

Les yeux de Rose n'étaient qu'à moitié ouverts.

— Père, susurra-t-elle en cherchant à s'asseoir.

Will posa doucement sa main sur son épaule.

— Ne bouge pas, mon amour. Je voulais juste embrasser ma fille adorée. Et ensuite, je veux que tu te rendormes. Tu as besoin de te reposer.

— Dis à Catarina de ne pas partir, fit Rose d'une petite voix. Je ne veux pas qu'elle parte.

Will lui ébouriffa les cheveux.

— Tu la reverras bien assez tôt, quand tu iras mieux. Et plus tu te reposeras, plus tu te rétabliras vite.

— Tu me le promets ?

Will sourit en posant la main droite sur son cœur.

— Je te le jure.

Le coin de la bouche de la fillette se leva légèrement.

— J'accepte ton serment.

Will resta un instant à lui caresser les cheveux, jusqu'à ce que ses yeux se ferment et que sa respiration devienne régulière. Il avait les jambes pleines de fourmis à cause de sa position inconfortable mais il ne se décidait pas à bouger. Bientôt, il sentit la main d'Elwen sur son épaule.

— Tu devrais retourner à la commanderie. Ils ont besoin de toi.

Will se pencha sur sa fille et lui déposa un baiser sur la joue avant de se relever. Une fois sur le palier, il agrippa Elwen par le bras avant qu'elle ne descende l'escalier.

— Andreas a un ami qui est d'accord pour vous emmener si les défenses de la ville ne tiennent pas.

— Je sais.

— Si ça arrive, je veux que Rose et toi partiez avec lui. Même si je dois rester. Est-ce que tu comprends ?

Elwen détourna le regard.

— Oui, murmura-t-elle.

Will l'attira à lui en la serrant dans ses bras. Elwen ferma les yeux.

— J'ai peur, Will.

— Tout ira bien. Nous allons nous en sortir.

Ils restèrent un moment ainsi, aucun des deux ne voulant lâcher l'autre, puis ils finirent par se séparer et descendirent au rez-de-chaussée, main dans la main. Dans le vestibule, Catarina attendait près d'un tas de sacs et de coffres. Elwen alla vers elle et lui prit les mains.

— Papa veut que j'aille au bateau avec le premier chargement. Giovanni et les enfants m'y attendent. Tu ne viens pas avec nous ?

— Je ne peux pas, murmura Elwen.

Will, qui ne comprenait pas leur échange, mais en devinait la teneur, détourna discrètement les yeux quand Catarina se mit à pleurer. Elwen la serra dans ses bras.

— Tout va bien se passer pour Rose et moi, je te le promets. Si le siège s'éternise et que notre position devient précaire, nous nous verrons à Venise. Sinon, ton père voudra sans doute revenir. Dans les deux cas, ce n'est pas un adieu.

Catarina sanglotait encore lorsqu'elle embrassa Elwen sur les deux joues. Puis elle adressa un sourire triste à Will.

— Fais en sorte qu'elle aille bien.

Elwen resta aux côtés de Will, et Catarina sortit pour monter dans un chariot chargé de bagages et d'affaires appartenant à la famille di Paoli. Tandis que les chevaux démarraient au pas, Catarina agita la main à leur intention.

— Cette maison va être bizarre sans plus personne que Rose et moi, soupira Elwen tandis que le chariot disparaissait.

— Je croyais qu'Andreas laissait aussi quelques-uns de ses hommes ?

— Il y a Piero, son garde, qui reste, mais ce n'est pas pareil. J'aurais aimé que l'Anima Templi réussisse.

Will l'embrassa sur le front en guise de réponse.

Trois jours plus tôt, il avait réuni le Cercle une ultime fois avant que la guerre n'éclate. Il avait demandé aux membres de rassembler tous les documents et l'argent liés à l'Anima Templi. En vérité, il y avait bien peu de choses relatives à l'Ordre : le secret leur imposait de garder le moins de traces écrites possible. Les quelques documents qu'ils possédaient étaient conservés, ainsi que leur trésorerie, dans une caisse que le sénéchal conservait dans ses quartiers. Will déposa avec réticence la chronique d'Everard, qui dormait au fond d'un coffre verrouillé dans son dortoir, au milieu des autres affaires. Ça ressemblait pour l'essentiel aux mémoires erratiques d'un vieillard mais il avait l'impression de vivre une défaite. Comme si, en s'en débarrassant, il confirmait qu'Acre allait tomber et que le rêve de l'Anima Templi était terminé.

— Vous auriez dû le brûler, lui avait dit le sénéchal d'une voix bourrue en voyant sa réticence à se séparer du volume.

— Non, avait vivement rétorqué Will, c'est tout ce qui nous reste de…

Il avait voulu prononcer le nom d'Everard mais il ne l'avait pas fait afin de ne pas montrer de faiblesse au sénéchal.

— Non, avait-il répété. Nous les enverrons à Hugues de Pairaud à Paris, comme convenu. Que vos domestiques le chargent sur le bateau.

— Comme vous voudrez, avait grogné le sénéchal.

Après cela, Will était allé en personne trouver certaines de leurs connaissances, comme Elias, pour les convaincre de quitter la ville. Le rabbin avait ri avec bonne humeur et lui avait répondu qu'il n'irait nulle part tant que la paix avait encore une chance de prévaloir. Il y avait une confiance dans la voix et les manières du vieil homme qui avaient raffermi l'espoir de Will.

Et maintenant, alors qu'il se tournait vers Elwen, il essaya de faire preuve du même optimisme communicatif.

— Peut-être allons-nous y arriver, dit-il en lui prenant les mains.

Mais, à l'intérieur, une petite voix lui disait qu'il essayait juste de la rassurer. Il n'y croyait pas lui-même. Il lui pressa les mains une seconde avant de sortir à son tour. Mais il ne fit que quelques pas avant de se retourner. Elwen se tenait sur le seuil, elle frémissait à cause de la fraîcheur et ses yeux pâles brillaient à la faible lueur du soleil tandis qu'elle le regardait partir. Cette vision l'emplit d'une émotion soudaine et il revint vers elle pour la serrer une fois de plus dans ses bras. Surprise, elle eut un petit rire puis se tut. Will sentit sa main l'agripper farouchement dans le dos. Ils restèrent ainsi un long moment, simplement à se serrer.

— Je t'aime, murmura-t-il dans le creux de son cou.

Ils se séparèrent enfin et Will prit le chemin de la commanderie en laissant le quartier vénitien derrière lui.

Les gens traînaient dans la rue par petits groupes et l'on pouvait lire l'inquiétude sur leur visage. D'autres chargeaient des chariots ou attachaient des sacs sur le dos de leurs mules et de leurs chameaux avant de partir pour le port. La ville se vidait. Mais trop peu et trop lentement au goût de Will. Nombreux étaient ceux, ayant vécu les assauts de Baybars, qui n'arrivaient pas à croire que les remparts d'Acre puissent tomber, ou bien ils avaient foi en la capacité du gouvernement d'Acre à négocier avec les Mamelouks. Will savait qu'ils se trompaient.

Quand ils avaient appris la nouvelle dévastatrice de la mort de Kalawun, qui avait durement frappé Will, Guillaume de Beaujeu avait envoyé des émissaires auprès du nouveau sultan, al-Ashraf Khalil, pour essayer d'ouvrir de nouvelles négociations. Saisi de douleurs à l'estomac, Will n'avait pas pris part à l'expédition. Et heureusement pour lui, car les deux chevaliers envoyés par le grand maître n'étaient jamais revenus. Au lieu de cela, une lettre du sultan Khalil lui-même les avait avertis de ne plus envoyer de messagers ni d'offrir de cadeaux : il ne recevrait pas les premiers et n'accepterait pas les seconds. *Nous venons dans votre région réparer les maux que vous avez causés*, disait la lettre.

Peu après la lettre, des rapports d'espions leur avaient indiqué que le sultan Khalil organisait une armée comme on n'en avait plus vu depuis l'aube des croisades. Chaque Mamelouk était appelé à combattre, de même que l'ensemble des forces auxiliaires. Les émirs d'Hamah et de Damas levaient leurs propres troupes et des milliers de simples musulmans d'Égypte, de Palestine, du Liban et de Syrie – soldats à la retraite, fermiers, jeunes dévots –, répondaient à l'appel lancé à travers les mosquées leur demandant de s'engager dans le combat. D'autres rapports du Liban leur apprirent qu'on y débitait les arbres pour en faire des engins de siège. La rumeur voulait que Khalil eût donné l'ordre d'en fabriquer plus de cent, dont certains étaient les plus grands qu'on eût jamais vus. Toute la population de Damas dut s'y mettre pour faire sortir de la ville l'un des mandjaniks, baptisé le Furieux, dans la boue et la neige. Et aujourd'hui, ces hommes et ces engins marchaient sur le dernier bastion chrétien. Le froid et la pluie qui avaient ralenti leur avancée au début du mois étaient terminés et ce n'était plus qu'une question de jours avant que cette force impressionnante n'atteigne Acre.

On avait ordonné à tous les chrétiens en âge de combattre qui se trouvaient encore en Outre-mer de défendre Acre. Il avait fallu pour cela abandonner les quelques places fortes encore en la possession des Francs, abandonner ces endroits indéfendables étant le seul moyen de réunir autant de soldats que possible. De toute façon, Acre était le dernier retranchement qui conservât une certaine puissance et qu'il soit peut-être possible de sauvegarder. Pour la première fois depuis des décennies, les différentes communautés de la ville faisaient front commun. Les Templiers et les Hospitaliers travaillaient avec les chevaliers Teutoniques à la préparation des défenses. Le régiment français mis en place par feu le roi Louis IX, qui comptait plus de cent arbalétriers, était en liaison avec la garnison royale laissée sur place par le roi Hugues de Chypre et l'ordre anglais de Saint-Thomas. Les Pisans et les Vénitiens fabriquaient de concert de grands mangonneaux en vue du siège, et tous les mercenaires et autres gardes des États marchands étaient sur le pied de guerre. Quelle qu'en soit l'issue, Acre était prête au combat.

Tout en traversant la ville à vive allure, Will ressentait cette détermination. Sous la peur et l'inquiétude, il y avait aussi du défi. On le voyait à l'attitude des marchands qui clouaient des planches aux fenêtres de leurs magasins et refusaient de partir, ou à celle des femmes et des filles qui entassaient des sacs de blé dans les postes de garde situés sur les remparts. On le voyait à la lueur sépulcrale des ateliers de forgerons où résonnait toute la journée le martèlement du fer, de même que dans les écuries où les maréchaux-ferrants mettaient des fers neufs aux sabots des chevaux. Et on le voyait aux mangonneaux et aux trébuchets que des bœufs hissaient en haut des remparts où des torches brûlaient toute la nuit en projetant les ombres vacillantes des vingt mille soldats tendus par l'attente.

Will grimpa la butte de Montjoie à cheval sur les quartiers génois et vénitien, puis il s'arrêta et contempla Acre. Son regard passa au-dessus du labyrinthe de rues où des murs et des portes délimitaient les quartiers. Il s'accrocha aux flèches des églises et rebondit sur les dômes des mosquées, tomba sur les quais balayés par le vent. Puis il observa au nord le grand enclos des chevaliers de Saint-Jean avec sa grande infirmerie et derrière lui la douve qui séparait la ville du faubourg de Montmusard. Son regard s'éloigna, vola par-dessus les toits des maisons et des boutiques, par-dessus les tours de la léproserie de l'ordre de Saint-Lazare. Au-delà de Montmusard, il y avait une deuxième enceinte flanquée de tours qui doublait la première à l'intérieur des terres et faisait le tour de la ville, encerclant la péninsule d'Acre d'une gigantesque gaine de pierre. Will regarda les quartiers juif et arabe, les marchés italiens, la cathédrale et le palais royal. Il resta là un long moment, silhouette solitaire dans son manteau blanc battu par le vent, les cheveux dans les yeux, la barbe parsemée de quelques nuances grises autour de la bouche. Il embrassa toute la ville du regard et se recueillit en silence. Et il sentit monter en lui ce sentiment de défi.

Lorsque était apparu évident que les émissaires ne reviendraient plus, Will avait sans attendre réuni le Cercle pour qu'ils se mettent en relation avec leurs partisans en ville. Grâce aux musulmans d'Acre qui croyaient toujours en leur cause et avaient autant à perdre que les chrétiens si la ville venait à tomber, ils avaient pu envoyer des messages à Khalil et à ses généraux. Dans ses messages, qu'il avait écrits personnellement, Will suppliait le sultan de revenir sur sa décision, il évoquait sa longue amitié avec Kalawun et la paix dont leur peuple avait bénéficié pendant des années. Il avait proposé de l'argent, un nouveau traité de paix, la liberté pour les prisonniers musulmans. Mais il savait avant même de les envoyer qu'il n'obtiendrait pas de réponse, ses lettres elles-mêmes sentaient le désespoir et il avait une conscience douloureusement aiguë de son impuissance à éviter la guerre. Il avait l'impression que la digue qui retenait la mer depuis des années était sur le point de se briser, quoi qu'il fasse. Il avait comblé les brèches à mesure qu'elles apparaissaient mais désormais elles étaient trop grandes et rien ne pouvait empêcher l'eau de se déverser. Il ne lui restait que deux possibilités. Il pouvait laisser faire et se noyer ou faire face avec toute l'énergie dont il disposait. L'Anima Templi avait fait tout ce qui était en son pouvoir. Quel que soit l'avenir qui leur était réservé, il ne pouvait plus être le chef du Cercle en cet instant. Il devait remplir son devoir envers le peuple de cette ville, envers le Temple, envers ses amis, sa femme et sa fille : il avait le devoir de les protéger. Et il le ferait, fût-ce au prix de sa vie. Sa détermination se raffermit encore un peu plus.

L'heure était au combat. Le Temple l'avait entraîné pour des occasions comme celles-ci.

La porte de Saint-Lazare, Acre,
15 avril 1291 après J.-C.

La lune éclairait les visages des hommes qui attendaient dans l'enceinte extérieure. En respirant, les chevaux dégageaient de la brume par les naseaux. Une lumière bleuâtre baignait la douve qui séparait l'enceinte extérieure des remparts intérieurs d'un halo presque irréel. Tout le secteur était jonché de débris : rochers, amoncellement de gravats, flèches.

Par-dessus les têtes des chevaliers attroupés, Will regardait Guillaume de Beaujeu parler avec deux hommes près de la porte Saint-Lazare qui menait en ville. Tous trois étaient habillés pour la bataille mais le grand maître était de loin le plus imposant. Son surcot et son manteau serraient son haubert jusqu'aux genoux, puis flottaient autour des chausses qu'il portait sur les jambes. Des gantelets de mailles métalliques protégeaient ses mains et un camail lui couvrait le cou et la tête. Sous le bras, il portait un heaume couronné de plumes d'aigle dont les pointes avaient été teintées de henné, de sorte qu'elles semblaient être trempées de sang. Avec lui se trouvait un noble suisse qui s'appelait Othon de Grandson, responsable de l'ordre anglais de Saint-Thomas, et le maître de la léproserie de Saint-Lazare. Will détourna les yeux en entendant Robert bâiller à côté de lui. Il sentait la tension chez tous ces hommes qui attendaient le combat, même s'ils étaient pour la plupart assis en silence près de la porte de l'enceinte extérieure, car leur entraînement leur avait appris à dompter leur nervosité. Le moment venu, ils se défouleraient sur l'ennemi.

Peu après, Guillaume termina sa discussion et revint parmi les Templiers. Othon retourna lui aussi auprès des soldats de Saint-Thomas et le maître de la léproserie, après avoir donné un ordre à deux hommes qui s'en allèrent par la porte Saint-Lazare, prit position à la tête de ses hommes, qui patientaient un peu en retrait des autres troupes. Au total, cavalerie et infanterie confondues, ils étaient presque trois cents hommes.

Deux sergents aidèrent Guillaume à monter en selle, un travail qui requérait toute leur force tant le grand maître et son volumineux équipement pesaient. La défense de tout le côté nord-ouest du faubourg de Montmusard avait été confiée aux Templiers et les hommes travaillaient maintenant par groupes, dormant dans des baraquements de fortune au milieu des écuries et des maisons, courant porter vivres et messages de la commanderie à Montmusard. Lorsque les deux sergents s'éloignèrent, les chevaliers firent le signe de croix et abaissèrent leur visière. Se déplaçant en formation, ils avancèrent vers la porte extérieure. Le grand maître se trouvait à l'avant avec Theobald Gaudin et Will. Zaccaria était derrière eux avec Robert et le gonfalonier, celui qui portait haut l'étendard du Temple.

Les secondes s'égrenaient et Will sentait son cœur s'emballer. Son casque lui renvoyait sa propre respiration saccadée tandis que le monde demeurait étrangement assourdi. Il agrippa son bouclier qui brillait au clair de lune et la sangle se serra autour de ses muscles bandés. Il y eut un signal et cinq hommes de l'ordre de Saint-Lazare s'approchèrent de la porte. Ensemble, ils levèrent la grande barre en bois et ouvrirent. La herse en fer fut relevée tandis qu'on descendait le pont-levis. Will fit jouer sa mâchoire, qui lui faisait mal à force de crispation, et il braqua son regard sur la bande lumineuse qui grandissait à l'horizon. Le pont-levis s'inclinait lentement, le treuil et les poulies fraîchement huilées remplissaient leur office sans faire le moindre bruit. Dehors, le bruit de la mer ne cessait de grossir et un vent puissant s'engouffrait par la porte. Il y avait une forte odeur de sel et de boue, et des émanations humaines nauséabondes aussi, la puanteur épaisse et pénétrante des hommes confinés dans un petit espace, une puanteur composée d'une multitude d'effluves : fumier humain et animal, sueur, huile des lampes, bois brûlé, épices, viande cuite et encens. Le pont-levis fit un bruit sourd en se mettant en place par-dessus le fossé qui faisait le tour de l'enceinte extérieure. Mais ce qui emplissait le champ de vision de Will, c'était ce qui se trouvait au-delà.

À quelque distance de là, derrière les lignes de siège formées par des protections en bois et en vannerie, les Mamelouks avaient dressé leur camp. Will savait qu'il y avait plusieurs camps, chacun dirigé par un chef différent, mais la mer de tentes était si énorme, elle recouvrait un tel espace qu'il était presque impossible de dire où finissait l'un et où commençait l'autre. Alors qu'elles formaient un ensemble bigarré de couleurs vives en plein jour, elles étaient toutes du même gris uniforme la nuit, et les seules qui se distinguaient étaient celles, plus grandes, des émirs. Entre les lignes de siège et les camps avaient été installés les engins de siège. Certains étaient petits, pas plus de cinq ou dix mètres de haut, et ils projetaient des javelots vers les remparts ou les plates-formes des tours. D'autres, plus grands, servaient aux pierres et aux pots de naphte. Et il y en avait quatre d'une taille gigantesque. Ces monstres, placés à intervalles réguliers autour des fortifications, dressaient dans le ciel pâle de l'aurore leur squelette efflanqué. Pour l'heure, leurs madriers étaient au repos. Sur sa droite, un peu plus loin, Will apercevait celui qu'ils appelaient le Furieux et qui avait fait le chemin depuis Damas. Les hommes qui le maniaient étaient sous les ordres de l'émir de Hamah, dont le camp était établi près du rivage, juste en face des chevaliers. Ces dix derniers jours, le Furieux avait mérité son nom.

L'armée mamelouke était arrivée le 5 avril, marée noire submergeant l'horizon. Les derniers réfugiés, pour la plupart des chrétiens autochtones des villages alentour, s'étaient précipités en Acre pour chercher refuge, et ils apportaient avec eux des histoires de villages brûlés et de massacres. À son arrivée, le sultan Khalil s'était installé sur une petite colline au nord-est de la ville où les Templiers possédaient un vignoble. Son pavillon royal vermillon avait été monté en face d'Acre et l'armée avait rapidement pris position jusqu'à couvrir toute la région, depuis le nord-ouest de la péninsule jusqu'au rivage au sud-est. Ils avaient érigé leurs tentes, creusé des fosses et des latrines, monté les engins et vidé les pierres des chariots pour les empiler auprès des mandjaniks. À plusieurs moments durant la journée, l'armée avait cessé tout ouvrage pour prier et les croisés, qui observaient leurs progrès depuis les remparts d'Acre, avaient écouté en silence les scansions musulmanes.

Et depuis, les tambours reprenaient leur roulement à chaque aube, annonçant qu'une nouvelle journée d'offensive commençait. Les archers mamelouks lâchaient des volées de flèches contre les Francs sur les remparts tandis que toutes sortes de projectiles se fracassaient continûment contre les tours. Dans le port, les bateaux s'en allaient, emportant avec eux les femmes, les enfants, les vieillards et les malades vers Chypre, à l'abri. Mais ils étaient encore nombreux à rester, ceux qui gardaient espoir et ceux qui ne pouvaient se payer le passage. Will était retourné voir Elwen pour la supplier de partir mais elle avait refusé encore une fois alors que, jour après jour, les Mamelouks se rapprochaient des murs. Les chrétiens essayaient de repousser cette avancée en catapultant des pierres avec leurs propres engins. Mais les lignes de siège étaient protégées par des barrières de poutres attachées les unes aux autres et la plupart des pierres rebondissaient sans dommage sur cette épaisse cuirasse avant de tomber dans la fosse. Les Francs avaient lancé sept assauts vaillants depuis la mer. Le premier jour, un mangonneau à bord d'un vaisseau vénitien avait même infligé de gros dégâts au flanc droit de l'armée mamelouke. Le lendemain, trois bateaux pisans avaient attaqué le camp de Hamah en projetant des pierres avec un trébuchet mais une tempête s'était levée, obligeant les Pisans à reculer, ce qui avait fait dire à un certain nombre de soldats que les Mamelouks utilisaient la sorcellerie. Et maintenant, au bout de dix jours, les Francs commençaient à se relâcher. Il leur fallait une victoire.

Will tira son épée de son fourreau tandis que six hommes de l'ordre de Saint-Thomas se précipitaient par la porte. À la hâte, ils déroulèrent un large rectangle de tissu, très épais, à travers le pont-levis. Quand ils eurent terminé, Guillaume leva le poing en l'air. Will enfonça ses talons dans les flancs de son destrier et sortit de l'enceinte aux côtés du grand maître et de Theobald Gaudin. En face étaient disposées les barricades des lignes de siège avec la forme monstrueuse du Furieux en surplomb. Une fois sur la terre sablonneuse, le grand maître se dirigea droit vers l'engin. Derrière lui, Othon de Grandson conduisait l'ordre de Saint-Thomas et les soldats à pied de la léproserie à gauche, vers le camp de Hamah qui était surtout composé de Syriens, ainsi que de quelques centaines de Bédouins et de Mamelouks.

À la sortie du pont, le terrain montait un peu, ce qui empêchait de voir l'essentiel du camp. Au bout d'un moment, seul le Furieux demeura visible. Les hommes avançaient rapidement, dans le calme, bruits de pas et de sabots amortis par le sable. S'il y avait eu quelqu'un au niveau des lignes de siège, ils l'auraient aussitôt remarqué. Mais il n'y avait pas de sentinelles à cet endroit. Les Mamelouks s'étaient tellement rapprochés des fortifications qu'ils étaient maintenant à la portée des flèches des croisés, de sorte que tout homme qui se montrait là devenait une cible. De plus, le camp était encore endormi. Ils n'agissaient pas de nuit et ne s'attendaient pas à une action aussi audacieuse des assiégés. Les Mamelouks ne pouvaient pas savoir que, de toutes les portes situées autour d'Acre, des compagnies comme celle-ci, composées d'Hospitaliers, de Teutoniques, de Pisans et de Génois, avançaient en silence vers leurs positions.

En quelques instants, les Templiers atteignirent les lignes de siège. Six sergents, des grappins à la main, coururent le long des barricades en bois qui protégeaient le Furieux pendant que les chevaliers mettaient en place leurs chevaux bien entraînés à coups de talons dans les flancs et de petites pressions sur les rênes. La lune procurait une lumière trompeuse : dénuées de la moindre couleur, les formes semblaient s'enchevêtrer les unes dans les autres. Mais cette pénombre bleuâtre changerait bientôt. Ils allaient illuminer cette nuit.

L'espace de quelques secondes, rien ne se passa. Guillaume regarda en l'air, du côté des remparts, les plumes de son casque frissonnant dans la brise. Will suivit son regard et il entendit un petit clic au loin, puis le bruit sourd d'un mécanisme et une lumière ténue apparut dans le ciel. Elle se recroquevilla et parut suspendue en l'air pendant un bref moment, après quoi elle entama une longue parabole, comme une étoile filante grossissant à vue d'œil. Will réalisa soudain qu'elle allait manquer sa cible. Guillaume s'en aperçut lui aussi car il jura. Et, en effet, l'énorme pot de feu grégeois atterrit à quelques mètres des barrières en bois qui entouraient le Furieux au lieu d'y mettre le feu. Ce feu était censé se répandre rapidement et détruire ce mur protecteur pour permettre aux hommes d'attaquer en profitant de la confusion qui ne manquerait pas de s'ensuivre. Le pot s'écrasa bruyamment et plusieurs sergents reculèrent, craignant la conflagration, mais le feu n'avait rien à consumer sur la terre sablonneuse et il s'éteignit peu à peu malgré l'effort des hommes qui essayaient de pousser la substance enflammée sur les barricades. Guillaume se haussa sur sa selle et leva le bras pour faire signe aux hommes sur les remparts de tirer une deuxième fois, mais il n'eut même pas le temps de le faire que déjà, de l'autre côté de la barrière, des cris retentirent. Quelqu'un avait entendu l'explosion.

— Maintenant ! hurla Guillaume aux sergents qui se dépêchèrent de reprendre leur position et de lancer leurs grappins.

Tandis que les crochets métalliques se fixaient au sommet des barrières en bois, les cris se multipliaient de l'autre côté. Les sergents tirèrent de concert sur les cordes et abattirent les barrières autour du Furieux. Elles tombèrent sur le sable avec un bruit étouffé et les chevaliers s'engouffrèrent dans la brèche. Will fut l'un des premiers à s'y précipiter avec Guillaume. Les soldats syriens qui manœuvraient le Furieux étaient cantonnés à proximité et ils couraient déjà en direction des chevaliers, les armes levées. Dans le camp principal à quelque distance de là, d'autres troupes sortaient des tentes, pas totalement éveillées ni habillées. Des torches étaient allumées ici et là.

— Démolissez l'engin ! rugit Guillaume à l'intention de quelques sergents qui portaient des haches. À l'attaque ! À l'attaque ! lança-t-il aux chevaliers.

Pendant qu'un groupe de chevaliers se portait à la rencontre des Syriens, Guillaume mena le reste des troupes dans une charge farouche sur le terrain à découvert menant au camp de Hamah. Ils abordèrent les marges du camp et s'enfoncèrent dans les premières lignes de soldats toujours ensommeillés qu'ils massacrèrent sans difficulté. Sur leur gauche, les soldats de l'ordre de Saint-Thomas menés par Othon de Grandson avaient fait tomber d'autres barricades et convergeaient vers les positions des Templiers. Ils hurlaient des cris de ralliement en courant.

Will se baissa pour esquiver un carreau d'arbalète qui lui était destiné. Un homme sortit d'une tente juste devant lui, torse nu, une épée à la main. Il allongea le bras en visant le cou du cheval. Will tira sur les rênes et détourna son cheval à la dernière seconde avant de frapper l'homme avec le tranchant de son fauchon. Dans son élan, il ne trouva que son poignet mais il le sectionna d'un coup, projetant l'épée avec la main toujours cramponnée à la poignée. Le Syrien hurla en tombant à genoux et en regardant son moignon d'un air horrifié. Deux autres soldats arrivaient sur la droite de Will, qui cabra son cheval pour s'en servir comme d'une arme. Les soldats tombèrent à la renverse et le cheval leur broya les côtes de ses sabots ferrés.

Alors que de plus en plus de soldats sortaient des tentes pour venir en aide à leurs camarades, Will forma un cercle avec trois autres chevaliers. Ils portaient autant de coups que possible tout en parant ceux de leurs adversaires avec leurs boucliers. Une épée le toucha à la cuisse mais elle glissa sur la cotte de mailles sans le blesser ; une autre lacéra son manteau. Il continuait à faire bouger son cheval que son armure protégeait des coups d'épée. La sueur perlait sur son front et dégoulinait le long de ses joues, à l'intérieur du casque par les fentes duquel il voyait les Syriens qui lui faisaient face. Guillaume et Robert étaient entrés plus avant dans le camp et essayaient de gagner assez de temps pour que les sergents puissent détruire le Furieux. Et partout des hurlements, partout le bruit des épées qui s'entrechoquaient.

Will combattait rudement, méthodiquement, projetant ses ennemis au sol avant de les tuer. Ce n'étaient plus des hommes, juste des cibles à détruire. Les réflexes avaient pris le pas sur l'intellect et il n'y avait pas de place pour l'hésitation. Il était une machine alimentée par l'instinct de survie, par la peur. Il meuglait en les mettant à terre et en enfonçant sa lame dans la première partie de leur corps qui se présentait à lui. Le dernier homme devant lui s'écroula, le crâne fendu en deux jusqu'au nez. La voie était dégagée. Will lança son cheval au galop. Plus loin, il entendait des cris de panique lancés par les chevaliers. Il y avait quelque chose qui n'allait pas.

Guillaume et les autres s'étaient enfoncés plus loin dans le camp, à l'endroit où les tentes étaient le plus rapprochées. Mais à cause de la faible lumière de la lune, ils ne pouvaient pas voir les cordes qui les maintenaient debout. Les chevaux s'empêtraient dans les cordages et tombaient en faisant culbuter les chevaliers. Un cheval alla s'écraser sur une tente, qui s'effondra. Son cavalier chuta avec lui et un piquet de tente se ficha dans sa nuque. Il resta étendu là à se débattre, les jambes coincées, tandis que deux Syriens se jetaient sur lui et l'achevaient. Un autre chevalier mis à bas de son cheval, la hanche brisée par la chute, reculait devant trois Mamelouks quand il buta contre une corde et s'écroula contre un drap tendu devant une fosse d'aisances. Il termina sa course au milieu des excréments de dix jours de siège. Il se débattit un moment en essayant désespérément de s'agripper aux bords glissants de la fosse, puis trois flèches le frappèrent coup sur coup et il retomba, le poids de son armure l'entraînant au fond de cet immondice sans même pousser un cri.

D'autres chevaliers tombèrent, victimes des cordes traîtresses. Les Syriens étaient de plus en plus nombreux et ils avaient maintenant eu le temps d'enfiler leurs casques et d'attraper armes et boucliers. Guillaume, occupé à se défendre contre un groupe de Mamelouks qui menaçaient de l'encercler, hurla le signal de la retraite. Les ordres de Saint-Thomas et de Saint-Lazare se rassemblèrent autour de lui et les Templiers suivirent leur gonfanon pour sortir du camp aussi vite qu'ils y étaient entrés.

Will tournait son cheval pour rejoindre les autres lorsqu'il en vit un autre se prendre les jambes dans des cordes et jeter son cavalier à terre. Dans la chute, le chevalier perdit son casque. C'était Robert. Les autres chevaliers passaient à proximité sans se soucier de sa situation. Dans leur sillage, une masse de soldats couraient, assoiffés de sang, mis en rage par cet assaut et désireux de venger leurs camarades.

Ignorant l'ordre que lui lança Guillaume en passant près de lui, Will approcha son cheval de Robert.

— Lève-toi ! hurla-t-il au chevalier. *Debout !*

Robert, qui cherchait l'épée qu'il avait lâchée, leva la tête en l'entendant. Jetant un regard derrière lui aux soldats qui accouraient, il se releva, oublia son épée et se précipita vers Will. Celui-ci lança son cheval droit sur les Syriens, qui s'écartèrent. Puis il fit pivoter son cheval et revint vers Robert. Dans un effort suprême, celui-ci parvint à se hisser sur le cheval. Attrapant fermement la selle des deux mains, il s'allongea à plat ventre derrière Will et lutta pour maintenir son équilibre précaire tandis que Will lançait le destrier vers les lignes de siège où le sol était couvert de cadavres. Le Furieux était toujours debout. Sans feu pour les soutenir, les sergents avaient disposé de trop peu de temps pour faire autre chose qu'érafler ses poteaux massifs.

Les troupes franchirent le pont en sens inverse et s'entassèrent dans l'enceinte extérieure pendant que les archers sur les remparts envoyaient des volées de flèches sur les Mamelouks et les Syriens à leurs trousses. Quand le dernier homme fut rentré, on releva le pont et la porte fut refermée. On transporta les blessés dans l'enceinte intérieure où des médecins et des prêtres étaient chargés de les soigner. Quelques hommes s'étaient emparés de tambours et de boucliers mamelouks : on les suspendrait aux fortifications pour décourager l'armée musulmane. Mais ces petites victoires avaient été payées au prix fort. Sur les cent cinquante-deux soldats des ordres de Saint-Thomas et de Saint-Lazare qui avaient participé à l'assaut du camp de Hamah, vingt-sept n'étaient pas revenus. Quant aux Templiers, ils avaient perdu quatre sergents et dix-huit chevaliers. C'était un gâchis terrible.

À l'aube, quand ils apprirent que les autres sorties avaient obtenu des résultats similaires, leur moral tomba au plus bas.

46

Les quais, Acre

18 mai 1291 après J.-C.

Garin jouait des coudes pour se frayer un chemin sans prêter attention aux protestations véhémentes de ceux qu'il bousculait. Une femme corpulente au visage bovin refusait de se pousser.

— Attendez votre tour, dit-elle en le regardant de bas en haut.

Elle fit la moue en observant ses vêtements sales et troués et ses yeux vitreux. Garin s'approcha d'elle avec un rictus mauvais.

— Dégage, vieille bique.

Il essaya de passer l'épaule mais quelqu'un l'attrapa par la cape. Il pivota et se retrouva nez à nez avec un vieillard.

— Comment osez-vous parler ainsi à ma femme ? s'exclama l'homme. J'ai bien envie de…

Garin lui donna un coup de poing qui l'envoya rouler sur le derrière. La femme se précipita en hurlant au secours de son mari tandis que Garin poursuivait son chemin à travers la cohue.

L'aube approchait. Au-delà de la digue ouest, la mer sombre reflétait les premières lueurs matinales. Les appels des marins faisaient écho à l'animation de la foule, ponctuée de cris de bébés. La plupart des gens présents dans le port étaient des femmes et des enfants. Il y avait peu d'hommes et ceux qui se trouvaient là étaient soit très vieux, soit très riches. L'agitation était perceptible, à peine contenue, dans les regards paniqués des derniers réfugiés d'Acre qui s'entassaient, frémissants, dans l'attente d'un bateau sur lequel embarquer. Les jeunes gens, soldats et chevaliers désormais rejoints par les fermiers, se trouvaient derrière eux sur les remparts, ils défendaient encore la ville même si, au cours du dernier mois, il avait semblé de plus en plus vain d'espérer une issue favorable.

Après plusieurs autres sorties nocturnes sans succès, on avait fermé pour de bon les portes d'Acre. L'arrivée de Henry II, le jeune roi de Chypre et de Jérusalem, à la tête de deux cents cavaliers et cinq cents soldats d'infanterie, avait brièvement rassuré les esprits. Mais ses tentatives de négociation avec le sultan Khalil échouèrent et le rythme des attaques quotidiennes resta aussi soutenu, de sorte que l'optimisme ne dura guère. Depuis lors, deux tours, sur les douze que comptait Acre, la tour d'Angleterre et la tour de la comtesse de Blois, s'étaient écroulées sous les bombardements, de même que trois sections de l'enceinte extérieure près des portes Saint-Nicolas et Saint-Antoine. La veille, au matin, les dirigeants d'Acre, du moins ceux qui n'avaient pas fui à Chypre, s'étaient réunis dans la chambre des conseils du palais royal pour décider de l'évacuation finale des femmes et des enfants.

La nouvelle avait circulé et les derniers citoyens d'Acre s'étaient rendus au port en emmenant leurs affaires. Leur nombre n'avait fait qu'augmenter depuis l'après-midi précédent. Alignés le long des quais, ils avaient attendu toute la nuit. Un petit nombre de bateaux étaient partis avec une foule de passagers qui avaient tout perdu et n'avaient aucune idée de la manière dont ils se logeraient ou se nourriraient en débarquant sur un rivage inconnu. La plupart d'entre eux n'avaient jamais vécu ailleurs qu'en Acre. Laissant maris, pères et fils se battre sur les remparts pour contenir la horde féroce qui faisait tomber pierre par pierre leurs défenses, ces femmes, ces filles et ces mères montaient à bord le cœur serré. Elles cherchaient du regard des amies, des voisines auprès de qui trouver du réconfort, mais il n'y avait que des étrangères plongées comme elle en plein désarroi, le visage hagard. Tandis que le ciel s'éclaircissait, rosissait en illuminant le port d'une lumière pâle, il était évident qu'il y avait tout simplement trop de monde et pas assez de bateaux.

Haletant, Garin atteignit finalement la partie du quai où des files de femmes grimpaient à bord d'un vaisseau marchand vénitien. Sans prendre garde aux gens qui l'interpellaient pour lui signifier de reculer et d'attendre son tour, il parvint à passer devant tout le monde, heurtant ce faisant un enfant qui se mit à crier.

— Hé vous ! cria-t-il à l'un des matelots.

Celui-ci le regarda d'un air renfrogné tout en rattrapant par le bras une femme qui perdait l'équilibre sur la passerelle.

— Qu'est-ce que vous voulez ? lui demanda-t-il d'une voix rude et avec un fort accent.

— Il faut que je monte sur votre bateau, cria Garin pour se faire entendre par-dessus les vagissements de l'enfant.

Le matelot se mit à rire en se retournant vers ses camarades. Il leur dit quelque chose en italien tout en désignant Garin de la tête. Certaines des femmes sur le quai, visiblement italiennes, le regardèrent d'un air goguenard ; l'une d'elles éclata d'un rire narquois.

— Je dis que tu as une drôle d'allure pour une femme, répéta le matelot dans un anglais écorché.

Puis il commença à siffloter un air célèbre en aidant une autre femme à monter. Garin ne le quittait pas des yeux.

— J'ai de l'argent, dit-il à voix basse.

Il plongea la main dans le sac jeté sur son épaule et en sortit une bourse élimée fermée par un cordon.

— Dans ce cas, va t'acheter du courage et retourne sur les remparts. Ta place est là-bas.

Des rires et des acclamations fusèrent, meurtrissant les oreilles de Garin. Il bouillait de rage mais comprenait qu'il perdait son temps. Fourrant la bourse dans son sac, il observa les quais : plus loin, plusieurs bateaux mouillaient. L'un, le plus proche, avait des hommes à bord. C'était un petit vaisseau, guère plus qu'une pinasse, mais il y avait encore de la place. Il supposa qu'il s'agissait d'un simple passeur qui emmenait ses passagers vers les quelques grosses galères ancrées en dehors du port. Sous les huées et les quolibets, il prit la direction de cet esquif. Il y avait encore plus de femmes par là, le regard tourné avec espoir vers le bateau, mais des hommes en gardaient l'accès, brandissant leur épée et observant la population d'un œil glacial. Alors qu'il approchait, la foule s'écarta et un vieillard aux cheveux blancs, vêtu d'une robe noire, apparut. Deux hommes en robe de soie pourpre et or l'aidaient à s'installer, des évêques à en juger par leur allure : ils croulaient sous les bijoux. Garin reconnut le vieillard, c'était le patriarche de Jérusalem, Nicholas de Hanape. Quand il arriva à proximité, l'un des gardes l'empêcha d'avancer en plaçant une main autoritaire sur sa poitrine.

— Je veux acheter le passage, plaida Garin. Ils ne laissent pas les hommes monter sur les autres bateaux. Je suis blessé, je ne peux pas combattre.

Il avait accompagné ses explications d'un geste vague vers sa jambe.

— Vous ne monterez pas, lui répondit le garde.

— Pour l'amour de Dieu, je vous en supplie !

Le garde secoua la tête.

— Il y a un bateau du Temple, le *Faucon*.

Il tendait le doigt vers une immense galère située à l'avant-port, près de la digue écroulée.

— Le capitaine a rejeté son manteau et l'a réquisitionné pour son propre compte. Il accepte de l'argent en échange du passage, d'après ce qu'on m'a dit. Mais il va vous en falloir beaucoup pour le convaincre.

— Plus de cinq sequins ?

— Beaucoup plus, fit le garde avec bonne humeur.

Laissant les gardes repousser la foule tandis que s'éloignait la pinasse, avec le patriarche et les évêques à son bord, Garin se retrouva une fois de plus au milieu de la cohue. Il prit le chemin de la ville et courut dans le dédale des rues, réfléchissant très vite. La plupart des gens qu'il croisait étaient des pauvres qui n'avaient même pas pu se payer le passage lors des précédentes évacuations. Voler l'un ou l'autre n'aurait aucun sens. Il se maudit de ne pas y avoir pensé plus tôt.

Ces dernières semaines, il s'était saoulé jusqu'à l'abrutissement pour ne plus entendre le bruit horrible des attaques, les coups sourds des pierres, les roulements de tambours, les cris de ralliement, les prières ardentes, le carillonnement des cloches et les hurlements, toujours. Mais il s'était résolu à attendre, persuadé comme tant d'autres que les fortifications tiendraient. La nuit précédente, il s'était réveillé avec la bouche pâteuse dans un bordel misérable du quartier pisan pour découvrir qu'on évacuait la ville. L'estomac chaviré par le mauvais vin, il avait réuni ses quelques affaires et, tout en pensant à la France, à l'idée de refaire sa vie, il s'était rendu au port. Il ne lui était pas venu à l'esprit qu'il ne puisse pas partir.

Des nuages de fumée noire s'élevaient dans l'air à cause des incendies que plus personne ne prenait la peine d'éteindre. Plus loin, les remparts étaient en partie détruits. Les ruines de la tour d'Angleterre, une saillie de pierre au milieu des gravats, pointaient comme un mince doigt tendu vers le ciel. Cochons et chèvres, livrés à eux-mêmes, peuplaient les allées en troupeaux intimidants. Les maisons étaient vides. Tandis que Garin errait de par les rues, il croisa trois charrettes qui roulaient lentement et sur lesquelles étaient empilés des cadavres, dont certains étaient brûlés ou amputés de l'un ou l'autre membre. Des groupes de gens couraient dans le sens opposé, vers les quais. Une femme, les cheveux défaits lui tombant sur le visage, cria à deux enfants en pleurs de se dépêcher. Elle portait un bébé dans ses bras.

— Marchez plus vite !

Le plus petit, un blondinet, se mit à sangloter de tout son corps.

— Je veux papa !

La femme se figea, puis elle s'accroupit.

— Papa va nous rejoindre, dit-elle doucement. Mais il faut qu'on trouve un bateau tout de suite. Maintenant aide maman, sois un bon garçon.

Garin la regarda les embrasser tous les deux puis partir. Il pensa un instant appeler la femme pour lui dire que ça ne servait à rien : elle arriverait trop tard et tous les bateaux seraient partis. Mais avant qu'il ait pu ouvrir la bouche, ils disparaissaient par une allée. Il demeura là un moment à réfléchir à leur destin. Si les fortifications étaient brisées et que les Sarrasins entrassent, la femme serait sans doute violée avant d'être tuée. Elle était trop âgée pour qu'on en fît une esclave, elle ne valait pas assez sur un marché. On tuerait aussi son bébé, et de toute façon il mourrait sans sa mère. Les garçons, quant à eux, seraient emmenés. Des milliers d'entre eux subiraient le même sort. Cela ne souleva pas d'émotion particulière chez Garin jusqu'à ce que le visage de Rose traversât son esprit.

Il était presque sûr qu'elle était encore en ville. Il avait vu Elwen deux jours plus tôt dans une rangée de femmes se passant des seaux d'eau et de sable pour éteindre l'incendie qui se propageait depuis le début de la journée à cause des flèches enflammées et des pots de feu grégeois projetés par les Mamelouks. Elle avait le visage rougi par l'effort, une robe sale, et ses yeux cernés de noir trahissaient son état de fatigue. Will et Elwen avaient fait tout ce qui était en leur pouvoir pour qu'il restât en dehors de leur vie. Mais ça ne l'avait pas empêché de penser qu'il était le père de Rose, ni d'espérer qu'un jour il pourrait le lui prouver. Il ne savait pas trop pourquoi il en ressentait le besoin : peut-être que c'était par pure rancune, peut-être souhaitait-il simplement voir Will souffrir comme lui avait souffert. Mais il aimait à penser que c'était parce qu'il se sentait capable d'aimer un enfant, et d'être aimé en retour.

Rose et Elwen étaient-elles encore en Acre ? Ou avaient-elles trouvé un bateau ? Si elles s'attardaient en ville, Garin doutait sérieusement que Will, quelles que fussent ses occupations par ailleurs, les laisserait sans espoir de s'enfuir. Il avait dû leur réserver un passage, peut-être à bord d'un bateau du Temple. Une idée se forma dans son esprit et Garin changea de direction pour se rendre au quartier vénitien.

Quartiers généraux des Templiers, Acre,
18 mai 1291 après J.-C.

Will chevauchait au milieu des ruines de Montmusard, dirigeant son cheval au milieu des gravats et des ruines calcinées des maisons. L'atmosphère était saturée de fumée. Il la sentait irriter le fond de sa gorge, enduire ses lèvres d'une couche de cendres grises pareille à celle qui recouvrait tout le reste. Loin devant lui, les torches illuminaient les murailles et projetaient les ombres démesurées des gardes quand ils passaient à proximité des halos jaunâtres qu'elles diffusaient. Will traversa le camp des Hospitaliers. Les chevaliers aux manteaux noirs à croix blanche se déplaçaient comme des fantômes dans la pénombre. Une charrette transportait en cahotant sur le sol accidenté des hommes blessés jusqu'à l'infirmerie. Des mules, le dos chargé de paquets de flèches, avançaient en un convoi d'une lenteur prodigieuse. Will avait croisé tout au long de son chemin des scènes similaires. Seules les couleurs des uniformes et des bannières changeaient ; l'appréhension, lisible sur les visages, était la même. Les vieilles chansons avec lesquelles les soldats s'étaient ragaillardis durant les nuits presque irréelles du siège s'étaient tues quelques jours plus tôt. Il n'y avait plus vraiment de raison de chanter maintenant.

Les sapeurs mamelouks avaient consciencieusement ébranlé les douze tours d'Acre ce dernier mois. Chaque équipe de sape, constituée d'une centaine d'hommes, creusait depuis le camp mamelouk jusqu'aux murailles et, quand ils arrivaient sous les tours, ils creusaient une caverne. Ensuite, ils entravaient les fondations de poutres auxquelles ils mettaient le feu, provoquant la chute des tours dans la caverne. Trois jours plus tôt, après une de ces opérations, toute la face tournée vers l'extérieur de la tour du Roi s'était écroulée sur elle-même. Les décombres avaient roulé dans le fossé, ce qui avait empêché les Mamelouks de passer, mais le soulagement des croisés avait été de courte durée car, à leur réveil le lendemain matin, ils s'étaient aperçus que, dans la nuit, les Mamelouks avaient tendu un tissu à l'abri duquel ils déblayaient le terrain. Flèches et pierres étaient repoussés par cette protection et les chrétiens réduits à l'impuissance n'avaient pu que les regarder tandis qu'ils enlevaient le reste de la tour du Roi.

En atteignant les quartiers généraux des Templiers, installés dans une église abandonnée avec un trou dans la toiture, Will mit pied à terre. Il tendit les rênes à un écuyer qui passait là. L'endroit était tranquille, les hommes se reposaient avant que l'assaut ne reprenne.

— Avez-vous vu Simon Tanner ? demanda-t-il à l'écuyer.

— La dernière fois que je l'ai vu, commandeur, il était à l'écurie près de l'hôpital de Saint-Lazare.

Will réfléchit un instant, hésitant à s'y rendre. Mais les écuries étaient au moins à cinq minutes à pied et il ne disposait pas d'autant de temps. Poussant un juron, il s'avança vers les portes de l'église gardées par deux sentinelles. Les chevaliers le saluèrent avec respect tandis qu'il entrait dans l'église. À l'intérieur, Guillaume de Beaujeu et Peter de Sevrey étaient penchés sur un plan des fortifications posé entre deux barriques. La lumière des torches projetait leur ombre sur les murs latéraux de la pièce. Le sol était jonché d'éclats de pierres.

Guillaume se retourna.

— Ah, commandeur ! Vous avez fait vite. Quelles nouvelles du camp du roi Henry ?

— Je n'ai pas pu arriver jusqu'au camp du roi, seigneur, répondit Will. En chemin, des chevaliers Teutoniques m'ont averti qu'il y avait des mouvements du côté des Mamelouks.

Sevrey fronça les sourcils.

— Déjà ? fit-il en soupirant. Les Sarrasins ont l'intention de nous réveiller tôt ce matin.

— Vous m'avez mal compris, maréchal. C'est toute l'armée qui se réorganise, depuis la tour du Patriarche jusqu'à la porte Saint-Antoine. La plus grosse concentration se trouve en face de la tour Maudite.

— Vous en êtes certain ? demanda Guillaume.

— Je suis monté sur les remparts pour m'en assurer. De toute évidence, ils ont commencé à se déplacer en pleine nuit. Ils sont presque au pied des murailles.

— Les autres chefs de camp sont-ils au courant ? demanda vivement le maréchal.

— On envoyait des messagers lorsque je suis parti. Je suppose qu'ils seront au courant dans les minutes à venir.

— Réveillez les hommes, Peter, ordonna Guillaume. Dites-leur que nous nous attendons à un assaut général. Regroupez-les sur-le-champ.

— Seigneur, fit le maréchal en s'inclinant.

Puis il partit.

Le visage hagard, Guillaume se tourna vers Will.

— Nous y sommes, commandeur.

La mâchoire de Will se contracta et il hocha la tête.

Guillaume regarda vers le chœur où un crucifix en argent, suspendu au-dessus de l'autel, scintillait faiblement. Son front se plissa.

— Voudriez-vous prier avec moi, William ?

Will hésita un moment.

— Seigneur, je ferais mieux de retourner aux baraquements. Pour faire en sorte qu'ils soient prêts.

— Bien entendu, fit Guillaume en secouant la tête. Préparez-vous. Nous prierons avec nos frères quand vous reviendrez.

Will se força à quitter le grand maître, après quoi il emprunta plusieurs rues au pas de charge. La nouvelle circulait déjà et les hommes se levaient.

Will trouva Simon dans les écuries à côté de l'hôpital de Saint-Lazare. Il avait l'air d'avoir peur, mais son visage exprimait aussi une sorte de détermination farouche. Il surveillait la préparation des destriers des chevaliers. Il parut soulagé de le voir arriver.

— Tu es venu chercher un cheval ?

Il se passa la main dans ses cheveux pleins de poussière.

— On raconte qu'il va y avoir une attaque. Je veux dire… plus importante que d'habitude.

— Il faut que je te parle, fit Will en l'entraînant dans la cour, à l'écart des palefreniers.

— Qu'est-ce qui se passe ? lui demanda Simon d'un air inquiet.

Il avait perdu du poids ces dernières semaines et ses traits s'étaient creusés.

— Will ? Qu'y a-t-il ?

— J'ai besoin que tu fasses quelque chose pour moi.

— Ce que tu voudras.

— Je veux que tu ailles voir Elwen et que tu t'assures que Rose et elle montent à bord de ce bateau. Je lui ai dit de partir hier mais elle m'a dit qu'elle devait boucler des malles, ou je ne sais quoi. Elle m'a promis d'aller au port cet après-midi.

Will s'interrompit un instant.

— Je ne pense pas que nous ayons autant de temps.

D'abord sous le choc de cette information, Simon finit par acquiescer.

— J'irai, ne t'inquiète pas. Même si j'imagine que ça ne plaira pas au maître des écuries que je m'absente à un moment pareil.

— Dis-lui que je t'ai donné une autre assignation.

— Je reviendrai dès qu'elle sera sur le bateau.

Simon commençait à repartir en direction des écuries, mais il fit demi-tour et saisit les mains de Will entre les siennes, dures et calleuses. Il les pressait fort.

— Dieu soit avec toi, dit-il, la voix étranglée.

— Et avec toi aussi.

Will regarda Simon s'éloigner avant de partir à son tour. Alors qu'il passait la porte Saint-Lazare, il aperçut des mots tracés au charbon sur le bois.

Non nobis, Domine, non nobis, sed nomini tuo da Gloriam. Non pour nous, Seigneur, non pour nous, mais pour que Ton Nom soit glorifié.

L'image de son père, précise, s'incrusta dans son esprit.

Quelque part au-delà des remparts, un tambour se fit entendre.

Le quartier vénitien, Acre,
18 mai 1291 après J.-C.

Arrivé devant la porte bleue, Garin s'arrêta pour reprendre son souffle. Il voulut essuyer la sueur sur son front et s'aperçut que sa main tremblait violemment. L'alcool infestait son système nerveux comme un poison. S'il avait pris le temps de réfléchir, il aurait pu piller n'importe quelle taverne abandonnée. Peut-être même y aurait-il trouvé des pièces… Mais il n'avait eu qu'une idée en tête : arriver le plus vite possible. Il serra le poing et frappa la porte en bois. Le son résonna dans la rue. Un homme tirant une charrette à main remplie de pots et de marmites passait à toute vitesse en lui jetant des coups d'œil méfiants. Garin l'ignora et entendit bientôt qu'on déverrouillait la porte. Il rabattit à la hâte ses cheveux en arrière et défroissa sa cape couverte de vomi. La porte s'ouvrit.

Rose apparut sur le seuil. Ses cheveux étaient maintenus par une petite coiffe et elle portait un manteau de voyage jaune et vert par-dessus sa robe blanche. Elle avait l'air fatiguée. Elle se renfrogna en reconnaissant Garin.

— Qu'est-ce que vous voulez ? murmura-t-elle sans ouvrir complètement la porte.

— Rose, chérie…, dit Garin en essayant de sourire. Est-ce que ta mère est là ?

Rose ne répondit pas. Derrière elle, Garin entendait quelqu'un arriver.

— Rose ! lança une voix excédée. Pourquoi la porte est-elle ouverte ? Qui est là ?

Rose tourna la tête et Garin la poussa à l'intérieur aussi gentiment que possible pour forcer le passage, sachant que si Elwen lui fermait la porte au nez il n'aurait pas d'autre possibilité d'entrer. Il referma derrière lui et rabattit le verrou. Rose s'écarta sans le quitter des yeux tandis qu'il détaillait les piles de coffres et les quelques sacs dans le couloir. Elles avaient l'air sur le point de partir.

— Sors d'ici.

Elwen venait d'arriver dans le vestibule. Son visage était empreint d'une colère visible malgré la faible lumière dispensée par la lanterne accrochée au mur.

— Rose, viens !

Elle s'approcha et posa sa main sur l'épaule de sa fille.

— Je suis sérieuse, Garin. Pars.

Garin agita lentement la tête de droite à gauche.

— Je ne peux pas.

— Pourquoi ?

La voix d'Elwen était toujours cassante, mais Garin sentit une note de peur s'y insinuer.

— Les bateaux ne prennent pas d'hommes à moins qu'ils n'aient de l'argent et il n'y a pas assez de bateaux pour tout le monde.

Il haussa les épaules.

— Je n'ai nulle part où aller.

— Je ne peux rien pour toi.

— Je pense le contraire.

Garin pencha la tête de côté en l'étudiant. Il se sentait plus confiant maintenant.

— Tu me le dois, Elwen.

Il sourit à Rose et lui fit un clin d'œil, comme si c'était un jeu.

— Notre garde, Piero, sera de retour d'une minute à l'autre, lui annonça Elwen.

Garin fit une grimace en jetant un coup d'œil à la porte.

— C'est vrai ? Eh bien je suppose que nous ne devrions pas rester ici, dans ce cas. Montez à l'étage, dit-il en avançant sur elles.

Elwen se plaça devant Rose et le regarda sans ciller.

— Si Piero te trouve ici, il te tuera. Va-t'en. S'il te plaît, Garin, tu effraies ma fille.

La colère embrasa le regard de Garin.

— *Notre* fille ! dit-il dans un chuintement en prenant Elwen par le bras et en la poussant dans l'escalier.

— Cours, Rose ! cria Elwen en se débattant et en essayant de le frapper de sa main libre. Cours !

Rose fit quelques pas de côté, hésitante, elle leva des yeux ronds sur sa mère puis se mit à courir vers la porte à l'extrémité du couloir. Garin porta alors la main à sa ceinture. Ses doigts s'enroulèrent autour du pommeau de la dague, qu'il libéra de son fourreau.

— Rose, chérie !

Il fit pivoter Elwen en lui tordant le bras et lui colla la lame contre la gorge.

— Si tu pars, je tue ta mère.

Rose se figea net. Elle fit volte-face et cria en voyant la dague contre le cou d'Elwen. Dehors, un lointain tambour emplissait de son roulement menaçant l'espace sonore.

— Bâtard, murmura Elwen, toute tremblante.

Garin sentait la bile remonter dans sa gorge. La sueur lui dégoulinait dans les yeux et son visage était agité de tics. Il n'avait pas du tout prévu ça. Il ne voulait pas que ça se passe comme ça. Il fallait qu'il arrangeât les choses, mais c'était impossible pour le moment. Elles devaient monter à l'étage pour qu'il réussisse à parler à Elwen.

— Rose, dit-il. Si tu fais ce que je te dis, tout ira bien. Je veux que tu montes à l'étage avec moi.

Immobile, la respiration saccadée, Rose hésitait. Son regard passait de Garin à Elwen. Garin fit une grimace et colla sa bouche contre l'oreille d'Elwen.

— Dis-lui de grimper là-haut, souffla-t-il à voix basse, ou je jure que je t'étripe devant elle.

Elwen sentit ses jambes se dérober sous elle.

— Fais ce qu'il dit, réussit-elle à articuler.

Lentement, Rose commença à grimper les marches sans quitter des yeux sa mère, qui la suivait, poussée dans le dos par Garin.

Arrivé sur le palier du premier étage, Garin désigna du menton une des portes.

— Qu'est-ce qu'il y a là-dedans ?

— Rien, dit Elwen. Ce sont les appartements d'Andreas. Ils sont vides.

— Vas-y, Rosie, dit-il d'une voix calme.

Elle ouvrit la porte et y entra, les yeux toujours braqués sur lui. Il faisait sombre et froid dans les appartements, avec le petit vestibule qui menait à la chambre à coucher. Il n'y restait que quelques meubles : une table, un tabouret, un grand lit. L'air qui entrait par la fenêtre était chargé de fumée, le plancher craquait sous leurs pieds.

Garin libéra Elwen.

— Allez vous asseoir près de la fenêtre.

Elwen courut jusqu'à Rose et la serra dans ses bras.

— Tout va bien, mon amour, lui susurra-t-elle. Tout va bien se passer.

— Écoute ta mère, Rose, dit Garin d'un air absent tout en fermant la porte.

Il était content qu'il y eût un verrou.

— Garin, il gèle ici, dit Elwen en se tournant vers lui. Rose a été malade. Elle va attraper la mort.

Garin regarda la fillette. Elle était toute pâle.

— Est-ce que tu as des couvertures ?

— En bas, dans un des sacs. Je vais aller en chercher.

Garin la regarda d'un air méfiant.

— J'y vais moi-même.

Il retira la clé de la serrure et la lui montra.

— Ne tente rien de stupide.

Il l'observa un moment, histoire de s'assurer qu'elle comprenait la situation, puis il sortit, rengaina sa dague et verrouilla la porte. En partant, il entendit un sanglot. Non, ce n'était pas ce qu'il avait prévu. Il se dépêcha d'aller en bas fouiller les sacs. Il finit par en trouver un rempli de couvertures et de draps et il le remontait lorsqu'il perçut un léger bruit à l'autre bout du couloir qui menait, supposait-il, à la cuisine. Reposant le sac, il marcha à pas de velours dans cette direction. Une voix d'homme appela Elwen. Il approchait.

Garin se redressa. La porte s'ouvrit et il l'enfonça d'un coup d'épaule dans l'homme qui venait d'apparaître sur le seuil. L'homme recula en portant les mains à son visage et alla buter contre une table dont les pieds grincèrent sur le sol. Garin fonça sur lui et le renversa sur la table. L'homme hurlait maintenant mais en italien et Garin ne comprenait rien de ce qu'il disait. Attrapant l'homme par les cheveux, il lui frappa la tête contre le bois pour lui faire perdre conscience mais l'effort provoqua chez lui une sorte de vertige et il ne réussit pas à y mettre autant de force qu'il en avait eu l'intention. L'homme cria puis il se lança contre Garin. Il parvint à échapper à sa prise, à se retourner et à le frapper au visage, ce qui envoya Garin contre le mur où il renversa plusieurs pots fixés à des crochets, qui éclatèrent bruyamment en tombant. Le temps de récupérer l'équilibre, et Garin plongea sur l'homme. Tous deux luttèrent un moment en tourbillonnant dans toute la cuisine. Puis l'homme s'écarta et tira son épée. Il allongea le bras vers Garin, qui fit un pas de côté et évita de justesse l'arc de cercle qui visait sa tête. Tirant sa dague, Garin la plongea entre les côtes de l'homme, remontant la lame selon une technique dont il était devenu expert.

L'homme poussa un cri. Garin sortit la lame, la fit pivoter et lui trancha la gorge en sectionnant l'artère. L'homme s'écroula par terre au milieu des débris. Pantelant, ruisselant de sueur, Garin l'étudia. Piero, supposa-t-il en essuyant la lame sur sa cape et en la remettant dans son fourreau d'un geste brusque. Il était sur le point de partir quand quelque chose retint son attention. Sur une étagère étaient alignés des pots d'herbe et d'huile ainsi que des cruches. Enjambant Piero, Garin s'en approcha et éprouva un vif soulagement en constatant qu'elles étaient remplies de vin. Il en saisit deux, se rendit dans le couloir où il s'empara du sac de couvertures et décrocha la lanterne de son crochet avant d'emprunter l'escalier.

Elwen lui jeta un regard plein d'appréhension en le voyant entrer. Elle était exactement au même endroit où il l'avait laissée, près de la fenêtre, Rose dans ses bras.

— Qu'est-ce qui s'est passé ? Qu'est-ce que c'était que ce bruit ?

— Piero est rentré, marmonna Garin en fermant la porte du bout du pied.

Posant la lanterne et les cruches sur la table, il verrouilla et rangea la clé dans la bourse à sa ceinture.

— Mon Dieu, murmura Elwen en fixant le sang qui scintillait sur sa cape. Qu'est-ce que tu as fait ?

Elle semblait hébétée mais ses yeux étaient remplis de crainte maintenant qu'elle réalisait de quoi il était vraiment capable.

— Tiens, fit Garin en détournant le regard.

Il jeta le sac à ses pieds. Voyant qu'Elwen ne réagissait pas, il désigna Rose.

— Elle a froid, Elwen.

Lentement, comme engourdie, Elwen sortit deux couvertures tandis que Garin s'asseyait sur le rebord de la table et buvait d'une traite la première carafe. Tout en enroulant une couverture sur les épaules de Rose, Elwen l'observait. Au milieu de sa confusion, il lui semblait voir une lueur d'espoir. S'il continuait à boire de cette façon, il serait plus lent, plus faible. Elle serait peut-être capable de s'attaquer à lui. Elle se raccrocha à cette idée qui lui redonna un peu de courage et s'enveloppa elle aussi dans une couverture.

Garin termina la cruche, rota et la reposa sur la table. Yeux mi-clos, il apprécia la course de l'alcool irradiant chaque partie de son corps, lui rendant une consistance solide. Son esprit s'éclaircissait.

— Je suis désolé pour Piero, dit-il à Elwen en rouvrant les yeux. Je ne l'aurais pas tué s'il m'avait laissé le choix.

— Pourquoi es-tu venu ici ? demanda-t-elle d'une voix aussi tranquille que possible. La ville ne va pas tarder à tomber. Tu mets nos vies en danger en nous retenant. Si tu te souciais tant de Rose, tu ne ferais pas ça.

Garin se pencha vers elle.

— C'est parce que je me soucie d'elle que je fais ça. Ce n'est pas juste qu'elle ne sache pas qui est son vrai père.

Rose lui jeta un regard hostile par-dessus les couvertures.

— Je sais qui est mon père, affirma-t-elle.

Garin secoua la tête.

— Non, ma chérie, je ne crois pas.

Elwen ferma les yeux.

— S'il te plaît, Garin. Ne fais pas ça. Je te donnerai ce que tu veux, mais ne fais pas ça. Nous avons de l'argent dans les sacs en bas. Prends-le. Nous n'en avons pas besoin, nous avons un bateau. Si tu pars maintenant, tu pourras payer le passage.

— Tu essaies de m'acheter ?

— Non, je…

Garin se remit sur ses pieds et s'approcha d'elle. Rose et Elwen se recroquevillèrent contre le mur et il s'arrêta, pointant un doigt accusateur.

— Qui prendra soin d'elle, de toi, quand ce sera fini ?

Maintenant, l'alcool alimentait le feu qui faisait rage en lui. Il se sentait vivant, flamboyant.

— Will ne part pas avec toi, n'est-ce pas ? Il préfère rester ici et jouer les héros plutôt que de s'assurer que sa femme et sa fille sont en sécurité. Il ne vous mérite pas, Elwen.

— Will reste parce que c'est son devoir.

— Envers le Temple ? fit Garin, incrédule. Il ne croit même pas en ce satané Temple !

— S'il déserte l'Ordre, il déserte l'Anima Templi, tu le sais bien. Le Cercle ne peut pas exister sans les ressources du Temple. S'il part, il perd toute chance de rétablir la paix. Je le comprends. Je *l'admire* pour ça.

Elwen parlait d'une voix ferme.

— C'est ce qui fait la différence entre vous deux, Garin. Will fait ce qu'il y a de mieux pour tout le monde autour de lui. Tu ne te soucies que de toi, et au diable les conséquences !

— Alors il vaut mieux que moi, c'est ça ?

— Plus que tu ne voudras jamais le reconnaître, répliqua-t-elle avec un rire narquois.

Garin secouait la tête.

— Si c'est vrai, Elwen, pourquoi es-tu venue me voir ce jour-là ? Réponds-moi !

Il criait. Elle se retourna.

— Si Will est si parfait, pourquoi as-tu écarté les jambes devant moi ?

— *Tais-toi !* hurla-t-elle en faisant volte-face. *Tais-toi !*

Rose se bouchait les oreilles et s'écartait en glissant le long du mur. Ses yeux étaient fermés. Personne ne prenait garde à elle.

— C'est pour ça que tu es encore ici, n'est-ce pas ? Pourquoi n'es-tu pas partie ? Je parie que Will t'a trouvé un bateau il y a des semaines, dès que le siège a commencé. Tu aurais pu partir mais tu es restée. Et c'est parce que tu te sens coupable, parce que tu ne supportes pas de l'abandonner comme tu l'as fait quand tu as couché avec moi.

— Non, non, non, répéta Elwen en secouant frénétiquement la tête.

— Crois-moi, je m'y connais en culpabilité. Je reconnais les affligés quand j'en croise.

Garin retourna vers la table pour s'emparer de la deuxième cruche. Il ne prit que quelques gorgées cette fois, puis il rit.

— Nous nous sentons tous tellement coupables. Toi, moi. Will. Damnés et coupables.

— Nous n'avons rien à voir avec toi, Garin. Tu es faible et cruel, tu n'es rien.

— Will a tué sa propre sœur.

— C'était un accident.

— Tu as couché avec moi.

— C'était une erreur.

— *Et moi ?* hurla Garin en lançant la cruche contre le mur.

Rose poussa un cri et Elwen se pencha pour ne pas recevoir les débris et le vin lorsque la cruche se fracassa sur la paroi en arrosant une bonne partie de la pièce.

— Je n'ai pas droit aux erreurs ? Je n'ai pas le droit qu'on me pardonne pour ce que j'ai fait ?

— Tu as toujours agi par égoïsme.

— Tu n'as aucune idée de ce que j'ai enduré, fit Garin en enfonçant son doigt dans sa poitrine. De ce que j'ai souffert. J'avais treize ans quand Édouard m'a pris à son service en promettant d'aider ma famille.

Est-ce que tu sais comment mon oncle Jacques me traitait ? J'avais l'habitude de me ronger les ongles.

Il observa un instant ses ongles sales, en mauvais état, et il poussa un juron.

— Je le fais encore, reprit-il. Jacques détestait que je fasse ça. Il y voyait une faiblesse. Un jour, j'ai oublié et je l'ai fait devant lui. Il a coincé mon doigt dans la porte et m'a arraché l'ongle. Malgré tout je l'aimais, même s'il me battait. Tout ce que je voulais, c'était le rendre heureux et restaurer la fortune de ma famille. Je croyais qu'Édouard pourrait m'y aider et j'ai accepté de lui donner des informations quand il a voulu récupérer les joyaux de la couronne.

Immobile, Elwen l'écoutait avec attention.

— Quoi ?

Garin hocha la tête en voyant son expression.

— C'était moi, Elwen, j'ai trahi les chevaliers. Sans moi, les hommes d'Édouard n'auraient pas pu préparer l'attaque de Honfleur. J'ai tué mon oncle. J'ai tué le tien. Jacques et Owein sont morts par ma faute.

Elwen était livide.

— Je ne l'ai jamais dit à personne. Après ça, je me détestais, je détestais celui qui avait permis que ça arrive. Je voulais rentrer à Londres avec ma peine, mais Rook, l'homme de main d'Édouard, m'a retrouvé et m'a dit que si je ne continuais pas à travailler pour eux, si je ne me rendais pas utile, il violerait ma mère avant de la tuer. Et il l'aurait fait. Alors, pendant des années, j'ai travaillé pour Édouard en utilisant ma position dans le Temple pour qu'il obtienne ce qu'il voulait.

— *Le Livre du Graal*, dit Elwen dans un souffle.

— Édouard pensait s'en servir contre le Temple, comme une preuve d'hérésie. Il pensait qu'il pourrait forcer l'Anima Templi à lui donner l'argent et les ressources dont il avait besoin. Il avait déjà l'intention d'étendre son empire lorsqu'il était prince. Il a toujours su ce qu'il voulait.

Garin tendit le cou, semblant entendre le son des tambours et des cornes pour la première fois. Mais il reporta son regard sur Elwen.

— Puis je suis venu ici, en Outre-mer. J'ai connu les batailles, sauvé des vies, j'ai su ce que c'était que d'être chevalier, de se sentir fier. J'ai oublié Édouard. J'ai aidé Will à retrouver *Le Livre du Graal* et, quand Rook a essayé de nous arrêter, je l'ai tué. Et c'est là que je me suis retrouvé en prison. J'avais essayé de m'amender, et voilà que j'étais puni. Bien entendu, c'est Édouard qui m'a sorti de là.

— Et depuis, tu travailles pour lui ?

Garin se pinça les lèvres.

— Pendant des années, oui. J'ai tué, j'ai espionné en son nom.

Elwen se détourna, révulsée.

— Mais tout a changé quand j'ai vu Rose, dit-il en s'approchant d'elle. Je te le jure, Elwen. Quelque chose a changé en moi. J'ai vu que je pouvais créer la vie, et pas seulement la détruire.

Il posa la main sur ses épaules et la retourna pour voir son visage.

— Elle est de moi, n'est-ce pas ? Réponds juste à ça.

— Je ne sais pas, murmura Elwen en fixant le sol.

— Mais c'est possible ? dit vivement Garin.

Les larmes qui montaient dans les yeux d'Elwen lorsqu'elle releva la tête lui donnaient la réponse qu'il attendait. Il sourit et poussa un profond soupir.

— Laisse-moi venir avec vous, Elwen, à bord de ce bateau.

Ses mains, toujours sur elle, étaient tremblantes d'émotion.

— Laisse-moi être un père, un mari même. Laisse-moi prouver que je peux être un autre homme, un homme meilleur, que je peux m'amender. Laisse Will sauver le monde et laisse-moi te protéger, *vous* protéger. Je peux le faire. Je peux faire en sorte que tu m'aimes.

Elwen le fixa en silence une seconde.

— Tu es un menteur, dit-elle d'une voix glaciale. Un menteur et un assassin. Je ne pourrai jamais t'aimer.

Garin parut sonné, comme si elle l'avait giflé. La colère empourpra son visage.

— Tu m'as déjà aimé une fois, pourtant, dit-il, fulminant. À cette époque-là, j'étais assez bien pour toi.

Il la tira par les épaules et la plaqua sur la table.

— Je pense que je suis toujours assez bien pour toi aujourd'hui.

Ignorant ses cris de terreur, il lui saisit les mains et les tordit pour qu'elle les relevât.

— Je vais faire en sorte que tu m'aimes ! dit-il, hargneux, le souffle court, tout en soulevant sa robe et en écrasant ses seins de sa main libre.

Soudain, il sentit des poings qui lui martelaient le bas du dos. À défaut de lui faire mal, cela attira son attention. Il pivota en lançant son bras, aveuglé par l'alcool et la colère. Son poing frappa Rose à la tempe, l'envoyant rouler sur le sol où elle demeura immobile. Garin revint à la réalité en voyant sa forme blottie à terre. Lâchant Elwen, il se précipita sur elle.

— Rosie ! Rosie, je suis désolé.

Elwen se releva et d'un seul mouvement attrapa la cruche vide avant de se jeter sur lui. Elle le frappa sur le crâne et la cruche se brisa. Garin s'écroula à côté de Rose, qui recommençait à bouger. Mais au moment où Elwen, parcourue de sanglots, les mains tremblantes, fouillait dans sa bourse à la recherche de la clé, il revint à lui et se redressa. Puis il la repoussa d'une bourrade qui la fit tomber tête la première contre le coin de la table, et elle s'effondra près de Rose, désormais consciente.

— Maman !

— Tu crois partir ? rugit Garin sans plus aucune retenue. Tu crois que tu me quittes ? Tu ne vas nulle part !

S'emparant de la lanterne, il la jeta contre la porte. Le verre se brisa en relâchant l'huile. La flamme, d'abord vacillante et près de s'éteindre, embrasa finalement l'huile.

Garin recula de quelques pas tandis que Rose se penchait sur Elwen.

— Maman, réveille-toi !

Le feu se propageait rapidement à tout le chambranle. Garin observait le phénomène, sidéré.

Elwen grogna en ouvrant des yeux confus sur sa fille. Elle n'avait plus de coiffe, ses cheveux tombaient sur ses épaules et un bleu se formait sur sa pommette.

— Qu'est-ce que..., murmura-t-elle en essayant de lui caresser la joue.

Soudain, elle se rassit et regarda, catastrophée, le feu qui s'étendait à toutes les taches de vin et d'huile qu'il trouvait sur son chemin. Garin était toujours immobile. Un filet de sang coagulait à l'arrière de sa tête, là où la cruche l'avait atteint.

— Mon Dieu ! s'écria-t-elle. Qu'est-ce que tu as fait ?

Il tourna vers elle un visage grisâtre et inconsistant.

— Nous restons ici.

Porte Saint-Antoine, Acre,
18 mai 1291 après J.-C.

La scène était digne de l'enfer. Des volutes étouffantes de fumée noire s'élevaient dans le ciel à cause des pots de feu grégeois qui éclataient à travers la rue. Les chevaux hennissaient et se cabraient, la chair brûlée, avant de projeter leurs cavaliers dans la masse des hommes. Un chevalier anglais renversé par sa monture reçut un pot et sa cape s'embrasa, le transformant en torche humaine. Il se débattait en tous sens tandis que les flammes jaillissaient autour de lui. Son visage prit feu, sa peau se désagrégea en quelques instants, pareille à du suif. Les lignes mameloukes formaient un mur sans cesse mouvant d'hommes, de lances et de boucliers. Les rangs à l'arrière poussaient inexorablement ceux de devant. Les premiers soldats brandissaient de grands boucliers à l'abri desquels les archers décochaient des volées de flèches sur les chrétiens. D'autres lançaient des javelots, et les pots de feu grégeois n'en finissaient plus de s'abattre sur les défenseurs, à croire que le monde entier s'embrasait.

Will était sur son cheval à côté de Guillaume de Beaujeu. Ses bras tremblaient, son manteau était déchiré, couvert de cendres et de sang, le sien et celui des autres. Il tendit son bouclier pour repousser un javelot qui arrivait dans sa direction, la violence du coup le projeta en arrière mais il réussit à conserver son équilibre. Plus tôt, Robert et Zaccaria étaient dans les parages mais il n'arrivait plus à les voir dans ce chaos enfumé. Il ne savait pas s'ils étaient encore en vie. Le roulement simultané de trois cents tambours résonnait, démentiel, dans son casque, de même que les plaintes des hommes à l'agonie tout autour de lui. Les capes blanches des Templiers se mêlaient à celles, noires, des Hospitaliers. Jean de Villiers combattait avec vaillance aux côtés de Guillaume comme si les deux grands maîtres avaient été des frères d'armes toute leur vie et qu'il n'y avait jamais eu une once de rivalité entre eux ou les ordres qu'ils représentaient. Les soldats de Chypre commandés par le roi Henry II étaient là aussi avec les surcots rouge et or qui resplendissaient dans la lumière du soleil lorsque la fumée laissait passer quelques rayons.

Après le repli des Templiers derrière l'église, le roulement de tambours avait continué son martèlement insensé et les Mamelouks avaient lancé l'assaut. Ils avançaient comme un seul homme, comme une masse cohérente et solide. Beaucoup d'entre eux étaient morts sous les pierres jetées depuis les remparts, ou brûlés par l'huile bouillante déversée sur leurs rangs. Mais il en arrivait toujours d'autres, qui piétinaient les morts pour progresser. Les nuées de flèches qui s'abattaient sur les chrétiens étaient tout simplement trop denses pour qu'ils puissent y faire face et, en peu de temps, les Mamelouks s'étaient emparés de la tour Maudite. Ils s'étaient engouffrés dans la brèche, repoussant les troupes disséminées qui essayaient de les en empêcher, ils avaient pénétré dans l'enceinte extérieure entre les deux murailles. Certains avaient alors bifurqué sur la gauche le long des douves, vers le camp pisan où les engins de siège italiens faisaient des ravages terribles sur le reste de l'armée à l'extérieur de la ville. Une autre compagnie de plusieurs centaines d'hommes avait pris à droite en direction de la porte Saint-Antoine. Mais les chrétiens avaient eu le temps de s'organiser et les Templiers les y attendaient avec les chevaliers de Saint-Jean.

Au fil des minutes, cependant, les Mamelouks gagnaient du terrain, avançant mètre après mètre dans la rue parsemée de gravats et de projectiles. Guillaume lançait de temps à autre des cris de ralliement et les chevaliers chargeaient, mais dès qu'ils les voyaient arriver, les Mamelouks serraient les rangs de sorte qu'ils s'écrasaient contre des lignes impénétrables. C'était un combat sans espoir. Les chevaliers savaient qu'ils ne pourraient contenir longtemps un tel déploiement. Mais chaque seconde gagnée était précieuse, car elle signifiait peut-être le départ d'un nouveau bateau, c'était une femme ou une fille qui serait épargnée. C'est ce qui les poussait à persévérer malgré la douleur, malgré la terreur, c'était pour cette raison qu'ils continuaient à lever leurs épées et leurs haches contre l'ennemi. Certains hommes se battaient alors même que des flèches étaient plantées entre leurs côtes ou que des blessures provoquaient à chaque mouvement des souffrances intolérables. Ils étaient au bout de leur effort. Au bout de leur résistance.

Parmi eux, tête nue, son casque à plumes ayant disparu dans la lutte, Guillaume de Beaujeu rugissait comme un lion. Ses yeux bleus brillaient dans les premiers rayons du soleil, contrastant avec sa barbe et ses cheveux couverts de cendre, de poussière et de sang. À cause du début très matinal de l'assaut, il n'avait pas eu le temps d'enfiler sa cotte de mailles et ne portait qu'un léger haubert qui protégeait uniquement ses épaules et son torse. Il s'adressait à Dieu, lui demandant de donner la force à leurs bras et à leurs cœurs, criait que toute la Chrétienté était derrière eux, qu'on se souviendrait d'eux, qu'ils seraient honorés sur la

Terre comme au Ciel et que les anges chanteraient leurs louanges. Et ses paroles enflammaient les chevaliers tandis qu'ils lançaient leurs chevaux épuisés dans les rangs ennemis et maculaient de sang le monde entier. Soudain, le métal collé à leur peau leur semblait pareil au baiser de Dieu sur leur âme.

La fumée continuait de tourbillonner. Les lignes de front mameloukes levèrent leurs boucliers et se remirent à aller de l'avant en piétinant les cadavres mutilés ou calcinés de leurs camarades, des croisés et des chevaux.

Guillaume leva son épée pour donner le signal d'une nouvelle charge.

— Avec moi ! *Avec moi !*

À ce moment, un javelot décolla des lignes mameloukes.

On aurait dit un éclair de foudre noir traversant la fumée droit vers le grand maître. Guillaume ne le vit pas arriver. Alors que ses hommes enfonçaient leurs talons dans les flancs de leurs montures et plongeaient dans le chaos, la tête du javelot s'enfonça dans son flanc, juste sous l'aisselle. Le haubert ne le protégeait pas à cet endroit et le javelot plongea d'une dizaine de centimètres dans son corps. Guillaume s'affala sur l'arrière de sa selle. Sa main lâcha son épée. Devant lui, ses hommes s'empalaient sur les lignes ennemies. À travers le brouillard que la douleur avait placé devant ses yeux, il vit deux chevaliers tomber à terre avec leurs chevaux. De sa main libre, il saisit le javelot et l'extirpa en poussant un mugissement terrible. Puis il s'effondra sur son cheval tandis que ses hommes se retiraient du mur des soldats ennemis.

Will fut le premier à le voir.

— Seigneur !

Il fit pivoter son destrier pour venir aux côtés du grand maître et il arriva juste à temps pour l'empêcher de tomber. Du sang dégoulinait du surcot de Guillaume.

— Il faut que vous alliez à l'infirmerie.

Les paupières de Guillaume papillotaient.

— Non, William, je dois mener les hommes.

— Vous ne pouvez même pas rester à cheval, seigneur.

Zaccaria et quelques autres chevaliers s'étaient rendu compte de la situation et arrivaient au galop, accompagnés du grand maître de l'Hôpital. Derrière eux, les hommes du roi Henry brandissaient leurs boucliers pour survivre à une volée de flèches qui s'abattait tout autour d'eux.

— Emmenez-le à votre commanderie, ordonna Jean. Occupez-vous de lui.

Zaccaria mit pied à terre.

— Amenez un bouclier ! lança-t-il à quatre sergents.

Will et le grand maître de l'Hôpital aidèrent Guillaume à descendre de cheval et à s'allonger sur le sol. Plus loin, les chevaliers du roi Henry entamaient une nouvelle charge.

— Jean, murmura Guillaume en lui agrippant le bras.

— Nous les retiendrons aussi longtemps que nous le pourrons, le rassura Jean.

Puis il se tourna vers Will.

— Emmenez-le.

Après quoi il se remit en selle et retourna auprès de ses hommes.

Zaccaria posa le grand bouclier que les sergents lui avaient ramené à côté de Guillaume. Ensuite, Will et lui installèrent le grand maître dessus et les sergents furent mis à contribution pour le porter. Will se tourna vers Zaccaria et trois autres chevaliers.

— Venez avec moi.

Sans dire un mot, Zaccaria grimpa sur son cheval. Will eut l'impression qu'il aurait suivi le grand maître même s'il lui avait ordonné le contraire. Laissant les autres Templiers avec les chevaliers de l'Hôpital sous le commandement de Theobald Gaudin, ils franchirent la porte Saint-Antoine. Le chemin fut pénible, les sergents avaient du mal à soulever le corps du grand maître. Tout autour des murailles, partout, on n'entendait que le roulement des tambours et le gémissement des cornes. Tandis qu'il progressait doucement à l'avant de la troupe, Will réfléchissait à la bataille, son esprit passant en revue les images des chevaliers se jetant par vagues sur les lignes mameloukes. Maintenant qu'il n'y était plus, il réalisait que ça ne pourrait plus durer longtemps. Soit les hommes mourraient les uns après les autres, soit ils seraient obligés de battre en retraite. Ce n'était qu'une question de temps. Will tourna la tête pour observer le corps prostré et ensanglanté du grand maître, qui n'était plus qu'à demi conscient, puis, tirant sur ses rênes, il alla trouver Zaccaria.

— Reste avec le grand maître. Emmène-le à la commanderie.

Zaccaria scruta Will un instant.

— Allez-vous quelque part, commandeur ?

Will arrêta son cheval, laissant les autres les dépasser.

— La porte cédera bientôt, nous le savons tous les deux, dit-il d'une voix grave. Avant que les Mamelouks ne déferlent sur la ville, je veux m'assurer que ceux que j'aime sont en sécurité. Je sais que vous vous occuperez du grand maître.

Finalement, Zaccaria hocha la tête.

— Nous reverrons-vous au Temple, commandeur ?

— Si Dieu m'épargne.

Sans rien ajouter, Will fit pivoter son cheval et le lança au galop. Derrière lui, l'un après l'autre, les chevaliers mouraient en défendant la porte Saint-Antoine.

47

Le quartier vénitien, Acre

18 mai 1291 après J.-C.

Elwen était penchée par la fenêtre pour essayer de respirer. Une fumée épaisse l'environnait, lui piquant les yeux et la gorge. Ses doigts tâtonnaient sur le mur extérieur à la recherche d'une prise, mais il n'y en avait aucune. L'air du dehors lui picotait la peau comme pour la narguer. Le mur de la maison tombait à pic dans la rue, située à près de dix mètres en contrebas. À ses pieds, recroquevillée sous le rebord de la fenêtre et enveloppée dans une couverture, Rose fut prise d'une violente quinte de toux.

Elwen se tourna vers le lit où Garin était allongé.

— Il faut que tu m'aides, lui dit-elle.

Elle maintenait d'une main le devant de sa robe, qu'il avait déchiré.

— Garin !

Ses yeux se dirigèrent lentement dans sa direction. Il avait le nez et les yeux rouges.

— Tu te casseras les deux jambes si tu sautes, marmonna-t-il d'une voix pâteuse.

— Il y a un rebord sous la fenêtre. Si tu m'aides à y descendre, je devrais pouvoir y tenir. En sautant de là, ça devrait aller. Ensuite, si tu tiens Rose par les bras avant de la lâcher, je pourrai la rattraper.

Garin recommença à étudier le plafond.

— Garin, s'il te plaît ! Nous allons mourir !

Elwen regarda la porte. Dans le vestibule, le feu s'était rapidement propagé, bloquant toute issue. Ils étaient réfugiés dans la chambre à coucher elle-même, mais il y avait de plus en plus de fumée qui entrait par l'interstice sous la porte, bien qu'elle eût essayé de le calfeutrer à l'aide d'une couverture. Elle entendait l'incendie crépiter de l'autre côté et il faisait chaud comme dans une fournaise.

— Nous mourrons de toute façon, dit Garin. Tu n'entends pas les cornes ? Ils sonnent la retraite. Je suppose que les Mamelouks ont franchi l'enceinte. Nous ne trouverons plus de bateau.

— Je te l'ai dit ! Nous avons un bateau.

— Pas moi.

— Tu peux venir avec nous, fit Elwen en allant près de lui. Nous t'emmènerons à Venise. Mais aide-nous à sortir d'ici.

Garin la fixait d'un air morose.

— Tu n'en penses pas un mot.

— Si, je te le jure.

Il se redressa en s'essuyant le nez. Ses yeux étaient injectés de sang et il avait les paupières lourdes. Il l'attrapa par le bras et l'attira à lui.

— Dis-moi que tu m'aimes, alors.

Elwen jeta un coup d'œil à Rose, blottie dans sa couverture près de la fenêtre et secouée par une toux qu'elle n'arrivait pas à réprimer.

— Je t'aime, murmura-t-elle en baissant les yeux.

Garin siffla en lui lâchant le bras.

— Tu mens, dit-il d'un air dépité. Tu ne le dis que pour sauver ta vie.

— Mon Dieu, Garin, s'il te plaît ! s'écria-t-elle. Si tu veux que je souffre pour ce que je t'ai fait, abandonne-moi ici. Mais je t'en prie, sauve ma fille. Aide-moi à la tirer de là !

Mais Garin ne répondit pas, et Elwen retourna près de la fenêtre, en proie à la peur et à la panique. Elle ne savait pas quoi faire. Ils pouvaient rester ici et suffoquer ou être brûlés vifs, ou alors elle pouvait essayer de faire passer Rose par la fenêtre, et ensuite sauter après elle. Mais si Garin avait raison, si les Mamelouks étaient en ville ? Est-ce qu'ils réussiraient à arriver jusqu'aux quais ? Tout était sa faute. Sa fille allait mourir et elle en était responsable. Portant la main devant sa bouche, Elwen fut parcourue d'un terrible sanglot. Elle ferma ses yeux déjà aveuglés par les larmes à cause de la fumée, puis elle s'assit par terre à côté de Rose, qui avait des haut-le-cœur et peinait à respirer. Dans le vestibule, elle entendait l'incendie prendre de l'ampleur. La porte commença à noircir et à craquer. Elwen prit sa fille dans ses bras et se mit à pleurer.

— Je suis tellement désolée, ma petite fille. Nous aurions dû partir quand il était encore temps.

— Ne pleure pas, maman, dit Rose en sanglotant.

Elle sortit les mains de sous la couverture et passa ses bras autour du cou d'Elwen.

— J'aime tellement ton père, Rose, autant que je t'aime, de tout mon cœur. Je ne voulais pas le quitter. Je n'ai jamais voulu le quitter. Il est dehors à se battre pour nous et moi, je l'ai trahie. J'avais mal, j'étais en colère. Je croyais que je voulais qu'il souffre. Mais ce n'était pas vrai.

Elwen tremblait de tout son corps. Elle ferma les yeux comme pour ne pas voir les fantômes qui l'assaillaient.

— Ô Dieu, pardonne-moi.

Les flammes commençaient à s'infiltrer entre la porte et le chambranle.

— S'il te plaît, doux Jésus, pardonne-moi. Laisse-moi seulement le voir une dernière fois !

Garin s'assit. Il avait l'air sonné, comme si l'angoisse d'Elwen avait effacé d'un coup son ivresse. Il se pencha et se mit à tousser. Son instinct de survie éclaircissait son esprit. Cette stupeur vierge de toute émotion le quittait, laissant place à une pulsation terrible dans son crâne et à une sensation encore plus terrible au cœur de lui : il avait l'impression de se noyer. Il se sentait anéanti et maudit par la profondeur de son ressentiment et de sa haine. Il se frotta les yeux. Il arrivait à peine à discerner Elwen et Rose, accrochées l'une à l'autre, à travers le nuage de fumée. La porte prit feu et elles hurlèrent en sentant la chaleur augmenter encore et transformer la pièce en étuve. Garin mit son bras devant son visage pour se protéger. Était-ce donc cela, l'enfer ? Était-ce comme cela que tout finissait ? Il regarda Rose et se remémora la joie qu'il avait éprouvée à simplement la regarder jouer toutes ces fois où il l'avait espionnée, imaginant qu'un jour elle courrait vers lui, qu'elle le prendrait par la main et lui sourirait. Il se souvint de ce qu'il avait vécu de bon, se rappela comme il avait rendu sa mère fière en combattant pour la Chrétienté, ou comme il avait aimé sauver Elwen de Bertrand et d'Amaury, même s'il avait lui-même organisé la mise en scène. Au milieu de la fumée tourbillonnante, il se leva et tituba jusqu'à Rose. Il la prit sous les aisselles et la releva. Elle se laissa faire mollement. Elwen cria. Garin tira la couverture pour couvrir le visage de Rose et il la hissa sur son épaule comme un sac.

— Je reviens te chercher, dit-il à Elwen.

Elwen le regardait avec stupéfaction.

— Fais-la sortir d'ici, dit-elle au désespoir.

Garin se retourna et se mit à courir en direction du foyer de l'incendie. Il eut une brève hésitation en sentant la chaleur, poussa un cri d'animal et se lança d'un coup.

Tandis qu'il disparaissait dans les flammes, Elwen s'écroula sur le sol. Ses poumons pleins de fumée l'affaiblissaient trop pour qu'elle puisse se soutenir.

— Je t'aime, Will Campbell, articula-t-elle dans un souffle en posant sa joue humide contre le plancher.

Puis elle ferma les yeux en espérant que ces mots l'atteindraient où qu'il soit.

— Je t'aime.

Le visage rougi par l'effort, haletant, Simon approchait de la maison lorsqu'il vit les flammes à la fenêtre de l'étage. Il s'arrêta. Le quartier vénitien était hors de portée des engins de siège des Mamelouks et il n'arrivait pas à comprendre pourquoi le bâtiment brûlait. La porte d'entrée s'ouvrit et quelqu'un en sortit précipitamment. C'était un homme, il criait. Ses cheveux et ses vêtements étaient en feu. Il portait sur l'épaule une couverture en train de brûler et dans laquelle était enroulé quelque chose. Il la posa par terre. En voyant un corps s'extirper de la couverture, Simon cria et se rua en courant vers la maison.

Il lui avait fallu bien plus longtemps que prévu pour arriver jusque-là. Le temps qu'il trouve le maître de l'écurie pour le prévenir de son départ, les chevaliers partaient déjà pour la porte Sainte-Antoine. Des fortifications jusqu'au quartier vénitien, le chemin était long à pied et les barricades et les postes de garde où il avait dû négocier son passage l'avaient encore davantage retardé. Au total, cela faisait plus d'une heure que Will lui avait demandé d'aller voir si Elwen allait bien.

Après avoir arraché la couverture et s'être aperçu avec horreur qu'il s'agissait de Rose, Simon se précipita vers l'homme en feu. Les narines emplies de l'odeur âcre de la chair et des cheveux calcinés, il jeta la couverture sur l'homme et le plaqua au sol. À genoux, il se brûla les mains en essayant d'étouffer le feu. Une fois celui-ci éteint, il retira la couverture et retourna l'homme, craignant ce qu'il allait voir. Bien que la moitié de ses cheveux et de sa barbe fussent brûlés et que son visage et son cou fussent abîmés, Garin était toujours reconnaissable. Confondu, Simon se laissa aller en arrière, sur les talons. Il resta ainsi une seconde à regarder Garin remuer ses lèvres décharnées avant de se redresser. Se forçant à détourner le regard, il courut jusqu'à Rose, qui gisait toujours sur le sol.

Le visage de la fillette portait des traces noires et elle avait les cheveux tout raides à cause de la transpiration. Le feu avait sérieusement attaqué une de ses mains et un de ses avant-bras, où elle avait la chair à vif par endroits. Ses yeux étaient fermés et sa bouche ouverte, avec la mâchoire flasque.

— Mon Dieu, murmura Simon en s'agenouillant auprès d'elle et en prenant sa main valide dans la sienne. Rose, est-ce que tu m'entends ? Rose ?

— Est-ce qu'elle vivante ? Dis-moi qu'elle est vivante.

Simon tourna la tête. Il ne savait comment, mais Garin avait réussi à se mettre debout. Il chancelait, bras ballants, et poussa un cri éperdu en voyant Rose.

— Ô mon Dieu, non !

Poussant Simon, il se jeta à terre et prit son corps dans ses bras.

— Rosie ! s'écria-t-il d'une voix brisée.

Puis il tourna la tête vers le palefrenier qui le regardait, sidéré.

— Simon, fais quelque chose, l'implora-t-il. Fais-la revenir.

— Qu'est-ce qui s'est passé ? Où est Elwen ?

Le regard de Garin passa du corps inerte de Rose à la maison en feu.

— J'ai essayé de les sauver, murmura-t-il. J'ai essayé.

— Ce n'est pas vrai, fit Simon en fixant la maison. Où est-elle ? s'énerva-t-il. Dans quelle chambre ?

Mais Garin serrait frénétiquement le corps de Rose contre lui.

— Je ne voulais pas te faire de mal, mon bébé, larmoyait-il d'une voix de dément. Je ne voulais pas te faire de mal.

Le laissant là, Simon courut vers la porte d'entrée. À l'intérieur, la chaleur était insoutenable. Protégeant son visage, il avança de quelques mètres dans l'épaisse fumée qui avait envahi tout l'espace. Il ne voyait pratiquement rien. Il entendit un grondement et, en passant devant l'escalier, vit que le feu faisait rage sur le palier, à l'étage, dévorant les murs et ondoyant contre le plafond. Au bout du couloir, il y avait une porte. Simon l'ouvrit et pénétra dans une cuisine enfumée. L'endroit était sens dessus dessous. Il fit quelques pas en avant et trébucha contre quelque chose au sol. Baissant les yeux, il vit un homme gisant dans une mare de sang, la gorge tranchée. Il fit marche arrière et retourna dans le couloir. Ses yeux le piquaient. S'armant de courage, il commença à grimper l'escalier.

La chaleur lui tomba dessus d'un coup. La fournaise l'empêcha d'arriver en haut et il poussa un cri de douleur et de frustration mêlées. La sueur lui dégoulinait sur le visage. Il essaya de nouveau d'emprunter l'escalier mais la fumée le faisait suffoquer et l'aveuglait. Il ne pouvait pas aller plus loin. Tombant à genoux, Simon longea le couloir à quatre pattes pour ressortir à l'air libre. Dehors, il resta allongé un moment, le temps de reprendre sa respiration et d'y voir clair. Il s'aperçut que Rose n'avait pas bougé d'un centimètre mais que Garin était parti. Il rampait vers elle à travers les volutes de fumée qui avaient pris possession de la rue lorsqu'il vit un cavalier blanc venir vers lui.

Will descendait de cheval lorsqu'il vit Simon sortir de la maison en feu. Il courut dans sa direction mais s'arrêta net en voyant le corps de sa fille étendu sans mouvement en pleine rue. Sa gorge, sa bouche, tout en lui se bloqua en cet instant. La terreur le pétrifiait. Tout son être était raide et contracté tandis qu'il essayait de comprendre ce qu'il voyait, puis de le nier.

— Will ! l'appela Simon d'une voix rauque.

Le chevalier lui jeta un regard vide. Puis ses yeux se portèrent sur la maison et sa terreur devint liquide, elle coula en lui comme un torrent glacial.

— Elwen ! s'écria-t-il en courant vers la porte.

Simon le poursuivit.

— Non ! Tu ne pourras pas rentrer.

Il l'attrapa par la manche de son manteau. Will se débattait sauvagement en hurlant le nom d'Elwen. Il frappa Simon en pleine poitrine pour se libérer et plongea dans le bâtiment. Ses yeux, sa bouche, ses poumons se remplirent aussitôt de fumée. Il avait l'impression d'être asphyxié. Déjà l'escalier avait pris feu. Will avança quand même et commença à monter en appelant Elwen. En haut, la chaleur était insoutenable. Il mit son bras devant son visage et grogna en sentant sa peau se tirer et craqueler. Les poils au revers de sa main grillèrent en une fraction de seconde. Mais il continua de progresser, une marche après l'autre. Soudain, il entendit le bâtiment craquer : une poutre s'était écroulée à l'étage. Entouré de flammes, il dut se jeter en bas des escaliers tandis que des gerbes d'étincelles pleuvaient sur lui. Il hurla de rage, se releva et tenta de nouveau d'aller à l'étage. Mais le feu gagnait la partie, la chaleur et la fumée l'obligeaient à se mettre à genoux. Et il le détestait. Il détestait ces flammes voraces. Il détestait la faiblesse de sa propre chair. Il détestait Dieu de l'avoir fait si faible. Il y eut d'autres craquements, d'autres bruits terribles : les poutres se désintégraient les unes après les autres. Puis il sentit des bras l'agripper et le tirer hors de la maison.

Cette fois, Simon avait retrouvé toute sa force et il ne lâcha pas Will. Les deux hommes offraient un curieux spectacle, serrés l'un contre l'autre, titubant, le souffle coupé et le visage couvert de sueur. Et Will, déjà blessé et épuisé par la bataille, finit par se laisser aller dans les bras de Simon, où il se mit à hurler. Simon l'attira plus loin dans la rue, à l'écart de la porte. À l'intérieur, ils entendirent le plancher de l'étage s'écrouler et une poutre incandescente atterrit au milieu du vestibule de l'entrée. Le bâtiment était maintenant tout entier la proie des flammes. Personne n'aurait pu supporter cette fournaise.

Will le comprit et toute émotion le déserta. Il attrapa Simon par sa tunique.

— Qu'est-ce qui s'est passé ?

— Je ne sais pas, fit Simon, pantelant. La maison était en feu quand je suis arrivé.

Il détourna le regard, incapable de soutenir les yeux assassins de Will.

— J'ai essayé d'aller à l'intérieur pour chercher Elwen, mais je n'ai pas pu. C'est Garin qui a sorti Rose de là.

Il regardait en direction du corps sans vie de Rose.

— Mais il était trop tard.

Will libéra Simon.

— Garin ? Garin était là ?

Simon passa la main dans ses cheveux.

— Je ne sais pas ce qui s'est passé, Will. Il y a un homme dans la cuisine, on l'a tué. Garin était brûlé et pleurait en serrant Rose dans ses bras. Il disait plein de choses.

— Quelles choses ?

— Ça n'avait aucun sens, s'empressa d'expliquer Simon. Comme quoi il ne voulait pas lui faire de mal. Il n'arrêtait pas de l'appeler son bébé. Il avait l'air d'un fou en plein délire.

Will fixait Rose.

— Et où est-il ?

Sa voix était glaciale, dénuée de la moindre émotion. Lui-même se sentait tout vide. Un mur s'était dressé entre son cœur et lui.

— Il était parti quand je suis ressorti.

Will regarda vers l'est en entendant le mugissement des cornes porté par le vent. Une cloche commença à sonner, puis une autre.

— Ils sont entrés, dit-il avec détachement.

Il s'agenouilla près de Rose et prit sa main inanimée entre les siennes. Les yeux clos, il la porta contre sa bouche et la reposa délicatement sur sa poitrine avant de se tourner vers Simon.

— Va à la commanderie. Je veux que tu t'occupes…

Sa voix se brisa. Une fissure apparaissait dans le mur. Il ravala la boule dans sa gorge.

— Je veux que tu t'occupes du corps de ma fille. Ne la quitte pas, Simon, tu m'entends ? Tu ne la quittes pas.

— Où vas-tu ?

— Chercher Garin.

— Tu ne sais même pas où il est ! lui cria Simon tandis que Will courait jusqu'à son destrier.

— Garin est un rat, et ce bateau est en train de se noyer. Il est là où il a le plus de chances de s'enfuir. Je le trouverai au port.

— Ta femme et ta fille sont mortes, s'écria Simon d'une voix tendue. Tuer Garin ne te les ramènera pas. Sauve-toi, je t'en supplie. Viens avec moi !

Mais Will lançait déjà son cheval dans un galop enragé, ne laissant derrière lui qu'un nuage de poussière.

Les quais, Acre, 18 mai 1291 après J.-C.

L'alarme était donnée. Les cloches, les cornes et les trompes la sonnaient. Les Mamelouks étaient arrivés.

Ils déferlaient à dos de chameau et à cheval, les épées scintillant dans la lumière du matin, les capes et les armures formant une tempête aux couleurs chatoyantes. Ils déferlaient, accompagnés d'une nuée de flèches et du rythme assourdissant des tambours. Ils déferlaient à pied avec des massues, des haches et des torches qu'ils jetaient sur les toits et à la base des engins de siège. Ils déferlaient avec deux siècles de massacres et d'oppression en tête, et l'esprit de vengeance niché dans leur cœur en incitait plus d'un à se lancer dans une vraie boucherie.

Après un bref combat, la porte Saint-Antoine était tombée et les derniers Templiers, ainsi que les Hospitaliers et les soldats du roi Henry, avaient dû battre en retraite devant l'assaut des Mamelouks qui s'infiltraient désormais par milliers. Jean de Villiers était blessé. Quelques-uns de ses chevaliers l'avaient escorté vers le dernier bateau de l'Hôpital encore au port tandis que les autres se retiraient dans leur forteresse. Sur les remparts, les grands mangonneaux des Francs brûlaient. Les Mamelouks avaient dévasté le camp pisan, égorgeant tous ceux qu'ils y trouvaient, et, de là, étaient entrés dans le quartier allemand dont les Teutoniques avaient la charge et où ils poursuivirent leur carnage. Du côté de la mer, près de la tour du Légat, une autre brèche ne tarda pas à apparaître et même si les arbalétriers, laissés en ville par le roi Louis et les chevaliers anglais sous les ordres d'Othon de Grandson, se battaient sans répit, il ne fallut pas longtemps avant qu'ils soient obligés de reculer, laissant les cadavres et les camarades agonisant derrière eux.

Au port, c'était le chaos. Les derniers bateaux se remplissaient mais la plupart d'entre eux étaient déjà partis lorsque les cloches se mirent à sonner. Les soldats, fuyant la bataille, se précipitèrent sur les quais pour prévenir les derniers retardataires que la ville était tombée. Ils mirent en garde les femmes effrayées qui se pressaient là, leur disant de retourner dans leurs maisons, de se cacher et d'attendre que les violences prennent fin. Mais leurs avertissements furent rapidement couverts par les cris de terreur de ceux qui étaient à l'arrière et qui poussaient dans l'espoir de monter sur les derniers bateaux. Bientôt, ce fut une panique générale. Femmes et enfants hurlaient, certains tombèrent à l'eau. Les matelots sur les bateaux parvinrent à en hisser quelques-uns à bord et les rares femmes qui savaient nager plongèrent pour venir en secours aux enfants. Mais il y eut de nombreux noyés, des mères sombraient dans les eaux profondes en hurlant le nom de leur bébé. Le patriarche de Jérusalem, Nicholas de Hanape, qui attendait dans la pinasse que les bateaux devant lui se déplacent pour libérer le passage, ordonna à son petit vaisseau de retourner à quai, en dépit des protestations des évêques.

— Nous pouvons en sauver quelques-uns, affirma-t-il de sa voix rendue rauque par son grand âge. Il faut que nous en sauvions.

Il y avait de plus en plus de monde qui nageait vers les bateaux en partance. Quelques-uns atteignirent le vaisseau du patriarche et Nicholas de Hanape tendit la main pour les aider à monter. Mais ils furent bientôt trop nombreux.

— Ramez ! hurlait l'un des évêques à l'équipage. Ramez !

Mais les réfugiés s'agrippaient désespérément au bateau sans se soucier des cris de l'évêque. L'un des matelots tomba à l'eau et perdit une rame. Avec tant de poids supplémentaire, le bateau se mit à tanguer.

L'un des évêques s'empara d'une rame et commença à taper sur les mains et les têtes pour leur faire lâcher prise. Il avait le visage empourpré et hurlait en lançant de tous côtés des yeux affolés. Mais bien qu'il fît effectivement lâcher prise à quelques personnes, les phalanges brisées ou le crâne fracassé, il était trop tard pour la pinasse. Au bout d'un moment, elle bascula sur la droite et s'emplit d'eau ; quelques secondes plus tard, elle se retournait en jetant tout le monde par-dessus bord, piégeant quelques personnes sous sa coque. La dernière chose que vit Nicholas de Hanape en prenant une dernière inspiration avant que les eaux sombres ne se referment sur lui, ce fut l'horizon enflammé et la masse grouillante des citoyens sur les quais.

C'est au milieu de ce désordre qu'arriva Will. Il parvint au petit galop à la porte de la ville. À mesure que la foule devenait plus compacte, il dut ralentir pour se frayer un passage. Il ne prêtait aucune attention aux cris de panique : ses yeux balayaient la scène à la recherche de Garin. Simon lui avait dit qu'il était blessé. Il ne pouvait pas être bien loin. Près des tavernes délabrées, il y avait plus de monde. Réalisant qu'ils ne pourraient pas monter sur un bateau, les gens retournaient en ville chercher un endroit où se cacher. Ils avaient tous en mémoire les événements de Tripoli. Ils savaient que le viol et les égorgements s'étaient essentiellement limités aux rues. Ceux qui restaient à l'intérieur jusqu'à ce que la soif de sang des soldats soit apaisée échappaient à la mort. Pour la plupart, leur seul espoir résidait désormais dans la clémence des Mamelouks.

Will manœuvrait son cheval dans la cohue, le faisant pivoter pour regarder dans son dos et sur la mer.

La baie était remplie de bateaux toutes voiles dehors. Will commençait à se demander s'il ne s'était pas trompé en imaginant que Garin était venu ici et il interpella les gens pour leur demander s'ils n'avaient pas vu un homme partiellement brûlé. Des dizaines d'entre eux passèrent à côté de lui sans se donner la peine de lui répondre, puis soudain un vieillard lui indiqua les quais à l'est. Will aperçut une file de gens qui progressaient avec peine le long de la digue est vers un bateau du Temple ancré dans l'avant-port. Un homme isolé, un peu en arrière, avançait d'une démarche chancelante. Will lança son cheval à travers le port pour rejoindre l'endroit d'où la digue partait du rivage. Battue par les vagues, la digue était ancienne et en mauvais état, certaines sections en étaient si érodées que la mer passait par-dessus. Abandonnant son cheval sur le quai, Will courut au milieu des vagues d'eau bleue qui déferlaient sur le brise-lames. Sur sa gauche, la mer agitée bouillonnait : sur sa droite, l'avant-port était calme et vert. Il glissa sur les pierres visqueuses et faillit tomber du côté des gros rouleaux.

— Garin ! hurla-t-il en arrivant près de l'homme.

Il remercia le ciel de voir celui-ci se retourner sur-le-champ.

Le visage de Garin portait la trace de graves brûlures et il avait les mains devant son visage, signe qu'elles le faisaient beaucoup souffrir. Sa tunique était presque toute calcinée ; ne subsistaient que quelques lambeaux sur sa poitrine, d'autres avaient fondu à même la peau en formant des plaies noirâtres. En apercevant Will, il fit quelques pas mal assurés en arrière, puis il se retourna et courut en remontant la file de femmes qui se dirigeaient vers le bateau du

Temple avec son capitaine renégat. Will le poursuivit en bondissant d'une pierre à une autre. Jetant un regard par-dessus son épaule, Garin vit qu'il n'arriverait pas à distancer son poursuivant. Alors il fit volte-face et dégaina sa dague en même temps que Will tirait son épée.

Tous deux se figèrent un moment, séparés par une vague qui déferlait sur la digue.

Le visage de Garin était tordu de douleur et, bien qu'il eût un air de défi, il exprimait surtout la résignation.

— Eh bien, ça devait finir comme ça, dit-il d'une voix pâteuse.

Will sentit une décennie de haine exploser en lui.

— Qu'est-ce que tu as fait ? Qu'est-ce que tu as fait à ma fille ?

— Tout tourne toujours autour de toi, n'est-ce pas ? Ta femme, ta fille, ta place au Temple.

— *Qu'est-ce que tu as fait ?* répéta Will en avançant.

Garin recula pour maintenir la distance.

— Mais Rose n'était pas ta fille.

L'épée en l'air, Will s'arrêta net.

— Oh ! Elwen m'a dit qu'elle n'en était pas sûre. Mais moi, je le sais, fit Garin en posant la main sur son cœur. Je *sais* qu'elle était de moi.

— Tu mens. Qu'est-ce que tu racontes ?

— La vérité. Il n'y a personne d'autre pour te la dire. Il faut que tu saches ce que j'ai perdu. Il faut que tu comprennes.

Will secouait la tête.

— D'après toi, comment se fait-il que tu aies partagé son lit toutes ces années et qu'elle n'ait pas eu d'autre enfant ? insinua Garin. Ça n'a aucun sens, non ?

— Elwen n'aurait jamais… elle n'aurait jamais…

Mais les mots ne voulaient pas sortir, il n'arrivait pas à les prononcer. Derrière eux, quelque chose explosa dans la ville, projetant des rochers et des flammes dans le ciel. Des hurlements retentirent dans tout le port, mais aucun d'entre eux ne tourna la tête.

— Quand ? dit froidement Will. Quand est-ce arrivé ?

— Quand tu es parti à La Mecque. Elwen est venue me voir. Je n'ai pas eu à la séduire. C'est elle qui s'est offerte.

— Et tu l'as prise, murmura Will.

— Pourquoi penses-tu que tu as droit à tout ? cria soudain Garin. Qu'est-ce qui te rend supérieur aux autres ? Tu avais une place au Temple, mais ça ne te suffisait pas, n'est-ce pas ? Il fallait que tu aies davantage. Alors, quand Everard t'a recruté, tu as rompu tes vœux et tu as rejoint l'Anima Templi. Mais même là, ça ne suffisait pas. Tu as trahi le Cercle en voulant faire supprimer Baybars, tu as trahi le grand maître quand il essayait de voler la Pierre noire, alors qu'il venait de te nommer commandeur, et ensuite tu as trahi tout le monde avec une femme que tu traitais comme une putain !

Will le fixait d'un air presque absent.

— Comment es-tu au courant pour la Pierre ?

— C'est Elwen qui m'en a parlé. Elle avait peur pour toi.

Garin hocha la tête pour appuyer ses propos en voyant que cette révélation stupéfiait Will, qu'elle lui faisait mal.

— Elle t'aimait, je ne le nie pas. Elle n'a couché qu'une fois avec moi. Mais ça n'était pas une excuse pour me tenir à l'écart de Rose comme si je n'étais rien, comme si je n'avais pas le droit de connaître ma propre fille ! Que Dieu la *maudisse* !

Il pointa sa dague vers Will.

— J'aurais pu m'occuper d'elle. Je leur aurais donné une vraie vie, une bonne vie.

Will rejeta sa tête en arrière et éclata de rire en même temps que des larmes de rage, de douleur et d'incrédulité lui montaient aux yeux.

— Ah oui ? se moqua-t-il. Toi ? Garin de Lyons ? Trop faible pour faire face à son oncle, trop veule pour affronter Rook. Trop stupide pour se faire une vie, et trop incapable pour être autre chose qu'un sac à vin. Tu es jaloux de tout ce que j'ai, sale fils de pute. Tu l'as toujours été, même quand nous étions des enfants, et tu m'as toujours volé.

Will avançait sur lui.

— Tu m'as volé *Le Livre du Graal*. Tu m'as volé ma vertu dans ce bordel. Et tu m'as volé ma femme et ma fille.

— Non, Will, répondit Garin à voix basse sans bouger. Je t'ai volé bien plus que ça.

Will s'arrêta, attentif.

— T'es-tu jamais demandé ce qui t'a sauvé dans ce désert quand les Bédouins t'avaient à leur merci ? T'es-tu jamais demandé qui avait arrêté la main de cet homme ?

Garin se renfrogna et observa l'eau qui jouait entre ses pieds.

— Des années plus tard, je me demande encore pourquoi je t'ai épargné, pourquoi j'ai crié à Bertrand de te laisser en vie. Je ne sais toujours pas. Peut-être un vieux réflexe de loyauté.

Il leva les yeux sur Will.

— Ou peut-être que je ne voulais pas que tu meures sans savoir qui t'avait trahi. Dans mon esprit, je t'ai toujours imaginé mourant en sachant que ça venait de moi. Je te regardais toujours droit dans les yeux lorsque cela arrivait.

Garin eut un bref éclat rire.

— Tu vois, Will, j'ai bien un peu d'honneur en réserve, c'est pour ça que je veux que tu saches que Rook n'a jamais été mon maître. Lui aussi n'était qu'une marionnette. C'est Édouard qui tirait les ficelles.

Garin rit de nouveau, un rire plus dur, plus âpre encore.

— Et moi, je le laissais me balancer d'un côté à l'autre tandis que mes rêves s'écroulaient et que les tiens devenaient réalité. Oui, je suis jaloux de ce que tu as, une vie où le pardon et l'espoir ont toujours existé, une vie où tous les hommes ne sont pas brutaux et cruels, une vie faite de choix, où l'on ne subit pas toujours. Sais-tu que la seule fois où je me suis senti vraiment libre, c'est quand Everard m'a fait mettre au cachot ? Quand je suis arrivé en Acre pour récupérer de l'argent pour Édouard et que j'ai découvert toute cette histoire autour de la Pierre noire, j'ai compris qu'il voudrait en tirer parti et je me suis moi aussi lancé dans l'aventure. Cela faisait si longtemps que j'étais la marionnette d'Édouard que je dansais même quand il n'était pas là pour tirer les fils. Et puis j'ai découvert Rose et il n'a plus eu de prise sur moi.

Will était réduit au silence. Le poids de ces révélations l'écrasait : la profondeur de la trahison de Garin… C'était comme si tout son monde s'émiettait. Le mur protecteur derrière lequel étaient tapies ses émotions depuis qu'il avait vu sa fille morte s'effondra et il poussa un rugissement sauvage.

Tandis qu'il franchissait les derniers mètres qui le séparaient de Garin, celui-ci jeta sa dague dans les vagues.

— Maintenant tu sais ce que je ressens, n'est-ce pas ? s'écria-t-il. Tu sais ce que j'ai ressenti toute ma vie ! Ce que c'est de se sentir manipulé, trahi !

Puis il se mit à genoux, bras écartés, le torse éclaboussé par l'écume. Et ses lèvres s'ouvrirent pour esquisser un léger sourire.

— Maintenant tu comprends.

— Debout ! hurla Will en pointant la lame sur sa gorge. Debout, *bâtard* !

— C'est fini, Will. Tu ne vois pas ? C'est fini pour tous les deux. Nous avons tout perdu. Il ne nous reste qu'à mourir !

— *Debout !*

— Fais-le. Je veux que tu le fasses. Je veux en finir.

Will attrapa Garin par sa tunique déchiquetée. Tout en lui criant dessus, il l'aspergea de larmes et de postillons. Autour d'eux, la mer bouillonnait, imprégnant leurs bouches de sel.

Garin saisit le poignet de Will.

— Fais-le ! éclata-t-il en tournant la lame vers lui. *Fais-le !*

Soudain, Will s'écarta. Et, l'épée toujours à la main, il commença à s'éloigner.

Garin le regarda s'en aller, bouche bée.

— Où est-ce que tu pars ? hurla-t-il en luttant pour se remettre debout. Finissons-en !

Il resta là, les jambes tremblantes, à regarder Will partir, puis il se retourna et se mit lui aussi à marcher, lentement d'abord, puis de plus en plus vite, concentré sur le bateau du Temple qui emplissait son champ de vision. À cause du ressac, il n'entendit pas les bruits de pas derrière lui.

Garin sentit la douleur dans son dos, comme si on le frappait, puis une sensation étouffée se propagea à tout son corps, comme s'il brûlait de l'intérieur. Baissant les yeux, il vit la pointe d'une épée lui sortir de l'estomac. Puis elle disparut et pivota à l'intérieur, sectionnant ses organes d'un seul coup. Il essaya de se retourner, mais tomba à genoux sans y réussir. Il mit les mains sur le trou de son estomac et s'effondra sur le côté en se contorsionnant. Levant les yeux, il vit Will penché sur lui comme une sorte d'ange vengeur vêtu de blanc, sa lame pleine de sang, la ville en feu derrière et le soleil resplendissant tout là-haut. Il ouvrit la bouche pour respirer mais une vague arrivait au même moment et c'est de l'eau de mer qu'il avala. La vague l'emporta et il glissa de la digue dans l'eau verte de l'avant-port. Un moment passa où il fut ballotté par la houle, puis il commença à s'enfoncer peu à peu. En se noyant, Garin vit Will qui l'observait, à la surface, silhouette déformée. Enfin la mer emplit ses poumons et les ténèbres l'emportèrent.

Will traversa toute la digue et la moitié du port avant de tomber à genoux, le fauchon de son père atterrissant avec fracas sur le pavé. Il se plia en deux pour vomir, ignorant les gens qui couraient à côté de lui en espérant encore monter sur un bateau et se mettre à l'abri. Sa bile était noire à cause de la fumée qu'il avait inhalée durant la bataille, mais il avait plutôt l'impression que c'était du poison qu'il rejetait, comme si, incapable d'encaisser la confession de Garin, il la recrachait. La sale vérité. Il se faisait l'effet d'un idiot, d'un pauvre idiot. Il avait gâché sa vie à poursuivre une chimère. Aujourd'hui, cette chimère brûlait tout autour de lui et il ne lui restait rien. Son père, Everard, Kalawun, ils étaient partis, en même temps que tout espoir de paix. Il aurait pu y survivre, il aurait même pu survivre à la trahison de Garin si seulement sa femme et sa fille avaient été épargnées. Mais elles aussi étaient parties en fumée avec tout le reste.

Soudain, il leva la tête en l'air, les yeux braqués sur le ciel.

— *Qu'est-ce que tu attends de plus de moi, salopard ?* hurla-t-il à Dieu, dont il sentait le regard froid posé sur lui depuis ce ciel bleu sans fin, comme un chat qui joue avec une souris et commence à s'ennuyer.

— Sire William ?

À quatre pattes, la bave aux lèvres, Will tourna la tête pour voir qui lui parlait. Un homme voûté et barbu se tenait devant lui. C'était le vieux rabbin, l'ami d'Everard.

— Elias.

— Êtes-vous blessé ? lui demanda le vieillard en lui tendant la main. Laissez-moi vous aider.

Will se rassit sur ses talons.

— Non, fit-il en repoussant la main qu'Elias lui tendait. Non.

Il fit un effort pour se relever et ramasser son épée.

— Nous arrivons du quartier juif et nous voulions monter sur un bateau, mais il n'y en a plus, dit Elias en désignant d'un air angoissé un groupe de gens serrés les uns contre les autres derrière lui.

Il y avait quelques hommes, mais c'étaient surtout des femmes et des enfants.

— Qu'est-ce que nous pouvons faire ?

— Je ne sais pas, répondit Will en s'essuyant la bouche du revers de la main. Je ne sais pas.

Des cris retentirent aux portes de la ville. Des cavaliers mamelouks arrivaient au galop sur le port. Au désespoir, les gens se jetaient d'eux-mêmes dans l'eau pour fuir les soldats et leurs armes. Elias serra le bras de Will. En quelques secondes, un enfant qui venait de tomber fut piétiné par les chevaux mamelouks, une épée plongea dans le ventre d'une femme enceinte et une massue hérissée de pointes fracassa le crâne d'une vieille femme. Puis Will vit les hommes et les femmes devant lui crier de peur et une odeur d'urine se répandit à cause des enfants qui s'oubliaient tandis qu'Elias lui serrait frénétiquement le bras. Et quelque chose en lui se redressa, réveillant ses sens engourdis.

— Par ici, dit-il à Elias en montrant de l'autre côté du port l'entrée d'un tunnel souterrain qui courait sous la ville jusqu'à la commanderie. Allez ! le pressa-t-il en le poussant dans le dos.

Puis il s'approcha du groupe de juifs.

— Allez ! Dépêchez-vous ! leur cria-t-il.

Confus et frappés de terreur, ils n'avaient pas besoin d'autre encouragement. Will les dirigea le long des quais comme un troupeau de moutons. Quelques Mamelouks aperçurent le groupe et vinrent à sa rencontre. Will s'avança et, en tenant son épée à deux mains, il frappa un cheval sur la nuque, l'autre derrière les articulations et acheva un des cavaliers à terre.

— Courez ! cria-t-il au groupe en se baissant pour éviter une flèche.

Une deuxième le frappa au cou mais rebondit sur sa cotte de mailles. L'entrée du tunnel était droit devant. La plupart des Mamelouks étaient occupés à massacrer le gros de la foule près de la porte. Will mit à terre un autre soldat et conduisit le groupe dans le tunnel. Les chevaliers qui en surveillaient l'accès les firent entrer.

Ce n'est qu'en débouchant dans la cour baignée de lumière de la commanderie, vingt minutes plus tard, que Will réalisa combien de gens il venait de sauver. Ils étaient une soixantaine. Tous étaient livides et tout tremblants, mais ils étaient en vie. Le Temple, dont les remparts invincibles avaient si longtemps tenu le monde à l'écart, avait ouvert ses portes aux citoyens d'Acre. Hommes et femmes, riches et pauvres, c'était une multitude agitée qui peuplait la cour. Ils étaient des centaines.

— Will !

Il se retourna en entendant son nom mais ne vit personne qu'il reconnût.

— Will !

Il fit un cercle complet en jetant des regards alentour jusqu'à ce qu'il aperçoive quelqu'un qui fendait la foule sur sa droite. C'était Simon. Il tenait une petite fille dans ses bras. Ses cheveux blonds tombaient sur ses épaules, elle avait le visage plein de suie et clignait des yeux d'un air perdu. C'était Rose. Elle cria en le voyant et tendit les bras vers lui. L'un d'eux était rouge et la peau en était flétrie. Will courut la serrer contre lui.

— Elle a repris conscience après que tu es parti, expliqua Simon. Je la portais quand elle s'est mise à parler. Elle m'a donné la frayeur de ma vie !

Mais Will ne l'écoutait pas. Il tenait sa fille orpheline, sentait son corps frissonnant et il se laissa tomber à terre.

48

Le Temple, Acre

25 mai 1291 après J.-C.

Le tunnel était sombre et humide. Le bruit des pas sur le sol boueux se répercutait contre les murs, ainsi que le souffle des respirations et les cris étouffés des enfants. Les flambeaux projetaient leur lumière mouvante dans l'atmosphère saturée de sel. Plus de deux cents personnes progressaient dans cette pénombre moite. Certains étaient sous le coup de la stupeur, d'autres pleuraient discrètement, et d'autres enfin, renfrognés, marchaient en silence.

À leur tête se trouvait Theobald Gaudin avec plusieurs officiers et le sénéchal. Derrière eux, douze sergents tiraient des charrettes à main contenant les trésors du Temple et les documents liés à l'Ordre. Pièces, saintes reliques, joyaux, calices en or, anneaux et livres, tout était entassé pêle-mêle dans les charrettes. Quarante-deux chevaliers, vingt-sept sergents et quelques prêtres suivaient le trésor. La suite du cortège se composait de plus de cent réfugiés d'Acre. Dans ce groupe, Will avançait sans dire un mot en regardant droit devant lui. À ses côtés se trouvaient Robert, avec une cicatrice récente sur le front, et Simon. Le visage carré du palefrenier était pâle, mais il marchait d'un pas sûr en lui jetant de temps à autre des coups d'œil, ainsi qu'à Rose qui était juste derrière et tenait Elias le rabbin par la main sans quitter son père des yeux. Les brûlures à son bras avaient été traitées avec un cataplasme et un bandage de lin frais, mais son visage était plein de traînées de poussière et elle portait toujours le manteau de voyage roussi avec lequel Garin l'avait sortie de la maison. Elle avait à peine prononcé un mot depuis.

Will aperçut l'expression de Simon et, lisant dans ses pensées, il tourna la tête vers Rose. Il croisa un bref instant son regard hébété, puis il reprit sa marche. Il savait qu'il lui faudrait du temps. Mais après le soulagement oppressant qu'il avait éprouvé en apprenant qu'elle était en vie, il avait découvert que, désormais, il ne pouvait plus la regarder sans voir Elwen, son beau visage tordu par la peur et la douleur tandis qu'elle brûlait vive. Cette image repassait sans fin dans son esprit et menaçait de le briser et il avait tout simplement eu trop à faire pour pouvoir se laisser aller.

De sorte qu'il avait réprimé sa peine, confié sa fille aux bons soins d'Elias et continué à combattre, sans presque manger ni dormir.

Cela faisait sept jours qu'Acre était tombée. C'en était fini de la capitale des croisés et, avec elle, du rêve d'une Terre sainte chrétienne. Le massacre, commencé dès l'entrée des Mamelouks dans la ville, s'était poursuivi toute la journée et, lorsque le soleil s'était couché, un linceul de fumée noire était suspendu au-dessus des rues jonchées de cadavres. Acre était un charnier, une fosse commune pestilentielle à ciel ouvert, remplie d'enfants ensanglantés, d'hommes abattus pendant leur fuite et de femmes violées, puis éventrées ou décapitées. Le long des remparts, devant les portes et à l'entrée des tours, les corps des chevaliers et des soldats gisaient les uns sur les autres, à côté de ceux des Mamelouks, des Bédouins et des Syriens. Les bannières et les gonfanons, que certains agrippaient toujours dans leurs mains crispées, flottaient mollement au-dessus des tas de cadavres. Ici et là, des blessés grognaient mais des patrouilles mameloukes mirent fin à leur calvaire.

Quand la nuit était tombée ce 18 mai, des charognards sillonnaient le ciel tandis que les survivants erraient au milieu des ruines à la recherche d'un endroit où se cacher des soldats. Le sultan Khalil avait réussi à maintenir l'ordre dans son armée, mais il restait des mercenaires et des maraudeurs indisciplinés prêts à tuer, et pour eux les viols et les meurtres continuèrent. D'autres pillèrent palais, églises et magasins. Tandis que Khalil installait ses quartiers au palais royal et que ses généraux cherchaient à contrôler les hommes, des escadrons quadrillèrent la ville à la recherche des rescapés. Seuls les hommes en pleine forme ou d'un certain rang échappaient à la mort. Les femmes et les enfants par milliers furent faits prisonniers. Seuls trois bâtiments échappèrent à ces descentes systématiques : les forteresses des Hospitaliers, des Teutoniques et des Templiers, qui toutes accueillaient des réfugiés.

Toute la nuit, des cris avaient retenti à travers la ville. Debout à une fenêtre des appartements du grand maître, Will les écouta d'un air maussade pendant un moment avant qu'un prêtre ne commence à murmurer. Il se retourna juste à temps pour voir le grand maître expirer son dernier souffle. Guillaume, dont la blessure saignait abondamment, n'avait pas parlé depuis qu'on l'avait ramené, sauf pour demander comment s'en sortait la ville. Quand Theobald Gaudin lui avait dit qu'elle était perdue, le grand maître s'était renfoncé dans ses oreillers. Une larme avait perlé au coin de son œil et il était resté immobile à écouter le massacre se poursuivre derrière les murailles du Temple. On enterra Guillaume de Beaujeu le lendemain dans le verger de la commanderie. Zaccaria n'était pas présent aux funérailles. Après le décès du grand maître, il conduisit une petite compagnie de chevaliers, dont quelques Hospitaliers qui avaient trouvé refuge au Temple, à la porte de la commanderie. D'après le seul survivant, ils avaient combattu plusieurs compagnies mameloukes, avaient tué nombre d'ennemis, et Zaccaria et les Templiers hurlaient le nom du grand maître tout en se frayant un chemin à coups d'épée dans la masse des musulmans.

Le lendemain, les forteresses des Hospitaliers et des Teutoniques avaient capitulé. Les chevaliers avaient vu qu'on installait le nakkabun en vue de miner les soubassements des murailles. Ils demandèrent l'amnistie à Khalil et le sultan la leur accorda. Le Temple résista en envoyant chaque nuit, par le tunnel souterrain, quelques réfugiés prendre des bateaux pour Chypre. Les Mamelouks n'avaient aucun moyen d'empêcher ces évacuations. Ils n'avaient pas de bateaux et les vaisseaux des Francs, ancrés en sécurité dans la baie, étaient armés de trébuchets capables d'envoyer des pierres sur les Mamelouks qui se seraient aventurés sur le port. Incapable de les mettre hors d'état de nuire, Khalil retira ses troupes des quais, signifiant par là que l'évasion de quelques centaines de citoyens lui était indifférente. À l'intérieur de la commanderie, les évacuations avaient lieu bien trop lentement. Ils étaient loin d'avoir assez de provisions pour une population aussi importante et, la mort du grand maître ayant créé un climat de désespoir et de fatalité, les Templiers finirent par accepter de se rendre. Avant d'en informer Khalil, le maréchal Peter de Sevrey avait ordonné à Theobald Gaudin de partir avec le trésor de l'Ordre dans le dernier bateau qui mouillait encore au port.

Lorsque les chevaliers arrivèrent à la sortie du tunnel, la porte était ouverte. Quelques hommes se lancèrent en premier pour vérifier que le port était sûr. En peu de temps, ils tuèrent les quelques Mamelouks qui faisaient une ronde et les sergents se mirent en branle, tirant les charrettes le long de la digue, suivis par les réfugiés. Dans la baie, les lanternes de la galère du Temple, le *Phœnix*, scintillaient comme de petites balises mises là pour les guider. Alors que les autres chevaliers sortaient en file, l'épée tirée, Will s'arrêta dans l'entrée.

Le sénéchal s'y trouvait avec deux hommes qui avaient aidé à convoyer le trésor. Il posa son regard impassible sur Will.

— Qu'est-ce que vous attendez, commandeur ?

— Venez avec nous, murmura Will.

Le sénéchal fit un signe de la tête aux hommes.

— Filez, leur ordonna-t-il.

Quand ils furent hors de portée de voix, il se retourna vers Will.

— Ma place est ici, avec le maréchal et les autres.

— Vous serez tué ou fait prisonnier.

— Je suis vieux, fit remarquer le sénéchal d'une voix bourrue, et j'ai vécu la majeure partie de mon existence dans cette ville. C'est ici que j'habite. Mon époque se termine. Pas la vôtre. Vous avez encore du travail devant vous.

— C'est terminé, dit Will sans passion. Nous avons perdu la Terre sainte. L'Anima Templi n'a plus lieu d'être.

— Vous avez tort, répliqua le sénéchal. Nous avons perdu notre base en Orient, mais ce n'est qu'un territoire fait de sable et de pierre. Nous avons davantage que cela. Le Temple existe toujours mais, sans grand maître, il est comme un bateau sans gouvernail. Aujourd'hui plus que jamais, vous devez vous assurer que l'Ordre ne tombe pas entre des mains malintentionnées. Vous devez œuvrer pour la paix et poursuivre la mission du Cercle. À défaut de le faire en Outre-mer, vous pourrez vous rendre utile en Occident car ses royaumes sont aussi tourmentés par la guerre que ceux d'ici. Il y a des hommes sur ces trônes, commandeur, des hommes sans scrupule, avides de pouvoir, qui sont prêts à mettre en péril des nations entières pour satisfaire leur désir de suprématie. Ce sera votre tâche, comme ça l'était ici, de préserver l'équilibre et de sauver les hommes de toute race et de toute foi qui pourraient être anéantis par l'avidité et l'ignorance des autres.

Le sénéchal parlait sans ambages, d'une voix rude.

— C'est votre mission et c'est pour cela que je me suis assuré que Robert de Paris et vous voyagiez sur ce bateau. D'autres restent ici à votre place, Campbell. Faites en sorte que leur sacrifice ne soit pas vain. Maintenant, partez.

Le sénéchal ferma la porte derrière lui et Will se retrouva au-dehors, dans l'air froid. On n'entendait plus que le bruit des vagues qui se brisaient sur la digue.

À l'extérieur des murs du Temple, Acre,
28 mai 1291 après J.-C.

Le sultan al-Ashraf Khalil observait en silence les lignes de prisonniers sortir des ruines du Temple. En ce début de soirée, le soleil couchant teintait d'une lumière mordorée les murs qu'ils avaient fini par faire écrouler dans l'après-midi. Deux mille Mamelouks étaient entrés par la brèche créée pour se battre avec les derniers chevaliers et soldats à l'intérieur. Mais les murailles étaient instables à cause des galeries qu'ils avaient creusées et une partie du côté extérieur des fortifications s'était effondrée dans un grondement de poussière et de pierre, ensevelissant chrétiens et musulmans sans distinction sous des montagnes de gravats. Ce n'était pas censé se dérouler comme cela mais les négociations avec les Templiers avaient été rompues et Khalil avait décidé de passer en force.

Avec la chute du Temple, la bataille touchait à son terme. Conquise par les croisés deux cents ans plus tôt, Acre revenait enfin aux musulmans. Khalil avait envoyé un de ses généraux à Tyr pour s'emparer de la ville, bien que, d'après ses rapports, il restât peu de citoyens pour assister à la chute de la ville. Beaucoup d'entre eux avaient pris la mer en voyant à l'horizon les grands nuages de fumée au-dessus d'Acre. Sidon, Beyrouth et Haïfa partageraient bientôt le même destin et alors, ce serait vraiment terminé. Les Occidentaux n'auraient plus d'emprise sur la Palestine, ils ne pourraient plus menacer ses habitants ni s'emparer de leurs terres, ni transformer les mosquées en églises et les musulmans en esclaves. Les hommes de son armée le voyaient en héros, en vainqueur des Infidèles, il était la main armée de Dieu. Khalil acceptait ce rôle sans fausse humilité. Dans les jours à venir, il l'assumerait avec gratitude et fierté, car il était heureux de réaliser ce pour quoi il s'était préparé. Maintenant que les chrétiens étaient partis, les Mamelouks pourraient se concentrer sur les Mongols sans s'inquiéter que leurs ennemis s'allient. Khalil marchait dans les pas de Baybars et de Saladin, il refermait la cicatrice ouverte deux cents ans par les Francs. Il libérait son peuple. C'était terminé. Enfin.

Mais dans le tombeau qu'était devenu Acre, dans les rues pleines de sang où régnait l'odeur de la mort, il était difficile de se réjouir. Al-Ashraf Khalil se détourna donc des lignes de prisonniers et s'éloigna d'un air grave des ruines du Temple, le visage baigné par les derniers rayons du soleil.

Le Phœnix, *la Méditerranée,*
30 mai 1291 après J.-C.

Will était à bord du *Phœnix* et la mer bleue étalait ses charmes devant lui. Dans son dos, des hommes, des femmes et des enfants étaient blottis sur le pont. Après des jours de silence, le murmure des conversations reprenait enfin. Les gens recommençaient à manger, à soigner leurs blessures, à réconforter leurs voisins. L'atmosphère, toujours tendue, s'améliorait quelque peu. Ainsi allaient les choses. Malgré tout ce qu'ils avaient enduré, ils avaient survécu. La seule chose qu'ils pouvaient faire maintenant, c'était de continuer à survivre, quoi qu'ils aient perdu. Il ouvrit la main et regarda la bague en or dans sa paume, se souvenant des mains glaciales d'Elwen lorsqu'elle la lui avait passée au doigt pour la première fois. Il la fit rouler pensivement. Par la suite, il l'avait portée autour du cou, avec le pendentif de saint Georges. La douleur qu'il ressentait était terrible, et elle était due autant au fait d'avoir perdu Elwen que de savoir qu'elle l'avait trahi. Il sentait l'énormité de ce qui cherchait à se libérer et menaçait de le submerger. Mais il ne se laisserait pas faire. Il ne le pouvait pas.

Trois jours plus tôt, il s'était assis avec Rose à la poupe, ignorant les regards de curiosité des autres chevaliers, et il lui avait demandé de lui raconter ce qui s'était passé à la maison. Il avait fallu beaucoup de temps à sa fille pour trouver les mots. Parler la mettait à la torture, et elle n'avait pas tout compris. Mais en conservant une voix calme, enjôleuse, Will avait fini par obtenir la vérité. Maintenant, il connaissait toute l'étendue des mensonges de Garin, de l'attaque de Honfleur jusqu'à sa tentative de vol de la Pierre noire. Et par-dessus tout, il connaissait le visage de son ennemi.

Garin n'avait été qu'un pion, un pauvre pion manipulé. Le véritable traître, c'était le roi Édouard. C'était lui le loup dans la bergerie, l'instigateur de tous ses malheurs. Il avait été leur Gardien. Il était devenu leur ennemi.

Le sénéchal avait raison. Le travail de l'Anima Templi n'était pas achevé, il s'en fallait de beaucoup. Il était à la tête du Cercle et, comme tous ses prédécesseurs, il avait le devoir de le protéger. C'était pour cela qu'Everard l'avait choisi. Portant l'anneau d'or à ses lèvres, il l'embrassa tendrement, puis il le lança dans la mer. Il tourbillonna en l'air, scintillant à la lumière du soleil, avant de tomber dans l'eau et de disparaître au milieu des vagues. Will sentit quelqu'un à ses côtés.

— Rose est réveillée, lui dit Simon en s'appuyant au rebord de la galère. Elle est dans la soute, elle te demande.

— J'y vais dans un instant.

Simon hocha la tête et posa sa main sur son épaule avant de s'éloigner.

Will inspira profondément et sentit sa détermination se renforcer. Il avait toujours Rose. Qu'elle soit ou non sa fille, il l'aimait. Il avait Simon et Robert, et, quelque part en Écosse, il lui restait de la famille. La lettre froissée de sa sœur Ysenda était pliée dans sa bourse, rescapée de la commanderie. Il n'était pas seul. L'esprit empli du souvenir de la lande et de la pluie, Will tourna le dos à l'Orient et regarda vers l'ouest, vers chez lui. C'était là-bas qu'il assouvirait sa vengeance.

NOTE DE L'AUTEUR

Je me suis efforcée d'être aussi fidèle que possible à l'histoire en écrivant ce roman, mais comme l'histoire ne se plie pas aussi bien aux exigences du récit qu'on pourrait le souhaiter, j'ai dû user dans une certaine mesure de la licence artistique. Les dates en particulier se sont souvent révélées problématiques alors que j'essayais d'intégrer une histoire et des personnages de fiction dans le cadre des événements réels. Il m'a parfois fallu prendre des libertés avec des détails pour rendre l'intrigue plus fluide et plus facile à lire. Par exemple, à ce moment de l'histoire du Temple, le poste de sénéchal n'existe plus, mais comme ses charges sont reprises par un officier qui avait, comme Theobald Gaudin, le statut de grand commandeur, je l'ai conservé pour éviter une confusion inutile. La ville d'al-Bireh fut attaquée par les Mongols durant l'hiver 1275 et le siège était déjà levé lorsque les forces de Baybars arrivèrent sur place. En quittant Acre, le roi Hugues III s'est d'abord retiré à Tyr au lieu d'aller directement à Chypre et il aurait fallu un peu plus longtemps que je ne le décris pour que la nouvelle de l'achat des droits au trône de Jérusalem par Charles d'Anjou atteigne la ville. En 1277, le mois de mouharram tombait en juin au lieu d'avril et Tripoli, assiégé à la fin du mois de mars 1289, ne tomba qu'au bout de presque un mois devant les troupes de Kalawun.

Ma version du décès de Baybars est fictive ; Baraka Khan n'a pas pu empoisonner son père car il est resté au Caire quand Baybars est parti pour la campagne d'Anatolie, mais la mort du sultan a cependant fait l'objet de nombreuses spéculations. Plusieurs chroniqueurs affirment que Baybars est mort après avoir avalé du koumys empoisonné. Ils suggèrent que les astrologues l'ont prévenu d'une éclipse lunaire, augure de la mort d'un roi ; pour se sauver, Baybars aurait décidé d'empoisonner un prince ayyoubide qui l'avait soutenu contre les Mongols avant de le mécontenter. Ensuite, les détails diffèrent mais il semble que Baybars aurait bu par erreur la coupe de poison destinée au prince. D'autres sources disent qu'il est mort d'une blessure reçue durant la campagne, ou bien d'une maladie. Quelle que soit la cause réelle de sa mort, Baybars n'est pas mort instantanément : il souffrit treize jours d'agonie. Pour ceux qui souhaiteraient en apprendre davantage sur les détails historiques, j'ai compilé une bibliographie.

La chute d'Acre, en 1291, tombée aux mains des forces musulmanes dirigées par le sultan al-Ashraf Khalil, signait la fin des croisades lancées deux siècles plus tôt en France par le pape Urbain II. Theobald Gaudin, le grand commandeur, conduisit les chevaliers qui l'accompagnaient à la forteresse de Sidon, où il fut élu grand maître. Là, les rescapés survécurent un mois mais durent battre en retraite lorsque les Mamelouks arrivèrent. Gaudin prit la mer pour Chypre avec le trésor de l'Ordre, ne laissant qu'un petit groupe de chevaliers basés sur une petite île à quelques kilomètres de la côte. Les Templiers y maintinrent une garnison pendant douze ans, mais les dernières places fortes franques en Terre sainte furent prises par les Mamelouks dans les mois qui suivirent.

Acre fut abandonnée et resta en ruine pendant des années tandis que les citoyens qui avaient survécu au siège disparurent dans les prisons, les camps de travail et les harems des Mamelouks. Certains prisonniers, dont des chevaliers des ordres militaires, furent échangés contre des rançons, d'autres se convertirent à l'islam. Des décennies plus tard, des pèlerins aperçurent des Templiers travaillant comme bûcherons près de la mer Morte.

Le sultan Khalil ne survécut pas longtemps à ses victoires sur les Francs. Fin 1293, il fut assassiné par ses propres généraux, peu après avoir proclamé le djihad contre les Mongols. Son frère cadet, al-Nasir Mohammad, lui succéda. Le sultanat mamelouk continua à régner sur le Moyen-Orient jusqu'à ce que les Turcs ottomans le renversent en 1517.

En Occident, la volonté de reprendre aux musulmans les territoires perdus ne s'évanouit pas tout de suite après la chute d'Acre, mais tous les projets de croisades avortèrent et les échos de cette période de l'histoire du monde résonnèrent des deux côtés de la mer durant des siècles. Nous en ressentons encore les conséquences.

Robyn Young
Brighton, mars 2007

LISTE DES PERSONNAGES
(* signale les personnages réels)

*ABAQA : ilkhan mongol de Perse (1265-1282)

AISHA : fille de Kalawun, mariée à Baraka Khan

*AL-ASHRAF KHALIL : fils de Kalawun, sultan d'Égypte et de Syrie (1290-1293)

ALESSANDRO : chevalier du Temple, garde personnel de Guillaume de Beaujeu

AMAURY : garde royal de Hugues III

ANDREAS DI PAOLI : marchand de soie vénitien

ANGELO VITTURI : marchand d'esclaves vénitien, fils de Venerio

*ARGHOUN : fils d'Abaqa, Ilkhan à partir de 1284

*ARMAND DE PÉRIGORD : grand maître du Temple (1232-1244)

*AS-SALIH ALI : fils de Kalawun

*BALIAN D'IBELIN : bailli d'Hugues III en Acre

*BARAKA KHAN : fils de Baybars, marié à Aisha. Sultan d'Égypte et de Syrie (1277-1279)

*BAYBARS BUNDUKDARI : sultan d'Égypte et de Syrie (1260-1277)

BERTRAND : garde royal de Hugues III

CARLO : chevalier du Temple, garde personnel de Guillaume de Beaujeu

CATARINA : fille d'Andreas

CECILIA DE LYONS : mère de Garin

*CHARLES D'ANJOU : frère de Louis IX, roi de Sicile et de Naples (1266-1285), roi de Jérusalem (1277-1285)

CONRADT VON BREMEN : marchand de chevaux allemand

DAWUD : émir mamelouk

*ÉDOUARD Ier : roi d'Angleterre (1272-1307)

ELIAS : rabbin et libraire

ELWEN : femme de Will

EVERARD DE TROYES : prêtre du Temple et chef de l'Anima Templi

FATIMA : femme de Baybars, mère de Salamish

FRANCESCO : chevalier du Temple, garde personnel de Guillaume de Beaujeu

GARIN DE LYONS : ancien chevalier du Temple à la solde d'Édouard Ier

*GÉRARD DE RIDEFORT : grand maître du Temple (1185-1189)

*GRÉGOIRE X : pape (1271-1276)

GUIDO SORANZO : constructeur naval génois

*GUILLAUME DE BEAUJEU : grand maître du Temple (1273-1291)

GUY : conseiller royal de Hugues III

HASAN : ancien camarade d'Everard de Troyes, mort à Paris en 1266

*HENRY II : fils de Hugues III, roi de Chypre (1285-1324), roi de Jérusalem (1289-1291)

*HUGUES III : roi de Chypre (1267-1284), roi de Jérusalem (1269-1277)

*HUGUES DE PAIRAUD : visiteur du Temple basé à Paris

IDRIS : Assassin syrien

ISABEL : mère de Will

ISHANDIYAR : émir mamelouk

JACQUES DE LYONS : chevalier du Temple et oncle de Garin, ancien membre de l'Anima Templi, mort à Safed en 1266

*JEAN DE VILLIERS : grand maître de l'Hôpital (1284-1293)

*KALAWUN AL-ALFI : émir mamelouk, lieutenant de Baybars et beau-père de Baraka Khan, sultan d'Égypte et de Syrie (1280-1290)

KAYSAN : mercenaire qui protège les pèlerins en Arabie

*KHADIR : devin de Baybars

*LOUIS IX : roi de France (1266-1270)

LUCA : garçon génois, frère de Marco

*LUCIA : comtesse de Tripoli

MAHMUD : émir mamelouk

MARCO : jeune homme génois, frère de Luca

*MARIE D'ANTIOCHE : cousine de Hugues III et prétendante au trône de Jérusalem

MARY : sœur de Will, décédée en Écosse dans son enfance

MICHAEL PISANI : marchand d'armes pisan

NASIR : camarade de Kalawun et officier des Mansuriyya

*NICHOLAS IV : pape (1288-1292)

*NICHOLAS DE HANAPE : patriarche de Jérusalem

NIZAM : femme de Baybars, mère de Baraka Khan

OMAR : ancien camarade de Baybars, décédé lors d'un attentat perpétré par les Assassins en 1271

*OTHON DE GRANDSON : noble suisse

OWEIN AP GWYN : oncle d'Elwen et ancien maître de Will, décédé à Honfleur en 1260

*PETER DE SEVREY : maréchal du Temple

*PHILIPPE IV : roi de France (1285-1314)

*RABBAN SAUMA : ambassadeur de l'Ilkhan Arghoun

RENAUD DE TOURS : armurier français

ROBERT DE PARIS : chevalier du Temple

*ROBERT DE SABLÉ : grand maître du Temple (1191-1193)

*ROGER DE SAN SEVERINO : bailli de Charles d'Anjou en Acre

ROOK : anciennement à la solde d'Édouard Ier, tué par Garin en 1268

ROSE : fille de Will et Elwen

*SALAMISH : fils de Baybars

SCLAVO : logeur génois

SÉNÉCHAL, LE : officier du Temple et membre de l'Anima Templi

SIMON TANNER : sergent du Temple

*TATAWUN : commandant mongol

*THEOBALD GAUDIN : grand commandeur du Temple

USAMAH : émir mamelouk

VELASCO : prêtre du Temple et membre de l'Anima Templi

VENERIO VITTURI : marchand d'esclaves vénitien, père d'Angelo

WILL CAMPBELL : commandeur des chevaliers du Temple et membre de l'Anima Templi

YSENDA : jeune sœur de Will

YUSUF : émir mamelouk

ZACCARIA : chevalier du Temple, garde personnel de Guillaume de Beaujeu

GLOSSAIRE

ACRE : ville sur la côte palestinienne conquise par les Arabes en 640. Elle tomba aux mains des croisés au début du XIIe siècle et devint le principal port du royaume latin de Jérusalem. Acre était dirigé par un roi, mais à partir de la deuxième moitié du XIIIe siècle, l'autorité royale fut contestée par les nobles et la ville, avec ses vingt-sept quartiers séparés, fut gouvernée essentiellement par une oligarchie.

ANIMA TEMPLI : « Âme du Temple » en latin. Groupe fictif à l'intérieur de l'ordre du Temple, fondé par le grand maître Robert de Sablé en 1191, à la suite de la bataille de Hattin, pour protéger le Temple de la corruption. Il est composé de douze membres choisis parmi les Templiers et d'un gardien chargé de trancher les querelles. Le but de l'Anima Templi est de réconcilier les chrétiens, les musulmans et les juifs.

ASSASSINS : secte extrémiste fondée en Perse au XIe siècle. Les Assassins faisaient partie de la branche ismaélienne des musulmans chiites. Au fil des ans, ils se répandirent dans divers pays, dont la Syrie. Là, sous l'impulsion de leur célèbre chef Sinan, le « Vieux de la Montagne », ils instaurèrent un État indépendant dont ils gardèrent le contrôle jusqu'à ce que Baybars les incorpore dans les territoires mamelouks.

AYYOUBIDES : dynastie ayant régné sur l'Égypte et la Syrie durant les XIIe et XIIIe siècles, responsables de la création de l'armée d'esclaves mamelouks. Saladin était de cette lignée et c'est durant son règne que les Ayyoubides connurent leur apogée. Le dernier Ayyoubide fut Touran Chah, tué par Baybars sur ordre du commandant mamelouk Aibeq, qui mit fin à la dynastie ayyoubide et initia le règne des Mamelouks.

BAILLI : représentant d'un roi ou d'un autre dirigeant.

BERNARD DE CLAIRVAUX, SAINT (1090-1153) : moine et fondateur du monastère cistercien de Clairvaux en France. Il a très tôt soutenu les Templiers et les aida à créer la Règle de l'Ordre.

BESANTS : pièce en or de la période médiévale, frappée pour la première fois à Byzance.

CHEVALIERS DE SAINT-JEAN : ordre fondé à la fin du XIe siècle, qui doit son nom à l'hôpital Saint-Jean-Baptiste-de-Jérusalem. Également connu sous le nom d'Ordre hospitalier, sa vocation initiale était de soigner les pèlerins chrétiens. Mais, après la première croisade, les objectifs des Hospitaliers changèrent du tout au tout. Ils conservèrent leurs hôpitaux, mais leur principale préoccupation fut la construction et la défense de châteaux en Terre sainte, le recrutement de chevaliers et l'acquisition de terres et de propriétés. Ils jouirent d'une puissance et d'un statut similaires à celui des Templiers, et les deux Ordres furent souvent rivaux. À la fin des croisades, les chevaliers de Saint-Jean établirent leur quartier général à Rhodes, puis à Malte, où ils prirent le nom de chevaliers de Malte.

CHEVALIERS DU TEMPLE : ordre de chevaliers formé au début du XIIe siècle, après la première croisade. Établi par Hugues de Payns, qui avait fait le voyage à Jérusalem avec huit autres chevaliers français, l'Ordre fut baptisé d'après le Temple de Salomon, où il était installé à l'origine. Les Templiers suivaient à la fois la règle religieuse et un code militaire strict. Leur raison d'être initiale était de protéger les pèlerins chrétiens en Terre sainte, mais ils excédèrent néanmoins très largement leur mission première par un dynamisme économique et militaire en Moyen-Orient comme en Europe. Ils développèrent l'une des organisations les plus florissantes et les plus puissantes de leur époque. Il y avait trois catégories différentes de Templiers : les sergents, les chevaliers et les prêtres. Seuls les chevaliers, qui prononçaient les trois vœux de chasteté, de pauvreté et d'obéissance, portaient les habits blancs distinctifs arborant la croix rouge.

CHEVALIERS TEUTONIQUES : ordre militaire de chevaliers semblable à ceux des Templiers et des Hospitaliers, dont l'origine est allemande. Les Teutoniques furent fondés en 1198 et ils furent responsables en Terre sainte de la défense des terres situées au nord-ouest d'Acre. Vers la seconde moitié du XIIIe siècle, ils conquirent la Prusse où ils se basèrent par la suite.

COMMANDERIE : nom latin pour les domaines administratifs des ordres militaires, qui ressemblaient à des manoirs avec des quartiers de domestiques, des ateliers et, habituellement, une chapelle.

CROISADES : mouvement européen de la période médiévale initié pour des raisons à la fois économiques, religieuses et politiques. La première croisade fut prêchée en 1095 par le pape Urbain II à Clermont, en France. L'appel à la croisade fut lancé pour aider l'empereur byzantin à défendre ses terres envahies par les Seldjoukides turcs, qui avaient pris Jérusalem en 1071. Les Églises romaine et grecque orthodoxe étant divisées depuis 1054, Urbain vit là une opportunité de réunifier les deux Églises et, ce faisant, d'augmenter l'emprise du catholicisme en Orient. L'objectif d'Urbain ne fut atteint que brièvement, et de manière imparfaite, avec la quatrième croisade en 1204. En deux siècles, plus de onze croisades pour la Terre sainte furent lancées depuis les rivages d'Europe.

DJIHAD : littéralement « combattre », en arabe. *Djihad* peut être interprété à la fois au sens physique et spirituel. Au sens physique, il s'agit de la guerre sainte pour défendre et diffuser l'islam. Au sens spirituel, c'est la lutte intérieure de chaque musulman contre les tentations du monde.

ÉMIR : équivalent arabe de commandant, également utilisé pour certains hommes de haut rang.

ENCEINTE : fortifications autour d'un château.

ENGINS DE SIÈGE : toute machine utilisée pour attaquer les fortifications durant les sièges.

FAUCHON : courte épée à la lame incurvée, utilisée avant tout par les soldats d'infanterie.

FEU GRÉGEOIS : inventé par les Byzantins au VIIe siècle, le feu grégeois était un mélange de bitume, de salpêtre, de soufre et de naphte utilisé pendant les combats pour incendier bateaux et fortifications.

FRANCS : au Moyen-Orient, le terme de Francs (*al-Firinjah*) s'applique à tous les chrétiens. En Occident, c'est le nom d'une tribu germanique qui conquit la Gaule au VIe siècle, donnant son nom à la France.

GRAND MAÎTRE : chef de l'ordre militaire. Le grand maître des Templiers est élu à vie par un conseil d'officiers du Temple. Jusqu'à la fin des croisades, il était basé dans les quartiers généraux de l'Ordre en Palestine.

HADJ : pèlerinage annuel à La Mecque que les musulmans doivent faire au moins une fois dans leur vie durant le mois de Dhou al-Hijja, le douzième mois du calendrier islamique (calendrier lunaire). Un autre pèlerinage, la Oumrah, peut être réalisé à n'importe quel moment.

HAUBERT : robe en tissu de maille annulaire.

KA'BA : littéralement « cube », en arabe. Bâtiment de pierre situé au centre de la Grande Mosquée de La Mecque et vers lequel les musulmans se tournent pour prier. Il semble que c'était déjà un lieu saint pré-islamique pour les tribus arabes, mais il est devenu central dans le culte musulman lorsque Mahomet a enchâssé la Pierre noire dans le sanctuaire et l'a dédié à l'Islam. Selon la tradition musulmane, la Ka'ba aurait été construite par Adam, puis reconstruite par Abraham et Ismaël. C'est le lieu le plus saint de l'Islam, autour duquel les musulmans tournent en rond durant leur pèlerinage.

KEFFIEH : foulard que portent les Arabes.

MADRASA : école religieuse dédiée à l'étude de l'Islam.

MAMELOUKS : littéralement « esclave », en arabe.

MARÉCHAL : dans la hiérarchie du Temple, chef militaire.

MECQUE (LA) : ville d'Arabie Saoudite, lieu de naissance de Mahomet et ville sainte de l'Islam.

MONGOLS : peuple tribal et nomade qui vivait à l'est, dans les steppes d'Asie, jusqu'à la fin du XIIe siècle où Gengis Khan les unifia. Il établit sa capitale à Karakorum et son empire s'étend jusqu'en Asie, en Perse, au sud de la Russie et en Chine. La première grande défaite infligée aux Mongols fut l'œuvre de Baybars et Qutuz à Ayn Djalut en 1260. L'empire mongol connut un déclin progressif au cours du XIVe siècle.